## Lied van die Isar

Nadat Tillie Joubert haar onderwysstudies voltooi het, gaan kuier sy vir twee maande by haar familie in Duitsland. Daar ontmoet sy die aantreklike baron Ludwig Krafft. Hy raak dadelik halsoorkop verlief op die meisie uit Suid-Afrika, en teenstrydig met die tradisies van die Kraffts, vra hy haar om met hom te trou, al is sy nie uit die Duitse adelstand nie. Nadat haar ouers aanvanklik teësinnig was oor die vinnige romanse, gee hulle uiteindelik toe en Tillie trou met haar baron. Daar is egter een vlieg in die salf in die vorm van Heidi, Loui se weduweesuster wat by hulle op Burkenhof kom woon. Sy is baie jaloers op Tillie en doen haar bes om die jong vrou by haar man in onguns te bring. Toe Tillie ontdek dat sy 'n baba verwag, slaag Heidi byna daarin om die jong huwelik én vir Tillie te vernietig. Tillie verloor in elk geval die baba. Op Loui se aandrang gaan kuier Tillie vir haar ouers in Suid-Afrika, en aanvaar dat sy Loui se liefde verloor het.


## Kringloop van die lewe

Op 'n besoek aan Italië ontmoet Rina Louw 'n mede-Suid-Afrikaner, die jong dokter Riaan Jonker, op wie sy haar hart verloor. Voordat hulle terugkeer huis toe om te trou, toer Rina eers nog verder deur Italië en loop haar onverwags vas in Toni Sardinni, die man van wie sy kort tevore weggevlug het omdat hy haar wou dwing om met hom te trou. Gedagtig aan sy familie se gasvryheid teenoor haar en die feit dat hy nou so hoflik en op sy plek optree, hervat sy die vriendskap met Toni, net om spoedig te besef dat hy tog die man van haar hart is; haar verhouding met Riaan was 'n fout. Sy trou met Toni en is idillies gelukkig – tot sy jaloesie dreig om die huwelik te verwoes en byna tot 'n treurspel lei ...

# Immer lente

Jeanette de Waal werk as tikster vir oubaas Akkermann, eie-naar van 'n suksesvolle meubelonderneming. Kobus van der Walt, seun van hul bure, is op besoek aan sy tuisdorp en ver-klaar sy liefde aan haar. Jeanette, wat voor hom grootgeword het, is onseker oor haar gevoel vir hom en vra hom om haar kans te gun om seker te maak.

Dis wanneer sy vir Theo Akkermann, die seun van haar werkgewer, ontmoet dat sy weet dat sy nie met Kobus kan trou nie. Dis Theo vir wie sy lief is. Haar beker loop oor wanneer Theo sê dat hy haar liefhet en daarop aandring dat hulle baie vinnig trou.

Die twee pasgetroude jongmense gaan woon by Theo se ouers en hul huweliksgeluk is spoedig in die weegskaal. Theo se moeder sien neer op Jeanette en haar afkoms en probeer alles in haar vermoë om 'n wig tussen man en vrou in te dryf. Sy slaag daarin. Die dag wanneer Jeanette agterkom dat sy swanger is, is ook die dag wanneer sy Theo verlaat. Kan hul huwelik nog gered word?

# Susanna M Lingua-Keur 14

*Lied van die Isar*
*Kringloop van die lewe*
*Immer lente*

Melodie

Eerste uitgawe van:
*Lied van die Isar:* J.P. van der Walt en Seun, 1976
*Kringloop van die lewe:* J.P. van der Walt en Seun, 1974
*Immer lente:* Afrikaanse Pers-Boekhandel, 1962

Melodie
is 'n druknaam van
NB-Uitgewers
Heerengracht 40, Kaapstad

Omslagfoto: Gallo Images
Geset in 11.5 op 13 pt Bembo
Gedruk in Suid-Afrika deur
Interpak Books, Pietermaritzburg

Eerste uitgawe 2010

ISBN: 978-0-624-04929-6

# Inhoud

# Lied van die Isar

# 1

Die punte van Tillie se rooi serp wapper in die ligte bries. Haar wange weerkaats byna dieselfde kleur as die serp om haar nek, en dit alles van pure opgewondenheid.

Soos sy daar in haar rooi en groen skidrag aan die Stümp-flinghang staan is sy 'n toonbeeld van lewenslus en fyn vroulik-heid. Haar golwende donkerbruin hare loer speels by die rooi pet uit en haar sagte bruin oë tuur vol verwagting uit teen die hang.

Haar blik dwaal soekend bo tussen die dennebome rond, dan weer met die hang af en eindelik merk sy die groen pet tussen die menigte skiërs op en 'n aangename gevoel stoot in haar binneste op.

Eintlik is dit nie die groen pet wat haar so interesseer nie, maar wel die draer van die pet – dis teen hom wat sy 'n paar oomblikke gelede daar bo gebots het. Gelukkig het sy sonder enige letsels daarvan afgekom, terwyl hy wild met die sneeu kennis gemaak het.

Tillie besluit dat sy baie graag nader kennis sal wil maak met die jong skiërs hier by Stümpflinghang.

Die aankoms van haar neef se vrou, Grete, op wie se uitno-diging sy op die oomblik in Duitsland is, trek ook nou haar aandag af van die draer van die groen pet.

Uitasem en met blosende wange kom sy lomp op die lang ski's na Tillie toe aangesukkel. "Jou klein rakker," betig sy haar goedig. "Jy het daardie kêrel byna verongeluk daar bo teen die hang, weet jy?"

"Hy lyk darem nog springlewendig en glad nie asof hy byna verongeluk het nie," lag Tillie en haar stem klink klokhelder oor die sneeubedekte hang.

"Jy lag nog! Ek dink die kêrel is baie die joos in vir jou," vermaan Grete. "Maar kom, ons moet nou aanstaltes maak om terug te gaan. Willem wag seker al op ons.

Met hierdie woorde begin Grete haar ski's loswoel en Tillie het geen ander keuse as om dieselfde te doen nie – hoewel sy tog baie graag nog 'n slaggie sou wou slaags raak met die draer van die groen pet.

Met 'n vlugtige blik oor haar skouer na die agterblywendes, volg sy haar nefie woordeloos na die motor. Sy laat haar teleurstelling nie blyk nie, want daarvoor ken sy Grete goed genoeg vir die terggees wat sy is.

"Jy is baie stil, Tillie. Ek ken jou mos nie so nie," merk Grete later vraend op terwyl hulle voortspoed.

"Miskien het ek berou oor al my sondes van vandag teen die skihelling," laat sy niksseggend hoor.

"Wel, as jy berou het, is dit 'n goeie teken. Moet net nie vir my sê dat jy nou al weer wil teruggaan Suid-Afrika toe nie, jong, want daar sal niks van kom nie. Jy is tog maar twee weke hier en het nog niks gesien van ons romantiese dorpie nie ... Weet jy, Tillie, ek is so bly dat ek daardie uitnodiging aan jou gerig het. Nou het ek darem al een lid van Willem se familie ontmoet en voel ek nie meer so sku om met die res van die Joubert-familie kennis te maak nie."

"Wag maar. Jy gaan nog sommer baie van die klomp omgekrapte Jouberts hou ..."

"Wat, omgekrapte Jouberts?" val Grete die jonger meisie met 'n glimlag in die rede.

"Presies, dis net wat ons is. Dis naar, maar dis heeltemal waar."

"Jy weet, ek dink ook ek gaan sommer baie van julle Jouberts hou."

"Jy kan jou self gerus maar onder hulle tel. Jy is mos nou self ook 'n Joubert."

"Ek wonder," sug sy hoorbaar. "Ek is so 'n volbloed Duitser ... Ek wonder of ek my ooit sal kan aanpas."

"Daaraan twyfel ek nie. Wag maar tot jy met ons mense kennis gemaak het en oordeel dan."

"Dankie. Jy gee my nou sommer baie meer moed om die Jouberts volgende jaar te ontmoet."

12

"Vertel my eers wie is die kêrel wat ek so op 'n nerf na verongeluk het vandag – die Romeo met die groen pet, geel sokkies en rooi trui?"

"Hm, ja, ek moet sê hy het bepaald die skone Afrikaanse nooi se aandag geniet, daarom weet sy selfs wat die kleur van sy sokkies is. Ek hoop net nie jy het jou hart in sy blou oë verloor nie, Tillie, want dan gaan jy seerkry, maatjie."

"Ek is nie om 'n bepaalde rede in hom geïnteresseerd nie. Ek wil net weet wie hy is. Terloops, die kleur van sy sokkies was so ooglopend dat ek nie anders kon as om dit op te merk nie. Tevrede?"

"Nou goed, dit lyk darem of jou hart nog jou eie is en dus sal ek jou vertel wie die Romeo is. Ja, toe maar, moenie so verbaas lyk nie, ek ken hom. Willem ken hom ook, miskien beter as ek. Sy naam is Heinrich Schmidt. Hy is 'n professor in sielkunde hier aan ons universiteit."

"A, dan weet ek nou waarom hy my so 'n bejammerende blik toegewerp het tydens die ... e ... botsinkie daar teen die hang. Hy het my blykbaar sielkundig opgesom in daardie kort tydsbestek en tot die slotsom gekom dat ek iets is wat 'n mens innig behoort te bejammer," glimlag sy goedig en in haar fraai bruin oë is daar 'n tergende vonkeling wat duidelik sê: Sielkundeprofessor ofte nie, ek sal hom nogtans graag weer teen daardie hang wil ontmoet. En hy sal dan sy sielkunde moet ken of hy gaan les opsê.

"Sou jy dink sy blik was bejammerend op jou gerig, Tillie?" vra die ouer meisie nou geamuseerd.

"Beslis. Hy het my van sy sneeubed af aangestaar, presies soos 'n mens 'n siek hond of 'n ding sal aankyk ... so met 'n diep jammerte in sy oë."

"Nee, wag, laat ek jou liewer reghelp, jong. Hein het maar altyd so 'n sagte uitdrukking in sy oë. En soos ek hom ken, het hy in daardie paar oomblikke reeds geprakseer hoe hy jou gaan terugbetaal vir jou onbedagsaamheid of moedswilligheid, wat dit ook al was. Glo my, waar hy jou weer ontmoet, sal jy nie so maklik daarvan afkom nie."

"Gelukkig bestaan daar nie 'n moontlikheid dat ek hom ooit weer sal raakloop nie."

13

"Dis wat jy dink en dis presies waar jy 'n fout begaan. In München loop mens mekaar altyd weer raak – soms nogal op die mees ongeleë tyd ook, weet jy!"

Grete se laaste mededeling stuur ineens 'n warm gloed van opgewondenheid na Tillie se hart. Maar sy laat niks blyk nie, sê net droogweg: "Wel, ons sal sien. Miskien het jy dit hierdie keer mis."

"Terloops," laat Grete later weer hoor, "môremiddag neem ek jou na ons ou historiese kunsmuseum waar jy al die werke van ons ou meesters sal sien. Ek weet jy sal dit intens geniet, want jy het beslis 'n oog vir skoonheid. In jou siel is jy 'n ware kunstenares, Tillie. Ek het al gewonder waarom jy nie kuns in die een of ander vorm bestudeer het nie."

"Omrede ek eendag 'n goeie huisvrou wil wees en nie 'n kunstenares nie. Die bietjie musiek wat ek geleer het, is vir my voldoende. Dit verskaf my soms baie plesier. Maar, terloops, ek is nou baie lus vir koffie."

Voor 'n klein, maar welbekende kafee bring Grete 'n oomblik later die motor tot stilstand. "As Willem my vandag uittrap omdat ek so laat is, gee ek jou die skuld. Dis jy wat eerste gepraat het van koffie," glimlag sy goedig en skakel die enjin af.

"Maak net soos jy wil, solank ek net 'n koppie ordentlike koffie kry – julle Duitsers wees mos darem al hoe om 'n lekker koppie koffie te brou, dan nie?" spot sy liggies en Grete glimlag maar saam.

Sy ken hierdie Suid-Afrikaanse niggie al goed genoeg om te weet dat sy nie altyd haar woorde te ernstig moet bejeën nie. Sy hou nogal besonder baie van die opgewekte, lewenslustige jong meisie. Sy is so 'n klein terggees, so vrolik van aard en tog is sy nie sonder diepte nie. Sy besit 'n diepte van insig en oordeel wat mens by min jong mense van haar ouderdom aantref. Dis net jammer dat die twintigjarige Tillie nie altyd gebruik maak van haar goeie eienskappe nie, en soms kan sy nogal verbasend voortvarend wees ook.

Seker ook maar tipies van julle Jouberts, sê Grete byna hardop en moet haar dwing om nie hardop uit te bars van die lag nie.

"Hier, Grete," hoor sy Tillie se vrolike stem sê. "Dis net die tafeltjie vir ons twee. Van hier af kan ons mos alles sien wat in die straat aangaan en ook elkeen goed bekyk wat by die deur inkom." 'n Fyn glimlaggie plooi om haar mooi, sagte lippe en in haar fraai bruin oë is daar duidelik 'n tikkie ondeundheid te bespeur.

Met opgetrekte wenkbroue verneem Grete: "En waarom moet elkeen wat by die deur inkom nou juis goed bekyk word?"

"Vind jy dit dan nie interessant om 'n studie te maak van elke vreemde gesig nie?"

"Hm, ja, maar nie wanneer ek weet Willem sit tuis op my en wag nie," antwoord sy bedaard.

"Al weer Willem," sê Tillie byna heftig. "Vergeet hom tog 'n oomblik en laat ons die rukkie hier geniet, Grete. Ek sal nooit eendag 'n man so verwen soos jy nie. O nee, hy sal meeste van die tyd dinge moet neem soos dit kom en daarmee tevrede wees. Maar kyk daar, is dit dan nie my bewonderaar van nou die aand nie . . . Wat is sy naam nou weer?"

"Ja, dis hy. Dis Ludwig Krafft."

"O. Jitte, Grete, hy het ons gesien. Hy kom seker nou by ons aansluit en ek hou nie baie van hom nie – te bedaard, byna streng, glad nie soos 'n ridder van ouds nie," fluister sy onderlangs.

Maar voordat Grete iets kan sê word hulle reeds deur die jong man gegroet. "Mag ek maar by julle twee dames aansluit?" wil hy weet en sy oë bly ondersoekend op Tillie gerig asof die vraag uitsluitlik aan haar gerig is.

"Seker, dokter Krafft," glimlag Tillie effens en vervolg: "Ons sal jou ongelukkig nie lank geselskap kan hou nie, want Grete se heer en meester wag reeds tuis op ons."

"So," kom dit kalm, "en wat kan ek vir julle bestel? Ek merk julle het nog niks geniet nie."

"Dankie, ons het reeds koffie bestel, Loui," gee Grete antwoord. "Hierdie nooientjie meen dat die Duitsers verreweg nie so 'n smaaklike koppie koffie kan brou soos die Suid-Afrikaners nie," glimlag sy.

15

Terwyl Grete aan die woord was, het die jong man se blik hare waterpas ontmoet, maar nou rus sy deurdringende grys oë weer bewonderend op die fyn gestaltetjie van Tillie wat langs hom sit.

Hy maak geen geheim van sy gevoel vir haar nie. Dis net baie, baie jammer dat sy so koud teenoor hom staan. Maar aanhouer wen, troos hy homself. Op die ou end sal hy haar kry. "Nooientjie, dit lyk vir my of jy nog nie regtig met ons Duitse koffie kennis gemaak het nie. Glo my, hier brou hulle net sulke heerlike koffie soos in jou land." Hy kyk na Grete en vervolg: "Jy laat my nou verplig voel om die nooientjie uit te nooi vir 'n koppie koffie vanaand."

"O nee, moet dit tog nie as 'n plig beskou nie, dokter Krafft," werp Tillie haastig tussenbei. "Ek sal wel self eendag die regte plek raakloop waar hulle ordentlike koffie bedien."

"Ek nooi jou graag vir 'n koppie koffie, juffrou, en sal dit op prys stel as jy my uitnodiging aanneem."

Op die oomblik het Tillie geen ander keuse as om die jong man se uitnodiging aan te neem nie. En toe Grete nog boonop sê: "Jy kan gerus maar Loui se voorstel aanneem, Tillie. Ek en Willem gaan vanaand sy boeke doen en ek vrees dit gaan 'n uiters vervelige aand vir jou wees," moet sy haar eenvoudig skik na omstandighede.

"Goed, dan neem ek jou uitnodiging aan, dokter Krafft . . ."

"My naam is Loui, juffrou Tillie," val hy haar met 'n goedige laggie in die rede. "En ek hoop om die aand vir jou so aangenaam moontlik te maak . . . Onthou net my uitnodiging sluit aandete ook in, dus kom ek jou vroeg haal."

"Dankie, ek is seker die aand sal aangeneem wees," sê sy en lyk glad nie entoesiasties nie.

Loui, wat dit gemerk het, laat egter nie blyk dat hy afgehaal en seergemaak voel oor haar koel houding nie. Hoe kan mens nou hartseer voel oor die verlies van iets wat jy nooit besit nie? troos hy homself en kry dit selfs reg om te glimlag toe hy sê: "Wel, dames, ek hoop julle sal my nou verskoon. Ek moet al weer gaan." Hy kom orent en vervolg meer opgewek: "Sien julle dan vanaand."

Na 'n wedersydse tot siens is Tillie en Grete weer alleen, maar nie een sê 'n woord nie. Albei skyn diep ingedagte te wees en Loui is op die oomblik die middelpunt van albei se gedagtes.

Terwyl Tillie haar sit en verknies oor die oninteressante aand saam met Loui, wonder Grete wat die aand tussen die twee tot stand gaan bring. Sy is deeglik daarvan bewus dat Tillie hom ongeneë is en sy kan die jong meisie se houding nie verklaar nie, want Loui is 'n besonder aantreklike en gewilde kêrel. En benewens die feit dat hy hulle hospitaal se beroemdste ortopedis is, besit hy ook 'n eie praktyk wat hom al 'n stywe bankbalans en veel roem besorg het.

Tog voel Grete in 'n sekere mate nogal bly dat Tillie die jong man ongeneë is, want in der waarheid pas die twee nie by mekaar nie. Albei is besonder aantreklik, maar innerlik is hulle twee uiteenlopende karakters en die verskil is soos dié tussen dag en nag. Tillie is opgewek van aard en besonder lief vir plesier, terwyl Loui stil en byna 'n streng, besadigde edelman is.

Nee, dit sal heiligskennis wees vir 'n man om daardie lieflike opgewektheid in haar te blus, dink Grete en 'n neerslagtigheid oorval haar ineens. "Kom, ons moet ook nou gaan, Tillie," sê sy sag. "Willem gaan vandag bitter ontevrede met ons wees."

# 2

Geklee in 'n vlamrooi aandrokkie sien Tillie daar uiters bekoorlik uit. Selfs Willem kan nie help om sy asem diep in te trek van pure bewondering toe sy soos 'n rooi wolk die sitkamer binnetree nie. "Moet net nie vanaand te veel harte breek nie, hoor," sê hy.

Sy glimlag stil, tevrede.

Loui sit haar swyend en betrag. Hy kom orent, groet haar hoflik en sê: "Ja, jy lyk vanaand soos 'n wonderlike droom, juffroutjie. Hou dus sy woorde in gedagte. Mans is maar weerlose goed, weet jy?"

Oor en weer word daar nou geterg en gelag terwyl Willem vir hulle skemerkelkies skink. Net Tillie doen nie heelhartig aan die vrolikheid mee nie. Sy voel nie in die minste vrolik en opgeruimd nie. Hoewel sy dit nie kan verklaar nie, is dit tog so. Sy voel diep ongelukkig en sou graag vanaand wou tuis bly in plaas van om saam met Loui te gaan.

"Kom, nooientjie, dis tyd vir ons om te gaan," hoor sy hom plotseling langs haar sê.

So ingedagte was Tillie dat sy nie eens bewus was van sy teenwoordigheid toe hy langs haar kom staan het nie. "Ja, goed," sê sy haastig en effens verward.

Hy neem haar swart manteltjie wat oor haar arm hang en plaas dit liggies om haar skouers. "Dis koel buite," verduidelik hy. "Hierdie tyd van die jaar kry mens maklik verkoue."

In die motor is Tillie stil en Loui wonder waarom sy hom so onvriendelik gesind is . . . Sou daar iemand anders in haar lewe wees, of voel sy maar net vreemd teenoor hom? Wel, besluit hy eindelik, indien dit die geval is, is daar voorwaar niks om oor verontrus te voel nie. So iets kan mens maklik uit die weg ruim. Hy besluit ook sommer ineens om die daad by die gedagte te voeg en knoop 'n gesprek met haar aan.

Eers voel Tillie skugter en half teruggetrokke, maar later vlot die gesprek redelik en voel sy byna op haar gemak in die vreemdeling se teenwoordigheid.

Weldra nader hulle die stad wat soos 'n sprokiesland voor hulle uitstrek. Soos 'n slang kronkel die Isarrivier deur die stad. Eindelik bereik hulle die brug, swaai links en ry stadig langs die oewer van die rivier op.

Tussen 'n menigte bome verskuil, vonkel die liggies van die restaurant wat Loui die middag gesien het en waar daar sulke heerlike koffie gemaak word.

Hy bring die voertuig tot stilstand en sê: "Vanaand gaan jy die heerlikste koffie proe wat jy nog nooit in München gedrink het, meisie."

Binne-in die restaurant is alles luuks en modern. Maar eers nadat hulle bestellings geplaas is, kry Tillie kans om haar onmiddellike omgewing deeglik in oënskou te neem.

Teen die muur pryk etlike spieëls en 'n paar groot skilderye in vergulde rame. En deur die groot swaaideure sien sy die blink water van die eeue ou Isar wat liggies teen sy oewers klots.

Stil nuttig sy die smaaklike maal wat aan haar voorgesit word en sy wonder ineens waarom sy juis vanaand so . . . se neerslagtig voel. Loui is tog gesellig, aantreklik en . . . ja, besonder innemend. Sy behoort vanaand mos gevlei te voel om hom as maat te hê! Net vanmiddag nog het Grete duidelik te kenne gegee dat menige vooraanstaande nooientjie haar vanaand die voorreg gaan beny. Sy behoort dus gelukkig te voel, en tog . . .

Sy werp 'n vlugtige blik op Loui regoor haar.

Op dieselfde oomblik rus sy blik sag, waarnemend op haar en dit laat 'n warm blos van verleentheid in haar gesig opstoot.

Nou voel sy nie meer neerslagtig nie, maar duidelik senuagtig. Dit voel vir haar of daardie streng grys oë meer gemerk het as wat sy hom sou veroorloof het. En juis dit stem haar uiters ongemaklik.

"Dit lyk nie juis of jy die maaltyd geniet nie, nooientjie," hoor sy ineens Loui se sagte, sterk stem sê.

"Jy misgis jou," glimlag sy nou gemoedelik op in sy oë wat haar geamuseerd aanstaar. "Ek geniet dit baie."

Sy blik is plotseling nie meer geamuseerd nie, maar peinsend op haar gerig. Sy staalgrys oë liefkoos elke krulletjie op haar donker kop, maar Tillie waag dit nie om weer op te kyk nie, want hy besit 'n gawe om haar uiters ongemaklik te laat voel.

"Ek hou van jou keuse wat restaurante betref," glimlag sy, vou haar servet op en plaas dit langs haar bord.

"Die doen my goed om dit van jou te hoor," glimlag hy terug. "Die plek is besonder gewild. Ek moet jou tog eenkeer in die dag hierheen bring. Die natuurskoon hier langs die rivier is wonderlik in die dag . . . Hoe lyk dit, sal ons weer Sondagmiddag hierheen kom?"

Sy stem verraai duidelik 'n tikkie opgewondenheid en dit ontgaan Tillie se oor nie. "Ongelukkig het ek 'n ander afspraak vir Sondag," maak sy verskoning. "Sodra ek 'n Sondag vry het, kom ek graag weer saam met jou hierheen," troos sy lafhartig, hoewel sy Loui glad nie flous nie.

Nou wonder hy waarom die meisie hom so duidelik onge-neë is. Het hy enigsins iets gesê of gedoen wat haar aanstoot gegee het?

Die dowwe slae van die horlosie in die verte herinner hom eindelik weer daaraan dat hulle nog 'n musiekuitvoering wil bywoon. Werktuiglik kyk hy af na sy horlosie en sê: "Ek reken ons moet nou gaan as ons betyds wil wees vir die uitvoering."

"Ek is gereed, dankie," laat sy sag hoor.

"Jy is baie stil vanaand, Tillie. Of is jy maar altyd so stil?" hoor sy Loui se beheerste stem sê onderwyl sy blik stip voor hom op die pad gerig bly.

"Jammer as ek ongesellig was. Ek het regtig nie bedoel om . . ."

"Nee, jy was beslis nie ongesellig nie, net maar stil," val hy haar sag in die rede. "Is jy altyd so?"

"Sal nie kan sê nie," glimlag sy flou. "Oor die algemeen re-ken mense ek is nogal besonder opgeruimd."

"Wat is dan die rede vir jou stilswye vanaand?"

"Seker maar al die vreemde dinge en indrukke wat my so van my ewewig beroof," sê sy nou meer op haar gemak en sy voel ineens weer vol selfvertroue.

Toe hou hulle voor die helder verligte gebou stil en Loui skakel die enjin af. Hy gee haar hand 'n sagte drukkie en sê: "Ek hoop jy gaan die uitvoering geniet, Tillie."

"Ek is seker ek sal. Ek hou besonder baie van musiek," glim-lag sy verleë en trek haar hande stadig onder syne uit, bly dat dit donker is in die motor en hy nie die blos op haar gesig kan sien nie.

Die vertoning is wonderlik en die musiek onoortreflik en Tillie geniet dit intens.

Hoflik hou hy die deur vir haar oop toe hulle later voor die huis stilhou en vergesel haar tot by die voordeur. Hy neem albei haar hande in syne en verneem met 'n teer, sagte stem: "Het jy die aand darem geniet, meisie?"

Ook sy blik wat op haar rus is sag, liefkosend en dit laat die jong meisie ineens weer benoud en verward voel. "Goeienag, Loui, en . . . en dankie vir die aangename aand," sê sy haastig

20

en trek haar hande vinnig uit sy ligte greep. "Ek het alles baie geniet . . . en . . . nag, Loui."

Voor hy weer iets kan sê, het sy reeds die voordeur oopgestoot en staan albei in die helder ligstroom wat uit die voorportaal straal.

"Nag, nooientjie," sê hy bedaard en 'n geamuseerde laggie speel om sy aantreklike mond.

Vinnig stoot Tillie die kamerdeur agter haar toe en leun swaar daarteen asof sy ontsettend moeg en uitgeput is. Haar hart klop vinnig en sy voel totaal verward. Sy kan met die beste wil ter wêreld nie begryp waarom Loui se teenwoordigheid haar so ontstel nie. Sy gedrag was tog die hele aand hoflik en onberispelik . . . en tog was daar iets wat haar ontstel het . . .

Met 'n sug van verligting skakel sy eindelik die lig voor haar bed af en kan sy haar gedagtes vrye teuels gee.

# 3

"Gaan ons nog vandag Das Haus der Deutschen Kunst besoek, Tillie?" verneem Grete gretig en wonder heimlik waarom die jong meisie vanoggend so stil en teruggetrokke is. Selfs haar ontbyt is nog byna onaangeraak op haar bord en dis duidelik dat iets haar hinder.

"Seker, Grete," antwoord Tillie sag. "Ons het mos gister so afgespreek."

"Ons kan so om en by nege-uur vertrek as jy gereed is. Ongelukkig moet ek twaalfuur weer tuis wees vir 'n ander afspraak. Maar jy gee mos nie om nie?"

"Nie in die minste nie, Grete. Daar is tog vele plekke en dinge wat ek op eie houtjie kan gaan besigtig. Moet dus nie begaan wees oor my nie, ek sal regkom."

Op pad stad toe is Tillie glad nie spraaksaam nie en dis vir Grete baie duidelik dat die meisie vandag nie geselskap verlang nie.

21

Voor 'n lang gebou met om en by twee en twintig dik, ronde betonpilare hou Grete stil.

Tillie tuur swyend na die eeue oue gebou.

Dis eers toe hulle die treetjies na die lang veranda bestyg dat Grete die donkerblou motor gewaar wat agter hare stilhou. Ongemerk plaas sy haar hand op Tillie se arm en sê sag: "Ek merk Hein het ook vandag 'n ingewing gekry om weer na ons ou kuns te kom kyk."

"Wie is Hein, Grete?"

"Ek sal hom aanstons aan jou bekend stel," glimlag sy plaend.

Toe hulle die laaste treetjies bereik, hoor Tillie plotseling 'n diep manstem langs haar wat sê: "So, dan is ek darem nie die enigste een wat vandag lus voel vir die kunste nie."

Grete glimlag vriendelik vir die jong man. "Laat my toe om jou aan my niggie, Tillie Joubert, bekend te stel. Dis Heinrich Schmidt, Tillie, Willem se beste vriend, vertroueling en bondgenoot," skerts sy opgewek.

Hy reik Tillie die hand en roep plotseling verbaas uit toe hy afkyk in haar donker oë wat hom noukeurig betrag. "A! Die nooi van Stümpflinghang! Aangename kennis, juffrou."

Ook Tillie het hom met die eerste oogopslag herken en gevoel hoe die bloed wild deur haar are pols van skone opgewondenheid. "Aangename kennis," sê sy egter kalm.

"So," vervolg hy goedig, "dan is jy nou eintlik die klein sneeunimf wat my gister die skeidslyn wou oorhelp."

Sy oë gly waarderend oor haar en Tillie voel 'n drang in haar opwel om heerlik uit te bars van die lag. Maar toe skiet dit haar ineens te binne dat sy nou met 'n sielkundige te doen het en die lag sterf nog voor dit gebore is. "As jy dit so wil stel, doen dit gerus," glimlag sy sfinksagtig. "Ek sou dit eerder as 'n ongeluk bestempel."

Sy kyk hom nou deurdringend aan om elke trek, elke emosie op sy gesig waar te neem. Dis vir haar ineens 'n dringende noodsaaklikheid om te weet of hy ook dink dat dit uit moedswilligheid was dat sy gister met hom daar teen die hang gebots het, want in werklikheid wás dit 'n ongeluk. Sy het haar balans effens verloor en ongelukkig was hy so naby haar dat sy 'n botsing met die beste wil ter wêreld nie kon vermy nie. En nou dink almal dat sy dit opsetlik gedoen het omdat sy ná die ongeluk haar lag nie kon bedwing vir die komiese figuur wat hy geslaan het nie.

"Ek sal maar liewer by my eerste en eie gevolgtrekking bly, juffrou," hoor sy hom weer sê. "Ek moet sê jy is 'n gevaarlike klein sneeunimf. Ek ski nie graag weer saam met jou nie."

Oombliklik vererg Tillie haar en sy voel terstond hoe die spanning tussen hulle oplaai. Sy antwoord egter met 'n tergende laggie: "Moet ek nou huil of moet ek gevlei voel, professor?"

"As jy dink my woorde regverdig trane . . . ek het 'n breë skouer waarop jy kan huil," glimlag hy effens spottend en dink: So 'n klein rissiepit. Sy is blykbaar tot die uiterste verwen en dis 'n baie groot jammerte.

"O, nee, professor, so maklik gaan jy my nie aan die huil kry nie," glimlag sy liefies. "Kom ons gaan kyk liewer na alles wat besienswaardig is hier in Dan Haus der Deutschen Kunst."

"Ja, kom," hoor sy Grete vinnig sê en sy weet intuïtief dat ook Grete bewus is van die spanning in die atmosfeer.

'n Paar fyn plooitjies ontsier haar voorkop en dis 'n duidelike teken dat Grete baie diep dink. Sy kan wel begryp waarom Hein koel-beleef is teenoor Tillie . . . en tog was hy nie onbeleef nie. Nee, noudat sy aan hulle gesprek dink, moet sy erken dat hy ook nie eens koel-beleef was nie, want elke antwoord van hom was kalm en bedaard geuiter. Dis Tillie wat gespanne was, wat daarop uit was om 'n gek van hom te maak. Sy wat andersins so fyngevoelig, sag en opgewek van aard is . . . Sou sy juis deur haar fyn aanvoeling dalk iets verskuils ontdek het in Hein se gesprek wat sy, Grete, nie eens opgemerk het nie? Ai, die lewe en die mens is voorwaar onverstaanbaar, besluit sy eindelik, maar voel darem ook in 'n mate verheug daaroor dat Tillie nie soos die ander jong dames halsoorkop verlief geraak het op die aantreklike Hein nie. Sy wonder nou net of dit nodig sal wees om Tillie weer te waarsku teen die jong man. Sy het al by so baie studente gehoor dat hulle gewilde sielkundeprofessor 'n hart van goud het wat sy medemens en sy probleme betref, maar dat daar in dieselfde hart nog nooit plek was vir liefde vir die teenoorgestelde geslag nie. Hoewel hy die jong dames deurentyd hoflik en vriendelik behandel, kon nie een nog die sleutel vind en deurdring tot daardie goed verskanste vesting van hom nie.

Twee ure later stap die drie weer voor die gebou met die treetjies af. Die son skyn helder en koesterend, en Grete besluit terstond om al die probleme links te laat lê en die heerlikheid van die natuur ten volle te geniet.

"Sal ons iets in die restaurant hier om die hoek gaan nuttig?" hoor sy Hein se stem hier digby haar.

"As julle twee my sal verskoon, gaan ek maar liewer nou huis toe. Ongelukkig het ek 'n afspraak vir twaalfuur. Maar gaan jy en Tillie gerus. Aangesien jy nie vandag werk nie, kan jy haar mos later self terugbesorg en miskien is Willem dan ook al tuis."

"Hoe lyk dit, juffrou, sal jy my en my geselskap vir die res van die dag kan verduur?" vra Hein.

Hoewel sy gesig ernstig is, merk Tillie tog ligte spot in sy woorde, kompleet asof hy haar uitdaag om sy uitnodiging aan te neem, en dit laat haar effens roekeloos voel. Hy moet weet hy het nou met 'n Afrikaanse nooi te doen, en 'n Joubert boon-op. "Die vraag is nie of ek dit sal kan verduur nie, maar wel of ek dit sal kan oorleef, professor. Ek gaan dit egter op die proef stel," sê sy en vereer hom met een van haar bekoorlikste glim-laggies.

Jou klein . . . klein . . .! dink hy, maar die regte woord vir haar wil nie vorm aanneem nie.

Toe hulle heelwat later met die trap by Köningsplatz afstap, vergeet Tillie skoon van die jong man se nabyheid en verwon-der haar weer eens aan die lieflikheid van die ou stad.

"Sal ons 'n ent met die motor gaan ry, juffrou?" hoor sy Hein later langs haar vra. "Ek het jou nou al heelwat tonele hier in die stad gewys en nou wil ek jou graag nog die Mangfallbrücke ook laat sien. Dit is 'n geweldige lang brug en 'n lieflike gesig om te aanskou. As dit jou geval, kry ek vir ons iets vir middag-ete, dan gaan wys ek jou ook die Friedensengel. Daar onder die bome kan ons weer gaan koffie drink by 'n fraai, skilderagtige opelugkafee onder die skadu's van 'n paar reusebome. Ek is seker jy sal dit geweldig geniet."

Hy kyk haar vraend aan en sy helderblou oë sê duidelik: Jy kan my gerus maar vertrou. Ek is nogal 'n betroubare ou.

"Jy skilder alles so aanloklik dat ek waarlik geen ander keuse het as om ja te sê nie, professor," merk sy nou vriendeliker op en 'n betowerende laggie speel om haar fraai rooi lippies. Op die oomblik is al haar kommer en kwellings van die vorige aand, asook haar rebelsheid jeens die professor vergete en maak sy haar gereed om die uitstappie terdeë te geniet.

"Nee, kyk, ek stel voor dat ons mekaar op die naam noem. Hierdie ge-juffrou en professor gaan maak dat ons uitstappie misluk en ek wil graag het jy moet dit ten volle geniet."

"Ek stem saam, meneer die professor. My naam is Tillie," glimlag sy ondeund in sy oë wat altyd so 'n sagte uitdrukking in hulle het. Maar by die sagte uitdrukking is daar nou iets anders – 'n geheimsinnige vonkeling wat sy nie kan peil nie. En dit lýk nie net vir haar so nie, want dit vóél selfs asof daardie oë haar met elke woord uittart.

"Nou ja, onthou my naam is Hein," sê hy met daardie stadige glimlag van hom wat mens gewoonlik by die eerste ontmoeting dadelik tref. "Maar kom, laat ons nou eers my motor gaan haal. Hy staan nog steeds voor die kunssaal geparkeer. Is jy al baie moeg?" Sy stem klink effens besorg.

"As ek net geweet het van hierdie toggie op straat, het ek gewis vanmôre laehakskoene aangetrek."

"Toe maar, hier is ons nou by die motor. Nou kan die nooientjie maar inklim en haar skoene uitskop," merk hy lighartig op en hou vir haar die deur oop.

"Tillie, daar is die brug voor ons," sê hy later. "Ek gaan 'n ent vorentoe stilhou, dan kan jy die ou reus op jou gemak bekyk."

"O, maar is dit nie indrukwekkend nie, Hein! Ek het in my lewe nog nooit so 'n geweldige lang brug gesien nie! En reg onder hom woon daar sowaar mense in die vallei! Ek sal nooit in der ewigheid in een van daardie huise daar onder die brug woon nie. Sê nou net daardie kolos van yster en beton stort op hulle neer?"

25

"In daardie geval sal almal en alles vernietig wees," glimlag hy ingenome oor haar kinderlike opgewondenheid.

"Nee, ek bly maar liewer waar dit veiliger is. Ek sal nooit een nag 'n oog toemaak as ek daar moet bly nie."

"Die mense in daardie huise dink nie so nie. Terloops, die kêrel wat verantwoordelik was vir die bou van daardie ou reus is een van die wêreld se beroemdste ingenieurs, weet jy?"

"Ek sal dit wel glo. Dis voorwaar 'n pronkwerk," sug sy in ekstase oor die grootsheid van wat deur mensehande tot stand gebring is.

"Maar kom, dis al tyd vir middagete en dit voel of ek in jare nie geëet het nie," laat hy hoor onderwyl hy haar met nougetrekte oë sit en betrag. Sy is vir hom voorwaar 'n snaakse samestelling. Een oomblik is sy 'n gevoelsmens, die volgende oomblik 'n klein koket wat hom probeer uittart. Nee, hy sal haar seker nie maklik kan deurgrond nie.

'n Oomblik later is hulle op pad na die koppie waar die Friedensengel op 'n hoë pilaar op haar een voet na vore buk en na benede staar.

Plotseling slaan Hein remme aan en Tillie merk dat sy oë soekend voor hom uitstaar.

"Daar is sy, Tillie," hoor sy hom ineens sê. "Kyk, daar aan die regterkant."

"Ja, nou sien ek haar ook," sê sy sag en vervolg 'n oomblik later: "Hein, ek weet nou waarom sy die vredesengel genoem word. Kyk, dit lyk kompleet of sy 'n seën uitspreek oor dié wat in haar nabyheid verkeer. Lyk dit nie vir jou ook so nie?"

"Jy is reg, meisie. Haar hande is voor haar uitgestrek presies asof sy 'n seën uitspreek. Maar kom, ons kan ons nou gaan tuis maak daar onder die bome. Ek is darem deksels honger, weet jy?" Met hierdie woorde klim hy uit die motor.

Voordat hy egter vir haar die deur kan oopmaak, staan sy reeds langs die voertuig en beskou die wêreld om haar met dromerige oë.

Sy vly haar behaaglik op die reisdeken neer wat Hein sorgvuldig onder 'n skaduryke boom oopgesprei het. "Ai, maar julle het waarlik 'n lieflike land," merk sy tevrede op en haar donker oë spreek duidelik van voldoening. "As ek net nie so oneindig baie na my ma en pa sal verlang nie, sou ek München maklik my tuiste kon maak."

"Tyd heel alle pyn en wonde, Tillie. Ook die pyn van verlange na 'n dierbare, weet jy?"

"Dis waar wat jy daar sê, Hein. Jy praat so oortuigend asof jy uit ondervinding praat," sê sy en staar hom strak aan.

Maar hy draai sy gesig vinnig weg, bang dat sy dalk die weemoed wat die jare maar nie kon uitwis nie op sy gesig en in sy oë mag bespeur.

In 'n vriendelike stemming sit die twee later heerlik en smul aan die toebroodjies wat Hein vir hulle saamgebring het. Na die beste van haar vermoë is Tillie besig om vir hom 'n prentjie van haar eie land, Suid-Afrika, te skilder.

"Nou toe," sê sy later en plaas haar leë teekoppie terug in die mandjie, "jy het nou oorgenoeg gehoor van Suid-Afrika. Nou gaan ek eers 'n oomblikkie rus." Met hierdie woorde strek sy haar behaaglik op die naat van haar rug uit.

Hein volg haar voorbeeld en strek hom langs haar op sy maag uit. Nou kan hy elke trekkie op haar fyn gesiggie met gemak waarneem.

"Moet my tog asseblief nie bestempel as 'n nuuskierige agie nie, Tillie," laat hy sag hoor, "maar ek sal baie graag wil hoor watse werk jy doen."

"My doen en late is geen geheim nie, Hein. Om die waarheid te sê het ek nog nooit gewerk nie. Tot dusver het ek nog net geld uit my pa se sak gejaag in plaas daarvan om self iets te verdien. Ek het maar pas as onderwyseres gekwalifiseer en ek sal heel waarskynlik oor 'n paar weke my eerste pos aanvaar."

"Die pos waarvan jy praat . . . is dit op jou tuisdorp?"

"Wel . . . ja . . . dis die naaste dorp aan my pa se plaas, Montana, so twintig kilometer van Uniondale af. Uniondale is 'n lieflike, skilderagtige ou Karoodorpie, as jy weet waar die Karoo is."

"Dan is jy oorspronklik 'n plaasnooi?"

"Ons Jouberts is almal plaasjapies – jou vriend Willem inkluis."

Vir die eerste keer bars Hein spontaan uit van die lag. "Jy

27

praat asof dit 'n groot skande is om 'n plaasjapie te wees, Tillie!"

"Moet jou dit nie verbeel nie. Ek voel trots op die feit dat ek uit 'n geslag van plaasboere spruit. En laat ek jou dit vertel, my ouers is nie van die moderne boere nie. Hulle is nog van die outydse soort by wie mens tuis en op jou gemak voel. Net aan die ou witgepleisterde gewelhuis is daar 'n paar moderne veranderings aangebring; eintlik ook net vir my ma se gerief en ... nou ja, my pa ploeg natuurlik ook met trekkers, aangesien dit meer ekonomies is. Maar glo my, daar is niks omtrent hulle wat modern is nie en hulle is die twee dierbaarste mense wat seker hierdie aarde bewandel."

'n Oomblik tuur sy stil na die verre horison en dis vir die jong man duidelik dat haar gedagtes wye kringe maak oor die Jouberts se plaas en sy mense.

Eindelik skeur sy haar blik weg van die blou gesigseinder en sê half verleë: "Ek het jou nou omtrent alles van my vertel. Nou is dit weer jóú beurt om iets van jou te vertel. Waarom is jy nog nie getroud nie, Hein, of is dit 'n te persoonlike saak?"

Hy kyk haar verskrik aan. Toe kyk hy dadelik weg, bevrees dat sy dalk die waarheid in sy oë sal lees. "Dis 'n lang storie en daar sal nie tyd wees om jou dit te vertel nie. Ons sal aanstons weer moet gaan. Het jy nie ook lus vir 'n koppie sterk koffie nie?"

"Hm, ja, dit sal nie sleg smaak nie," glimlag sy flou en wonder terselfdertyd waarom hy haar vraag van flussies so netjies ontwyk het. Wat sou die geheim van sy verlede wees wat hy so vrees en wat van hom tot nog toe 'n alleenloper gemaak het?

"Nou kom, dan gaan drink ons eers koffie by daardie opelugkafee waarvan ek jou vertel het," sê hy half afgetrokke en kom orent.

Galant help hy haar op en saam pak hulle die mandjie en reisdeken agter in die motor weg.

Vir oulaas kyk Tillie nog 'n slag na die Friedensengel, toe voel sy hoe Hein sy hande op haar skouers plaas en haar stadig omdraai totdat sy reg voor hom staan.

'n Oomblik kyk hy haar woordeloos aan, toe sê hy sag, byna fluisterend: "Ek het die dag saam met jou oneindig baie geniet, Tillie."

Voordat sy iets kan sê, sak sy hande reeds van haar skouers af en hou hy die deur vir haar oop om in te klim.

"Ek het self die uitstappie baie geniet, Hein," sê sy later toe hulle teen 'n hoe snelheid voortspoed.

# 4

Tillie kuier langsaam met die hoofstraat af. Voor 'n groot winkel gaan sy staan om die inhoud van die venster noukeurig te betrag. Geraamde skilderye, outydse blompotte en klein, waardevolle ornamentjies vul die hele venster. Dis eintlik die fraai ornamentjies wat Tillie se aandag so in beslag neem dat sy van niks om haar bewus is nie.

Eers toe iemand haar arm liggies aanraak, kyk Tillie op, vas in Loui se staalgrys oë. "Jy . . .!" stamel sy verbaas. "Ek het jou nie hoor nader kom nie . . . e . . . Goeiemôre!"

"Goeiemôre, meisie," groet hy bly. Sy was voorwaar die allerlaaste persoon wat hy verwag het om vandag hier in die stad aan te tref. Hy neem sy hand nie van haar arm af nie, maar vervolg: "Ja, ongelukkig moes dit nou juis ek wees wat jou gedagtes so wreed kom verstoor het. Maar kom, stap saam. Ek het 'n instrumentjie hier in my spreekkamer kom haal."

"Waar is jou spreekkamer?" vra sy eintlik net om iets te sê, want haar hart bons al weer asof sy doodbenoud is.

"Net hier oorkant die straat en as jy lus voel, kan ons êrens gaan koffie drink. Ek is nie vandag besonder besig nie en my rondtes by die hospitaal is ook al afgehandel. Dus is my tyd my eie."

Nou weet Tillie waarlik nie wat haar te doen staan nie. Sy durf nie sy uitnodiging sonder rede van die hand wys nie, tog huiwer sy.

"Waarom so besluiteloos, Tillie?" hoor sy hom ineens vra. Sy stem is sag, soos altyd, en sy deurdringende grys oë staar haar nou vraend, afwagtend aan. "Sal ek nie maar vir jou besluit nie?"

"Toe maar, dis werklik nie nodig nie," sê sy nog effens huiwerig. "Ek sal saam met jou stap. Jy weet tog net so goed soos ek dat ek op die oomblik niks anders te doen het nie."

"Gaaf dat jy dit darem so ruiterlik erken," glimlag hy goedig. "Ek moet sê jy het vreslik huiwerig gelyk. Is dit moontlik dat jy bang is vir my?"

"Ag, onsin! Waarom sou ek vir jou bang wees?"

"Dit weet ek nie. Julle vroumense het mos 'n honderdtal eienaardige vrese. Ewenwel, jy kan gerus maar in my teenwoordigheid ontspan."

Sy laaste sin laat haar vuurwarm bloos, maar Loui maak of hy dit nie merk nie. Hy wil graag hê hulle moet goeie maats wees. Maar met so 'n gespannenheid, al is dit nou ook eensydig, sal hulle nooit werklik vriende kan wees nie. "Hier is ons nou by my spreekkamer. Stap maar in en sit solank. Ek sal nie vyf minute besig wees nie."

Mat 'n sagte dankie sak Tillie in die naaste stoel neer. Op die oomblik weet sy nie of sy vies moet voel of hardop moet uitbars van die lag nie, want sy voel heeltemal in staat tot albei. Selfs haar gevoel vir hierdie uiters aantreklike man kan sy ook nie verklaar nie. Die een oomblik vind sy hom 'n innemende persoon, en die volgende oomblik vervies sy haar weer só vir hom dat sy voel of sy sommer kan weghardloop.

"Al weer vol gedagtes?" hoor sy hom plotseling langs haar sê en sy wip soos sy skrik.

"Jy skep skynbaar groot behae daarin om my telkens te bekruip, nè?" merk sy nou duidelik verleë op.

"Ek . . . jou bekruip? Nee, Tillie. Dis jy wat so diep ingedagte is dat jy niks om jou hoor of sien nie," lag hy nou openlik geamuseerd. "Maar kom, ek is gereed. Ons kan nou maar gaan koffie drink," vervolg hy weer bedaard soos altyd, plaas sy hand onder haar arm en help haar orent.

Swyend klim hulle in Loui se luukse motor en hy trek met 'n vinnige vaart voor die gebou weg.

30

Eers toe hulle die buitewyke van die stad bereik, praat Tillie weer vir die eerste keer. "Waarheen neem jy my nou, Loui? Ons is dan al byna buite die stad."

"Jy gaan vandag koffie drink in 'n plek wat jy nog nooit voorheen gesien het nie," sê hy geheimsinnig en Tillie besluit om maar te swyg en later te sien hoe die plek lyk.

Etlike minute later hou hulle voor 'n swaar kiaathouthek stil. Rats spring Loui uit en maak die hek oop. Binne enkele tellings is hy weer terug agter die stuurwiel, skakel die voertuig aan en ry met 'n gruispad tot voor 'n massiewe tweeverdieping-klipgebou.

Om die gebou, wat 'n huis blyk te wees, kom twee blaffende terriërhonde met 'n wilde vaart op die motor afgestorm.

Vraend kyk sy na Loui, maar hy steek sy hand by die venster uit en paai die twee wat nou wild teen die voertuig opspring. Swyend klim hy uit en help haar om uit te klim.

Tillie kan nie help om haar asem diep en genotvol in te trek nie, want die tuin met die statige ou huis is vir haar betowerend mooi, byna soos 'n sprokie. "Dis wonderlik! Dis 'n aardse paradys!" roep sy in ekstase uit. "Ek wonder of hierdie paradys ook 'n Adam en 'n Eva het?"

"Ja, hier is wel 'n Adam en 'n Eva – ek en jy." Sy stem is sag en sy grys oë is vol vrae en boodskappe toe hy lank en diep in haar donkeres afkyk.

Haastig laat Tillie haar oë sak en sy voel hoe die ellendige blos al weer teen haar nek opkruip.

Loui se noulettende oë merk haar verleentheid, daarom sê hy: "Kom, ek wil jou graag my tuiste van binne ook wys, dan kan mevrou Schreiner solank vir ons koffie maak."

Verbaas staar sy Loui aan en vra duidelik ongelowig: "Het ek reg gehoor . . . het jy gesê dis jou tuiste hierdie?"

"Heeltemal korrek. Hierdie ou huis is al aan vyf geslagte as erfstuk nagelaat. Op die oomblik is ek die eienaar. Ná my sal dit weer my oudste seun se eiendom wees. So sal dit deur die eeue heen van die een geslag na die ander wissel, maar 'n Krafft sal altyd die eienaar bly."

Al geselsend kuier hulle met die breë kliptreetjies op.

31

Toe gaan die swaar voordeur ineens oop en mevrou Schreiner verskyn in die oop deur. "Ek wou mos sê ek het dokter se motor voor die deur hoor stilhou," glimlag sy breed.

"Laat ek juffrou Joubert aan jou voorstel, mevrou," glimlag hy die ou dame vriendelik toe. "Sy is 'n Afrikaanse nooientjie van Suid-Afrika afkomstig. Dis mevrou Schreiner, Tillie. Sy is al baie, baie jare die huishoudster van hierdie huis. Vandat ek my self ken is sy maar hier."

"Aangename kennis, mevrou," antwoord Tillie die ou dame se vriendelike groet.

Toe is Loui weer aan die woord. "Mevrou, ek wil hê jy moet hierdie Afrikaanse nooi wys dat jy net sulke heerlike koffie kan maak soos hulle daar in Suid-Afrika, hoor!"

"Seker, dokter. Waar sal julle koffie geniet, in die sitkamer of in die leeskamer?"

"In die sitkamer, asseblief."

"E . . . dokter, jy sê die dame is Afrikaans?"

"Ja, mevrou." Sy oë rus sag op die jong meisie.

"Jy praat baie goed Duits, juffrou," laat sy vriendelik hoor.

"In Suid-Afrika leer ons ook Duits, mevrou," glimlag Tillie. "Dis net jammer dat ek al weer een van die dae moet teruggaan na my eie land, anders het ek julle ook my taal geleer."

"O, nee, juffrou, sulke gewigtige dinge is nie vir ou mense soos ek nie. Jy kan dit gerus maar vir dokter leer. Hy is nog jonk en slim en sal dit baie gou aanleer," glimlag sy terug. "Maar wag, laat ek gaan kyk of daar kookwater is vir koffie. Juffrou sal seker bly vir middagete, nè?"

Haar toon is byna pleitend en Tillie weet weer nie wat om te sê nie.

Ook Loui kyk haar gretig aan om te hoor wat haar antwoord gaan wees. Toe sy nie antwoord nie, plaas hy sy hand liefkosend op haar arm en sê sag: "Jy sal my oneindig bly maak as jy bly vir middagete, Tillie. My plan was om jou te vra, maar nou het mevrou Schreiner my ongelukkig voorgespring."

Sy lyk 'n oomblik huiwerig, toe sê sy: "Dankie, mevrou, as dit nie te veel moeite sal wees nie, bly ek graag."

"Ek verseker jou dit sal geen moeite wees nie, juffrou. As

32

julle my nou sal verskoon, gaan maak ek dadelik koffie." Met hierdie woorde stap sy vinnig weg in die rigting van die kombuis.

"Sy is 'n baie gawe mens." merk Loui op toe sy buite hoorafstand is. "Glo my, van haar soort is daar maar min. Maar kom, dan wys ek jou hoe my plek van binne daar uitsien."

Al geselsend loop hulle van die een vertrek na die ander en aan byna elke vertrek is daar die een of ander geskiedenis verbonde.

"Hierdie was my moeder se slaapkamer," verduidelik hy met ontsag. "In hierdie ou kamer het sy die eerste aand geslaap as bruid en in die einste kamer is ek later gebore." Hy beweeg langsaam oor die lengte van die vertrek en stoot 'n ander deur oop wat op 'n balkon uitgaan. "Kom kyk, van hier af het mens 'n onbelemmerde uitsig oor die terrein."

Saam stap hulle die balkon uit. Toe vervolg hy met 'n teer stem: "Hierdie was altyd my moeder se wegkruipplekkie wanneer sy alleen wou wees." Hy kom langs haar staan en vervolg nog steeds met 'n lae stem: "Maar sê my, jy het dit flussies nie ernstig bedoel toe jy vir mevrou Schreiner gesê het dat jy al weer een van die dae moet teruggaan Suid-Afrika toe nie?"

"Ek was ernstig, Loui. Ek het mos nie hierheen gekom om te bly nie."

"Maar jy is nog nie eens twee maande hier nie, Tillie! Wanneer moet jy teruggaan?"

"Oor twee weke. Dan het ek ten minste nog twee weke om by my pa te kuier voor ek begin werk."

"Watse soort werk doen jy?"

"Ek gee onderwys."

"Is jy seker dis die wérk en nie dalk 'n beminde wat jou so gou terugroep nie?" Sy stem verraai duidelik 'n ondertoon van spanning terwyl sy oë elke haartjie op haar kop liefkoos.

"Nee, 'n beminde is dit nie, dit kan ek jou verseker. Liefdesake is iets wat ek nog nooit in 'n ernstige lig beskou het nie en ook nog nooit ernstig oorweeg het nie. Tot dusver het ek die jare nog omgespeel en ek kan in alle eerlikheid sê dat my hart nog my eie is."

"Dan is daar tog ook geen haas vir jou om terug te gaan nie?" sê-vra hy nou duidelik verlig.

"My werk wag op my, Loui."

"Dis nie lewensbelangrik nie," werp hy byna heftig teë. Hy is geensins bereid om haar sommerso goedsmoeds aan haar eie land en volk terug te gee nie – nie noudat hy weet dat haar hart nog steeds haar eie is en hy dalk 'n kans staan om haar liefde te wen nie.

"Vir my is my werk lewensbelangrik, Loui. Dis my roeping om die klein mensies te leer en te lei."

"Tillie, jy is so klein en fyn . . . Waarom wil jy nou so 'n geweldige verantwoordelikheid op jou skouers gaan laai?" Sy stem is pleitend en gevul met emosie. "Skei uit met die skoolhouery. Eendag sal jy tog wel jou eie kindertjies hê wat jy kan opvoed na die beste van jou vermoë."

"Ek durf nie, Loui. Dis 'n taak wat my opgelê is en ek moet dit volvoer."

"Kom, ons gaan af sitkamer toe. Mevrou Schreiner het seker al die koffie gereed," probeer hy van die onderwerp afstap. "Ek sal jou later die tuin en die ander deel van die huis gaan wys."

In die sitkamer wag die ou dame reeds langs die koffietafel op hulle en albei neem op die rusbank plaas.

"Melk en suiker, juffrou?"

"Ja, dankie, mevrou," antwoord sy onderwyl haar oë vlugtig deur die vertrek dwaal.

Nadat almal later bedien is met koffie en beskuitjies, wil die geselskap maar nie vlot nie. Net mevrou Schreiner is lus om te gesels, dus is dit ook sy wat die meeste van die tyd aan die woord is.

Hoewel Tillie haar vrae vriendelik en beleef beantwoord, kan sy haar gedagtes net so min by die gesprek bepaal as wat Loui dit kan doen.

Dit wil haar voorkom asof hy 'n verandering ondergaan het . . . Of is dit dalk sý wat die verandering ondergaan het?

Vir Loui het daar nou, saam met al die ander kommer, nog 'n groter bekommernis bygekom . . . die feit dat die einde van Tillie se vakansie hier in München vinnig en onherroeplik nader kom en dat hy magteloos staan om iets daaraan te doen. Soms voel dit vir hom of hy haar met geweld kan dwing om nog langer te bly, maar dan weet hy dat so iets ongehoord is vir 'n welopgevoede mens soos hy.

Vir mevrou Schreiner, wat Loui vanaf sy geboorte-uur ken, is dit baie duidelik dat hy diep ongelukkig voel. En sy wens uit die diepte van haar ou moederhart dat sy daardie trek van pyn en hewige verset uit sy mooi oë kan wis. Dat Tillie iets daarmee te doen het, weet sy maar alte goed, want nog nooit het Loui 'n jong meisie na sy huis toe gebring as gas nie . . . en hier bring hy vandag die Afrikaanse nooientjie na sy heilig- dom toe.

"Is daar werklik niks wat ek kan doen om jou van plan te laat verander nie, Tillie?" Hy kyk haar weemoedig aan en plaas sy leë koppie op die koffietafel.

"Ek begryp glad nie wat jy bedoel nie, Loui." Sy kyk hom vraend aan en toe merk sy die weemoed in sy oë wat so diep in hare staar.

'n Oomblik hou sy oë hare gevange en wat sy in daardie blik van hom lees, laat haar onwillekeurig weer senuweeagtig voel.

"Ek bedoel jou plan om oor twee weke terug te gaan Suid- Afrika toe," sê hy sag en lê sy hand liefkosend op hare wat rustig op haar skoot lê.

"Nee, Loui, daar is absoluut niks wat jy kan doen nie. Ek moet eenvoudig gaan. My plek is reeds bespreek."

"Om 'n maand later te vertrek sal jou tog geen ongerief aandoen nie, Tillie."

Sy stem is teer en sag en dit raak 'n baie fyn snaar in haar binneste aan. "Dit sal te laat wees, Loui. Die skole begin oor vyf weke."

Mismoedig kyk hy haar aan en sy stem is bruusk toe hy weer sê: "Kom, Tillie, kom ons gaan stap 'n entjie in die tuin. Ver- skoon ons asseblief, mevrou."

Swyend stap hulle van die een terras na die ander. In Loui woed daar 'n hewige verset wat bruis en kook in sy binneste.

En Tillie voel jammer vir hom. Waarom sy nou juis jammer voel vir hom, kan sy nie verklaar nie, maar die gevoel is daar. Sy

35

is ook bewus van 'n eienaardige gevoel van opgewondenheid in haar binneste.

Eindelik bereik hulle die laaste terras, waar die bome en struike digter groei.

"Ons kan daar op die bankie gaan sit," stel hy voor en sy stem is weer heeltemal beheers. Toe sy hom vraend aankyk, sê hy sag: "Ek wil graag met jou praat. Dis dringend noodsaaklik. Gee jy om dat ek rook?"

"Nie in die minste nie, Loui. Rook maar gerus."

Eers steek hy vir hom 'n sigaret aan, toe leun hy gemaklik terug en sê byna afgetrokke: "Ek wou nie graag in mevrou Schreiner se teenwoordigheid oor hierdie saak gesels nie. Ek vrees ek het in die sitkamer reeds te veel gesê . . . maar ek kon nie anders nie. Ek kon eenvoudig nie langer wag nie. Ek moes weet of daar nie dalk 'n ander uitweg is nie en voel nog glad nie tevrede oor die verloop van sake nie, Tillie." Hy kyk haar nou openlik pleitend aan. "Is dit dan so dringend noodsaaklik dat jy daardie pos moet beklee? Hoe sal ek . . . hoe dink jy sal die lewe hier in München vir my wees ná jou vertrek? Dink daaraan, Tillie. Asseblief, oorweeg jou besluit weer 'n keer. Ek wil nie haastig wees nie, daarom wil ek nie veel sê nie. Maar ek wil my vraag herhaal: Oorweeg asseblief jou besluit weer 'n keer."

Nou is dit weer Tillie wat haar hand liggies op sy been plaas en vertroostend sê: "Loui, hoe kan ek? Daar is so baie op die spel. Dink daaraan – 'n hele klas vol klein kindertjies wat op my wag. My ouers wag in spanning op die dag wat ek my plek in daardie klaskamer sal vol staan. Hoe kan ek hulle almal nou teleurstel, Loui?"

Liefdevol neem hy haar hand wat op sy knie rus in albei syne. "En wat van my, Tillie? Maak dit dan geen saak aan jou dat ek teleurgesteld is nie?" Sy stem word ineens hartstogtelik toe hy sag vervolg: "Sê my, Tillie, was my hoop en verwagtings dan alles verniet?"

"Ek . . . ek weet nou waarlik nie wat om op jou vrae te antwoord nie, Loui. Dis . . . wel . . . dit is so onverwags en ek ken jou skaars," stamel sy verslae.

"Ek weet dit is onverwags en ek weet ook dat jy my skaars ken. Gee my dan hierdie kans sodat ons mekaar beter kan leer ken. Jy het nie nodig om my nou te antwoord nie. Ek sal wag op 'n antwoord, as jy my net nie te lank laat wag nie." Later sê hy weer: "Ek dink ons moet maar aanstaltes maak om terug te gaan. Mevrou Schreiner wag seker al op ons vir ete."

Toe hulle by die treetjies van die stoep oploop, gaan hy plotseling staan, neem haar liggies aan haar boarm en sê sag: "Kan ek maar môre jou antwoord verwag? Ons kan môreaand by die een of ander klub gaan dans as jy lus voel."

"Wat my antwoord betref, sal ek jou later sê, Loui. Maar ek sal graag môreaand saam met jou gaan dans."

Aan tafel skyn die jong man meer opgewek te wees en die geselskap vlot ook beter. Dis eers later toe hulle koffie in die sitkamer geniet dat dit Loui weer byval dat Tillie mos kan klavier speel.

Vir haar is daar geen uitweg nie en sy moet teen wil en dank maar speel. "Regtig, ek is gans te veel van 'n leek om voor 'n gehoor op te tree en daarbenewens het ek ook te lank laas gespeel," maak sy nog vir laas beswaar.

"Ek vra jou nie om werke van die groot meesters te speel nie, Tillie. 'n Paar van julle Afrikaanse liedjies sal ek net so baie geniet. Ek weet net nie hoe die klank van die klavier sal wees nie. Dis baie jare sedert daar laas op gespeel is."

Die klank van die klavier is nog net so wonderlik soos net die klank van 'n Steinway kan wees en Tillie geniet dit om haar vingers weer 'n bietjie op die wit ivoortoetse los te maak.

Eindelik speel sy die laaste akkoorde en kom orent.

"Ag nee, Tillie, jy is tog seker nie nou al klaar nie," sê hy duidelik teleurgesteld. "Ons het dit besonder baie geniet en jy kan regtig vir ons nog 'n paar stukke speel, asseblief?"

"Nie vandag nie, Loui. Op 'n ander dag speel ek graag weer vir jou. Dis al laat en ek behoort lankal tuis te gewees het. Grete het haar seker al byna dood bekommer oor my lang afwesigheid."

"Dis waar, Grete is seker al baie bekommerd. Maar ek moet sê hierdie dag was verbasend kort. Ek kan byna nie glo dat dit al so laat is nie. Dan sal ons maar seker nou aanstaltes moet maak om te ry," sê hy teësinnig.

Nadat Tillie mevrou Schreiner vriendelik bedank het vir haar gasvryheid en ook belowe het om gou weer te kom kuier, groet hy haastig, want Loui wag reeds in die motor op haar.

Al geselsend spoed hulle deur die stad en eindelik hou Loui weer voor die Jouberts se woning stil.

Die jong man voel egter nie lus om so gou al van Tillie afskeid te neem nie, dus stap hy saam met haar tot by die voordeur. Liefdevol neem hy haar twee hande in syne en sê sag: "Ek sal nou dadelik moet gaan, Tillie. Ek het 'n paar van my pasiënte vandag gruwelik verwaarloos. Maar ek sien jou weer môreaand. Baie, baie dankie vir die aangename kuiertjie van vandag en . . . tot siens, meisie."

"Tot siens, Loui."

Hy gee haar hande 'n sagte drukkie voordat hy hulle los. Toe draai hy om en stap terug na waar sy motor voor die deur geparkeer staan.

'n Oomblikkie kyk Tillie hom agterna. Toe draai sy die deur oop en gaan binne na waar sy Grete en Willem se stemme uit die sitkamer hoor.

"Jou klein rondloper," begroet Grete haar gemaak streng. "Weet jy dat ek my al vandag byna dood bekommer het oor jou? Nou wil ek eers weet waar jy die hele dag rondgeloop het."

"Jy sal my nie glo as ek jou sê dat ek die hele dag op die Krafft-landgoed gekuier het nie. Ek het Loui vanoggend in die stad raakgeloop en toe besluit ons om ou mevrou Schreiner se koffie op die proef te gaan stel. Dis eintlik hoe dit gekom het dat ek toe heeldag daar gekuier het. Maar, Grete, is daardie landgoed darem nie 'n ware paradys nie?"

"Vrou, gee dadelik vir Tillie koffie dat haar koors kan sak. Lyk my sy het dit sleg," merk Willem tergerig op, maar toe moet hy koes vir die stoelkussing wat Tillie met mening na sy kop slinger.

"Sies, jy is gemeen, Willem. Nou sal ek jou ook nie eens vertel dat ek môreaand saam met Loui gaan dans nie, hoor!"

Heerlik skater al drie van die lag en die vrede is weer herstel.

38

# 5

Onderwyl sy sag neurie, is Tillie druk besig om haar te klee vir die dans. Haar glinsterswart aandrok pas soos 'n droom en sy weet dat sy vanaand besonder mooi lyk. Sy is net besig om haar hare vinnig te borsel toe die deur oopgaan en Grete inkom.

"O, maar jy lyk te fraai vir woorde, Tillie!" roep Grete vol bewondering uit. "Loui is voorwaar 'n baie gelukkige man om vanaand so 'n beeldskone maat te hê." Toe vervolg sy op 'n sagter en geheimsinnige toon: "Maar nou verstaan ek jou ook nie meer nie. Net 'n paar dae gelede het jy met soveel oortuiging gesê dat jy niks van hom hou nie, en gister het jy waarlik die hele dag saam met hom by sy huis deurgebring. Vanaand is jy sonder twyfel die opgewondenheid self en dit omdat jy saam met hom gaan dans ... Hoe moet ek jou nou verstaan, Tillie?"

"Mag 'n mens dan nie van opinie verander nadat jy iemand beter leer ken het nie, Grete?" lag sy geheimsinnig en probeer haar ergste opgewondenheid verberg.

"Wel ... e ... om die waarheid te sê, ek het maar net gedink jou hekel in hom is van so 'n aard dat jy nooit met hom sou vriende maak nie. Maar ek is darem bly om te sien dat julle op vriendskaplike voet met mekaar verkeer. Hy is 'n invloedryke en waarlik 'n baie aangename mens om as vriend te hê. Dis net ... wel ... daar is iets in hom wat my nie aanstaan nie."

"En wat is dit, Grete?" wil Tillie nuuskierig weet.

"Dit weet ek self nie. Dis iets wat ek nie kan definieer nie. Miskien is dit soos wat jy die ander dag in die teekamer gesê het – hy is te bedaard, byna streng. Dit lyk so of dit in sy aard is om sy wil, as dit daarop neerkom, met geweld op ander af te dwing. Ek hoop net jy raak nie dalk verlief op hom nie, Tillie, want dit sal voorwaar 'n tragedie wees."

Tillie lag en vra: "Waarom sê jy nou so iets eienaardigs, Grete?"

"Dit, my liewe Tillie, is vir my net so moeilik om te verklaar. Noem dit maar gerus vroulike intuïsie." Toe kyk sy die jong meisie skerp aan en vervolg: "Jy is nie dalk al klaar op hom verlief nie, is jy? Weet jy sy oupa was 'n baron?"

"Of ek op hom verlief is, sal ek jou op die oomblik nie kan sê nie. Miskien is ek op hom verlief, miskien ook nie. Al wat ek weet, is dat hy die aantreklikste man is wat ek nog ooit ontmoet het, Grete. Terloops, hy het my vandag letterlik gesoebat en gesmeek om nie die einde van die maand al terug te gaan Suid-Afrika toe nie."

"En . . .?"

"Ek weet nie. Hy maak die situasie vir my baie moeilik. Oor vyf weke open die skole en moet ek eenvoudig terug wees. En tog wil ek hom ook graag tevrede stel . . ."

"Jy is klaar verlief, Tillie, of jy dit nou wil weet of nie," val Grete haar met 'n flou glimlag in die rede. "En dis 'n jammerte. Ek sou nooit Loui vir jou as lewensmaat gekies het nie."

"Ai, watter bog praat jy tog nie! Basta nou met sulke onsin, Grete. Jy sien spoke wat glad nie bestaan nie, hoor!"

"Nou goed, bêre nou maar daardie lipstiffie. Jy is lankal mooi genoeg. Loui wag seker al ongeduldig op jou daar in die sitkamer."

Toe Tillie eindelik by die sitkamer instap, trek Loui sy asem vinnig en hoorbaar in. Telkens dink hy dat sy nou op haar mooiste lyk, net om die volgende keer te vind dat sy nog mooier is as voorheen. En vanaand is sy vir hom onweerstaanbaar. "Tillie!" Hy is by haar. "Jy is vanaand onweerstaanbaar mooi, nooientjie."

O, Tillie, skryn dit diep in sy binneste. Waarom moet jy weer teruggaan Suid-Afrika toe?

Spontaan haak sy by hom in toe hulle die sitkamer verlaat. Hy toon sy waardering vir hierdie mooi gebaar van haar deur haar arm 'n liefdevolle drukkie te gee.

Op pad na die saal praat nie een van hulle veel nie. Af en toe verminder hy spoed om haar die een of ander standbeeld te wys.

"München is 'n pragtige stad, Loui," merk sy gevoelvol op.

"Nou waarom kom bly jy nie hier nie?"

"Ek kan nie. Al my belange is in Suid-Afrika."

"Watse belange het jy sodanig in Suid-Afrika, Tillie?" vra hy half ongeduldig. "Dis tog nie dat jy 'n man en kinders daar agtergelaat het of 'n florerende saak daar besit nie."

40

"Jy is reg, ek besit nie 'n man, kinders of saak in Suid-Afrika nie, maar daar is ander dinge wat net so belangrik is."

"Soos byvoorbeeld . . .?"

"My ouers, my vriende en al my ander familie wat daar woon."

"Elke voëltjie verlaat die een of ander tyd die ouerlike nes."

"Heeltemal korrek, maar wanneer die seisoen aanbreek vir hulle om te trek, trek hulle gewoonlik saam."

"Maar, Tillie, dis tog nie dat jy jou ouers nooit weer sal sien nie! 'n Mens neem tog elke jaar of twee vakansie."

"Suid-Afrika lê nie net hier agter die eerste bultjie nie, Loui, en dit kos 'n ordentlike bedraggie . . ."

"Dis nie die belangrikste nie, Tillie," val hy haar sag in die rede. "Geldkwessies laat ons totaal buite rekening. Ek vra 'n veel gewigtiger rede van jou as dit."

"Suid-Afrika is my geboorteland, Loui. Om nou plotseling van my land, my familie en alles wat vir my dierbaar is, weg te breek, sal presies wees soos 'n groot boom wat verplant word. Dit sal nie maklik gaan nie."

"Dan sal ek maar net hoop dat jy eendag tot ander insigte kom." Plotseling stuur hy sy motor uit die straat en hou langs 'n digte dennelaning stil. Toe draai hy hom na haar, neem haar koue hande in syne en sê ernstig: "Nou wil ek weer my vraag van gistermiddag herhaal, Tillie. Sê my, was my vurige hoop en innige verwagtings van die afgelope tyd dan alles verniet? Beteken my liefde vir jou dan niks?"

'n Oomblik aarsel sy asof sy bang is om haar gevoel te ontbloot. Toe sê sy sag, huiwerig: "Nee, Loui, jou liefde beteken vir my baie . . . meer as wat jy ooit kan besef."

"Dan het jy my ook lief?"

"Ja, Loui, ek het. Ek het dit maar vanaand vir die eerste keer besef."

'n Stonde brand in sy oë in hare. Toe sê hy met 'n stem wat bewe van emosie: "My liefling, dis die wonderlikste nuus wat ek nog ooit gehoor het. Ek kan dit byna nie glo nie!"

Toe vou hy haar in sy arms en omhels haar met al die vuur en hartstog wat hom heeldag al verteer.

41

Met sy mond teen hare fluister hy sag: "Ek sal jou nou nooit laat gaan nie, my liefling. Nooit. Jy is nou myne . . . my eie klein skat. Vir jou sal ek veg tot die bitter einde toe."

Eindelik laat hy haar vry uit sy omhelsing en vervolg met 'n opgewonde stem: "Ek wonder of jy ooit kan besef hoe lief ek jou waarlik het, Tillie! Die gedagte dat jy oor twee weke teruggaan Suid-Afrika toe het my vandag al byna gek gemaak. Jy moet nooit van my af weggaan nie, my liefling. Sonder jou sal die lewe vir my bloot 'n bestaan wees. Ek en my huis wag op jou, Tillie."

"Loui, moet asseblief nie haastig wees met my nie," pleit sy. "Ons ken mekaar nog skaars en die lewe is . . ."

"Kom, kom, geen teëstribbeling nie, my skat," val hy haar liefdevol in die rede. "Dis juis een van die redes waarom jy nie nou mag weggaan nie. Ons moet mekaar nou leer ken, goed leer ken, en die tyd is kort, Tillie-skat."

"Ons sal hierdie saak later bespreek, jou ongeduldige min-naar," glimlag sy soet en vervolg onmiddellik weer saaklik: "Ek dink die dans is al in volle gang en hier sit ons nog langs die pad."

Weer neem hy haar in sy arms en omhels haar lank en innig. Toe sluit hy die enjin aan en trek geruisloos weg.

Toe hulle later voor die helder verligte nagklub stilhou, hoor hulle reeds die vrolike klanke wat op 'n ligte windjie na hulle aangedra word.

"Dit klink jolig, nè?" glimlag sy opgewonde.

"Ek sou dit meer geniet het om vanaand alleen met jou te wees. Daar is nog so baie wat ons moet bespreek."

Sy oë kyk haar verlangend aan en ook Tillie is intens bewus van haar liefde vir hierdie besonder aantreklike man aan haar sy. "Kom, Loui, vanaand, altans, gaan ons alles opsy skuif en die aand terdeë geniet. Môre is nog 'n dag en daar is ook nog vele dae tot ons beskikking waarin ons sake kan bespreek. Jy het hierdie bietjie aangename ontspanning werklik nodig."

"Kom, laat ons hierdie aangename ontspanning waarvan jy so pas gepraat het, gaan beproef, my skat."

Die musiek het net ten einde geloop toe Tillie en Loui die

danssaal binnekom. Onmiddellik gewaar sy die man waar hy nou 'n galante buiging voor sy dansmaat maak. Daardie blonde krulkop sal sy tussen honderde uitken. "Ek merk professor Heinrich Schmidt is ook vanaand hier om die joligheid te geniet," merk sy met 'n glimlaggie op.

"Dus ken jy hom reeds?" Loui lyk effens verbaas.

"Ek het hom een middag by Stümpflinghang ontmoet en 'n dag saam met hom 'n paar besienswaardighede gaan besigtig. By die Friedensengel het ons die dag piekniek gehou."

"So! Hy is voorwaar 'n bevoorregte man. Ek moes jou gister letterlik ontvoer om 'n dag saam met my deur te bring."

Verleë kyk Tillie op na hom toe hulle by 'n tafeltjie plaasneem en sê sag: "Ek het nie geweet jy sou dit so vertolk nie. Eintlik was dit Grete se wens dat ek hom daardie dag moes vergesel."

"Vergeet dit gerus, my lief. Luister, die *Blou Donau*. Sal ons dans?"

Liggies, grasieus sweef Tillie op die walsmaat in Loui se arms oor die lengte van die ruim saal.

Almal se oë volg die mooi, elegante paartjie op die dansvloer en Loui se bors swel van trots – trots op die beeldskone krulkopnooientjie wat nou uitsluitlik syne is . . . en eersdaags sy vrou sal wees.

Op die ingewing van die oomblik druk hy haar stywer teen hom aan en druk 'n ligte soen op haar kroontjie wat 'n entjie onder sy ken reik.

Met een van die betowerendste glimlaggies kyk sy op na hom en sê voldaan: "Is dit nie hemels om so op die maat van die musiek oor die vloer te sweef nie, Loui?"

"Dis hemels om jou in my arms te hou en jou aan my hart te druk." Hy kyk af in die donker dieptes van haar oë en 'n teer glimlaggie speel om sy aantreklike mond. "Jy is so klein en lieflik, my meisie," sug hy hardop.

Toe hulle weer by die tafeltjie plaasneem, is Tillie die eerste wat die blonde kêrel opmerk wat nou sy pad na hulle tafel baan.

"Goeienaand," groet hy die twee vriendelik.

Tillie groet vriendelik terug, maar Loui se stem is nie so vriendelik nie. "Goeienaand, Hein. En watter wind het jou vanaand hiér uitgewaai?"

"Ek behoort jóú dit eintlik te vra. Ek kom nogal dikwels hier, maar jý . . ."

"Ek het Tillie belowe om vanaand saam met haar te kom ontspan," glimlag hy stywerig. "My nooientjie is nogal lief vir dans."

"Dans is soms goeie ontspanning na 'n dag se werk. Maar ek kom julle eintlik nooi om by ons aan te sluit."

"Hoe meer siele, hoe meer vreugde. Laat ons maar by hulle aansluit, Loui," merk Tillie vriendelik op.

Die volgende nommer wat die orkes aankondig, is 'n tango, maar nog voor Loui haar kan vra vir die dans, maak Hein reeds 'n hoflike buiging langs haar en vra: "Mag ek?"

Grasieus kom sy orent en laat Hein toe om haar na die dans-vloer te lei. Uit hoflikheid vra Loui toe maar vir Anna, Hein se maat, vir die dans.

"Dit was nogal 'n verrassing om Loui vanaand hier aan te tref," gesels Hein onderwyl hulle op die maat van die slepende tango beweeg.

"So! En waarom was dit 'n verrassing?"

" 'n Krafft kom nooit in 'n nagklub nie. Hulle is óf te besig óf hulle ag dit benede hulle waardigheid om so 'n plek te besoek. 'n Baie trotse familie, die Kraffts."

"Ek dink stellig eersgenoemde is die antwoord. Loui is baie pligsgetrou wat sy werk betref."

Eindelik hou die orkes weer op met speel en almal stap terug na hul tafels.

Elke tweede dans maak Hein aanspraak op Tillie en toe hy haar vir die vierde keer opeis, kyk sy verskonend na Loui, wie se oë brandend op hulle gerig is. Oombliklik weet sy dat hy uiters gebelg voel teenoor Hein.

Nadat die dans ten einde geloop het, veins sy 'n hoofpyn en vra Loui om haar liewer huis toe te neem. Sy gaan Hein nie 'n kans gee om Loui weer seer te maak en te verneder nie, want as hy haar weer 'n keer sou vra vir 'n dans, sou sy straks haar maniere vergeet en hom daarop wys dat Loui haar maat is vir die aand en nie hy nie.

Op pad huis toe praat Loui nie 'n woord nie. Tillie weet dat hy baie afgehaal voel en sy weet ook nie wat om te sê nie. Dus nestel sy maar net stywer teen hom aan en plaas haar hand vertroostend op sy been.

Hierdie liefkosende gebaar laat hom nie koud nie. Hy neem haar hand wat so klein lyk in sy eie, bring dit na sy lippe en druk 'n ligte soen in die palm. Maar nog sê hy niks.

In die verte hoor sy 'n horlosie slaan en sy tel die slae sag — tienuur. Nog vroeg, dink sy en weer voel sy vies omdat Hein hulle plesier so bederf het.

Behendig stuur Loui later sy motor deur die imposante hek wat ingang verleen tot die Krafft-landgoed en hou 'n oomblik later weer voor die indrukwekkende kliphuis stil.

"En nou, Loui?" vra sy sag.

"Nou kuier jy die res van die aand by my. Dit lyk my mos of my huis die enigste plek is waar ons ongestoord bymekaar kan wees."

"Ek is jammer oor . . . e . . . vanaand, Loui," stamel sy verleë asof dit haar skuld is dat Hein so voortvarend gehandel het.

"Waarom is jy jammer, my lief? Dis ek wat verkeerd gehandel het. Ek moes beter geweet het as om jou daar te gaan ten toon stel. Jy is so lieflik en onskuldig, my liefling. Geen man kan jou weerstaan nie."

"Kom, vergeet dit nou, Loui. As jy my sal wys waar alles gebêre word, sal ek vir ons gaan koffie maak."

"Verbeel jou! Om aan so 'n oninteressante iets soos koffie te dink wanneer ek byna sterf van verlange om jou in my arms te neem," lag hy tergerig en vou haar terstond in sy gespierde arms toe. Toe sak sy bruin kop stadig af totdat hulle lippe in 'n innige soen ontmoet.

Al geselsend stap hulle deur na die sitkamer toe.

"Ek dink ons drink eers elkeen 'n drankie voor ons gaan koffie maak," sê hy en stap na die drankkabinet met sy outydse koperbeslag aan die deure.

In twee fyn kelkies skink hy vir hulle van sy beste wyn en kom weer langs Tillie op die bank sit.

'n Oomblik sit albei swyend en luister na die sagte musiek wat na hulle aangesweef kom en Loui voel of hy vanaand die gelukkigste man op aarde is omdat hy die nooientjie van sy hart so digby hom het.

Ineens val dit hom weer by waarom hy haar juis vanaand na sy huis toe gebring het en hy sê met 'n geheimsinnige vonkeling in sy grys oë: "Ek het al byna vergeet dat ek jou vanaand hierheen ontvoer het met 'n doel, my skat." Hy kom orent, kelk haar fyn gesiggie tussen sy sagte hande en vervolg: "Sal jy my 'n oomblikkie verskoon?"

"Seker, Loui. Om die waarheid te sê, ek is nou baie nuuskierig om te weet wat agter hierdie kuiertjie skuil."

"Dit, my eie klein liefling, sal jy aanstons weet." Met hierdie woorde laat hy haar gesiggie los en verlaat die vertrek.

Toe hy terugkom, kom hy langs haar staan, plaas sy arms om haar smal skouertjies en sê ernstig: "Ek het jou eintlik vanaand hierheen gebring met die doel dat jy vir jou 'n verloofring moet kies." Hy swyg 'n oomblik en vervolg toe weer: "Ek sou graag wou hê dat jy my moeder se verloofring dra, maar miskien hou jy nie daarvan nie. Dus staan dit jou vry om self 'n ring uit te soek tussen hierdie juwele."

"Nee, Loui, ek gaan nie een van jou moeder se ringe dra nie. Dis bepaald erfstukke wat aan jou nagelaat is en jy moet hulle bewaar vir jou nageslag."

"Maar, my liefling, dis ons tradisie. Elke erfgenaam van die Krafft-juwele en -landgoed het tot dusver met die een ring verloof geraak."

"O, ek sien ... Wel, dis 'n ander saak. Ek weet net nie of ek so 'n waardige draer van die ring sal wees soos wat hulle miskien was nie."

"My liefling." Hy vou haar arms toe, kyk lank en liefdevol af in haar bruin oë. Toe vervolg hy sag: "Jy moet dit nooit weer sê nie. Natuurlik sal jy net so 'n waardige draer wees van daardie ring. Kom, laat ons sien of dit pas. Ek meen egter so, want my moeder was ook 'n klein vroutjie soos jy."

46

Uit sy baadjiesak haal hy 'n plat silwerdosie te voorskyn en plaas dit op die tafeltjie langs die lamp.

Die hele deksel van die dosie is met edelgesteentes versier en Tillie weet intuïtief dat die dosie net so waardevol is soos sy inhoud.

"Ek wil jou nou wys hoe om hierdie dosie oop te maak," verduidelik hy. "Dis 'n geheim wat net aan elke erfgenaam hiervan bekend is . . ."

"Nee, Loui, Dan wil ek dit nie weet nie. Die geheim is joune – laat dit joune bly," val sy hom vinnig in die rede.

"Dit kan nie my geheim alleen bly nie, my liefling, dit moet jou geheim ook wees. Die dag wat jy my bruidjie word is jy die wettige erfgenaam van al hierdie juwele – dis die Kraffttradisie."

"Ek sou verkies dat jy my die geheim meedeel na ons troue, Loui. Dit duur miskien nog 'n jaar of twee voor ons kan trou."

Plotseling neem hy haar aan albei sy skouers en vra onheilspellend sag terwyl hy haar streng aankyk: "Presies wat bedoel jy, Tillie?"

Haar oë wyk voor sy blik toe sy sag sê: "Maar dis tog vanselfsprekend dat ons nie onmiddellik kan trou nie, Loui! Ek is seker my ouers sal eers met jou persoonlik wil kennis maak voor hulle ons toestemming sal gee tot 'n huwelik. En sonder hulle toestemming sal ek nie kan trou nie; ek is onmondig. Ek is eers volgende jaar een en twintig."

"Wat vertel jy my nou, Tillie? Nee, ek is glad nie bereid om nog so lank te wag nie."

"Dan sal jy oor twee weke maar saam met my Suid-Afrika toe moet gaan om die saak met my ouers te bespreek, Loui."

"Dis totaal onmoontlik. Op die oomblik het ek gans te veel pasiënte. Jy sal maar môre jou ouers maar laat weet, my skat. Sê vir hulle ons is verloof en dat ons graag oor 'n maand wil trou. Ek sien regtig geen rede waarom hulle sal weier om hul toestemming te gee nie. Hulle was tog immers ook jonk!"

"Ek dink jy is nou 'n bietjie onredelik, Loui. Geen ouerpaar sal hulle dogter sommer ongesiens aan 'n man toevertrou wat vir hulle totaal vreemd is nie."

"Tillie, asseblief, my skat, moet nou nie nog meer besware opper nie. Laat weet nou jou ouers môre soos ek flussies aan die hand gedoen het en laat my toe om my ring aan jou vinger te steek. Of het jy nou besware teen ons verlowing ook?"

"Skaam jou, Loui. Jy weet goed ek het geen besware daarteen om my aan jou te verloof nie. Maar wat gaan gebeur as my ouers daarop aandring dat ek eers huis toe moet gaan?"

"Laat ons liewer nie nou daaroor praat nie, my lief." Versigtig maak hy die silwerdosie oop en haal die fraaiste ring wat Tillie nog gesien het te voorskyn. Sy kan 'n uitroep van bewondering nie keer nie.

Liefdevol stoot hy die fraai juweel oor haar vinger en tot sy blydskap vind hy dat dit volmaak pas. "Ek het mos so gedink," glimlag hy tevrede en soen haar hand liggies. "Hierdie ring moet jy nooit, nooit van jou vinger af verwyder en buite jou bereik laat nie, my skat. Hierdie ring, sowel as die ander juwele, is nou wel verseker, maar geen geld ter wêreld kan hulle ooit koop nie. Ek sal jou nog eendag elkeen se geskiedenis afsonderlik vertel. Ja, elkeen het sy eie geskiedenis, want hulle is van oral oor die wêreld versamel."

"Maar, Loui, ek kan nie hierdie waardevolle ring dra nie. Sê nou iemand vermoor my om die ring in die hande te kry? Nee, jong, ek sal my lewe nooit seker wees met so 'n kosbare juweel aan my vinger nie."

"Asseblief, Tillie. Is dit werklik nodig dat jy teen alles beswaar opper? Hier in Duitsland sal niemand jou ooit van daardie ring beroof nie, dus hoef jy geen aanslag op jou lewe te vrees nie. Kom, ek skink vir ons nog 'n drankie, dan neem ek jou huis toe. Maar sê my eers, voel jy gelukkig oor die ring en oor ons verlowing?"

"Baie gelukkig, Loui. Ek dink dis die mooiste ring wat ek nog gesien het. Dis net 'n bietjie swaar."

"As jy gelukkig is, my liefling, kan ek wel sê dat ek nie minder gelukkig is nie. Onthou nou net om jou ouers môre te laat weet van ons planne. Terloops, die ring móét swaar wees. Dit moet jou altyd herinner aan my liefde vir jou. Dit sal jou altyd bewus maak van my besitreg."

# 6

Dis tienuur. Onderwyl die telefoon skril en dringend lui, ver-keer Tillie nog salig in droomland, onbewus van die aanhou-dende gelui deur die huis.

Grete tel die gehoorstuk op. "Hallo, mevrou Joubert hier."

"Goeiemôre, Grete," groet Loui en vervolg: "Is dit moontlik dat ek met Tillie kan praat?"

Sy lag geamuseerd en sê plaend: "Nee, jong. Tillie verkeer nog heerlik in droomland."

"Ai, die klein laatslaper. En ek wou haar regtig dringend ge-spreek het. Het sy julle al vertel dat ons gisteraand verloof ge-raak het?"

"Nee ... wel ... nee, sy het nie. Ek bedoel, daar was nog nie 'n geleentheid nie, sy slaap dan nog!" stamel sy effens ontsteld.

"Jy klink ontsteld, Grete. Wat makeer?"

"Nee, niks. Ek is maar net 'n bietjie verbaas om van julle verlowing te hoor, Loui. Dis ... wel ... so 'n bietjie onverwags. Ek het dit nie so gou verwag nie. Maar baie geluk, hoor! As jy 'n oomblikkie sal wag, kan ek haar gaan roep."

"Dankie, Grete. Terloops, jy en Willem kan gerus vanaand saam met ons die verlowing amptelik gaan vier."

"Goed, ons sal so maak, Loui." Toe plaas sy die gehoorstuk eenkant op die rakkie en haas na haar Tillie se slaapkamer toe. Liggies skud sy die slapende meisie aan haar skouer en sê: "Haai, Tillie, word wakker jong! Kom, jou aanstaande wil jou drin-gend oor die telefoon spreek. Dè, hier is jou kamerjas. Trek dit gou aan."

Binne enkele tellings is Tillie by die telefoon, tel die gehoor-stuk op en sê: "Goeiemôre, Loui. Jammer dat ek jou so lank laat wag het, hoor!"

"Ja, môre, jou klein laatslaper. Hoe voel dit vanoggend om 'n verloofde nooi te wees?"

"Presies net soos dit voel om 'n verloofde kêrel te wees," lag sy gelukkig.

"Jy lag nog! Ek voel 'n bietjie boos vir jou, weet jy?"

"Waarom, Loui?"

"Waarom moes jy nou juis vanoggend kies om laat te slaap, my liefling? Jy weet tog dat dit raadsaam sou wees om jou ouers vanoggend baie vroeg te telegrafeer. En hier lê jy waarlik nog en slaap. As ek Afrikaans kon skryf, sou ek die sakie self afgehandel het."

"Toe maar, dokter Krafft, oor 'n halfuur is ek binne-in die poskantoor. Terloops, my ma kan Duits net so goed lees en skryf soos jy, ingeval jy miskien nog lus voel om die saak self af te handel," terg sy lustig. Vanoggend voel sy byna uitbundig van geluk en sy weet dat sy nie verkeerd gehandel het deur haar aan Loui te verloof nie.

"Jy is 'n onmoontlike entjie mens, Tillie. Tot siens. Ek sien jou oor 'n halfuur by die poskantoor, hoor!"

"Goed, Loui. Tot siens tot dan."

Toe Tillie haar kamerdeur oopstoot, merk sy dat Grete nog steeds in die vertrek doenig is.

"Ek het regtig al begin dink jy kom nooit weer terug nie," begroet sy die jong meisie met 'n flou glimlaggie. "Kom, sit hier by my op die bed. Ek wil jou ook graag gelukwens met julle verlowing. Jy het my allerbeste wense vir 'n baie gelukkige toekoms, Tillie. Jy sal Loui natuurlik anders vind as ons gewone Duitsers, dus moet jy te alle tye onthou dat hy anders opgevoed is as ons. Ek het jou reeds gesê sy oupa was 'n baron. Nou ja, sy eie vader was 'n dokter, dus kan jy begryp dat sy lewe op tradisie gebaseer en daarvolgens gevorm is. Om jou 'n idee te gee: ek was gisteraand eerlik verbaas dat hy saam met jou in 'n nagklub gaan dans het. Ek ken die Krafft-familie baie goed. Ek en Loui was saam op skool. As kind was hy 'n baie vriendelike knaap, maar as jong man was hy byna ongenaakbaar. En dis wat ek bedoel as ek sê dat hy volgens tradisie opgevoed is. Dis asof hulle trots hulle verskans sodat die klein, alledaagse dingetjies hulle nie raak nie. Glo my, sy vader was 'n onverbiddelike man. Loui kon nooit met kinders benede sy stand meng nie. Vir sy vader was so iets 'n onvergeeflike oortreding ..."

"Probeer jy my nou bang maak, Grete?" val Tillie laggend in die rede.

"Ek probeer jou maar net inlig oor hoe die lewe vir jou saam met Loui sal wees, Tillie. Om die waarheid te sê, ek het altyd gedink sy trots verskans hom selfs teen die liefde ook."

"Wat het jou so iets laat dink, Grete?"

"Hy het nog nooit juis notisie geneem van die vroulike geslag nie."

"Miskien wou hy maar net nie flankeer nie. Haai, Grete, ons twee het nou so kliphard gesit en skinder dat ek byna vergeet het van my afspraak met Loui. Ek sal baie vinnig moet speel as ek hom nog om halfelf by die poskantoor wil ontmoet."

"Ja, en ek het skoon vergeet om na jou ring te kyk . . . Hm, ja, ek het so gedink," merk sy niksseggend op onderwyl sy die ring van naby beskou. "Dis 'n familiering . . . was seker sy oumagrootjie se ring."

"Reg geraai," lag Tillie plaend. "Hierdie ring het al vyf geslagte reggesien in hulle romanse en ek is die sesde. Maar ek gaan Loui vra om die ring 'n bietjie te laat verwerk. Dis veels te swaar en ook te veel uit die oude doos . . ."

"Tillie, jy kan dit nooit doen nie!" val Grete haar geskok in die rede. "Ou kindjie, jy moet dit nooit waag nie. Vir Loui sal dit heiligskennis wees om dit te laat verander. Jy weet nog nie wat tradisie vir hulle hooggeplaastes beteken nie. O, Tillie, ek wonder of jy regtig gelukkig sal wees by hom. Jy is so lewenslustig, voortvarend en vol draadwerk. Ek kan net nie sien hoe jy in sy lewenspatroon sal pas nie. Hy sal 'n ander mens van jou maak. Nee, nie 'n mens nie, 'n wese, want jy sal nooit weer jou self kan wees nie."

"Gelukkig sal jý darem altyd naby wees, Grete. Ek sal maar altyd by jou kom stoom afblaas," terg sy voort.

"Ek wens ek kon so gelukkig voel oor julle verlowing soos jy, Tillie."

"Kom, Grete. Kom ons gaan drink gou koffie, dan moet ek gaan."

Hier waar sy onder 'n reuseboom sit is dit stil en rustig en Tillie se gedagtes kies die wye ruimtes. Met 'n veraf blik in haar sagte bruin oë herhaal sy in haar gedagtes elke woord wat Grete gisteroggend daar in haar slaapkamer gesê het. Sy kan Loui egter nie vereenselwig met die karakter wat Grete aan haar voorge-hou het nie. Hy is wel streng, met 'n ysere wil en onbeperkte deursettingsvermoë, maar beslis nie koud en ongenaakbaar nie. Selfs sy trots is ook nie oormatig nie. En dat hy tradisievas is, weet sy reeds . . .

Die deurdringende gelui van die voordeurklokkie wek haar plotseling uit haar mymerings en dit val haar ineens by dat Grete nie tuis is nie.

Vinnig draf sy in die rigting van die huis en wonder so in haar vaart wie die besoeker is.

Dis eers toe die kêrel die verseëlde koevert aan haar uithou dat sy merk dat dit die posbode is. Seker 'n telegram van haar ouers, dink sy en neem die potlood wat hy haar aanbied om mee te teken.

Vlugtig stoot sy weer die deur op knip en haas haar na die sitkamer om die telegram te lees. Haastig skeur sy die koevert oop, vou die enkele vel oop en lees:

*Telegram ontvang Stop Stel die huweliksplanne uit Stop Verwag jou oor drie weke terug Stop*

'n Oomblik sit sy verdwaas na die vel papier in haar hand en staar. Toe vou sy dit op en bêre dit in haar roksak. Dus het dit tog gebeur . . . presies soos ek verwag het, dink sy. Ek sal Loui dadelik moet bel. Hy sal natuurlik bitter ontsteld wees. Sy haal haar skouers op. O wel, ek kan niks aan die saak verander nie.

Langsaam kom sy orent en stap na die telefoon in die voor-portaal. Sy soek Loui se kantoornommer op. "Ja, hier is dit. Hoop nou net nie hy is dalk uit nie," praat sy met haarself en skakel terselfdertyd sy nommer.

"Hallo!" hoor sy duidelik die verpleegster se stem aan die ander kant.

"Goeiemôre, juffrou," antwoord sy. "Kan ek met dokter Krafft praat, asseblief?"

"Net 'n oomblik, ek skakel jou deur."

"Hallo!" hoor sy Loui se stem 'n oomblik later.

"Hallo, Loui, dis Tillie hier."

"Middag, my skat. En waaraan het dié eer te danke?"

"Wanneer kan ek jou sien, Loui? Dis dringend."

52

"Wat makeer, my lief?"

"Ek het nou net 'n telegram van my ma-hulle ontvang. Die nuus is bitter ontstellend."

"Tillie, nie dit nie! Ek kom dadelik, hoor."

"Goed, Loui, ek wag op jou."

Arme Loui, dink sy toe sy op die stoep uitstap. Hy klink so geskok en teleurgesteld. Dit moet vir hom 'n vreeslike ontnugtering wees – die feit dat sake toe nie verloop het soos hy verwag het nie. Hy moes hom daarop voorberei het. Hy weet tog hy is 'n volslae vreemdeling vir haar ma en pa. En watter ouers sal blindelings toestem dat hul dogter met 'n vreemdeling mag trou?

Etlike minute later draai Loui se motor by die hek in en kom hou voor die huis stil.

Hy klim uit en stap haastig met die trappies op. Op sy gesig is 'n stroewe trek wat Tillie nog nie voorheen bespeur het nie – byna 'n harde trek wat aan onverbiddelikheid grens. Hy sien haar egter nie raak nie en wil net aan die voordeur klop toe sy sê: "Hallo, Loui."

"O, daar is jy. Jammer, skat, ek was so diep ingedagte. Ek het jou nie gesien nie." Hy neem haar in sy arms, soen haar en staar lank af in haar donker oë. Toe vra hy sag, asof hy vrees om die woorde te uiter: "Wat sê jou ouers?"

Sy haal die telegram uit haar sak, vou dit oop en vertaal dit so goed as sy kan in Duits.

Vir 'n oomblik is hy sprakeloos. Toe ineens sê hy bars: "Nee, Tillie, nie dit nie. Dit kan nie nou met ons gebeur nie. Jou ouers vra gans te veel. Ek gaan beslis nie toelaat dat jy nou teruggaan Suid-Afrika toe nie. Ons het reeds besluit om oor 'n maand te trou en so sal dit wees. Dis onmoontlik. Ek laat jou nie gaan nie. Ons is reeds verloof en by ons is 'n verlowing net so heilig soos 'n huwelik."

"Asseblief, Loui, moet dit nie vir my swaarder maak as wat dit reeds is nie. Dit sal vir my net so pynigend wees om van jou geskei te wees, maar daar is geen ander uitweg nie. Ek moet my ouers gehoorsaam."

"Waarom móét jy, my liefling?"

"Ek is nog onmondig en . . . wel, ek sal graag my ouers se seën op ons huwelik wil ontvang."

Hy gaan sit op die bank en trek haar langs hom neer. "Hoe lank gaan ons huwelik nou uitgestel word, Tillie?" Sy stem is sag en sy oë is pleitend op haar gerig.

"Dit weet ek nie, Loui. Ek sal eers die saak met my ouers moet bespreek. Sodra daar 'n finale besluit geneem is, sal ek jou onmiddellik laat weet."

"Jy moet dadelik bel. Ek moet dit dadelik weet, Tillie. Verstaan jy?"

"Ek sal, Loui. Maar in verband met hierdie verloofring . . . Dink jy nie dit sal raadsaam wees om dit maar eers weer in jou besit te neem tot tyd en wyl ek terug is nie? 'n Gewone diamantring sal net so goed wees . . ."

"Genoeg, Tillie," val hy haar streng in die rede. "Waarom sê jy nie reguit dat jy graag ons verlowing wil verbreek nie?"

"Loui, hoe kan jy so iets insinueer?" kom dit sag.

"Dis tog waarop dit neerkom! Waarom anders moet ek dan nou ewe skielik weer die ring terugneem?"

"Ek het dit nie so bedoel nie, Loui," sê sy met pyn in haar stem. "Ek het maar net gemeen dat ek nie die ring saam met my na my land toe behoort te neem nie. Dis 'n erfstuk van jou. Daarom wou ek voorstel dat jy 'n goedkoper ringetjie koop . . ."

"Kyk, ons het verloof geraak met daardie ring aan jou vinger en dit moet aan jou vinger bly, Tillie," val hy haar weer streng in die rede. "Terloops, jy behoort nie juis langer as drie maande weg te wees nie, weet jy?"

"Ek weet nie, Loui. Die besluit berus uitsluitlik by my ouers. Ek sal jou egter laat weet sodra hulle tot 'n besluit gekom het."

"Waarom so 'n onbevredigende antwoord, Tillie? Het jy dan geen sê in die saak nie?"

"Loui, jy vergeet blykbaar dat ek nog onmondig is en nie sonder my ouers se toestemming mag trou nie!"

"En as jou ouers besluit dat ons eers volgende jaar mag trou?"

"Jy is te swartgallig vandag, Loui. Daar is geen rede waarom ons huwelik so lank uitgestel sal word nie. My ouers is twee dierbare mense wat nooit hulle kinders se geluk sonder 'n grondige rede in die wiele sal ry nie."

"Wel, ek hoop hulle skei ons nie te lank nie, my skat. Ek is haastig om jou my bruid te maak. Wanneer 'n man eers my jare bereik het, beskou hy sulke vertragings as 'n verspeling van kosbare tyd." Sy stem is nou weer heeltemal beheers.

"Jy praat asof jy honderd jaar oud is en nie twee en dertig nie, Loui."

"Ewenwel, ek word ouer, nie jonger nie," glimlag hy nou goedig.

"Ons sal sien wat Mammie-hulle besluit nadat ek self met hulle gepraat het. Los nou al die bekommernisse en kom drink saam met my tee."

"Nie vandag nie, my liefling. Ek moet dadelik weer ry. 'n Ander dag kom ek graag saam met jou tee drink. Kom, stap saam tot by die motor."

# 7

Op die kaai is dit 'n woelige menigte wat kom en gaan. Skepe lê in die hawe vasgemeer en oral staan daar mense in groepies en gesels, duidelik familie en vriende wat kom afskeid neem.

Eers nadat Loui haar bagasie in die kajuit besorg het, neem hy haar in sy arms. "Moet my tog nie te lank laat wag nie, my liefling. Ek sal so bitterlik na jou verlang."

"O, Loui, ek sal jou nie onnodig lank laat wag nie. Ek het jou so innig lief, my skat," sê sy sag en daar is trane in haar stem.

"Ek het vir jou 'n geskenkie saamgebring," sê hy. "Miskien sal dit my altyd in jou gedagtes laat leef, soos wat jy dag en nag in my gedagtes sal leef gedurende hierdie skeiding."

Toe sak sy kop stadig af totdat sy lippe hare ontmoet en hy druk haar hartstogtelik aan sy bors.

Eindelik laat hy haar vry uit sy arms. Hy steek sy hand in sy baadjiesak en haal 'n vierkantige dosie te voorskyn. Behendig maak hy die dosie oop en bring 'n swaar, goue armband te voor-skyn met *Matilda* netjies daarop gegraveer. Hy knip dit om haar pols vas. "Ook hierdie band moet jou altyd aan my en my liefde herinner. Dra dit altyd, my skat."

Toe blaas die eerste fluitjie en almal aan boord weet dis die teken vir die besoekers om nou aan wal te gaan.

Weer neem hy haar in sy arms en soen haar lank en innig. Toe stap sy saam met hom uit op die dek.

"Ek sal so oneindig baie na jou verlang, my meisie. Laat tog dikwels van jou hoor." Hy kyk haar 'n oomblik verlangend aan, toe draai hy om en stap met die loopplank af.

Haar oë volg hom tot waar hy aan wal stap. Toe word die loopplank haastig opgehys.

Tuis wag tant Byps al ongeduldig op die koms van haar man en Tillie. Sy weet die boot het vroeg vanoggend Kaapstad se hawe binnegevaar en eintlik het sy hulle vroeër tuis verwag.

Die dowwe geluid van 'n motordeur wat toeklap laat haar vinnig voordeur te draf. "Tillie!" Sy vou die fyn gestaltetjie van haar jongste in haar arms toe en omhels haar lank en innig. "Ai, ek het darem al baie verlang, my kind. Hierdie afgelope twee maande was vir my soos jare."

"Ai, Mammie kla so oor my afwesigheid van twee maande, ek wonder wat sal gebeur na my troue met Loui wanneer Mam-mie my maar een maal 'n jaar sal sien!" lag Tillie opgewonde onderwyl hulle in die rigting van die huis beweeg.

"Is jy regtig ernstig met die man, Tillie?"

"Hierdie keer is ek ernstig, Mammie. Hoewel ek in die ver-lede heelwat kêrels gehad het, het ek my darem nog nooit aan een van hulle verloof nie. Nee, my ou moedertjie, hierdie keer is dit ek wat in die strik gevang is, want ek het Loui innig lief. Hy is die enigste man wat ek nog ooit werklik liefgehad het. Ek het eintlik net gekom om Mammie en Pappie se toestemming te kry tot 'n huwelik met Loui."

"My ou kindjie, julle moenie haastig wees nie. Jy het nog jou lewe voor jou en julle ken mekaar skaars. Dink jy nie self julle behoort nog 'n rukkie te wag nie?"

56

"Tyd kan aan my gevoel vir Loui niks verander nie, Mammie."

"Die huwelik is so finaal, so onherroeplik, en jy is nog so jonk, my kind."

"Ek glo nie twintig jaar is te jonk nie, Mammie. Die meeste van my studentemaats is al getroud."

"En jou loopbaan, my kind?"

"My roeping gaan ek mos volg, Mammie — my roeping as vrou en moeder," glimlag sy gelukkig en gee haar ma 'n drukkie.

"Ek en Pappie wil nie in die weg van jou geluk staan nie, my kind, maar ons sal tog die man eers wil ontmoet voor ons toestemming kan gee tot 'n huwelik. Dit is so 'n groot stap in 'n mens se lewe."

"Ek sal vir Loui skryf, Mammie," sê sy sag en sak met 'n sug in een van die gemakstoele neer. Dis vir haar aangenaam om weer tuis te wees, om weer elke ou meubelstuk in die sitkamer waarmee sy grootgeword het, te sit en betrag. Daar het soveel met haar gebeur die afgelope twee maande dat dit voel of sy twee jaar weg was.

Op die breë klipstoep waar Loui staan en rook is die luggie nou betreklik koel. Bedags skyn die son koesterend op alles neer, maar sodra dit begin skemer word, neem die koel luggie besit van die skemerte en die nag. Hy tuur peinsend oor Burkenhof, sy landgoed. Met 'n rustelose gebaar haal hy vir die soveelste maal die ligblou koevert uit sy sak, trek die velle uit die koevert en staan nader aan die elektriese lantern wat in die middel van die stoep hang.

Hy vou die velle oop, kyk 'n oomblik na die netjiese vrouehandskrif en begin dan weer lees.

*Montana*
*Uniondale*
*Dierbare Loui*
*Ek wonder of jy ooit sal besef hoe eensaam ek vanaand voel, so oneindig ver van jou af.*
*Ek verlang baie na jou, my Loui, maar wat baat dit tog alles? Al*

*my verlange en hunkering kan jou nie vanaand by my besorg nie.*

*Jou portret glimlag my toe van my kleedtafel af, maar dis ook maar net 'n dooie voorwerp wat my meer na jou laat verlang in plaas van die verlange te stil.*

*Die reis was baie aangenaam en voorspoedig, maar te gou het ou Tafelberg sy kruin voor ons uitgestoot en aangekondig dat ons reis sy einde genader het.*

*Ek het vanmiddag eers tuis gekom. Montana het my verwelkom in haar mooiste kleed, haar laat somerskleed. Ek het so gewens dat jy dit saam met my kon aanskou, Loui. Maar miskien sou jy dit nie so intens geniet het nie. Jy is mos nie so 'n ou dromer soos ek nie.*

*Sommer met my aankoms laat vanmiddag het my gesprek met my ma oor ons huwelik gegaan. Soos ek jou reeds gesê het, is my ouers nie van plan om my geluk te dwarsboom nie, maar hulle eis 'n persoonlike ontmoeting met jou voor ons hulle toestemming kan kry.*

*Dus begryp jy wat dit beteken, my lief. Ons huwelik sal eers op die lange baan geskuif moet word tot tyd en wyl jy tyd het om hierheen te kom.*

*Ek is jammer, my Loui, maar my ouers handel maar net soos enige normale ouer sou gehandel het . . .*

Werktuiglik vou hy weer die velle toe en steek hulle met sorg terug in die koevert.

Is dit nou waarop hy die hele week gewag het? dink hy opstandig en stap met die treetjies af. Hy het so uitgesien na 'n brief van haar met goeie nuus . . . en nou het al sy hoop in duie gestort. Want hoe graag hy ook al aan haar wens wil voldoen, is dit vir hom op die oomblik totaal onmoontlik. Vir maande sal daar vir hom geen sprake wees van 'n reis oorsee nie. Tillie sal maar weer met haar ouers moet praat. En . . . ja, hy sal ook aan hulle 'n brief rig net om te verduidelik dat hy nie 'n woestaard is wat hulle dogter sal mishandel nie. Hy gaan haar vir geen geld ter wêreld prysgee nie. Net sy sal eendag die moeder van sy kinders wees en geen ander nie, besluit hy, draai vinnig om en stap haastig terug huis toe.

Hy sal nou dadelik aan haar ouers gaan skryf. Aan Tillie ook. Sy behoort haar man te kan staan teen haar ouers en te veg vir hulle geluk.

Met lang treë bestyg hy die trappies na die veranda, laat die voordeur sonder erg oop en stoot eindelik die deur van sy studeerkamer agter hom toe.

# 8

In haar kamer is Tillie halfhartig besig om in te pak. Vanmiddag voel sy intens bedruk. Oor drie dae open die skole en môre moet sy Uniondale toe vertrek sonder dat sy een woord van Loui gehoor het. Sy kan begryp dat hy bitter teleurgesteld is, maar hy kon tog immers haar brief beantwoord het.

Ineens besluit sy om die pakkery te staak en met haar innige hartseer gaan sy na die klavier in die sitkamer en begin speel: *Jesus, vreug van ons verlange* . . . Saam met die musiek ween sy haar hartseer en verlange uit.

Besorg staar haar ma na die jong meisie toe Tillie ophou speel. "Kan Mammie dan nie help nie, kindjie? Jy lyk so diep ongelukkig."

Toe, meteens, gaan die sluise van hartseer oop en is daar geen keer meer aan Tillie se trane nie. Teen haar moeder se rustige bors snik sy haar leed en verlange uit.

"Waarom is die hartjie dan so seer, Tillie-lief?" Liefdevol lei die moeder haar na die rusbank en wag geduldig dat sy moet praat. Sy weet dat mens geen woord kan uitkry wanneer die gemoed te vol is nie.

Eindelik droog Tillie haar trane af en begin praat, en telkens ontsnap daar 'n verdwaalde snik uit haar bors. "Ek voel maar net hartseer omdat ek nog geen brief van Loui ontvang het nie, Mammie. Hy is natuurlik bitter teleurgesteld met die nuus wat ek hom meegedeel het. Ons het gemeen om gou te trou en nou wil Mammie-hulle nie toestemming gee nie. Sonder Loui sal my lewe net 'n oneindig lang, moeisame bestaan wees, Mammie . . . ek wil nie eens daaraan dink nie."

"Maar, kindjie, dis tog nie onredelik van 'n ouer om eers te wil kennis maak met die aanstaande skoonseun nie . . ."

"Vir Loui is dit totaal onmoontlik om nou hierheen te reis, Mammie. Hy is te pligsgetrou om ooit sy pasiënte in die steek te laat," val sy haar moeder sag in die rede. "Dis waarom ek hom so liefhet ... omdat hy so eerlik, pligsgetrou en opreg is. Hy is 'n man uit een stuk, Mammie, die man wat ek ewig sal bemin."

"Ek sal met Pappie praat, kindjie. Miskien kan ons tog wel iets doen. Het jy klaar jou tasse gepak?"

"Nog nie, Mammie."

"Nou gaan pak klaar in. Ek bring aanstons vir jou tee."

Traag verlaat Tillie die sitkamer. In haar slaapkamer staan sy die warboel lusteloos en betrag en sy weet nie waarom sy nog moeite doen om in te pak of om onderwys te wil gee nie. Watter verskil sal dit tog aan haar en haar lewe maak of sy onderwys gee of hier op die plaas bly? In albei gevalle sal haar lewe tog maar eensaam en troosteloos wees.

Werktuiglik begin sy weer inpak. Loui se portret wat die ereplek op haar kleedtafel beklee, laat sy egter tot laaste. En dis toe sy eindelik klaar ingepak het en met Loui se portret in haar hande staan dat haar moeder die deur oopstoot en die vertrek met 'n koppie tee binnekom.

Sy neem die portret uit Tillie se hande en gee haar die koppie tee. Lank staar sy na die streng lyne van die gesig wat vanuit die raam vir haar glimlag en sy wonder vir die soveelste maal of Tillie werklik gelukkig sal wees met so 'n streng aristokraat. Haar ou dogtertjie is so sag en fyn van aard. Sal die man dit nie dalk alles vernietig nie? Sy word koud as sy net daaraan dink.

Met lam hande plaas sy die portret terug op die kleedtafel en gaan sit langs Tillie op haar kant van die bed. "Jammer dat ek so lank gedraai het met die tee, my kind. Pappie het ook huis toe gekom vir tee en ... wel, ek het toe met hom gepraat oor jou en Loui."

Sy swyg en Tillie kyk haar vraend, afwagtend aan.

"Ek en Pappie het besluit dat julle maar kan trou net wanneer dit julle die beste pas," gaan sy eindelik weer voort. "Dit sal tog ons harte breek om jou deurentyd so ongelukkig te sien, my kind. Dus, as jy seker is dat Loui jou gelukkig kan maak, het julle ons beste seënwense vir 'n baie gelukkige toekoms."

Oorstelp van blydskap val Tillie haar moeder om die hals en nou loop die trane weer oor haar wange van skone blydskap en geluk. "O, ek weet nie hoe om Mammie en Pappie te bedank nie," kry sy dit eindelik uit en neem weer die koppie tee wat sy in haar opgewondenheid op die kleedtafel geplaas het.

"Dis nie nodig om ons te bedank nie, my kind. Ons bede is net dat jy altyd gelukkig moet wees. Loui is darem ook nie meer heeltemal 'n vreemdeling vir ons nie. Ek het die dag na jou tuiskoms 'n brief van Willem en Grete ontvang . . . en . . . nou ja, Grete sowel as Willem ken jou verloofde baie goed en hulle brief was heeltemal bevredigend wat Loui betref."

"Dan . . . Dan kan ek hom maar laat weet dat alles reg is, dat ons Mammie en Pappie se seënwense en toestemming het?" vra sy huiwerig.

"Jy kan hom môreoggend laat weet, kindjie. Maar wat nou van jou pos? Gaan jy darem eers 'n paar maande onderwys gee?"

"Ek weet nog nie, Mammie. Sal ek nie eers maar eers hoor wat Loui daarvan te sê nie? Ek sal in elk geval 'n maand lank onderwys moet gee om die departement in kennis te stel dat ek bedank. Ja, ek reken dis die beste dat Loui ook 'n sê het in die saak. 'n Man voel tog altyd belangrik as sy opinie ook gevra word."

Na die aandgodsdiens gaan Tillie voor die klavier sit en speel die openingsakkoorde van *Die huweliksbelofte* van Rossini.

Die ouerpaar gaan op die rusbank sit. Vol bewondering en liefde rus hulle oë op hul dogter. In stilte stuur elkeen 'n gebed na Bo en vra die Gewer van alle goeie dinge om die kind daar voor die klavier tog altyd so in die sonskyn van die lewe te hou.

Tillie lig haar kop en sien haar ouers sit. Met die druk van die slotakkoorde word die stuk afgesluit. Daar is 'n oomblik stilte, toe begin sy weer haar geliefkoosde komposisie, *Die Serenade* van Haydn, speel.

In vervoering speel sy die een komposisie na die ander en dis byna nege-uur voor Tillie die deksel van die klavier toemaak en orent kom.

"Dit was wonderlik, kindjie," sê haar moeder sag.

"Ons sal jou musiek baie mis, my ou dogtertjie," spreek haar vader sy waardering uit. Hy swyg 'n oomblik en sê toe weer ewe prakties en alledaags: "Kom, vrou, hierdie dogter van jou sal mens sowaar heelnag hier by die klavier hou. Ons moes hoeka al in die bed gewees het."

Die poskantoor se deure het die volgende môre pas oopgemaak toe Tillie haastig daar aankom. Met vlugge vingers skryf sy die telegram, oorhandig dit aan die dametjie agter die toonbank en verneem of daar pos is vir die Jouberts van Montana.

'n Paar koerante, 'n tydskrif en twee briewe word vir haar aangegee. Met 'n vriendelike dankie verlaat sy weer die poskantoor.

Hm, albei van Duitsland af ... en ja, nogal dieselfde handskrif ook. Een vir my, een vir Mammie en Pappie ... Natuurlik van Grete, dink sy teleurgesteld en stap ingedagte na haar vader se motor wat sy vroeër voor die poskantoor geparkeer het.

Sy stuur die motor behendig onder die skadu van die eerste ou soetdoring langs die pad in en skakel die enjin af. Sy leun gemaklik terug, haal die brief uit haar handsak, skeur die koevert oop en begin lees.

*Burkenhof*

*München*

*My eie klein Tillie*

*Sê 'n mens nou dankie vir so 'n onbevredigende brief soos joune, of hoe? Indien wel, sê ek baie, baie dankie, hoewel jou brief my bitter teleurgestel het. Jy skryf oor allerhande onbenullige sake en toe ek eindelik dink ek het nou by die blye nuus gekom, moes ek tot my bitterste teleurstelling vind dat die brief vir my geen goeie nuus bevat nie!*

*Sê my, Tillie, maak dit dan vir jou glad nie saak om miskien nog twee jaar van my geskei te wees nie? As jy bereid is om so 'n lang afwesigheid te duld, ek is nie, my liefling. Ek wil graag hê dat jy die saak weer met jou ouers moet bespreek. Ek gaan vanaand 'n brief aan hulle ook skryf. Jy het mos gesê jou moeder is my taal ook magtig.*

*Dierbare Tillie, my verlange na jou is so oneindig. Jy moet my nie weer teleurstel nie, my lief. Ek hoop jou volgende brief sal die blye nuus*

62

*aan my bring. Jy weet tog dis vir my op die oomblik totaal onmoontlik*
*om 'n reis Suid-Afrika toe te onderneem ...*

Met die agterkant van haar hand vee sy die trane haastig uit
aar oë en bêre die brief weer sorgvuldig in haar handsak.

Hoe aangenaam verras gaan hy nie wees nie! dink sy bly. Sy
voel so gelukkig dat sy sommer hardop 'n deuntjie begin neu-
rie toe sy in volle vaart van onder die ou soetdoring wegtrek.
Een van die dae, my Loui, is ons vir altyd bymekaar, sing haar
hart saam met die sagte gesuis van die kragtige motor.

Byna uitgelate van blydskap hardloop Tillie die treetjies by
die agterstoep op. In die eetkamer tref sy haar moeder aan, soen
haar en sê opgewonde: "Raai van wie het Mammie en Pappie
'n brief gekry? Ek gee Mammie net twee raaiskote."

"Gits, nee, my kind, sê maar gerus. Jy kyk so opgewonde
en bly, ek kan sommer raai dat jy 'n brief van Loui gekry het,"
merk haar moeder glimlaggend op.

"Ja, ek het, en hier is ook een vir Mammie en Pappie van
Loui," sê sy en lê die brief in haar moeder se hand. "Lees dit tog
gou, Mammie. Ek brand al van nuuskierigheid om te weet wat
daarin geskryf staan."

"Goed, kom ons gaan sit op die stoep, Dan lees ek dit gou.
Maar sê my, het jy toe vanoggend 'n telegram gestuur?"

"'n Yslike lange, Mammie, en dit het my byna 'n fortuin
gekos."

Met 'n rustigheid wat so eie is aan haar vou tant Byps die
enkele vel oop en begin lees.

*Geagte meneer en mevrou Joubert*

*Dis vir my 'n voorreg om hierdie brief aan julle te kan rig, aangesien
dit vir my totaal onmoontlik is om nou 'n reis na Suid-Afrika toe te
onderneem. Dus wil ek julle graag dringend vra om jul besluit in ver-
band met die voorgenome huwelik tussen my en Tillie in heroorweging
te neem. Ek besef dat ek julle in 'n moeilike posisie plaas, aangesien
ek vir julle 'n totale vreemdeling is. Maar glo my, ek is geen niksnuts,
boef of leeglêer nie. Ook nie 'n skoolseun van agtien jaar wat my by
die geringste gevoel van toegeneentheid aan jul dogter verloof het nie.
Ek is 'n volwassene met 'n vry ernstige uitkyk op die lewe en wat die
huwelik in 'n nog ernstiger lig beskou. As my vrou sal Tillie so veilig*

63

*moontlik hier in die vreemde wees. Niks sal haar ooit in die lewe ont-*
*breek nie, dus hoef julle werklik nie oor haar bekommerd te voel nie. Ek*
*herhaal: neem asseblief julle besluit in heroorweging. Ek sal Tillie baie*
*graag oor drie maande my vrou wil maak, as julle net jul toestemming*
*sal gee sonder om aan te dring op 'n persoonlike kennismaking. Sodra*
*my praktyk dit toelaat, sal ek en Tillie julle wel saam besoek.*

*Met beste wense en groete.*

*Jul aanstaande skoonseun.*

*Ludwig Krafft*

'n Oomblik staar die moeder diep ingedagte na die duur
skryfpapier, na die familiewapen van die Kraffts bo-aan die vel
en sy wonder weer eens wat die toekoms vir haar jongste inhou
met so 'n vername man as lewensgesel. Sal Tillie haar ooit by sy
lewenswyse kan aanpas en sal sy kan voldoen aan sy hoë vereis-
tes? Hoe baie het haar eie oupa, 'n stoere ou Duitser, haar nie
vertel van die Duitse edelliede nie! Sy was toe 'n jong dogter,
maar sy onthou alles nog baie goed.

Loui is darem al drie geslagte jonger. Miskien voer hy 'n
normale lewe.

"Waarom so 'n diep frons tussen Mammie se oë?" lag Tillie
opgewek.

"Ek dink maar net hoe baie ek na jou sal verlang, kindjie,"
vertel die moeder 'n noodleuentjie.

"Mammie sal my darem byna twee maande hier op die plaas
hê voordat ek Duitsland toe vertrek. Ek gaan net 'n maand
onderwys gee."

"Twee maande snel so gou verby, my kind, en ons sal ook so
besig wees om alles vir jou gereed te kry. Jou uitset en bruids-
uitrusting sal ons in Kaapstad gaan koop."

"Gaan Mammie en Pappie dan nie saam om die plegtigheid
by te woon nie?"

"Jy vergeet die skape moet geskeer word, Tillie. Nee, ons sal
nie kan gaan nie. Ons sal maar in spanning wag dat julle kom
kuier. Grete en Willem sal darem daar wees om die plegtigheid
by te woon. Die troue sal natuurlik 'n reuse-affère wees."

"Moenie glo nie, Mammie. Net familie en 'n paar intieme
vriende. Ek en Loui het die aand met ons verlowing al besluit

64

dat daar nie 'n magdom mense teenwoordig gaan wees met ons troue nie."

"Ek hoop jy gaan baie gelukkig wees, Tillie."

"Dankie, Mamma, ek is seker ek sal."

# 9

Op die kaai is daar vanmôre weer 'n geweldige bedrywigheid aan die gang, want die groot Britse passasiersboot maak gereed om anker te gooi.

Op die dek staan Tillie met 'n opgewonde blos en kyk na die menigte wat op die kaai vergader is. Sy wonder ineens of Loui ook so opgewonde en gelukkig voel soos sy.

Dan sien sy hom ... Hy waai vir haar.

Eindelik word die loopplank afgelaat en begin die passasiers haastig aan wal stap. Vir Tillie voel dit of sy op wolke loop en sy kan nouliks wag om Loui se dierbare, beskermende arms weer om haar te voel. Haar oë bly vasgenael op die geliefde gesig wat met elke tree nader aan haar kom en eindelik voel sy sy sagte hande op haar skouers rus en sy staalgrys oë staar opgewonde en verlangend in haar bruines.

"Eindelik, my liefling ... eindelik het jy gekom," sê hy sag op Duits en vou haar hartstogtelik in sy gespierde arms toe.

"O, Loui, dis wonderlik om weer by jou te wees," fluister sy teen sy lippe wat liggies bewe van maande lange onderdrukte emosies.

Vlugtig plant hy 'n soentjie op haar kroontjie en laat haar gaan.

Toe al haar bagasie later in die motor gelaai is, skakel Loui die enjin aan en trek vinnig weg in die rigting van München. "Gits, ek het totaal vergeet om verskoning te maak vir Grete en Willem se afwesigheid," sê hy. "Jy weet seker dat hy en Grete intussen 'n dogter ryker geword het, nè? Sy is al twee maande oud en glo 'n bietjie olik. Daarom kon hulle jou nie by die hawe ontmoet het nie."

"Solank jy maar net gekom het, my Loui, is ek heeltemal tevrede. Dis mos eintlik na jou wat ek so verlang het."

"Weet jy, ek sou glad nie omgegee het as ons vandag al kon trou nie. Kan ons nie maar môre trou nie, my skat? Vier dae is darem bitter lank om te wag nadat 'n mens so oneindig baie verlang het soos ek."

"Ek het net so baie na jóú verlang, my Loui, en wat die huweliksdatum betref, ek laat dit uitsluitlik aan jóú oor. Of ons môre of oor vier dae trou, vir my is dit om 't ewe. Maar wat van die gaste wat genooi is?"

"Ja, die gaste is die enigste struikelblok."

"Het jy 'n groot onthaal gereël?"

"Wel, nie juis 'n groot onthaal nie. Dit sal maar net die familie en die intieme vriende wees. Die gelukwensing sal by my aan huis wees en daarna 'n eetmaal. Eintlik moes die seremonie ook op Burkenhof plaasgevind het, want dis volgens ons tradisie. Maar aangesien ek jou belowe het dat die huweliksplegtigheid in daardie skilderagtige kerkie mag plaasvind, het ek dit so gereël om jou nie teleur te stel nie."

"Met intieme vriende bedoel jy natuurlik al die hooggeplaastes, nè?"

"Dis onvermydelik, my skat. Hulle is almal ou vriende en regtig baie aangename mense. Ek is seker jy gaan baie van die jong barones Von Marées hou. Sy het 'n besonder aangename persoonlikheid en is seker nie ouer as vyf en twintig nie. My suster is natuurlik goed dertig jaar ouer as jy . . ."

"Ek het nooit eers geweet dat jy 'n suster het nie, Loui," val sy hom verras in die rede. "Hoeveel broers en susters het jy?"

"Net die een weduweesuster. Sy het vir ses maande gaan toer in Amerika, maar ek verwag haar nou enige oomblik terug."

Eindelik hou hulle voor die massiewe kliphuis stil en dit voel vir Tillie of sy maar net 'n paar dae gelede hier was.

Loui neem haar aan die arm en help haar uit die motor. 'n Oomblikkie druk hy haar liefdevol teen hom aan, toe laat hy haar weer vry, want van die huis af hoor hulle reeds die naderende voetstappe van mevrou Schreiner.

Voordat hulle die treetjies bestyg, is sy reeds by hulle en word

Tillie hartlik gegroet. "Ai, maar dis goed om jou terug te ver-welkom, juffrou Tillie. Ons het jou regtig baie gemis," merk die ou dame bly op.

"Ja, ek is nou vir goed terug, mevrou, en ek vrees jy en dok-ter gaan nog baie moeg word vir my aanwesigheid hier in julle huis," sê sy plaend.

"Nee, vir jou sal ons seker nooit moeg word nie. Vir ons sal dit altyd 'n plesier en 'n voorreg wees om jou hier te hê," glimlag sy goedig en Tillie weet dat sy wel die ou dame se guns verwerf het.

"Ons kom al weer net koffie soek, mevrou Schreiner," laat Loui nou hoor. "Maar glo my, oor vier dae laat ons haar nie weer gaan nie – nooit weer nie."

"Ek sien uit na daardie dag, dokter – die dag wat Burkenhof ook haar tuiste sal wees en sy een van ons sal wees."

"Nog net vier dae, mevrou," glimlag hy. "En volgende jaar hierdie tyd is daar dalk al 'n kinderstemmetjie wat die stilte in die ou huis sal verbreek."

"Nee, wag, laat ek liewer gaan koffie maak, dokter. Aan daar-die heuglike dag wil ek nie nou al dink nie." En met hierdie woorde stap sy die huis haastig binne.

Met sy arm besitlik om haar dun middellyfie kuier Tillie en Loui langsaam in die rigting van die voordeur.

In die middel van die sitkamer gaan hy staan, trek haar in die ronding van sy arm en kyk haar aan asof sy oë nooit genoeg kan kry van haar beminlike skoonheid nie. Toe, met daardie dierbare, sagte stem van hom wat Tillie so intens bekoor, sê hy duidelik tevrede: "Nog net vier dae, my liefling, Dan is jy my vrou ... vier daggies! Kan jy dit glo, my skat?"

"O, Loui, ek hoop ek stel jou nooit teleur nie. Jy weet ons lewenswyse en opvoeding verskil so baie."

"Ons sal maar moet leer om by mekaar aan te pas, Tillie. Dit sal tog seker nie te moeilik wees nie, sal dit?"

"Ek hoop nie so nie."

Op die rusbank neem hy plaas, trek haar liggies langs hom neer en sê toe weer: "Ek het gehoor jy sê vir mevrou Schreiner dat ons nog sal moeg word vir jou teenwoordigheid hier in ons huis . . . Sal dit net ons huis wees? Sal dit dan nie jou huis ook wees nie, Tillie?"

"Ai, Loui, waarom so ernstig oor so 'n nietigheidjie, my skat?"

"Antwoord my vraag, asseblief. Sal dit?"

"Maar natuurlik sal dit my tuiste ook wees, Loui!"

"Dankie, my skat. Ek wil hê jy moet Burkenhof altyd as jou eie beskou. Die eintlik 'n vereiste dat jy aan die ou plek geheg moet raak. Ek wil hê jy moet hierdie ou huis net so liefkry soos wat ek dit het."

"Waarom stel jy dit aan my as 'n vereiste, Loui?" wil sy verbaas weet.

"Ter wille van ons nageslag. Die opvoeding van ons kinders sal uitsluitlik jou verantwoordelikheid wees, Tillie. En hoe sal jy hulle kan leer om Burkenhof lief te hê as jy die plek nie liefhet nie?"

"Ek begryp nou, Loui. Ek sal jou nie teleurstel nie, want om Burkenhof lief te kry sal nie swaar wees nie. Daar sal natuurlik dae wees wat ek baie na my eie land sal verlang, maar ek sal jou nie teleurstel nie."

"Dankie, my skat. Ek het geweet jy sal my nie teleurstel nie. Onthou net altyd: ons oudste seun sal die erfgenaam wees van hierdie landgoed en dit sal van jou afhang of hy dit gaan liefhê en dit waardig gaan wees."

"Loui, jy praat asof dit 'n voldonge feit is dat ons wel eendag kinders sal hê. Wat as ons nie een kind het nie?"

"Tillie! Hoe kan jy so iets sê, my skat? Natuurlik sal ons kinders hê!" Sy stem klink duidelik ontsteld en dit laat Tillie 'n oomblik wonder, maar ook net vir 'n oomblik, want mevrou Schreiner se stem kondig byna onmiddellik daarna haar teenwoordigheid aan.

Nadat die twee reg laat geskied het aan die ou dame se tuisgebakte beskuitjies en koffie, sê Tillie dat dit tyd is vir haar om na haar neef se woning te vertrek.

Buite sak die skemer vinnig toe, maar in Tillie se hart is dit die ene sonskyn en lig, soos in haar kamer waar sy voor die spieël staan, opgetooi in haar spierwit bruidsgewaad.

Met fyn haarnaaldjies heg Grete die swaar sluier van Brusselse kant aan haar hare en toe die kransie van pêrels en lemoenbloeisels. 'n Oomblik staan sy die jong bruid met bewonderende oë en beskou. Toe sê sy gevoelvol: "Jy is die mooiste bruid wat ek nog gesien het, Tillie. Loui is voorwaar 'n baie, baie gelukkige man. Ek hoop net hy besef en waardeer dit altyd. Maar bo alles hoop ek dat jý altyd so gelukkig soos vandag sal wees."

"Dankie, Grete. Ek móét gelukkig wees . . . ek het Loui so innig en opreg lief," sê sy sag.

"Kom, ek sal jou ruiker na die motor toe dra," bied Grete aan en lig terselfdertyd die bruid se sluier en sleep van die vloer af en hang dit oor haar arm.

Langs die kerkgebou staan daar etlike motors geparkeer. Verder is dit stil en rustig en daar is geen teken daarvan dat daar aanstons 'n huwelikseremonie gaan plaasvind nie.

Eers toe Tillie in die kerkdeur verskyn, begin die orrelis die alombekende troumars speel.

Rein en ongeskonde, soos 'n pas ontluikte lelie, beweeg sy aan Willem se arm met die paadjie op na waar haar bruidegom voor die kansel op haar wag. Agter haar volg Grete, die enigste en hoofstrooimeisie.

Halfpad na die kansel toe kom Loui haar tegemoet. Met 'n buiging neem hy haar arm en lei haar stadig tot voor die kansel. Sy oë rus trots op haar en sy glimlag is gerusstellend.

Vanuit die banke is almal se oë op die bruid gerig, maar Tillie kom nie eers agter dat almal na haar kyk nie. Vir haar bestaan daar op die oomblik net een persoon – haar breed-geskouerde bruidegom. Op die oomblik het sy net oë vir die man wat binne enkele minute haar wettige man sal wees, die man aan wie se lewe haar eie nou met heilige beloftes gekoppel gaan word.

Sy hoor die prediker sê: "Matilda Joubert, belowe jy . . . ?"

Sy kyk hom aan en sê sonder enige weifeling: "Ja."

"Ludwig Krafft, belowe jy . . . ?"

Met 'n knik van sy kop antwoord Loui: "Ja."

Weer dreun die prediker se stem voort. Eindelik sê hy: "Nou verklaar ek julle man en vrou."

En Tillie besef dat hierdie woorde van die prediker onherroeplik geuiter is, dat sy nou deur haar beloftes vir altyd aan Loui behoort, dat wat die Here saamgevoeg het, die mens nie mag skei nie.

Toe voel sy Loui se lippe teen hare en sy hoor hom sag sê: "Bly altyd so mooi en gelukkig, my vrou."

Haar gesig is 'n stralekrans van geluk toe sy hom aankyk, maar voordat sy kan antwoord, neem hy al weer haar arm en moet hulle die register gaan teken.

Eindelik verskyn die bruidspaar in die groot deur en hulle begin stadig met die treetjies afstap onder 'n vlaag van confetti wat sag op hulle reën.

Tillie kyk op en vlugtig dwaal haar blik oor die dertigtal gaste. In haar enigheid wonder sy wie nou eintlik Loui se suster is en nou wonder die jong vroutjie hoe só 'n aristokraat met 'n gewone mens soos sy oor die weg sal kom.

Eindelik is hulle by Willem se motor en Grete help haar in. Die ander voertuie het reeds vertrek en dit is net die bruidskar wat nog voor die kerkgebou staan.

In die groot eetkamer van Burkenhof is dit vanaand besonder bedrywig. Lang tafels staan deftig gedek met die Kraffts se beste silwerware en is oorlaai met alles wat smaaklik en keurig is.

In die ontvangskamer wag die gaste al in spanning op die koms van die egpaar. Net een vrou lyk nie baie ingenome met die verrigtinge nie. Inteendeel, sy lyk meer afkeurend as ingenome, want vir Adelheid von Lichten, Loui se weduweesuster, is hierdie huwelik nie 'n aangename gedagte nie. Sy kan eenvoudig nie begryp waarom haar broer so ver benede sy stand getrou het nie. Dis waar, sy bruid is beeldskoon, maar dit kan nog nie vergoed vir die feit dat sy maar net 'n gewone burger van haar land is nie. Dis voorwaar 'n pynlike gedagte dat sy die moeder van 'n adellike nageslag sal wees.

Ilse, die barones Von Marées, is die eerste wat die bruidspaar met 'n uitgestrekte hand tegemoetgaan en hartlik gelukwens toe hulle die vertrek binnetree. Sy maak ook geen geheim van die feit dat die Afrikaanse nooientjie 'n besondere indruk op haar gemaak het nie. "Ek hoop van harte dat jy baie gelukkig hier in München sal wees en dat ons jou dikwels sal sien, Tillie," sê sy hartlik.

Een na die ander kom wens die gaste die bruidspaar nou geluk.

Nadat die gelukwensing eindelik afgehandel is, gaan almal na die eetkamer toe om die huweliksmaal in regte feesstemming te geniet.

Na die feestelikheid is dit eindelik tyd vir die bruidspaar om te vertrek en word hulle hartlik gegroet en 'n aangename wittebroodsreis toegewens.

"Wel, eindelik is ons alleen, my vrou," sê Loui later toe hulle al 'n hele ent buite die stad is.

"Ja, dis was voorwaar 'n besige dag," merk Tillie op en slaak hoorbaar 'n sug van verligting. "Die arme mevrou Schreiner is seker vanaand kapot. Foei, sy en haar helpers moes hulle hande vandag seker deeglik vol gehad het met die voorbereiding van daardie maal."

"Moet jou nie oor hulle ontstel nie, Tillie, want Heidi het ook 'n goeie deel daartoe bygedra. Sy is 'n waardige ou dame, maar glad nie lui om haar hande uit te steek waar dit nodig blyk te wees nie. Weet jy, sy is soms so bedrywig in die huis dat sy eintlik 'n oorlas van haar maak . . . en tog is ons twee baie geheg aan mekaar."

"Het sy altyd by jou gewoon, Loui?"

"Nie altyd nie. Nadat haar man oorlede is, het ek haar gevra om by my te kom woon. Sy is net so deel van Burkenhof soos ek."

"Ek is glad nie verbaas dat julle die plek so liefhet nie, my man. Die ou plek se naam moes eintlik Lushof gewees het en nie Burkenhof nie."

Toe Tillie later 'n lang gaap gee, trek Loui haar liefdevol nader en sê besorg: "My arme klein liefling, jy is seker doodmoeg. Kom, rus met jou kop hier teen my skouer. So ja, is dit gemakliker?"

"Dankie, dis sommer baie gemakliker. Ek voel of ek nou enige oomblik aan die slaap kan raak."

"Jy kan maar gerus maar 'n bietjie slaap, my lief. Die rit sal omtrent nog twee ure duur."

71

Byna middernag hou die motor voor die luukse Wörthsee-hotel stil. Hulle is vaak en uitgeput en verlang op die oomblik net 'n sagte bed om in te slaap.

Die portier wat hulle by die deur ontvang, lyk self half aan die slaap.

Loui teken die register – *Dokter en mevrou Krafft.*

Die portier is helder wakker by die aanskoue van die naam op die register en hy voel hoog geëerd om hierdie edelman en sy vrou van diens te kan wees.

Met groot eerbied neem hy die tasse en lei die besoekers na die stel kamers wat vir hulle bespreek is.

Hy sluit die deur oop en staan opsy sodat die dokter en sy vrou kan binnegaan.

By die voetenent van die bed gaan Loui staan, neem sy bruid in sy arms en sê verskonend: "Ek hoop nie jy gee om dat hier net een slaapkamer is nie, Tillie. Ek persoonlik verkies om hierdie drie dae in die hotel 'n kamer met jou te deel."

"Waarom sou ek omgee, Loui? Jy is mos nou my man en jy het tog alle reg om 'n kamer met my te deel."

"Ook om een bed met jou te deel? Ek merk hier is net een bed in die kamer."

"Ja, om een bed met my te deel," glimlag sy en vervolg toe plaend: "Ek sal dit tog nie oor my hart kry om jou op die matjie te sien slaap nie, my man. Dus kan jy maar by my op die bed kom slaap."

"Jou klein onnut," lag hy. "Net asof ek bereid sou wees om op die matjie te slaap!"

"Jy sou geen ander keuse gehad het nie."

"O ja, ek sou. Die rusbank in die ontvangskamer sou darem meer gerief gebied het as die matjie. Maar kom, laat ons in-kruip. Aanstons verander jy van plan en moet ek dalk regtig op die matjie slaap."

"So wreed sal ek darem nie wees nie, Loui."

Hy lag, neem haar in sy arms en sê hartstogtelik: "Eindelik, na baie kommer, hartseer en verlange is jy myne . . . my eie vroutjie."

# 10

Met 'n sug van voldoening maak Loui sy oë die volgende og-
gend oop en vind dat Tillie werklik langs hom lê. Dit gee hom
'n gevoel van geluksaligheid om te weet dat alles werklikheid is
en nie net 'n aangename droom nie.

'n Oomblik lê hy stil na die slapende, beminlike gesiggie en
kyk. Haar hare lê soos sagte fluweel oor sy arm en oor die hael-
wit kussing gesprei. Op haar wange is 'n rosige blos. Haar lippe
is effens van mekaar en net 'n tikkie van haar egalige, spierwit
tande is sigbaar.

Loui voel hoe die bloed wild deur sy are stoot by die aan-
skoue van soveel skoonheid, maar hy probeer sy bes om nie te
roer en haar sodoende te steur nie.

Met bruisende emosies besluit hy eindelik om net een soen-
tjie liggies op daardie halfoop mondjie te druk. Hy voel hy sal
gek word as hy nie nou dadelik haar sagte lippe teen syne voel
nie.

Saggies probeer hy sy een arm onder haar uitskuif. Hy sal
maar liewer opstaan, 'n koue stortbad neem en dan 'n rukkie
buite gaan rondkuier.

Maar voordat hy sy arm vry het, gaan Tillie se donker oë
reeds oop. Verward staar sy hom aan. Toe dring die gebeure van
die vorige dag plotseling tot haar deur en sy begin lag.

"En die skielike vrolikheid so vroeg in die môre?"

"Weet jy, Loui, toe ek my oë oopmaak, het ek my boeglam
geskrik om jou so doodluiters hier langs my in die bed te sien.
Maar byna oombliklik het al die newels verdwyn en het dit my
bygeval dat ons gister getroud is en dat jy nou my man is."

"Nou toe nou. Jy skrik jou byna dood vir my teenwoor-
digheid hier by jou in die bed en ek op my beurt lê weer en
smag na een ou soentjie en is te bang dat ek jou dalk daardeur
mag steur. Voorwaar 'n vreemde kombinasie, nè?" glimlag hy
en druk haar ineens styf teen hom aan. Toe buig sy kop vinnig
vorentoe en eindelik rus sy lippe hartstogtelik op hare.

Toe hulle later die eetkamer binnekom, merk hulle met ver-
ligting dat daar darem nog meer laatslapers as hulle twee is.

Aan tafel is Tillie besonder stil. Dit voel vir haar kompleet asof alle oë net op hulle gerig is, asof elkeen teenwoordig weet dat hulle hier is op hul wittebroodsdae.

Sy is heeltemal reg, want almal se oë is op hulle gevestig, maar om 'n totaal ander rede as wat sy vermoed. Omdat die bestuurder die vorige dag al opdrag gegee het dat daar 'n spesiale tafel gedek moes word vir die edelman en sy gade, het die gaste gou te hore gekom wie die spesiale gaste is. Vandaar die belangstellende blikke in hulle rigting. 'n Edelman is mos nie 'n alledaagse verskynsel nie, en dit nogal een met so 'n beeldskone vrou!

Vir Tillie is dit 'n ware verlossing toe hulle eindelik van die tafel af opstaan.

Ongeërg haak Loui by haar in asof hulle die enigste mense op aarde is en Tillie wonder in haar enigheid hoe hy dit regkry om so nonchalant te wees.

"Waarom so stil, my vrou?" hoor sy Loui ineens vra.

"Ek was maar net 'n bietjie selfbewus tussen daardie klomp in die eetkamer."

"En waarom nogal?" kom dit duidelik verbaas.

"Wel, dit het vir my so gelyk of almal hier weet dat ons net gister getroud is. Het jy dan nie hulle tersluikse blikke in ons rigting gemerk nie?"

"Nee, my liefling, en ek is seker nie een van hulle weet dat ons 'n pasgetroude paartjie is nie, want nie eens die bestuurder van die hotel weet dit nie."

"Nou waarom staar hulle ons dan so aan, Loui?"

"Omdat edelmanne en hulle vrouens nie dikwels hier kom vakansie hou nie, my lief. Ons is vir hulle ongewone verskynsels." Die laaste sin uiter hy laggend en dit laat Tillie sommer ineens weer opgewek voel.

Al geselsend stap hulle na die water toe.

"Ons kan later ook kom swem," merk hy op.

"Dit sal heerlik wees. Maar onthou, ek is nie 'n baasswemmer nie, hoor!"

"Wees gerus, ek sal nooit toelaat dat jy hier in die water in die moeilikheid raak nie, Tillie. Ek wonder of jy ooit besef hoeveel jy werklik vir my beteken?"

74

"Beteken ek regtig so baie vir jou, my man?"

"Hoe kan jy nog vra, my skat? Besef jy dan nou nog nie dat die bestaan van die Krafft-geslag uitsluitlik van jou afhang nie? Al ons hoop is op jou gevestig, my liefling. Ek is die laaste oorblywende manlike Krafft."

"Loui, jy laat my soms beangs voel, weet jy? Dalk stel ek jou teleur."

"Kom, kom, niks van die aard nie," stel hy haar gerus. "So 'n gesonde, lewenslustige vrou soos jy het geen rede om kinderloosheid te vrees nie. Ek sien mos al hoe jakker ons kleingoed onder die berkebome op die ruim grasperk rond."

Hy kyk haar aan en glimlag gerusstellend, maar Tillie voel nog in 'n mate bevrees vir die onbekende toekoms. Sy het Loui so innig lief, maar wat sal gebeur as sy hom dalk teleurstel in hierdie een groot begeerte van hom? Hy het gesê: "Al ons hoop is op jou gevestig." Dus sluit dit sy suster ook in, en wat sal haar reaksie wees as daar na jare nog geen nageslag is nie?

Met oë dof van vertwyfeling staar Tillie oor die baaiers heen en sy wonder benoud wat die toekoms vir haar inhou.

Loui se stem wat plotseling langs haar sê: "Jy is seker al moeg gestaan. Kyk, 'n entjie hoër op staan 'n bank, kom ons stap daarheen," wek haar ineens uit haar mymerings.

Met 'n moeë glimlaggie haak sy by hom in en geselsend beweeg hulle in die rigting van die bank wat heerlik verskuil staan in die skadu van die bome.

Gemaklik neem die twee plaas en met genoegdoening steek Loui 'n sigaret aan. Toe stoot hy sy arm agter haar verby en laat dit op die rugleuning van die bank rus.

"Is dit nie vir jou ook aangenaam om so rustig in die natuur te verkeer na al die woeligheid van die stad nie, Loui?"

"Ja, my skat. Jou teenwoordigheid en hierdie rustigheid van die natuur is soos balsem vir 'n vermoeide siel."

"Foei tog, jy het 'n vakansie dringend nodig, my man. Jy moet hierdie drie dae maar soveel moontlik rus."

"Dis presies wat ek doen, my liefling. Dis heerlik om hier onder die bome te ontspan. As ek nou nie daardie dringende gevalle in die hospitaal gehad het nie, kon ons 'n lang en aangename wittebroodsreis onderneem het. Ons kon selfs jou ouers gaan besoek het."

"Sodra dit vir jou geleë is, sal ons so 'n toer onderneem. Intussen sal ek my maar in Burkenhof se mooi natuurskoon verlustig. Daardie rotsagtige koppie herinner my altyd aan ons plaas, weet jy?" Agter die huis is daar ook net so 'n koppie en in die somer is dit oortrek met die allermooiste veldblomme."

"Op Burkenhof sal jy ook baie dinge vind waarin jy jou kan verlustig, Tillie. Het jy al die swane op die rivier gesien?"

"Ek het nie eens geweet dat daar 'n rivier is nie, Loui."

"Die Isar loop met 'n wye draai deur die onderpunt van Burkenhof, my skat. Maar dis eintlik my grootvader wat die swemplek vir die swane daar aangelê het deur die rivier 'n wye inham te gee. Nou lyk dit kompleet soos 'n dam."

"Jy moet my dit tog gaan wys sodra ons tuis is."

"Ek sal, dan kan jy elke dag die swane gaan kos gee. My moeder het dit altyd as haar persoonlike werkie beskou en sy het dikwels ure daar verwyl. Eintlik is daar net een wit swaan. Die res is almal swart. En glo my, daardie lieflike witte is die verstoteling onder die klomp. Seker maar omdat sy 'n ander kleur het."

Ingehaak kuier die twee weer met dieselfde paadjie terug hotel toe en Tillie voel nou weer opgewek, vrolik en vol lewenslus – soos die ou Tillie van ses maande gelede.

In die eetlokaal veroorsaak hulle verskyning oombliklike stilte en dis vir Tillie uiters irriterend. Sy kan voel hoe almal se oë op hulle gerig is. Aan sulke starende blikke sal sy seker nooit gewoond raak nie. Hoewel sy en Loui opgewek, geselsend na hulle tafel toe beweeg, weet sy dat elke beweging en gebaar van hulle nuuskierig dopgehou word van die ander tafels af.

"Dis 'n gesellige tafeltjie hierdie," merk sy later waarderend teenoor Loui op toe die hoofkelner vir haar 'n stoel uittrek. "Hier agter die pilaar is ons ten minste meer privaat."

"Daarvoor sal ons die bestuurder moet bedank."

Dis eers toe hulle bestelling voor hulle geplaas word dat Tillie voel hoe honger sy werklik is.

Met genoegdoening merk Loui dat sy vrou se bord nie weer onaangeraak teruggaan kombuis toe soos dit die oggend die geval was nie. Dit het hom ontstel toe hy merk dat sy byna niks geëet het nie en hy het daar en dan besluit om tydens maaltye 'n ogie oor haar te hou.

"Weet jy waaraan ek nou dink, Loui?" merk Tillie op onderwyl sy haar servet tydsaam opvou.

"Sal nie kan raai nie, my skat."

"Nee, natuurlik sal jy nie kan raai nie," glimlag sy vrolik. "Weet jy, ek het nou pas 'n blink idee gekry. Ek het al so baie gewonder wat ek bedags met my self sal aanvang op Burkenhof. Met mevrou Schreiner en al daardie huishulpe sal daar vir my bloedweinig wees om te doen. Nou het ek gewonder of ek nie in München ook kan aansoek doen om 'n pos as onderwyseres . . ."

"Vergeet dit, vroutjie," val hy haar vinnig en effens streng in die rede. "Hoe gouer jy daarvan vergeet, hoe beter sal dit vir jou wees. In die hele geskiedenis van vyf geslagte het daar nog nooit 'n Krafft-vrou vir ander gewerk nie. Dis nie eens vir mý nodig om te werk nie, Tillie. Ons kan in weelde leef sonder my inkomste as ortopedis . . ."

"Nou vertel my waarom sloof jy jou dan so af vir jou pasiënte?" val sy hom op haar beurt in die rede.

"Dis maar net 'n liefdesdiens aan my volk, my skat."

"Dan ken ek hulle mos ook 'n liefdesdiens bewys, Loui."

"Vergeet asseblief daarvan, Tillie. Ek sal dit nooit toelaat nie," sê hy hierdie keer met meer geduld. "Ek begryp dat jy dit in die begin uiters vervelig gaan vind, so 'n lewe van niksdoen. Maar later wanneer daar eers kinders is, sal jy jou hande wel deeglik vol hê."

"Die dinge waarvan jy nou praat is nog baie ver in die verskiet. Dit sal nog maande en miskien nog jare duur." Haar stem is duidelik teleurgesteld.

"Wees verseker, dit sal nie jare duur nie, my lief. Sommer een van die dae al sal jy moet begin voorbereidings tref," sê hy.

"Wel, ek hoop in elk geval so, anders weet ek nie so reg wat ek bedags met my self gaan aanvang nie."

"As die dae vir jou te lank word, kan jy mos altyd jou motor neem en vir Grete gaan kuier."

"Ek het nie geweet ek besit 'n motor nie," lag sy.

"Jy sal, sodra ons eers tuis is. Dit sal my huweliksgeskenk aan jou wees."

"Nee, Loui, jy gaan my nou net in 'n nare penarie laat beland, want wat gaan ek vir jóú gee as geskenk?" merk sy laggend op.

"Net 'n paar pragtige, vet en gesonde babas," laat hy ernstig hoor. "Dis die enigste geskenk wat ek van jou verlang en ek is jou gewillige slaaf. Is jy bereid om my so 'n duur geskenk aan te bied?"

Half verslae kyk sy na hom en vir die eerste maal besef sy dat dit by hom 'n obsessie is om 'n paar kinders te hê. "As dit 'n saak was wat hy by my berus het, Loui, kon ek jou nou die versekering gegee het dat ons kroos om en by 'n halfdosyn sal tel. Jy moet die Gewer van goeie dinge egter vra om ons met so 'n kroos te seën, my man! Ek sal self graag 'n klomp woelwaters wil hê om my mee besig te hou, maar ongelukkig is dit 'n saak waaroor ek geen beheer het nie."

"Is daar enige lid van jou familie wat steriel is?"

Hy kyk haar ondersoekend, half berekenend aan en sy blik laat haar ineens weer ongemaklik voel. "Nie sover ek weet nie. Die Jouberts is nogal 'n vrugbare spul," glimlag sy verleë. "Daar is selfs etlike tweelinge ook in die Joubert-familie."

Sy oë flikker ineens opgewonde by die aanhoor van die woord "tweelinge" en Tillie weet oombliklik wat die rede is vir sy skielike opgewondenheid.

"Is jou broer en suster miskien 'n tweeling?" wil hy plotseling weet.

"Nee, ek is een van 'n tweeling, Loui. My broertjie is met sy geboorte oorlede."

Nou ken die edelman se vreugde geen perke nie. Gelukkig dat hul tafeltjie heel eenkant staan sodat die ander gaste dus nie hulle gesprek kan volg nie, want hy roep ineens hartstogtelik uit: "Tillie! Besef jy wat hierdie mededeling vir my beteken?"

"Ek besef dit maar alte goed, my man, en ek hoop om jou

ook eendag 'n tweeling te skenk. Vir my sal dit natuurlik 'n groot prestasie wees, want ek weet mos hoe oneindig baie jou hart daarna smag."

"As dit wel eendag gebeur, weet ek nie so reg nie, my skat. Jou geringste wensie sal vir my 'n bevel wees. Ek sal vir jou enigiets op aarde doen. Enigiets wat met geld gekoop kan word, sal joune wees."

"Dankie, Loui, maar ek sal altyd net jou liefde en waardering wil hê. Daarmee alleen sal ek ryklik beloon voel," sê sy sag.

"Dit, Tillie, sal jy altyd in milde mate ontvang, want my liefde is onvoorwaardelik joune. Vanaf my eerste ontmoeting met jou die aand op die burgemeester se party, behoort my liefde al uitsluitlik aan jou. Daardie aand al het ek geweet dat daar vir my net een vrou bestaan – jy, my liefling."

"Ek sal altyd probeer om jou liefde waardig te wees, my Loui, en hoewel ek nie uit die adel spruit soos jy nie, sal ek altyd my bes probeer om 'n waardige en voorbeeldige ma vir jou kinders te wees."

"Dankie, Tillie. Ek het alle vertroue in jou en ek weet jy sal 'n waardige ma wees. Ek sien al so uit daarna om jou in daardie rol te sien. Dit sal vir my die heuglikste dag van my lewe wees, die dag wanneer jy ons eersteling in jou arms hou. Daar is vir my nie 'n mooier gesig op aarde as 'n ma met haar baba in haar arms nie."

Sy sê niks, maar die donker dieptes van haar oë weerspieël alles wat in haar dieptes omgaan en Loui wat haar al so goed ken, lees elke gedagtetjie van haar in haar oë. "Kom sit hier by my."

Behaaglik sak sy langs hom neer en sy weet dat sy die gelukkigste vrou op aarde is, want daar kan geen groter geluk wees as hare nie.

# 11

Die drie dae by die Wörthsee is dae wat Tillie sal onthou as die gelukkigste dae van haar lewe. Dis hier by Wörthsee waar sy kennis gemaak het met die ware karakter van Loui, hom intiem leer ken het, al die verlangens van sy hart en al sy wisselende gemoedstemmings.

"Het jy al klaar ingepak, Tillie?" vra Loui.

"Vanmôre al, my man. Waarom vra jy?"

"Ons sal moet ry. Ek wil graag voor donker op Burkenhof wees."

"Waarom so haastig, dokter Krafft?" vra sy speels en slaan haar arm om sy lyf.

"Verlang jy dan nie ook na al na Burkenhof nie, mevrou Krafft?" vra hy glimlaggend.

"Ek weet jy wil hê ek moet ja sê," glimlag sy terug, "maar ongelukkig kan ek dit nog nie sê nie. Ek is nog nie so gewoond aan die plek soos jy nie."

Liggies streel hy met sy een hand oor haar krulle. "Jy sal Burkenhof ook nog liefkry, my skat. Die ou plek het 'n manier om diep in 'n mens se hart te kruip."

"Ek twyfel nie daaraan nie."

Toe hulle later voor die hotel wegtrek, dwaal Tillie se oë vlugtig oor al die ou plekkies wat sy en Loui besoek het en sy weet dat hierdie plek altyd soet herinneringe vir haar sal hê.

En toe hulle laat die middag met Burkenhof se rylaan opry, voel dit vir haar of sy nou eers werklik 'n nuwe lewe betree, 'n nuwe lewe en 'n onseker toekoms.

Loui merk die mismoedige trek op haar gesig, maar hy laat niks blyk nie. Hy sal wel later met haar gesels.

Die verskyning van die vriendelike mevrou Schreiner op die stoep toe hulle voor die deur stilhou, laat Tillie ineens 'n bietjie beter voel. Met blydskap en 'n hartlike handdruk groet sy die ou dame.

"Welkom op Burkenhof, mevrou Krafft," sê die huishoudster ingenome. "Ek hoop jy gaan hier net so gelukkig wees soos ons."

Daar is 'n sagte trek op die groot, vriendelike gelaat en dit voel vir Tillie byna of dit haar moeder is wat nou met haar praat. "Dankie, baie dankie, mevrou," sê sy.

Toe kom Heidi hulle ook tegemoet en groet hulle elkeen met 'n soen.

Tillie stap die sitkamer binne en op uitnodiging van mevrou Schreiner neem sy op die rusbank plaas. Haar oë gaan vlugtig oor die lengte van die vertrek en sy merk dat alles presies nog is soos sy dit laas gesien het.

Toe kom ook die ander twee die vertrek binne en Loui neem langs sy vrou op die bank plaas. Heidi neem op een van die gemakstoele onder die venster plaas terwyl mevrou Schreiner opstaan om te gaan koffie maak.

"Het julle die drie dae geniet?" wil Heidi weet.

Loui knik. "Ek het die besonder baie geniet, dankie, en ek is seker Tillie ook. Hierdie drie dae se rus het my goed gedoen. Ek voel sommer 'n ander mens."

"Ek is bly. Jy het dit baie nodig gehad. Jammer dit was so kort."

"Toe maar, ou suster, een van die dae neem ek 'n lang vakansie. Sodra die eerste klein Krafft die daglig sien, neem ek Tillie na haar ouers toe vir 'n lang vakansie. Ons sal dit dan albei baie nodig hê."

Toe kom mevrou Schreiner die vertrek binne en word daar koffie bedien.

Nadat Heidi haar koffie klaar gedrink het, kom sy orent en sê: "Ek sal jou graag oor 'n paar minute in jou studeerkamer wil spreek, Loui." Toe maak sy verskoning en verlaat die vertrek sonder om Tillie een keer aan te spreek.

In stilte drink Tillie haar koffie en dit voel of die beklemmende gevoel van vroeër nou digter om haar toesak. Sy voel bitterlik afgehaal oor Heidi se optrede en hoe Loui ook al probeer om haar op te beur, kan sy maar nie haar spontaneïteit herwin nie.

Later maak Loui verskoning en stap in die rigting van sy studeerkamer. Hy stoot die studeerkamerdeur agter hom toe. In een van die gemakstoele sit Heidi reeds op hom en wag. 'n

Stonde kyk hy haar strak, deurdringend aan, toe gaan sit hy op sy gewone plek agter die lessenaar.

Hy steek 'n sigaret aan en vra sommer op die man af: "Waaroor wou jy my eintlik spreek, Heidi? Jy weet natuurlik dat hierdie versoek van jou vir my baie ongeleë is!"

Sy stem klink streng en sy suster vererg haar. "Kom, kom, Loui, jy gaan tog seker nie toelaat dat jou vrou jou hele lewe regeer nie!" sê sy skerp.

"My vrou het niks hiermee te doen nie, Heidi. Waaroor wou jy my spreek?"

"In verband met my verblyf hier op Burkenhof. Jy het my seker nie meer nodig nie, nè?"

"Waarom sê jy dit, Heidi? Wat probeer jy nou eintlik insinueer?"

"Toe jy my destyds versoek het om by jou te kom woon, was jy ongetroud, Loui. Nou is dit anders. Jy het nou 'n vrou en ek is seker sy sal graag alleen hier wil regeer sonder my teenwoordigheid op Burkenhof."

"Nee, nou verdraai jy die situasie totaal. Ek weet Tillie sal geen beswaar hê teen jou aanwesigheid hier op Burkenhof nie. Is jý nie dalk die een wat beswaar het teen háár teenwoordigheid hier op Burkenhof nie?"

"Waarom sou ek beswaar hê? Sy is nou eenmaal jou vrou en niks wat ek doen of sê kan 'n jota daaraan verander nie," merk sy hooghartig op.

"Ek sal ons gesprek die aand voor my huwelik nie maklik vergeet nie, Heidi. Volgens jou het my vrou mos geen agtergrond nie en is sy benede my stand."

"Wel, sy is nie uit die adel nie!" sê Heidi uit die hoogte.

"Net asof dit aan my kan saak maak. Sy is die enigste vrou wat ek liefhet en net sy kan die moeder wees van my kinders, niemand anders nie, Heidi. En hoe gouer jy dit begryp en aanvaar, hoe beter sal dit vir jou wees. Ek sal nie toelaat dat jy, of enigeen, my lewe regeer en vir my voorskryf wat om te doen nie. Begryp jy dit?"

"Loui . . . jou woorde, sowel as jou gedrag, skok my waarlik!" roep sy gekrenk uit.

"Ek is jammer as ek jou geskok het, maar dis die waarheid en dis presies hoe ek oor die saak voel. En onthou, hier op Burkenhof sal ek geen onhoflikheid teenoor haar duld nie. Sy is my vrou en meesteres van hierdie landgoed."

"Dan sal ek maar gaan, Loui. Dit lyk my ek is nou baie onwelkom hier op my geboorteplek."

"Onwelkom was jy nog nooit in my huis nie, Heidi. As jy weggaan, sal dit jou eie keuse wees. Ek verbied jou nie my huis nie. Solank jy my vrou hoflik behandel en met respek bejeën, sal jy altyd welkom wees op Burkenhof," sê hy en loop by die vertrek uit.

Toe Loui Tillie nie in die sitkamer vind nie, gaan hy haastig met die trap op na haar slaapkamer toe, maar daar is ook geen teken van haar nie.

In die eetkamer loop hy mevrou Schreiner raak. "Kan jy miskien sê waar my vrou is, mevrou?"

"Ek het haar netnou by die spuitfonteintjie gesien, dokter."

"Dankie," sê hy hoflik en stap haastig uit die huis en in die rigting van die spuitfonteintjie waar Tillie droomverlore, met haar knieë opgetrek onder haar ken, na die vinnig bewegende vissies sit en staar.

Afgetrokke hang haar een hand in die koel water onderwyl haar ander arm stewig om haar opgetrekte bene geslaan is. Haar kop is vooroor gebuig en haar krulle tuimel liggies oor haar voorkop.

'n Oomblik staan Loui haar met bewonderende oë en betrag en hy voel hoe die liefde vir hierdie beeldskone mensie steeds in hom aangroei.

Hy tree nader en die sagte geknars van gruis onder sy skoene laat haar ineens opkyk. "Ek het nou net na jou begin verlang," glimlag sy op in sy oë en strek albei haar hande na hom uit om haar orent te help.

Liggies, asof sy 'n veertjie is, lig hy haar orent, druk haar 'n oomblikkie hartstogtelik teen hom aan en sê teer: "Ek het na jou ook verlang. Waarom het jy so stil uit die huis verdwyn? Ek het oral na jou gesoek."

"Nadat jy die sitkamer verlaat het om die afspraak met jou

83

suster na te kom, het ek sommer net lus gevoel om 'n rukkie alleen met my eie gedagtes te wees."

"En voel jy nou beter? Het die stilte gemoedsrus gebring?"

"Hoe weet jy dat my gemoed nie rustig was nie, Loui?" vra sy en glimlag.

"Daardie lieflike oë van jou weerspieël elke wisselende gevoel wat in jou binneste omgaan, my skat. Jy is vir my so leesbaar soos 'n oop boek. Dink jy miskien ek het nie gemerk hoe ongelukkig jy vanmiddag gevoel het met ons aankoms hier op Burkenhof nie?"

'n Oomblik kyk sy hom verleë aan, toe laat sy haar oë sak asof sy skaam voel oor haar ongelukkigheid van vroeër vanmiddag.

Maar Loui plaas sy hand onder haar ken en dwing haar om na hom te kyk. "Waarom het jy so ongelukkig gelyk, my klein Tillie? Het ek miskien iets gesê of gedoen wat jou seergemaak het?"

"Nee, Loui. Ek . . . wel . . . ek het sommer net 'n bietjie neerslagtig . . . so effens van stryk gevoel," stamel sy nou meer verleë.

"Maar ek wil weet waarom jy so gevoel het, my lief," volhard hy sag.

"Ag, ek weet self nie, Loui. Dit was maar net dat Burkenhof my daaraan herinner het dat ek op die drumpel van 'n nuwe lewe staan en die drie dae by Wörthsee het vir my op daardie oomblik so ver in die verlede gevoel . . . byna of dit nooit bestaan het nie."

Hy los ineens haar ken en druk haar weer liefdevol aan sy bors. Toe vra hy: "Vrees jy dan die lewe hier op Burkenhof wat op jou wag, Tillie?"

"Nee, Loui, ek vrees dit nie. Dis net die vreemdheid daarvan wat my 'n bietjie weemoedig gestem het."

"Jy sal baie gou tuis voel hier op Burkenhof, my lief. Môre gaan ons vir jou daardie motor koop waarvan ek jou vertel het, dan kan jy soms vir my op kantoor kom kuier wanneer jy te eensaam voel."

"Jy is so lief en goed vir my, Loui. Ek skaam my waarlik oor

84

my ondankbaarheid." Sy neem sy gesig in albei haar hande en soen hom lank en innig. "Kom, gaan wys my nou die swemplek van die swane. Ek sal dit graag wil sien, dan kan ek van môre af ook elke dag vir hulle gaan kos gee. Dit sal ten minste iets wees waarmee ek my kan besig hou."

"Nou kom, ek gaan wys jou."

In 'n vroliker stemming kuier die twee af in die rigting van die rivier. Die son is net besig om sy kop agter die horison weg te trek en die luggie is heerlik koel.

Onder 'n oorhangende tak van 'n lowergroen wilgerboom, op 'n ruwe bankie, trek Loui sy mooi, jong vrou langs hom neer. "Hierdie bankie," sê hy sag, eerbiedig, "is al drie geslagte oud. My oupa het dit baie jare gelede hier aangebring vir Ouma se gerief. Later het my moeder weer hierdie rusplekkie oorgeneem en dit as haar privaat eiendom beskou."

"Nou sal ek dit weer as mý eiendom beskou, 'n plekkie waarheen ek soms kan vlug wanneer ek graag 'n rukkie alleen wil wees," glimlag sy en verduidelik effens verskonend: "Daar kom mos sulke dae in 'n mens se lewe dat jy verlang om alleen te wees, met net die stil rustigheid van die natuur om jou geselskap te hou."

"Gelukkig dat ek darem nou weet waar om jou gedurende sulke dae te kom soek," glimlag hy. "Moet net nie dat dit te dikwels gebeur nie. Ek hou daarvan om my vrou na 'n uitputtende dag tuis te vind."

"Toe maar, ek sal sorg dat ek nie te dikwels afwesig is met jou tuiskoms nie," merk sy plaend op.

'n Oomblik verval albei in swye. Tillie verwonder haar aan die grasieuse, trotse bewegings van die swart swane op die water.

A! Daar sien sy nou die wit swaan agter die rietbos uitkom, die verstote swaan. Soos 'n fraai sneeubal dryf hy op die water, nader aan die wal, en Tillie voel plotseling baie teer teenoor daardie swaan.

Loui sit weer en dink aan die drie dae van ongekende geluk saam met hierdie fraai wesentjie hier aan sy sy. As sy suster nou net 'n bietjie meer toegeneentheid wil toon jeens sy vrou, sal sy geluk volmaak wees. Maar sy geluk kán mos volmaak wees! Waarom steur hy hom nou eintlik aan haar snobisme? Hý is die erfgenaam van Burkenhof en dit staan hom vry om haar enige dag aan te sê om te gaan as sy die lewe vir hom en Tillie versuur. Dis 'n vereiste dat Tillie gelukkig en tevrede moet wees indien hy 'n gesonde familie wil hê . . . en miskien is die eerste dalk nog 'n tweeling!

Sy oë vonkel by die laaste gedagte en dis vir Tillie duidelik dat sy gedagtes besonder aangenaam is.

Liefdevol lê sy haar hand op sy arm en sê sag: "Ons sal nou moet teruggaan, my skat. Kyk, dit begin al skemer word en me-vrou Schreiner sal nie weet wat van ons geword het nie."

"Jy is reg, my lief," glimlag hy haar toe. "Ons sal moet gaan. Die huismense sal regtig dink ons het verdwaal."

Haastig kom hy orent, neem haar uitgestrekte hand en help haar ook op. 'n Oomblik druk hy haar styf aan sy bors en soen haar met onverbloemde hartstog.

"Jy is die lieflikste mens wat ek ken, Tillie," fluister hy teer. "Mag God my help dat ek jou altyd gelukkig maak."

# 12

Verslae en met 'n trek van diep ongelukkigheid op haar gelaat afgeëts, staar Tillie stil oor die uitgestrekte tuin van Burken-hof. Sy voel so moedeloos hier waar sy op die balkon voor haar kamer staan en tog weet sy dat sy niks aan die saak kan doen nie.

Hoe lank is dit nie nou al dat sy haar ongelukkigheid vir Loui probeer verberg nie? Dit voel soos 'n ewigheid. Soms voel sy dat sy nie nog 'n dag langer so kan voortgaan nie. Sy doen haar bes om Heidi se vriendskap te wen, maar nog steeds het sy nie daarin geslaag nie. Nou voel dit vir haar of die ouer vrou opsetlik vyandiggesind is teenoor haar . . . Maar waarom? Sy het haar nog nooit rede daartoe gegee nie. Gedurigdeur was sy nog maar die minste en gee sy Heidi haar sin in alles, en tog is sy so ... so vyandig en maak sy die lewe vir haar byna ondraaglik hier op Burkenhof met al haar bedekte skimpe en onnodige sarkasme.

Nee, sy kan nou voorwaar niks goeds doen in Heidi se oë nie. En juis vanmôre was dit weer sulke tyd ... Ja, juis vanmôre moes Heidi haar weer seermaak.

Vanmôre was sy ontevrede omdat Tillie so lank by die swane vertoef het, maar vanmôre kon Tillie dit nie help om haar heftig te verdedig nie en nou voel sy moeg en diep ongelukkig. Sy hoor nog steeds Heidi se koue stem vroeër vanoggend aan die ontbyttafel nadat Loui reeds vertrek het en terwyl mevrou Schreiner in die kombuis doenig was: "Dit lyk vir my regtig of jy glad nie belang stel in die huishouding of jou pligte hier as huisvrou nie, Tillie."

"Hier is so baie huishulpe en mevrou Schreiner is so bekwaam dat hier vir my werklik niks te doen is nie, Heidi," het sy haar probeer verdedig.

"As jy meer belang sou stel en meer oplettend is, sal jy wel merk dat hier vir jou heelwat te doen is," het sy snedig, sarkasties gesê. "Mevrou Schreiner kan byvoorbeeld nie blomme rangskik nie en ... nou ja, jy as huisvrou behoort self te sien wanneer dinge nie reg is nie."

"Ek begryp nie waarvan jy praat nie, Heidi," het sy verbaas gesê. "Mevrou Schreiner is baie jare al die huishoudster hier. Sy is uiters bekwaam. Ek sien werklik niks verkeerd met die huishouding nie."

"Nee, natuurlik sal jy nie. Jou belangstelling strek nie so ver as die huishouding nie en daarbenewens is ek mos hier om vir dinge reg te staan terwyl jy by die swane rondlê of in die stad rondrits."

"Dit sal jou werklik niks baat om my sulke dinge voor die kop te gooi nie, Heidi," het sy haar vir die eerste keer voor die ouer vrou verset. "Dis ook nie vir jou nodig om vir dinge in hierdie huis reg te staan nie. Mevrou Schreiner en die huishulpe is bekwaam genoeg."

Met 'n snork van verontwaardiging en minagting het die ouer vrou orent gekom en die vertrek neus in die lug verlaat.

Op daardie oomblik het Tillie se Afrikaanse bloed ook net kookpunt bereik. "So 'n ou . . . ou feeks!" het sy dit sag geuiter.

Toe merk sy ineens dat sy nie meer alleen is nie. 'n Oomblik het sy en mevrou Schreiner mekaar woordeloos aangekyk. Toe het sy opgestaan en die eetkamer verlaat.

Met 'n vermoeide sug sak sy nou in 'n seilstoel neer en staar weemoedig na die rotsagtige koppie agter die huis. Sy voel op die oomblik ontdaan van alle emosie.

Die tien maande van getroude lewe saam met Loui was vir haar maande van ongekende geluk, maar ook maande van pyn en vernedering.

Sy kon haar ook nog nooit so ver bring om Loui te spreek oor hierdie aangeleentheid wat nou besig is om totaal besit te neem van haar lewe nie. Sy weet hoe geheg hy aan sy enigste suster is en juis daarom wil sy hom nie seermaak deur hom te verwittig van Heidi se vyandigheid jeens haar nie. Loui is nog deurentyd so lief en dierbaar teenoor haar, hoe kan sy hom seermaak? Nee, sy sal dit nooit kan doen nie. Dan maar liewer alles in stilte verduur. Miskien verander Heidi ook nog eendag teenoor haar en kan hulle waarlik goeie vriende en kamerade wees. Sy verlang so om die ouer vrou as vriendin te hê!

Met 'n moeë gebaar stryk sy 'n onsigbare kreukeltjie uit haar rok. Toe rus sy haar kop gemaklik teen die rugkant van die stoel en sluit haar oë.

Nou dink sy weer aan die huishoudster, die liewe ou dame wat vir haar al soos 'n moeder geword het. Sy het mevrou Schreiner werklik lief en hoewel sy uit 'n gewone, eenvoudige familie kom, is daar gewis meer adel in haar hart as wat die hovaardige Heidi in haar hele samestelling het. Mevrou Schreiner was nog altyd vir haar soos 'n eie moeder. Bedags waak sy oor haar en elke ou probleempie van haar is ook die ouer vrou se probleem. Sy weet voorwaar nie hoe sy die lewe hier op Burkenhof saam met Heidi sou kon verduur het sonder mevrou Schreiner se raad en bystand nie. Vir haar, Tillie, is sy in alle opsigte 'n moeder en dis by haar wat Tillie maar telkens troos en bemoediging gaan soek as die onderstrominge tussen haar en Heidi te sterk word.

88

Maar vanmôre wil sy nie weer na mevrou Schreiner toe gaan met haar ongelukkigheid nie. Sy voel so ontdaan van alle lewenslus en belangstelling dat sy maar liewer net hier wil sit en kyk na die natuur rondom haar. Die natuur bring soms ook heling vir 'n mens se innerlike wonde.

In haar enigheid sit sy en wonder wat die toekoms vir haar inhou met so 'n lewe. Sy en Loui is so wonderlik gelukkig, maar Heidi maak die lewe vir haar uiters moeilik. Soms lyk dit of sy daarop úít is om die lewe vir haar te versuur, of sy haar as 'n indringer hier op Burkenhof beskou.

Sagte voetstappe laat Tillie ineens vinnig opkyk. Haar donker oë is vertroebel en haar hele wese spreek van pyn en moedeloosheid. Langs haar merk sy die geliefde gestalte van mevrou Schreiner.

"Ek het vir jou 'n koppie koffie gebring, mevrou," sê sy sag en haar stem klink vir Tillie soos dié van 'n moeder wat haar kind probeer troos.

Swyend neem Tillie die koppie. Die ouer dame talm 'n oomblik en die jong vrou weet sy wag dat sy, Tillie, iets moet sê: "Ek is waarlik jammer oor my heftigheid van vanoggend," sê sy sag. "Ek weet nie wat my besiel het om haar . . . haar so teë te gaan nie. Ek moes 'n bietjie meer geduld met haar beoefen het. Sy is baie jare ouer as ek en . . . wel, sy is dokter se suster . . ."

"Ek sou dink jy het reeds te veel geduld met haar beoefen, Mevrou," val sy Tillie sag, maar beslis in die rede. "Sy het gekry waarna sy al lank soek. Dit sal jou niks baat om maar altyd net stil te bly nie, mevrou. Hierdie is jóú huis en hier is jý baas."

"Dis heeltemal waar, mevrou," sê Tillie weer sag. "Ek weet dis my huis en tog voel dit vir my of ek haar vanoggend nie reg behandel het nie. Miskien moes ek tog maar meer geduld met haar beoefen het. Ek dink soms sy haat my met 'n wrewelrige haat omdat ek met haar broer getrou het. Ek kan niks goeds doen in haar oë nie, mevrou Schreiner, en sy maak 'n mens so ongelukkig daardeur. Goddank daar is nog nie 'n kindjie gebore nie. Ek sien nie kans om 'n kind op te voed in sulke omstandighede nie. Solank mevrou Von Lichten by ons woon, wil ek nooit 'n baba hê nie . . ."

"Mevrou, nee, jy moet asseblief nie so praat nie," val mevrou Schreiner die jong vrou haastig in die rede. "Jy sal net dokter se geluk daardeur verongeluk en hy verdien dit tog nie. Praat liewer met dokter oor hierdie moeilikheid. Dit kan nooit so aanhou nie. Jy gesondheid gaan daardeur ten gronde. Kyk hoe lyk jy al, byna soos 'n gees. Jy is bleek en maer en selfs jou eetlus is al na die maan! Nee, mevrou, jy sal beslis met dokter hieroor moet praat."

"Nooit, mevrou Schreiner. Ek mag nie teenoor dokter kla oor . . . wel, sy suster se dinge nie. Sulke klagtes van my sal niks goeds afgee nie. Hy is baie geheg aan sy suster."

"Daar het jy dit mis, my kind," sê sy teer. "Hy mag geheg wees aan sy suster, maar ek weet dat julle huweliksgeluk by hom eerste kom. Ek het dokter Loui self grootgemaak, kindjie, en ek weet uit watter staal hy gesmee is. Wees verseker: hy het jou innig lief . . . liewer as sy suster."

"Ek sal liewer nog 'n rukkie wag, mevrou. Miskien kom dinge tog vanself reg."

"As jy voel jy moet 'n rukkie wag, is dit reg, my kind, maar moet nooit toelaat dat enigiets julle huweliksgeluk skend nie. Ek het vir jou en dokter Loui lief soos eie kinders en ek sal nie toesien dat julle 'n ramp tegemoetgaan nie, ook nie dat mevrou Von Lichten jou lewe so versuur nie."

"Sê my, jy gaan nie met dokter hieroor praat nie, nè, mevrou?" wil Tillie dringend weet.

"As jy dit verlang, sal ek nie. Maar ek weet nie of ek altyd sal kan stilbly nie. Sodra dit te erg gaan, sal ek nie langer kan stilbly nie. Jy het nie 'n moeder hier wat vir jou in die bres kan tree nie en daarom ag ek dit my plig om dit te doen."

"Dankie, mevrou," sê sy dankbaar. "Ek is seker dinge sal reg- kom. Ons moet dokter net nie met sulke dinge belas nie."

Sonder om 'n woord verder te sê, draai mevrou Schreiner om en verlaat die balkon.

Moedeloos staan Tillie op en stap na die motorhuis toe. Sy kan maar net sowel vir Grete gaan kuier, want hier op Bur- kenhof sal die atmosfeer vandag te gespanne wees; in die ge- moedstoestand waarin sy op die oomblik verkeer, sal dit buitendien vir haar veel beter wees om uit Heidi se pad te bly.

'n Oomblik later snork die nuwe swart motor met die rylaan af en by die groot hek uit, en dit voel vir Tillie of al die swaarmoedigheid soos 'n swaar kleed van haar skouers afgly. Ja, dit voel selfs of sy nou weer vryer asemhaal.

'n Ligte windjie ruk aan haar hare en sy glimlag van pure genot. Vergete is al die kwellings van die môre. Sy voel net jammer dat mevrou Schreiner nie ook op hierdie oomblik saam met haar kan wees om die rit te geniet nie. Sy is so 'n liewe, goeie mens en altyd so besorg oor haar, Tillie, se geluk en welstand. Waaroor was haar kommer nou weer gisteraand? O ja, dit was mos oor sy so bleek en maer is. En nou moet sy glo 'n dokter gaan spreek vir 'n opknappertjie om haar eetlus 'n bietjie aan te sterk! Dis waar, sy is deesdae nie wat sy moet wees nie. Na so 'n uitbarsting soos vanoggend voel sy gewoonlik moeg, asof iets swaars op haar bors druk. Maar dit regverdig nog glad nie 'n besoek aan 'n dokter nie. Dis maar Heidi en haar ewige foutvindery wat haar so afrem en haar moeg laat voel.

Toe Tillie later voor die Joubert-woning stilhou, merk sy dat sy voor dooiemansdeur is. Alles is stil, selfs die luike is dig. Sy gaan klop nietemin aan, maar sy kry geen antwoord op haar herhaalde kloppe nie.

Terug in die motor sit sy met haar self en redeneer of sy maar sal teruggaan Burkenhof toe.

Nee, besluit sy, Loui sal verras wees om so vroeg 'n besoek van haar te kry. Hy waardeer 'n besoekie van haar altyd besonder baie.

'n Oomblik later ry sy met die straat op in die rigting van die middestad. Nou is sy een met die woelige stroom mense en voertuie en bestaan daar vir haar glad nie so 'n mens soos Adelheid von Lichten nie.

"A, maar dis 'n verrassing," glimlag Loui bly toe Tillie by sy kantoor inkom. Hy neem haar in sy arms en soen haar herhaalde male, asof hy haar maande laas gesien het. Met voldoening voel sy hoe sy hart warm teen haar klop. "Kom sit hier by my en vertel my wat jy vandag alles gedoen het en of jy ook na my verlang het."

Sy lag effens senuweeagtig en sê ontwykend: "Wel ... eintlik het ek vandag nog niks gedoen wat die moeite werd is om van te praat nie. En van die verlang ... wel, ja ek het nogal na jou verlang, my skat." Sy streel liefdevol oor sy donkerbruin hare en druk dan sy kop teer teen haar bors waar sy voor hom op die lessenaar sit. Op 'n sagte, intieme toon vervolg sy: "Sal jy my vanoggend na 'n dokter toe neem?"

Hy kyk haar meteens vraend aan.

"Dis eintlik 'n bevel van mevrou Schreiner en nie my idee nie," lag sy gerusstellend. "Maar ek dink tog dit sal goed wees om 'n dokter te raadpleeg. Ek het ... nou ja ... Ag wat, dit maak nie saak nie," stamel sy blosend en selfbewus.

"Wat maak nie saak nie, my liefling?" wil hy nou nuuskierig weet.

"Ek weet nie of my vermoede juis is nie, Loui. Ek dink ons moet maar eers wag en hoor wat die dokter sê."

"Wat probeer jy my nou vertel, Tillie?" vra hy en trek haar liggies op sy skoot neer. "Kom, uit daarmee. Ek wil nou op hierdie oomblik weet waarvan jy praat. Watse geheimsinnigheid is dit dié, my skat? Dit klink mos vir my al of ek ook in die saak betrokke is, asof ek ook iets daarmee te doen het."

"Ek sou dink dat jy ook in die saak betrokke is en heelwat daarmee te doen het," lag sy hom uit. "Toe maar, daar is geen geheimsinnigheid aan verbonde nie, my dierbare man. Ek wil jou maar net nie vals hoop gee nie. Ek wil eers sien of die dokter dit bevestig ..."

"Wat bevestig, my liefling?" val hy haar vinnig in die rede.

"Wel ... ek weet nie ... ek mag my misgis, maar ek dink ek verwag 'n baba. Ek het dit op pad hierheen vir die eerste maal vermoed. Ek is seker ..."

Voordat sy egter haar sin kan voltooi, druk hy haar hartstogtelik teen sy bors en soen haar hals, haar oë, haar voorkop en ten laaste rus sy lippe op haar sagte, gevoelige mond.

"Mag die Groot Skepper gee dat dit so is, my liefling," sê hy sag en gevoelvol onderwyl hy haar teer aankyk. "Ek sal jou soos 'n kleinood bewaar en versorg, want jy sal die draer wees van my innigste hartewens, die een groot begeerte in my lewe."

"Dan sal jy my na 'n dokter toe neem?"

"Vra jy nog, my skat? Ons gaan nou dadelik, want vir my sal daar nou geen rus of duurte wees voor ek sekerheid het nie."

Hy druk haar weer teer teen hom aan en soen haar lank en innig, kompleet asof hy die liefde vir haar wat so geheel en al van hom besit geneem het, net nog 'n oomblikkie wil koester in die sonskyn van haar lieflike nabyheid.

Met sy arm beskermend om haar stap hulle later in die rigting van die hysbak en albei is stil in hul groot vreugde en afwagting.


# 13


Eindelik is die ondersoek afgehandel en haar donker oë rus vraend op Loui wat aan die ander kant van die ondersoekbed regoor die geneesheer staan.

"Ons sal aanstons die uitslag verneem, my liefling," stel hy haar gerus. "Kom ek help jou gou om aan te trek."

Gewillig laat Tillie hom toe om haar te help. Sy is nou ewe haastig om die uitslag te verneem, want dis vir haar vreemd dat die vriendelike ou dokter eensklaps so stroef geword het.

Sou daar dalk iets ernstigs verkeerd wees? Mens verloor mos nie so baie gewig sonder enige rede nie. Dalk longtering? Nee, dit seker nie. Ek hoes nie eens nie. Bloedkanker? Dis moontlik. Mevrou Schreiner sê mos ek is uitsonderlik bleek.

"Kom, nou kan ons die uitslag gaan verneem, my skat," hoor sy Loui ineens sê en dis asof sy stem haar in 'n mate vertroos en versterk vir die nuus wat miskien baie onaangenaam gaan wees.

Ag, Vader, laat dit tog goeie nuus wees. Laat dit tog om sy ontwil goeie nuus wees, stuur sy haastig 'n skietgebedjie op toe hulle voor die arts se lessenaar plaasneem.

'n Oomblik kyk die ou geneesheer, wat 'n jare lange vriend van die Kraffts is, hulle albei stil aan. Toe breek daar 'n flou glimlaggie deur wat sy stil gesig effens ophelder. "Ek het goeie sowel as slegte nuus vir julle twee," sê hy sag en draai hom na Loui. "Jou vrou is reeds vier maande swanger, maar dit spyt my om jou te sê dat haar toestand glad nie goed is nie. Julle moes my al eerder kom spreek het, Loui. Daar is moeilikheid met die hart en sy ly in 'n groot mate aan bloedarmoede."

'n Oomblik staar Loui die arts sprakeloos aan, toe vra hy sag en op 'n afgemete toon: "Is dit lewensgevaarlik?"

"Nie as sy volhou met die dieet wat ek vir haar gaan voorskryf nie. My ander instruksies sal sy natuurlik ook stiptelik moet nakom, maar dit sluit nog nie al die gevaar uit nie, hoor."

Loui slaak hoorbaar 'n sug van verligting en Tillie voel nie minder verlig nie. Hy kyk af na haar wat so stil langs hom sit en 'n lig van intense liefde en geluk straal uit sy staalgrys oë. 'n Glimlaggie plooi om sy mondhoeke en dit versag die streng lyne van sy gesig.

"Ek gee jou die versekering dat jou instruksies noukeurig gevolg sal word, dokter. Ek was heeltemal onbewus van my vrou se toestand, anders sou ek haar reeds lankal gebring het."

"Dankie. Ek weet ek kan op jou staatmaak, Loui. Gaan drink julle twee nou maar koffie in die restaurant hier langsaan, dan kan my sekretaresse solank die dieet uittik. Ek verwag julle egter oor 'n halfuur terug in my spreekkamer."

"Dankie, dokter, ons sal so maak," sê hy en kom orent. Liefdevol plaas hy sy arm om Tillie en vervolg: "Dan sal ons maar solank gaan koffie drink, Tillie."

Sy kyk op na hom en glimlag, en haar oë spreek van diepe geluk.

In die restaurant het Loui geen woorde om sy geluk uit te druk nie, maar die lig wat uit sy oë straal, spreek boekdele en die innige intiemheid waarmee hy sy vrou se hand met sy eie omvou is genoeg om haar te verseker van sy groot geluk en innige dankbaarheid.

"Jy sal nou in die vervolg uiters versigtig moet wees, my vrou," sê hy nadat die kelner hulle koffie bedien het. "Jy sal jou baie stil en rustig moet hou. Inspannende vermaaklikheid sal ons maar vir eers moet opsy stoot, want ek gaan nie toelaat dat jy jou vermoei nie."

94

"Hm, jy is natuurlik nou vas van plan om my op te piep, nè?" glimlag sy plaend.

"Ek wil jou maar net 'n bietjie vertroetel . . . en . . . wel, beskerm, natuurlik . . ."

"Waarteen, Loui?" val sy hom vraend in die rede.

"Teen jouself, my skat," antwoord hy sag.

"Teen myself? Ek begryp jou nou nie, my man," glimlag sy vraend.

"Ja, teen jouself. Jy is so rusteloos en bedrywig, iemand moet vir jou rem aandraai. Jy sal ook nie meer aan enigeen van die sosiale verenigings kan behoort nie, my liefling. Ja, jy lyk verniet so verbaas. Jy sal selfs moet bedank as lid van die Armsorgvereniging ook, want jou toestand verg rus en nogeens rus."

"Maar wat sal ek al die maande met myself op Burkenhof aanvang, Loui?"

"Jy sal nou mos baie werk hê, my skat," sê hy sag en sy oë liefkoos haar openlik. "Jy sal jou maar moet besig hou met ons seun se uitset. Hy sal tog klere nodig hê, dan nie?"

"Dit sal my nie vyf maande besig hou nie, my skat," stribbel sy teë. Net die gedagte dat sy een en Heidi vir vyf maande elke dag in mekaar se teenwoordigheid sal verkeer, laat haar sommer ineens weer mismoedig voel. Maar sy het reeds besluit om Loui nie met huislike probleme op te saal nie, dus swyg sy maar daaroor en probeer haar teleurstelling so goed moontlik vir hom verberg. Ek sal jou dan maar elke dag op kantoor gaan besoek, Loui," sê sy 'n oomblikkie later en haar stem klink sommer weer vol moed.

"Ek wonder, my liefling," sê hy nadenkend. "Ek dink jy moet liewer maar die motor ook vir eers toesluit tot alles verby is. Dis tog nie goed vir jou om nou in druk verkeer te bestuur nie. Dit mag jou dalk senuweeagtig stem, wat beslis baie nadelig sal wees vir jou toestand. Jou senuwees sal te alle tye rustig en kalm moet wees, my vrou. Onthou, nou is jy nie net verantwoordelik vir jou eie gesondheid nie, maar ook vir dié van ons ongebore kindjie."

Sy stem is sag, maar beslis en Tillie besef dat hy niks sal duld wat moontlik sy kind skade mag berokken nie. "Goed, Loui," stem sy teleurgesteld in. "Ek sal dan maar so maak."

95

"Nou is jy verstandig, Tillie. Ek is bly dat jy ook die gevaar daaraan verbonde insien, want die hemel weet daar moet nou niks met jou en die kleinding verkeerd gaan nie. Jy moet jouself oppas soos 'n kosbare juweel, want die lewe wat jy in jou omdra is vir my meer werd as al my aardse skatte."

"Nee, kyk, nou oordryf jy," lag sy hom effens senuweeagtig uit. Hierdie erns, die beslistheid in sy stem, maak haar bang.

Sy sagte stem het ineens 'n onheilspellende klank toe hy weer sê: "Ek oordryf nie in die minste nie, Tillie. So waar as wat ek leef, as daar iets met jou of met ons kindjie gebeur, sal dit die verantwoordelike persoon berou. En dis geen ydele dreigement nie, ek bedoel dit waaragtig!"

Sy staalgrys oë wat op haar rus, bevestig sy dreigement en dit laat haar vreesbevange voel, maar moedig sê sy weer: " 'n Ongeluk kan baie maklik gebeur, Loui. Jy moet nooit sulke dreigemente uiter nie, my man."

"Ongelukke kan in jou geval verhoed word, vroutjie, as jy jou stil gedra," sê hy. "Maar kom, dis seker al tyd vir ons om terug te gaan na die dokter se spreekkamer toe."

Nadat die geneesheer 'n reeks instruksies aan Tillie en Loui gegee het en haar weer eens vermaan het om die dieet streng te volg, groet hulle eindelik en verlaat die vertrek.

Liggies klap Loui die motordeur langs Tillie toe. "Versigtig bestuur, my liefling," maan hy weer eens en stap dan na sy eie voertuig toe wat kort agter Tillie s'n staan.

Sy skakel die kragtige enjin van haar motor aan en trek geluidloos weg.

Weldra is sy buite die woelige stad. In die truspieëltjie merk sy Loui se grys motor wat kort op haar hakke bly en 'n glimlag plooi ineens om haar mondhoeke.

Hy pas my op soos 'n getroue waghond, flits dit deur haar gedagtes. Mag die Allerhoogste in sy Raad besluit dat daar tog niks verkeerd gaan wat Loui se innigste verwagtings kan verongeluk nie. Hy sien so verlangend uit na die koms van ons eersteling, kompleet asof sy hele lewe daarvan afhang. Here, laat hierdie droom, hierdie een groot hartewens van hom tog bewaarheid word!

Met 'n behendige swaai stuur sy die motor by die groot hek in en ry met die rylaan op.

'n Oomblik later hou sy voor die ruim dubbelmotorhuis stil. Met 'n glimlag kyk sy Loui aan wat 'n oomblik later langs haar stilhou.

Sy klim uit en haak haar arm liefderik deur syne en opgewek stap hulle in die rigting van die voordeur, onbewus van die paar oë wat Tillie uit Heidi se kamer met smeulende haat betrag.

Na ete gaan Tillie, Loui en mevrou Schreiner na die sitkamer toe.

Aan tafel het Loui hom reeds vir sy suster se uitgesprokenheid vererg en toe hy merk dat sy nie van plan is om by hulle aan te sluit nie, draai hy hom vererg na haar en sê effens streng: "Ek verlang ook jou teenwoordigheid in die sitkamer, Heidi."

"Het jy iets belangriks op die hart?" wil sy uitdagend weet.

"Ja, iets wat vir my van besondere belang is en dis belangrik dat jy dit ook weet."

"Ek sal nou daar wees," sê sy sonder om hom aan te kyk en met haar kop fier orent stap sy driftig na haar slaapkamer toe. Op die oomblik voel sy gebelg teenoor beide Tillie en Loui. Eintlik is haar gramskap teen Tillie gemik, want voordat Loui haar ontmoet het, het hy haar, Heidi, nooit 'n skewe woord toegevoeg nie. En deesdae doen sy omtrent niks wat reg is in sy oë nie. Oor elke ou woordjie of gebaartjie van haar is hy op sy agterpote en moet sy dit ontgeld . . . en dit alles deur daardie . . . e . . . vrou met wie hy getrou het!

Maar wag, sy sal nou sitkamer toe moet gaan om te hoor wat gaande is. Loui is immers haar broer en sy het hom nog baie lief. As daar dalk iets is wat hom hinder of kwel, sal dit sy, Heidi, wees wat hom sal moet bystaan, want daardie vrou van hom is tog nie in staat daartoe nie. Wat weet sy van die dieper sy van die lewe en al sy probleme?

Gewoonlik is daar 'n lastige krieweling in haar by die aanskoue van die liefde en attensies wat haar broer sy jong vrou betoon, maar op hierdie oomblik voel sy net haat en jaloesie teenoor die beeldskone vrou wat so gelukkig en beskermend daar langs haar broer op die rusbank sit. Sy een arm is liefdevol om haar skouers en sy hand vertroetel die krulle wat weelderig op haar skouers rus.

Op 'n gemakstoel oorkant hulle sit mevrou Schreiner en haar gelaat weerspieël intense geluk en tevredenheid.

Heidi se statige figuur huiwer 'n oomblik in die oop deur, maar Loui se sagte stem ruk haar meteens tot verhaal en sy weet dat sy op hierdie oomblik alle griewe om Loui se ontwil opsy sal moet skuif.

"Kom sit gerus, Heidi, ek het goeie nuus om julle mee te deel," spreek hy sy suster en huishoudster aan. "Eintlik is dit die langverwagte blye tyding. Tillie gaan ma word. Ou dokter Van Schirach het dit vanoggend bevestig," glimlag hy in sy skik en sy grys oë spreek van intense geluk.

Verslae kyk Heidi hom aan. Toe voel sy hoe die wrewel in haar begin oplaai jeens die vrou wat daar so tevrede en gelukkig uitsien. Sy is niks minder nie as 'n slinkse indringer wat ons vrede en geluk hier op Burkenhof kom verstoor het, dink sy opstandig, want selfs die altyd onversteurde mevrou Schreiner is so deur haar sogenaamde bekoring verblind dat ook sy niks verkeerds van die uitlandse indringer wil weet nie. In die huishoudsters en Loui se oë kan sy mos niks doen wat verkeerd is nie. En noudat sy swanger is, sal hulle twee haar seker nog meer verwen en verafgod. Sy gaan Burkenhof mos nou 'n erfgenaam skenk!

Die huishoudster se opregte blydskap en opgewondenheid oor die goeie nuus laat Heidi se wrewel ineens hoër oplaai.

"Jy lyk nie juis opgewonde of bly nie, Heidi," hoor sy Loui plotseling sê.

Vlugtig kyk sy op, vas in sy staalgrys oë wat haar koud, beskuldigend aankyk. 'n Oomblik voel sy skuldig teenoor hom, maar ook net 'n oomblik, toe ruk sy haar skouers fier na agter en sê byna kortaf: "Vir my beteken dit natuurlik nie soveel soos vir julle nie . . . vir jou nie, Loui."

"O, ek sien," laat hy duidelik sarkasties hoor. "Dis blykbaar omdat jy nog nooit 'n moeder was nie, Heidi. Mens kan natuurlik nie so iets soos opgewondenheid van jou verwag nie, nè? Onthou asseblief net dit: my vrou mag onder geen omstandighede ontstel word nie. Haar lewe moet geheel en al stil en rustig wees . . . haar gesondheid vereis dit dringend." Toe draai hy hom weer na die huishoudster wat vir hom van kindsbeen af soos 'n moeder is en vervolg: "Die dieet sal ek later met jou bespreek, mevrou. Sorg tog net dat dit noukeurig gevolg word. Ek dra hierdie versoek uitsluitlik aan jou oor omdat ek weet jy sal my nie teleurstel nie. Tillie, jy sal 'n bietjie moet gaan rus, my liefling. Kom, ek sal jou 'n rukkie gaan geselskap hou."

Teer help hy haar orent en hulle verlaat die vertrek.

Met moederlike trots kyk mevrou Schreiner hulle agterna. Sy voel innig bly dat dokter Loui se een groot wens nou vervul gaan word. Dit moet nou net 'n seun wees, dan sal sy beker van geluk oorloop.

Die blik wat Heidi hulle agterna werp spreek egter duidelik van haat en veragting en een oomblik oorweeg sy dit om maar op te pak en Burkenhof te verlaat. Dit sal vir haar tog net sieltergend wees om elke dag die ophef te aanskou wat hulle blykbaar nou van Tillie gaan maak. Mens sou sê sy is die eerste vrou in die wêreld wat swanger is! Ga, die kind sal gevul wees met minderwaardige bloed. Hy sal geen edelman wees nie!

Maar dan besluit sy weer om Burkenhof nie te verlaat nie. Wie dink Tillie is sy dat sy, Heidi, haar geboorteplek moet verlaat om haar ontwil? Sy is 'n gemene indringer en het geen reg of aanspraak op Burkenhof nie. Met sluheid het sy Loui verlei en oorgehaal om met haar in die huwelik te tree en nou moet sy, Heidi, om haar ontwil hier padgee. Nooit! Sy sal hier bly tot haar laaste lewensdag. En sy wat Adelheid von Lichten is, sal sorg dat Burkenhof bevry word van sulke ongewenste indringers. Ja, sy sal Tillie se lewe hier so versuur dat sy later uit eie keuse sal teruggaan na haar land waar sy tuishoort.

# 14

Met 'n gevoel van eensame verlatenheid staan Tillie na die uit-
gestrekte tuin en kyk. Die sagte hand van die lente is net besig
om die eerste kleur aan elke plant en struik te verf en dis byna
of sy dit nie eens merk nie – sy wat andersins so lief is vir die
prag van die natuur. Haar oë volg Loui se motor verlangend
totdat dit by die groot hek uitry en om die eerste draai ver-
dwyn.

"Nog 'n dag van geduld en verdraagsaamheid in die voor-
uitsig," sug sy mismoedig en sy wonder weer eens waarom die
Here haar so 'n kruis opgelê het om met so 'n vyandige skoon-
suster te moet saamleef.

Die skel gelui van die telefoon wek haar ineens uit haar
mymerings en haastig stap sy na binne om die oproep te gaan
beantwoord.

In 'n opgewekter stemming sê sy: "O, dis jy! Wel, dis gaaf om
weer jou stem te hoor, Grete. Ek het al na julle begin verlang,
weet jy? Voel jy nie lus om my vandag te besoek nie? . . . Jy
kan nie . . . Goed, ek sal gereed wees. Ek sal 'n dag saam met
jou nogal baie geniet . . . Alles reg, ek sal oor 'n halfuur gereed
wees."

Liggies plaas sy die gehoorstuk terug op die mikkie en kry
koers na die sitkamer waar mevrou Schreiner doenig is. "Me-
vrou Schreiner!" sê sy nou in 'n veel opgewekter luim. "Moe-
nie op my wag vir ete nie. Mevrou Joubert kom my haal om
die dag by haar te gaan deurbring en ek sal seker vanmiddag
laat eers tuis wees."

"Dis nou baie gaaf, kindjie. Ek hoop jy geniet die uitstap-
pie. Terloops, ek hou baie van mevrou Joubert. Sy is so 'n
aangename persoon, ek is seker jy gaan die dag saam met haar
baie geniet." Sy plaas haar een hand vertroulik op die jong
vrou se arm en vervolg sag: "Vergeet nou maar al die onaan-
genaamheid en geniet die dag. Moet net nie jou dieet vergeet
nie, hoor."

"Ek sal nie," verseker Tillie haar en stryk so vinnig as wat
haar toestand haar toelaat aan na haar slaapkamer.

Haastig soek sy na die onvoltooide baadjie wat sy besig is om te brei. Ineens val dit haar by dat sy dit gisteraand in Loui se kamer vergeet het toe sy nie kon slaap nie en by hom gaan inkruip het vir geselskap.

'n Teer glimlaggie speel om haar mond toe sy die deur oop-stoot wat hulle kamers verbind. Sy dink weer aan sy liefde en besorgdheid gisteraand.

"Hemel, my vrou, jy moes lankal in die bed gewees het!" het hy ontsteld uitgeroep en haar met sy kaal voete tegemoetgesnel. "Wat makeer? Voel jy nie wel nie, my liefling?" het hy teer ver-volg en haar beskermend in sy arms toegevou.

Soos 'n klein dogtertjie het hy haar in sy gespierde arms op-geraap en op die bed gaan neerlê. Eers nadat hy haar sorgvuldig met die deken toegemaak het, het hy weer ingekruip en het sy hom vertel dat sy nie kon slaap nie en toe maar besluit het om by hom te kom inloer.

"Mevrou Joubert wag op jou in die sitkamer, mevrou," hoor sy die huishoudster se stem agter haar.

"Ek kom dadelik, mevrou. Ek kom haal net my breiwerk hier in dokter se kamer," sê sy en raap die breisakkie haastig op en verlaat die vertrek.

Terwyl hulle met die rylaan afry, kom die besef weer sterk tot Tillie dat sy nie meer 'n Joubert is nie – nie meer 'n Joubert nie, maar 'n Krafft. Ja, sy is 'n Krafft en Burkenhof met hierdie fraai rylaan behoort ook aan haar. Oor twee maande gaan sy die ou landgoed 'n nuwe erfgenaam skenk, al is sy nie uit die adel gebore soos al die moeders van die vorige erfgename nie.

Haar afkoms hinder haar egter nie. Op Montana het sy ge-leer dat dinge wat in die daaglikse gang van sake en byna al-gemeen as belangrik beskou word, eintlik nie belangrik is nie. Posisie, aansien en materiële besit het sy hier in hulle ware be-tekenis gesien. Vandat sy verstand begin kry het, het sy geleer om nie haar geluk en vervulling as mens in die blink dinge van die lewe te vind nie. Haar vader het haar geleer om geluk en vervulling te vind in die eenvoudige dinge wat nie aan tyd en ruimte gebonde is nie – in opregte vriendskap, die regte werk en die natuur.

Sy onthou die baie dae wat sy saam met hom deur die veld en langs die berghellings gestap het.

"Voel jy nie lekker nie, of is jy maar net diep ingedagte, Tillie?" verneem Grete bekommerd.

"Laasgenoemde," antwoord sy en glimlag verskonend. "Ek is voorwaar ongesellig, is ek nie?"

"Ag, nee wat, ons vrouens se gedagtes dwaal mos soms maar so die ruimtes in. Ek was net bevrees jy voel dalk nie gesond nie. Ek het Loui nou die dag in die stad raakgeloop, toe vertel hy my dat jy deesdae nie te gesond voel nie. Maar vertel my eers, Tillie, is jy darem gelukkig op Burkenhof? Glo my, ek vra nie uit nuuskierigheid nie, maar bloot uit belangstelling. Jy is mos my niggie ook en ek wil graag die versekering hê dat jy werklik gelukkig is."

"Ek weet jy ly nie aan nuuskierigheid nie, Grete," laat Tillie met 'n glimlaggie hoor. "En wat jou vraag betref . . . Wel, ek en Loui is wonderlik gelukkig."

"Dis nie wat ek bedoel nie en jy weet dit."

Tillie bloos skuldig. Sy weet goed waarop Grete sinspeel. Het sy haar dan nie voor haar huwelik gewaarsku teen die hooghartige Heidi nie? "Jy bedoel Heidi von Lichten?" vra sy sag en kyk by die venster uit om Grete se blik te ontwyk.

"Presies."

"Wel, ongelukkig kan sy my nie onder haar oë verdra nie, Grete," kom dit duidelik weemoedig. "Ek weet eintlik nie wat ek teen haar gesondig het nie, want sy probeer alles in haar vermoë om die lewe vir my op Burkenhof so onaangenaam moontlik te maak. Loui weet natuurlik niks daarvan nie. Jy en mevrou Schreiner is die enigstes wat dit weet."

"En waarom word Loui, die belangrikste persoon, in die duister gehou?"

"Ek wil hom nie met sulke moeilikhede belas nie, Grete. Hy is deesdae geweldig besig en hy kry omtrent geen rus nie."

Met 'n netjiese draai bring Grete die motor voor die deur tot stilstand. "Kom, ons gaan hierdie sakie in die sitkamer bespreek," sê sy en klim haastig uit om vir Tillie die deur oop te maak.

102

"Van watter saak praat jy nou, Grete?" wil Tillie terstond weet.

"Kom, outjie, met 'n koppie tee in die hand gesels mens altyd beter," antwoord sy ontwykend en haak by die jonger vrou in.

Nadat albei klein Anneliese in haar bedjie gegroet het, gaan hulle na die sitkamer en neem op die bank plaas. Op dieselfde oomblik kom die huishulp ook die vertrek binne met die tee-gerei.

"Dankie, dit sal heerlik smaak, Eva. Sit maar die skinkbord op die koffietafel neer, ek sal self skink. Jy kan Anneliese gerus vir 'n wandeling neem, dis heerlik buite," sê Grete en begin die tee skink.

Eers toe hulle heeltemal alleen is praat Grete weer oor die saak wat beide haar en Willem so swaar op die hart lê. Dis nou al 'n geruime tyd dat hulle merk dat Tillie nie heeltemal so ge-lukkig is soos wat sy voorgee nie en al die tyd het hulle gemeen die fout lê by Loui, dat hy verantwoordelik is vir die ongeluk-kigheid wat haar donker oë so duidelik weerspieël wanneer sy meen niemand se aandag is op haar gevestig nie.

In 'n mate voel Grete bly dat Heidi die sondebok is en nie Loui nie. Sy kan net nie begryp waarom Tillie iets van haar skoonsuster duld nie. En die ergste van alles is dat Loui in on-kunde verkeer oor sy suster se gedrag.

"Ek wil vandag baie reguit met jou praat, Tillie. Terloops, ek en Willem het afgespreek dat ek jou vandag sou gaan haal vir 'n kuiertjie hier by ons. Sien, ons merk al 'n geruime tyd dat jy bitter ongelukkig is. Maar dankie tog Loui is nie die oorsaak van jou ongeluk nie. Hoewel ek nie kan begryp waarom jy Heidi toelaat om jou lewe so ongelukkig te maak nie . . ."

"Grete, wil jy my vertel dat elkeen op my gesig kan sien dat ek . . . wel . . . soms 'n bietjie ongelukkig voel?" val sy die ouer vrou merkbaar ontsteld in die rede. "Loui moet dit nooit weet nie, Grete. Hy moet dit nooit weet nie."

"Moet jou nie so ontstel nie, Tillie. Maar weet jy, jy begaan 'n groot fout deur jou man in die duister te hou."

"Nee, Grete, ek maak nie 'n fout nie. Loui sal nooit iets

sê of doen wat my sal seermaak nie en daarom wil ek hom ook nie seermaak nie. Behalwe myself, is elke inwoner van Burkenhof al jare deel van die ou plek en Loui sal vir niks ter wêreld afsien van dinge wat deel is van die ou landgoed nie. Voor ons troue het ek eendag terloops vir hom gesê dat ek besonders baie van mevrou Schreiner hou. En weet jy wat was sy antwoord aan my? Dat dit uiters jammer sou gewees het indien ek nie van haar gehou het nie, aangesien ons tog in een huis sou moes saamwoon. Dus, wat aan Burkenhof behoort, sal Loui nooit van afstand doen nie. Dit sal hom net ongelukkig maak indien ek hom van Heidi se . . . e . . . gedrag sou vertel. Hy het sy suster baie lief, Grete."

"Maar, Tillie, dit kan ook nie so aanhou nie. Wag, Willem kom vandag huis toe vir middagete. Ons sal saam 'n oplossing probeer vind, want sulke spanning is nie bevorderlik vir jou toestand nie en nog minder vir jou gesondheid. Ons sal iets daaraan moet doen."

"Wag, Grete, nie so haastig nie. Julle twee kan niks daaraan doen nie. Jy en Willem moet tog nooit in my huwelikslewe inmeng nie. Jy weet selfs hoe trots Loui is. Hy sal bitter teleurgesteld wees in my as jy of Willem hom aanval oor sy suster se gedrag. Laat ek liewer self later met hom daaroor praat."

"Maar jy het dan nou self gesê dat jy nie met hom daaroor kan praat nie, Tillie."

"Asseblief, Grete, laat dit aan my oor. Ek sal self later wanneer dit geleë is met hom daaroor praat."

"Goed, ek sal jou wens nie verontagsaam nie, maar ek gaan nogtans met Willem daaroor gesels. Hy is jou enigste bloedverwant hier in die vreemde en dis niks minder as reg dat hy weet hoe sake met jou staan nie. Kom, ek gaan gou vir ons iets maak vir ete. Willem sal nou-nou hier wees."

"Gaan gerus maar jou gang. Ek gaan eers kyk waar Eva is met Anneliese."

Onderwyl sy met die jongste Joubert speel en gesels, stap die oudste Joubert die huis in met sy beste vriend, Hein, aan sy sy. En hoewel laasgenoemde niks laat blyk nie, verlang hy tog heimlik om Tillie weer te sien. Vanaf daardie dag toe hulle twee gaan piekniek hou het onder die bome by die Friedensengel kon hy haar maar nie uit sy gedagtes kry nie. En haar huwelik met Loui was vir hom 'n diep teleurstelling, hoewel hy nooit iets laat blyk het nie. En nou, vandag, gaan hy haar waarlik weer sien. Dit juig in sy binneste en hy is Willem diep dankbaar dat hy hom saamgenooi het vir middagete.

"Waar is daardie adellike niggie van ons, vrou?" wil Willem dadelik weet nadat hy sy vrou gegroet het.

"Op die gras saam met Anneliese," sê sy en vervolg sag: "Maar voordat jy daarheen gaan, wil ek eers met jou gesels . . . oor haar. Sit maar hier in die kombuis waar ek besig is. Ek is byna klaar, dan kan julle eet."

Grete vertel die twee mans presies hoe sake staan tussen Tillie en haar skoonsuster. Ook dat Tillie beslis weier om Loui daarvan te vertel. "Ek dink sy begaan 'n geweldige fout deur haar stilswye, want sulke onenigheid is beslis uiters sleg vir haar hart," sluit sy haar vertelling eindelik af.

Albei mans sit diep ingedagte oor wat Grete hulle pas vertel het. Willem voel magteloos daaroor dat Tillie hulle verbied om met Loui te praat. Hein, weer, voel hoe die wrewel in hom op-laai jeens die hele adellike Krafft-geslag wat indirek die oorsaak is van die lieflike Tillie se ongelukkigheid.

"As sy dink ek gaan stilbly en toesien dat Heidi haar lewe en gesondheid verwoes, begaan sy 'n groot fout," snork Willem diep verontwaardig. "Ek sal Loui die dinge vertel waarvan hy nie weet nie!"

"Wel, as jy dit nie doen nie, gaan ek dit doen, Willem," laat Hein onheilspellend hoor. "Ek het in elk geval geweet sy maak 'n fout deur met Loui te trou. Hy mag nou wel lief en goed wees vir haar, maar hulle hele ou spul is te trots om te leef. En daardie ou suster van hom wat alewig lyk of sy 'n laaistok ingesluk het, is 'n pes vir die samelewing. As sy net weet hoe veragtelik haar houding is, sal sy daardie hovaardigheid van haar laat staan en ook een maal in haar lewe mens wees."

"Sjuut, hier kom sy. Moet asseblief nie laat blyk hoe julle oor die saak voel nie. Eva, gaan help daar met Anneliese. Sy is gans te swaar vir Tillie om te behartig."

"Hallo!" groet Tillie en sy probeer haar so opgeruimd moontlik voordoen.

Willem soengroet haar.

Hein gee haar 'n hartlike handdruk en dis toe hy in die versluierde dieptes van haar donker oë kyk dat hy vir die eerste maal tot die besef kom — die besef dat sy die persoon is wat hy liefhet, maande lank al liefhet.

Met 'n skok dring dit tot hom deur dat sy 'n getroude vrou en vir hom hopeloos verlore is. Ja, sy is Ludwig Krafft, die edelman, se vrou en eersdaags sal sy ook die moeder van sy kind wees. En hy, Heinrich Schmidt, sal maar gedweë moet toesien hoe Loui hom verlustig in sy groot geluk as man en vader.

'n Oomblik voel hy blind van woede omdat sy vir hom so onherroeplik verlore is. Goeie hemel, is dit dan nie genoeg dat ek reeds een maal 'n beminde moes afstaan nie? Moet ek Tillie nou ook afstaan, en dit aan 'n man in wie se huis sy so bitter ongelukkig is?

"Dis aangenaam om jou weer te sien, Tillie," kry hy dit eindelik uit, los haar hand wat sag in syne rus en gaan in die oop deur staan asof hy daar buite 'n oplossing soek vir hierdie ding wat so plotseling met hom gebeur het. Die ewige driehoek, flits dit deur sy gedagtes. Dit sal natuurlik altyd verskyn solank die mens bestaan . . . En wie kan dit verhoed?

"Kom, ou maat, die vrouens sê dis etenstyd," hoor hy Willem ineens langs hom sê.

Willoos draai hy om en volg sy vriend na die eetkamer toe.

Vir Willem is dit duidelik dat Hein 'n intense innerlike stryd voer. Vreemd, dink hy, Hein was nog altyd die een persoon na wie almal met hulle probleme gaan en nou lyk dit of hy self ook met 'n probleem worstel. Hy wonder wat hom plotseling so stroef gemaak het.

"En waarom lyk julle twee so bekaf?" wil Grete aan tafel weet. "Gits, dit lyk skoon of die honde julle kos afgeneem het!"

"Ek het my altyd voorgestel dat 'n man so moet lyk as sy nooi hom afgesê het," werp Tillie hulle lig spottend toe.

'n Oomblik kyk Hein haar swyend aan. Toe bepaal hy weer sy aandag by die bord voor hom en nie een van die drie om die tafel weet wat op daardie oomblik in sy gedagtes omgaan nie, ook nie dat Tillie in sy geval die spyker netjies op sy kop geslaan het nie.

"Koffie sal op die stoep bedien word," kondig Grete later aan en vervolg: "Kom, Tillie, ek en jy gaan vir ons die gemaklikste stoele uitsoek. Die mans kan vir hulleself sorg – daarom is hulle mos mans!"

"Julle hedendaagse vrouens verbaas my werklik," merk Willem spytig op en sak langs Hein op die rusbank neer. "My moeder het gewoonlik die beste en die gemaklikste aan my vader afgestaan. 'n Tweede keuse was vir haar altyd goed genoeg."

"Dit was jou moeder, Willem. Hulle het nie in hierdie verligte eeu van atoombomme en vlieënde pierings geleef nie. Moenie glo sy sou dit in hierdie eeu gedoen het nie, my man," pla Grete goedig.

In stilte geniet die vier nou hulle koffie terwyl Anneliese hulle op haar babbeltaal vergas.

Met onverbloemde bewondering hou Hein die kleinding dop. Toe dwaal sy sagte blou oë weer na Tillie en dit voel ineens vir hom of iets groots en waardevols hom verbygegaan het. Tillie moes sy vrou gewees het, dink hy. En daardie kindjie wat sy in haar omdra moes ook syne gewees het. Hy kon dieselfde geluk gesmaak het as Willem, as Tillie nou net sy vrou was.

"Maar werk julle twee nie vanmiddag nie, my man?" hoor sy Grete vra.

"Nee, vrou, soos jy sien het ons twee besluit om vanmiddag by julle twee te kuier," glimlag Willem goedig.

"O, maar dis goeie nuus. Dan kan ek en Tillie eers 'n bietjie gaan rondry voor ek haar huis toe neem."

"Daar sal niks van kom nie. Jy sal net hier by jou kuiergas bly. Hein kan Tillie mos ook huis toe neem. Jy gee seker nie om nie, ou maat, of hoe?"

"Glad nie. Dis te sê as Tillie nie te laat gaan bly nie."

"Asseblief, moenie om my ontwil moeite doen nie. Loui kan my ook maar kom haal."

"Is jy bang om saam met my te ry, Tillie?" Hein se oë rus vraend, verlangend op haar.

"Waarom sou ek vir jou bang wees, Hein?"

"Dit sal ek nie weet nie. Wat ek wel weet, is dat jy soos 'n vasgekeerde bokkie gelyk het toe Willem die voorstel gemaak het."

Tillie bloos verleë, want alles wat Hein daar sê is waar. Sy het geskrik, maar nie om die rede wat hy vermoed nie. Nee, sy is nie vir hom bang nie, maar sy vrees Heidi se skerp tong indien sy moet weet dat Hein haar huis toe gebring het. En Loui – hoe sal hý daaroor voel? Sal hy daarmee gediend wees?

Tillie voel radeloos. Sy wil Loui nie seermaak nie. En deur Hein se vriendelikheid te weier, maak sy hom dalk weer seer.

'n Flou glimlaggie verskyn om haar mond toe sy weer sê: "Ek is nie vir jou bang nie, Hein. Ek sal saam met jou ry. Ons kan maar drie-uur gaan as dit jou pas."

'n Oomblik kyk hy haar woordeloos aan en laat toe hoor: "Dit pas my uitstekend."

# 15

Nie een praat 'n woord nie, hoewel albei intens bewus is van die ander se teenwoordigheid. Net die sagte geruis van die kragtige enjin is hoorbaar. Die stad lê reeds ver agter hulle en ente aaneen is dit net fraai bewerkte plasies waarby hulle verbyry.

'n Koel windjie speel met Tillie se krulle en haar oë volg noukeurig die landskap wat vinnig by die motor verbyvlieg.

Hein se oë is weer voor hom op die pad gerig. Tog is hy bewus van elke gebaartjie van die jong vrou wat so stil langs hom sit. Hy verbreek die stilte eerste. "Is jy gemaklik, Tillie? Moet ek nie 'n kussing agter jou rug sit nie? Agter in die motor is 'n piekniekkussing."

"Ek sit heeltemal gemaklik, dankie, Hein."

"Nou waarom is jy so stil?"

"Is ek?"

Sy oë ontmoet hare vlugtig, toe rig hy sy blik weer stil op die pad. "Waarom lyk jy so . . . e . . . senuweeagtig, meisie? Vir wie vrees jy, Loui of sy suster? Toe maar, ek kan merk dat jy een van hulle vrees. Sou dit wees omdat ek jou huis toe bring? Wie van die twee is dit, Tillie?"

"Jy misgis jou, Hein," glimlag sy, maar haar rustelose hande toon duidelik tekens van senuweeagtigheid.

'n Oomblik kyk hy haar aan, toe swaai hy die motor uit die pad, ry 'n entjie verder aan en hou onder 'n reuseblinkblaar-boom stil.

Vraend kyk sy hom aan en vra verbaas: "En nou, Hein?"

"Nou gaan ons 'n oomblikkie gesels. Toe maar, moenie so vreesbevange lyk nie. Ek gaan jou nie ontvoer of jou leed aan-doen nie. Ek wil weet vir wie jy so 'n ewige vrees koester dat dit so duidelik op jou gesig geskryf staan. Vir wie vrees jy, Tillie, vir Loui?"

"Nee, Hein. Vir my is Loui die beste man op aarde en . . ."

"Dan moet dit sy suster wees," val hy haar byna bars in die rede. "Waarom vrees jy haar so, Tillie?"

"Asseblief, laat ons haar liewer nie bespreek nie. Dit getuig tog nie van goeie maniere om ander agteraf te bespreek nie."

"Dit weet ek. Maar of dit nou van goeie maniere getuig of nie, ons gaan hierdie saak vandag uitpraat. Jy sien, ek ken die Kraffts baie goed en ek weet watse soort mens Heidi von Lichten is."

"Asseblief, Hein, neem my liewer huis toe. Loui sal binne-kort tuis wees."

"O nee, nie nou al nie. Ons gaan eers klaar gesels."

"Maar ek hou nie daarvan om Loui of sy suster met ander te bespreek nie!" werp sy hom nou 'n bietjie heftiger toe.

"Of jy nou daarvan hou of nie, ek gaan tog jou skoonsuster bespreek." Hy swyg 'n oomblik asof hy eers haar reaksie wil vasstel, toe vervolg hy sag, maar ernstig: "Luister, Tillie, elke in-woner van München wat die Krafft-familie ken weet tog hoe 'n – verskoon my dat ek dit sê – duiwel jou skoonsuster is. Vir Loui koester almal die grootste respek en agting, maar ek vrees

109

dieselfde kan nie van sy suster gesê word nie. En jy moenie toe-laat dat sy jou lewe ongelukkig maak nie. Ja, toe maar, moenie stry nie, ek kan sien jy is doodongelukkig ..."

"Ek en Loui is besonder gelukkig, Hein," val sy hom sag in die rede.

"Nou waarom doen hy nie iets omtrent sy suster nie?"

"Asseblief, laat ons nie verder daaroor praat nie."

"Het jy al met Loui gepraat oor sy suster se optrede, Tillie?"

"Nee, nog nie. En as jy wil weet, ek is ook nie van plan om met hom daaroor te praat nie. Ek sien geen sin in familierusies nie en dis presies waarop dit sal neerkom as ek met Loui sou praat oor sy suster se ... e ... wel, dit maak ook nie juis saak nie."

"Sou jy reken dat sulke opgewondenheid en senuweeagtig-heid bevorderlik is vir jou gesondheid?"

"Asseblief, Hein, neem my nou huis toe!"

"Belowe my eers dat jy met Loui sal praat oor sy suster wat jou lewe so ongelukkig maak. As jy dit nie self doen nie, gaan ek of Willem dit tog doen."

"Nee, moenie, ek sal self met hom praat," stel sy hom gerus, maar in werklikheid koester sy nie sulke planne nie. Dis heelte-mal genoeg dat sý so ongelukkig is. Waarom moet sy Loui ook ongelukkig maak?

"Is dit 'n belofte, Tillie?" hoor sy hom weer vra.

"Dit is, Hein."

"Nou goed, in daardie geval neem ek jou dadelik huis toe. Maar onthou net dit: as jy ooit eendag die hulp van 'n vriend nodig kry, laat my dadelik weet. Vir jou sal ek altyd 'n vriend wees."

"Dankie, ek sal dit onthou."

Hy skakel die enjin aan en kort daarna ry hulle met Burken-hof se weelderige rylaan op en hou vlak voor die huis stil.

Hoflik hou Hein vir haar die motordeur oop en sê sag: "Ek sal liewer nie saam met jou ingaan nie. Kyk hoe staan die ou hekseketel ons van die veranda af en bespied. Tot siens, meisie, en onthou nou jou belofte aan my, hoor."

"Dankie, ek sal, Hein," glimlag sy weemoedig.

Hy gee haar 'n stewige handdruk en klim dadelik weer terug in die motor. 'n Oomblik weifel hy asof hy nog iets wil sê, dan bedink hy hom egter en trek vinnig weg.

Toe die motor wegtrek, staan Heidi dadelik op en stap na binne, So, dink sy selfvoldaan, dan begin sy nou selfs met ander mans ook rondflankeer! Wag net totdat Loui hiervan hoor. Ék sal sorg dat hy dit hoor.

'n Duiwelse glimlag speel om Heidi se mond toe sy haar slaapkamer binnetree. Sy voel tevrede met die verloop van sake en sy verlustig haar al by voorbaat in die dinge wat sy vir Loui gaan vertel. Vir haar kon daar niks beter gebeur het as dat Hein haar broer se vrou vandag tuis besorg het nie.

Na haar tuiskoms gaan Tillie dadelik rus. Sy voel vermoeid, maar sy laat niks blyk teenoor die besorgde mevrou Schreiner nie.

Eers nadat sy die vertrek verlaat het, kan Tillie in stilte lê en dink oor die gebeure van die dag.

Sy hoop nou net die Jouberts gaan nie dalk met Loui praat oor Heidi se dinge nie. Hein, weet sy, sal dit nie doen nie, maar van Grete en Willem is sy nie so seker nie.

Onderwyl Tillie se vermoeide gedagtes wye vlugte neem, raak sy later in 'n diep slaap weg wat ineens 'n einde maak aan al haar kommer en vermoeienis.

Op die stoep sit Heidi haar broer se koms ongeduldig en af-wag, en toe hy eindelik voor die motorhuis stilhou, loop sy hom halfpad tegemoet. Vanmiddag sal sy seker maak dat sy Loui eerste te sien kry, dink sy en haar mond trek op 'n gevaarlike plooi.

"Jy lyk ontsteld, Heidi?" groet hy haar.

"Wel, as jy weet wat ek weet, sal jy nie minder ontsteld wees nie, my ou broer," sê sy haastig voordat hy iets verder kan sê.

Loui gaan plotseling staan, kyk haar strak aan en verneem onrustig: "Het daar iets met Tillie gebeur?"

"O nee, sy voel natuurlik so tevrede soos 'n katjie wat melk gesteel het nadat sy my vanmiddag beledig en die Krafft-naam so openlik beswadder het . . ."

111

"Presies wat insinueer jy, Heidi?" val hy haar nou streng in die rede en sy oë blits vuur op haar.

"Kom, in jou studeerkamer sal ek jou alles vertel," sê sy en stap sonder meer vooruit.

Loui klap die deur hard agter hom toe asof hy daarmee sy misnoeë te kenne wil gee. Hy gaan sit agter sy lessenaar en sê ongeduldig: "Nou toe, verduidelik asseblief jou insinuasies."

"Insinuasies! Dis nie insinuasies nie, maar feite. Laat ek jou dit vertel, Loui, jou vrou is geensins die engel wat jy jou verbeel nie. Vanoggend is sy hier saam met daardie Joubert-vrou weg en laat vanmiddag daag sy alleen hier op saam met daardie Schmidt-vent. En glo my, hulle het so skuldig gevoel dat hulle my nie eens kom groet het daar waar ek op die veranda gesit het nie. En praat van skaamteloos! Daar op die bank moes ek teen wil en dank sit en toekyk hoe hulle mekaar met die oë liefkoos én na hulle verliefderige handjiehouery. Nou kan jy begryp hoe vernederd ek gevoel het, want sy is my broer se vrou. En om te dink dat sy ons trotse familienaam so kan staan en beswadder deur so 'n skaamtelose flirtasie met die man!"

Die hele tyd wat Heidi aan die woord was, het Loui haar vorsend aangekyk. Nou dwaal sy blik egter daar buite in die verte en dis duidelik dat die nuus glad nie vir hom lekker is nie. Hy sê egter niks, maar luister ook nie verder na Heidi se kwaadwillige woorde nie.

Soos 'n slaapwandelaar kom hy orent en verlaat die vertrek. Deur sy vermoeide brein maal daar net een naam – Heinrich Schmidt.

Dis eers toe hy hom buite in die tuin bevind dat hy plotseling besluit om met Tillie te gaan praat. Ja, hy wil 'n verduideliking van haar gedrag hê. Wie is Hein om sy vrou se hande vas te hou soos 'n jong verliefde? En waar kom hy aan die reg om met Tillie rond te ry?

Met lang treë haas hy hom na sy vrou se kamer toe en eindelik staan hy voor die bed waarop sy rustig lê en slaap, onbewus van die stryd wat deur Heidi se toedoen in sy binneste woed.

Die altyd streng lyne van sy gesig is op die oomblik strenger en meer opvallend toe hy met 'n swaar sug voor haar bed in 'n gemakstoel neersak. Sy oë wyk nie 'n oomblik van haar onnatuurlik bleek gesiggie nie. Hy vat aan die bleek, deurskynende hand wat liggies op haar bors rus en hy voel hoe koud dit is.

Besorg trek hy die deken op tot by haar skouers, toe sak hy weer stil terug in die stoel.

Egalig beweeg haar bors op en neer en sy noulettende oë volg elke beweging daarvan. Hy wonder wat sy vandag aangevang het dat sy so uitgeput lyk. Die moeë lyne is duidelik om haar mond sigbaar.

'n Onkeerbare wrewel jeens Hein wel ineens in hom op. Voor hulle troue, daardie eerste aand toe hy en Tillie saam gaan dans het, het Hein die aand vir hulle totaal bederf met sy opdringerigheid, maar nou is hulle nie meer ongetroud soos daardie aand nie. Nou is Tillie sy vrou en hy gaan beslis geen opdringerigheid van die kêrel duld nie. Hy behoort immers nou te besef dat Tillie vir hom verlore is!

Hoe langer hy met homself sit en redeneer, hoe hoër laai die wrewel jeens die jong professor in hom op. Een oomblik voel hy lus om die vent te bel en hom presies te vertel wat hy van hom dink, maar sy ingebore trots kom hewig in opstand daarteen en hy weet dat hy hom nooit so sal kan verneder nie. Daarbenewens moet hy ook eers Tillie se kant van die saak hoor. Miskien is dit glad nie eens so erg as wat Heidi dit maak nie. Sy is soms geneig om dinge te vergroot. En wanneer die dinge iets met Tillie te doen het, sal sy beslis vergroot. Sy was nog altyd gekant teen sy huwelik met Tillie, dus behoort hy eers na sy vrou se verduideliking te luister. En haar toestand belet hom om haar te ontstel en te vermoei met sulke dinge.

Moeg leun hy agteroor en sluit sy oë.

Dieselfde oomblik gaan die kamerdeur saggies oop en mevrou Schreiner verskyn in die oop deur. "Ag, ek is werklik jammer as jou gesteur het, dokter," maak sy verskoning. "Ek het nie geweet jy is hier by mevrou nie."

Sy wil net omdraai toe Loui gerusstellend sê: "Kom gerus maar binne, mevrou. Jy het my nie gesteur nie."

Geluidloos trek sy die deur agter haar dig en beweeg in die

rigting van die slapende vrou. "Foei tog, die uitstappie was vir haar werklik vermoeiend," merk sy besorg op en buk oor die bed om die bleek gesiggie van nader te beskou. "Ek wens regtig vir haar onthalwe dat die volgende twee maande al verby is."

"Ja, sy is duidelik afgemat en dit moenie wees nie. In die vervolg moet ons beter na haar kyk, mevrou. Dit lyk my haar krag word by die dag geringer. Uitstappies van enige aard moet liewer vermy word."

"Ek is werklik jammer, dokter, maar vanmôre toe mevrou Joubert bel en ons mevrou uitnooi om die dag by haar te kom deurbring, het ek regtig gedink dat so 'n kuiertjie haar die wêreld se goed sou doen."

"Ek begryp, mevrou. Ek hou jou ook nie daarvoor aanspreeklik nie. Ek sou in elk geval ook maar dieselfde gedink het. Ons moet net in die vervolg toesien dat sy versigtiger is en haar baie stil hou. Sy sal die lewe gewis nou baie kalm en rustig moet neem. Nog so 'n dag soos vandag mag noodlottige gevolge hê."

"Ek begryp, dokter. Haar uitstappies en wandelinge sal vir die volgende twee maande dus beperk wees tot die terrein van Burkenhof. Gelukkig is sy nie die soort vrou wat rondrits nie en dit sal vir haar nie moeilik wees om die twee maande tuis te bly nie. Terloops, kom jy af vir ete, dokter, of moet ek dit vir jou hierheen stuur?"

"Ek weet nie . . . ek is nie honger nie. Bring vir my maar net 'n koppie tee."

"En mevrou? Sal ek haar wakker maak?"

"Nee, moet haar nie nou steur nie. Laat haar liewer rus. Sy kan mos maar later eet."

"Ek sal julle albei se etes dan maar warm hou, dokter. Jy mag dalk self ook later lus voel om te eet."

"Dankie, mevrou. Regtig, ek weet nie wat ek sonder jou sou doen nie. Jy was maar al die jare vir my soos 'n moeder en ek is bly om te sien dat jy dit ook vir my vrou is. Ons waardeer dit besonder baie," glimlag hy moeg.

"Vir my was jy maar al die jare soos 'n eie kind, dokter. Nou het ek 'n dogter bygekry."

Lank na etenstyd word Tillie eers wakker. Langsaam maak sy haar oë oop. 'n Oomblik kyk sy verward na die man wat voor haar bed in die stoel sit en slaap en toe merk sy dat dit Loui is. Toe sy moeisaam orent beur, gaan sy oë oop.

Haastig vlieg hy op en snel haar te hulp. "Jou klein stouterd! Waarom sê jy nie ek moet jou help nie?" betig hy haar sag.

"Ek sou my vrou eers groet voordat ek begin raas," glimlag sy. "Ek het gedink jy slaap. En terloops, ek is nie 'n baba nie. Ek kan self van die bed af opstaan."

"Nie wanneer ek in die nabyheid is nie, mevrou Krafft. Nou sit jy net doodstil. Ek sal jou pantoffels en kamerjas self gaan haal."

Met liefdevolle hande help hy haar om die kamerjas en pantoffels aan te trek. Toe vou hy haar in sy arms toe en druk haar verlangend teen hom aan. "Waarom lyk daardie lieflike oë vanaand so moeg? Voel my liefie dan sleg?" verneem hy besorg.

"Ek het so ontsettend moeg gevoel toe ek vanmiddag tuis gekom het, maar nou voel ek al weer springlewendig," glimlag sy flou.

"Kom sit en vertel my alles wat vandag gebeur het," sê hy en gaan sit op die stoel voor die venster. Versigtig trek hy haar op sy skoot neer. "So, nou kan ons rustig gesels. Nou kan jy my alles vertel wat jy vandag aangevang het."

Kortliks vertel sy hom van haar besoek aan die Jouberts. "En reken, toe dit haas tyd is vir Grete om my huis toe te bring, verseg Willem mos ten ene male om haar te laat gaan. Hy stel toe sommer voor dat Hein my bring en die arme kêrel het geen ander keuse gehad as om hom maar aan Willem se voorstel te onderwerp nie," lag sy goedig.

"En jy waag dit om saam met hom te ry! Was jy nie bang hy ontvoer jou nie?"

"Skaam jou, my skat. Hy was so begaan oor my gemak, hy wou selfs weet of ek nie 'n kussing agter my rug wou hê om gemakliker te sit nie. Dink jy nou een oomblik hy sal so 'n kranke soos ek ontvoer? Nee, jong, ek dink hy was maar te bly om van my ontslae te wees. Hy wou nie eens inkom vir 'n kop-

115

pie tee nie. Sommer daar buite by die motor het hy my gegroet en dadelik weer gery."

"Luister, my lief, jy verwys nie weer na jouself as 'n ou kranke nie, gehoor? Ek teken ten strengste beswaar aan teen daardie woord," lag hy nou weer heeltemal opgeruimd. "Vir my is jy die lieflikste mens op aarde." Toe vervolg hy weer met erns: "Maar ek wil 'n belofte van jou hê, Tillie."

"En wat sal dit wees, my Loui?"

"Dat jy vir die volgende twee maande stil en rustig tuis sal bly. Die kuiertjie van vandag het jou totaal uitgeput en dit mag nie weer gebeur nie. Belowe jy, my lief?"

"Ja, Loui. Jy weet tog ek sal enigiets doen om jou te behaag," sê sy en soen hom vol op sy mond.

# 16

Vir Tillie is die verandering in Heidi die volgende dag 'n verligting. Sy lyk so tevrede met haarself en byna 'n bietjie toegeeflik teenoor haar, Tillie, ook.

Sonder uitnodiging het sy self by Tillie op die stoep kom aansluit waar sy rustig weggesak in 'n gemaklike leunstoel sit en brei.

Die lug is bedompig en bewolk. Nie een praat 'n woord nie en Tillie voel later dat die stilte begin ongemaklik word. Miskien wag Heidi dalk dat sy iets moet sê, dink sy. Maar waaroor sal sy met die ouer vrou gesels? Sy weet so min van haar en boonop voel sy baie bekommerd oor Loui. Hy het vir haar gisteraand baie moeg gelyk.

Versigtig vou sy haar breiwerk op en sit dit langs haar op die leuning van die stoel. Toe sê sy besorg: "Ek wonder of jy gemerk het hoe moeg en uitgeput Loui gisteraand gelyk het, Heidi?"

"Wel, wat verwag jy anders?" vra Heidi met die gewoon vyandige intonasie in haar stem. "Enige man in sy posisie se uithouvermoë moet later in duie stort. Hy sal beslis 'n algehele verandering in lewenswyse moet ondergaan."

"In elk geval, ek het Loui lief. Jy as sy suster het hom ook lief. En ek meen dat as ons nie om ons eie ontwil sake tussen ons wil laat verbeter nie, ons dit dan ter wille van Loui moet doen. As ons twee nie saam hier op Burkenhof gelukkig kan wees nie, kan hy ook nie gelukkig wees nie. En jy ken Loui. As hy tuis ongelukkig is, sal dit skade doen aan sy werk en in daardie geval sal dit hom nog meer kommer besorg."

'n Lang tyd sit sy stil, haar oë stip op Heidi gerig.

"Wel, wie se skuld is dit?" kom dit kortaf van die ouer vrou.

"Ek weet ék het skuld, Heidi. Ek is net 'n mens en het ook maar my gebreke."

Heidi voel sy moet iets sê, maar sy weet nie heeltemal wat nie. 'n Paar oomblikke tas sy nog in die duister rond en sy wonder wat gisteraand tussen haar broer en sy vrou plaasgevind het na alles wat sy hom vertel het. "Jy dink tog seker nie dat ek ... wel, op jou afgunstig is nie?" laat sy onverskillig hoor.

Tillie vind dit nie maklik om op hierdie vraag te antwoord nie en 'n paar oomblikke gaan in stilte verby. "Ek sal dit nie so stel nie, Heidi," sê sy eindelik. "Maar ek wil eerlik wees en erken dat jy miskien bang is dat ek Loui van jou sal vervreem. Natuurlik, my indruk mag verkeerd wees."

"Ek reken jou indruk is beslis verkeerd," merk Heidi op. "Het jy die reg om so te dink?"

"Miskien nie. Ek sê maar net wat ek gevoel het en dis tog per slot van rekening 'n mens se gevoelens wat die indrukke skep."

Heidi kom meteens orent en stap na die lae klipmuurtjie aan die een kant van die veranda. Iets breek skielik binne-in haar. Sy bewe sigbaar en gluur die jong vrou venynig aan. Haar stem is soos 'n sweepslag toe sy eindelik sê: "En weet jy wat is my indruk van jou? Dat jy niks anders is as 'n slinkse fortuinsoeker nie. Geen meisie van jou stand sal met 'n edelman trou tensy sy 'n fortuinsoeker is nie. Ek het jou lankal deurgekyk en weet presies wat jou bedoelings met Loui is. Julle arm soort trou mos net vir weelde en gerief, en dis presies waarom jy met Loui, wat byna twaalf jaar ouer as jy is, getrou het. Dis net vir die weelde, gerief en aansien wat hy jou kan bied. Maar laat ek dít sê: hoe gouer jy Burkenhof verlaat, hoe beter sal dit vir jou wees. Hy is nie jou stand nie. Hy is 'n edelman, 'n baron van baie hoë aansien en baie ver bo jou verhewe."

Sprakeloos staar Tillie haar aan en sy deins onwillekeurig terug vir die haat wat so duidelik uit Heidi se oë straal.

Soos 'n vorstin van ouds draai Heidi om en stap die huis binne.

'n Lang, lang ruk sit Tillie bewegingloos voor haar en staar. Haar breiwerk val van die stoelleuning af, maar sy merk dit nie eens op nie. Sy voel diep seergemaak en ontdaan van alle emosie.

Swaar kom sy later orent en stap stil om die huis in die rigting van die koppie, onbewus daarvan dat mevrou Schreiner die hele gesprek op die stoep aangehoor het en haar nou met droewige oë agterna staar.

Na dié gesprek besluit mevrou Schreiner terstond om gedurende etenstyd met Loui te praat oor sy suster. Ja, sy het nou finaal besluit om nie meer 'n oomblik langer te swyg nie.

Sonder doel of rigting beweeg Tillie voort. Haar bene dra haar werktuiglik na haar geliefkoosde skuilplekkie aan die voet van die koppie waar sy so baie ure al in trane deurgeworstel het.

"O, Loui," fluister sy sag, onwillekeurig, en haar oë is byna verblind deur trane. Sy het met soveel vreugde na Burkenhof toe gekom. En nou neem Heidi haar kwalik dat sy Loui se vrou is, dat sy Loui liefhet en dat sy hier op Burkenhof kom woon het . . . en dit alles dat sy so ver benede sy stand is.

Met oë vol droefheid staar sy in die niet. Toe breek die styfgespanne snare en sy bars in hartverskeurende snikke uit.

Onderwyl die droewige snikke haar swaar liggaam weerloos ruk, slaan die eerste groot druppels hard en ongenadig in die stof neer, maar Tillie merk dit nie eens nie. Die pyn en wroeging in haar gemoed is so intens dat alle ander dinge onbelangrik is.

Die storm bars los. Weerligstrale klief en kronkel soos slange deur die lug en die wind swiep om die rotse en kraak deur die bome en bosse, maar waar Tillie onder die oorhangende rots sit, is sy teen die ergste geweld van die storm beskerm.

118

Toe die geweld van die storm op sy ergste is, lig Tillie haar kop op en droog haar trane af.

Met vrees kyk die jong vrou om haar heen en sy voel hoe die angs in haar oplaai. 'n Oomblik sluit sy haar oë om nie die geweld om haar te aanskou nie, maar 'n harde donderslag wat klink asof dit reg langs haar teen die rots vasslaan, laat haar vinnig opspring.

Besluiteloos kyk sy na die huis wat nou byna nie meer sigbaar is deur die reënsluier nie en sy verbleek merkbaar. Sy weet dat hierdie storm nog ure so kan aanhou, dus sal sy so gou moontlik by die huis moet kom.

Maar sal sy dit kan uithou om blootgestel te wees aan die storm? wonder sy. Sy gaan dit tog waag, want hier kan sy ook nie langer bly nie. Haar voete is reeds sopnat tot by haar knieë. Maar sy voel so moeg en sy twyfel of sy ooit vandag die huis sal haal.

Weer klap daar 'n oorverdowende donderslag en Tillie besluit om dadelik pad te gee van die koppie af. Die wind begin nou draai en dit dryf die reën onder die oorhangende rots in.

Die woeste geweld van die reën en wind laat Tillie vinnig en diep na haar asem snak toe sy onder haar beskutte vesting uittree. Weerloos beur sy teen die sterk wind deur 'n digte reënsluier oor die veld. Haar klere is later sopnat en kleef koud aan haar liggaam vas. Sy ril van koue, maar beur moedig vorentoe. Net een gedagte dryf haar aan, die gedagte dat die huis nou nie meer baie ver kan wees nie . . .


Op dié oomblik kom Loui tuis en gaan na Tillie se kamer om haar te gaan groet. Hy vind haar egter nie daar nie en kom haastig met die trappe af. Halfpad kom hy mevrou Schreiner teë wat net op pad is na Tillie se slaapkamer toe.

"Waar kruip my vrou vandag so weg dat ek haar nie kan kry nie, mevrou?" groet hy vriendelik.

"Is sy dan nie in haar kamer nie, dokter?" kom dit duidelik verbaas.

"Ek kom nou van haar kamer af en sy is nie daar nie, mevrou."

"Ag, vader!" roep die ou dame ontsteld uit en haar hande val slap langs haar sye.

"Wat makeer . . . wat is verkeerd, mevrou?" vra Loui en tree nader.

"Loui, as jou vrou vandag iets oorgekom het, vergewe ek jou suster nooit, nooit . . ."

"Presies wat bedoel jy, mevrou?" val hy haar vol onrus in die rede. "Waar is my vrou?"

"Sy het vroeër in die rigting van die koppie hier agter die huis gestap, dokter, maar ek het gedink sy is lankal terug! Dis daardie . . . daardie suster van jou se skuld. Sy sal jou vrou nog tot raserny dryf, dokter. Ek wou jou lankal vertel het, maar mevrou het my dit ten strengste verbied. Sy wou jou nie belas en seermaak met sulke moeilikhede nie . . ."

"Waarom sê jy dis my suster se skuld, mevrou?" val hy haar bekommerd in die rede.

Sonder om doekies om te draai, vertel mevrou Schreiner hom alles wat vroeër op die stoep tussen Heidi en Tillie plaasgevind het.

"Van die dag af wat jou vrou haar intrek hier op Burkenhof geneem het, doen jou suster reeds alles in haar vermoë om haar te verneder en seer te maak. Eers het sy dit nog op 'n bedekte wyse gedoen, maar later het sy openlik vyandig teenoor jou vrou opgetree."

"En jy vertel my dit nóú eers, mevrou?" vra hy onheilspellend sag. "Al die maande moes sy dit verduur het van my eie suster en ek hoor dit nou eers!"

"Mevrou het my ten strengste verbied om met jou daaroor te praat, dokter, en ek wou haar nie ontstel deur haar wense te verontagsaam nie."

Loui is bleek van woede, maar sy kommer oor Tillie wat blykbaar buite in die storm verkeer, laat hom ineens weer rasioneel dink en handel. "Kry gou my reënjas, mevrou. Ek sal haar dadelik moet gaan soek. Gelukkig is ek vertroud met die rigting waarin sy altyd loop. Ek hoop net sy is nie dalk halfpad deur die storm oorval nie, want dit sal gewis noodlottig wees."

Net toe Loui die voordeur oopmaak, struikel Tillie met die

120

laaste treetjies van die veranda op. Voordat hy haar egter kan bereik, sak sy bewusteloos inmekaar van pyn, koue en vermoeienis.

"Tillie!" uiter hy 'n angskreet. Toe lig hy haar versigtig in sy arms op.

Mevrou Schreiner, wat sy angskreet in die sitkamer hoor, haas haar so vinnig as wat sy kan na die voordeur toe.

"Gou, bel dokter Von Schirach," kry hy dit hees uit en klim met die trap op na Tillie se kamer toe.

Gouer as wat hy verwag het, is mevrou Schreiner terug in die kamer en help sy hom om Tillie se nat klere uit te trek.

"Ek sal haar klere self uittrek, mevrou," sê hy byna eerbiedig. "Gaan haal jy maar soveel warmsakke as wat jy moontlik kan kry."

Hy bedek haar met warm wolkomberse en toe gaan hy voor haar op die bed sit. Angstig, radeloos bly sy blik op die klein gesiggie gevestig wat vir hom so dierbaar is en die gedagte dat hy dalk beide haar en die baba mag verloor, laat 'n brandende pyn deur sy hart skeur.

Onkeerbare woede laai in hom op toe hy aan Heidi dink wat direk die oorsaak is van die toestand waarin Tillie nou verkeer. Hy moes haar gister al kortgevat het oor die spul leuens wat sy aan hom opgedis het! Ja, hy moes haar oomblikik uit sy huis gejaag het, dan sou hy nie nou hierdie verskriklike wroeging moes verduur nie en Tillie sou ook nie nou in so 'n benarde toestand verkeer het nie.

Net môre moet Heidi sak en pak trek. Nie 'n dag langer gaan hy haar teenwoordigheid hier duld nie. Hy het haar reeds twee keer gewaarsku en dit was alles vrugteloos. Nou is dit finaal. Sy is 'n bedreiging en 'n gevaar vir sy huweliksgeluk en hy gaan Tillie ook nie weer blootstel aan haar harteloosheid nie.

Eindelik kom mevrou Schreiner die kamer binne met ses warmwatersakke in handdoeke toegewikkel.

Loui pak dit langs die nog steeds bewustelose Tillie.

"Daar is nog twee in die kombuis," sê die ou vrou sag. "Ek gaan hulle net gou haal."

Die ander twee word by Tillie se voete geplaas en Loui is nog besig toe die deur oopgaan en dokter Von Schirach die vertrek binnekom. 'n Oomblik kyk hy die vrou op die bed berekenend aan. Toe vestig hy sy blik vraend op Loui wat nog steeds by Tillie op die bed sit.

"Sy is in die veld deur die storm oorval," sê hy stroef en 'n swaar sug ontsnap sy bors toe hy orent kom en langs die arts gaan staan.

Dokter Von Schirach lyk duidelik moedeloos en kommer is net so duidelik op sy gesig afgeëts. Liggies stoot hy die komberse 'n entjie af en toe ondersoek hy haar vlugtig, maar deeglik.

"Ek sal my bes vir haar doen," sê hy later gerusstellend en haal 'n spuitnaald uit sy tas te voorskyn. "Op die oomblik kan ek vir haar nie veel doen nie. Sy moet eers haar bewussyn herwin. Ek sal egter probeer om albei vir jou te red, Loui. Ten spyte van al die skok en ontbering, leef die baba darem nog, maar ek vrees die moeder is baie swak. Sy het die afgelope paar maande besonder baie agteruitgegaan en ek kan dit nie begryp nie. Sy moes nou al heelwat sterker gewees het."

"Asseblief, dokter, doen alles wat jy kan vir my vrou en my kind. Al my hoop en vertroue is op jou gevestig," sê Loui sag en sy stem is duidelik weemoedig.

"Glo my, ek sal alles in my vermoë vir hulle doen, Loui, maar ek dink jy moet 'n bietjie gaan rus. Jy lyk sleg, kêrel."

"Nooit, dokter. Uit hierdie kamer kry jy my nie vanaand nie," sê hy beslis. "Ek moet hier by Tillie bly. Elke oomblik van haar lyding moet ek saam met haar deurmaak."

"Nou goed, as jy dit so verkies . . . wel, dis jou saak. Ek wil haar nou eers probeer help. Miskien herwin sy haar bewussyn."

In die volgende ure herwin Tillie telkens haar bewussyn, net om weer in 'n diep floute weg te sink. Dokter Von Schirach weet dat die baba nie meer behoue sal bly nie, maar hy sê niks aan die ontstelde Loui nie.

Hy voel bitter jammer vir die man, maar hy is nie meer by magte om albei se lewe te red nie en hy vrees dis die kind se lewe wat op die spel geplaas gaan word.

In die vroeë ure van die môre word Loui en Tillie se seuntjie gebore . . . maar sterf tien minute daarna.

Vir Loui is dit 'n vreeslike slag dat hy die tenger seuntjie aan die dood moet afstaan – die seun na wie sy koms hy met soveel verlange uitgesien het, die toekomstige erfgenaam van Burkenhof.

Terwyl Loui worstel met sy hartseer en teleurstelling, is Tillie met tye bewusteloos en soms ylend. Dan veg sy weer verbete teen die duisternis wat haar met sy verstikkende kleed wil toe-vou.

Met moederlike sorg is mevrou Schreiner besig om die oor-skot van die baba in die kinderkamer uit te lê. Haar liggaam ruk soos sy snik, maar sy voel dis haar plig, haar laaste eerbewys aan die beminde klein mensie om hom te klee en te versorg vir sy laaste rus.

Haastig droog sy haar trane af toe sy merk dat Loui langs haar staan. "Mevrou . . . Hoe gaan dit nou met haar?" kry sy dit met bewende lippe uit en die trane biggel al weer ongestoord oor haar wange.

"Sy slaap nou," sê hy sag. Sy stem is dik en sy oë is dof van die pyn en hartseer.

Stil buk hy, lig sy ontslape seuntjie teer in sy arms op en druk hom liefdevol aan sy bors. 'n Lang ruk staar hy af na die fynbesnede gesiggie. Toe druk hy sy lippe teer teen die koue voorkoppie en vir die eerste maal rol die trane vrylik oor sy wange. "My klein Erich . . ."

Weer soen hy die koue voorkoppie, toe lê hy die kindjie sag terug in sy bedjie, trek die laken oor die bleek gesiggie en ver-laat die vertrek stil en met eerbied.

In die eetkamer kom hy Heidi teë. Sy lê haar hand vertroos-tend op sy arm en sê simpatiek: "My arme broer, ek voel so innig jammer vir jou. Wees verseker van my innigste simpatie."

Op daardie oomblik breek iets binne-in Loui. Dis of hy sy suster vir die eerste maal sien soos sy werklik is en wat hy nou so duidelik in haar sien, laat hom met drif en veragting uitroep: "Wát . . . jy vir mý jammer voel? Jy het nog nooit in jou lewe vir enigeen behalwe jou self jammer gevoel nie. Dis deur jou toedoen dat my vrou heelnag met die dood gelê en worstel het, en dis deur jou toedoen dat my seun te vroeg gebore is en met sy kosbare lewetjie moes boet. Nou gaan pak jy jou goed in en verlaat my huis oombliklik. En ek verbied jou om ooit weer jou voete op Burkenhof te sit! Jy het my vrou se lewe lank genoeg vergal!" Met veragting stoot hy haar uit sy pad en tree sy studeerkamer binne.

Eers toe die deur agter hom toegaan, kom Heidi tot verhaal. Sy herhaal elke woord van hom in haar gedagtes, sien weer die onverbiddelikheid, die afsku en veragting wat uit sy staalgrys oë op haar geblits het, en sy weet ineens dat dit nou die einde is van haar verblyf hier op haar geliefkoosde Burkenhof.

Verbysterd val sy in die naaste stoel neer en begin bitterlik huil. Sy wou Tillie weg hê van Burkenhof af en nou is sy self uitgewerp, verban uit haar geboorteplek.

# 17

Dae lank bestaan daar by dokter Von Schirach die diepste be-sorgdheid oor Tillie se toestand. Een middag kyk hy met twyfel in sy oë na Loui en skud sy kop.

Loui, wat deurentyd geweet het hoe ernstig dit met sy vrou gesteld is, het 'n vriend gevra om 'n paar dae sy praktyk vir hom waar te neem, en verlaat Tillie se kamer nooit nie.

Soms staan hy langs haar bed, haar bleek hande in syne. Hy sien haar donker hare en fynbesnede gesiggie teen die kussing, luister na haar swaar asemhaling.

Af en toe praat sy . . . fluisterend.

Een oggend ontwaak sy uit 'n diep slaap en dis asof sy sy teenwoordigheid in die kamer aanvoel. Stadig trek sy haar hand onder die laken uit en soek na syne.

Hy buig oor haar.

"Is ons kind gesond?" vra sy sag.

Toe moet hy haar die waarheid vertel, 'n wrede waarheid wat ook vir hom opnuut pyn en hartseer besorg. Maar vir Tillie is die nuus van haar kind se heengaan byna noodlottig. Selfs ou dokter Von Schirach vrees dat haar uithou- en weerstandsvermoë die einde bereik het.

Dae lank huiwer Tillie weer op die randjie van 'n algehele ineenstorting terwyl Loui, die getroue ou geneesheer en mevrou Schreiner pal by haar bed staan.

Na twee weke lyk dit of daar beterskap ingetree het. Vanmiddag is dit die eerste maal in twee weke dat Tillie haar maer, bleek hand na Loui uitsteek en sag verneem: "Dit was toe 'n seun, Loui?"

Hy knik net en soen haar bleek hande hartstogtelik. Toe sê hy kalm: "'n Pragtige seun, my liefling. So mooi soos wat jy maar kon begeer het."

Haar oë swem ineens in trane en haar stem bewerig en onvas toe sy weer sê: "Ek is jammer ... so jammer, my man. Dit was alles my skuld ... ek moes my nie so ontstel het nie ... Ek moes ook nie met my pyn en vernedering na die koppie toe gevlug het nie."

Met 'n teer soen snoer hy haar mond en fluister gerusstellend: "Dit was nie jou skuld nie, my liefling. Moet dit nooit weer sê nie." Hy lig sy kop op en vervolg: "Moet jou nie inspan om aan enigiets te dink nie, my liefste. Ontspan net en rus. Jy was baie, baie siek, Tillie. Dit het soms gelyk of ek jou ook gaan verloor. Nou moet jy rus en gou sterk word. Ek het jou so oneindig nodig, my skat!"

Sy voel hartseer en ellendig. Loui maak nou wel of sy geen skuld het aan die voorval nie, maar sy weet en sy weet dat ook hy weet dat sy baie skuld het aan die feit dat hulle kindjie te vroeg gebore is. As sy nie daardie dag soos 'n byna waansinnige van die huis af weggevlug het nie, sou hulle kindjie nie nou in sy koue graffie gerus het nie, en sou sy ook nie nou so neerslagtig gevoel het nie. Sy weet sy het Loui bitter teleurgestel. Hy het so verlangend uitgesien na die baba en nou, na al die maande, is daar glad nie 'n kindjie nie. Die kinderbedjie staan nog steeds leeg, haar arms is leeg en ... ja, haar hart is ook net so leeg.

125

Die dae wat volg is vir Tillie dae van loutere foltering. Elke dag sukkel loodswaar verby, elke aand lê die spore van die dag se stryd duidelik op haar gesig. En toe die blye dag aanbreek dat sy die bed kan verlaat, is dit vir haar glad nie 'n opwindende gebeurtenis nie. Sy aanvaar dit kalm asof sy geen deel daaraan het nie.

Vanoggend het Tillie net een begeerte en dit is om weg te vlug van die huis af, weg van alles wat haar na al die maande nog so pynlik herinner aan die verlies van haar kindjie en die bittere leed wat sy Loui daardeur berokken het. Hier waar sy op die balkon sit is sy 'n toonbeeld van neerslagtigheid. Die koppie tee wat mevrou Schreiner vroeër vir haar gebring het, staan nog net so onaangeraak op die tafeltjie.

Met 'n weemoedige blik tuur sy na die reëndruppels wat op die aarde neersif. 'n Ligte windjie ruk haar wye romp speels op tot by haar knieë, maar sy doen nie eens moeite om dit weer af te trek nie.

"My dierbare kind, jy het dan nog nie eens jou tee gedrink nie!" hoor sy mevrou Schreiner ineens langs haar sê. "Dis seker nou yskoud. Wag, ek gaan haal gou vir jou warm tee."

"Laat dit tog maar staan, mevrou," sê sy sag. "Ek het nie nou lus vir tee nie." Sy trek haar romp af en vervolg effens gejaagd: "Ek gaan 'n entjie stap, mevrou. Moet liewer nie vir my wag vir ete nie."

"Maar, kindjie, dit reën!" roep sy besorg uit.

"Ek hou daarvan om in hierdie weer te gaan stap, mevrou," sê sy sag.

Met 'n bekommerde blik staar die ouer vrou haar agterna. Dis vir haar baie duidelik dat Tillie en Loui 'n nog groter ramp tegemoetgaan. Sy besef dat sy iets moet doen . . . Maar wat? Sy kan tog nie hulle lewe vir hulle bestuur nie, al het sy hulle ook hoe lief. En tog weet sy dat sy iets moet doen. Dis nou al maande dat dit vir haar lyk of hulle elkeen in sy eie wêreld leef. En dit kan glad nie goeie gevolge hê nie. Onbewus dryf hulle uitmekaar. En dis net vandat Tillie opgestaan het uit die bed na die dood van hulle seuntjie.

Dis vir haar of nie een van die twee oor die verlies van die kindjie kan kom nie en dis vir haar so onbegryplik. Dis reeds tien maande gelede en hulle moes albei al tot berusting gekom het. Hulle sal tog meer kinders hê as net die een outjie. Sy voel baie bekommerd oor die huwelik van die Krafft-erfgenaam.

Met haar reënjas aan, besluit Tillie om met die grootpad oor die berg langs te stap. Die reën val sag en sy geniet dit om buite te wees. Oral blink die water op die blare van die blomme en die lang kronkelpad voor haar kry ineens 'n nuwe gedaante. Nou is dit blink en swart, met 'n ruwe skoonheid wat sy nogal aantreklik vind.

Sy stap totdat sy 'n wye draai in die pad bereik waar reuse-dennebome loodreg groei. Die donker stamme steek skerp af teen die groen helling van die berg. Die bome lyk so sterk, so vol stille krag. By 'n oop plek tussen die denne, 'n plek waar die gras dik en groen teen die steil helling van die berg groei, gaan sit sy op 'n groot klip en tuur ver oor die Isar waar die rivier soos 'n lang luislang deur die bome en bosse kronkel.

Sy dink aan alles wat die afgelope tien maande gebeur het: Aan Heidi, aan Loui, aan hulle kindjie, aan haar self, aan haar en Loui se liefde en aan Heidi se haat, aan mevrou Schreiner met haar stille krag en haar groot liefde vir Loui en haar.

Maar altyd kom haar gedagtes weer terug na Heidi. Sy wonder of haar skoonsuster haar nog so haat. Sy het haar nie eens gegroet met haar vertrek nie. Mevrou Schreiner het haar maar later eers vertel wat die môre tussen Loui en sy suster plaasgevind het.

Haar gedagtes keer weer terug na Loui en sy wonder wat van sy liefde vir haar geword het. Dis nou al 'n geruime tyd dat hy so stil en teruggetrokke is en hy kom haar selfs ook nie eens meer so dikwels in haar kamer besoek nie. Dit lyk vir haar of ook hy nie oor die verlies van hulle kindjie kan kom nie. Of is dit omdat sy onregstreeks verantwoordelik was vir die verlies van hulle baba? Sou hy dalk heimlik 'n wrok teen haar koester? Sy sug. Die gedagtes stroom onophoudelik deur haar brein. Sy weet nie waarheen nie. O, vader, sy weet nie waarheen nie!

'n Lang ruk sit sy so. Die wind en reën ritsel saggies deur die blare van die bome om haar heen en ver teen die berge hoor sy 'n bosduif koer. Sy kry die reuk van nat grond en dit alles laat die verlange hoër in haar oplaai. Sy dink aan Montana, aan die stil, gelukkige dae wat sy daar deurgebring het, aan die son op die blou bergmassa, aan die klam, donker aarde, aan die diep intimiteit van dit alles. Hoe verlang sy nie meteens om daar te wees nie, om daarheen te vlug en skuiling te vind in die veiligheid wat haar ouers se liefde haar bied.

Die trane blink in haar oë en begin later ongestoord oor haar wange rol. Sy leun met haar kop teen die skurwe rots en die ure gaan ongemerk verby.

Eers toe dit 'n bietjie stil is in haar gemoed, besluit sy om die terugtog te aanvaar.

Toe sy later die groot hek bereik wat ingang verleen tot die Burkenhof-landgoed, besluit sy om eers te gaan kyk waar die swane is. Sy dink aan die eensame wit swaan. Ook sy is verstote – 'n verstote swaan. Heidi het haar gehaat en verag, en nou lyk dit of ook Loui haar uit sy lewe gestoot het. As sy hom maar net weer 'n seun kan gee, sal hy haar miskien kan vergewe vir die onreg wat sy hom en hulle kindjie aangedoen het. Maar dit lyk nie juis of so iets moontlik is nie, want tien maande is reeds verstreke en daar is nog geen teken van swangerskap by haar nie.

Sy voel moeg en uitgeput van die lang wandeling toe sy eindelik tuis kom.

Haastig kom mevrou Schreiner orent toe Tillie die stoeptreetjies bestyg en besorg verwyder sy die nat reënjas. "Sit solank. Ek gaan vir jou warm koffie haal, mevrou," sê sy en verdwyn in die huis.

Moeg sak Tillie op die naaste stoel neer en besluit om die ou dame maar haar gang te laat gaan. Sy weet dit sal haar niks baat om teë te stribbel nie. Al het sy nou ook nie lus vir koffie nie, sal sy dit maar noodgedwonge moet drink. Die dierbare ou dame het mos 'n manier om altyd haar sin te kry . . .

Onderwyl Tillie langsaam in die motreën teruggestap het huis toe, sit Loui diep ingedagte agter sy lessenaar in sy spreekkamer.

Sy gesig is stroef en sy oë tuur weemoedig deur die venster na waar die reën soos 'n digte grys sluier oor die stad hang.

Hy dink aan Tillie, aan hulle groot liefde wat eindelik tot vervulling gekom het en toe die verlies daarvan tien maande gelede, aan die stryd om haar lewe te red, haar stadige beterskap . . . en later die langsame verwydering tussen hulle.

Hy sug swaar, leun agteroor en gee weer vrye teuels aan sy gedagtegang. Die verwydering tussen hom en sy vrou is 'n saak wat baie swaar op sy hart druk. Dis 'n saak wat hulle albei baie intiem raak. Haar teruggetrokkenheid . . . Sou sy hom dalk heimlik verantwoordelik hou vir sy suster se dade en het haar liefde vir hom dan nou werklik verflou? Dit lyk soms so . . . so of sy nie eens van sy bestaan bewus is nie. Het die skok van hulle kindjie se heengaan haar dan so diep getref dat haar gevoel vir hom ook dood is?

Nee . . . tog nie dit nie. Hy kan háár nie ook nog verloor nie! Sal hy haar dwing om by hom te bly, of sal hy haar maar haar vryheid gee? Wat sal dit hom tog baat om haar teen haar sin aan hom gebind te hou? Volgens wat dokter Von Schirach hom in die geheim meegedeel het, sal sy nooit weer 'n baba hê nie. En dan sal sy boonop aan 'n man gebind wees wat sy nie eens meer bemin nie. Hy het haar nog so hartstogtelik lief en die gedagte dat hy haar mag verloor, laat 'n brandende pyn diep in sy hart.

Nee . . . nee, hy sal haar liewer Suid-Afrika toe stuur om haar ouers te gaan besoek. Daar in die verre suide mag die verlore liefde dalk weer tot haar terugkeer.

Ja, dis 'n goeie idee. Hy sal haar vanaand nog sê dat sy kan gaan. Dis voorwaar die enigste manier om hierdie probleem op te los, om hierdie verwydering wat so stelselmatig tussen hulle ontwikkel het, tot 'n punt te stuur. Dan kan sy self later, wanneer sy uitgekuier is by haar ouers, besluit of sy na hom wil terugkeer. Die keuse sal hare wees. Onder geen omstandighede sal hy haar dwing om na hom terug te keer as sy voel dat dit haar ongelukkig sal maak nie.

Met ongekende haas spoed die lang grys motor die stad uit. Dit hang nou van Tillie af wat die toekoms vir hulle inhou − of sy later na hom gaan terugkeer of by haar ouers gaan bly. Maar hy gaan hierdie onderwerp nie met haar bespreek nie. Hy gaan haar eenvoudig net verlof gee om haar ouers te gaan besoek. Die res laat hy aan haar oor. In Suid-Afrika sal sy wel tot 'n besluit kom.

Die twee vrouens is reeds besig met aandete toe Loui die eetkamer binnekom. Hy groet sy vrou, kyk haar ondersoekend aan en neem dan sy plek aan tafel in.

Gedurende die maaltyd word daar nie veel gepraat nie. Loui voel diep verontrus oor Tillie wat die afgelope paar dae weer so moeg en bleek daar uitsien, en hy besluit ineens dat sy so gou moontlik na haar ouers moet vertrek.

Na ete sê Tillie dat sy moeg voel en maar dadelik wil gaan inkruip.

Loui volg haar voorbeeld en onttrek hom ook na sy kamer toe.

Lank lê Tillie in die geurige bad en ontspan, en toe sy later in haar kamer kom, vind sy Loui uitgestrek op haar bed lê. Sy oë is gesluit en 'n stonde staan sy hom verlangend en betrag.

Loui het haar teenwoordigheid aangevoel, want sy oë gaan plotseling oop. "Ek wil 'n bietjie met jou gesels," sê hy. "Kom kruip hier by my in. Jy lyk doodmoeg."

Sonder meer trek sy haar kamerjas uit, skop haar pantoffels uit en kruip langs hom in.

"Jy lyk so bleek en moeg vanaand, my vrou, dat ek besluit het om jou vir 'n rukkie na jou ouers toe te stuur. 'n Lang vakansie en die verandering van klimaat sal jou die wêreld se goed doen," hoor sy hom ineens sê.

Sy voel 'n pynlike knop in haar keel, maar sy veg dapper teen die trane wat met alle geweld wil loop. Ja, sy kry dit selfs reg om te sê: "En jy? Jy het 'n vakansie beslis baie nodiger as ek," sonder om die pyn in haar binneste te verraai.

"Ek sal wel later met vakansie gaan. Op die oomblik het ek dit te druk."

"Ek . . . ek kan ook nog wag," sê sy huiwerig.

"Nee, jy mag nie langer wag nie, Tillie. Dis 'n vereiste dat jy so gou moontlik vertrek. Ek sal môre reëlings tref vir jou reis."

Hy is bepaald haastig om van haar ontslae te raak, dink sy hartseer en sê sag: "Nou goed, dan maak ons maar so, Loui."

Hy druk 'n ligte soentjie op haar lippe en loop terug na sy eie kamer.

Sy hoor hoe hy die deur wat hulle kamers verbind, op knip trek. Toe gee sy haar ineens aan al haar opgekropte verdriet oor en begin saggies in haar kussing snik.

Alles is vir haar verlore. Eers het sy haar kindjie verloor en nou weer vir Loui. Nou strek daar net 'n lang, eensame bestaan voor haar uit. Wanneer sy daaraan dink, voel dit of haar hart wil breek. "O, Loui, hoe gaan ek ooit oor my liefde vir jou kom?" snik sy verdrietig. "Waarom het ek nie liewer gesterf as om nou hierdie pyn te moet verduur nie?"

Later bedaar haar snikke en raak sy van skone uitputting eindelik aan die slaap.

Vir Loui is daar geen slaap as ontvlugting nie. Lank na Tillie reeds vas aan die slaap is, lê hy nog steeds wakker en worstel met die pyn van sy liefde wat soos 'n kanker in sy binneste vreet.

Hy weet hy gaan haar nou verloor, en sy liefde vir haar brand nog so fel. Dis vir hom haas ondenkbaar, die wete dat hy haar nooit weer in sy arms sal hou nie, nooit weer haar sagte liggaam teen hom sal voel nie en nooit weer haar liefdevolle oorgawe sal smaak nie.

# 18

In die vertreksaal staan daar etlike groepies mense rond wat afskeid neem.

'n Entjie weg en afgesonder van die ander staan Tillie en Loui, maar nie een praat 'n woord nie. Dis of albei die stilte verwelkom — Tillie omdat sy vrees dat Loui die trane waarteen sy so moedig veg dalk in haar stem sal bespeur, en Loui omdat hy vrees dat hy haar dalk sal soebat om maar weer saam met hom terug te keer Burkenhof toe indien hy wel 'n gesprek aanvoor, want op die oomblik is daar 'n hewige stryd tussen sy hart en sy verstand. Laasgenoemde verseker hom dat dit die beste is om Tillie te laat gaan, terwyl sy hart ween omdat hy van haar moet afskeid neem.

Plotseling kom die aankondiging dat alle passasiers moet aanmeld vir die vlug na Johannesburg.

'n Oomblik kyk Loui se staalgrys oë diep in Tillie se bruines en heimlik weet albei dat dit nou die einde is, hoewel nie een dit nog ooit in woorde geuiter het nie.

Stadig gaan sy arms om haar en byna ru druk hy haar teen hom vas. Toe rus sy lippe warm en besitlik teen hare.

Eindelik laat hy haar vry uit sy omhelsing en met die wêreld se weemoed in haar donker oë kyk sy hom aan en sê byna fluisterend: "Vaarwel, Loui."

"Mag dit jou goed gaan, klein Tillie," antwoord hy self nou aangedaan.

Toe draai sy om en stap haastig van hom af, en van haar verminkte drome af. Haar oë swem reeds in trane, maar hy mag dit nooit sien nie.

Toe die vliegtuig net 'n spikkeltjie op die verre horison is, staan 'n eensame figuur dit nog steeds met oë vol pyn en agterna staar.

Traag klim Loui in sy motor en trek weg. Hy doen alles werktuiglik, want diep in hom het iets saam met die vliegtuig oor die gesigseinder verdwyn.

Die motor snel voort. Loui is haastig om tuis te wees. Dis vir hom vandag uiters vermoeiend om sy aandag op die pad te bepaal. Hy verlang na stilte, om alleen te wees, alleen in hierdie stryd wat so fel in sy binneste woed. Ja, alleen te wees met die brandende pyn wat besig is om hom van binne te verteer.

Toe hy later voor die huis stilhou, klim hy uit en loop soos 'n slaapwandelaar na binne.

Geluidloos trek hy die kamerdeur agter hom dig, toe gaan strek hy hom op Tillie se bed uit. Hier voel hy baie naby aan haar, want die hele vertrek spreek van haar lieflike persoonlikheid. Selfs die sagte geur van haar reukwater hang nog in die lug en dit gee hom die gevoel dat sy digby hom in die kamer is.

In stilte doem beelde en voorvalle weer helder voor sy geestesoog op en in elke voorvalletjie is Tillie die hooffiguur. Sy was die spil waarom alles gedraai het. Om haar het hy al sy drome en ideale vir die toekoms geweef. En nou is sy weg en hy voel eensamer as ooit.

Moeg van die innerlike stryd, val sy oë later toe.

Op Montana aangekom, voel Tillie of sy nou die einde van alles bereik het. Sy voel moeg, hartseer, moedeloos en neerslagtig. Sy voel die trane is baie naby, maar sy veg moedig daarteen. Onder geen omstandighede wil sy voor haar ouers huil nie.

Liefdevolle moederarms omsluit die jong vrou met haar tuis-koms, maar in teenstelling met die verlede, bring dit vir haar nie vandag vertroosting en berusting nie. Inteendeel, sy voel vreemd teenoor almal en alles.

Haar moeder merk dit, maar skryf dit aan Tillie se lang afwe-sigheid en die lang vlug toe. "Kom, jy moet dadelik gaan rus, my kind. Dis duidelik dat jy heeltemal uitgeput is," sê tant Byps besorg en haar oë dwaal na oom Willem toe asof sy by hom 'n verklaring soek vir Tillie se toestand. Maar hy, net soos sy, is totaal in die duister aangaande hulle kind se afgetrokkenheid.

"Dis al wat ek op die oomblik begeer, Mammie – om te gaan rus," sê sy sag en glimlag flou. "Ek voel so moeg . . . so ontsettend moeg. Ek het nooit kon droom dat die reis my so geweldig sou uitput nie."

"Jy moes nie so gou na jou siekte só 'n lang reis onderneem het nie, kindjie," bestraf tant Byps haar besorg. "Loui moes dit nooit toegelaat het nie."

"Ek glo regtig nie dat dit te gou is nie, Mammie. Dis presies 'n jaar gelede dat ek so siek was en 'n jaar is lank."

"Wel, jy lyk vir my nog baie swak, Tillie. Maar kom, ek neem jou nou dadelik kamer toe. 'n Lekker warm bad en daarna reguit bed toe. Môre sal jy baie beter voel." Aan oom Willem sê sy: "Vra tog vir Fya om solank tee te maak, my ou man. Ons sal dit later by Tillie in die kamer gaan drink."

Al geselsend lei tant Byps haar jongste kamer toe en dis vir haar nou baie duidelik dat Tillie nie net liggaamlik uitgeput is nie, maar ook geestelik. Sou die kind dan nog altyd treur oor

133

die baba wat sy verloor het? Dis nooit anders nie. Blykbaar daarom dat Loui haar weggestuur het met vakansie, besluit tant Byps. Hy het bepaald wys gehandel, want om daagliks so naby alles te wees wat haar gedurig aan die kleinding herinner, is glad nie goed vir haar nie.

Met 'n sug van verligting kruip Tillie later onder die warm komberse in onderwyl haar moeder die tee gaan skink.

Dis koud en die wind sing 'n troostelose deuntjie deur die venster wat effens oopstaan. Sy voel suf van al die getob en besef ook dat haar gesondheid nie is wat dit werklik behoort te wees nie. Sy word deesdae weer gans te gou moeg en dit moenie so wees nie. Seker die verlange na Loui wat haar so af-fekteer, dink sy.

Die verskyning van haar ouers in die kamer maak ineens 'n einde aan alle ander gedagtes.

Liefdevol help haar moeder haar orent en met 'n skok merk tant Byps die donker kringe om Tillie se mooi oë noudat daar geen grimering aan haar gesig is nie. Natuurlik weer haar hart, dink haar moeder bekommerd. Die reis was beslis te veel vir haar swak gestel. Sy sal haar baie stil moet hou.

In stilte drink Tillie haar tee en sy wonder wat Loui op hier-die oomblik doen. Sy verlang so bitterlik na hom, maar sy het besluit om niks aan haar ouers te rep van die verwydering wat tussen hulle ingesluip het nie. Eers later, baie later, sal sy hulle vertel dat sy nie weer teruggaan nie, dat Loui haar nie meer wil hê nie. Later, wanneer die wond nie meer so rou is nie.

Eindelik oorweldig die slaap haar en val haar ooglede toe.

"Sy lyk siek, vrou," fluister oom Willem.

"Ja, my ou man, sy is sieker as wat ons besef," beaam tant Byps op net so 'n sagte toon. "Ons sal baie mooi vir haar moet sorg. Sy het rus en nogeens rus nodig. Dit lyk my dis weer haar hart wat pla."

Vir Tillie is die dae wat volg nie maklik nie. Dit is dae van hart-seer, verlange en heftige verset teen die gebeure wat haar lewe so 'n pyniging gemaak het.

Die dae is lank en troosteloos en meestal weet sy nie wat

om met haar self aan te vang nie. Lang wandelings kan sy nie meer onderneem nie, want dit put haar te veel uit, en tuis is daar ook niks waarmee sy haar kan besig hou behalwe haar gedagtes nie.

Vandag is dit dan ook weer een van daardie dae – daardie dae wanneer sy gewoonlik voel dat haar hele lewe net 'n langdurige, nuttelose bestaan is.

Hier waar sy in die sonnetjie op die agterstoep sit, verskuil teen die wind wat met dolle vaart om die hoeke van die huis jaag, besluit sy ineens om maar die kaste in haar kamer te gaan regpak. Dit sal haar 'n rukkie besig hou – ook haar gedagtes besig hou wat alewig net na een onderwerp toe dwing.

In haar slaapkamer begin sy om die klerekas se laaie reg te pak.

Toe sy die eerste laai van die hangkas uittrek, val haar oë plotseling op die kort briefie wat sy twee weke na haar aankoms hier op Montana van Loui ontvang het en sy kort en saaklik beantwoord het.

Sy neem die brief, vou die vel oop en lees dit weer 'n keer vlugtig deur.

*Liewe Tillie*

*Eers wil ek jou bedank vir die telegram wat ek vanoggend ontvang het. Ek is bly dat jou reis voorspoedig was en dat jy veilig daar aangekom het.*

*Jy meld egter niks van jou gesondheid nie, dus neem ek aan dat jou gesondheidstoestand verbeter het. Maar ingeval jy wel weer moeilikheid met die hart ondervind, sluit ek besonderhede in verband met jou vorige behandeling in. Oorhandig dit maar aan 'n geneesheer sodat hy jou dieselfde behandeling kan gee as wat jy destyds ontvang het.*

*Mevrou Schreiner stuur groete en sy vra dat jy tog gereeld aan haar moet skryf. Sy mis jou baie, my lief. Jy was vir haar die dogter wat sy nooit gehad het nie.*

*Wel, behalwe dat ek Grete gister gesien het en dat sy nog in blakende gesondheid verkeer, beskik ek nie juis oor nuus om van te skryf nie.*

*Die huis is weer koud en stil soos twee jaar gelede en ons lewe gaan maar steeds die daaglikse gang, soos altyd. Die plan is egter, indien my werk dit toelaat, om self oor drie maande met vakansie te gaan.*

*Geluk en goeie gesondheid is my innigste wens aan jou, klein Tillie.*
*Soos altyd.*

Loui

Met bewende hande steek Tillie die duur vel skryfpapier te-rug in sy koevert en sy weet nou dat sy Loui nooit sal kan ver-geet nie. So lank as wat sy leef sal sy hom liefhê en met verlange aan hom dink.

Met oë blind van trane bêre sy die brief en stap haastig na buite. Sy voel nou te omgekrap om verder met die regpak van die kaste voort te gaan.

Langsaam kuier sy in die rigting van die lap bloekombome links van die huis. Loui se brief het nou weer iets binne-in haar aangeroer en voor sy dit kan keer, rol die trane vrylik oor haar wange.

Sy gaan sit op 'n boomstomp, bedek haar gesig met haar hande en begin bitterlik snik.

Lank sit sy daar haar hart en uithuil, en toe sy later besef dat sy geen trane meer oor het om te stort nie, stap sy futloos af na die leivoor en baai haar gloeiende gesig in die helder, koel water wat na die lande toe vloei.

Op pad huis toe oorval die beklemmende benoudheid en naarheid haar weer en sy is verplig om te gaan sit en rus.

Tant Byps, wat Tillie 'n geruime tyd deur die venster staan en dophou, snel nou haastig na waar sy sit. Sy weet dat daardie plotselinge gaan sit van Tillie, met haar hand op haar hart ge-druk, net een betekenis het. "Kom help dat ons Tillie in die huis kry, Fya," voeg sy die getroue huishulp in die verbygaan toe.

Maar Fya se ferm hand hou haar teë terwyl sy saaklik sê: "Gaan maak mevrou solank juffrou Tillie se bed reg en bel die dokter. Ek sal juffrou Tillie self gaan haal. My arms is sterk ge-noeg om haar te dra."

En so vinnig as wat haar bene haar kan dra, pyl Fya op Tillie af wat doodsbleek bly sit.

"Ai, my arme juffrou Tillie," sê Fya duidelik aangedaan en lig die jong vrou soos 'n veertjie in haar sterk arms op en begin haastig met haar aanstryk huis toe. "Ai, juffrou Tillie, hoekom maak die hart so met jou?"

"Ag, Fya, ek weet ook nie," antwoord Tillie mistroostig.

"Toe maar, juffrou Tillie, nou-nou sal die dokter hier wees om na ons juffrou te kyk," troos sy. "Die dokter sal jou sommer gou gesond maak."

"Hy sal my nie kan gesond maak nie, Fya."

"Hoe kan juffrou Tillie nou so praat, hè?" vra sy en klik hard met haar tong.

"My hart is nie net buite siek nie, Fya, hy is binne nog sieker. Ek verlang te veel na my man, Fya, en die dokter kan dit nie gesond maak nie."

"O!" sê sy berekenend en bly 'n oomblikkie stil. "Maar, juffrou Tillie, dan moet jy mos by jou man gaan bly!"

"Maar ek wil hier by julle óók bly, Fya," sê sy moeg.

Fya skud haar kop. Hierdie redenasie is vir haar onverstaanbaar en sy besluit om maar liewer te swyg. Mevrou sal wel weet wat om te doen.

Later die dag toe Tillie al byna aan die slaap is, kom haar moeder, vergesel van dokter Kriegel, die kamer saggies binne.

Net een blik na haar bleek gesiggie met die donker kringe om haar oë en die jong arts weet dat haar toestand ernstig is. Met geoefende hande ondersoek hy haar en dit word vir hom al duideliker dat sy vermoedens reg was: sy het ernstige hartprobleme.

Onderwyl die dokter sy ondersoek voortsit, verlaat tant Byps die kamer stil.

"Jy sal beslis 'n paar dae in die bed moet bly, mevrou," sê hy later en plaas sy stetoskoop terug in sy tas. "Gedurende swangerskap moet jy jou maar so stil en rustig moontlik hou ..."

"Presies wat bedoel jy, dokter?" val sy hom verbaas in die rede.

"Is jy onbewus van die feit dat jy swanger is, mevrou ... e ...?"

"Krafft," help sy hom reg en vervolg: "Ek is bevrees ek het dit glad nie vermoed nie, dokter."

"Sê my, waar kan ek jou man spreek?"

"Dis buite die kwessie, dokter. Wat jy te sê het, kan jy gerus maar vir my sê. My man is op die oomblik in Duitsland."

"Wanneer verwag jy hom terug?"

"Ek verwag hom nie terug nie, dokter. My man is 'n Duitse burger − baron Ludwig Krafft. Ek het twee maande gelede vir my ouers kom kuier."

"So! En gaan jy hier bly vir jou bevalling?"

"Wel . . . ek weet nie. Beskou my maar as jou pasiënt. Terloops, ek het besonderhede hier van dokter Von Schirach wat my verlede keer behandel het met my swangerskap, wat ek natuurlik nou aan jou sal moet oorhandig. Kan jy Duits lees en skryf?"

"Ja, gelukkig kan ek, mevrou. Maar van watse besonderhede praat jy nou eintlik?"

"Die besonderhede aan jou in verband met die behandeling wat ek laas ontvang het. Maar wag, nadat jy dit self gelees het, sal jy seker beter begryp wat ek bedoel, dokter. Maak asseblief die linkerdeur van die hangkas oop en gee my daardie swart handsak aan wat op die heel boonste rakkie lê."

Met 'n ligte frons maak hy die deur oop, haal die handsak uit en oorhandig dit aan haar.

"Dankie," sê sy sag, knip die duur leerhandsak oop en haal 'n verseëlde koevert te voorskyn. "Aangesien ek nou jou pasiënt is, is dit vir jou bedoel, dokter," vervolg sy en oorhandig die koevert aan die jong arts.

Hy skeur die koevert oop, vou die getikte velle oop en lees dit noukeurig deur. "Nou wie sou dit nou ooit kan dink?" roep hy uit en staar Tillie met 'n breë glimlag aan. "Dis die einste dokter Von Schirach onder wie se bekwame leiding ek in Duitsland gestudeer het, mevrou. Hy is een van die wêreld se beste ginekoloë." Die laaste sin sê hy sag, eerbiedig. "Ek sal vanaand nog aan hom skryf en hom verwittig van jou toestand, mevrou. Maar sê my, die baron is natuurlik ook nog onbewus van die feit dat sy vrou swanger is, en dit met 'n tweeling?" verneem hy glimlaggend en hy stel hom voor dat die baron seker al 'n middeljarige persoon is.

"Hoe sal my man daarvan bewus wees as ek self onbewus daarvan was, dokter?" glimlag sy flou terug en vervolg: "Is jy seker dis 'n tweeling?"

138

"Heeltemal oortuig daarvan, mevrou. En glo my, dit gaan wonderlike nuus wees vir die baron."

"Ons eersteling is dood pas na geboorte," sê sy en haar stem verraai haar weemoed.

"So het ek afgelei van dokter Von Schirach se brief. Maar glo my, as jy jou net baie stil hou, gaan hierdie tweetjies nog die onmoontlikste goedjies wees wat jy ooit gesien het. Jy sal nie met hulle kan huishou nie," sê hy lighartig om haar op te beur, maar haar blik is troosteloos op die wiegende kruine van die laning sipresbome daar buite gerig en dit lyk of sy nie eens sy laaste woorde gehoor het nie.

Op hierdie oomblik weet die jeugdige dokter Kriegel vir 'n feit dat die jong vrou se hart gebreek is van smart en verlange. Daardie blik spreek te duidelik daarvan. Dus rus daar 'n dubbele taak op hom solank sy hier in haar geboorteland vertoef. Hy sal haar geestelik sowel as liggaamlik moet behandel en genees, en hy besef hoe 'n geweldige taak dit gaan wees.

Terwyl sy gedagtes met die jong vrou op die bed besig is, haal hy 'n spuitnaald uit sy tas te voorskyn. "Dis dieselfde inspuiting wat dokter Von Schirach jou destyds gegee het," verduidelik hy onderwyl hy die naald van die spuitjie afskroef. "Ek sal jou gereeld twee maal 'n week 'n inspuiting kom gee totdat . . . wel, totdat die ou hart nie meer dreig om op loop te gaan nie. Die dieet sal jy natuurlik weer moet volg. Ek sal dit net eers vir jou moeder vertaal . . ."

"Mammie kan Duits net so goed lees en skryf soos ek en jy, dokter," val sy hom sag in die rede.

"Maar dis interessant. Ek het nooit geweet nie. En jou vader?"

"Vir hom is dit totaal Grieks. Hy verstaan nie 'n woord daarvan nie."

Sorgvuldig druk hy die slot van sy tas op knip en sê lighartig: "Nou kyk, dametjie, jy het nou heeltemal genoeg gesels. 'n Bietjie slaap sal jou glad nie kwaad doen nie. Inteendeel, dit sal jou die wêreld se goed doen. Ek gaan jou moeder nou eers spreek voordat ek ry. Tot siens en hou maar die blink kant bo."

Lank nadat die dokter reeds vertrek het, lê Tillie nog steeds met oë wawyd oop na buite en staar. Die nuus dat sy weer swanger is, is vir haar op die oomblik te veel om te verwerk.

Dankbaar vir die slaapdrankie wat hy vir haar voor die bed gelaat het, neem sy die glasie en sluk die inhoud vinnig weg.

'n Halfuur later val haar oë toe en is sy onbewus van haar moeder se teer besorgdheid toe sy later 'n warmwatersak by haar koue voete kom plaas en haar sorgvuldig met die warm wolkomberse toemaak.

# 19

Loui ry vinnig met die rylaan op en hou voor die deur stil. Dis nog vroeg, nog nie eens tienuur nie, maar vandag voel hy onbekwaam vir die werk. Dis kompleet of iets hom jaag en hy kan met die beste wil ter wêreld nie sy aandag by sy werk bepaal nie.

Eers skink hy vir hom 'n drankie en daarna gaan hy na sy studeerkamer toe. Hy voel moedeloos en bekommerd. Dis nou al nege weke sedert Tillie weg is en hy het maar een kort, saaklike ou briefie van haar ontvang.

Sou sy hom al heeltemal vergeet het? Beteken hulle kindjie se graffie daar bo tussen die denne dan niks meer vir haar nie?

Uit 'n fyn afgewerkte houtkissie haal hy 'n duur sigaar en steek dit ingedagte aan. Toe trek hy die silweromraamde portret van Tillie wat sedert hulle huwelik 'n ereplek op sy lessenaar het, nader en betrag haar lieflike, fynbesnede gesiggie met intense verlange.

Hy leun agteroor in die stoel. Sy oë val terloops op die briewerakkie en hy merk dat daar vir hom pos is. Haastig staan hy op en stap na die briewerakkie. Dalk is daar vandag 'n brief van Tillie.

Hy haal die briewe uit die rakkie en gaan weer agter sy lessenaar sit. Vlugtig kyk hy hulle deur. Ja, daar is twee briewe met 'n Suid-Afrikaanse posstempel op, maar nie een is Tillie se handskrif nie.

Haastig neem hy die briewemessie en sny die koevert oop.

Daardie enkele ou briefie van haar was mos in net so 'n koevert en hierdie een is blykbaar deur haar moeder geskryf. Maar waarom sou haar moeder aan hom skryf? Is Tillie dalk siek?

Met toenemende onrus begin hy lees.

*Beste Loui*

*Ek weet nie of Tillie hierdie optrede van my gaan goedkeur nie, maar ten spyte van alles gaan ek dit tog waag, want vandat sy hier aangekom het, is sy so stil en teruggetrokke dat 'n mens nie aldag weet wat om vir haar te doen nie. Dis of sy alles met 'n willose gelatenheid aanvaar, of sy heeltemal verwyder staan van die alledaagse lewe. Ek wonder of sy jou al laat weet het van haar gesondheid wat by die dag agteruitgaan? Nee, sy het bepaald nie, want soos ek haar ken, sal sy dit nooit doen nie, te meer daar sy weet dat sulke nuus jou sal ontstel.*

*Ewenwel, haar gesondheid gaan vinnig agteruit en sy weier beslis om 'n dokter te spreek. Dit skyn my soms of sy geen lus meer het vir die lewe nie, want sy stel omtrent in niks belang nie. Sy wat altyd so lief was vir musiek, het nog nie eens een keer die klavier oopgemaak nie.*

*Ek kan dit alles nie verstaan nie, Loui, daarom bekla ek vandag my nood by jou. Jy is haar man en het haar die afgelope twee jaar intiem leer ken. Jy behoort tog raad te weet. Ek en jou skoonvader is radeloos. Ons weet nie meer wat om vir haar te doen nie. Ek het eers gemeen dat sy nog steeds oor die ou kleintjie treur, maar nou lyk dit vir my of sy meer oor jou treur, maar iets verhoed haar om dit met ons te bespreek.*

*My kind, skryf tog gou. Ek vrees Tillie sal nie meer lank met hierdie sielestryd kan volhou nie. Sy is geestelik moeg en uitgeput en ons verkeer nog steeds in onkunde aangaande die stryd wat sy so alleen voer.*

*Groete en beste wense.*

*Jou skoonmoeder.*

Loui is bleek en die hand wat die velle in die koevert terugplaas, bewe sigbaar. "Waarom het ek haar ooit laat gaan? Ek moes haar nooit so ver van my af laat gaan het nie! Wat nou . . . wat staan my nou te doen?" roep hy geskok en vol berou uit.

Op dieselfde oomblik klop mevrou Schreiner aan en maak die deur oop. Geskok tree sy terug by die aanskoue van Loui se bleek gelaat en laat byna die koppie koffie uit haar hand val. "Dokter Loui, wat makeer? Het jy slegte nuus ontvang?" kry sy dit eindelik uit.

Sonder 'n woord gee hy haar die brief om self te lees, neem die koffie by haar en drink dit werktuiglik, en nog sê hy niks.

Dis eers toe hy die koppie langs hom op die lessenaar plaas dat sy oë weer oor die ander brief val en dit val hom by dat daar mos twee briewe vir hom uit Suid-Afrika was. Met bewende hande skeur hy die tweede brief oop. Die ergste het natuurlik gebeur, dink hy benoud en begin haastig lees.

*Geagte Heer*

*Hiermee wens ek u in kennis te stel dat u eggenote vandag deur my as geneesheer ondersoek is.*

*Uit my ondersoek blyk dit dat die pasiënt swanger is met 'n tweeling. Sy loop egter die gevaar om die slagoffer van hartversaking te word.*

*U eggenote se toestand blyk verontrustend te wees en ek verlang u toestemming . . .*

"Wát?" roep hy verras uit en glimlag breed. "Mevrou Schreiner, luister 'n bietjie hier . . . Luister na hierdie nuus!" sê hy opgewonde en lees vir haar die brief voor.

"Dokter Loui!" kry sy dit hees uit en die trane rol nou ongestoord oor haar wange. "Ag, die Here is goed vir julle. Hy neem een, maar gee julle twee in ruil."

"Ja, dis wonderlike nuus, mevrou, as jy in aanmerking neem dat dokter Von Schirach oortuig daarvan was dat my vrou nooit weer swanger sou raak nie. Maar wag, ek moet nou dadelik 'n telegram aan dié dokter Kriegel stuur en ook die lugdienskantore bel. Hulle sal eenvoudig môre 'n plek op 'n vliegtuig tot my beskikking móét stel. Dis noodsaaklik dat ek in hierdie kritieke tyd by my vrou moet wees."

Met hierdie woorde trek hy die telefoon nader en skakel die lugdienskantore. Daarna skakel hy weer die hoofposkantoor en dikteer die bewoording van die telegram aan die dametjie.

Nadat sy hom herhaalde male verseker het dat die telegram onmiddellik versend sal word, plaas hy die gehoorstuk terug op die mikkie en kyk mevrou Schreiner met 'n opgewonde glinstering in sy oë aan. "Ek vertrek môreaand na Suid-Afrika. Intussen moet jy maar alles hier reghou, mevrou Schreiner. Stuur die tuinier môre met my motor om jou suster te gaan haal, dan is jy nie so alleen nie."

142

"Dankie, dokter, ek sal so maak. Ek . . . ek hoop net mevrou herstel gou. Jy moet haar saambring, dokter. Hierdie vakansie-houery so ver van die huis af is onsin, en dit nog wanneer sy so siek is. Nee, jy moet haar maar liewer terugbring, dokter."

"Moenie vir my wag vir ete nie," sê hy en kom orent. "Ek mag dalk nie betyds terug wees nie. Ek het 'n honderd en een dinge om vandag af te handel. Jy moet maar intussen my reistas ook pak. Ek twyfel of ek tyd sal kry." Met 'n haastige "tot siens" verlaat hy die vertrek en stap uit na waar sy motor voor die deur geparkeer staan.

Dis vroeg in die oggend en Tillie maak haar groot, bruin oë stadig oop. Dis bitter koud, maar die wind waai ten minste nie.

Vaagweg hoor sy die gerinkel van koppies in die kombuis en sy weet dat haar moeder en Fya reeds op is.

Die gordyne is oopgetrek en sy sien hoe die groot mossie-familie van die een boom na die ander vlieg, van die een takkie na die ander spring om mekaar môre te sê, en 'n diep kalmte en rustigheid neem ineens van haar besit. Sy weet dat sy een van die dae ook net so bedrywig gaan wees soos daardie mossiefamilie, want dis vir twee babas wat sy voorbereidings sal moet tref.

As sy nou net gou wil aansterk, sal sy nog alles betyds gereed hê, besluit sy.

Dan dink sy weer aan Loui en sy wonder hoe die nuus hom gaan tref. Sy sal later, sodra sy eers uit die bed is, die nuus aan hom meedeel.

Sy wonder of hy darem na die bevalling sal moeite doen om te kom kyk hoe sy tweeling lyk? Of sal dit hom nie eens raak, die feit dat hy twee kinders hier in Suid-Afrika het nie? 'n Ander vrou kan hom mos ook kinders gee.

Die verskyning van haar moeder in die kamer maak ineens 'n einde aan al haar onaangename gedagtes.

"A, maar jy is mos vroeg wakker vanmôre!" groet sy haar dogter en soen haar teer op die bleek voorkop. "Drink eers jou koffie, dan gesels ons 'n rukkie. Of voel my kindjie nog nie sterk genoeg vir 'n geselsie nie?"

"O nee, ek voel baie beter vanoggend, Mammie," glimlag

sy goedig en drink haar koffie. "Ek begin al moeg word vir die bed. Dokter Kriegel kan my gerus nou maar laat opstaan."

Die moeder glimlag gerusstellend en sê:"Toe maar, hy sal jou nie meer te lank in die bed hou nie, my kind." Sy neem die leë koppie en plaas dit op die tafeltjie voor die bed. Toe gaan sy op die voetenent sit en vervolg:"Ek het gisteraand gelê en wonder of ons Loui nie maar moet ontbied nie, Tillie."

"Waarom hom nou gaan staan en ontstel, Mammie? Nee, moet liewer nie. Dis net 'n kwessie van 'n dag of twee en ek is weer op die been. Ek sal self aan hom skryf sodra ek uit die bed is. Mammie besef natuurlik nie hoe druk hy dit op die oomblik het nie, maar ek weet hoe besig Loui is. Glo my, hy sloof hom af vir sy volk," rammel sy haastig af voor haar moeder kan verduidelik waarom Loui ontbied moet word.

"Ek besef wel deeglik dat hy 'n uiters besige lewe voer, my kind, maar jy moet dit darem ook in aanmerking neem dat hy jou man is. Hy mag ons dalk bitter kwalik neem dat ons hom in die duister hou oor jou gesondheid."

"Hoe sal hy Mammie kan kwalik neem oor iets waarvan hy onbewus is?"

"Dus gaan jy hom nie in kennis stel van jou siekte nie?"

"Gewis nie. Ek gaan hom net in kennis stel van die tweeling wat op pad is."

"Jy maak 'n baie groot fout, Tillie. 'n Man behoort te alle tye op hoogte te wees van sy vrou se gesondheidstoestand."

"In Loui se geval maak ons maar 'n uitsondering, Mammie. Ek sal oor 'n paar dae vir hom skryf en hom die belangrike nuus meedeel."

Die skril gelui van die telefoon so vroeg in die môre laat die moeder haastig opstaan om die oproep te gaan beantwoord sonder om weer kommentaar op Tillie se besluit te lewer.

Met onrus duidelik op haar fyn gesiggie, staar Tillie na die wit plafon. Haar moeder moet tog nie so dwaas handel om Loui hierheen te ontbied nie. Weet sy dan nie dat hierdie vakansie van my maar net 'n bedekte besluit van Loui was om van my ontslae te raak nie? Ag, ja, hoe sal sy dit nou ook weet? Ek het haar mos nog nie vertel nie.

Wel, besluit sy, sy sal dit tot elke prys moet verhoed. As hy nou uit eie beweging besluit om hierheen te kom, sal dit 'n salige gedagte wees. Dit sal 'n duidelike teken wees dat hy haar darem nog liefhet, maar sy gaan nie toelaat dat hy hierheen gedwing word nie. Dan sal sy goed uitgewerkte plan om van haar ontslae te raak mos 'n hopelose mislukking wees. Nee, sy sal dit gewis nie toelaat nie. Nie haar moeder of enigeen gaan Loui hierheen ontbied nie. Sy het nie verniet hierdie tien weke se hartseer en verlange met byna bomenslike krag om sy ontwil getrotseer nie. En nou wil hulle sy geluk weer verpletter deur hom hierheen te dwing! Nee, dit mag nooit gebeur nie!

Tillie voel hoe die nuutgevonde kalmte haar ineens weer verlaat en plek maak vir diep vertwyfeling en onrus. Vaag dring die vrolike gekwetter van die mossies deur haar verwarde gedagtes en sy weet dat indien sy weer gemoedsrus wil hê, sy haar moeder dadelik sal moet spreek, 'n belofte van haar sal moet afdwing om Loui nooit hierheen te ontbied nie.

Dringend lui sy die klokkie voor haar bed en 'n oomblik later verskyn haar moeder in die deur. "Het jy die klokkie gelui, Tillie?" Sy kyk haar dogter vraend aan en tree die kamer binne.

"Ja, ek wil met Mammie praat. Dit staan in verband met ons gesprek van netnou."

Rustig neem tant Byps langs die bed plaas. "Het jy toe besluit dat ons Loui maar moet laat weet om te kom?" vra sy op haar gewoon rustige manier, hoewel sy reeds weet dat hy al op pad is.

"Dis presies waaroor ek Mammie wil spreek, maar nie om hom te laat kom nie. Mammie moet my nou belowe dat Mammie hom nooit sonder my toestemming sal laat kom nie."

"Maar waarom so ontsteld, kindjie?" paai sy gemoedelik.

"Dit het my al die hele oggend gehinder dat Mammie hom dalk sonder my medewete sal laat kom en dit mag nie gebeur nie. Hy moet . . . wel, ons mag nie inbreuk maak op sy werk nie. Hy sal self kom wanneer dit vir hom geleë is, en daarbenewens is ek ook nie so siek dat dit 'n dringende reis vir hom hierheen regverdig nie," sê sy sag.

145

Maar die skerpsinnige tant Byps het reeds haar onrus gemerk en dit laat haar innerlik wonder. "Toe maar, kindjie, moenie jou langer daaroor ontstel nie. Mammie sal nooit teen jou wense handel nie. Kom, laat ek 'n paar kussings agter jou rug plaas. Ek gaan nou vir jou ontbyt bring," sê sy en kom orent. "Dokter Kriegel het ook gebel en gesê dat hy jou om nege-uur 'n inspuiting kom gee," gaan sy voort met haar vertelling onderwyl sy die kussings netjies agter Tillie se rug rangskik.

"Hy kom vroegoggend," glimlag sy flou.

"Hy het gepraat van dringende sake wat sy aandag in Johannesburg vereis. Hy moet glo môreoggend baie vroeg daar wees. Maar wag, jou ontbyt word koud. Ons kan later weer gesels."

Met 'n gevoel van verligting verlaat tant Byps die kamer. Sy het besluit dat dokter Kriegel maar self die nuus aan Tillie moet meedeel, die nuus dat Loui môreoggend in Johannesburg verwag word. Hy is darem 'n gawe man, dink sy. Reken, dat hy so ver gedink het om aan Loui ook verslag te doen oor Tillie se gesondheid! Dis voorwaar meer as wat enige ander geneesheer sou gedoen het, en boonop doen hy selfs die moeite om hom in Johannesburg te gaan ontmoet.

"Fya," sê sy sag onderwyl sy die skinkbord opneem, "ons sal die gastekamer vandag netjies in gereedheid moet bring. Tillie se man kom môre en ek wil my nie skaam vir ons huis nie. Jy weet self hy is 'n baie belangrike man daar in sy land."

"Ek sal hom mooi regmaak, mevrou."

In stilte sit Tillie en kyk hoe haar moeder die bed opmaak. Hier waar sy voor die venster sit, het sy 'n onbelemmerde uitsig oor die rantjies, die koppies en die berge wat die noordelike deel van Montana uitmaak. En wanneer sy so na hulle sit en kyk, wel die verlange na Loui en Burkenhof weer met alle geweld in haar op.

Tant Byps merk die donker wolk wat eensklaps in haar dogter se oë verskyn het en haar hart gaan uit na haar kind. Dat Tillie geweldig ly is vir haar lankal nie meer 'n geheim nie, maar sy het van die begin af besluit om haar nie uit te vra na die rede nie. Tillie moet uit eie beweging na haar toe kom met haar moeilikheid, maar die hemel weet, dis vir haar bitter om haar kind daagliks so te sien ly!

Met intense verlange in haar oë neem Tillie die geraamde portret van Loui wat op die kleedtafel pryk, kyk lank na die geliefde gesig en plaas dit dan op die tafeltjie voor haar bed.

Tant Byps merk dit, maar sê niks. Dis vir haar nou heel duidelik dat Tillie baie na Loui verlang en die wete gee haar in 'n mate tevredenheid. Waarom sy so tevrede daaroor voel, kan sy nie verklaar nie. Miskien is dit maar omdat die ou duiwel haar wou wysmaak dat alles nie pluis is met hulle huwelik nie. Maar hierdie gebaar van Tillie verseker haar dat dit maar net 'n spookgedagte was. Met liefdevolle hande help sy haar kind terug in die bed en sê sag: "Jy sal een van die dae vir die kleingoed moet begin brei, weet jy?"

'n Fyn glimlaggie sprei om Tillie se mond toe sy sê: "Ja, en Ouma sal moet help." 'n Oomblik later sê sy weer: "Dokter Kriegel was heeltemal korrek in sy bevinding. Ek het dit vanoggend gevoel." Sy sug en vervolg: "Mag die Here my hierdie keer meer genadig wees sodat hulle tweetjies vir my behoue bly. O, Mammie, as ek hulle ook moet verloor, wil ek nie langer leef nie. Ek kan nie weer 'n kindjie afgee nie. Die verlange en verwyt sterf nooit in 'n mens se hart nie . . ."

"My kindjie, as jy jou stil hou, sal jy hulle mos nie verloor nie," val sy Tillie sag in die rede. "Jy weet tog self dat wat verlede keer gebeur het ook jou eie lewe kom geëis het. Nee, jy moet glad nie sulke gedagtes koester nie. Wees bly dat die Here julle seën met 'n tweeling. Jy gaan nou tog die twee kindertjies hê wat jy veronderstel was om te hê. Leef net stil en rustig en niks sal met die tweetjies gebeur wat hulle kan skaad nie."

"Dankie, Mammie, ek het nou weer baie moed," glimlag sy verlig. "Ek sal my baie mooi oppas, want ek wil so graag 'n eie kindjie hê. Dit het vir my nog altyd gevoel of ek Loui van iets waardeloos beroof het. Ek wil hom nie weer teleurstel nie. Ek wil hom die kindertjies gee waarop hy geregtig is. Hy het tot dusver vir my alles gegee en gedoen wat my hart verlang het en ek wil hom nie weer teleurstel nie."

"Het jy dan verwyt oor die verlies van julle kindjie, Tillie?"

"Nooit, Mammie. Inteendeel, hy het my met meer sorg en liefde vertroetel daarna. Maar ek weet hoe graag Loui 'n kind wil hê en hoe hy uitgesien het na die koms van ons eersteling. Nou begryp Mammie waarom ek hom nie weer wil teleurstel nie. Ek het daarná altyd gevoel dat ek hopeloos gefaal het as vrou."

"Jy sal nie weer faal nie, kindjie. Jy is nou ryper in ervaring weens die feit dat jy reeds 'n kindjie verloor het. Ek glo dat jy jou nou beter sal oppas as in die verlede."

'n Sagte klop aan die deur bring hulle gesprek ineens tot 'n einde.

Stadig gaan die deur oop en dokter Kriegel kom die vertrek binne. Met 'n vriendelike glimlag groet hy die twee vroue en vervolg: "Mevrou Joubert, hierdie dogter van jou lyk glad nie meer soos 'n sieke nie, maar ek is bly. Wanneer die baron haar môre sien, sal hy weet dat ons goed na haar gekyk het . . ."

"Wat bedoel jy, dokter?" val Tillie hom vinnig in die rede.

"Presies wat ek gesê het, mevrou," lag hy opgeruimd en vervolg: "Daardie eerste dag, 'n week gelede, toe julle my hierheen ontbied het, het ek 'n brief aan die baron gerig om hom te verwittig van jou toestand. Tot my verbasing en vreugde, moet ek sê, kry ek toe 'n telegram van hom om te sê dat hy môreoggend in Johannesburg sal aankom en of ek so vriendelik sal wees om hom daar te ontmoet . . ."

"Het jy hom tog nie hierheen ontbied nie, dokter?" val sy hom hierdie keer angstig in die rede.

"Glad nie, mevrou. Ek het hom maar net in kennis gestel van jou toestand en jou gesondheid. Daarom sê ek dit was vir my 'n geweldige verrassing toe ek gistermiddag laat sy telegram ontvang."

"Wel, ek sal jou baie dankbaar wees as jy my man gaan ontmoet, dokter. Jy weet natuurlik dat hy nie ons taal magtig is nie, nè?" sê-vra sy en 'n opgewonde blos kleur haar wange.

"Ek het dit vermoed, mevrou. Maar sê my eers hoe die baron lyk. Ek wil hom nie nou gaan staan en misloop nie. Ek beskou dit juis as 'n groot eer om hom te kan ontmoet."

Met hande wat liggies bewe, gee sy hom die portret van Loui

wat voor haar bed pryk. "Hy het donkerbruin hare en staalgrys oë," sê sy sag. "Jy sal hom dadelik uitken, dokter. Hy besit 'n dinamiese persoonlikheid, 'n sterk, indrukwekkende voorkoms wat mens nie aldag teëkom nie.

Verbasing is duidelik op die gesig van die jong arts te lees onderwyl hy die portret bestuderend betrag.

"Jy lyk verbaas, dokter. Wat is die rede?" verneem Tillie geamuseerd.

"Wel, ek het eintlik verwag . . . ten minste, ek het my altyd voorgestel dat die baron 'n man van middeljarige leeftyd moet wees," stamel hy effens verleë.

"My man is maar 'n paar in die dertig," glimlag sy nou openlik vermakerig by die aanskoue van sy verleentheid.

"Ek sien so," laat hy droog hoor.

"Maar moet jou nie misgis nie, dokter. Hy is baie intelligent en het hope lewenservaring."

"Hy lyk so, mevrou," sê hy, "en ek sal graag met hom wil kennis maak."

"Daardie geleentheid sal jy môre kry, dokter," lag sy gelukkig. "Mense hou van hom omdat hy so opreg en eerlik is."

Hy plaas die portret terug op die tafeltjie en sê dan weer saaklik: "Ewenwel, laat ek jou eers die inspuiting gee. Ek wil graag hê my pasiënt moet môre in blakende gesondheid verkeer wanneer die baron hier aankom."

"Glo my, ek sal jou glad nie teleurstel nie, dokter. Ek voel reeds honderd persent beter," lag sy stralend en ontbloot haar boarm vir die inspuiting.

# 20

Tillie kan van skone opgewondenheid die aand nie aan die slaap raak nie. Gevolglik verslaap sy die volgende oggend heeltemal. Die mossies het lankal hulle môregroet oorgedra en die son skyn al heerlik warm buite toe sy eindelik haar oë oopmaak.

Vlugtig kyk sy na haar polshorlosie en merk dat dit reeds tienuur is. Sy voel lekker uitgerus en tevrede met die lewe wat soms tog aangenaam kan wees.

Sy lui die klokkie, want ten spyte van haar opgewondenheid voel sy werklik honger.

Na ontbyt kom haar moeder soos gewoonlik om haar bed op te maak en daarna kom Fya die res van die kamer aan die kant maak.

Vanmôre sien Tillie alles soos gewoonlik raak, maar dit maak geen indruk op haar nie. Haar hele hart en al haar gedagtes is net by Loui en sy kan die tyd nie meer afwag dat hy moet kom nie.

Eindelik is Fya klaar.

"Laat die deur gerus maar oopstaan, Fya," versoek Tillie toe sy met borsels en lappe by die vertrek uitstap en die deur agter haar wil toetrek.

Met 'n gevoel van blye afwagting leun sy behaaglik teen die kussings wat agter haar rug opgestapel is.

Sy weet nou vir seker dat Loui haar nog bemin, want die feit dat hy sy werk en alles net so gelaat het om by haar te wees, oortuig haar dat hy haar gewis nog moet liefhê. Loui sal nie sy werk versaak indien dit nie die geval is nie. Daarvoor besit hy 'n te groot verantwoordelikheidsgevoel jeens sy volk.

Sy kry haar handspieël en grimering bymekaar en begin haar voorkoms opknap. Toe sy eindelik tevrede is met die beeld wat sy in die spieël waarneem, neem sy weer die kam en trek dit 'n paar keer vinnig deur haar krulle.

Tussen elf- en twaalfuur, het dokter Kriegel gesê. Dus kan sy hulle nou enige oomblik verwag. Haar hart klop opgewonde en Tillie voel dat sy hierdie opgewondenheid nie meer baie lank sal kan verduur nie.

Haar ore is gespits vir elke geringe geluidjie wat sy hoor. Op die ingewing van die oomblik staan sy op en gaan haal haar kamerjas uit die hangkas. Sy gaan Loui saam met haar ouers op die veranda ontmoet, besluit sy.

Tydsaam trek sy haar kamerjas en pantoffels aan en gaan voor die venster sit. Dokter Kriegel kon my darem vandag laat opstaan het, dink sy. Ek voel tog nie meer siek en moeg nie, en ek wil Loui mos ook graag saam met die ander verwelkom.

Dan kyk sy af na haar bleek hande en die groot blou diamant van haar verloofring vonkel soos liggies in die strale van die son wat op haar hande skyn. 'n Oomblik bewonder sy die fraai juweel en haar gedagtes word teruggevoer na die aand toe sy en Loui so plotseling verloof geraak het. Daardie aand het sy haar hart aan hom gegee en vir ewig sal hy die besitter daarvan bly.

Onderwyl Tillie nog diep ingedagte sit, hou dokter Kriegel se motor voor die deur stil. 'n Oomblik sit Tillie met opgehoue asem en luister. Ja, dit is Loui se stem wat sy hoor. Sy kan nou duidelik hoor hoe hulle in die gang aangestap kom.

Haastig kom sy orent, maar Loui, haar ouers en dokter Kriegel is reeds in die kamer. "Loui!" roep sy bly uit. Sy gee een treetjie in sy rigting. Toe voel sy hoe sy sterk arms haar teer omsluit en daarna sy geliefde lippe wat heftig besit neem van hare.

In hierdie oomblik van blye ontmoeting verlaat die ander die vertrek stilweg.

"My dierbare klein liefling," fluister hy tussen sy soene deur en druk haar hartstogtelik teen hom aan. "O, hoe het ek nie na jou verlang nie!"

"My Loui . . . my eie Loui!" sê sy en die trane rol ongestoord oor haar wange. "Nooit, nooit gaan ek ooit weer sonder jou vakansie hou nie. Ek voel totaal verlore sonder jou, my skat. Nee, ek sal nooit meer sonder jou kan leef nie. Hierdie tien weke was vir my soos 'n ewigheid!"

Stil druk hy haar krullebol aan sy hart onderwyl die trane nog steeds vrylik oor haar wange rol – trane van intense geluk. Lank staan hulle so.

Toe haal hy sy sakdoek uit en droog haar trane af. "Kom, my liefling, jy moet weer dadelik teruggaan bed toe," sê hy teer. Met hierdie woorde tel hy haar versigtig in sy gespierde arms op en dra haar na die bed toe.

Dieselfde oomblik maak die ander weer hulle verskyning in die kamer. Tant Byps is aan die voorpunt met die tee en koekies op 'n skinkbord.

"Laat ek jou help, Loui!" sê tant Byps behulpsaam toe sy

merk dat hy besig is om Tillie haar kamerjas te help uittrek.

"Alles reg, Moeder," sê hy op sy gewoon sagte manier van praat. "Ek verstaan al die kuns. Ek het hierdie klein vroutjie van my al dikwels in die bed gesit."

Hy glimlag vriendelik en tant Byps besluit dat sy baie van hierdie man met die sagte stem en die streng lyne op sy gesig hou. En dat hy Tillie verafgod is vir nie een van hulle 'n geheim nie. Na sy aankoms kon hy nie 'n oomblik wag om by haar te wees nie.

"So ja," sê hy teer en kyk haar liefdevol aan nadat hy die komberse warm om haar toegevou het. "Dis beter. Sit jy gemaklik, my liefling?"

"Heeltemal gemaklik, dankie," glimlag sy op in sy grys oë en Loui merk die oneindige liefde vir hom wat uit die bruin oë straal.

Hy glimlag terug, kelk haar fyn gesiggie tussen sy hande, buk oor en soen haar speels op die punt van haar fynbesnede neusie.

Sag lê sy haar hand op sy arm en sê pleitend: "Sit hier by my op die bed, my skat. Ek het jou so lank nie gesien nie en ek het so oneindig baie na jou verlang."

Hy neem langs haar op die bed plaas.

Met haar een hand styf deur syne omvou, vra sy hom uit na die welstand van mevrou Schreiner, na Grete en Willem en al die ander bekendes.

Tillie is so bly en gelukkig om Loui weer by haar te hê dat sy haar oë nie kan wegneem van sy geliefde gesig nie.

Loui het dit aanvanklik aangevoel, want hy gee haar hand 'n ligte drukkie as teken dat hy net so bewus is van haar lieflike nabyheid.

"Het jy al besluit waar mevrou Krafft se bevalling gaan plaasvind, dokter?" hoor sy dokter Kriegel vra.

"Vir 'n Krafft-bevalling is daar net een plek," glimlag hy goedig. "Die laaste twee eeue al word al die Krafft-babas in die ruim woning van Burkenhof gebore. Dis ons tradisie en dit sal verkeerd wees vir my erfgenaam om die eerste lewenslig elders te aanskou."

152

"Jou eggenote sal die vermoeienis van so 'n lang reis nie kan uithou nie."

"Dit besef ek wel. Daarom het ek reeds voor my vertrek reëlings getref vir 'n ambulansvliegtuig sodra ek dit benodig. My vrou sal met die grootste gemak en sorg vervoer word. Maar solank ons hier in Suid-Afrika vertoef, laat ek haar het die grootste vertroue in jou sorg. En laat my toe om jou weer eens te bedank vir alles wat jy reeds vir haar gedoen het."

"Ek het net my plig gedoen, dokter, en sou dit vir enigeen gedoen het wat my ontbied het," sê hy en glimlag.

Nadat almal klaar tee gedrink het, staan tant Byps op en verwyder die leë koppies.

Oom Willem volg haar voorbeeld, maak verskoning en gaan terug na sy werk wat op hom wag.

Dokter Kriegel vertoef nog 'n oomblik, toe vra hy ook om verskoon te word en eindelik is Tillie en Loui alleen.

Hy staan op en gaan stoot die deur toe. "Ek wil nou geen toeskouers hê wanneer ek my vroutjie liefkoos nie," verduidelik hy en gaan sit langs haar op die bed. Saggies stoot hy sy arm agter haar verby en trek haar nader totdat sy gemaklik in die ronding van sy arm rus. "So ja, nou kan ons ongestoord gesels," sê hy sag en druk sy lippe hartstogtelik teen hare.

Later lig hy sy kop stadig op en kyk lank en diep in haar oë wat hom met soveel liefde en vertroue aanstaar.

"My liefling, wat het tog in ons lewe ingesluip wat ons die laaste ruk so ver uitmekaar verwyder het?" vra hy en sy stem is byna 'n fluistering. "O, die lewe was vir my 'n brandende hel en ek kon niks meer doen as net sit en toekyk hoe jy al verder en verder van my af wegdryf nie. Later het dit selfs vir my gevoel of jy my aanspreeklik hou vir die dinge wat Heidi gedoen het en ek was te bevrees om met jou daaroor te praat, bevrees dat jy dalk my vermoedens sou staaf en ek wou dit die minste uit jou mond verneem het. Die onsekerheid waarin ek geleef het, was vir my verkiesliker as om die waarheid van jou te verneem. Sê my, my liefste, hét jy my aanspreeklik gehou vir Heidi se dade? Was dit daarom dat jy jou totaal aan my onttrek het?"

'n Sug ontsnap haar bors toe sy sag sê: "Nee, my man, ek het

153

jou nie een enkele keer verantwoordelik gehou vir haar dade nie."

"Nou waarom het jy jou dan so aan my onttrek, so asof ek nie eens meer vir jou bestaan het nie? Wat het ek gedoen wat jou so bitter seergemaak het, Tillie?"

"Dis so 'n lang storie, Loui."

"Ek moet dit weet, my liefling. Besef jy dan nie dat ek nooit sal kan rus voor ek alles weet nie?"

"Wel . . ." Sy aarsel 'n oomblikkie asof sy nie genoeg krag besit om voort te gaan nie. "Nadat ek oor die ergste skok was na die verlies van ons kindjie, het ek self ook gemerk dat ons totaal uitmekaargedryf het. Jy het vir my so ongelukkig gelyk, my skat, en ek het dit toegeskryf daaraan dat ek jou van jou kindjie beroof het. Later het dit vir my voorgekom of jy glad nie meer vir my omgee nie en ek het geweet dat ek 'n hopelose mislukking was as vrou vir jou . . . Wel, toe jy my daardie aand aanraai om vir my ouers te kom kuier, was ek oortuig dat jy maar net op 'n mooi manier probeer om van my ontslae te raak. Ek het toe ingestem, vasbeslote om hier by my ouers te bly en jou jou verlangde vryheid te gee."

"En ék het weer gedink dat jy graag jou vryheid wou hê, my skat. Ek is soveel jare ouer as jy en ek het soms gewonder of jy nie dalk al berou het oor jou huwelik met so 'n ou man . . ."

Met haar hand op sy mond maak sy hom plotseling stil en sê sag, vermanend: "Asseblief, moet die woorde 'ou man' nooit weer vir jouself gebruik nie, my man. Jy is nog lank nie 'n ou man nie. Inteendeel, jy is vir my die dierbaarste man op aarde. En of jy dit nou wil weet of nie, ek gaan saam met jou terug Burkenhof toe."

"As jy nie wou saamgaan nie, Tillie, sou ek jou eenvoudig moes gedwing het," lag hy gelukkig. "Want, sien, nadat ek dokter Kriegel se brief ontvang het, was ek vasbeslote om jou terug te bring. As ek jou vertel dat dokter Von Schirach oor 'n week in Kaapstad sal land met 'n ambulansvliegtuig, sal jy seker glo dat ek vasberade was om jou terug te neem Burkenhof toe, nè? Hierdie kuiertjie by jou ouers was maar net bedoel om die liefde by jou weer 'n bietjie aan te wakker, maar die Vader het dit anders gewil. Jy kan my glo dat ek jou nooit weer 'n kans sal gee om van my af weg te dryf nie, my liefling. Ek het reeds besluit om nog 'n deel van die Krafft-tradisie te verbreek. Voortaan gaan ons nie meer afsonderlike slaapkamers bewoon nie, maar een kamer deel. My slaapkamer gaan in 'n privaat sitkamer vir ons omskep word. My voorouers het miskien nie omgegee vir 'n verwydering tussen hulle en hul huweliksmaats nie, maar ek gee om, want ek het my vrou hartstogtelik lief."

"Jy sê dit sal die tweede keer wees dat jy 'n deel van julle tradisie verbreek. Wat was die eerste, Loui?"

Hy kyk haar teer aan en sê dan met 'n glimlaggie: "Die feit dat ek met 'n meisie getrou het wat nie uit die adel spruit nie, Tillie. Maar glo my, ek het nie kans gesien vir 'n liefdelose huwelik nie. Daarom het ek daardie deel van ons tradisie verbreek deur met die nooientjie te trou wat ek so hartstogtelik bemin."

"En toe gaan stel ek jou nog so bitter teleur deur jou te beroof van 'n erfgenaam," sê sy weemoedig.

"Dit was nie jou skuld nie, my skat, en jy moet ook nie meer so hartseer daaroor voel nie. Een van die dae het ons twee in plaas van een," troos hy.

'n Sagte klop laat hulle albei in die rigting van die deur kyk. Stadig gaan die deur oop en tant Byps tree die vertrek binne met Tillie se middagete op 'n skinkbord.

Hoflik neem Loui die skinkbord by haar en plaas dit op Tillie se skoot.

"Jy kan ook nou kom eet, Loui," sê tant Byps vriendelik. "Kom, laat ek jou eers wys waar jou kamer en die badkamer is."

"Dankie, Moeder, ek sal graag my hande wil was voor ete," glimlag hy haar toe en plaas 'n ligte soentjie op Tillie se kroontjie.

'n Oomblik weifel Loui in die kamerdeur. Sy oë dwaal vlugtig deur die vertrek en rus eindelik op die groot dubbelbed. Toe tree hy die vertrek binne en gaan langs tant Byps staan. Met sy hand vertroulik op haar arms, sê hy beslis: "Ek gaan Tillie na ete oordra na hierdie kamer toe, Moeder. So 'n groot bed is nie bedoel vir net een persoon nie en Tillie is tog my vrou. Ek reken ons was lank genoeg van mekaar geskei. Tien weke kan oneindig lank wees wanneer twee mense mekaar liefhet."

"Maak net soos julle verkies, my kind," glimlag sy gemoedelik en vervolg: "Dit doen my hart waarlik goed om my ou dogtertjie weer so opgeruimd te sien. Ek dink sy het baie na jou verlang, Loui."

"Ons het albei baie verlang, Moeder. Daarom gaan ek dit nie duld om selfs in die nag van haar geskei te wees nie." Hy kyk tant Byps strak aan en vervolg hartstogtelik: "Sy is my kosbaarste besitting. Al my aardse skatte is haar nie werd nie. As ek haar liefde moet verloor, sal ek beslis brandarm wees, want daarsonder sal die lewe vir my geen betekenis hê nie."

"Ek is bly dat jy haar so liefhet, Loui. Nou sal ek my nie meer oor haar bekommer daar in die vreemde nie."

"Moet jou nooit oor haar bekommer nie, Moeder. Ek sal haar met my lewe beskerm. Niks sal haar ooit skaad nie," sê hy sag, oortuigend.

"Dankie, Loui, ek sal dit altyd in gedagte hou."

Aan tafel gesels tant Byps en Loui onderhoudend. Oom Willem praat maar min, aangesien hy nie self Duits kan praat nie en sy wederhelf alles vir hom moet tolk.

Na ete sê Loui dat hy graag 'n rukkie wil gaan rus aangesien hy die vorige nag nie veel op die vliegtuig kon slaap nie.

Met liefdevolle hande dra hy Tillie na die gastekamer en lê haar versigtig op die bed neer sonder enige verduidelikings van sy handelswyse.

Vraend kyk sy hom aan en vra vir die tweede maal: "En nou, dierbare Loui?"

"Nou kom slaap jy by my," sê hy saaklik en verwyder sonder meer sy baadjie en skoene. Met 'n sug van genoegdoening strek hy hom eindelik langs haar uit, neem haar teer in sy arms en sê gevoelvol: "Dis hoe die lewe moet wees, altyd moet wees, my klein Tillie. Net ek en jy ... en ons kleinspan."

# Kringloop van die lewe

# 1

Geruisloos spoed die donkerrooi, vaartbelynde motor oor die dwarsstrate, en eindelik bereik dit die verste buitewyke van Rome.

"Hoe ver nog, Riaan?" vra Rina sag en effens weemoedig.

"Nog so twintig kilometer, my ou Rinatjie . . . Nog net 'n paar minute van heerlike samesyn, dan moet ons weer skei."

"Gelukkig sal dit nie vir lank wees nie, Riaan. Jy kom mos die einde van die jaar terug Suid-Afrika toe?"

"Dis die plan, my meisie. Maar daardie maande wat nog voorlê, sal vir my so ontsettend lank wees sonder jou . . . Ek weet waarlik nie hoe ek dit gaan verduur nie. Die twee maande wat ek jou elke dag by my gehad het, was vir my soos 'n droom wat te gou verbygesnel het . . . Maar nou moet ek ontwaak uit my droom, want jy wil mos teruggaan Suid-Afrika toe . . .!"

"Skaam jou, Riaan," verwyt sy hom sag. "Mens sou sê ek is besonder gretig om van jou af weg te gaan . . .! Dit doen my maar net soveel pyn aan om nou van jou te skei!"

"Ek wonder, my skat . . . Ek kan my nie vereenselwig met die gedagte dat jy my waaragtig liefhet as jy deur Italië wil toer, in plaas van daardie drie maande hier saam met my in Rome deur te bring nie! Ek wonder soms of jy my regtig liefhet, Rinatjie. Dit wil mos nie vir my so lyk nie!"

"O, Riaan, hoe kan jy so iets sê?" vra sy effens geskok. "Luister, as jy sulke ongegronde aantygings teen my wil maak, weier ek eenvoudig om verder na jou te luister."

"My aantygings besit wel deeglik grond. Ek herhaal, jy kan die drie maande liewer saam met my hier in Rome deurbring."

"Jy is nou net selfsugtig, Riaan. Waarom gun jy my nie die bietjie plesier wat dit my sal verskaf om die land van die Romeine te besigtig nie?"

"Dis nie dat ek jou die plesier misgun nie, skat. Maar ... wel, jy is so wispelturig ... verskoon my dat ek dit sê. Maar, regtig, ek hou niks daarvan dat jy hierdie uitgebreide toer alleen aanpak nie. Sien, jy is die soort mens wat jou alewig in 'n moeilike posisie sal bevind. Jou voorkoms trek te veel aandag, my ou Rinatjie. Jy sal jou altyd in sulke onsmaaklike situasies bevind soos destyds met dokter Sardinni. Die teenoorgestelde geslag kan dit eenvoudig nie help om hulle aan jou op te dring nie."

"Ek is gelukkig oud genoeg om na myself te kyk, Riaan. En as ek per ongeluk in 'n moeilike situasie beland, sal ek weer daar uitkom," glimlag sy ondeund.

"Wel, jy weet waarheen om te bel as jy my nodig kry."

Vinnig nader hulle die Ciampino-lughawe, en hulle word al stiller hoe nader die oomblik van skeiding kom.

"Ek sal ontsettend baie na jou verlang, Rinatjie ... Jy het so diep in my hart gekruip, my meisie."

"Ek sal net so baie na jou verlang, Riaan."

Vir laas neem Riaan die aantreklike blonde meisie in sy arms en soen haar lank en innig.

Vlugtig betree Rina die loopplank en verdwyn 'n oomblik later in die buik van die massiewe silwervoël.

Met 'n hewige gedruis begin die skroewe te draai, en met 'n laaste handwuif neem Rina afskeid van die lang, skraal kêrel wat die vliegtuig met 'n weemoedige blik agternastaar.

Ineens hoor Rina die vrolike stem van die pikante dametjie langs haar wat in Italiaans sê: "Is u Italiaans, juffrou?"

"Nee, ek is nie. Ek is Afrikaans; van Suid-Afrika afkomstig," antwoord Rina in haar heel beste Italiaans, en sy voel besonder tevrede met haar uitspraak wat by die dag verbeter het.

Meteens is Rina se reisgenoot baie geïnteresseerd.

"Suid-Afrika!" roep sy opgewonde uit. "Ek het so baie van jul land gehoor ..."

Nie te lank nie of Rina en haar nuwe vriendin is in 'n aangename gesprek gewikkel. Rina vertel onderhoudend van haar land en probeer al die opgewonde vrae van die mooi Italiaanse meisie te beantwoord.

"Wat is jou naam?" vra die meisie later.

"Rina Louw."

"Rina Louw, Rina Louw. Dis mooi."

"En jou naam?" vra Rina.

"Nadia Valori. Ek bly in Torino. Ek is nou juis op pad huis toe."

"O, ek is ook op pad na Torino. Ek wil sommer die hele Italië deurreis en begin nou maar met Torino."

"Ag, hoe gaaf," roep die vrolike Nadia uit. "Waar gaan jy bly?" Voordat Rina kan antwoord, sê sy weer: "Ek sal jou graag 'n bietjie wil rondneem, as jy nie omgee nie."

"Dit sal baie gaaf wees, dankie. Ek het vir my plek bespreek by die hotel Aurora."

Voordat daar nog baie tyd verstryk het, gesels Rina en Nadia soos ou vriendinne. Nadia vertel met verrassende openhartigheid van haar familielewe.

"Ek is op pad huis toe, want ek verjaar oormôre en terselfdertyd raak ek verloof. Mammie dring daarop aan om die dubbele geleentheid te vier . . . Oormôreaand sal feitlik my hele familie van verskillende groot stede teenwoordig wees om die geleentheid te vier. 'n Verlowing is by ons net so heilig soos 'n huwelik, weet jy?"

"Dit klink waarlik interessant," glimlag Rina weer. "Julle skyn 'n opgewekte familie te wees."

"Jy het heeltemal gelyk, want Mammie is nog net so vol lewe en pret soos in haar jong dae. In al ons vermaak tuis neem sy gewoonlik deel. My pappie is weer stil van geaardheid, maar tog baie gesellig."

"Ek sal jou familie graag wil ontmoet, Nadia. Daarvoor sal ek sorg, hoor! Maar waar kom jy nou vandaan?" vra Rina nuuskierig.

"O, ek was in Florence. So 'n bietjie vir die familie gaan kuier," glimlag Nadia, en Rina waardeer haar metgesel se spontane vriendelikheid jeens haar, 'n vreemdeling.

"Ek hoop die weer bly gunstig, sodat jy alles in Torino kan sien wat besienswaardig is," sê Nadia weer.

"Waarom sê jy dit, Nadia? Is daar enige tekens dat die weer mag verander?"

161

"Wel, nie juis tekens nie, maar ons winter het reeds aange-
breek. Binne etlike weke sal Italië weer begrawe lê onder die
sneeu . . . Was jy al in Italië gedurende die winter?"

"Nog nie, maar ek is van plan om hierdie winter hier te
wees. Ek wil graag een van julle groot stede sien wanneer dit
met sy wit mantel bedek is."

"O, dis 'n gesig wat jy nooit sal vergeet nie . . ."

Al geselsend snel die tyd verby, en eindelik maak die pas-
sasiers hulle gereed vir die landing. Die lang vlug is agter die
rug, en voor hulle lê die uitgestrekte stad Torino.

"Het ons tog nie al waarlik ons bestemming bereik nie?" vra
Rina so verbaas dat dit eintlik 'n glimlaggie by Nadia uitlok.

"Ja, daardie stad wat daar ver onder ons lê, is Torino. 'n Ge-
weldige groot stad, is dit nie?"

"Dit is gewis," glimlag Rina nou ook opgewonde. "Ek brand
al letterlik om die stad te gaan besigtig."

Nadia se broer, Gino, is op die lughawe om haar te ontmoet.
Toe hy sy suster sien, tree hy haastig nader.

"Hallo, Gino!" roep Nadia bly uit. Maar eersgenoemde hoor
haar skaars, want sy oë bly vasgenael op die blonde dametjie by
haar.

"Kom, Rina," sê Nadia toe sy langs haar broer staan. "Ek wil
jou graag aan my broer bekendstel."

Verras staar Gino sy suster aan. Het hy haar reg begryp? Wil
sy hom tog nie aan daardie fraai blondekoppie bekendstel nie?

Met 'n vaste greep neem hy Rina se handjie in syne en sê
vriendelik: "Welkom in Torino, juffrou Louw."

"Rina gaan 'n rukkie in Torino vertoef. Gino, sy kom van
Suid-Afrika af. Kan jy haar bagasie saam met myne in jou mo-
tor laai, Gino, dan kan ons haar tot by haar hotel neem," babbel
Nadia.

"Alte seker," sê Gino aan sy suster, en aan Rina: "Wel, ek
hoop jy geniet die paar dae hier in ons stad, juffrou. Hoewel
Torino eintlik 'n handelsentrum is en nie veel bied wat be-
sienswaardig is nie, bied dit tog vir ons jongmense veel plesier
en afleiding."

"O, ek sal dit hier wel geniet," antwoord sy vriendelik.

Nadat albei meisies met hulle bagasie in Gino se motor gevestig is, trek laasgenoemde vinnig weg voor die lughawe.

"Voel julle lus om iets te gaan drink?" wil Gino weet.

"Hm, ja, koffie en broodrolletjies sal nogal glad nie sleg smaak nie," gee Nadia antwoord.

"Gaaf, aangesien ons twee teen een is," – hy kyk ondeund na Rina – "sal ons eers gaan koffie drink."

"Ek het natuurlik geen keuse nie," sê Rina aan Gino, bewus van die blik wat hy flussies op haar gerig het.

"Nee, jy het nie, juffrou. Ek het mos gesê ons is twee teen een. Terloops, ek weet van 'n plekkie waar hulle die heerlikste koffie en broodrolletjies buite in die motor bedien."

"Ons wil mortadella en salami ook hê, Gino," val Nadia hom vinnig in die rede.

"Ai, die sussie van my," lag hy goedig. "Sy sal ook nooit leer dat wanneer grootmense praat, kinders moet stilbly nie."

"So 'n vermetele mansmens! . . . Haai Rina, jy moet jou tog nie aan sy maniere steur nie, jong. Hy is die oudste van ons drie, en is dus ontsettend bederf, soos jy self kan sien. Mammie en Pappie het hom gewoonlik in alles sy sin gegee. En noudat hy 'n uitgegroeide lummel is, verwag hy nog steeds dat almal aan sy wense moet voldoen. Hou maar jou een oor doof en maak of die ander een nie wil hoor nie, jong."

Heerlik skater al drie van die lag.

"Ek sal dit doen," beloof Rina.

"Juffrou . . ."

"Ag, sê tog maar Rina, boetie. Ons Afrikaanse vriendinnetjie sal glad nie omgee nie," val sy hom in die rede. "Ek weet tog jy brand al om haar naam uit te spreek. Dis mos 'n besonder mooi naam wat sy het, nè?"

"Gits, juffrou, wat maak mens met so 'n suster?"

"Dit sal ek waarlik nie kan sê nie. Sien, ek het nie so iets soos 'n broer nie," glimlag sy geamuseerd.

"O, maar jy is 'n gelukkige mens, Rina," kom dit van Nadia. "Ek wens soms ek het nie een broer gehad nie, want die goed is alewig net daarop uit om mens te terg en te pla . . . Ek leef swaar tussen my twee broers."

"Hm, ja, ek wonder nou net wie leef die swaarste, jy of Alfreddo en ek?"

"Gewis ek, my ou boetie. Jy het blykbaar weer vergeet hoe goedsmoeds Alfreddo my mooiste kêrel laat begryp het dat hy glad nie welkom is by ons aan huis nie, nè? Nou ja, ek treur nou nog oor daardie mooi kêrel van my wat hy weggejaag het," spot sy glimlaggend tot groot vermaak van beide Rina en Gino.

"Dit lyk nie juis of jy oor hom treur nie. En sê nog net weer een keer dat jy oor hom treur, dan gee ek jou die loesing wat jy verdien het . . . of altans die loesing wat Vader jou moes gegee het toe jy 'n vriendskap aanknoop met so 'n vent."

"Sien jy nou, Rina, 'n mens kan nou waarlik nie eens vir jou die mooiste kêrel van die stad uitsoek nie, of hy kry so 'n behandeling van jou broers . . . Nee, jy is voorwaar baie beter af sonder 'n broer," terg sy voort.

"Wel, ek moet sê dit klink naar," stem Rina saam.

"Gits, juffrou, jy moet nog haar part neem . . .!"

"Noem my gerus maar Rina, meneer die kwaai broer," val sy hom met 'n ondeunde glimlaggie in die rede.

"Dankie . . . Maar luister, Rina. Jy moet jou tog glad nie verbeel dat jý met so 'n vent deurmekaar mag raak nie! . . . Ek waarsku jou vroegtydig hy sal dieselfde behandeling as hierdie kastige vriend van Nadia ondervind. As jy dan nie 'n broer het om 'n ogie oor jou te hou nie, sal ek in Torino optree as jou oudste boetie en toesien dat jy met ordentlike kêrels omgaan . . . Sien, hier in Italië is dit die wet van Mede en Perse dat die broers, sowel as die vader, 'n ogie hou oor hul suster se keuse van mansgeselskap. Ons verlang gewoonlik net die beste geselskap vir ons susters, en in jou geval gaan ek geen uitsondering maak nie. Solank jy in Torino is, is jy ook ons verantwoordelikheid," eindig hy sy toespraak.

"Raai, dit sal nogal 'n ondervinding op sigself wees om 'n kwaai broer te hê," lag Rina vrolik. "Nee kyk, dit lyk vir my of ek hierdie paar dae baie gaan geniet. Maar ek waarsku jou ook vroegtydig, Gino. Ek gaan nog baie in jou onguns beland, want ek doen gewoonlik net die verkeerde dinge, die onverwagte dinge." Dan knipoog sy vir Nadia. "Ek is bevrees jy gaan nog

jou hande met my vol hê. Sien, as die lewe dreig om vir my te
eentonig te raak, loop ek sommer maklik voor 'n bewegende
motor in, en siedaar, afwisseling van die beste aard."

Nadia bars uit van die lag. Gino kyk haar egter aan asof hy
haar nou vir die eerste maal aanskou, kompleet asof hy wil sê:
"Sou al die Afrikaners 'n skroef los hê in die kop?"

Maar hardop sê hy: "Moet nou net nie vir my kom vertel
jy is met die maan ook gepla nie. Want sien, dis nog lank nie
volmaan nie."

Voor 'n klein geboutjie bring hy die motor tot stilstand, dan
haas 'n witgeklede kelner hom na die motor.

Nadia is die een wat die bestelling plaas.

Binne enkele oomblikke is die kelner weer terug met hul
bestelling wat bestaan uit panini, mortadella en salami.

Behendig word die skinkbord aan die bestuurder se deur
gehaak, Gino betaal die rekening en die kelner verwyder hom
weer haastig.

Al geselsend smul die drie aan die eetgoed.

Rina is die eerste aan die woord. Maar eers knipoog sy weer
betekenisvol vir Nadia, kompleet asof sy wil sê: "Jy beaam alles
wat ek nou aan jou broer gaan opdis. Dit gaan ons nog baie
pret verskaf."

"Wel, aangesien jy nou as broer wil optree teenoor my, reken
ek dit sal die beste wees as ek jou alles vertel omtrent myself,
Gino . . . Jy weet natuurlik al dat die son in Suid-Afrika ontset-
tend warm is, nè?"

"Ja, so verstaan ek," antwoord hy kalm.

"Ja, maar jy weet natuurlik nog nie dat die Suid-Afrikaanse
son 'n mens se brein soms in so 'n mate aantas dat jy sommer
helder oordag abnormaal raak nie, nè?"

"O gits, Rina, moet my nou net nie vertel dat die son jou
alreeds in so 'n wese verander het nie, hoor!"

"Dis presies wat ek jou nou wil vertel," sê sy ernstig, ofskoon
sy meer lus voel om uit te bars van die lag oor die leuens wat sy
nou hier sit en opdis. "Sien, ek waarsku jou maar net, want die
son mag hier by julle ook warm word, en dan is dit klaarpraat
met my. Nadia weet daarvan. Ek het haar selfs al vertel van

die simptome wat gewoonlik my abnormaliteit voorafgaan. So, wees maar net 'n bietjie versigtig vir my wanneer ek in so 'n toestand verkeer. Hoewel ek darem nie altyd gevaarlik raak nie, weet mens ook nie wanneer ek so kan word nie en dalk net wil maai onder julle," glimlag sy.

Gino het haar egter net besluiteloos aangekyk asof hy nou in 'n hoek vasgekeer is, en Nadia moet haar weer inspan om nie uit te bars van die lag nie.

"Nadia, weet jy wat?" sê hy later, "weet jy dit gaan gevaarlik wees om hierdie meisiekind in 'n hotel los te laat? Ek wonder . . ."

"O, ek weet wat jy wonder," roep Nadia opgewonde uit. "Kom ons neem haar huis toe."

"Nogal 'n plan, ja," stem Gino in. "Ons kan altyd vir Ma sê ons het haar by die lughawe opgetel. Hm, baie makliker om dan ook 'n ogie oor haar te hou."

"Natuurlik! Rina, toe, gaan saam met ons huis toe."

Rina gaap hulle verbaas aan. Sowat van impulsiwiteit het sy nog nooit gesien nie.

"Maar ek kan mos nie."

"Jy kan, jy kan." Nadia klap opgewonde haar hande.

"Ag nee," protesteer Rina flou.

"Die saak is beklink," besluit Gino. "Rina Louw van Suid-Afrika gaan by die Valori's eet, slaap, ensovoorts, solank sy in Torino vertoef. Haar selfaangestelde broer, ene Gino Valori, sal 'n ogie oor haar hou en uit erkentlikheid, hm . . . wel, dit kan ons later bespreek."

Alhoewel nog teen haar sin, laat Rina haar maar hierdie nuwe reëling welgeval, want sy voel dat sy nie bestand is teen die oorredingsvermoë van hierdie twee aangename, voortvarende mense nie.

# 2

Dis die môre van Nadia se verjaardag. Rina verkeer nog heerlik in droomland, asof sy geen kommer en sorge ken nie.

Liggies stryk mevrou Valori met haar hand oor die slapende meisie se blonde krullebol en sy kan haar lag nie hou toe sy afkyk op die onskuldige, slapende gesiggie nie. Nadia het haar pas vertel van die leuens wat Rina opsetlik aan Gino opgedis het by hulle eerste ontmoeting.

Vir die tweede keer stryk die ou dame met haar hand oor Rina se hare, dan gaan laasgenoemde se oë stadig oop.

"Jou koffie word koud, kindjie," glimlag sy vriendelik. "Drink dit eers, dan kan jy maar weer slaap."

"Dankie dat u my wakker gemaak het, mevrou," glimlag Rina terug. "Ek sou my sowaar vanoggend verslaap het, en dit mag nie gebeur nie. Ek moet stad toe gaan en 'n paar inkopies gaan doen," verduidelik sy. "Ek wonder of Nadia sal saamgaan?"

"Watter laatslaper skinder hier van my?" vra Nadia wat net by die kamer inkom.

"Luister, kinders, as julle twee van plan is om stad toe te gaan, moet julle nou opstaan. Ek wil graag hê julle moet eenuur tuis wees, want etlike van die familie sal hier wees vir middagete. Gino moet hulle juis om twaalfuur by die lughawe gaan ontmoet. Dus, ek vergewe julle glad nie as julle my teleurstel nie," waarsku Nadia se moeder goedig.

"Ek verseker u ons sal u nie teleurstel nie, mevrou. Ek wil net 'n nuwe aandrok gaan koop, en 'n geskenk vir Nadia. Sy raak mos vandag verloof ook, en ek moet eenvoudig vir haar 'n koekroller gaan koop waarmee sy haar eendag kan verdedig as daar so 'n klein opskuddinkie plaasvind tussen haar en haar man."

Moeder en dogter bars uit van die lag.

"O, Rina, jy is te kostelik vir woorde. Sowaar, as Enrico dit hoor, lag hy hom sekerlik slap. Stel jou voor, ek staan hom en inwag in die kombuis met die roller in die hand!" Dan begin sy weer onbedaarlik te lag.

'n Uur later stryk die twee meisies in 'n opgewekte stemming met die straat af, in die rigting waar die groot winkels geleë is. Hulle lag en gesels soos ou bekendes.

"Jy het my nog nie eens gesê wat jy van my aanstaande dink nie, Rina," merk Nadia gelukkig op.

"Wel, om die waarheid te sê, ek dink hy neem die lewe gans te ernstig op . . . Hy is heeltemal te saaklik vir 'n mooi jong dametjie soos jy, Nadia; andersins is hy baie gaaf."

"Hy is darem nie altyd so saaklik nie, Rina. Môre gaan ons jongklomp op 'n uitstappie, dan sal jy sien hoe opgewek hy kan wees. Jy ken hom maar nog net nie goed genoeg nie, outjie."

"Wel, ek hoop om hom môre beter te leer ken."

Toe stap hulle die eerste modewinkel binne.

Oombliklik val Rina se oog op 'n ligblou aandrokkie. Sonder om ag te slaan op die verkoopsdame, tree sy nader om die begeerde tabberd van naby te beskou. Sy het al klaar besluit dat sy dit gaan koop.

Nadat Rina die tabberd aangepas het, verstrek sy die adres waarheen die tabberd gestuur moet word aan die dame. Dan stryk sy en Nadia weer aan na die ander winkels.

Eindelik is hulle inkopies afgehandel en merk Nadia dat dit al byna halfeen is, en eenuur moet hulle tuis wees vir middagete.

"Ons sal ons nou moet haas, Rina. Binne 'n halfuur moet ons tuis wees."

"Sal ons dit maak?"

"Ek weet nie . . . ek hoop so!"

"Nee, jong, ontbied maar liewer vir ons 'n huurmotor. Ek het vandag glad nie lus vir raaskry nie."

Tien minute later hou die huurmotor voor die De Valori's se deur stil. Vanuit die huis kom die gedreun van stemme en Rina dink hoe 'n heuglike dag dit vir Nadia moet wees om vandag al haar familie by haar te hê.

Haastig bestyg hulle die stoeptreetjies, onbewus van die twee mans wat in 'n verskuilde hoekie op die stoep sit en gesels. Hulle sit by 'n klein tafeltjie. Die een persoon sit met sy rug na hulle gekeer, en die ander een is Nadia se verloofde.

Nadia wou net die voordeur binnegaan, toe Enrico na haar roep. "Hallo, Nadi! . . . Waarom so haastig?"

"Kom, Rina," sê sy aan laasgenoemde wat haar reeds in die voorportaal bevind. "Laat ons maar eers hierdie twee op die stoep gaan groet. Daar binne klink dit voorwaar soos 'n bynes, en ons sal tog nie gou daar uitkom nie."

Toe die twee meisies die tafeltjie nader, staan die mans gelyktydig op.

Met 'n skok kyk Rina op, vas in Toni se donker oë wat kalm op haar rus.

Sprakeloos staar sy Toni aan, die man vir wie sy so 'n vrees koester.

"Laat my toe om jou aan my neef bekend te stel, Rina," hoor sy Nadia sê.

Gou herwin sy egter haar kalmte en wil net praat, toe Toni sê: "Ons ken mekaar, Nadia. Rinatjie was twee maande gelede 'n gas by ons aan huis. Dit was mos op haar vader se plaas wat Pedro gewerk het gedurende die oorlog. En toe Pedro en Benita nou onlangs Suid-Afrika toe was, het sy saam met hulle die terugtog aanvaar. Nou weet jy wie sy is en hoe sy hier in Italië beland het," verduidelik hy.

"So, dan ken julle mekaar reeds!" sê Nadia verbaas.

"Ons ken mekaar baie goed, ou niggie," lag Toni opgewek. "Ek het haar dan selfs al 'n huweliksaanbod ook gedoen!"

"Nee, nou jok jy, Toni!" merk sy nog meer verbaas op.

"Waarom dink jy ek jok?"

"Nee, Toni, ek sal dit nooit glo dat jy ook eindelik verlief geraak het nie. Dis ongelooflik . . . Jy, die kieskeurigste van die familie, verlief! . . . Nee, my ou neef, gaan vertel dit gerus vir iemand anders."

"Vra vir Rinatjie of ek jok! Sy het my huweliksaansoek van die hand gewys, ofskoon sy weet dat sy die enigste meisie is wat ek ooit in my lewe sal liefhê."

"Wel, as dit regtig so is, kan ek maar net sê dat jy weer verlief sal raak, Toni," merk Nadia simpatiek op.

"Nooit, Nadia. Hoe kan mens weer verlief raak as jy nog steeds verlief is? Vir my sal daar nooit 'n ander liefde wees nie, want daar is maar net een Rinatjie," glimlag hy weemoedig, kyk die half verskrikte Rina aan en sê in Engels: "Moet nie so verskrik lyk nie, Rinatjie. Ek sal jou geen leed aandoen nie. Ek het eindelik my dwaasheid ingesien die dag nadat jy van my af weggevlug het ... Kom ons gaan stap 'n entjie in die tuin, ek wil graag verskoning vra vir my gedrag wat jou so vreesbevange gemaak het vir my." Aan die ander twee sê hy: "Sal julle ons 'n oomblik verskoon? Ons wil 'n bietjie in die tuin gaan rondkuier."

"Seker, Toni. Onthou net, ons eet gewoonlik om eenuur."

Liggies plaas Toni sy hand onder Rina se elmboog en stuur haar in die rigting van die vrugteboord wat langs die huis geleë is.

Onder 'n reuse-okkerneutboom bly hy staan en neem albei haar hande in syne. Dan kyk hy haar verskonend aan en sê: "Ek wonder of jy my ooit kan vergewe, Rinatjie? My gedrag moes vir jou uiters skokkend gewees het ... Ek is bitter jammer, meisie ... Ek het jou so innig liefgehad, en ek was so bevrees dat ek jou dalk kan verloor. En die gedagte dat ek jou dalk mag verloor, wou my eenvoudig gek maak ... Daarom wou ek jou tot 'n huwelik dwing ... Maar jy hoef my nie meer te vrees nie, Rinatjie. Ek het lankal besef dat ek verkeerd gehandel het. Ek moes jou 'n kans gegee het om vir jouself te besluit. Nou het my dwase handelswyse alles bederf, want ek het jou verloor. Ek weet jy voel verbitter teenoor my. Dus vra ek jou niks, net dat jy my moet vergewe as jy kan. Ek sal jou natuurlik liefhê so lank as wat ek leef, want dit kan niemand my tog ..."

"Ek voel nie verbitter nie, Toni," val sy hom sag in die rede. "Ek het jou menige dag innig jammer gekry. Maar ... wel ... liefde kan mens nie dwing nie. Dit moet spontaan kom. Miskien sou ek dalk nog self op jou verlief geraak het, as jy my nie destyds in 'n huwelik wou dwing nie. Want dis presies soos jy flussies gesê het, jou gedrag was vir my skokkend."

"Ek is jammer daaroor, Rinatjie ... Die hemel weet, ek is bitter jammer. Ek sal enigiets doen om daarvoor te vergoed," pleit hy weemoedig.

"Toe maar, Toni, die feit dat jy jammer voel, toon my dat jy

170

nie weer sulke gedrag sal openbaar nie. Dus vergewe ek jou, en kan ons maar weer vriende wees."

"Dankie, Rinatjie," sê hy opreg dankbaar. "Ek beloof jou by alles wat vir my heilig is dat ek nooit weer so dwaas sal handel nie. Ek sal altyd 'n getroue en opregte vriend vir jou wees . . . Maar sê my, het iemand jou al gevra as maat vir vanaand se dans?"

"Nog nie," glimlag sy goedig. "Ek gee ook nie om nie, ek sal jou maat wees . . . Dit is mos wat jy my wou vra, is dit nie?"

"Dis presies wat ek jou wou vra, kleinding, maar nou het jy my voorgespring . . . Ewenwel, dankie, ek stel dit baie op prys dat jy jou nog oor my ontferm. Dit toon my altans dat jy my regtig vergewe het," lag hy gelukkig.

"Ek het jou vergewe, Toni, en ek glo ook dat jy nie weer sulke gedrag sal openbaar nie."

"Dankie, Rinatjie. Jy kan nooit besef wat dit vir my beteken dat ons weer vriende is nie . . . Jou vriendskap is vir my die kosbaarste besitting op aarde, daarom wil ek dit graag altyd behou . . ."

Ineens hoor hulle 'n stem wat van die huis se kant af roep.

"Hulle roep ons natuurlik vir ete," sê Rina.

"Ja, blykbaar. Maar ek moet sê, ek voel op die oomblik so opgewonde dat ek geen lus het vir kos nie."

Vertroulik haak hy by haar in, en langsaam slenter hulle in die rigting van die huis.

"En waarom voel die lieflingdokter van Florence nou so opgewonde?" vra Rina met 'n soet glimlaggie.

"Omdat jy vanaand my dansmaat gaan wees, nooientjie," glimlag hy terug. Dan tree hulle die eetkamer binne waar almal reeds vergader het en net op hulle wag om aan te sit vir ete.

"O, Toni, jy amuseer my regtig," glimlag Rina.

Dan word sy van alle kante gegroet.

Benita is eerste by en val Rina byna om die hals van blydskap om haar weer te sien.

"Nee, jong, jy het nog glad nie klaar gekuier by ons nie. Ons neem jou weer saam sodra ons teruggaan."

Maar die ander Sardinni's en Franco gee haar nie kans om

te antwoord nie, want almal groet haar en verneem na haar welstand.

Eers later toe die ergste opgewondenheid bedaar het en almal reeds aan tafel is, herhaal Benita wat sy flussies gesê het.

"Ek neem jou saam, Rinatjie, jy het nog glad nie klaar gekuier by ons nie."

"Wil jy nou hê Toni moet my ophang? Hy het my flussies gesê dat hy nooit weer my voete oor sy drumpel wil hê nie, en dat ek reeds te lank by julle gekuier het." Ondeund kyk sy die jongman langs haar aan en vervolg: "Dit is mos so, nè, Toni?"

"Presies, ek het gesê ek sal jou ophang as jy nie eers vir ons kom kuier voordat jy weer teruggaan Suid-Afrika toe nie," glimlag hy. "En ek bedoel elke woord. Ons sal almal saam staan en jou ophang."

"Ai, maar julle is bepaald 'n wrede klomp. Jy sal my darem seker help, nè, Alfreddo?"

"As jou besoek hier by ons dit regverdig, ja."

"Hoe bedoel jy nou?" wil Rina laggend weet.

"Wel, as jy lank genoeg by ons kuier, mag ek jou dalk help."

"Dan sal ek maar elders moet gaan hulp soek, want my besoek hier in Torino gaan net agt dae duur," kom dit opgewek.

"Waar is die reis dan heen, kindjie?" vra Toni angstig, en almal kan duidelik merk dat Rina se antwoord vir hom van lewensbelang is.

"Na Piemonte, my vriend. Wanneer die sneeu begin val, wil ek in 'n hotel hoog teen die berg wees sodat ek die stad beter kan sien met sy wit oorkleed."

"Ek sal jou nie aanraai om dit te doen nie, Rinatjie. Wanneer die sneeu smelt en die ysblokke begin verskuif, is dit uiters gevaarlik daar teen die berg," merk hy bekommerd op.

"Wel, as dit die geval is, sal ek maar liewer maak dat ek wegkom van die berg af voordat dit begin sneeu."

"Jy kan gedurende die sneeumaande gerus maar by ons kom kuier, Rinatjie. Jy sal jou doodverveel in 'n hotel, want jy sal dan nêrens kan gaan nie. Wanneer die stad op sy witste is, sal ek jou met die vliegtuig opneem sodat jy die slapende stad onder sy wit wolkombers vanuit die lug kan aanskou."

"Jy bedoel ek moet die hele drie maande wat die sneeu val by julle tuisgaan?"

"Presies, nooientjie."

"Dan sal ek maar bitter weinig van Italië sien, Toni. En ek is juis van plan om die land deur te reis en te besigtig."

"Jy sal buitendien nie gedurende die sneeumaande kan reis nie, kindjie."

"Waarom nie?"

"Jy sal doodverkluim van die koue, meisie. Jy ken Italië nog nie wanneer dit sneeu nie . . . Jy kan gerus maar my voorstel aanneem en vir ons kom kuier," sê hy pleitend.

"Daaroor sal ek later besluit, Toni. Daar is nog vele plekke wat ek wil besigtig voordat dit begin sneeu."

"Hoe sal ek weet wat jy later besluit het, Rina?"

"Ek sal jou bel," beloof sy plegtig.

"Goed, ek sal in spanning wag op daardie beloofde oproep," glimlag hy en skink sy glas vol droë wyn. Dan neem hy ook Rina se glas en wil dit ook vol maak, toe sy hom daarvan weerhou.

"Dankie, nie vir my nie, Toni. Ek het nog daardie gewoonte aangekweek nie."

"Nie eens 'n klein bietjie nie?" kom dit half pleitend.

"Nee, dankie. Ek gebruik nooit sterk drank nie," vul sy verskonend aan.

"Jy kan gerus 'n bietjie soetwyn neem, Rinatjie." Toe hy egter merk dat sy huiwer, vervolg hy meer pleitend: "Net 'n ou klein bietjie!"

"Nou goed, maar dan moet dit baie min wees. Ek wil nie 'n spektakel van myself maak nie."

"Ek verseker jou jy sal nie. Dis uitsluitlik maar net om jou 'n goeie eetlus te gee," verduidelik hy.

"My eetlus is gesond genoeg. Ek het nie nodig om dit met wyn op te kikker nie, kêrel. Maar aangesien dit vandag Nadia se verjaardag is, sal ek 'n klein drankie saam met julle neem."

Gesellig verloop die maaltyd, en eindelik is almal gereed om die tafel te verlaat.

"Sal julle koffie in die sitkamer kom geniet?" spreek mevrou Valori die jongklomp aan.

Nadia is egter die een wat antwoord en sê: "Nee, Mammie, Frida kan ons koffie na die grasperk bring. Ons gaan nou almal op die gras lê en uitrus vir vanaand se verrigtinge."

"Nogal nie 'n slegte idee nie," merk die moeder goedkeurend op. "Ek sal aan Frida en Nina sê om julle piekniekkussings na die gras te neem."

Met 'n "Dankie, Mammie," volg sy die ander na die grasperk.

Op die grasperk heers daar 'n uitbundige vrolikheid. Almal lag en gesels deurmekaar, en sien net uit na die aand se onthaal wat 'n reuse-affêre gaan wees.

Later die middag daag daar nog lede van die familie op, en die grasperk is in 'n ommesientjie soos sardiens gepak van jongmense.

"Kom ons gaan ry 'n entjie uit die stad, Rinatjie," stel Toni later voor. "Jy het hierdie ou spul mos nou almal ontmoet."

"Skaam jou, om na jou familie te verwys as 'n 'ou spul', Toni," vermaan sy hom laggend.

"Ag, hierdie nuwe aankomelinge is 'n ou spul. Die een wil meer aanstellerig wees as die ander. Kyk nou net daar vir Sandra, die een met die donkerrooi baadjiepak. Mens sal sweer sy sit op die oomblik in die kerk, met daardie Sondaggesig van haar wat sy maar nie in 'n ander plooi kan trek nie . . . Nee, magtie, Rina, sowaar, as ek langer in hierdie atmosfeer moet vertoef en na sulke gesigte moet sit en kyk, sterf ek 'n onnatuurlike dood . . . Kom, ek gaan my oom se motor leen dan gaan ry ons 'n entjie, of ek verstik enige oomblik."

Vinnig staan hy op, neem Rina se uitgestrekte hand en trek haar liggies op.

"Daardie dametjie wat daar saam met Toni loop, is dit 'n vriendin van jou, Nadia?" vra Sandra nuuskierig terwyl sy Rina en Toni agternastaar.

"Ja, sy is 'n vriendin van my, maar sy is eintlik Toni se aanstaande bruidjie," jok Nadia sonder om te blik of te bloos. Sy hou self ook nie veel van Sandra nie. En daarbenewens is dit ook vir geeneen 'n geheim dat Sandra dolverlief is op die uiters aantreklike Toni nie.

"Maar sy is mos nie Italiaans nie!" gaan Sandra voort.

"Nee, sy is nie. Sy is Afrikaans; van Suid-Afrika afkomstig. Maar sy is 'n besonder mooi meisie. Ek sal nogal geëerd voel om haar as 'n niggie te hê," terg Nadia voort. "Ek hoop net hulle stel die huwelik nie te lank uit nie."

"Wel, ek moet sê, ek het beter van Toni verwag," merk Sandra snipperig op.

"Wat bedoel jy daarmee, Sandra?" vra Nadia effens skerp. "Ek dink Toni gaan die beste huwelik doen wat 'n neef van my nog ooit gedoen het!"

"Wel, ek het verwag dat hy ten minste 'n vrou uit sy eie volk sou kies."

"Laat ek jou dit vertel, my liewe Sandra. Onder die hele Italiaanse bevolking is daar nie een jong dame wat by Rina kan kers vashou nie, en ook nie een wat goed genoeg is vir ons kieskeurige neef nie. Toni het 'n beter keuse gedoen as wat ek van hom verwag het. Inteendeel, hy kon geen beter keuse gedoen het nie! Kyk net daar, hy verafgod haar letterlik, want ook hy weet dat daar nie beter te vind is nie."

Benita, wat die gesprek aanhoor, moet met alle mag veg om nie uit te bars van die lag nie. Sy weet dat Nadia besig is om die snipperige Sandra op haar plek te sit, daarom die oordrywing van Rina se deugde.

Al geselsend kuier Rina en Toni by die jongklomp verby in die rigting van die motorhuis, onbewus dat hulle op die oomblik die onderwerp van bespreking is.

"Hulle gaan nou seker 'n entjie ry," merk Nadia weer op. Dan kyk sy vir Benita, en albei voel lus om uit te bars van die lag. Hulle weet albei dat Sandra op die oomblik bitter teleurgesteld voel en dat sy enigiets sou gee om nou in Rina se plek saam met Toni te gaan ry.

"Dank die hemel ons is weg van daardie ou spul," slaak Toni 'n sug van verligting toe hy by die groot hek uitry. "Het jy al ooit sulke fariseërs gesien soos die vier susters, Sandra, Marisa, Angela en Maurizio?"

"Skaam jou, Toni . . ."

"Ek vra, het jy al, Rinatjie?"

"Ek ken hulle nie, dus kan ek geen oordeel vel nie, Toni."

"Wel, ek is seker jy het nog nie."

"Maar waarheen ry ons, Toni?" vra sy, bloot net om sy gedagtes af te lei van sy vier niggies wat hy nou eenmaal nie kan veel nie.

"Gits, Rinatjie . . . nee, ek weet nie," glimlag hy en kyk haar liefdevol aan. "Waar wil jy graag heen ry, meisie?"

"As ons nou baaiklere hier gehad het, kon ons in die openbare swembad gaan swem het."

"Dit gaan ons môre doen, kindjie. Langs die berg waar ons gaan piekniek hou, vloei 'n rivier verby met heerlike swemgate. As kinders het ons nogal dikwels daar gaan swem."

"Dus sal jy môre weer sterk aan jou kinderdae herinner word," sê sy goedig.

"Ja, en wanneer jy weer terug is in Suid-Afrika, sal die plek my altyd aan my kinderdae en ook aan die gelukkigste ure van my lewe herinner," sê hy effens weemoedig. "Ek sal bitterlik na jou verlang, kleinding. Die afgelope twee maande het my getoon hoe dit voel om iemand te verloor wat jy innig bemin . . . Jy moet glad nie verbaas wees as my vliegtuig een môre op julle plaas neerstryk nie, Rinatjie. Ek sal net hier bly tot my verlange na jou my begin oorweldig, dan gaan kuier ek vir jou daar in die verre Suid-Afrika."

"Ek sien uit na daardie dag, Toni. Ek sal jou graag my eie land wil wys . . . Raai, ek voel nogal geneig om te wens dat jy baie na my verlang," lag sy opgewek.

"Moet dit tog asseblief nie wens nie, kindjie. Want na elke ontmoeting sal dit vir my swaarder wees om van jou afskeid te neem . . . Ek glo daar is geen man wat jou ooit so innig kan bemin soos ek nie, my ou Rinatjie."

Dan dink Rina aan Riaan, en sy wonder of hy haar ook so lief het soos Toni . . . Snaaks, dink sy. Hierdie afgelope twee dae was hy byna nooit in my gedagtes nie! Sou ek nou waarlik so wispelturig wees soos hy gesê het?

"Waaraan het jy so pas gedink, Rinatjie?" vra Toni.

"Hoe het jy geweet dat ek ingedagte was?" kom dit effens verleë.

"Wanneer 'n mens 'n persoon liefhet, merk jy gewoonlik alles op wat die persoon sê of doen, kindjie ... Ek sit na jou en kyk in die spieëltjie hier voor my," glimlag hy en is bewus van haar verleentheid.

Vinnig kyk Rina op na die spieëltjie, dan ontmoet haar groot blou oë dié van Toni wat sag in hare blik. Etlike oomblikke hou sy oë hare gevange. In sy oë, wat soos twee donker poele vertoon, sien sy innige liefde en verlange.

Meteens voel sy jammer vir hom, en sy weet ook nie waarom sy juis jammer voel vir hom nie, hy is tog nie die bejammerenswaardige soort nie! ... Maar hy is so besonder aantreklik. En al die tyd wat sy vandag in sy geselskap verkeer het, het hy hom so uiters hoflik teenoor haar gedra dat sy waarlik jammer voel dat sy nie sy liefde kan beantwoord nie. Hy is 'n gebore heer, dink sy, en 'n fraai glimlaggie plooi om haar mondhoeke.

Plotseling draai Toni se oë weg van die spieëltjie en laat hulle strak voor hom op die pad rus.

Heimlik wonder hy waarom Rina hom so 'n bekoorlike glimlaggie gegee het. Kan dit wees dat sy effens 'n gevoel het vir my?

"Jy het flussies nie my vraag beantwoord nie, Rinatjie!" herinner hy haar en herhaal dan: "Ek het jou gevra waaraan jy so diep gesit en dink het?"

"Ja, ek onthou," glimlag sy onderwyl sy voor haar in die verte tuur na die mistige blou horison, onbewus dat Toni haar al weer in die spieëltjie sit en betrag. "Met al jou vrae en boodskappe wat ek flussies in jou oë gelees het, het ek byna vergeet dat ek jou nog 'n antwoord skuldig is."

"Dan het jy die boodskappe ontvang? Wel, dit was bedoel vir jou om te lees ... Ek gaan onder daardie ou boom stilhou, dan vertel jy my wat jy so flussies gedink het."

Stadig bring hy die voertuig tot stilstand, draai hom dwars in die sitplek en sê: "Nou kan ons beter gesels ... Nou kan jy my vraag beantwoord."

Kortliks vertel sy hom van Riaan, en hoe sy laasgenoemde ontmoet het. Dan merk sy die pyn wat die noem van Riaan se naam in sy oë veroorsaak.

"Voordat ek uit Rome vertrek het, het ek hom beloof dat ek gereeld aan hom sal skryf. En flussies het ek gesit en dink dat ek nog nie aan hom geskryf het nie, selfs nog nie eens aan hom gedink het gedurende die afgelope twee dae nie ... Hy het voor my vertrek gesê dat ek wispelturig is, en ek het netnou gewonder of ek regtig so wispelturig is soos hy gesê het. Die feit dat ek hom die afgelope twee dae so totaal vergeet het, bewys dit mos," glimlag sy goedig, asof haar wispelturigheid haar nie in die minste kan skeel nie.

"Jy is nie wispelturig nie, Rinatjie. Jy het hom maar net nie waaragtig lief nie, daarom het jy nog glad nie aan hom gedink nie. As mens waaragtig liefhet, Rinatjie, is die persoon wat jy bemin nooit uit jou gedagtes nie. Ek praat van ondervinding, want gedurende die twee maande wat ek jou nie gesien het nie, was jy gedurig in my gedagtes. Al tydjies wat ek nie aan jou gedink het nie was wanneer ek besig was met 'n operasie."

"Was jy baie teleurgesteld die dag toe ek vertrek het Rome toe?" waag sy om te vra.

"Ek was nie net teleurgesteld nie, my ou Rinatjie, ek was verbitterd ... verbitterd teenoor die lewe wat my van my kosbaarste besitting beroof het. En ek het gesweer dat as ek jou in die hande kry, ek jou onmiddellik aan my wil sal onderwerp ... Die volgende dag het ek egter reeds die dwaasheid van my handelswyse ingesien, het ek besef dat dit my gedrag was wat jou afgeskrik het. Ek weet waarlik nie waarom ek sulke gedrag teenoor jou geopenbaar het nie, Rinatjie. Ek kan jou verseker dat ek my nog nooit voorheen so teenoor 'n dame gedra het nie."

"Ek glo jou, Toni. Jou onberispelike gedrag van vandag toon dat jy die waarheid praat. En wat in die verlede gebeur het, sal ons maar afskryf. Jy het my tog in werklikheid geen leed aangedoen nie."

"Vertel my, Rinatjie, het jy daardie foto van my geneem wat altyd op die kleedtafel gepryk het?"

"Ek het, Toni." Dan bloos sy liggies. "Ek wou dit saamneem om aan my ouers te wys, en in Rome wou ek dit weer vernie-

178

tig. Maar gister merk ek dat die foto nog altyd in my een reistas lê . . . Ek is jammer . . . ek moes jou eers gevra het," stamel sy effens. "As jy dit terug wil hê . . ."

"Ek wil dit nie terug hê nie, kindjie. Jy kan dit maar neem . . . Ek hoop net dit bring my meer geluk as wat ek tot dusver gehad het . . . Beloof my een ding, Rinatjie?"

"Wat is dit, Toni?"

"Dat jy die foto nie in jou reiskoffer sal bêre nie, maar op jou kleedtafel sal laat pryk . . . of voel jy so verbitterd teenoor my dat jy nie eens my gesig wil sien nie?"

"Skaam jou, Toni . . .! Ek voel nie meer verbitterd nie, my vriend, ek het jou alles vergewe. Terloops, ek is bly dat jy tot besinning gekom het, want ek hou besonder baie van die persoon wat jy nou is . . . geen wonder dat al die nooientjies van Florence dolverlief is op jou nie," glimlag sy plaend.

"Wel, ek wens net een sekere nooientjie wil ook verlief raak op my," lag hy opgewek.

"Mens weet nooit, sy mag dalk!" terg sy voort.

"Dis twyfelagtig, kindjie. Ek wil liewer nie so 'n moontlikheid oorweeg nie. Die teleurstelling sal tog te pynlik wees."

"Wanneer gaan julle weer terug Florence toe, Toni?"

"Oormôre, ou Rinatjie."

"Waarom so gou?" vra sy teleurgesteld, en dit ontgaan die Italianer se oor nie.

"Pedro, Franco en ek moet oormôre weer terug wees, kindjie. Ons werk vereis dit."

"Dis jammer," sê sy meer aan haarself as aan hom. "Noudat ek eers werklik met jou begin kennismaak, wil jy weer vertrek."

"Dis nie ek wat dit so wil nie, kleinding, dis my werk wat dit van my eis . . . Waarom kom jy nie maar saam nie, my ou Rinatjie?" Sy stem is so pleitend dat Rina haar hand vertroostend op sy been plaas.

"Op die oomblik kan ek nie, Toni. Ek het alreeds reëlings getref vir my reis na Piemonte," sê sy.

"Watter stad is die volgende op jou lys na Piemonte?"

"Ostia. Nadia vertel my dit is so 'n populêre swemplek."

179

"Dis waar, al die toeriste gaan lê gewoonlik besoek af by Ostia . . . Maar vertel my, wanneer kom Florence dan aan die beurt?" Hy kyk haar byna smekend aan. "Ek sal jou met die vliegtuig by Ostia kom haal," stel hy voor.

"Ek sal jou oormôre sê, Toni," probeer sy hom tevrede stel.

"Ons vertrek oormôreoggend baie vroeg!"

"Dit maak nie saak nie. Ek gaan jou afsien by die lughawe."

"Gaan jy regtig, Rinatjie?" vra hy entoesiasties.

"Ja, Toni. Ek sê jou mos ek hou besonder baie van die man wat ek nou in jou leer ken het."

"Sal jy vir my skryf wanneer ek weg is?"

"Ek sal, ek beloof jou dit."

Toe die son later vinnig daal, skakel Toni weer die motor aan.

"Ek kan jou nie sê hoe baie ek die middag geniet het nie, my ou Rinatjie," sê hy en trek in laagste versnelling weg.

"Ek het dit ook besonder baie geniet, Toni. Ek voel byna spyt dat ons al weer moet teruggaan na die gewoel van die stad. Dit was so heerlik stil en rustig daar onder die boom."

"As jy nou môre saam met ons teruggaan Florence toe, kan ons nog baie sulke ritjies geniet," sê hy hoopvol.

"Nie nou nie, Toni. Later doen ek dit graag. Ek wil eers die berge van Piemonte sien, en ook in die see by Ostia gaan swem," glimlag sy.

Etlike oomblikke later klim hulle weer voor die motorhuis af en stap stadig in die rigting van die jongklomp wat nog steeds op die gras rondsit en lê.

"Ai, maar julle is twee opperste skelms om so stil te verdwyn," groet Nadia hulle byna uitgelate.

"Ek is jammer, ou niggie. Ek het nie geweet dit moet uitgebasuin word as ons 'n entjie wil gaan ry nie," lag hy goedig. "Ek het gedink julle sal ons nie eens mis nie . . . Ewenwel, ons het die ritjie besonder baie geniet, nè, kleinding?"

"Ja, dit was heerlik," stem Rina saam.

"Wel . . . ek wil maar net sê, jy neem Rina nie weer van ons af weg nie," pla Nadia speels.

"Toe maar, ou niggie, moet jou glad nie ontstel nie. Rinatjie

180

kan nou 'n oomblikkie by julle bly. Ek wil eers jou vader se motorsleutels aan hom gaan terugbesorg. Maar ek waarsku jou, as ek terugkom, eis ek haar weer op."

"Jy het 'n hoop as jy dink jy gaan haar weer hier wegrokkel," roep sy hom agterna terwyl hy aanstryk na die voordeur.

"Ons sal sien," sê hy oor sy skouer.

'n Oomblik later maak Toni weer sy verskyning op die grasperk en kyk Nadia tergend aan.

"Dames en here, ek wil net aankondig dat Rinatjie en ek na die kafee gaan om sigarette te koop! Enige objeksies?" vra hy luid.

Liggies trek hy Rina van die gras af op, haak by haar in, en ligvoets oop hulle met die paadjie af na die hekkie.

Telkens word Rina se helder skaterlaggie gehoor en Benita verwonder haar oor die verandering wat die meisie ondergaan het. Dis vir haar duidelik dat Rina haar broer se geselskap nou aangenaam vind.

# 3

Geklee in die ligblou aandtabberd en wit pelsmanteltjie, verlaat Rina die slaapkamer saam met Nadia.

Al geselsend beweeg hulle in die rigting van die sitkamer waar Toni en Enrico reeds op hulle wag. Die ander lede van die familie het etlike minute gelede al vertrek.

Toe Rina inkom, trek Toni sy asem vinnig en hoorbaar in. Sy was nog altyd vir hom die skoonste onder alle vroue, maar vanaand is haar skoonheid onoortreflik met daardie blou tabberd wat soos 'n ligblou waas om haar hang.

Vinnig tree hy nader en neem al twee haar hande in syne.

"Jy lyk voorwaar soos 'n droom ... 'n lieflike droom, Rinatjie," sê hy sag en soen die palm van haar regterhand soos 'n ridder van ouds.

"Dankie vir die kompliment," glimlag sy blosend en vervolg dan plaend om so haar verleentheid te verberg: "Ek moet mos op my beste lyk as ek die maat van Italië se beroemde en wel-bekende snykundige wil wees!"

"Is dit net daarom dat jy graag op jou beste wil lyk?" Sy oë blik sag in hare, en in hul dieptes lees sy 'n boodskap wat hy nie graag in woorde sou wou sê nie.

"Wel . . . e . . . nie juis nie," stamel sy effens. "Ek wil darem hê my voorkoms moet die genoemde snykundige ook behaag."

"Jou voorkoms is onoortreflik, my ou Rinatjie," glimlag hy tevrede. "Jy gaan vanaand gewis al die dametjies in die skadu stel . . . Ek voel besonder trots om jou as maat te hê, meisie . . ."

Ineens voel hy Nadia se hand op sy arm.

"Jy het haar nou genoeg bewonder, my ou neef. Kom, ons moet ook nou gaan. Die aand is nog jonk, en ek is seker die maan sal julle nie teleurstel nie," lag sy ondeund.

Vertroulik plaas Toni sy arm om Rina en stuur haar in die rigting van Enrico se motor wat voor die deur geparkeer staan.

Op pad na die stadsaal vertel Nadia hulle van die wit leuen-tjie wat sy aan die verliefde Sandra opgedis het.

"Dus moet julle nou asseblief vanaand handel soos 'n aan-staande bruidspaar wat baie verlief is, anders sal Sandra weet dat ek haar 'n leuen vertel het. En ek kon vanmiddag eenvoudig nie die drang weerstaan om haar terug te betaal vir haar snip-perigheid nie," lag sy vrolik.

"Bekommer jou nie, my ou niggie. Ons sal jou nie in 'n ver-leentheid bring nie. Ek is seker Rinatjie sal nie omgee om net vanaand saam te speel nie."

"As ek jou daardeur 'n guns kan bewys, Nadia, speel ek met plesier saam," stem sy geredelik toe. "Toni moet maar net sorg dat hy sy deel bevredigend voordra . . . hy is mos die held in die drama!"

"En wat van jou, jy is die heldin!" merk Enrico op.

"O, ek sal maar net saamspeel wanneer Toni die pas aangee."

Laggend en geselsend tree die vier die ruim saal binne waar daar oral geselsende groepies rondstaan.

Van alkante word Nadia, Toni en Enrico gegroet, en Rina word aan elke gas bekendgestel.

Onder grappies en gelag beweeg hulle in die rigting waar die Valori's en Sardinni's om 'n lang tafel geskaar sit. Almal se oë is op die vierstuks gerig toe hulle oor die lengte van die saal beweeg.

Nadat die heildronk op die verloofde paartjie ingestel is, neem die eetmaal 'n aanvang en die atmosfeer is deurgaans opgeruimd en vrolik. Almal lag en gesels, en dit klink meer na 'n basaar as na 'n verlowing wat gevier word.

Eindelik is die maaltyd afgehandel en kondig die orkes die eerste wals aan.

"Die eerste dans gaan gewis myne wees, Rinatjie," sê Toni en lei haar na die dansvloer.

Liefdevol neem hy haar in sy arms, dan beweeg hulle liggies op die maat van die musiek oor die dansvloer.

Met ope bewondering staar almal die blonde dametjie aan wat aan Toni se arm verby die tafels beweeg. Haar grasieuse bewegings en aantreklike blondheid word deur elke oog bewonder. En dat sy 'n Suid-Afrikaner is, weet feitlik elke gas al.

Vir Rina is dit 'n wonderwerk dat Toni, wat so fors gebou is, so lig is op sy voete. Sy kan dit byna nie glo dat dit in sy arms is wat sy op die oomblik dans nie. 'n Aangename tinteling ontwaak meteens in haar, en sy voel besonder gelukkig om so oor die dansvloer te sweef in sy gespierde arms.

Vir Toni is dit weer die heerlikste sensasie om die bekoorlike gestaltetjie van Rina so in sy arms te hou en elke klop van haar hart teen sy bors te voel. Die aangename geur van rose styg behaaglik in sy neus op, en hy weet dat daardie geur hom altyd aan sy beminlike Rinatjie sal herinner.

Hoewel die ander mans al brand om ook met Rina te dans, gee Toni hulle nie 'n kans nie, maar dans die heelaand met haar asof sy uitsluitlik aan hom behoort.

Onderwyl die orkes 'n stadige tango speel, druk Toni haar effens stywer teen hom aan en sê sag: "Geniet jy dit ook, kindjie?"

"Besonder baie, Toni," glimlag sy vrolik. "Ek voel net 'n bietjie moeg."

"Na hierdie dans kan ons 'n oomblikkie rus, kleinding. Ek is

183

nie van plan om jou uit te put nie, want dan is jy môre dalk te moeg om deel te neem aan die uitstappie."

Toe die dans ten einde loop, neem Toni haar aan die arm en stuur haar behendig by die groot deur uit.

Onder 'n kort laning bome deur wat langs die saal pryk, stap die twee in die rigting van 'n bankie wat aan die end van die laning onder die laaste boom staan. Toni is verheug omdat die bankie in die skadukolle van die boom verskuil staan, want hy wil graag met Rina alleen wees.

Teer plaas hy sy arm om haar skouer en trek haar nader, totdat haar hoof teen sy skouer rus.

"Ek wens ek kan jou altyd so in my arm hou, kleinding. Dit sal my so oneindig baie geluk verskaf . . . Maar dit skyn my of jy nie vir my bestem is nie, my ou Rinatjie. Ek sal my liefde vir jou moet smoor, anders gaan dit vir my 'n bitter stryd wees wanneer jy weer teruggaan na jou eie land."

"Ek is jammer, Toni, dat dit nou juis ek moet wees wat jou soveel pyn besorg . . . Glo my, as ek dit kan verhelp, sal ek nie 'n oomblik wag nie . . . maar . . . op die oomblik kan ek jou net vriendskap bied, my vriend . . . Ek is jammer, Toni."

"Ek begryp, kindjie. Jy het ook niks om oor jammer te voel nie. Jy kan dit immers nie help dat ek jou liefhet nie, my meisie . . . Ek sal maar moet berus in my lot. Ek behoort immers dankbaar te wees dat ek darem nou jou vriendskap kan geniet, jou vriendskap wat vir my so ontsettend veel beteken. Daarsonder sal ek brandarm voel."

"Moet asseblief nie weer sulke dinge sê nie, my vriend. Jy laat my regtig soos 'n wurm voel wanneer jy so praat, want ek ontvang al jou liefde en attensies, waarvoor ek niks in ruil kan bied nie behalwe my vriendskap. Ek sal graag . . ."

"Vir my beteken jou vriendskap ontsettend veel, my ou Rinatjie," val hy haar sag in die rede.

Later sê hy weer: "Gee jy om dat ek vir jou 'n geskenkie stuur as aandenking aan my, die man wat jou liewer het as sy eie lewe?"

"O, Toni, asseblief, jy laat my soos 'n nietige insek voel! Ek sal die geskenkie aanneem en dit soos 'n kosbare kleinood bewaar . . . Ek sal altyd aan jou dink . . . aan ons mooi vriend-skap dink wat van vanmiddag af bestaan."

"Dit doen my hart goed om jou so te hoor praat, my meisie . . . Maar, kom, jy begin nou koud kry. Ons moet nou maar weer na binne gaan."

Nadia en Enrico is die eerste twee persone wat hulle in die saal teëkom.

"Haai, julle twee rondlopers," merk Nadia plaend op. "Ek het my nou al byna kapot gesoek na julle, en hier kom julle doodluiters ingestap asof julle nooit weg was nie!"

"Ons het so 'n bietjie weggevlug van die gewoel af," verdui-delik Rina. "Maar waarom het jy na ons gesoek, ons sal mos nie wegraak nie!"

"Ek wou julle net die nuus meedeel," merk Nadia nou ern-stig op. "Dit lê mos onder al die gaste versprei dat julle twee die volgende paartjie is wat gaan verloof raak . . . Natuurlik Sandra en haar trawante wat dit versprei het. Ek hoop julle is nie nou vir my kwaad nie, want dis tog ek wat vanmiddag met die storie begin het."

"Bekommer jou nie daaroor nie, Nadia," sê Rina gerusstel-lend. "Laat hulle gerus maar so dink as hulle wil. Wat skeel dit ons tog per slot van sake wat hulle dink . . . Kom, ek wil nie weer daardie bekommerde trek op jou gesiggie sien nie. Wees opgeruimd en vrolik, jong. Dis vanaand jou verjaardag sowel as jou verlowingsparty, en jy mag niks anders as opgeruimd voel nie. Terloops, dis presies hoe ek wil voel die dag wanneer ek verloof raak."

Al geselsend beweeg hulle in die rigting van Toni se moeder, wat met haar suster, mevrou Valori, sit en gesels.

Nou eers val dit Rina op hoe baie die twee deftige ou dames na mekaar lyk en sy dink by haarself dat hulle albei besonder aantreklik moes gewees het in hul jong dae.

Liggies trek mevrou Sardinni die jong meisie langs haar neer en sê bekommerd: "Ek is bevrees die gaste het vanaand 'n ver-keerde indruk gekry van jou en Toni, my kind. Hulle reken op die oomblik dat julle verlowing die volgende aan die beurt gaan wees."

185

"Laat hulle gerus maar dink wat hulle wil, mevrou," glimlag Rina gerusstellend. "Sodra ek terug is in Suid-Afrika, kan Toni maar aan hulle verduidelik dat ons 'n uitval gehad het en ek weer terug is na my eie land." Aan Toni sê sy tergend: "Vertel hulle maar hoe 'n slegte nooi ek is om my kêrel so goedsmoeds in die steek te laat."

"Skaam jou, Rinatjie. Lyk ek waarlik vir jou of ek so agterbaks kan wees?"

"Nee, jy lyk dit waarlik nie, my vriend. Maar jy sal hulle tog 'n verduideliking moet bied. Meeste van die gaste is bloedverwante van jou, en almal sal wil weet wat van die aanstaande niggie geword het . . . welke verduideliking gaan jy hulle bied, Toni?"

"Net dat my aanstaande bruidjie teësin in my gekry en my afgesê het," glimlag hy moedig, hoewel sy oë van die wêreld se weemoed getuig.

Vir die twee ouer dames is dit pynlik om Toni se oë, wat altyd flikker van lewenslus, vanaand so dof en weemoedig te soen. Dat hy diep in sy binneste met 'n ontsettende stryd te kampe het, is ook vir hulle wat hom so goed ken, baie duidelik.

"Wanneer kom jy weer vir ons kuier, Rinatjie?" hoor sy Toni se moeder vra. "Ons mis jou geweldig baie voor die klavier."

"Ek sal julle weer besoek voor ek teruggaan Suid-Afrika toe, mevrou. Dit mag miskien net vir 'n dag wees, maar ek sal julle gewis kom groet voor my vertrek," sê sy vriendelik.

"O, nee, dit gaan nie net vir een dag wees nie," gee Benita antwoord toe sy haar ook by hulle voeg. "Ek eis dat jy ten minste 'n maand by ons kom kuier."

"Nee, Benita, dit kan ek nie beloof nie, want ek het nog maar net drie maande tot my beskikking waarin ek julle land kan besigtig. My vader sal my braai as ek langer wegbly. Ek bly reeds te lank weg na sy sin. Was dit nie dat my suster gaan trou nie, kon ek nog 'n maand langer vertoef. Maar ek is hoofstrooimeisie, en moet dus tuis wees vir die troue. Julle kan gerus nou weer vir my kom kuier . . . Toni het darem al so half en half beloof dat hy vir my sal kom kuier in Suid-Afrika, nè, Toni?" Sy kyk hom met 'n fraai glimlaggie aan en haar oë blik sag in syne.

186

"Jy is 'n betowerende skepseltjie, kleinding," sê hy sonder om haar vraag te beantwoord.

Liggies steek sy haar arm deur syne en sê: "Kom ons gaan dans. Netnou hou die orkes op met speel, en ek wil graag nog 'n dansie of twee met jou dans."

"Dit sal nie die laaste dans wees wat ons saam sal bywoon nie, kindjie. Volgende Saterdag kan jy my gewis in Piemonte verwag. Dan gaan ons weer dans. Dis mos al manier wat ek jou in my arms kan hou, wanneer ons dans."

"Is dit 'n belofte dat jy my Saterdag in Piemonte sal kom besoek?"

"Dit is," beloof hy plegtig. "Jy moet my net die naam van die hotel gee waar jy tuisgaan . . . Ek sal ook van oormôre af net leef vir Saterdag wanneer ek jou weer sal sien . . . Maar jy was flussies nie ernstig toe jy aan Benita gesê het dat jou kuiertjie by ons maar net 'n dag sal duur nie? Was jy, kleinding?"

"Ek wou haar maar net nie valse hoop gee nie, Toni. Dit mag wees dat ek selfs twee of drie dae by julle oorbly. Ek weet nog nie . . ."

"Waarom kan jy nie maar 'n maand of twee by ons kom kuier nie? Jy sal tog niks van Italië kan sien gedurende die sneeumaande nie!"

"Daaroor sal ek later besluit, Toni . . . As dit dan vir my heeltemal onmoontlik is om te reis, sal ek jou voorstel aanneem en vir die duur van die winter by julle kom kuier."

Toe hou die orkes op met speel, en kondig aan dat die laaste wals nou gespeel gaan word.

Liggies gly hulle oor die vloer op die ritmiese maat van die musiek. En hoewel nie een 'n woord praat nie, voel albei besonder gelukkig en tevrede.

Eindelik hou die orkes op met speel en begin die gaste die saal verlaat.

Nadat almal weg is, vertrek ook die Valori's en Sardinni's. Rina en Toni ry weer saam met Nadia en haar verloofde.

"Wel, nou is daar nog die uitstappie van môre wat voorlê," merk Nadia geesdriftig op. "En, onthou, Rina en ek gaan dadelik bed toe sodra ons tuiskom. Ons wil goed uitrus vir môre se

187

joligheid, anders stel dié twee dalk net belang in die ander nooi-entjies as ons twee miskien nog 'n bietjie moeg daar uitsien."

"Julle kan gerus maar die hoop laat vaar dat ons in ander nooiens sal belangstel en julle met rus sal laat," merk Enrico skertsend op. "Ek voel nie geneig daartoe nie, en ek is seker Toni ook nie."

"Ja-nee, daardie hoop van hulle gaan ons verydel. Want in wie sal ons twee nou belangstel . . . in Sandra en Marisa?" spot Toni.

"Pas op, Toni, met spot gaan mens na bed . . . Ek lag my so-waar slap as Sandra dalk nog eendag jou bruid is," terg Rina.

"As jy nie my bruidjie kan wees nie, Rinatjie, verkies ek om my lewe sonder 'n bruid te slyt."

"Sandra sal vir jou 'n baie beter vrou uitmaak as ek, Toni."

"In welke opsigte nogal?"

"Wel, sy sal ten minste goed vir jou inwendige mens kan sorg, ek kan nie eens 'n pot vleis kook nie," lag sy saggies.

"Mens kan altyd 'n kok huur, kindjie. Ek verwag ook glad nie dat my vrou haar vir my moet afsloof voor 'n warm stoof nie."

"Ja, maar Sandra . . ."

"Vergeet Sandra maar liewer, my ou Rinatjie," val hy haar sag in die rede. "Dis tog nie vir haar wat ek wil hê nie."

# 4

Uit die eetkamer kom 'n opgewonde lawaai, en Rina weet dat dit die jongklomp is wat daar so te kere gaan.

Almal is vrolik en opgewek, en wag net op Rina en Nadia. Eindelik sluit die twee meisies by die geselskap aan, wat nou al ongeduldig is om te ry.

"Allamensig, maar julle is twee treurige meisiemense," lug Gino sy gemoed. "Die mans wat met julle twee trou, sal so-waar dubbeld bedeeld moet wees met oorlede Job se geduld, anders . . ."

"Ag, toe maar, mens sou sê jou nooientjie is altyd stiptelik op tyd," val Nadia hom geestig in die rede. "Weet jy dan nou nog nie, my ou boetie, dat 'n kêrel die dame wat hom altyd op haar laat wag meer op prys stel nie! As julle ons geselskap wil geniet, moet julle maar mooi netjies geduldig daarvoor wag," terg sy liggies tot groot vermaak van almal.

"Gits, maar julle matig julleself baie aan!" werp hy weer teë. "Mens sou sê julle is twee prinsesse . . ."

"Wel, ek weet ten minste ek is Enrico se prinsessie, en Rina is Toni s'n," val sy hom weer goedig in die rede.

"Kyk, ou neef," merk Toni laggend op, "om te argumenteer met daardie twee is net so goed of jy steek jou kop in 'n bynes. Die laaste woord sal tog gewis hulle s'n wees . . . jy ken mos die Evas so."

"Nee, kyk, dis tyd dat ons die Evas op hul plekke sit. Hulle behoort geleer te word om meer respek teenoor ons geslag te toon."

Met die vrolikheid so eie aan die Italiaanse jongmense, vertrek die tiental motors in 'n lang stoet na die piekniekoord.

"Ai, die Gino!" sê Nadia en begin weer te lag.

"Hy wou dit blykbaar maar net aan sy nooientjie se verstand bring dat hy geensins gediend gaan wees met sulke behandeling nie," lag Rina saam.

"Maar ek moet sê, hy het julle twee lieflik op die vingers getik," kom dit van Enrico.

"Jong, jy moet nou nie foeter met Gino se idees nie! Sowaar, ek trou glad nie met jou as jy sulke streke gaan uithaal nie," dreig Nadia tergend.

"Jy het nou geen keuse meer nie, Nadia. Jy is nou feitlik so goed as getroud, jong," terg hy terug. "Wat sê jy, Toni?"

"Ek stem volmondig met jou saam. Nadia sal nou maar moet trou, of sy daarvan hou of nie. Sy het haar nou klaar aan jou gebind, en loskomkans is daar nie."

"En wanneer is die troudag, Nadia?" wil Rina weet.

"Oor ses maande, outjie. Jy sal darem seker my bruilof bywoon, nè?"

"Oor ses maande sit ek hoog en droog in Suid-Afrika, Nadia."

"Ek is bevrees jy sal maar in Italië moet bly tot na my troue, want ek wil graag hê jy moet een van my strooimeisies wees." Dan knipoog sy betekenisvol in Toni se rigting. "Jy sal met Rina moet praat, Toni."

"Ek het al so baie met haar gepraat oor hierdie kwessie, maar sy wil eenvoudig nie gehoor gee nie, ou niggie. Selfs Moeder en Benita het ook al met haar gepraat. Ek kan regtig nie insien waarom sy so gou wil teruggaan nie . . ."

"Ek het julle gisteraand al gesê my vader sal my braai as ek langer wegbly. En ek moet ook tuis wees vir Elsie se troue."

"Skryf aan jou vader en vra hom of jy nie maar hier kan bly tot na my troue nie, Rina," stel Nadia voor.

"Onmoontlik, Nadia. My suster trou 'n maand voor jou, en ek is haar hoofstrooimeisie."

"Maar is daar dan nie 'n ander plan wat mens kan maak nie? . . . Toe, Toni, jy moet 'n plan prakseer, kêrel!"

"Wel, al plan waaraan ek op die oomblik kan dink, is dat ek haar self terugneem Suid-Afrika toe. Dan bly ek daar tot na die troue en bring haar weer saam met my terug Italië toe."

"Wil jy glo, dis 'n ideale plan!" roep Nadia geesdriftig uit.

"Maar dink julle een oomblik my vader sal dit toelaat dat ek weer terugkeer Italië toe?"

"Ek sal die oubaas self ompraat. Nadia en Benita kan ons vergesel daarheen. Ek weet Nadia is uiters nuuskierig om Suid-Afrika te sien. En as ons drie soebat, kan jou pa eenvoudig nie weier nie. Jy moet hom net vooraf van ons plan verwittig, dan kan hy solank aan die idee gewoond raak dat jy weer saam met ons terugkeer," besluit Toni entoesiasties.

"Wel, as ons net my vader buite rekening kan laat, klink jou plan besonder aanneemlik, Toni," lag Rina opgewek. "Maar nou moet jy begryp, my oubaas besit 'n wil van sy eie. Vra maar gerus vir Pedro, hy ken my vader baie goed."

"Vanaand, nadat al die ander familielede weg is, kan ons die saak weer bespreek," stel Toni voor.

"Ja, maar jy moet onthou dat as Rina weer saam met ons terugkeer, sy nie net by julle gaan kuier nie, Toni. Ek maak aanspraak op die volle helfte van haar verblyf hier in Italië."

"Wag, ou niggie," merk Toni laggend op. "Die dag wanneer ons uit Suid-Afrika vertrek, kan ons hierdie sakie besleg."

"Goed, maar ek waarsku jou, ek laat my nie van jou kul nie."

"Toe maar, ons sal mekaar nie kul nie," stel hy haar gerus.

"Maar vertel my, Toni. Wanneer is Benita en Franco van plan om te trou?"

"Net sodra Benita die datum vasgestel het," glimlag hy. "Franco is al net die joos in omdat sy hom so lank laat wag. Maar ek glo dit sal nie meer lank wees nie. Benita kan merk dat Franco nou begin ongeduldig raak."

"So, dan is dit eintlik Benita wat nie haastig is nie!"

"Presies. En ek moet sê, sy het maar baie min lus om die onderwys te laat vaar. Benita is nie die soort wat van 'n man afhanklik wil wees nie. Sy hou daarvan om onafhanklik te wees. En dit sal vir haar gewis swaar wees die eerste paar maande na hul huwelik."

"O, wel, sy sal maar net daaraan moet gewoond raak," kom dit van Nadia. "Gelukkig vir haar is Franco 'n baie goeie man."

"Ja, oor hom is daar waarlik niks te sê nie. Hy verdien 'n goeie vrou."

Al geselsend spoed hulle voort, en eindelik nader hulle die rivier wat langs die berg verby vloei.

"Ons gaan eers swem en dan ontbyt nuttig," stel Nadia voor.

"Nogal nie 'n slegte plan nie," kom dit goedkeurend van Enrico. "Jy waag dit net nie naby die maalgat nie. Onthou, hier mag vandag geen ongelukke plaasvind nie. En indien jy nie vir my wil luister nie, pak ek jou dadelik in die motor en neem jou terug huis toe, meisiekind," waarsku hy goedig.

"Is hier 'n maalgat in die rivier?" vra Rina verbaas. "Die rivier lyk dan so kalm."

"Hier is 'n geweldige sterk maalgat, kindjie," antwoord Toni. "Sy suigkrag is geweldig. As jy in sy stroom beland, kan jy gerus maar jou laaste gebedjie opsê, want uitkomkans is daar nie. Hy is soos 'n seekat, hy sleur jou mee asof jy 'n suigeling is. Vele mense het al hul einde in daardie gat gevind, want as jy eers daarin is, kom jy nooit weer daaruit nie."

191

In 'n kring om 'n reuseboom wat sy takke wyd uitsprei, hou die motors stil. Dan peul die jongmense alkante uit. Dit lag, sing en skerts deurmekaar.

In klein groepies tou hulle later af na die waterkant, almal uitbundig soos speelse kinders.

"Nou gaan jy my eers die maalgat wys, ou seun," sê Rina aan Toni.

"Wag. Ons gaan almal saam," sê Nadia vinnig. Aan Benita sê sy skertsend: "Hulle dink natuurlik hulle gaan ons so maklik afskud, maar daar sal niks van kom nie. Rina is op die oomblik my gas, en ek maak gewoonlik 'n reël daarvan om altyd in my gaste se teenwoordigheid te verkeer." Sy kyk Toni ondeund aan. Sy weet hy sal enigiets gee om met die nooientjie wat hy so innig bemin, alleen te wees. Maar sy gaan hom vanoggend nie sy sin gee nie. Vandat hy gistermiddag gearriveer het, het sy nog byna niks van Rina se geselskap geniet nie, en sy hou juis so baie van die gesellige Afrikaanse dametjie.

Nadat Rina die maalgat, watergraf van vele baaiers, besigtig het, stap hulle weer terug om by die ander aan te sluit wat alreeds lustig in die water rond baljaar.

'n Uur later is almal uitgebaljaar en tou hulle op 'n streep terug na die kampplek. Almal voel honger van die vroeë oefening, en Rina dink heimlik dat hulle vanoggend geen wyn nodig het om hul eetlus aan te wakker nie. Die vars lug en koue water het dit terdeë gedoen.

Soos 'n klomp honger wolwe sak hulle op die piekniekmandjies toe. Eindelik is almal se honger gestil, en word die mandjies weer sorgvuldig weggepak.

"Is julle gereed om te gaan?" wil Toni weet toe almal reg is om te gaan bergklim.

"Ja, maar ek wil eers 'n glas kry, dan kan ons by die fontein water gaan drink," sê Nadia.

"Luister hier, my ou niggie, as jy nou reken ek gaan so ver klim, begaan jy 'n geweldige fout. By daardie eerste rots bly ek en Rina agter. Ek gaan nie môre langs die operasietafel staan met seer en stywe ledemate nie."

"Ai, maar jy is waarlik swak," spot Nadia.

"Nee, dis nie swakheid nie, ek is maar net nie meer aan sulke kwaai oefeninge gewoond nie ... Weet jy wanneer het ek laas berggeklim?"

"Sal nie kan sê nie, ou neef," glimlag sy.

"Wel, om presies te wees, tien jaar gelede."

"Nee, kyk, dan trek ek my woorde terug. In daardie geval sal dit môre vir jou gewis nie te aangenaam wees nie indien jy vandag so 'n lang klim gaan aandurf nie. Ons sal maar daar by die eerste rots van julle afskeid neem."

Stadig vorder hulle teen die steil berg uit en telkens gaan hulle sit om 'n bietjie te rus.

Rina, wat gewoond is aan sulke uitstappies, vind dit alte prettig dat hulle soos slange langs haar blaas.

Om hulle heen is daar nou net rotse te sien; grotes en kleintjies. En dit lyk kompleet soos miershope wat so teen die berg pryk. Maar hoër op is dit begroei met bome, bosse en ander struikgewasse.

Niksvermoedend gaan staan Rina op die naaste rots om die wêreld om haar beter te besigtig. Maar voordat Toni haar nog kan waarsku om nie op die randjie te staan nie, aangesien feitlik al hierdie rotse uit sandklip bestaan, het die onvermydelike reeds gebeur.

Rina voel net hoe die deel van die rots waarop sy staan onder haar voete meegee, toe voel sy haar liggaam agteroor kantel en val.

Die laaste wat sy weet, is dat sy laer af op 'n kleiner rots te lande kom, toe sak 'n duisternis so swart soos die swartste nag oor haar toe.

Dat Toni byna onmiddellik by is, weet sy nie.

Met haar goudblonde hare op die harde rots uitgesprei, lê sy stil en uitgestrek op die rots.

Met hande wat liggies bewe, neem Toni haar pols tussen sy duim en voorvinger. Dan buk hy vlugtig vooroor en plaas sy oor op haar hart.

"Leef sy nog, Toni?" kom dit byna gelyktydig uit al vier monde.

Hy knik net, want sy tong wil geen woord vorm nie.

193

"Dank die Vader, sy leef," kom dit bewerig oor Benita se lippe, dan bars sy in trane uit.

"Neem haar eenkant toe, Franco. Die skok was bepaald te veel vir haar," sê Toni sag. Dan buk hy oor en soen sy liefling sag op haar bleek, bloedlose lippe.

"Jy gaan nie sterf nie, my liefling . . . Jy moet leef . . . Jy moet vir my leef," prewel hy sag en kom dan weer orent.

Nou eers merk hy dat Franco en Enrico langs hom staan. Albei jongmans kry hierdie gevierde snykundige innig jammer wat nou so gebroke daar uitsien. Hulle weet albei hoe eindeloos sy liefde vir hierdie meisie is. In hul harte bid hulle saam met hom dat haar lewe gespaar moet bly. Hulle weet ook dat indien haar lewe van 'n operasie afhang, sy nie sal sterf nie. Daarvoor is Toni se mooi, slanke hande te geoefen en vaardig met die snymes, want dis nie verniet dat sy roem deur die hele Italië bekend is nie.

"Is daar iets waarmee ons jou kan help, Toni?" vra Franco sag, simpatiek.

"Ek sal haar onmiddellik na die hospitaal moet neem. Daar sal dadelik moet vasgestel word hoe ernstig haar beserings is. Maar ek weet nie, as haar rug beseer is, sal dit uiters gevaarlik wees om haar die berg af te dra . . . En ons het ook nie 'n draagbaar nie, dus sal ek haar moet dra." 'n Oomblik later sê hy weer aan Enrico: "Gaan jy solank vooruit en bring jou motor so naby aan die berg as wat jy moontlik kan. Bring 'n klomp kussings, 'n bietjie water en brandewyn ook saam. Franco kan met my saamgaan, ingeval ek dalk sy hulp nodig kry."

Versigtig lig hy die klein gestaltetjie in sy arms, dan beweeg hy stadig met die berg af. Kort op sy hakke volg Franco, Benita en Nadia, maar nie een praat 'n woord nie. Almal voel innig jammer vir Toni en die ongelukkige meisie wat bewusteloos in sy arms lê.

Vir die teerhartige Benita wat Rina al so goed ken, voel dit kompleet of dit haar sustertjie is wat pas verongeluk het. Telkens voel sy hoe die warm trane oor haar wange rol, en diep in haar voel sy 'n pyn wat maar nie gestil kan word nie. Nou eers besef sy hoe lief sy Rina gekry het in die paar maande wat sy haar

194

ken. Ook sy bid aanhoudend vir die behoud van die jongmeisie wat in so 'n kort tydjie so diep in hul harte gekruip het.

Eindelik bereik hulle die voet van die berg waar Enrico reeds op hulle wag.

Stil rangskik Benita die kussings op die agterste sitplek, dan lê Toni die nog bewustelose meisie versigtig daarop neer en neem self plek in voor haar.

"Kan ek nie ook maar hier agter by julle op my hurke sit nie, Toni?" vra Benita pleitend.

Toni merk die trane in haar oë wat weer net dreig om te val. Ineens weet hy dat dit nie trane is van skok nie, maar trane van innige meegevoel.

"Klim maar in, Benita. Ek weet jy wil ook graag naby haar wees," sê hy begrypend.

Dankbaar kyk sy hom aan, dan gaan sit sy op haar hurke by Rina se hoof wat so stil op die kussing lê.

Nadat Franco en Nadia voor ingeklim het, trek Enrico stadig weg.

"Ek het Gino na die naaste telefoon gestuur om die hospitaal in kennis te stel van die ongeluk, en ook dat jy met die pasiënt op pad is daarheen, Toni," merk Enrico byna toonloos op.

"Dankie, dit was bedagsaam van jou, Enrico," sê Toni sag, en merk dat Benita aanhoudend met haar hand oor Rina se blonde krulle streel.

Met haar betraande oë kyk sy haar broer aan en sê sag: "O, Toni, sy moet tog nie sterf nie."

"Sy sal nie sterf nie, Benita . . . sy mag nie sterf nie . . . sy moet leef vir ons wat haar liefhet."

Voor die hoofingang van die hospitaal bring Enrico die motor tot stilstand. Twee verpleërs met 'n draagbaar staan reeds op hulle en wag.

Haastig stel Toni hom bekend, maar dit is oorbodig, want hulle het hom dadelik herken toe hy uit die motor klim, aangesien hy al menige operasies uitgevoer het in hierdie einste hospitaal.

In die ondersoekkamer word die bewustelose meisie versigtig op die tafel geplaas. Swygend, noukeurig volg Toni se

195

noulettende oog die lenige hande van die geneesheer wat die ondersoek waarneem.

Eindelik is die ondersoek afgehandel en vra Toni angstig: "Is sy ernstig beseer?"

"Ek is bevrees haar rug is ernstig beseer, kollega. Ons sal onmiddellik X-straalplate moet neem. Hierdie pasiënt se toestand is sorgwekkend. Daar mag dalk inwendige bloeding wees, wat vir haar uiters noodlottig kan wees indien sy ook nog geopereer moet word. Sy is besonder swak van gestel, en mag onder geen omstandighede bloed verloor nie."

Haastig gee die arts instruksies dat die pasiënt dadelik na die X-straalkamer geneem moet word.

Aan Toni sê hy: "Is die pasiënt 'n naasbestaande van u, dokter Sardinni?"

"Ek koester die afgelope paar maande al die hoop om haar my bruid te maak," antwoord Toni sag terwyl sy oë bekommerd op Rina se bleek gelaat rus.

"Ek is jammer oor die ongeluk," hoor hy sy kollega weer sê. "Indien 'n operasie uitgevoer moet word, sal u dit natuurlik self wil waarneem."

"Nie tensy dit 'n lewensgevaarlike operasie is nie, kollega. Dan sal sy ook na Florence vervoer moet word vir die operasie. Sien, ek moet eenvoudig môre terug wees in Florence. Daar is etlike dringende operasies wat ek moet uitvoer, dus kan ek onmoontlik nie 'n dag of twee oorbly nie."

"Wel, ons hoop maar my diagnose is verkeerd, dat haar beserings nie van 'n ernstige aard is nie, dokter Sardinni."

Intussen spoed Enrico teen 'n hoë snelheid na die Valori's se woning om die huismense van die tragiese nuus te verwittig. Hy weet dis nutteloos om daar voor die hospitaal op Toni te sit en wag, want hulle sal laasgenoemde bepaald nie gou sien nie, dis te sê as hulle hom ooit weer vandag te sien kry.

Eindelik draai hy by die groot hek in en hou voor die deur stil.

Verbaas staar die ouer persone die vier jongmense aan toe hulle inkom, dan merk mevrou Sardinni dat Benita se oë rooi gehuil is.

Pedro is eerste by Benita en sê angstig; "Wat makeer, my ou sustertjie? Wat het gebeur?"

Ineens begin Benita weer sag te snik.

Vraend kyk almal na Franco vir 'n verduideliking.

"Rina het 'n ongeluk gehad," sê hy sag, plaas sy arm teer om Benita en lei haar na die stoel langs haar moeder s'n. "Sy het van 'n rots afgeval," vervolg hy. "Hoe ernstig sy beseer is, weet ons nog nie. Ons het haar in 'n bewustelose toestand na die hospitaal geneem. Toni sal seker later bel om te sê wat haat toestand is."

"Maar hoe het dit dan gebeur, Franco?" wil meneer Valori weet. Rina het hom tog nie voorgekom as 'n roekelose meisie wat teen gevaarlike rotse sal gaan staan en rondklouter nie. Hy hou geweldig baie van die opgeruimde kind.

"Sy het onwetend op een van daardie sandkliprotse gaan staan wat alewig onder mens se voete wegkrummel, en blykbaar te naby aan die randjie gestaan, want toe Toni haar nog daarteen wou waarsku, het die onvermydelike reeds plaasgevind . . . Toni meen dat haar rug beseer is."

"Ag, maar dis verskriklik, my kind," kom dit van mevrou Sardinni wat Rina al net so liefhet soos 'n eie kind. "Pedro, jy kan mos Afrikaans skryf, my kind. Jy sal onmiddellik 'n kabel-gram aan haar ouers moet stuur," gaan die moeder voort.

"Ek sal Toni eers moet gaan spreek, Moeder," sê hy en staan dadelik op om die daad by die woord te voeg. "Sal jy my gou hospitaal toe neem, Enrico?" vra hy.

Voordat Benita kon vra om saam te gaan, is die twee mans reeds by die deur uit en buite hoorafstand.

"Dit sal 'n geweldige skok vir haar ouers wees," merk mevrou Valori op.

"Dit sal, my ou suster," antwoord mevrou Sardinni. "Ek kry hulle innig jammer, want jy moet begryp hulle het net twee kinders; twee dogters. En volgens wat Pedro ons vertel het, is Rinatjie haar vader se oogappel."

Stom en met 'n verslae uitdrukking in sy oë staar Toni na die X-straalplate in sy hand, asof hy gehipnotiseer is.

197

Weer eens neem hy die plaat op wat die twee gekraakte rug-werwels aantoon, dan vorm sy lippe eindelik die woorde: "Dis ontsettend, kollega ... Waarom moes dit nou juis met haar ge-beur het, sy het dit tog nie verdien nie."

Hy draai plotseling om na waar sy liefling nog steeds roerloos op die stootwaentjie lê in die ondersoekkamer.

Liefdevol neem hy haar bleek handjies in syne en prewel hartstogtelik in sy eie taal: "O, my liefling, jy mag nie sterf nie ... Jy moet leef, my ou Rinatjie ... Jy moet vir my leef. Ek sweer dat ek alles in my vermoë sal doen vir jou. Ek sal met elke drup-pel krag in my liggaam veg vir jou behoud, maar jy gaan leef ... jy móét leef ... jy mag nie sterf nie. God moet my genadig wees, my liefling, want my hoop is uitsluitlik op Hom gevestig. As daar ooit 'n operasie onder my hande geslaag het, gaan dit hierdie een wees. Dit moet slaag, want ek kan jou nie verloor nie."

Weer soen hy haar liggies op haar blanke voorhoof.

Eers tref hy reëlings met die lughawe vir 'n ambulansvlieg-tuig, dan bespreek hy weer 'n hooflynoproep en tref reëlings met die Dellemolinette-hospitaal om alles in gereedheid te hê vir 'n noodoperasie, en ook om 'n ambulans by die vliegveld gereed te hê by hulle aankoms.

Nadat hy eindelik al die reëlings getref het, gaan praat hy gou met Pedro, want twee verpleegsters is reeds besig om Rina op die draagbaar van die ambulans te plaas wat voor die hospitaal wag om die pasiënt en geneesheer na die lughawe te vervoer.

"Ontbied haar ouers onmiddellik, Pedro. Haar toestand is uiters sorgwekkend. 'n Noodoperasie sal onmiddellik uitge-voer moet word sodra ons by die Dellimolinette-hospitaal land. Twee rugwerwels is gekraak," sê hy haastig, groet sy broer en Enrico en bestyg die wagtende ambulans.

Etlike minute later kom die ambulans stadig langs die wag-tende vliegtuig tot stilstand.

Versigtig word die bewustelose meisie op die draagbaar in die vliegtuig geplaas, dan neem Toni plek voor haar in.

Ook die vlieënier neem sy plek in, en haastig word die vlieg-tuig se masjien aangeskakel. Etlike oomblikke later styg hulle die lug in.

Op die voorstoep van die Valori's se woning staan almal en toekyk hoe die ambulansvliegtuig met die groot wit kruis laag oor die stad verbysnel. Almal weet dat daardie vliegtuig net twee passasiers vervoer op sy haastige vlug na Florence, waar 'n man met die dood gaan veg vir die behoud van sy liefling.

Bemoedigend plaas Pedro sy arm om sy moeder se geboë skouers. Dan sê hy teer: "My ou moedertjie, ons moet ook maar dadelik vertrek. As die ergste vandag gebeur, sal Toni ons bitter nodig hê. Ons kan nie wag tot môre nie."

"Het . . . jy al haar ouers ontbied?" vra die moeder, en Pedro hoor die trane in haar stem.

"Ek het die kabelgram reeds weggestuur, Moeder."

Eentonig dreun die vliegtuig voort, terwyl Toni se oë strak op Rina gevestig is. Sy hart voel aan 'n duisend skerwe gebreek, maar hy besef dat hy nie sy ewewig mag verloor nie. Ja, hy mag nie toegee aan sy oneindige verdriet nie, want binne enkele oomblikke moet hy die snymes op sy eie klein liefling gebruik, en sy hand mag nie faal nie. Dus moet hy kalm bly, want dit gaan 'n besonder gewaagde en delikate operasie wees . . .

Dan kyk hy af na sy regterhand wat al so oneindig baie gewaagde operasies uitgevoer het, en hy dank die Here dat hy 'n snykundige is.

Liggies flikker Rina se ooglede, en Toni weet dat sy haar bewussyn begin herwin.

Behendig druk hy die naald in die sagte vleis van haar boarm. 'n Oomblik later uiter sy 'n sagte kreun, maar die verdowingsmiddel tree reeds in werking en laat haar ooglede swaar toeval.

"Slaap, my klein liefling, waarom sal jy hierdie ontsettende pyn ook nog verduur?" fluister hy hartstogtelik aan die slapende meisie. Dan neem hy haar pols en merk dat dit redelik sterk klop, en hy voel tevrede. Hy weet dat sy sterk genoeg is om die operasie te ondergaan.

Haastig pak Benita en Nadia hulle ongelukkige vriendinnetjie se persoonlike besittings in, want die Sardinni's moet dit saam met hulle neem.

199

"Jy moet tog maar al die reëlings kanselleer wat sy getref het vir haar reis na Piemonte," merk Benita sag op.

"Moet jou nie daaroor bekommer nie, my ou niggie. Onthou net dat jy my bel sodra die operasie afgehandel is. Het ons nou alles ingepak?" vra Nadia meer aan haarself as aan Benita.

"Ek hoop so," antwoord Benita sag. "Kom, ons kan Pedro en Gino nou maar gaan sê om die tasse te kom haal."

'n Uur later klim nog 'n vliegtuig die blou lug in. Maar hierdie keer is die Sardinni-familie die passasiers. Nie een praat 'n woord nie, hoewel almal se gedagtes met dieselfde onderwerp besig is.


Stadig sirkel die vliegtuig met die groot wit kruis oor die vliegveld. Liggies soos 'n veer laat die vlieënier sy vaartuig land. En toe dit eindelik tot stilstand kom, trek die bestuurder die wagtende ambulans digby die vliegtuig op die aanloopbaan.

Deur vaardige hande word die draagbaar weer oorgeplaas in die ambulans, en Toni neem weer plek in langs sy pasiënt.

Met die aanhoudende skril geloei van die sirene as begeleiding spoed die ambulans van die een straat na die ander. Eers toe hulle die hospitaal nader, neem die spoed van die lang wit voertuig af. Dan ry hy die ingang binne wat uitsluitlik net vir die ambulans bedoel is.

Weer eens word die slapende Rina op die draagbaar na binne geneem.

Aan die diensdoenende suster oorhandig Toni die X-straalplate. Dan gee hy bevele dat die pasiënt onmiddellik gereed gemaak moet word vir die operasie, en haas hom na sy vennoot, dokter Umberto, se kantoor, omdat hy hom behulpsaam sal moet wees met die operasie.

In die operasiekamer heers daar 'n doodse stilte. Nie een praat 'n woord nie. Almal wag in spanning op die beroemde snykundige om sy plek langs die tafel in te neem, om weer eens 'n stryd teen die dood aan te knoop.

In die waskamer is Toni druk besig om sy hande te skrop. Op die oomblik is hy weer die saaklike snykundige wat elke dag van sy lewe operasies uitvoer. Hy is heeltemal kalm, want die geringste bewing van sy hand wat die snymes moet hanteer, mag noodlottig wees vir die pasiënt wat so oneindig veel vir hom beteken.

Hy besef wel deeglik dat dit 'n lewensgevaarlike operasie is wat hy binne enkele oomblikke moet onderneem. Maar hy deins nie terug nie. Hy moet net kalm bly. Hierdie operasie mag nie misluk nie. Dit moet 'n sukses wees. Hy sal soos 'n besetene veg om haar lewe te red, want sy beteken vir hom sy hele lewe ... Nee, sy gaan nie sterf nie – nie as hy dit kan verhelp nie. Hy moet haar gesond maak.

Haastig trek hy die gesteriliseerde handskoene aan wat die verpleegster na hom uithou.

In sy lang gewaad en gemaskerde gesig tree hy die operasie- kamer binne met 'n vaste, veerkragtige tred. Hy merk die span- ning in elke paar oë wat op hom gerig is, maar dit beroof hom nie van sy kalmte nie. Hy voer byna elke dag gewaagde ope- rasies uit.

Langs die tafel aan die regterkant van die pasiënt, neem hy sy plek in.

'n Oomblik kyk sy oë vraend in dié van die narkotiseur. Met 'n knik van sy hoof gee laasgenoemde te kenne dat die pa- siënt heeltemal verdoof is, en dat die stryd tussen lewe en dood nou weer 'n aanvang kan neem. Sy vertroue in hierdie jong snykundige is onwrikbaar, hy weet dat ook hierdie operasie 'n wonderwerk gaan wees soos talle ander wat hy reeds in hierdie selfde operasieteater uitgevoer het.

Met 'n ferm hand neem Toni die mes van die teatersuster. Dan maak hy die eerste insnyding vinnig en behendig. Nou die tweede, en dan die derde, en die tangetjies wat die are toeknyp, hang vol om die oop wond.

Nou begin die stryd in alle erns, en Toni raak totaal verdiep in die groot taak wat hy moet volvoer.

Groot sweetdruppels begin later op sy breë voorhoof pêrel. Dan verwyder 'n verpleegster dit liggies sonder om hom in die minste te steur in sy geweldige taak waarmee hy onafgebroke voortgaan en waarop al sy aandag toegespits is.

201

Vlugtig en sekuur beweeg Toni se hande, terwyl die horlosie bokant die deur se wysers stadig beweeg.

Eindelik is die splinters van die rugwerwels verwyder en moet Toni weer eens 'n stryd aandurf met die horlosie, want met die tyd moet daar ook rekening gehou word. Die pasiënt kan ook nie meer veel langer onder narkose gehou word nie. Sy word by die minuut swakker.

Toni begin 'n wedren teen die tyd. Maar 'n knap en ervare chirurg soos hy ken die spoed waartoe sy hande in staat is.

Toe hy die laaste steek bind, slaak hy saggies 'n sug van verligting. Sy taak is suksesvol afgehandel, nou kan hy maar net hoop dat daar geen komplikasies intree nie.

Nadat hy nog 'n keer na die bleek gesiggie van sy beminde gekyk het, verlaat hy die vertrek sonder om 'n woord te sê.

Nou gaan hy eers sy hande was en sy lang oorkleed verwyder.

Terwyl hy besig is om sy hande te skrop, kom ook dokter Umberto en die suster die vertrek binne.

Vol bewondering staar dokter Umberto sy bedaarde kollega aan en sê trots: "Geluk, dokter Sardinni. Ek dink stellig hierdie operasie is die grootste wonderwerk wat jy nog verrig het. Ek bewonder jou groot brein en knaphandigheid. Ek glo jy het nog nooit so hard geveg vir die lewe van 'n medemens, soos wat jy vandag geveg het vir die lewe van daardie dametjie nie, my vriend. Ons staan almal verbaas oor die geweldige taak wat jy flussies uitgevoer het."

"Ek het om twee redes geveg vir haar lewe, kollega ... Die eerste rede ken jy – my plig, my roeping en my lewensideaal om lyding te versag en die mensdom te genees. Die tweede rede – omdat ek vir maande al die hoop koester om haar my bruid te maak ... Ek moet haar gesond maak ... Sy mag nie sterf nie. Die dag as sy sterf, sal ook my hart binne-in my sterf."

"Ek begryp," sê Umberto sag simpatiek. "Ek sal jou getrou bystaan in jou stryd, my vriend. Ek het nie geweet sy beteken vir jou so oneindig veel nie ... Ek sal saam met jou veg."

"Dankie, kollega," sê Toni sag.

Medelydend kyk die suster hulle beroemde snykundige agterna toe hy die vertrek verlaat, en sy besluit ineens dat ook sy saam met hom gaan veg vir die behoud van daardie mooi jong dametjie wat so digby die dood verkeer het.

# 5

In die eetkamer staan tant Annie by die tafel, besig om koffie te skink.

"Elsie, gaan sê tog jou vader moet sy koffie kom drink, my kind!"

Haastig staan die jongmeisie op, maar ineens begin die foon skril te lui.

"Antwoord jy maar, ek sal jou vader gaan roep. Dis maar seker Basie wat lui," sê die moeder terwyl sy by die deur uitstap.

Vinnig lig Elsie die gehoorbuis op en plaas dit teen haar oor. Dan hoor sy 'n vroumens wat sê: "Elsie, ek het baie slegte nuus vir julle. Dis 'n kabelgram van Italië wat vanmiddag gekom het. Sal ek dit maar aan jou voorlees? . . . Jou vader kan dit later kom haal."

"Lees dit gerus maar voor, Bettie," sê Elsie angstig, en terselfdertyd kom haar ouers ook die vertrek binne.

"Dit lui: *Rina het verongeluk. Toestand sorgwekkend. Kom onmiddellik . . . Pedro.*"

"O, Bettie! . . . Dankie . . . Tot siens!" stadig draai Elsie om na haar ouers en sê hees: "O, my ou moedertjie, ek het sulke slegte nuus vir julle . . . Rina het verongeluk. Haar toestand is sorgwekkend, en Mammie en Pappie word ontbied om dadelik na Italië te kom . . . Die kabelgram is by die poskantoor . . ." Dan bars sy in hewige snikke uit.

Oombliklik is die oubaas by die telefoon. Dan skakel hy die poskantoor om seker te maak of Elsie reg verstaan het. Maar ook aan hom word die skokkende nuus meegedeel.

"Ons sal moet gaan sodra daar 'n vliegtuig Italië toe vertrek, vrou," sê hy ontsteld. "Ek sal Servaas bel en sê om vir ons reëlings te tref vir die rit."

Weer eens stap die oubaas na die telefoon en bespreek 'n hooflynoproep na Pietersburg.

'n Halfuur later lui die foon. Die oproep is deur en hy praat met Servaas, sy prokureur.

Ofskoon oom Herklaas altyd beweer het dat hy nooit sy voete in 'n vliegtuig sal plaas nie omdat dit vir hom te gevaarlik lyk, dink hy nou nie aan die gevaar wat die rit dalk vir hom mag inhou nie. Op die oomblik is hy te ontsteld en begaan oor sy oudste wat siek is en in lewensgevaar verkeer. En hoe gouer hy by haar kan wees, des te beter sal dit hom pas; al moet die reis nou ook per vliegtuig geskied.

Later die aand lui die foon weer. Hierdie keer is dit Servaas wat lui om te sê dat hy vir hulle plek bespreek het, en dat die vliegtuig oor twee dae van die lughawe in Johannesburg af vertrek.

Vroeg die volgende oggend ry oom Herklaas na die poskantoor toe om die kabelgram te gaan haal en om self ook een weg te stuur sodat Pedro kan weet om hulle in Rome te ontmoet.

Vanaf vroeg die oggend is dit 'n hewige bedrywigheid op Soutpan. Tant Annie en Elsie is druk besig om in te pak, terwyl oom Herklaas met Basie van As gaan reël het om die boerdery vir hom waar te neem tydens sy afwesigheid.

Vroeg die aand is alles eindelik afgehandel, en oom Herklaas besluit dat hulle drie-uur die volgende môre sal vertrek Johannesburg toe. Sy motor sal hy by sy susterskind laat totdat hulle weer terug is.

Ná ete hou oom Herklaas eers huisgodsdiens soos hy gewoonlik elke aand doen, dan wens hy Elsie goeienag toe en gaan onmiddellik na sy slaapkamer. Ook tant Annie en Elsie gaan vanaand vroeër slaap as gewoonlik, want twee-uur vannag moet hulle opstaan.

Hoewel die twee bedroefde ouers vroeg bed toe gaan, weet al twee dat nie een vannag sal slaap nie, want wie kan nou slaap as jou kind in die kloue van die dood verkeer, en dit nog in die vreemde?

Vanmiddag het hulle weer 'n kabelgram van Pedro ontvang om te sê dat Rina gistermiddag geopereer sou word. Nou bid die ouers maar dat die operasie geslaagd moet wees, en dat hulle kind vir hulle gespaar moet bly.

Met 'n droewige uitdrukking op sy sterk gesig staar Toni na Rina wat steeds onder narkose verkeer en wat byna net so wit is soos die haelwit beddegoed oor die enkelbedjie waarop sy lê.

Liggies neem hy haar pols tussen sy duim en voorvinger, dan merk hy dat die polsslag aanmerklik verswak het na die operasie. Maar dit boesem hom geen vrees in nie. Hy het dit eintlik verwag.

Vraend kyk die suster hom aan. En hoewel hy niks sê nie, stel sy blik haar gerus, verseker dit haar dat daar op die oomblik nog niks te vrees is nie.

Sy kan merk dat hy liggaamlik sowel as geestelik uitgeput is, maar sy weet dat hy Rina se bed nie sal verlaat solank sy nog nie haar bewussyn herwin het nie. Hy doen dit gewoonlik met al sy pasiënte, en Rina is 'n spesiale geval.

Dan dink sy weer aan die knap stukkie werk wat hy vroeër in die operasieteater uitgevoer het, en haar bewondering vir hom vlam ineens hoër op.

Swyend ontbied sy 'n verpleegster deur die knoppie bokant Rina se bed te druk.

Vraend kyk Toni haar aan.

"Ek wil vir u 'n koppie tee bestel, dokter. U het nog nie vanmiddag tee gehad nie," verduidelik sy.

"Dankie, suster," sê hy skaars hoorbaar.

Onderwyl Toni voor Rina se bed staan en tee drink, kom dieselfde verpleegster weer die saal binne en sê sag: "U suster wil weet of sy juffrou Louw 'n paar oomblikke kan sien, dokter?"

"Nie nou nie. Sê aan haar dat juffrou Louw nog nie haar bewussyn herwin het nie. Sy kan oor 'n uur weer bel," sê hy byna toonloos.

'n Halfuur nadat die verpleegster Toni se opdrag gaan uitvoer het, toon Rina die eerste tekens dat sy besig is om haar bewussyn te herwin.

Swaar gaan die oë oop, asof dit al haar krag verg om haar ooglede van mekaar te kry.

Met innige dankbaarheid op sy hele wese afgeëts, neem Toni haar een rustelose handjie in syne en sê teer: "Hoe voel my ou kleinding?"

"Ek is so dors . . . Toni," kom dit swakkies oor haar droë lippe. "Gee my . . . net water . . . water."

Haastig beveel hy die suster om vir hom die glas water met die spons aan te gee.

Liggies vee hy met die nat spons oor Rina se droë lippe en sê sag, medelydend: "Ek kan nie, my meisie. Ek durf jou geen water gee nie. Eers later kan jy so 'n klein slukkie water kry, maar op die oomblik nog nie."

"O, Toni . . . ek vergaan van die dors," pleit sy swakkies.

"Ek besef dit maar alte goed, my meisie. Maar ek durf jou nie nou al water gee nie." Dan vee hy maar weer met die nat spons oor haar lippe.

Etlike oomblikke later kyk sy hom weer pleitend aan.

"Toni, jy moet my tog nie hier alleen laat nie . . . Ek het 'n ontsettende pyn in my rug. Dit brand soos vuur . . . Is dit van die val daar van die rots af?"

"Ja, my kleinding. Jy het jou rug beseer, en ek was genoodsaak om 'n operasie aan jou rug te doen. Maar moet nie bekommerd wees nie. Ek sal jou nooit alleen laat nie, my meisie."

"Het . . . het jy self die operasie gedoen, Toni?" vra sy weer, en Toni se geoefende oog merk dat sy baie pyn verduur.

"Ja, my ou Rinatjie," sê hy teer.

"Dankie, Toni," sê sy sag, en moet dan hard op haar tande byt om nie uit te skree van pyn nie.

Ineens blink die spuitjie weer in Toni se hand en dien hy haar weer 'n inspuiting toe om die pyn te stil.

"Die pyn sal netnou verdwyn, my meisie," sê hy bemoedigend. "Jy moet nou net sterk wees en gou gesond word. Oor 'n paar dae sal jou ouers ook hier wees. Ek het Pedro gesê om hulle hierheen te ontbied."

"O, ek sal so bly wees, Toni," glimlag sy flou.

Dan merk Toni dat haar ooglede weer swaar begin toeval.

Weldra is haar asemhaling egalig en verkeer sy in 'n diep slaap.

"Kan die dametjie nie Italiaans praat nie, dokter?" vra die suster.

"O, ja, sy kan ons taal praat, suster. Maar ons twee spreek mekaar gewoonlik in Engels aan. Sy is eintlik Afrikaans – van Suid-Afrika afkomstig."

"Dan ken u haar, dokter?"

"Ek ken haar baie goed," sê Toni en streel liefdevol met sy hand oor haar goudblonde krullebolle wat so diep in die kussings nestel.

Ineens weet die suster dat hierdie meisie nie net 'n gewone pasiënt vir dokter Sardinni is nie, maar dat sy vir hom veel meer beteken.

Wel, sy is ook so fraai. Geen wonder hy is verlief nie! dink sy in haar enigheid en voel effens jaloers op die dametjie, want sy is self ook verlief op hierdie uiters aantreklike dokter.

Dan hoor sy Toni weer sê: "Bly by haar, suster. Ek gaan gou eers na my huis toe bel . . . en onthou, asseblief, hierdie pasiënt mag vir die eerste drie dae nie 'n oomblik alleen gelaat word nie. Haar koors moet elke drie uur geneem word, en daar moet noukeurig gelet word op elke teken van vordering wat sy maak. Ek wil elke môre 'n deeglike verslag hê van hierdie geval, suster. En as u enigsins die geringste teken van komplikasies merk, ontbied my onmiddellik. Ek sal altyd hier in die hospitaal wees totdat sy oor die ergste is."

Na nog 'n blik in Rina se rigting verlaat hy die saal om sy moeder te gaan bel.

"Dis te gou om nou al 'n oordeel te vel, Moeder," sê hy 'n wyle later oor die foon. "Sy het maar pas eers bygekom. Sy sal die eerste twee dae heelwat pyn verduur. Op die oomblik slaap sy. Sê vir Benita sy moet Rinatjie liewer nie vanaand kom besoek nie. Sy sal tog nie met haar kan praat nie, want sy sal nou vir etlike ure slaap."

"Kom jy aandete tuis nuttig, Toni?" wil die moeder weet.

"Ja, Moeder. Ek sal oor 'n halfuur tuis wees."

'n Halfuur later hou Toni voor sy ouerwoning stil. Benita kom hom halfpad tegemoet.

Vertroulik haak sy by hom in en vra sag: "Wanneer kan ek Rinatjie gaan sien, Toni?"

"Môre, my ou sussie," beloof hy. "Om vanaand besoekers te ontvang, sal vir haar te veel wees . . . Sy sal vannag ontsettend baie pyn verduur. Maar van môre af sal die pyn begin afneem. Jy kan haar môremiddag gaan besoek."

"Kan ek haar nie vanaand net vir vyf minute sien nie, Toni? Ek beloof om nie 'n woord te praat nie . . . Ek sal haar nie steur nie, Toni," soebat sy.

'n Oomblik kyk Toni haar met deernis in sy oë aan, dan sê hy sag: "Goed, as jy beloof om net stil na haar te staan en kyk, kan jy my na ete vergesel. Maar ek is bevrees jy sal met 'n huurmotor moet terugkeer, want ek gaan die hele nag langs haar bed deurbring . . . Sy het my so mooi gesoebat om haar tog nie alleen te laat nie. En vir haar sal ek nooit in my lewe iets weier nie."

Toe hulle in die eetkamer kom, moet hy weer eens vertel hoe dit met Rinatjie gaan.

"Ek het haar ouers ontbied soos jy beveel het, Toni," sê Pedro.

"Môreoggend kan jy weer vir hulle 'n kabelgram stuur, Pedro. Hulle behoort te weet dat sy 'n operasie ondergaan het."

In stilte word die maaltyd genuttig, elkeen se gedagtes bly maar met dieselfde onderwerp besig.

"Hoe lank sal Rinatjie in die hospitaal moet bly, Toni?" vra sy moeder belangstellend.

"Dit kan ek nog nie sê nie, Moeder. Maar sodra sy so beter is dat sy vervoer kan word, bring ek haar onmiddellik huis toe. Ek sal 'n verpleegster kry om haar hier op te pas, want sy sal nog 'n lang tyd in die bed moet bly."

"Waarom wil jy 'n verpleegster kry, Toni? Ek kan haar mos ook verpleeg."

"Daaroor kan ons later besluit, Moeder. Dit mag wees dat sy dalk weer 'n operasie sal moet ondergaan . . . maar haar gestel sal te swak wees daarvoor. Sy sal dit nie kan deurstaan nie."

Onmiddellik na ete vertrek Toni weer hospitaal toe met Benita langs hom in die motor. Albei is stil, maar Benita weet dat hy uiters bekommerd voel oor Rina se toestand, hoewel hy tuis nie veel vertel het van haar geval nie. Sy wonder of Rina se ouers al die kabelgram ontvang het, en wanneer hulle hier sal wees.

Haar gedagtes hou haar egter nie lank besig nie, want Toni jaag soos 'n besetene en hou enkele minute later voor die hospitaal stil.

"Onthou: nie 'n woord praat nie, Benita," maan hy weer. "Hoe meer rus sy kry, hoe beter kans het sy om gou te herstel."

"Ek sal nie 'n woord praat nie, Toni," beloof sy sag.

Geluidloos tree hulle die saal binne. Voor die bed staan 'n verpleegster, besig om die slapende meisie se pols te neem.

Toni is langs die bed. Die eerste blik in haar rigting oortuig hom dat sy nog rustig slaap.

Vlugtig teken die verpleegster die pasiënt se koors en polsslag op die koorskaart aan, dan neem Toni die kaart by haar en besigtig dit noukeurig.

Met haar koors en polsslag voel hy tevrede. Hy bid net dat daar geen komplikasies intree nie.

Met haar hande styf inmekaar geklem, staar Benita af na Rina wat soos 'n slapende madonna lyk, en haar hart gaan uit na die ongelukkige meisie op die bed.

Nege-uur wink Toni sy suster eenkant toe.

"Jy moet nou maar huis toe gaan, Benita," sê hy sag. "Môre om tienuur kan jy weer kom. Bring dan sommer vir Rinatjie slaapklere en ander benodigdhede saam . . . Het julle haar bagasie vanmiddag saamgebring?"

"Ja, Toni, al haar bagasie is by die huis . . . Maar kan ek nie nog net 'n klein rukkie langer bly nie?"

"Nee, my sussie, jy moet vanaand gaan rus. Gisteraand het jy baie laat gaan slaap, en dit gaan nie weer vanaand gebeur nie. Môreoggend kan jy en Moeder haar albei kom sien . . . Sy mag binne enkele oomblikke ontwaak, en dan gaan sy baie pyn hê. En ek weet jy sal dit nie kan verduur om haar in pyn te sien nie. Gaan maar liewer huis toe, Benita. Ek sal vir haar doen wat ek kan, daarom bly ek vannag hier."

209

"Maar, Toni, jy kan tog nie die hele nag sonder slaap gaan nie!" merk sy besorg op.

"Ek moet, my ou sussie," glimlag hy flou. "Ek sal tog nie kan slaap solank sy in gevaar verkeer nie. En hier moet iemand by haar bly deur die nag."

"Jy kan mos 'n verpleegster hier langs haar bed plaas, Toni!"

"Ek wil self vannag langs haar bed bly ... Ek wonder of julle besef in welke gevaar Rinatjie werklik verkeer, Benita? Weet jy dat sy dalk nog lewenslank verlam mag wees?"

"O, Toni, nie dit nie ... Ag, my ou boetie, wat sal haar lewe tog vir haar werd wees!"

"Mag God dit verhoed, Benita ... Ons moet bid dat dit nie gebeur nie, want ek weet nie hoe ek dit aan haar sal kan meedeel nie. Sy was altyd so opgewek en vol lewenslus. Ek is bevrees so iets sal haar geestelik versteur."

"O, dit sal te verskriklik wees, Toni," snik Benita nou weer saggies. "Ag, die Here moet dit verhoed, my boetie."

"Ons moet net hoop en vertrou, Benita ... Maar in hierdie geval sal ek nie aarsel om nog 'n operasie op haar uit te voer nie, my sussie. Ek sal veg tot die bitter einde vir haar herstel."

Bemoedigend druk sy Toni se hand, haar eie hartseer en kommer ten spyt.

"Bly jy maar by haar, my ou boetie. Ek sal self een van die verpleegsters vra om vir my 'n huurmotor te ontbied," sê sy sag, werp nog 'n laaste blik na die meisie op die bed en verlaat die saal dan geluidloos.

Tuis sit almal op Benita en wag vir nuus van die hospitaal af. Hulle weet dit doen Toni te veel pyn aan om van Rina se toestand te praat, daarom vra hulle hom maar liewer nie uit nie.

Na Benita hulle van die gevaar verwittig het waarin Rina verkeer, en ook dat Toni nie vannag huis toe sal kom nie, gaan sy na die kamer wat Rina twee maande gelede bewoon het.

Sorgvuldig pak sy alles in wat Rina, na háár mening, nodig sal hê gedurende haar verblyf in die hospitaal.

Toe haar taak eindelik afgehandel is, neem sy die twee slaappille wat Toni haar vroeër gegee het, en loop dan na haar kamer. Sy weet dat sy nooit vannag daarsonder sal slaap nie.

# 6

Dis 'n week na Rina se operasie, en Toni voel besonder tevrede met die vordering wat sy maak.

In die klein saaltjie is 'n verpleegster druk besig om die bed op te knap en die vertrek op te ruim, want binne enkele oomblikke sal Riaan daar wees om Rina te besoek.

Eers gister het Toni 'n telegram aan die jong geneesheer gestuur om hom te verwittig van die operasie wat sy nooientjie ondergaan het. En nou lê Rina op sy koms en wag.

'n Oomblik sluit sy haar oë om eers weer Riaan se beeld in herinnering te roep. Maar die beeld wat telkens voor haar geestesoog opdoem, is die sterk en aantreklike beeld van Toni. Dan verset sy haar teen dié beeld en stoot dit met geweld opsy . . . Eindelik doem die beeld van Riaan voor haar geestesoog op. Terselfdertyd hoor sy voetstappe wat die saaltjie binnekom. Vlugtig maak sy haar oë oop.

'n Oomblik later is Riaan by sy nooientjie. Dan druk hy 'n ligte soentjie op haar bleek lippe en sê verlig: "O, my liefling, waarom het jy my nie al eerder laat weet van die ongeluk en die operasie nie? Hemel, ek was gistermiddag byna gek toe ek die telegram van dokter Sardinni ontvang. Om te dink dat jy 'n operasie ondergaan het en nou weer in sy hande verval is, het my byna van my sinne beroof, skat . . ."

"Jy het nie nodig om hom meer te vrees nie, Riaan. Hy het my reeds die dag voor die ongeluk al om verskoning gevra vir sy gedrag wat my destyds so die skrik op die lyf gejaag het," glimlag sy. "Ek het selfs die aand voor die ongeluk saam met hom gaan dans ook. Hy het heeltemal verander, Riaan. Ek dink hy besit 'n besonder aangename persoonlikheid. Gedurende die afgelope week het ek eindelik met die ware Toni Sardinni kennis gemaak. En ek moet sê, hy is 'n wonderlike man, Riaan. Dit verbaas my nou glad nie meer dat almal hoë respek en agting koester vir hom nie. Dis nie net sy status as snykundige wat die respek en agting van sy medemens afdwing nie, maar ook sy sterk persoonlikheid en innemendheid wat hom so bemind maak onder sy volk."

"Wel, ek het hom al verskeie male in Rome gesien tydens operasies wat hy daar moes uitvoer, en hy het my ook nie 'n swakkeling voorgekom nie. Sy vaardigheid met die snymes dwing natuurlik elke geneesheer se bewondering af . . . Maar hoe voel jy, skat?"

Ineens klink dit vir Rina totaal onvanpas dat Riaan haar as "liefling" en "skat" aanspreek. Dis al of daardie gewone ou troetelnaampies haar hinder, asof hy geen reg het om haar so te noem nie.

Snaaks, dink sy. Ek het hom tog beloof dat ek sy bruid sal word sodra hy terug is in Suid-Afrika, maar op die oomblik voel dit ook nie of hy my aanstaande bruidegom is nie . . . Dit voel byna of ons net kennisse . . . nee, goeie vriende is! Sou dit wees dat my liefde vir hom afgekoel het, of het ek hom maar net nie regtig liefgehad nie? Nee, dit kan ook nie wees nie. Ek is tog nie so 'n veranderlike kreatuur nie. Dis blykbaar maar net omdat ons mekaar onder sulke buitengewone omstandighede weer sien – die vreemde omgewing, en ek hier so hulpeloos in die bed. 'n Mens se gevoel kan tog nie in twee weke verflou nie! Nee, ek het hom nog lief, liewe ou Riaan wat sê ek is so wispelturig . . . Nee wat, dis maar net omrede ek nie gesond voel nie dat ek my al sulke dinge verbeel. Die ou duiwel sal my mos nou enige ding wysmaak, net om die lewe vir my 'n bietjie meer te versuur. Hy besoek mos maar gewoonlik die swakkes van gees, waar hy weet hy die oorhand maklik kan behaal!

Sy glimlag verontskuldigend op na Riaan, asof hy bewus is van haar gedagtes en sy hom met die glimlaggie wil tevrede stel, hom wil verseker dat haar gedagtes niksbeduidend was, dat sy hom nog steeds liefhet.

Maar ten spyte van dit alles, is Rina tog vaagweg bewus dat daar tog iets aan haar gevoel vir Riaan haper; stoot sy dit doelbewus opsy. Waarom hierdie oomblikke saam met hom bederf met onaangename gedagtes?

In 'n besonder opgewekte stemming begin sy hom vertel van haar ouers wat sy môre verwag, van Nadia se verlowing, haar herontmoeting met Toni, en ten laaste van die ongeluk wat daar teen die berg plaasgevind het.

212

"Die Sardinni's is wonderlik goed vir my, Riaan," vervolg sy. "Hulle kom my elke dag om die beurt besoek. In die oggend kom Rose en Maria. In die middag Benita en haar moeder, en saans weer Pedro, Juan en Benita. Ek voel nooit eensaam en alleen nie, want behalwe sy professionele besoeke, kom loer Toni ook telkens deur die dag in vir 'n geselsie of om my 'n grappie te vertel. Hy geniet ook gewoonlik sy tee saam met my. Selfs oor die verpleegsters kan ek ook nie kla nie. Hulle was nog altyd besonder gaaf."

"Ek is bly om dit te hoor, my meisie. Goeie vriende beteken vir 'n mens veel in tyd van nood. Met sulke goeie vriende soos die Sardinni's, en met so 'n uitmuntende geneesheer soos dokter Sardinni, behoort jy gou te herstel," glimlag hy liefdevol af na haar. "Die wete dat dokter Sardinni die snykundige was wat jou geopereer het, stel my heeltemal gerus. Moet nou net nie ook op hom gaan staan en verlief raak nie, hoor!" terg hy. "Al die nooientjies raak mos op hom verlief, dus waarsku ek jou maar net," glimlag hy weer plaend.

Ineens hoor hulle ferm voetstappe met die gang opkom en Rina weet instinktief dat dit Toni is. Gedurende die week wat sy hier op haar rug lê, het sy al geleer om sy voetstappe van die ander s'n te onderskei.

Binne enkele oomblikke verskyn Toni in die saal se deur, onwetend dat Riaan reeds daar is.

'n Oomblik weifel hy in die deur, maar besluit dan om binne te gaan en self te sien hoe die Riaan-kêrel lyk en of hy 'n geskikte lewensmaat vir Rinatjie sal uitmaak. Want hoewel hy nie self daardie posisie kon beklee nie, gun hy haar net die beste; al moet dit dan nou ook Riaan wees.

"Hallo, Toni!" groet Rina hom met daardie fraai glimlaggie van haar wat sy hart altyd vinniger laat klop. "Laat my toe om jou voor te stel aan Riaan," gaan sy voort.

Met 'n ferm handdruk groet hy die jonger man, en sê vriendelik op Engels: "Dis vir my besonder aangenaam om met 'n vriend van Rinatjie kennis te maak, dokter Jonker."

"Dis vir my net so aangenaam om met u kennis te maak, dokter Sardinni," antwoord Riaan ook vriendelik. "Ek is u innig dankbaar vir die telegram wat u gister gestuur het. Dit was natuurlik vir my 'n geweldige skok om te verneem dat Rina beseer is . . . Ek het so iets nooit verwag nie."

"Ja, 'n ongeluk gebeur baie maklik en onverhoeds . . . en gewoonlik op 'n tydstip wanneer 'n mens dit die minste verwag. Want nie een van ons kon daardie môre met die piekniek droom dat sy sou seerkry nie. Vir ons was die skok net so groot. Gelukkig is sy darem nou oor die ergste. Maar u kan my in my kantoor kom sien, dokter Jonker. Ek sal u graag alles omtrent haar geval wil meedeel." Toni kyk sy Afrikaanse kollega 'n vlugtige oomblik aan, en in daardie een blik begryp Riaan oombliklik dat die ergste nog nie verby is, soos Toni flussies te kenne gegee het nie.

Etlike minute later maak Toni weer aanstaltes om die vertrek te verlaat. Vlugtig, en met 'n ligte gebaar van sy hoof, wink hy die jonger man om hom na sy kantoor te volg.

"Gaan jy my 'n oomblikkie verskoon, liefling?" vra Riaan sag. "Ek is gretig om alles in verband met my nooientjie se operasie te weet," glimlag hy verskonend.

"Gaan maar, Riaan," glimlag sy terug. Aan Toni sê sy: "Moet nou nie vanoggend 'n uitsondering maak nie, Toni. Kom drink weer saam met my tee, hoor!"

"As jy dit so verlang, doen ek dit graag, my meisie. Praat maar net, ek is jou gewillige slaaf," glimlag hy.

Die blik van aanbidding wat uit Toni se donker oë straal, ontgaan nie die noulettende Riaan nie. En die feit dat Rina en hy so vertroulik met mekaar is, staan hom glad nie aan nie. Maar hy sê niks, want Toni is weer aan die woord.

"Wat wil jy vanoggend saam met jou tee nuttig, kleinding?"

"Jy bederf my totaal, Toni," glimlag sy. "Maar ek moet sê ek voel besonder lus vir sjokoladebeskuitjies."

"Dan sal dit sjokoladebeskuitjies wees," glimlag hy terug, verheug oor die feit dat sy darem nog aan hom ook dink, al het sy Riaan by haar.

Saggies druk Toni sy kantoordeur agter hulle toe. Dan bied hy Riaan 'n stoel aan.

Swyend beweeg hy na die rakke wat een volle muur van die

vertrek beslaan. Heel gou vind hy waarna hy soek, en keer dan weer terug na waar Riaan langs die lessenaar sit.

Versigtig lê hy die X-straalplate van die twee beskadigde rugwerwels voor Riaan, tesame met die lêer wat al die besonderhede aangaande die operasie en die vordering wat sy op die oomblik maak, bevat.

Met skok duidelik op sy wese afgeëts, staar Riaan na die plaat asof hy gehipnotiseer is.

"O, maar dis verskriklik," sê hy sag. "U het my nooit gesê dat dit so 'n gewaagde operasie was nie, dokter Sardinni! Het . . . het u al die splinters verwyder?" stamel hy effens.

"Verwyder waar dit moontlik was," sê hy sag, asof dit heiligskennis is om daaroor te praat. "Ek wil graag hê u moet die hele verslag deurlees, want sy verkeer op die oomblik nog in groot gevaar . . . Dit mag wees dat sy dalk verlam gaan wees . . . Maar ek kan u die versekering gee dat ek my uiterste gedoen het vir haar. Ek het vir haar lewe geveg soos ek nog nooit vir 'n pasiënt se lewe geveg het nie. As die operasie dus nie geslaagd is nie . . ."

"Ek begryp, dokter Sardinni," sê Riaan weer sag. "As u dit nie kan doen nie, kan geen snykundige dit doen nie. Ek dink u het reeds 'n wonder verrig deur haar lewe te red . . . Sy durf nie meer as dit verwag nie."

Noukeurig lees Riaan die verslag deur, en weer eens bewonder hy hierdie groot figuur van die mediese wêreld.

"U is van plan om nog 'n operasie uit te voer?" Riaan kyk die snykundige vraend aan.

"As hierdie een nie die gewenste uitwerking het nie, sal ek nie 'n oomblik aarsel om 'n tweede operasie aan te durf nie. Rinatjie gaan nie verlam wees nie. Nie as ek daar iets aan kan doen nie," sê hy ineens hartstogtelik. "Ek sal veg tot die bitter einde . . . ek sal alles in my vermoë doen om haar te red uit die kloue van daardie aaklige monster verlamming . . . Ek weet jy het haar lief, Riaan. Maar ek aanbid haar, my vriend. Daarom gaan ek daardie monster met elke wapen tot my beskikking beveg. Die dag wanneer jy haar neem as jou bruidjie, gaan sy nie 'n invalide wees nie. Sy gaan 'n gesonde, lewenslustige bruidjie wees, al moet ek haar ook maande hier in die hospitaal hou. Maar sy gaan op haar eie bene hierdie hospitaal verlaat, en nie in 'n rystoel nie." Dan draai hy vlugtig weg en gaan staan voor die venster sodat die jonger man nie die pyn in sy oë kan merk nie.

Met deernis in sy oë kyk Riaan die fors gestalte voor die venster aan. Hy voel op die oomblik innig jammer vir hierdie groot figuur wat al soveel roem en erkentlikheid in die mediese wêreld verwerf het, maar wie se groot liefde onbeantwoord moet bly. En wat ten spyte daarvan nog bereid is om vir die meisie se lewe te veg wat nie sy liefde kan beantwoord nie.

Ineens styg Riaan se bewondering vir hierdie onselfsugtige man nog 'n trap hoër. En hy weet dat hy Rina in geen beter hande kan laat as in Toni Sardinni s'n nie. Geen geneesheer sal haar met soveel sorg en liefde behandel as Toni nie.

Twee-uur die middag neem Riaan weer afskeid van sy nooientjie om terug te gaan Rome toe.

By die hoofingang van die hospitaal groet Toni die jong Afrikaanse geneesheer, dan keer hy weer terug na Rina.

Voor haar op die bed neem hy plaas. Dan sê hy sag, onderwyl sy oë verlore deur die venster tuur: "Ek hou van Riaan, my meisie. Hy sal vir jou 'n goeie lewensmaat uitmaak ... Ek hoop julle gaan baie gelukkig wees, kindjie."

Stil kyk Rina op. Haar oë is vol twyfel, en Toni kan dit nie begryp nie. Sy behoort nou immers stralend te wees van geluk, noudat sy haar beminde weer gesien het ... Sy is voorwaar 'n eienaardige samestelling van 'n liewe mensewesentjie.

Vertroulik neem sy Toni se een hand in albei hare.

"Dink jy regtig ek sal gelukkig wees met Riaan as lewensmaat, Toni?" vra sy sag, en ook haar stem is vol twyfel.

"Jy behoort gelukkig te wees, kleinding ... Jy het hom tog lief, het jy nie?"

"Ek ... ek weet nie, Toni. As ek hom liefgehad het, moes ek tog nou baie gelukkig gevoel het; en ek voel dit nie. Ek voel maar eenvoudig net dieselfde as wat ek saans voel nadat Pedro en Juan hier was ... nee, my vriend, dit baat niks om feite langer oor die hoof te sien nie, of om langer voor te gee dat ek hom

216

liefhet nie. Ek maak net 'n moordkuil van my hart . . . Ek het hom blykbaar nooit liefgehad nie, anders kan ek dit self nie verstaan nie . . . Ek hou nog besonder baie van Riaan, maar ek het hom nie lief nie. Toe hy my flussies gegroet het om te vertrek, het dit my nie eens gehinder dat hy weer moet gaan nie. En dis immers genoeg bewys dat ek geen liefde meer vir hom koester nie; altans nie genoeg om 'n lewensmaat vir hom te wees nie . . . Ek sal maar vanaand vir hom 'n brief skryf en alles aan hom verduidelik. Hy sal verstaan. Ek is bepaald maar wispelturig, soos hy twee weke gelede gesê het," glimlag sy, en streel met haar een hand oor sy lang, slanke vingers.

Met 'n hart wat vinnig klop, volg sy oë elke beweging van haar bleek handjie wat sy eie so vertroulik liefkoos.

"Jy is nie wispelturig nie, my meisie. Jy het hom maar net nie waaragtig liefgehad nie," sê hy sag.

"En tog was daar 'n tyd dat ek hom so liefgehad het dat ek trou aan hom gesweer het, Toni. Hoe verklaar jy dit?"

"Dit was maar net 'n fase. Gelukkig is dit van 'n verbygaande aard."

"Dan moet dit blykbaar die geval wees, anders kan ek dit nie verklaar nie, my vriend."

Vlugtig blik Toni af na sy sakhorlosie en sê: "Ek sal nou weer moet gaan, my ou Rinatjie."

"So gou!" sê sy duidelik teleurgesteld. "Maar jy het vandag dan nog byna niks by my gekuier nie, Toni!"

Hy kom orent en streel met sy hand liefdevol oor haar blonde krulle.

"Ek moet oor 'n halfuur weer 'n operasie uitvoer, my meisie," glimlag hy gelukkig af in haar teleurgestelde gesiggie. "Ek sal Benita ontbied om jou geselskap te kom hou . . . Dis jammer dat Riaan so gou moes vertrek het, anders kon hy jou . . ."

"Vir my is dit geen jammerte nie," val sy hom byna snipperig in die rede.

Heerlik skater Toni dit uit van die lag.

"O, meisie, jou grilletjies amuseer my waarlik," sê hy steeds vol lag.

Ook om Rina se mond speel daar nou 'n glimlaggie.

217

"Wanneer kan ek weer 'n besoekie van jou verwag, Toni? Ek praat nie van jou professionele besoekies nie."

"Sodra die volgende pasiënt sy bewussyn herwin het na die operasie," glimlag hy gelukkig.

"Hm, ja, dit kan vannag ook wees wanneer ek reeds lankal aan die slaap is. Dan sal jy natuurlik huis toe gaan sonder om my wakker te maak en eens te sê 'Nag, Rina', nè?"

Weer eens soen hy haar liefderyk op die voorhoof.

"Hoe kan ek jou wakker maak as jy so heerlik in droomland verkeer, my meisie . . .!"

"Dus beteken dit ek sien jou nie weer voor môreoggend nie?" vra sy teleurgesteld.

"As die pasiënt wakker word nadat jy reeds aan die slaap is, sal dit maar so wees, kindjie."

"En dan sal jy natuurlik weer soos gewoonlik eers al die ander pasiënte gaan besoek voordat jy my kom besoek, nè?"

"Ek moet, my kleinding, want ek vertoef gewoonlik langer by jou as by enige ander pasiënt."

"Dus sal ons nie weer kan gesels voor môreoggend om elf-uur nie?"

"Nee, jou groot baba, ek sal jou darem kom nagsê voordat ek vanaand huis toe gaan," beloof hy met een van sy innemend-ste glimlaggies, en Rina voel onmiddellik weer gelukkig en tevrede.

"Sal jy my wakker maak as ek dalk slaap, Toni?" wil sy weer weet.

"As jy my beloof dat jy weer dadelik sal slaap nadat ek weg is, ja."

"En as ek nie dadelik aan die slaap kan raak nie?"

"Dan maak ek jou eenvoudig nie wakker nie," pla hy.

"So! . . . Wel, dan kom besoek jy my asseblief in die vervolg nie weer nie, hoor! Jou ledige uurtjies kan jy dan maar by jou ander pasiënte gaan deurbring," kom dit vermakerig.

"Goed, behalwe my professionele besoeke, sal ek jou dan nie weer kom besoek nie. Jy sal buitendien van môre af nie meer uitsien na my besoeke nie. Jou ouers sal dan hier wees om jou geselskap te hou."

"Skaam jou, Toni, om sulke onsin te praat. Dink jy regtig ek sal my vriend verstoot wanneer my ouers hier is?"

"Maar jy sê dan ek het nie meer nodig om jou van môre af te kom besoek nie!"

"Ek het dit nie gesê omdat my ouers hier sal wees nie, jou groot bobbejaan," lag sy nou weer opgeruimd. "Raai, ek wil nogal hê jy moet my ouers ontmoet . . ."

"Toe maar, ek sal meer van hulle sien as jy. Hulle kom by ons inwoon. Moeder het reeds hulle kamers in gereedheid laat bring," val hy haar in dieselfde luim in die rede.

"Regtig? Wel, moet nou net nie dalk op Elsie gaan verlief raak nie, hoor! Sy trou een van die dae, my vriend," merk sy weer skertsend op.

"Ek beloof niks," is Toni se wederantwoord.

'n Halfuur nadat Toni sy liefling-pasiënt verlaat het, kom Benita die vertrek binne.

"Ek hoor jy soek geselskap!" groet sy haar siek vriendinnetjie opgewek. "Wel, ek is vandag net die regte medisyne vir jou," lag sy vrolik en gaan sit voor Rina op die bed. "As siek mense eers begin geselskap soek, is hulle mooi op pad om gesond te word."

Albei lag heerlik.

"Ek hoor die aanstaande bruidegom was vanoggend hier!" vervolg sy.

"Praat tog met my oor enigiets behalwe aanstaande bruidegoms," lag Rina hardop. "Ek besit nie so iets soos 'n aanstaande bruidegom nie, Benita . . ."

"En wat van dokter Jonker?" vra Benita. "Dit sal jou niks baat om my te probeer flous nie, my ou sussie. Toni het my vertel dat hy vanoggend hier was. En noudat hy weg is, voel jy so eensaam."

"Vir dié leuens gaan Toni darem regtig boet," lag Rina.

"Vir watter leuens gaan ek boet?" val Toni se bekende stem haar in die rede van die deur se kant af.

Dan kom hy nader en gaan ook voor die bed staan.

"En toe, is jy dan nie besig met 'n operasie nie?" vra Rina sonder om sy vraag te beantwoord.

"Ek het maar besluit om die pasiënt te laat vaar en liewer by jou te kom gesels," jok hy, want in werklikheid het die pasiënt nog nie by die hospitaal gearriveer nie, hoewel alles gereed is vir die operasie. "Maar vertel my eers, vir welke leuens gaan ek boet?"

"Gits, dan het jy nog die vermetelheid om te vra! As ek nie nou hier op my rug geanker gelê het nie, het al daardie swart krulle van jou gewaai. Ek sou hulle wortel en tak vir jou uit-gepluk het."

"So, en waarom moet ek nogal so verniel word?"

"Jy is mos die een wat vir Benita sê dat my aanstaande bruide-gom vanoggend hier was, en noudat hy weg is, voel ek dan so bitter eensaam. Jy behoort jou te skaam om so vir jou suster te jok, Antonio Sardinni!"

Toni is vol lag, maar sê kalm: "Ek het tog nie vir my suster gejok nie, kindjie. Jou aanstaande bruidegom was mos vanog-gend hier . . .! En dit was ook net pas na sy vertrek dat jy begin eensaam voel het. Ek het dan nog voorgestel om Benita te ont-bied vir jou vir geselskap!"

"Sies, Toni, jy is regtig gemeen. Ek praat nie weer met jou nie."

"Dan sal ek maar met jou praat," terg hy. Aan Benita sê hy met 'n knipoog: "Rinatjie het gesê ons moet haar van môre af nie meer kom besoek nie, want dan sal haar ouers hier wees om haar geselskap te hou."

"O, Toni, maar jy kan darem waarlik baie jok . . . Regtig, Be-nita, jy moet nie 'n woord glo wat hy jou vertel nie. Hy doen dit net om my siel te vergal. Maar, wag maar, die dag wat ek my uit hierdie bed lig, sal hy darem regtig verjaar."

"Jy sal nog baie lank op jou rug lê, kindjie. Bene groei nie so gou aan mekaar soos vleis nie."

"Hoe lank nog, Toni?" vra sy weer ernstig.

"Nog etlike weke, ou Rinatjie."

"Ek sal dit nooit so lank kan uithou in hierdie bed nie."

"Waarom nie?"

"Hemel, ek sou dink jy weet dis uiters vervelig om so lank op die naat van jou rug te lê wanneer jy niks makeer nie."

"Wil jy my vertel jy makeer niks, Rinatjie?"

"Maar natuurlik makeer ek niks. Ek is nie koorsig nie, en ek het ook nie eens een ou pyntjie om mee te spog nie."

Dan begin die ander twee weer te lag.

"Julle lag nou so lekker daaroor, maar een van die dae wys ek julle dat ek niks makeer nie. As Toni nog een môre dink hy kom besoek 'n halfdooie pasiënt, dan loop die einste pasiënt hom tegemoet by daardie deur," en sy wys met haar vinger in die rigting van die kamerdeur.

"Ou Rinatjie, as jy dit waag! Nee, kyk, ek wil liewer nie eens daaraan dink nie. Ek kan jou maar net sê dat die gevolge daarvan vir jou uiters noodlottig sal wees. Jy moet liewer die Vader dank dat jy nog leef, en nie staan en sukkel om jou uit hierdie bed te lig nie . . . Regtig, as ek weet dat jy flussies ernstig was, laat ek jou sowaar aan die bed vasgord."

Nou is dit weer Rina se beurt om te lag.

"Jy gaan my tog nie so mishandel nie, Toni," sê sy.

"As jy dreig om my bevele te verontagsaam, sal ek dit gewis moet doen."

"Toe maar, moenie onrustig wees nie. Ek sal my nie roer hier in die bed nie. Ek het net so min lus soos jy om na 'n ander oord te verhuis, my vriend," glimlag sy goedig.

Dan kom 'n verpleegster die saal binne met haar tee en sê aan Toni: "Die pasiënt het gearriveer, Dokter."

Eers word Rina se koors gemeet, dan help die verpleegster haar om die koppie tee te drink.

"Ai, dit sal 'n ware verlossing wees die dag wanneer ek weer 'n koppie tee soos 'n reggeskape mens kan drink. As 'n mens darem ook van kop tot tone bedien moet word, is jy voorwaar niks anders as 'n baba nie."

"As al die babas hulle so soet gedra soos u, juffrou, sal die wêreld darem waarlik 'n aangename oord wees vir die moeders om in te leef," sê die verpleegster.

"Jy probeer verniet om my bang te praat vir die klein mensies," sê Rina plaend. "Ek het klaar besluit op 'n kroos wat by die dosyne moet tel. En niks wat jy sê, sal my van gedagte laat verander nie."

"Vaderland, ek wil tog nie die man wees wat daardie uitgebreide kroos moet onderhou nie," lag Benita weer.

"Sien, daarom is ek nog nie verloof of getroud nie. Ek is nog al die tyd op soek na 'n geskikte man vir daardie onderhoudsakie," vervolg sy ernstig, tot groot vermaak van die ander twee. "En ek kan julle verseker, die dag wat ek hom ontmoet, trou ek dadelik."

"Meen u om die regte man hier in Italië te vind, juffrou?" kom dit vol lag van die verpleegster.

"Presies. Dit skyn my mos of sommige Italiaanse mans 'n voorliefde koester vir groot gesinne. Ek het al verskeie gesinne ontmoet wat uit sestien kinders bestaan. Nou wat is 'n dosyn in vergelyking met sestien! Ek hoop net ek raak nie ook so verslons en oorbluf soos daardie moeders wat ek gesien het nie. Dit lyk mos vir my of hulle nie meer 'n A of 'n B kan onderskei nie."

Dan kreun dit weer soos die tweetal lag.

"Dit sal met jou presies net dieselfde wees, Rinatjie. So 'n klomp kinders is genoeg om enige moeder van haar sinne te beroof. Bring jou getal maar liewer af na 'n halfdosyn. Ek is seker jy sal hulle kan beheer sonder om jou sinne kwyt te raak."

Al geselsend snel die tyd verby, en voordat hulle dit besef, moet Benita ook weer afskeid neem.

# 7

Met 'n vinnig kloppende hart en 'n gesiggie wat straal van opgewondenheid, lê Rina en wag op die koms van haar ouers.

Toni is al 'n halfuur gelede weg om hulle te gaan haal, en sy kan die tyd nou eenvoudig nie meer langer afwag om hulle te sien nie.

Met allerhande sakies trag sy om die opgewondenheid in haar te stil. Maar wat sy ook al doen of dink, sy kan hierdie blye gevoel nie onderdruk nie.

Met hande wat liggies bewe, neem sy die handspieël op en kyk vir die soveelste maal of haar hare nog netjies is. Dan hoor sy voetstappe in die gang, en 'n vlugtige oomblik lê sy en luister . . . Ja, hulle beweeg in die rigting van die kamer waarin sy lê.

Ineens verskyn die vier in die deur. Rina moet haar met moeite bedwing om nie orent te kom nie. 'n Uitroep van blydskap kan sy egter nie bedwing nie.

"O, my ou moedertjie!" roep sy bly uit en vou haar arms om haar moeder se nek toe sy afbuk om haar te soen.

O, Mammie, ek het al so verlang," sê sy en trek haar moeder nader om haar weer te soen.

Dan groet ook haar vader en Elsie haar, en al die tyd staan Toni hulle geluk swyend en betrag vanaf die voetenent van die bed. Vir hom is dit genotvol om Rina se stralende gesiggie te aanskou.

Nadat die drie besoekers op die stoele gaan sit het wat 'n verpleegster vroeër daar geplaas het, sê Rina met 'n stralende glimlaggie aan Toni: "Kom sit, Toni. Hier langs my op die bed is plek vir jou."

"Ek sal nie lank kan vertoef nie, kleinding," sê hy en voldoen aan haar wens.

"O, Toni, ek voel vandag so gelukkig," glimlag sy. Dan neem sy die jongman se een hand tussen albei hare en gee dit 'n ligte drukkie.

Onderwyl sy Toni se hand vertroulik vashou, vertel sy aan haar ouers hoe die ongeluk plaasgevind het. Dan vertel sy hulle weer van Riaan wat haar die vorige dag kom besoek het.

Toe sy eindelik klaar vertel het, merk haar vader plaend op: "Maar, ousus, vertel ons nou hoeveel kêrels jy al op jou kerfstok het?"

Heerlik skater sy van die lag en vertel vir Toni op Engels wat haar vader pas aan haar gevra het.

"U kan my woord neem, daar is vele wat 'n ogie op haar het, meneer Louw," sê Toni in Engels. "As sy eendag 'n oujongvrou word, sal sy dit eenvoudig net aan haar eie kieskeurigheid te danke hê. Want sy kan kies onder die mans soos min meisies kan."

223

Dan vertel hy aan haar ouers van die liefdesepisodes tussen haar en Riaan.

"Reken, ek wens haar nog geluk met die aanstaande huwelik," gaan hy voort, "en my woorde was nog nie eens koud nie, toe vertel sy my sonder om te blik of te bloos dat sy hom nie meer liefhet nie."

"Wel, sy moet nou liewers uitskei met haar kieskeurigheid," lag die oubaas. "Ek sien gevaar dat sy later geen man gaan kry nie."

"Ja-nee, as sy so aanhou, gaan sy sowaar 'n oujongnooi word," merk Toni plaend op.

"Toe maar, een van die dae verras ek julle nog almal," glimlag sy fyntjies. "Ek kan julle maar net sê dat die man van my keuse iets besonders gaan wees. En as julle dink ek gaan 'n oujongnooi word, misgis julle julle totaal, want dit sal nooit gebeur nie. Of julle dit nou wil weet of nie, maar ek gaan nog eendag 'n huis vol kinders hê."

"Ek wil dit nog eers sien voordat ek dit glo," kom dit weer van haar vader.

Terwyl die drie sit en skerts, hou tant Annie die jong snykundige noukeurig dop. Sy moet aan haarself erken dat hy 'n besonder innemende geaardheid het. En dat hy self verlief is op Rina, is vir die moeder geen geheim nie. Dat die twee saam 'n mooi prentjie maak, moet die moeder ook ruiterlik erken. Sy wonder nou net hoe Rina teenoor hom voel.

Dan kom 'n verpleegster die vertrek haastig binne en sê aan Toni: "Dokter, u word dringend ontbied na kamer dertien."

"As jy 'n kansie kry, sal jy weer saam met my kom tee drink, Toni?" vra Rina half pleitend op Italiaans, sodat net Toni kan verstaan. En Toni verstaan dat sy nie wil hê haar ouers moet nou al weet dat sy na haar geneesheer se teenwoordigheid verlang nie.

Met een van sy bekoorlikste glimlaggies antwoord hy ook op Italiaans: "As ek 'n kansie kry, doen ek dit met genoeë, my meisie. Jy weet tog al dat ek elke ledige oomblikkie by jou deurbring. Indien ek nie kom nie, moet jy weet ek is besig . . . Ek wens ek kan heeldag by jou bly, my kleinding."

"Goed, dan sal ek maar moet wag en sien," glimlag sy effens moedeloos. "My lewe hier in die hospitaal bestaan feitlik net uit wag."

"Jy behoort nou uiters tevrede te wees, my ou Rinatjie. Jy het dan nou albei jou ouers en jou suster by jou."

"Ja, ek behoort. Maar snaaks, ek voel nog nie tevrede nie, Toni," glimlag sy betekenisvol.

Etlike oomblikke staar Toni haar aan met brandende hartstog wat uit sy donker oë straal. En Rina weet dat hy verstaan het wat sy bedoel.

Dan draai hy plotseling om en beweeg soos 'n slaapwande-laar in die rigting van die deur.

"Ek kom vanaand, my liefling," sê hy oor sy skouer.

"Ek weier om vanaand te gaan slaap voordat jy gekom het," glimlag sy terug met 'n fraai blos wat die bleekheid van haar wange verjaag.

Dan verdwyn hy haastig in die gang, en stadig sterf sy voet-stappe weg.

"Nee, kyk, as julle twee nie verlief is nie, eet ek jou oud-ste paar skoene op," neem Elsie die woorde uit haar vader se mond.

"Jy bedoel hy is gaaf en uiters aantreklik, Elsie," kom dit plaend van Rina.

"Ja, hy is nogal besonder aantreklik," bieg die jonger meisie glimlaggend.

"Maar jy kan al goed Italiaans praat, ousus! Vertel my, waar-oor het julle flussies gesels?" kom dit van haar vader.

"Ek het hom sommer net uitgetrap omdat hy 'n geheimpie van my aan Vader-hulle uitgelaat het," jok sy met 'n skuldige blos, en al drie weet dat sy 'n wit leuentjie versin het, maar hulle sê niks.

"Vertel my, Elsie," stuur Rina die gesprek in 'n ander rigting. "Wie gaan jou hoofstrooimeisie wees as ek met jou troue mis-kien nog nie op die been is nie?"

"Maar sal jy dan nog in die bed wees, ousus?"

"Moontlik! Toni het my gister verseker dat ek nog baie lank hier op my rug sal moet lê."

"En ons het dan gemeen om jou saam met ons huis toe te neem!" kom dit duidelik teleurgesteld van die oubaas.

"Vader sal Toni moet vra, want 'n paar dae gelede het hy aan my gesê dat ek nog 'n operasie sal moet ondergaan indien hierdie een nie die gewenste uitwerking het nie."

"Maar, my kind, ek sal mos nie toelaat dat hy weer aan jou sny nie!"

"O, nee, Vader mag hom nie teëgaan nie. Toni weet wat hy doen . . . hy het in Engeland gespesialiseer as snykundige."

"Dan is dit ook daarom dat hy so goed Engels praat."

"Toni kan vyf tale praat, Vader."

"Ja, hy sal nogal glad nie 'n slegte skoonseun uitmaak nie, nè, Vader?" terg Elsie goedig.

"Julle twee moet nou ophou om die kind so te pla," snel die moeder haar oudste te hulp.

"Maar, vrou, ons pla haar tog nie! Hemel, 'n man wil darem tog weet wat steek in sy aanstaande skoonseun!" gaan die oubaas skertsend voort.

"Herklaas, nie een van my familie het jou so bespreek voor ons troue nie. Jy en Elsie moet nou dadelik uitskei met julle tergery."

"Mammie, ek wil Rina nog net een ding vra, dan sal ek doodstil bly," beloof die jongmeisie plegtig. "Vertel my, gaan jy ook 'n Katoliek word nadat jy met hom getroud is, Rina?"

"Nee, my ou sussie, 'n Katoliek sal ek nooit word nie."

"Maar die hele Italië is dan Katoliek!"

"Nee, Elsie, die hele Italië is nie Katoliek nie. Hier is etlike Protestante kerke ook."

"Wel, dit klink darem beter," laat die oubaas verlig hoor, "want regtig, ek sou nie daarvan gehou het dat jy Katoliek word nie, my kind."

Vlugtig kyk Rina af na haar polshorlosie toe die verpleegster die kamer binnekom met vyf koppies tee.

"Dokter Sardinni sal sy tee hier kom nuttig, juffrou," sê die verpleegster, gooi die een koppie tee oor in 'n klein teepotjie en verlaat weer onmiddellik die vertrek.

"Wat sê sy, ousus?" wil die oubaas weet.

226

"Net dat Toni sy tee hier sal kom drink, Vader."

"En wie het jou geleer om die taal te praat, kind?"

"Toni se suster, vader."

"Nee, kyk, ek sal dié taal nooit kan leer nie."

"Ek neem Vader ook nie kwalik nie. Hulle grammatika is besonder moeilik om te leer. Dis maar net omdat ek Latyn ken dat ek Italiaans so gou leer praat het."

"Laat die tale gerus nou eers links lê, en drink julle tee," stel tant Annie voor.

"Ek sal moet wag tot Toni kom, Moeder. Hy sal my help om die tee te drink," glimlag Rina. "Ek is mos nou hulpeloos soos 'n baba. Alles moet vir my gedoen word."

Dan verskyn die fors gestalte van Toni in die kamerdeur. Met 'n veerkragtige tred stap hy nader en neem weer plek in langs Rina op die bed.

"Het jy nog nie jou tee gedrink nie, my meisie?" vra hy toe hy merk dat haar teepotjie met tee nog onaangeroer op die tafel staan.

"Ek het vir jou gewag," sê sy sag.

Vlugtig kom hy orent, plaas sy arm om haar skouer en lig haar effens orent. Dan neem hy die teepotjie en oorhandig dit aan haar.

Onderwyl sy haar tee drink, liefkoos sy oë haar blonde krullebol wat so vertroulik teen sy skouer rus, en sy hart klop wild in sy binneste.

Eindelik is sy klaar, en hy laat haar stadig terugsak op die kussing. Dan neem hy sy koppie tee en gaan weer langs haar op die bed sit.

"Was jy baie besig, Toni?" vra Rina.

"Nogal ... Maar nie te besig om saam met die mooiste nooientjie in Florence te kom tee drink nie," glimlag hy, en sy oë blik sag in hare.

"My vader sê hy neem my saam wanneer hy weer teruggaan Suid-Afrika toe," merk sy plaend op. Sy weet by voorbaat dat Toni hierdie nuus nie gaan goedkeur nie.

"Dan sal u minstens drie maande hier moet bly, meneer Louw," merk Toni kalm op.

"Nooit, ou seun. Ons kan nie langer as 'n week hier bly nie. Ek kan my plaas nie so lank in ander se sorg laat nie."

"Bedoel u om Rinatjie dan saam te neem?" glimlag die jong arts geamuseerd.

"Ja, Toni, by ons is daar ook hospitale waar Rinatjie kan herstel. Wanneer jy eendag self kinders het, sal jy besef wat dit beteken vir 'n ouer om van 'n siek kind verwyder te wees."

"Ek besef dit sal vir u en mevrou Louw pynigend wees om Rinatjie hier agter te laat, maar dit kan nou nie anders nie, meneer Louw. Ek is op die oomblik verantwoordelik vir haar welvaart, en so iets kan ek nie toelaat nie. Rinatjie sal nog etlike weke doodstil op haar rug moet lê . . . en . . . wel, dit mag wees dat nog 'n operasie onvermydelik . . ."

"O, nee, Toni, jy gaan nie weer aan haar sny nie," val die oubaas hom haastig in die rede.

Vinnig staan Toni op en sê: "Sal u en mevrou Louw asseblief na my kantoor toe kom? Ek wil julle graag alleen spreek."

Toe hulle buite hoorafstand is, vervolg hy: "Meneer Louw, u moet asseblief nie weer sê dat u Rinatjie nou al wil vervoer nie. U weet nog nie van die gevaar waarin sy op die oomblik verkeer nie. 'n Tweede operasie sal dalk nog 'n noodsaaklikheid wees."

"Maar, Toni, sy lyk dan so gesond!" kom dit verbaas van die oubaas.

Dan tree hulle die kantoor binne en Toni bied hul elk 'n stoel aan. Hy self neem plaas op die punt van sy lessenaar.

Kortliks verduidelik hy aan die ouerpaar waarom hy genoodsaak was om 'n noodoperasie op Rina uit te voer.

"Wat ek julle nou gaan vertel, is vir my glad nie aangenaam om oor te praat nie," gaan hy voort. "Maar julle is haar ouers, dus moet julle dit weet . . . Sien, dit mag wees dat ons ou Rinatjie dalk nog verlam gaan wees. En in daardie geval sal 'n tweede operasie onvermydelik wees . . ." sê hy sag.

Geskok kyk die ouers die jong chirurg voor hulle aan, en nie een kan 'n woord praat nie.

"Dink . . . dink jy dat nog 'n operasie sal help?" vra die vader stamelend toe hy later tot verhaal kom.

228

"Ek meen so, meneer Louw," sê hy bemoedigend, maar ek sal bly wees as julle my wil vertrou met Rinatjie en haar uitsluitlik in my hande laat . . . Ek is jammer dat ek dit self moet sê, maar geen geneesheer kan vir haar meer doen as wat ek vir haar doen nie. 'n Ander geneesheer sou in die eerste plek nie eens die operasie gedoen het wat ek 'n week gelede op haar uitgevoer het nie . . . U kan Rinatjie met 'n geruste hart in my hande laat. Vir haar welvaart sal ek veg tot die bitter einde, want dit sal vir my net so pynigend wees om haar verlam te sien . . . Ek glo nie een van julle twee het haar so lief soos wat ek haar het nie. Dus, alles wat ek vir haar doen, is vir haar eie beswil," glimlag hy flou.

"Ons weet julle het mekaar lief, my seun. Ons het dit reeds vanoggend al gemerk. Daarom glo ek jy sal vir haar gesondheid veg tot die bitter einde. En moet tog asseblief nie weer dink ons vertrou jou nie, Toni . . . Al ons hoop en vertroue is op jou gevestig, my kind. Mag die Here jou help en bystaan indien jy weer 'n operasie op haar moet uitvoer," sê die vader sag.

Dan kom hulle al drie orent.

Vertroulik lê tant Annie haar hand op die jongman se arm en sê dankbaar: "Ons is jou innig dankbaar vir wat jy reeds vir Rinatjie gedoen het, Toni. Ons het oneindig vertroue in jou . . . En . . . onthou, jy dra ook ons goedkeuring weg vir Rinatjie as lewensmaat."

Met innige dankbaarheid in sy donker oë lê hy sy hand op dié van die ouer dame en sê: "Dankie, mevrou en meneer Louw. Ek het Rinatjie nog nie om haar hand gevra nie, maar julle kan verseker wees ek doen dit vanaand . . . Nou glo ek ook dat julle my vertrou as haar geneesheer," glimlag hy vriendelik.

Langsaam beweeg hulle weer in die rigting van kamer drie, Rina se kamer.

"Sodra Rinatjie weer op die been is, moet jy jou rekening saam met die van die hospitaal maar aan my stuur, ou seun. Ek glo Rina sal nie genoeg geld hê om vir alles te betaal nie," sê die oubaas 'n oomblik later.

"Vir my dienste sal daar geen rekening wees nie, meneer Louw, en die hospitaalonkoste is nie ter sprake nie," glimlag hy.

Hy ken die oubaas al. Pedro het hom reeds vertel hoe 'n trotse man hy is.

"Kyk hier," Toni," sê oom Herklaas effens streng. "Jy laat nie my kind hier op goewermentsonkoste bly nie, hoor! Ek kan vir haar verblyf hier . . ."

"Ek weet u kan vir alles betaal, meneer Louw," val Toni hom laggend in die rede. "Ek kan u verseker, Rinatjie lê nie hier op staatskoste nie, maar in een van ons duurste privaat kamers."

"Nou ja, sien asseblief net dat die rekening aan my gestuur word."

Hierop sê Toni niks, want ofskoon hy weet dat die oubaas skatryk is, is hy tog nie van plan om hom te laat betaal vir enige onkoste verbonde aan Rina se siekte nie. Hy het reeds besluit om self die hospitaalonkoste te vereffen.

Eindelik bereik hulle Rina se kamer en tref die twee susters druk in gesprek aan.

"Het julle nou al julle geheimpies aan mekaar vertel?" wil Toni skertsend weet.

"Nog nie almal nie," merk Rina in dieselfde luim op. "Daar is een geheimpie wat ek haar nog nie vertel het nie. Maar dit kan wag tot 'n later geleentheid."

"Gaaf, jy kan haar dit maar vanmiddag vertel, want nou moet ons eers huis toe gaan vir middagete."

"Gaan jy vanmiddag baie besig wees, Toni?"

"Waarom vra jy, my meisie?"

"Wel . . . ek wil maar net weet of jy weer vanmiddag by ons kom gesels," stamel sy effens.

"Drie-uur moet ek weer 'n operasie doen. Dus sal julle my geselskap net vir 'n halfuur kan geniet."

"Maar is hier dan geen end aan die operasies in hierdie hospitaal nie, Toni?" kom dit half teleurgesteld. "Gits, elke môre en elke middag moet jy 'n operasie uitvoer, en soms drie per . . .!"

"Dis nie net inwoners van Italië wat hierheen kom vir operasies nie, my meisie," val hy haar sag in die rede. "Die pasiënt wat vanmiddag 'n operasie moet ondergaan, het vanoggend van Bulgarye gekom. Solank die pasiënte nog in so 'n toestand verkeer dat hulle vervoer kan word, kom hulle gewoonlik hierheen. Maar as die geval uiters ernstig is, gaan ek dikwels na die pasiënt; daarom besit ek my eie vliegtuig," verduidelik hy glimlaggend. Dit doen sy hart besonder goed om te sien dat sy teleurgesteld voel oor sy afwesigheid. En in sy hart seën hy die pasiënte.

# 8

Dis vyfuur die middag. Al die besoekers is reeds weg en Rina voel besonder eensaam. Sy weet dat sy Toni ook nie gou sal sien nie. Hy staan natuurlik nou langs die bed van sy jongste pasiënt.

Dan wonder sy weer hoe lank sy nog hier op haar rug sal moet lê . . . Sy sal iets moet vind om te doen, die tyd begin haar nou erg verveel. En wat gaan sy aanvang wanneer haar ouers weer teruggaan Suid-Afrika toe! Nee, Benita sal vir haar naald-werk moet bring; of wol, sodat sy kan brei.

'n Uur later bring die verpleegster Rina se aandete. Langs die bord lê 'n notatjie netjies opgevou.

Met 'n opgewonde blos vou Rina die nota oop en begin lees.

*Ek gaan vanaand jou enigste besoeker wees, my meisie. Ek moet jou eenvoudig vanaand alleen sien, dus het ek met Pedro en Juan gereël om jou vader vanaand geselskap te hou. Jou moeder het vir my moeg en uitgeput gelyk van die lang reis en ek het haar aangeraai om vanaand vroeg te gaan slaap. Tot straks, my meisie.*
  *Altyd jou eie*
  *Toni*

Met 'n stralende glimlaggie beveel sy die verpleegster om haar 'n pen en skryfblok aan te gee. Dan skryf sy:

*Moet nie te hard werk nie. Ek sien uit dat dit sewe-uur moet word. Ek wag in spanning op jou besoekie.*

231

*Ook altyd jou eie*
*Rina*

Sy vou die nota op en gee dit aan die verpleegster.

"Gee dit asseblief aan dokter Sardinni. Ek sal eet wanneer jy terug is."

Met 'n sweem van 'n glimlaggie neem Toni die nota by die verpleegster en bedank haar hoflik. Nadat hy 'n vlugtige blik in die rigting van die slapende pasiënt op die bed gewerp het, vou hy die nota oop en begin die inhoud te lees.

Met 'n stralende gesig vou hy dit oomblikke later op en steek dit in sy sak.

"Ek kan wed u het goeie nuus ontvang, dokter," kan die suster nie help om te sê nie, hoewel sy weet dat die notatjie van Rina af kom.

"Ja, ek het besonder goeie nuus ontvang," glimlag hy voldaan.

"Ek verstaan juffrou Louw se ouers was vanoggend hier?"

"Ja, hulle het gisteraand baie laat in Florence gearriveer."

Dan begin die pasiënt ineens tekens toon dat hy besig is om by te kom van die narkose.

Behendig dien Toni hom 'n inspuiting toe, voel sy pols, en die suster merk dat hy tevrede is met verloop van sake.

Vlugtig gee hy bevele aan die suster, loer 'n oomblik by die pasiënt wat hy die oggend geopereer het in en dan stap hy na sy motor wat voor die hospitaal geparkeer staan.

Tuis sit almal reeds om die tafel, besig om die aandete te nuttig.

"Hoe gaan die met Rinatjie?" groet sy moeder hom.

"Presies dieselfde as vanoggend, Moeder," antwoord hy opgewek, hoewel die spore van afgematheid duidelik op sy gelaat te bespeur is.

"Jy lyk vanaand besonder moeg, Toni," merk sy moeder weer besorg op.

"Gelukkig is daar vanaand geen pasiënte nie, Moeder," stel hy haar gerus.

"Dan kan jy na ete maar dadelik gaan slaap."

"Ek is jammer, my ou moedertjie, maar ná ete moet ek weer dadelik teruggaan hospitaal toe. Daar is 'n klein blonde pasiëntjie wat op my koms lê en wag," lag hy.

"Wie is dit . . . Rinatjie?"

"Reg geraai, Moeder. Ek het haar reeds verwittig dat ek vanaand haar enigste besoeker gaan wees."

"Elsie en ek sal jou vergesel, Toni!" stel Benita voor.

"Daar sal niks van kom nie, my sussie. Vanaand bly julle almal tuis. Ek moet darem ook 'n beurt kry om haar te besoek."

"Maar jy sien haar tog heeldag, Toni!" werp Benita teë.

"Altyd in julle teenwoordigheid, ja."

"Ons sal nie lank bly nie . . . Net vyf minute, ou boetie," pleit sy.

"Volstrek nie. Vanaand gaan ek Rinatjie alleen besoek. Môre kan jy en Elsie haar die heeldag gaan besoek . . . Ek dink ek moet julle in die vervolg glad nie meer toelaat om haar saans te besoek nie."

"Sies, Toni, jy gaan dit nie doen nie. Dis dan al tyd wat mens met haar kan gesels sonder om deur die verpleegsters gesteur te word!" merk Benita teleurgesteld op.

"Presies, dis juis daarom dat ek daardie uurtjie self verkies om haar te besoek."

Heerlik skater die oubaas dit uit van die lag.

"Ek is bevrees julle twee sal maar saans soos soet dogtertjies moet tuisbly, anders gaan bederf julle dalk net hulle liefdesake met julle ongewenste teenwoordigheid."

"So, dan is dit hoe die wind waai daar in kamer drie!" sê Benita.

"Presies. Enige besware daarteen?" Hy kyk haar met 'n tergende glimlaggie aan.

"Nie in die minste nie, my ou boetie. Jy weet mos Rinatjie is ook my uitverkorene."

In 'n vrolike stemming verloop die maaltyd verder. Almal is opgeruimd en vol grappies.

Behendig vee Rina met die poeierkwas oor haar neus. Weer eens trek sy die kom deur haar blonde krulle en gee dan die spieël terug aan die verpleegster terwyl sy voldaan sê: "So, nou is ek gereed vir my besoeker."

"Ek wed dis 'n spesiale besoeker," terg die verpleegster.

"Daarvan kan jy seker wees. Dis nie verniet dat ek my so uitvat nie. Gits, ek het dan eintlik my mooiste bedbaadjie aangetrek vir die geleentheid!" lag sy opgeruimd.

"Ja-nee, dan moet dit gewis 'n spesiale besoeker wees . . ."

"En 'n spesiale geleentheid," vul Rina aan.

Dan verskyn Toni in die kamerdeur.

Met 'n vriendelike "goeienag" verlaat die verpleegster die kamer, en Toni stap vinnig nader.

Stralend van geluk kyk hy af na die nooientjie wat sy hele hart in die palm van haar twee handjies hou.

"Toni!" sê sy sag en steek albei haar hande uit na hom.

Liefdevol omvou hy hulle met sy eie.

"Is my meisie nou tevrede, of wou sy graag haar ouers ook hier gehad het?" vra hy teer.

"Nee, ek is heeltemal tevrede, Toni. Môre sien ek hulle weer die heeldag, en vir jou nie, want noudat ek gesond word, begin jy my mos afskeep," terg sy. "Eers het jy my byna elke halfuur kom besoek en nou moet ek jou feitlik soebat om elfuurtee saam met my te kom drink."

"Skaam jou om so te jok, my meisie. Wanneer ek 'n kansie kry gedurende die dag is ek maar altyd hier by jou. Vanaand het ek Elsie en Benita eintlik belet om jou te kom sien, net omdat ek jou graag alleen wil besoek."

"As dit die geval is, trek ek al my woorde terug," val sy hom laggend in die rede. "Maar ek moet sê, jy kan darem regtig 'n plan maak om my bedags 'n bietjie meer te kom besoek."

"Môre sal ek jou glad nie kan besoek nie, my ou Rinatjie," pla hy goedig. Maar die teleurstelling op haar gesiggie laat hom byna van besluit verander, en amper vertel hy haar dat hy net 'n grappie gemaak het . . . Maar nee, hy gaan nie nou week word nie. Hy wil weet wat in haar binneste omgaan, want dat sy hom nie heeltemal ongeneë is nie, is vir hom tog heel duidelik.

"Waarom sal ek jou môre nie sien nie?" vra sy sag.

"Ek moet 'n operasie in Milaan gaan waarneem, kindjie."

"Sal ek jou môre glad nie sien nie, Toni?" kom dit nog meer teleurgesteld.

"Nee, kleinding. Ek sal jou eers weer oormôre kan besoek."

"En môreaand?"

"Môreaand ook nie, Rinatjie. Eers oormôre, het ek gesê."

"Maar wat gaan jy dan môreaand doen dat jy my nie kan kom sien nie, Toni?"

Moenie verontrus wees nie, kleinding. Ek sal sorg dat jy môreaand sommer baie besoekers het. Pedro, Juan, Benita en Elsie kan jou môreaand . . ."

Maar sy val hom vinnig in die rede deur te sê: "Ek wil nie weet van Pedro, Elsie, Benita en Juan nie. Ek het gevra wat gaan jy môreaand doen wat so belangrik is dat jy nie eens 'n besoekie aan my kan bring nie!"

"En as ek byvoorbeeld 'n afspraak het om 'n dame na 'n opvoering te neem?" merk hy tergend op.

"Dan wil ek hê dat jy my daarvan moet vertel." Haar stem is sag, en in haar oë is daar 'n trek van bittere teleurstelling.

"Ek speel sommer, my ou Rinatjie. Ek neem geen dame na 'n vertoning nie," glimlag hy goedig.

"Nou wat gaan jy dan môreaand doen?" vra sy weer sag.

"Kom, vergeet nou al hierdie onsin, kleinding," paai hy.

"Nee, ek gaan dit volstrek nie vergeet nie. Ek wil weet waarom jy my nie môreaand kan besoek nie."

"Is dit vir jou dan so belangrik, my meisie?" wil hy ernstig weet. Maar Rina antwoord nie, en weer sê hy: "Beantwoord my vraag, meisie. Is dit vir jou so belangrik dat jy dit nie kan vergeet nie?"

"Ja, Toni, dis vir my baie belangrik . . . ek moet dit weet," sê sy eindelik, en twee groot trane blink in haar oë. Dan rol die woorde oor haar lippe, woorde wat sy eers huiwerig was om te uiter. "Jy dink dis vir my uiters aangenaam om bedags hier te lê en wag . . . wag dat jy by daardie deur moet inkom. En om na elke voetstap te lê en luister, en te wonder of dit nie dalk jou voetstappe is nie. En wanneer tienuur reeds verstreke is, weer die horlosie te lê en dophou of dit nog nie teetyd is nie. Dan begin die spanning weer van voor af. Want daar mag dalk net 'n onverwagte pasiënt opgedaag het, of een van jou ander pasiënte se siekte het dalk net 'n ernstige wending geneem en jy kan nie 'n oomblik spaar om 'n koppie tee te kom drink nie. Dan lê ek hier in spanning . . ."

Vinnig buk hy af en smoor alle ander woorde wat sy nog wou sê met 'n innige soen.

"Dis genoeg, my liefling," fluister hy teer met sy lippe op hare. "Ek het nie geweet dat jy so na my teenwoordigheid verlang nie . . . Dan het jy my ook 'n bietjie lief?"

Stadig gaan haar arms om sy nek en sy druk hom teen haar vas.

"Dierbare ou Toni," lag sy gelukkig deur haar trane. "Ek wonder of jy ooit sal kan besef hoe lief ek jou waarlik het! Die afgelope paar dae al voel ek so eensaam. Eers het ek gedink dis maar net omdat ek so na my moeder verlang. Maar vandag was hulle almal hier om my bed, en nog het ek eensaam en ongelukkig gevoel. Toe het ek geweet dat dit nie na hulle is wat ek verlang nie . . . Dis na jou wat ek elke dag verlang, Toni."

"My liefling, ek kan dit byna nie glo dat so 'n groot geluk my te beurt geval het nie . . . Sê weer dat jy my liefhet, skat. Ek moet dit weer van jou lippe hoor."

"Ek het jou lief, my eie ou Toni . . . so innig lief," sê sy sag.

"Sal jy my bruidjie word, my liefling?"

"Ja, Toni."

"Wanneer, my skat?"

"Net sodra ek my voete van hierdie bed af kan sit," glimlag sy gelukkig op in sy donker oë wat dof is van onderdrukte emosies.

"Kan ek maar môre my verloofring aan jou vingertjie plaas?"

"Ja, Toni. Ek wil graag die draer van jou pand van liefde wees."

Dan soen hy haar weer met vuur en hartstog, en Rina gee haar gewillig oor aan sy hartstogtelike soene wat op haar lippe brand.

"Gaan jy môre daardie ander afspraak nakom, Toni?" vra sy nog effens weemoedig.

"Ek het jou sommer net gepla, my skat, ek het geen ander afspraak nie. Môre het ek net een operasie om te doen, en dit word in dieselfde teater gedoen waar ek jou operasie gedoen het . . . in die teater van die Dellimolinette-hospitaal," lag hy opgeruimd.

"Gaan jy nie môre Milaan toe nie, Toni?" Haar stem is vol twyfel, en dit ontgaan die jong Italianer se oor nie.

"Nee, my liefling. Môreoggend kom ek eers my ring aan daardie vingertjie plaas, dan gaan doen ek onmiddellik die operasie wat wag, en van elfuur af kom kuier ek die heeldag by my nooientjie. Is my liefling nou tevrede?"

"O, Toni, ek sien uit na môre. Ek hoop net daar gebeur nie dalk iets wat my geluk kan bederf nie."

"Wat kan tog gebeur, my skat?"

"'n Onverwagte operasie!" herinner sy hom.

"Ons hoop maar dat so iets nie sal gebeur nie, liefling van my hart," glimlag hy opgewek, en vervolg dan weer ernstig: "Jy sal môre 'n brief aan Riaan moet skryf en hom verwittig dat jy nou besluit het om my bruidjie te word, skat! Skryf die brief môreoggend terwyl ek met die operasie besig is, want na elf sal die familie jou geen kans gee daarvoor nie. En dis belangrik dat daardie brief môre gepos word."

"Wees nie verontrus nie. Daardie brief gaan ek vanaand nog skryf . . . Snaaks, hy het my met sy laaste besoek gewaarsku om nie op jou te gaan staan en verlief raak nie, en hier het die ding nou net gebeur waarteen hy my gewaarsku het," lag sy gelukkig, neem sy gesig tussen haar twee hande en soen hom liggies op sy mond.

"O, waarom moet jy nou siek wees, my liefling?" kreun hy saggies. "Ek kan jou nou nie eens ordentlik in my arms neem nie . . .! Jy moet gou gesond word, my skat. Ek smag na die oomblik dat ek jou weer in my arms kan neem en styf aan my bors kan druk."

"Ek sal, Toni. As jy my net nie afskeep met jou besoekies nie, is ek een van die dae weer perdfris," glimlag sy liefdevol op na hom.

"Ek sal jou nooit afskeep nie, my ou Rinatjie. As ek nie self by jou kan wees nie, sal ek jou altyd 'n briefie van bemoediging stuur."

Al geselsend snel die tyd verby en nie een merk eens dat die besoekuur reeds verstreke is nie.

"Ek sal nou moet gaan, my liefling," sê hy sag. "Moet nou nie vergeet om daardie brief te skryf nie, my meisie."

Dan buk hy en soen haar lank en innig.

"Nag, my skat. Lekker slaap," fluister hy sag en verlaat die vertrek onmiddellik daarna.

"Sal ons nou daardie fraai bedbaadjie vervang met 'n ander een? Die spesiale besoeker is mos nou weg," terg die verpleeg-ster vriendelik.

"Ons kan dit gerus doen," stem Rina geredelik toe.

Al geselsend voer die verpleegster haar pligte uit, en eindelik is sy gereed om te gaan.

"Die nagverpleegster sal aanstons vir u 'n koppie koffie bring, juffrou. Is daar nog iets wat ek vir u kan doen?"

"Jy kan my skryfblok en pen vir my aangee, asseblief. Ek moet vanaand 'n uiters onaangename brief skryf. En hoe ek dit hier op die naat van my rug gaan doen, bly vir my 'n raaisel . . . Maar ek sal moet probeer, want dis noodsaaklik dat ek dit vanaand skryf."

Tien minute later hou Toni weer voor die motorhuis stil. Hy merk dat byna al die ligte in die huis nog brand en weet dat die familie nog nie gaan slaap het nie.

Met 'n hart wat vinnig klop van opgewondenheid, stap hy die sitkamer binne waar die twee gesinne nog gesellig sit en gesels.

"Hoe gaan dit met die klein blonde pasiëntjie, Toni?" groet die oubaas hom plaend.

"Gaaf . . . uiters gaaf, meneer Louw," lag hy opgewek. "Dit sal julle natuurlik interesseer om te weet dat Rinatjie my bruid gaan word sodra sy gesond is," val hy met die deur in die huis. "Ons raak môreoggend vroeg verloof."

Van alkante word hy gelukgewens. Benita is egter die eerste by en val hom byna om die hals.

"O, Toni, jy is waarlik 'n ou doring. Wie het dit nou van jou verwag? Geluk, my ou boetie . . . baie geluk, hoor! Jy het so na my hart gekies."

Dan is Elsie weer aan die beurt met 'n stewige handdruk.

"Geluk, Toni. Ek dink Rina het 'n wyse keuse gedoen. Ek sou jou ook gekies het vir 'n swaer."

Eindelik is oom Herklaas aan die beurt, dan sê hy plaend, maar tog ernstig: "Ek wonder of jy weet waarvan jy my nou beroof het, Toni! Maar ek gee haar met 'n geruste hart aan jou. Wees baie goed vir haar, my seun, en onthou net dit: Rinatjie kry gouer seer as die gewone mens. Met haar moet jy besonder sag werk. Geluk, my seun, en mag julle baie gelukkig wees."

"Dankie, meneer Louw. Ek beloof u om alles in my vermoë te doen om Rinatjie gelukkig te maak. Haar geluk sal altyd die swaarste by my weeg, want sy beteken vir my veel meer as al my aardse skatte. En ek kan u verseker, die oomblik dat ek my troupand aan haar vingertjie plaas, sal vir my die gelukkigste oomblik van my lewe wees," sê hy eerlik en opreg.

Dan neem hy langs die oubaas plaas, onderwyl Pedro vir hulle elk 'n drankie skink.

Vir die drie Afrikaners was die luukse en uiters moderne huis van die Sardinni's 'n aangename verrassing. Wat die oubaas die meeste getref het, was die swart marmervloer waarvan die blokke se laste met brons opgevul is. Ook die blouwit marmer-vloere wat lyk asof 'n mens op 'n blouwit oseaan beweeg, was vir die oubaas baie mooi. Dan is daar ook etlike skilderye wat in die sitkamer se muur ingebou is, wat vir oom Herklaas besonder mooi is. Hy het hom telkens verkyk aan een besondere skildery wat die agterkant van 'n ingeboude visdammetjie uitmaak. As 'n vreemdeling nie weet dat die skildery maar net die agterste muur van die dammetjie uitmaak nie, sou hy dink dat dit leef, want oral swem klein goue vissies rond agter die glas.

Wat hy nie geweet het nie, was dat die Sardinni's se aan-treklike woonhuis 'n produk is van oubaas Sardinni se brein. Hy weet ook nie dat oubaas Sardinni 'n argitek was, beroemd vir die besondere kunssin wat hy aan die dag gelê het met die beplanning van sy eie woning nie.

Tot laat daardie aand sit die twee gesinne die huwelik van Rina en Toni en bespreek.

Toni is die eerste om aan te kondig dat hy wil gaan slaap.

"Ja-nee, jou kop is juis so vol muisneste, ou seun. En as jy nou nog sonder slaap ook moet gaan, sien ek gevaar dat jy môre die eerste pasiënt se mangels uitsny in plaas van sy galblaas," merk oom Herklaas op, tot groot vermaak van almal. Ook Toni lag saam, en hy besluit ineens dat hy van hierdie opgeruimde oubaas hou.

# 9

In kamer nommer drie is dit vanoggend doodstil. In spanning lê Rina en wag op die grootste gebeurtenis van haar lewe . . . sy wag op Toni en die suster.

Tot laat gisteraand het Toni by haar gesit en gesels. Voordat hy vertrek het, het hy aan haar gesê: "Ons gaan môre kyk of jy nog kan loop, en of jy al vergeet het om te loop, my skat." Sy het hom so ongelowig aangestaar, dat hy bevestigend gesê het: "Jy gaan môreoggend regtig opstaan uit hierdie bed, my meisie, is jy bly?"

Ofskoon Toni hom opgewek voorgedoen het, kon sy glimlaggie nie die onsekerheid en twyfel in sy binneste verbloem nie.

"O, Toni, dit sal hemels wees," het sy in ekstase uitgeroep, en die jong snykundige het oombliklik geweet dat die oomblik aangebreek het dat hy haar sal moet verwittig van die onsekerheid of sy wel weer sal kan loop of nie.

So goed as wat dit menslik moontlik is, het hy aan haar vertel van die onsekerheid wat soos 'n donker wolk oor haar hang, en Rina het ineens stil geword. Die gedagte dat sy dalk lewenslank 'n invalide mag wees, het haar soos 'n sweepslag getref en al haar toekomsplanne in duie laat stort. Vir haar sal daar nou geen gelukkige toekoms meer wees nie, net 'n verlede. Haar lewe het nou geëindig. Van môre af sal sy net 'n bestaan voer, 'n bestaan wat liefde en geluk uitsluit.

Toni het gemerk dat die nuus haar dieper getref het as wat hy verwag het. Maar voordat hy iets bemoedigends kon sê, het Rina reeds begin praat.

"Dan sal ons môre eers weet wat die toekoms vir ons inhou; of dit geluk of iets anders gaan wees." Haar stem was sag en toonloos.

"Wat bedoel jy, my meisie?" het hy teer gevra en haar blonde krulle liefkosend met sy hand gestreel.

"Ek sal nie met jou trou as ek . . . ek verlam is nie, Toni," het sy weer sag gesê, en 'n vlaag van moedeloosheid het oor haar toegesak.

"O nee, my liefling, ek sal dit nooit toelaat dat jy troubreuk pleeg nie. Jy gaan my vroutjie word, of jy kan loop of nie," het hy ernstig gesê.

"Ek is jammer, Toni. Onder sulke omstandighede kan ek nie . . . Jy moes jou nie aan my gebind het met 'n verlowing nie. Jy het tog geweet daar bestaan 'n moontlikheid dat ek dalk nooit weer sal kan loop nie . . ."

"Asseblief, my liefling, jy moet nooit weer so iets sê nie," het hy simpatiek gesê. "As jy môreoggend nie in staat is om te loop nie, doen ek onmiddellik daardie tweede operasie waarvan ek gepraat het."

Etlike minute het hy nog sag, vertroulik met haar gepraat; haar probeer moed inboesem. En voordat hy vertrek het, het hy aan die verpleegster opdrag gegee dat die pasiënt 'n slaap-drankie moet kry.

Nou lê sy in spanning, vol onsekerheid en wag op die beslissende uur.

Eindelik maak Toni sy verskyning in die geselskap van drie ander geneeshere, die suster en 'n verpleegster.

Rina is doodsbleek en die spanning waarin sy verkeer, is duidelik op haar wese afgeëts.

Met 'n flou glimlaggie beantwoord sy die drie geneeshere se môregroet. Dan gee Toni haar hand 'n ligte drukkie van bemoediging en sy kan merk dat ook hy in spanning verkeer, want ook vir hom is hierdie uur 'n vuurproef.

Onderwyl die suster haar help om haar kamerjas en pantof-

241

fels aan te trek, kry die verpleegster vir haar 'n stoel gereed 'n entjie van die bed af.

Met opgehoue asem staar Toni en die drie geneeshere haar aan, want ook vir hulle is dit 'n uur van uiterste spanning. Hulle weet hoe Toni geveg het vir haar lewe, en nou bid hulle saam met hom dat die operasie 'n volslae sukses moet wees. Onder sy hande het daar nog min operasies misluk, en hierdie een mag nie onder die misluktes tel nie.

Liggies gly sy van die bed af, en kom op albei haar voete te staan. Die speldprikke onder haar voete is geweldig, en dit laat haar eers duiselig voel. Sy wankel effens op haar bene, maar die suster hou haar stewig aan haar arm vas. Haar hoof voel so lig soos 'n veer, haar hart bons opgewonde. "O, Vader," bid sy in haar enigheid, "laat hierdie drinkbeker van gal en edik my tog verbygaan!"

Dan hoor sy Toni effens hees sê: "Hou haar liggies vas, suster, sodat sy kan probeer om na die stoel toe te loop."

Stadig en onseker gee sy die eerste treë, want albei haar tone voel loodswaar. Dan die tweede, en derde. Haar hart klop woes in haar binneste en sy merk die blydskap, die verligting, die innige vreugde op Toni se gelaat.

"O, Toni! . . . Ek kan loop!" roep sy oorstelp van blydskap uit en steek albei haar hande na hom toe uit.

"My dierbare ou Rinatjie!" Dan is hy by haar, vou haar hartstogtelik in sy gespierde arms en druk haar styf aan sy bors.

"Eindelik kan ek die verlange in my arms stil," sê hy sag. Dan ontmoet sy lippe hare en word hul liefde verewig met 'n lang en innige kus.

Wanneer die drie geneeshere, die suster en die verpleegster die vertrek verlaat het, weet nie een van die twee nie. Op die oomblik is hulle net bewus van mekaar en hul innige liefde vir mekaar.

"Neem jy my vandag huis toe, Toni?" vra sy etlike oomblikke later.

"As jy my beloof dat jy nie bedrywig sal gaan raak nie, neem ek jou nou huis toe, liefling."

242

"Ek beloof om jou bevele stiptelik uit te voer, Toni," glimlag sy gelukkig.

"Goed, dan neem ek jou huis toe. Dit sal vir Moeder-hulle 'n heerlike verrassing wees om jou weer op die been te sien. Hulle weet nie dat ek besluit het om jou vandag te laat opstaan nie ... Maar as jy wil huis toe gaan, sal ek eers 'n verpleegster moet ontbied om jou persoonlike besittings te kom inpak."

"Maar ek het dan nie klere hier nie, Toni!"

"Dit maak nie saak nie, my skat. Ek neem jou so in jou kamerjas huis toe."

Vinnig stap hy oor na die bed toe en druk die knoppie aan die koppenent van die bed.

'n Oomblik later verskyn 'n verpleegster in die deur.

Toni beveel haar om Rina se besittings in te pak. Aan Rina sê hy: "Ek sal nou eers die vorms moet gaan invul dat ek jou huis toe neem. Maar jy moet nie in my afwesigheid probeer rond-loop nie. Sit maar liewer doodstil in die stoel totdat ek terug is. Jou rug is nog baie swak en te veel oefening die eerste dag sal jou meer kwaad as goed doen."

"Gaan maar, Toni. Ek sal soos 'n soet dogtertjie op jou sit en wag," beloof sy met een van daardie fraai glimlaggies van haar wat Toni se hart gewoonlik laat resies jaag.

Tien minute later kom Toni weer die kamer binne.

"Het ek lank weggebly?" vra hy opgeruimd.

"Raai, vir 'n wonder nogal nie," sê sy in dieselfde luim.

Liggies trek hy haar op uit die stoel en haak by haar in. Dan maak suster Rossi haar verskyning en neem Rina se ander arm.

"Ek hoop u gaan ons nie heeltemal vergeet nie, juffrou," sê die suster effens weemoedig. "U was so 'n aangename pasiënt, ons sal u baie mis."

"Julle sal my glad nie mis nie," glimlag Rina gerusstellend. "Ek sal elke Vrydagoggend by julle kom tee drink. En onthou jy nog wat ek julle vertel het van die dosyn kinders wat ek gaan hê ...? Nou ja, elkeen wat sy verskyning maak, sal ek vir julle kom wys."

"Die getroude lewe sal u nooit verveel nie, dokter. Nie met so 'n vroutjie nie," glimlag die suster goedig.

"Dit lyk my so, suster," stem hy saam.

Toe hulle eindelik die hoofingang van die hospitaal nader, sê Rina: "Maar ek wil darem eers die verpleegsters groet wat my so mooi verpleeg het, Toni!"

"Waar gaan jy hulle nou almal vind, skat? Suster Rossi kan maar jou groete aan hulle oordra."

"Ek doen dit met plesier, juffrou. En onthou, ons verwag u dan elke Vrydagoggend."

Versigtig help Toni en die suster haar in die motor.

Met 'n opgewekte "Ek sal jou nog my groot kroos kom wys, suster," groet Rina die suster. Dan skakel Toni die motor aan en trek vinnig weg. Hy voel of hy enige oomblik weer gaan uitbars van die lag vir Rina se vrolike spottery.

"Vertel my, skat," sê hy 'n oomblik later. "Jy koester tog seker nie regtig die hoop om eendag so 'n geweldige kroos te hê nie?"

"Nooit, Toni!" lag sy heerlik. "Al wat ons meer het as twee, deel ons uit onder die wat nie het nie. Ons hou net die twee mooistetjies vir onsself, nè?" spot sy voort.

Maar nou kan Toni sy lag nie langer bedwing nie en sonder enige waarskuwing bars hy weer heerlik uit van die lag.

"Jy is voorwaar jou vader se kind, my skat. Aan julle twee se tergery en spottery is geen end nie ... Ai, maar ek sien mos al hoe tou die kleinspan agter jou aan."

Nou is dit weer Rina se beurt om uit te bars van die lag.

"Nee, kyk, as dit ooit gebeur ...! Ek weet nie so reg nie ... Ek hardloop vir hulle weg, Toni. Dan kan hulle weer vir 'n verandering agter jou aan tou. Jy sal nog een môre dink jy doen alleen die operasie, dan help jou kroos jou om die sakie af te rond."

Vol grappies en gelag spoed hulle deur die besigste deel van Florence en eindelik draai Toni in by die groot hek van sy ouerwoning.

In die sitkamer maak hy haar eers gemaklik op die rusbank, dan gaan roep hy sy moeder om te kom kyk wie die nuwe gas is.

In die deur bly die ou dame ineens staan asof sy haar eie oë nie kan glo nie. Dan tree sy nader en groet die jongmeisie hartlik.

"Ons het al so in spanning gewag dat jy moet opstaan uit die bed, en hier sit jy waarlik al tuis op die rusbank . . . O, ek dink Benita kry die stuipe wanneer sy vanmiddag tuiskom . . ."

Toe die dame buite hoorafstand is om tee te gaan bestel, neem Toni sy nooientjie se linkerhand waarop sy groot diamantring aan haar ringvinger pryk, en vra sag: "Voel my meisie gelukkig om weer tuis te wees?"

"Dierbare Toni! As jy maar net weet hoe gelukkig ek regtig voel, sal jy nie nog moeite doen om te vra nie," glimlag sy liefdevol op na hom. "As ek darem dink hoe haastig ek een oggend van hierdie huis weggevlug het, kan ek dit byna nie glo nie."

"Laat ons dit tog liewer vergeet, my skat. Jy het alle reg gehad om op die vlug te slaan. Maar ek kan jou verseker ek sal jou nie weer kans of rede gee om van my af weg te vlug nie, my liefling."

"Dankie, Toni. Ek kan jou ook verseker ek het nie lus om ooit weer van jou af weg te vlug nie . . . Jy sal my nou maar teen wil en dank moet aanvaar, want van my sal jy nie weer maklik ontslae raak nie, kêrel."

"Dis presies hoe ek dit verlang, nooientjie. Ek aanvaar jou met plesier."

Dan kom die ou moeder, Rose en Maria ook die sitkamer binne.

Hartlik groet laasgenoemde twee die jong meisie en die geselskap raak opgewek en vrolik. Die verlore dogter is mos weer terug.

"Wanneer gaan die huwelik nou eintlik plaasvind?" wil Rose weet.

Rina antwoord: "Ek glo nie daar gaan meer 'n huwelik wees nie, Rose. Toni sê hy gaan nie so 'n waagstuk aanvaar nie. Ek is na sy sin glo veels te geneig om weg te hardloop. En met so 'n vrou kan 'n man onmoontlik nie 'n toekoms bou nie."

"Wel, ek neem hom ook nie kwalik as hy effens skrikkerig is nie," glimlag Maria plaend. "Maar ek glo jy sal dit darem nie weer regkry om weg te hardloop nie."

"Daar lê juis die knoop. Ek is glad nie van plan om weer weg

245

te hardloop nie, maar Toni wil dit nou eenmaal nie glo nie. Hy sê ons moet maar net verloof bly . . . nè, Toni?" Sy kyk hom gemaak-ernstig aan.

"Die onsin wat jy darem kan versin, my liefling . . .!"

Dan kom die diensmeisie die sitkamer binne met die tee-gerei.

Ook die diensmeisie se nederige môregroet getuig van blydskap om Rina weer te sien. En sy wonder in haar enigheid waarom die signorina destyds so haastig op die vlug geslaan het 'n maand voor haar huwelik met die dokter, hulle gaan tog nou een van die dae trou; so het signorina Benita haar vertel . . .

"Kan ek maar 'n paar stukke op die klavier gaan speel, Toni?" vra Rina later.

"Nee, my skat, dit sal te vermoeiend wees vir jou. Jy kan môre klavier speel."

"Net een stukkie, Toni . . . net my geliefkoosde *Souvenir in F*?" kom dit sag-pleitend.

"Nou goed, maar nie een enkele stuk meer as *Souvenir in F* nie, my liefling," kom dit effens streng, en Rina weet dat sy besluit finaal is.

Dan onthou sy weer hoeveel maal hy vir haar en Benita al op die vingers getik het, en sy kan 'n glimlaggie nie bedwing nie. Jy is dierbaar en streng, my skat, dink sy ingenome. Maar ek sal jou siel en lewe nie weer so vergal nie. Jy is tog maar die enigste man vir my!

Versigtig neem sy plaas voor die groot vleuelklavier. Onseker voel-voel sy oor die toetse, asof sy bevrees is dat sy die instrument dalk nie meer kan bespeel nie.

Eindelik slaan sy die eerste akkoorde en weldra vul die sag strelende klanke elke hoek en kant van die vertrek. Al harder en harder klim die musiek, dan daal dit weer, word dit al sagter en sagter, totdat die laaste klank van die aangrypende melodie eindelik wegsterf.

Met 'n sug van genoegdoening staar Rina stil af na haar slanke vingers wat nog steeds op die toetse rus. Sy weet hierdie musiekstuk sal haar altyd met heimwee, met 'n innige verlange na iets onbereikbaars vervul.

"Dit was wonderlik, my liefling," hoor sy Toni sag sê, en sy voel sy warm asem in haar nek.

Plotseling slaan sy albei haar arms om sy nek en sê half pleitend, half dringend: "Sal jy my altyd so liefhê soos vandag, Toni? Sonder jou liefde en my musiek sal ek hopeloos verlore wees . . . Ek sal kwyn en doodgaan . . . ek sal nooit sonder liefde en musiek kan leef nie!"

Hartstogtelik druk hy haar teen hom aan en sê met 'n stem wat tril van onderdrukte emosies: "Ek sal jou altyd bemin, my klein liefling . . . My liefde vir jou sal nooit sterf nie." Laer sak sy hoof af en eindelik ontmoet sy lippe hare in 'n hartstogtelike kus.

Op dieselfde oomblik kom Benita die musiekkamer binne met 'n stralende gesig, onbewus van die intieme episode wat hom voor die klavier afspeel. In die deur steek sy plotseling vas en kyk die twee verleë aan.

"Kom maar binne, Benita," stel Toni haar met 'n glimlaggie gerus. "Ek was maar net besig om Rinatjie te oortuig van my liefde vir haar."

"Nee, ek . . . ek wil julle nie steur nie," stamel sy nog steeds verleë.

"Jy steur ons nie, my sussie. Kom groet Rinatjie maar gerus. Ek weet jy brand al om dit te doen."

Met sy arm besitlik om Rina, lei hy haar na Benita wat ook nou die vertrek binnetree.

"O, Rina, dis eenvoudig wonderlik om jou weer te sien loop," groet sy haar aanstaande skoonsuster hartlik. "Ai, ek het darem al so uitgesien na hierdie dag."

"Ek het nie minder daarna uitgesien nie," glimlag Rina. "Maar wat baat dit tog dat ek kan loop? Toni sê ek moet al weer bed toe gaan om te rus, en ek voel nie eens 'n druppel moeg nie," pruil sy, met die hoop dat Toni dalk van gedagte mag verander.

"My liewe ou Rinatjie, jy het al my simpatie, hoor!" merk Benita glimlaggend op. "Ek weet hoe streng Toni is in die alledaagse lewe. Dus kan ek wel begryp hoe onverbiddelik hy sal wees in sy besluite waar dit die welstand van sy geliefde betref."

"Pragtig voorgedra, my sussie," spot Toni liggies. "Ek het nog nooit so 'n fraai uiteensetting van my eie karakter gehoor nie. Jy is voorwaar 'n genie met die ontleding en deurgronding van die mensekarakters . . . Onthou maar net dat jy nie daardie strengheid verontagsaam nie, hoor!"

Dan hoor hy ineens hoe die telefoon dringend in sy kantoor lui en hy haas hom daarheen om dit te beantwoord. Hy weet reeds dat die oproep in verband staan met die pasiënt wat hy verlede nag geopereer het.

Met 'n haastige "Ek kom dadelik, suster," plaas hy die gehoorbuis terug.

Vlugtig sê hy so in die verbygaan aan sy moeder: "Kyk tog dat Rinatjie in die bed kom, Moeder."

Sekondes later is hy by sy motor, en spoed hy teen 'n hoë snelheid by die hek uit.

Onmiddellik gaan die moeder na die musiekkamer waar Rina en Benita onder 'n hewige lagbui besig is om Toni se onverbiddelike strengheid te bespreek.

"Kinders, julle moet tog versigtig wees wat julle sê. Regtig, ek wil nie by wees as Toni julle so van hom hoor praat nie," maan die moeder, maar terselfdertyd kan sy ook nie haar lag hou nie.

"Mevrou, hy het dit vir my en Benita darem al so baie maal uitgetrap dat ek hom reeds as 'n dierbare ou brompot bestempel het."

"Wel, of hy nou 'n dierbare ou brompot is of nie, julle twee moet darem versigtig wees en julle woorde tel . . . julle ken vir Toni . . . Ja, en met al julle gelol vergeet ek byna dat Toni my gevra het om toe te sien dat Rinatjie in die bed kom."

"Kan ek nie nog net 'n halfuur langer opbly nie, mevrou?" vra Rina met 'n pleitende stemmetjie.

"Nee, my kind, liewer nie. Jy weet Toni verdra nie dat sy bevele verontagsaam word nie. Ek jy moet dit ook in gedagte hou dat dit vandag die eerste dag is dat jy op is. Jy sal jouself net uitput deur langer op te bly . . . Kom, ek gaan jou nou dadelik in die bed sit."

Met die hulp van Benita en haar moeder bestyg Rina langsaam die treetjies wat na die boonste verdieping lei.

Toe sy eindelik in die bed lê, slaak sy saggies 'n sug van verligting. Nou eers merk sy dat sy regtig uitgeput voel en sy weet dat dit die trappies is wat haar so van haar krag ontneem het.

Voor haar op die bed neem Benita plaas. Mevrou Sardinni het dadelik weer die vertrek verlaat nadat sy Rina in die bed gehelp het, om te kyk of die middagete gereed is. Sy weet dat Pedro en Juan nou enige oomblik tuis sal wees.

Eenuur is Toni weer terug. Vinnig bestyg hy die trappe om gou te gaan inloer hoe dit met Rina gaan, maar hy tref haar vas aan die slaap in die bed aan.

'n Oomblik kyk hy swyend af na die beminlike gesiggie van die slapende meisie, dan draai hy weer stil om en verlaat die kamer.

Aan sy moeder gee hy opdrag dat Rina nie gesteur moet word nie.

"Sy kan eet sodra sy wakker is, Moeder," vul hy aan. "Sy moet bepaald uitgeput wees, daarom het sy so pas voor ete aan die slaap geraak ... Slaap sal haar goed doen. Môre sal sy heelwat sterker voel."

"Het jy al 'n kabelgram aan haar ouers gestuur om te sê dat sy vandag opgestaan het, Toni?" wil sy moeder weet.

"Ek het pas 'n halfuur gelede 'n kabelgram aan hulle gestuur. Hulle sal vanaand weet dat die operasie suksesvol was ... Ek hoop nou net nie dat die oubaas dalk daarop aandring dat Rinatjie eers by hulle moet gaan kuier voor ons huwelik nie, want daar sal niks van kom nie. Sy moet vanmiddag die datum van ons troudag bepaal. Ek sien waarlik geen nodigheid waarom ons nog langer moet wag nie. Ons is alreeds twee maande verloof. Lank genoeg om nou te trou."

"Gaan ek hoofstrooimeisie wees, Toni?" kom dit van Benita.

"Dit, my liewe ou sussie, moet jy maar liewer met Rinatjie bespreek. En doen dit asseblief môre, want ek het self sake om vanmiddag met haar te bespreek."

Tweeuur bestyg Toni weer die trappe. Hierdie keer tref hy dit gelukkiger, want Rina is reeds etlike minute wakker.

"Lekker geslaap, my liefling?" vra hy, buk oor en soen haar liefdevol.

"Hoe weet jy ek het geslaap?" vra sy met 'n fraai glimlaggie, bly om hom weer te sien.

"Ek was al voor ete hier by jou, my meisie."

"En jy maak my nie eers wakker nie?"

"Waarom moes ek jou wakker maak? Jy het dan so lekker geslaap!"

"En sê nou net hulle het jou na ete weer hospitaal toe ontbied, dan het ek jou nie eens gesien nie!"

"Is dit al waaraan jy dink, my liefling, of jy my gaan sien of nie?"

"Nou waaraan moet ek dan dink, Toni?"

"Aan ons huwelik, my skat . . . Ek is haastig dat daardie dag moet aanbreek; die dag wat almal jou moet aanspreek as mevrou Sardinni en ek sal weet dat jy my eie vroutjie is . . . Ons moet nou die datum vasstel, my meisie."

"Dierbare Toni," glimlag sy sag en soen hom op sy wang. "Toe maar, my ongeduldige beminde, ek sal die datum vir ons huwelik vasstel, as dit jou sal behaag. Gee my net genoeg tyd om 'n bruidsuitrusting bymekaar te kry."

"Goed, dan trou ons oor drie weke. Ek wag nou darem al bitter lank vir jou, my meisie." En met hierdie woorde strek hy hom behaaglik uit langs haar op die bed, en steek 'n sigaret aan.

"Dan sal jy môre 'n kabelgram aan my ouers moet stuur om te sê dat ons oor drie weke trou. As hulle dan hier wil wees vir die troue, het hulle genoeg tyd om hierheen te reis . . . Maar ek wil jou graag iets vra, Toni."

"Wat is dit, liefling?"

"Gaan ons na die huwelik ook hier aanbly by jou moeder, soos Pedro en Juan-hulle?" vra sy, net om die gesprek 'n ander wending te gee, want dit is vir haar pynlik om te dink dat haar kinders eendag Katolieke moet wees.

"Ja, my skat. Jy sal nog etlike maande nie 'n eie huishouding kan behartig nie. Met daardie rug van jou sal jy jou nog maande lank baie stil moet gedra."

"Sal ek met ons huwelik nie eens kan dans nie, Toni?"

"Ek is bevrees die antwoord is nee, my meisie. Ons sal die plegtigheid maar by wyse van 'n eetmaal vier."

"Wanneer sal jy en ek dan weer kan gaan dans?"

"Sodra jou rug dit toelaat."

"Teen daardie tyd het ek al totaal verleer om te dans, Toni."

"Ons sal nie daaroor huil nie, my meisie. As die vroutjie van 'n besige spesialis sal jy tog nie veel geleentheid kry om te gaan dans nie. My professie bied nie veel tyd vir plesier nie, my skat, en jy behoort dit al te weet. Jy het immers self gesien hoe dol dit sommige dae in die hospitaal gaan. En wanneer ek in die middag 'n operasie doen, gaan ek daardie aand gewoonlik nie uit nie. Ek hou daarvan om na 'n operasie binne bereik van die pasiënt te bly."

Tot laat die middag sit Toni by Rina en gesels.

"Ek sal nou eers weer hospitaal toe moet gaan, my meisie. Jy moet nou soet bly en nie in my afwesigheid gaan opstaan uit die bed nie. Jy kan môre weer opstaan," sê hy teen vieruur.

"Moet jy weer 'n operasie gaan waarneem, Toni?"

"Nee, my liefling, net my middagronde gaan doen."

"Gaan jy darem 'n paar weke verlof neem met ons troue?"

"Ek wou dit graag doen, my meisie, maar daar bestaan geen moontlikheid dat dit kan gebeur nie. Daar is te veel pasiënte op die waglys. Ek sal van môre af drie operasies per dag moet uitvoer om twee dae vry te hê met ons troue."

"Kan ons dan nie maar die huwelik uitstel tot 'n later geleentheid wanneer jy dit nie so druk het nie, Toni?"

"Nooit, my liefling. Van uitstel kom afstel. Ek het klaar besluit op die datum, en dis finaal. Ons sal nie die enigste bruidspaar wees wat nie op 'n wittebroodsreis kan gaan nie. Terloops, ons kan die einde van die volgende jaar vir jou ouers gaan kuier."

Dan neem hy haar fyn hartvormige gesiggie tussen sy sagte hande, soen haar liggies op die mond en kom dan orent.

Met 'n "Ek sien jou voor aandete, skat," verlaat hy die vertrek.

En etlike oomblikke later hoor Rina die sagte geruis van sy motor wat voor haar venster verbysnel.

# 10

Sagte, strelende musiek kom oor die radio.

Op 'n sagte, gestoffeerde rusbank sit Rina en Toni. Sy regterarm is liefdevol om haar skouers en met sy linkerhand omvou hy haar hand wat rusteloos aan haar sakdoekie pluk.

Op twee gemakstoele regoor hulle sit Pedro en Juan, druk besig om die nuus van die dag te bespreek, terwyl die ander vier dames dit druk het in die kombuis met koek bak en ander verversings vir die huweliksonthaal wat môre plaasvind in die Sala Bianco.

Die gedagte dat sy môre voor die kansel moet staan as Toni se bruid, stuur 'n senuweeagtige rilling deur haar rug.

"Wat makeer, my skat?" vra Toni besorg toe hy die ligte rilling van haar liggaam teen hom voel.

"Iemand het nou pas oor my graf geloop," skerts sy.

Liefdevol glimlag hy af in haar halfgesluierde oë, druk haar stywer teen hom aan en soen haar gevoelvol op haar aanloklike lippe.

Blosend stoot sy hom van haar weg en sê half verontwaardig: "Ek wens jy wil my nie in die openbaar soen nie, Toni."

"Is dit waaroor jy so verontwaardig voel?" Hy begin heerlik te lag.

"Ek sien geen grap daarin nie," merk sy effens onthuts op.

"Waarlik, Rinatjie, jy maak my soms so kwaad. Maar meeste van die tyd kan ek my lag nie vir jou hou nie. Jy is soms te kostelik vir woorde, my skat . . . Reken, dat ek jou nou nie eens meer in die openbaar mag soen nie," terg hy goedig.

"Toni, as jy nie nou jou tergery staak nie, gaan ek dadelik slaap," dreig sy speels.

"Kom, skat, as jy weer daardie mondjie so suur trek, soen ek jou dadelik weer . . . in die openbaar, hoor!" lag hy nog steeds tergend.

Haastig kom sy orent, maar Toni trek haar onverhoeds terug.

Ineens hoor sy die naderende voetstappe van die dames wat in die kombuis besig was.

"Asseblief, Toni, ek hoor jou moeder-hulle aankom," sê sy radeloos.

"Nou wat is daarmee verkeerd, liefling? Laat hulle gerus maar kom," glimlag hy ondeund.

"Toni, asseblief, jy gaan jou gedra in jou moeder se teenwoordigheid," kom dit pleitend.

"Ek gedra my altyd, my meisie."

"Ja, maar hoe?"

"Jy sal wel sien," glimlag hy weer.

Eers kom Benita en Rose die sitkamer binne, gevolg deur die ou dame en Maria.

Al vier is moeg van die heeldag se gewerskaf in die kombuis en is maar te bly dat alles nou afgehandel is en hulle ook kan ontspan.

Met 'n moeë gebaar vee Benita oor haar warm gesig en sê duidelik verheug: "Mense, maar ek is bly dat ons nou klaar is voor daardie warm stoof. Die Vader weet, ek is so bly dat mens maar net een keer mag trou, want as Toni byvoorbeeld elke maand of jaar moes trou, het ek eerlikwaar van hierdie huis af weggevlug."

"Ag, toe maar, een van die dae tref jy weer voorbereidings vir jou eie huwelik," merk Toni vrolik op. "Franco het alreeds my toestemming gevra tot 'n huwelik, en troos jou daaraan, ná môre sal jy ooit weer nodig hê om vir my iets te doen nie. Dis die laaste diens wat jy my ooit sal bewys: om voorbereidings te tref vir my huwelik."

"Wel, ek kan nou regtig nie insien waarom dit so 'n groot doenigheid moet wees nie. 'n Stil huwelik sou vir my verkiesliker gewees het," kom dit senuweeagtig van Rina.

"O nee, my o sussie," lag Benita goedig. "'n Sardinni kan nie sommerso 'n alledaagse huwelik hê nie . . . Nie as die bruidegom boonop die lieflingdokter van Florence is nie! Nee, ek is bevrees jy sal jou maar moet onderwerp aan al die stywe formaliteite, jong."

"Jy kan jouself heerlik daarin verlustig, Benita. Maar jy vergeet blykbaar dat ek niks van julle kerk en julle gewoontes af weet nie."

253

"My ou bruidjie van môre, daaroor hoef jy jou nie in die minste te kwel nie. Die priester wat die huweliksseremonie waarneem, is wel deeglik daarvan bewus dat jy nie 'n Katoliek is nie. Dus is daar vir jou waarlik niks om oor bevrees te voel nie."

"Jy kan ook maar bly wees dat dit net een maal in 'n leeftyd geskied, Rinatjie. Ek kan my nog baie goed voorstel hoe bang en senuweeagtig ek was met ons troue. Pedro moes my letterlik met sy arms stut voor die kansel. My bene het net gedreig om inmekaar te vou," lag Rose opgewek.

"Wel, ek sal vir jou duim vashou, Rinatjie. Ek weet dis maar 'n benoude uur," kom dit goedig van die swygsame Maria. "Wees net jouself, en alles sal regkom."

"Dankie, Maria, ek hoop maar dat die duimvashouery iets gaan baat. Want, regtig, ek is bang vir die dag van môre. Ek dink my bene gaan ook dreig om inmekaar te vou, dis te sê as ek nie 'n senuaanval kry voor die tyd nie. Ek sien Toni is 'n wewenaar nog voordat hy klaar getroud is."

"Sê my net as jy die aanval voel aankom, dan gee ek jou dadelik 'n inspuiting, my meisie," lag Toni.

"Jy spot nou, Toni, en ek voel so senuweeagtig dat ek iets kan oorkom daarvan. Regtig, as ek môre voor die kansel flou word, moet jy glad nie verbaas wees nie."

"Ek sal jou môre eers 'n drankie gee voor ons vertrek kerk toe," glimlag hy.

"Nee, kyk, by jou kan mens ook nie eens jou lot bekla nie."

"Daar is niks om oor senuweeagtig te voel nie, my skat. Dus is daar geen lot om te bekla nie. Sorg jy maar net dat ek nie tevergeefs op jou staan en wag voor die kansel nie."

Al geselsend snel die aand verby en begin die Sardinni's een vir een bed toe gaan. Eindelik is dit net Rina en Toni wat nog in die sitkamer is.

Vaagweg hoor Rina 'n horlosie in die verte slaan, dan tel sy elke slag. "Ja, dis alreeds elfuur. Nog net een uur, dan is dit my troudag."

"Kom, skat, dis al laat en jy moet nou gaan rus," hoor sy Toni langs haar sê. "Môre sal dit vir ons albei 'n besige dag wees."

254

"Dis so heerlik om so na die sagte musiek oor die radio te sit en luister, Toni. Ek voel byna lus om heelnag hier te sit."

"Ek weet, my liefling, maar jy moet nou gaan rus. Ek wil hê dat jy vannag behoorlik uitrus. Ek wil nie môre 'n bleek bruidjie voor die kansel ontmoet nie."

Gewillig laat Rina haar deur hom lei. Die groot huis is in stilte gehul en hulle voetstappe klink dof op die dik traploper terwyl hulle die trappe bestyg.

Voor haar kamerdeur neem Toni haar weer in sy arms en druk haar hartstogtelik aan sy bors. 'n Oomblik staar hy met 'n teer blik af na haar half ovale gesiggie wat hom so bekoor, dan druk hy sy lippe liefdevol op hare.

"Nag, my liefling. Rustig slaap," fluister hy sag.

Saggies druk Rina die deur agter haar toe, dan gaan staan sy 'n rukkie voor die oop venster en voel hoe die verfrissende aandbries teen haar gloeiende wange aandring.

Dan tuur sy na die ontelbare sterre wat aan die onmeetlike hemelruim skitter, kompleet asof hulle saam met haar juig oor haar groot liefde vir die man met wie sy môre in die huwelik tree.

# 11

Onderwyl die vier vroue weg is na die saal om alles in gereedheid te bring vir die onthaal wat om sesuur die middag 'n aanvang sal neem, kuier Rina op en neer tussen die weelderige blomme in die tuin, omdat sy nie weet wat om met haar self aan te vang nie.

Haar voorstel om met die versiering van die saal te gaan help, het al vier ten strengste afgekeur.

"Rus jy maar liewer uit vir die verrigtinge wat nog voorlê, my kind," het die ou dame simpatiek gesê.

"Ek is uitgerus, mevrou," het Rina geglimlag. "Regtig, ek voel nie die minste afgemat nie!"

"Nee, my kind, ek durf dit onder geen omstandighede toelaat nie. Toni se opdrag was dat jy jou geensins moet vermoei met die voorbereidings nie. En jy besef tog al dat sy wense nie te verontagsaam is nie." Toe sy die teleurstelling op Rina se gesig bespeur, het sy weer gesê: "Ek sou jou graag wou saamneem, maar jy begryp, nè?"

"Ek begryp maar alte goed, mevrou," het sy flou geglimlag.

En nou voel sy so eensaam, want in die huis is daar geen sterfling behalwe syself nie. 'n Oneindige weemoed sak ineens oor haar toe, en haastig gaan sy na binne.

In Toni se kantor hoor sy die telefoon skril en dringend lui, maar sy verontagsaam dit. Sy is tog nie so goed bekend met hulle dialek nie, waarom sal sy die oproep gaan beantwoord?

Skielik hou die instrument op met lui, en 'n tasbare stilte sak om haar toe.

"Dis beter" sê sy aan die onbekende persoon wat gelui het. "Ek het geweet jy sal vroeër of later moeg word."

'n Halfuur later dreun Toni se kragtige motor vinnig by die hek in.

Vlugtig kyk Rina op van waar sy op die voorstoep sit en lees, en merk dat hy voor die deur parkeer in plaas van by die motorhuis waar hy gewoonlik stilhou.

In 'n wip is hy uit, dan bestyg hy die stoeptreetjies opgeruimd en haas hom na haar waar sy nou met die boek tussen haar hande sit en speel onderwyl sy hom met 'n fraai glimlaggie betrag.

In 'n oogwink het hy haar uit die stoel gelig en omhels hy haar vurig.

"Ek het gebel en geen antwoord gekry nie, toe het ek besluit om self te kom seker maak of alles nog wel is met my bruidjie," verduidelik hy glimlaggend en vervolg dan weer ernstig: "Waarom antwoord jy nie die foon as ek jou bel nie, skat?"

"Hoe moet ek weet wanneer dit jy is wat bel, Toni?"

"Ag, ja, dis ook weer waar. My ou bruidjie het mos nie so 'n goeie neus om te ruik wanneer dit ek is wat bel nie," glimlag hy verskonend.

Op die naaste stoel neem hy plaas en trek haar liggies op sy skoot neer.

"Hoe lyk dit, voel my bruidjie nog senuweeagtig?"

"So 'n bietjie," glimlag sy flou. "En jy?"

"Nie in die minste nie, my liefling. Dis vir my die heuglikste dag van my lewe, en ek wens die plegtigheid wil nou 'n aanvang neem. Ek kan jou nie vertel hoe ek al daarna uitsien dat my vriende jou moet aanspreek as mevrou Sardinni nie . . . Na vandag sal dit vir hulle ook nie meer snaaks wees dat ek nie jare gelede al getrou het nie. Die rede was vir hulle nooit duidelik nie, want net ek het geweet dat my toekomstige vroutjie nie 'n Italianer sal wees nie."

"Ek dink tog daar was nog 'n persoon wat dit geweet het, Toni."

"Wie was dit, skat?"

"Pedro."

"So, dan was hy ook daarvan bewus," glimlag hy. "Wel, Pedro moet bepaald baie noulettend wees . . . Maar hoe is dit moontlik dat my bruidjie weet wat in Pedro se gedagtes omgaan?"

"Jy vergeet blykbaar dat hy drie jaar by ons aan huis gewoon het, Toni. Ons het dikwels gedagtes met mekaar gewissel. Ek het sy vertellings van Italië en sy bevolking besonder interessant gevind. Ons het baie ure deurgebring met geselsies oor julle land, familie en gewoontes."

"So, dan het jy Italië nogal interessant gevind, my skat! Wel, nou is dit ook jou land. Want as my vroutjie word jy self ook as Italiaans beskou en besit jy net soveel reg hier as ek en enigeen wat hier gebore is."

"Ek sal Italië nooit kan aanneem as my eie land nie, Toni. Daarvoor is ek te eg Afrikaans en stroom die Afrikaanse bloed te sterk deur my are. Vir my bestaan daar net een land . . . ons sonnige Suid-Afrika. Ek sal hier nooit wortelskiet nie, want alles is hier vir my te vreemd en uitheems."

"Ek neem aan baie dinge moet vir jou vreemd voorkom, my liefling."

"Wel, ek dink dis verskriklik om die Sabbat te ontheilig," werp sy teë. "Ek sal dit ook baie op prys stel as jy my liewer nie weer op 'n Sondag na so 'n dobbelnes toe neem soos verlede Sondag nie."

257

"Goed, my skat, ek sal jou nie weer daarheen neem nie. Maar ek wil ook nie weer hoor dat jy na die plek verwys as 'n dobbelnes nie, want dis geen dobbelnes nie, dis 'n klub. En as ek Sondae daarheen gaan, beteken dit dat jy alleen sal moet tuisbly, want die hele Sardinni-familie gaan gewoonlik Sondae uit."

"Ek verkies veel eerder om alleen tuis te bly as om jou na so 'n plek te vergesel, Toni."

"Goed, my liefling, ek sal jou nie teen jou sin daarheen dwing nie. Daar is baie ander plekke om te besoek behalwe die klub."

Speels trek hy haar agteroor totdat haar blonde hoof in sy arm rus, dan soen hy haar vol vuur en hartstog.

"Jy is al wat ek van die lewe verlang, my liefling. Geen klub kan my die vermaaklikheid verskaf wat jy my bied nie. Want net om jou so in my arms te hou, is plesier op sigself . . . dis genotvol," fluister hy byna; dan herhaal hy weer sy liefkosing van flussies.

Ineens kom Juan se motor by die hek ingespoed met die vier vroue wat hulle taak by die saal afgehandel het.

Haastig staan Rina van Toni se skoot af op en hulle loop die vier tegemoet.

"Mense, maar lyk die saal nie interessant nie! Ons het die hele omtrek versier met die kleure van die Italiaanse vlag . . . rooi, wit en groen. Maar, ek sê julle, dit lyk deftig. Ek is seker jy en Toni se huwelik gaan die deftigste wees wat nog ooit in Florence plaasgevind het," sê Benita opgewonde en haak by Rina in.

Voordat Rina iets kan sê, hou daar al weer drie ander voertuie agter Juan s'n stil.

"Seker die ander vyf strooimeisies en strooijonkers," dink Rina. Behalwe Nadia en Enrico het sy nog nie met een van hulle kennis gemaak nie.

Met trots stel Toni sy bruidjie aan die bruidsgroep bekend. Dan val Nadia die jong bruidjie byna om die hals van blydskap om haar weer te sien.

"Ai, maar dis heerlik om jou weer te sien, Rina. En om te dink dat jy nou my eie ou niggietjie gaan wees! Mense, ek wil

258

nie praat hoe Toni vandag deur die jongmans beny gaan word nie . . . Jy moet oppas dat die een of ander knaap haar nie dalk van jou af wegsteel nie, Toni," lag Nadia tergend.

"Ek sal hulle nie aanraai om te probeer nie, want die behandeling wat hulle van my sal ontvang, sal glad nie aangenaam wees om te verduur nie," glimlag Toni, maar in sy donker oë brand 'n onheilspellende lig wat sy woorde beklemtoon.

"Ja-nee, Toni, jy sal op jou hoede moet bly," haak een kêrel uit die gehoor af. "Ek sien dieselfde gevaar kom as waarvan Nadia nou net gepraat het. Sluit haar in die hoogste toring van jou kasteel op, jong."

Op die oomblik is Toni intens daarvan bewus dat sy bruidjie al die ander meisies in die skadu stel, en dit streel hom geweldig en laat hom trots voel. Dit laat hom nog trotser voel toe hy die bewonderende blikke merk wat op haar gewerp word.

Maar Rina is heeltemal onbewus van die bewondering wat haar voorkoms uitlok. En van al die deurmekaar gebabbel om haar kan sy ook nie een woord uitmaak nie. Dis die eerste maal dat sy Toni in haar teenwoordigheid in 'n vreemde dialek hoor praat.

"Kom, my bruidjie, dis tyd dat ons moet gaan verklee vir die heuglikste oomblik van my lewe . . . die oomblik waarna ek al so lank uitsien," sê Toni ineens.

Stil glimlag sy op na hom. En sonder om iets te sê, beweeg sy langsaam aan sy arm in die rigting van die huis.

Nadat Rina later gebad het, voel sy effens opgewekter. Maar die binnekoms van Benita met die bruidstabberd oor haar arm laat haar weer senuweeagtig voel.

Swyend laat sy Benita toe om haar te help, aangesien laasgenoemde haar hoofstrooimeisie is. Sy voel waarlik ook nie in staat om haar vandag alleen te klee nie.

Nadat Benita die hooftooisel van lemoenbloeisels vasgeheg het, staan sy terug om die effek van haar handewerk met 'n kritiese oog in oënskou te neem.

Wat sy voor haar sien, dwing opnuut haar bewondering af vir hierdie fraai meisie. Nog nooit het sy so 'n beeldskone bruidjie aanskou nie. "Sy lyk voorwaar soos 'n besonder delikate porseleinpoppie wat by die geringste aanraking kan breek," dink sy.

"Net veel mooier, want hierdie porseleinpoppie is nie dood en koud nie, maar leef en haal asem."

Op die oomblik beskou Benita haar aanstaande skoonsuster as haar eiendom, omdat dit háár hande is wat Rina in so 'n begeerlike bruidjie omskep het. En sy weet al vooraf dat menige jongman Toni vandag gaan beny.

Maar sy weet ook dat baie jongdames Rina gaan beny, want hoeveel het nie al etlike pogings aangewend om haar broer na die kansel te lei nie? Maar al hulle pogings het hopeloos misluk. Hulle attensies het om totaal koud gelaat, want sy hart was nog gesluit vir liefde. En net Rina kon toegang vind tot sy geslote hart, want sy alleen het die sleutel besit. Met haar fyn handjies het sy daardie deur ontsluit, en het daar 'n onblusbare liefdesvuur in hom ontvlam.


Geklee in die spierwit bruidsgewaad van swaar, dowwe satyn, sluier van handvervaardigde Brusselse kant, sierlike ruiker van spierwit swaardlelies en groen varings, kom Rina stadig aan Pedro se arm by die groot deur van die kerk in, gevolg deur die drie blommemeisies en ses strooimeisies.

Voor die kansel staan Toni al byna ongeduldig op sy bruid en wag.

Heel sag hef die orreliste Mendelssohn se troumars aan toe die bruid die kerk binnetree.

Almal se oë is nou op die bruid gerig wat so rein, sierlik en ongeskonde soos 'n lelie daar uitsien. Sy is die toonbeeld van elke aanstaande bruidjie se droom.

Stadig lei Pedro haar die paadjie af, tot voor die kansel waar haar bruidegom met 'n hoflike buiging en 'n gerusstellende glimlaggie haar arm neem.

Met 'n stralende gesiggie kyk sy Toni aan toe hy haar arm neem, terwyl sy liefde vir haar sy hele wese deurstraal.

Eindelik sterf die laaste orreltone weg, dan vul die diep baritonstem van Gino elke hoek en kant van die gebou.

Met opgehoue asem luister die bruidspaar na die aangrypende lied wat hy hulle toesing. Nog nooit tevore het Rina dié lied gehoor waarin die sanger hulle ewige geluk toewens nie.

Eindelik sterf Gino se stem weg. Met 'n glimlaggie spreek die bruidspaar hulle dank uit aan hom. Dan dreun die eentonige stem van die priester weer deur die gebou.

Toe die priester later sê: "Nou verklaar ek julle man en vrou," besef Toni ineens dat sy droom nou bewaarheid is; dat Rina nou sy eie vroutjie is en dat geen mag ter wêreld haar nou van hom kan neem nie, want in Italië word geen egskeidings toegelaat nie.

Onderwyl 'n bui confetti oor die egpaar uitsak toe hulle die laaste treetjies voor die kerkdeur afstap, staan 'n verslaggewer ook net gereed om 'n foto te neem vir die sosiale kolom van sy koerant, *Oggi*, want die huwelik van die beroemde snykundige is nie sommer 'n alledaagse gebeurtenis nie.

Van heinde en ver het gaste gekom om die plegtigheid by te woon, en menige van Toni se oudpasiënte tel ook onder die gaste.

Vir Rina voel dit of haar kop draai van al die opgewondenheid om haar.

Benita praat met haar, maar al knik sy, weet sy niks wat Benita gesê het nie. Dis vir haar al of sy in 'n droom verkeer, of sy enige oomblik sal ontwaak en vind dat dit maar net 'n droom was.

Dis of sy uit haar droom ontwaak toe sy Toni hoor sê: "My vroutjie, kom, hulle wag op ons. Ons sal maar eers die foto's laat neem voordat ons na die saal vertrek."

Met verligting klim Rina agter in die motor in, terwyl Toni vir haar die deur oophou en Benita haar sluier rangskik sodat dit nie skeur of kreukel nie. Dan neem Toni langs haar plaas.

Agter die stuur van sy motor sit Franco, wat ook een van die strooijonkers was. Langs hom sit Benita. Die ander lede van die bruidsgroep volg in Gino en Enrico se motors.

Liefderyk neem Toni sy bruidjie se linkerhand en plaas dit op sy been. Dan vou hy sy eie hand oor hare en sê sag: "So, nou is ek tevrede, my liefling. Nou is jy eindelik myne. Net jammer dat jou ouers nie vandag hier kon wees nie, sodat ek hulle weer kan bedank vir die skat wat hulle aan my toevertrou het."

"Ons kan maar môre vir hulle 'n gesamentlike brief skryf, Toni. Ek het geweet Vader sal nie sy plaas so gou weer kan verlaat nie. Ons sal maar later vir hulle gaan kuier," merk Rina gelukkig op.

In die groot saal staan die lang tafels gedek en belaai met alles wat keurig en smaaklik is.

Dit lag en praat deurmekaar, en almal sit net in spanning en wag op die koms van die bruidsgroep. Hulle is al ongeduldig om die bruidspaar in hul midde te hê.

Eindelik daag die bruidskar op en lei Toni sy bruid na die bruidstafel, gevolg deur die strooimeisies en strooijonkers. Dan begin die gelukwensinge.

Vir Rina klink dit kompleet soos 'n basaar, sy voel haar op die oomblik so ontuis tussen die skare vreemdelinge soos 'n vis op droë grond. Sy wens dat daar liewer geen onthaal gereël was nie. Die feestelikheid was immers van die begin af teen haar sin. Maar nou moet Toni se hoë status mos in aanmerking geneem word, haar vreemdheid ten spyt.

Eindelik is die gelukwensinge afgehandel. Sy kon nooit droom dat sy haar so ontuis sou voel op haar eie bruilof nie. Hier sit sy asof sy geen aandeel aan die hele affère het nie, en tog is dit haar en Toni se bruilof wat gevier word.

Om haar bekoorlike lippe verskyn daar 'n droewige, soet glimlaggie as sy dink aan haar sonderlinge huwelik met die Italianer.

Toni, wat haar glimlaggie tersluiks waargeneem het, kyk haar liefdevol aan en vra: "En wat was die oorsaak van daardie aller-bekoorlikste glimlaggie van so flussies, vroutjie?"

Weer eens bewonder Rina sy mooi gevormde mond en sy perlemoenwit tande.

"Ek het maar net gesit en dink aan my vreemdheid hier tussen die gaste," sê sy sag.

"Almal is tog nie vir jou vreemd nie, vroutjie. 'n Kwart van die gaste het jy alreeds by vorige geleenthede ontmoet. En ek is tog seker nie vir jou meer 'n vreemdeling nie, is ek?"

"Jy was, tot nou onlangs. Ek het jou maar eers in die hospitaal leer ken."

"Wel, jy is dan nie heeltemal vreemd nie, vroutjie. Jy ken my ten minste," terg hy liggies.

Toe die bruidspaar later die eerste insnyding in die bruidskoek maak, flits die skerp lig van die verslaggewer se kamera weer eens op die glimlaggende egpaar, want Rina het net aan Toni gesê: "Sagkens werk nou, Toni. Onthou, dis 'n koek wat ons moet sny en geen operasie waarmee jy my behulpsaam moet wees nie."

Die aanhoudende gebabbel gaan egter weer voort, en die vele handgebare van die gaste wat met elke woord gepaardgaan, interesseer Rina geweldig.

Vir haar skyn dit heel onverfynd dat hulle so met hul hande beduie wat hulle reeds besig is om in woorde om te sit. Sy voel besonder bly dat Toni net met sy mond gesels, in plaas van met sy mond en hande, soos dit vir haar skyn hul gewoonte maar is.

Die onthaal is 'n reuse-affère en verloop goed en stigtelik. Daar is nie een wat dit nie ten volle geniet het en wat nie spyt is toe die tyd aanbreek vir hulle om weer te vertrek nie.

Eindelik is die Sardinni's ook almal tuis.

Haastig verlaat Rina die familie en verdwyn in haar kamer om haar bruidsgewaad uit te trek. "Dank die Vader, dis eindelik afgehandel," slaak sy 'n sug van verligting en sy voel geweldig moeg en uitgeput, want dit is die eerste bedrywige dag wat sy nog ondervind het sedert haar operasie.

Ineens hoor sy 'n sagte kloppie aan die kamerdeur en onmiddellik daarna maak Benita haar verskyning.

Eenkant op die bed neem laasgenoemde plaas, onderwyl Rina haar sluier terugplaas in sy doos.

"Aarde, maar dit was vandag so 'n drukte dat ek waarlik nog nie eens 'n kans kon vind om jou my geskenk aan te bied nie," merk Benita verskonend op.

"Ja, ek is regtig nie spyt dat alles nou verby is nie . . . Verbeel jou dat ek nou 'n getroude vrou is, mejuffrou Sardinni. Onthou nou asseblief wanneer jy my aanspreek, ek is mevrou," vervolg sy in dieselfde luim tot groot vermaak van Benita.

263

"Ek sal dit altyd in gedagte hou, mevrou Sardinni," merk Benita weer op. "Maar vertel my, hoe voel dit om getroud te wees, mevrou?"

"Presies dieselfde as wat dit gevoel het voor ek getroud is; net 'n bietjie senuweeagtig, natuurlik, as ek dink ek moet van vanaand af langs 'n man slaap. Ek wonder waarom kon hy nou nie ook maar 'n vrou gewees het nie." Dan begin hulle weer albei te lag.

Toe Benita later merk dat haar skoonsuster se takies afgehandel is, sê sy weer: "Kom, ek wil jou graag my geskenk gee. Ek sal jou nie lank ophou nie, ek begryp dat jy moeg is en ook wil gaan slaap . . . Ek sal jou môre help om jou persoonlike besittings oor te neem na Toni se kamer."

"Dankie, dis baie gaaf van jou, Benita. Ek weet darem nie so reg wat ek sonder jou sou aangevang het hier in die vreemde nie."

"Dis vir my 'n plesier om vir jou iets te doen, ou Rinatjie. Onthou, jy is nou ons ou jongstetjie en dis almal se plig om jou by te staan. Bekommer jou dus glad nie daaroor wanneer ek aanbied om jou te help nie, my ou sussie."

Hoflik hou Benita haar kamerdeur oop vir Rina om binne te gaan. Uit haar hangkas haal sy 'n tamaai skilderstuk te voorskyn en hou dit op vir Rina om te beskou.

Die bloeiende roostuin wat die jong vroutjie voor haar sien, laat haar met 'n warmte van gevoel uitroep: "Wonderlik . . .! Dis eenvoudig wonderlik, Benita!"

"Ek het geweet jy sal daarvan hou. Dit is een uit Juan se versameling waarmee hy 'n uitstalling wil hou."

"Dis voorwaar die mooiste geskenk wat ek nog ontvang het, Benita . . . Baie dankie, ek kan jou nie in woorde sê hoe ek dit op prys stel nie." Dan soen sy haar skoonsuster liggies op die wang.

"Vir Toni het ek 'n swart leertas gekoop met sy voorletters daarop, wat hy op sy rondes kan gebruik. Ek het gemerk dat syne al oud lyk."

"Dis nogal iets dienlik vir hom. Jy is voorwaar 'n oplettende mens, Benita. Ek sou regtig nie geweet het wat om vir hom te gee as ek dit moes doen nie," glimlag sy.

"Sal ek die skildery maar weer in my hangkas bêre tot môre?"

"Asseblief, want ek gaan nou dadelik inkruip. Ek voel geweldig moeg."

Na 'n wedersydse goeienag, gaan Rina eers haar slaapklere haal, dan tree sy haar nuwe slaapvertrek binne.

Tot haar verbasing vind sy Toni reeds in die bed besig om 'n laaste sigaret te rook.

"So, dan het my bruidjie uiteindelik besluit om te kom slaap!" laat hy plaend hoor. "Ek was nou net van plan om ondersoek te gaan instel waar jy so lank bly, skat . . . Waar was jy al die tyd, vroutjie?"

"Is al die mans so nuuskierig?" antwoord sy sy vraag met 'n wedervraag.

"Kom, vroutjie, ek wil weet waar jy so lank gebly het."

"Ai, maar jy is 'n nuuskierige agie se tier, Antonio Sardinni . . .! Ek was by Benita in haar kamer, nadat ek my bruidsrok uitgetrek het, my heer en meester," terg sy.

Met haar slaapklere oor haar arm, beweeg sy haastig in die rigting van die badkamer.

"Waar gaan jy nou weer heen, skat?" vra Toni.

"Ek bad gewoonlik saans voor ek gaan slaap, Toni!"

"Wat! Bad! Hierdie tyd van die nag . . .! Volstrek nie, my skat. Trek maar gerus uit en kom slaap. Besef jy dat dit al oor twaalf is, vroutjie . . .! Nee, vergeet maar gerus vanaand om te bad en kom slaap, skat."

"Maar, Toni, ek wil darem eers my gesig gaan was," stribbel sy teë, want sy voel tog geensins geneig om haar voor hom te ontklee nie.

In die badkamer verklee sy haar haastig, en byna vergeet sy ook nog om haar gesig te was.

'n Oomblik later gaan sy weer voor die kleedtafel sit om haar hare te borsel, soos haar gewoonte elke aand is. Maar ook daarmee is Toni geensins gedien nie.

"Vroutjie, staak nou asseblief daardie geborselry. Jou hare is nog baie netjies. Kom, jy moet bepaald doodmoeg wees van die dag se verrigtinge en ek wil jou dolgraag hier by my hê

265

. . . jou in my arms neem sodat ek kan voel dat dit nie alles net 'n droom is nie, maar 'n werklikheid dat jy nou my eie vroutjie is. Kom lê hier by my . . . in my arm. Toe, kom nou gou, skat!"

Onwillekeurig plaas Rina die borsel terug op die kleedtafel. Sy het ook al geleer dat Toni se woord wet is in hierdie huis en dat hy geen teëpraat duld nie.

Skugter soos 'n kind kruip sy tussen die koel lakens in en gaan lê op die randjie van die bed.

Maar nadat Toni haar plaend verseker het dat hy nie aan 'n aansteeklike siekte ly nie en haar ook nie sal byt nie, besluit sy om 'n aksie nader te skuif.


# 12

Vandag is dit ses maande dat Rina en Toni getroud is; ses maande van ongekende geluk. Soms kan Rina byna nie glo dat hulle reeds so lank getroud is nie. Vir haar is dit of die maande te gou verby gesnel het.

Soms gaan sy en Toni op lang ritte buite die stad wanneer hy nie in die middag besig is nie, en menigmaal vergesel sy hom op sy rondes na privaat pasiënte. Maar meeste van die tyd bly sy tuis.

Onderwyl sy 'n heel opgewekte deuntjie neurie, verklee sy haar om in te gaan stad toe. Maar ineens oorval 'n duidelike naarheid haar.

Vererg gaan sy na die badkamer en gaan sit op die randjie van die bad. Met 'n hand wat liggies bewe, tap sy 'n bietjie water in 'n glas en drink dit haastig.

"Vervlakste naarheid," mompel sy. "Genade, dis sieltergend om byna elke minuut van mens se lewe naar te voel!"

Vanoggend voel sy erg misnoegd oor die mislikheid wat haar in die laaste tyd so dikwels oorval. Sy kan nou waarlik nie eens meer waag om soggens ontbyt saam met die gesin te nuttig nie, of die naarheid maak sy verskyning . . . Ja, sy kan ook nie eens meer onthou wanneer laas sy 'n ordentlike maaltyd genuttig het nie! Sy is al skoon sku vir kos.

Ja-nee, dis maar seker te veel gal wat my so opkeil, besluit sy later toe sy effens beter voel. 'n Groot dosis Engelse sout sal net die ding wees om hierdie kwaal die nek in te slaan . . . Wag, ek sal sommer vandag nog Engelse sout kry wanneer ek in die stad is. Hierdie ellendigheid moet nou end kry.

Haastig drink sy weer 'n bietjie water en gaan dan terug na haar kamer. Vinnig trek sy haar jassie aan, neem haar handsak en verlaat die vertrek.

"Tot siens, Moeder!" groet sy die ou dame in die verbygaan.

"Jy moes nie vandag stad toe gegaan het nie, Rinatjie. Jy lyk glad nie wel nie, kind," sê die moeder besorg. "Jy is gans te bedrywig."

"Moeder, u bekommer u net verniet. Ek voel so reg soos reën," glimlag sy gerusstellend en verlaat die vertrek.

Geruisloos trek sy die hekkie agter haar toe en stryk stadig aan in die rigting van die middestad, onbewus dat Toni pas na haar vertrek by die huis aangekom het.

Voor die eerste vertoonvenster gaan sy staan.

Wol van alle soorte en skakerings lê in die venster uitgestal en dis vir die jong vroutjie 'n lus om na die fraai kleure te staan en kyk.

Die sagte babawol met hul nog sagter kleure is vir Rina te aanloklik: Hierdie naarheid wat my so dikwels oorval . . . My niggie was mos ook so! skiet dit haar ineens te binne. Hemel, dat ek nou waarlik so onnosel kan wees! Maar dit mag miskien nie eens *dit* wees nie . . . Sal ek van die wol koop? Ek wonder . . . Dit kan tog nie anders wees nie! Wel, ek sal 'n dokter moet spreek. Voorlopig sal ek nog niks aan Toni sê nie. Sodra die dokter my vermoedens bevestig, sal ek die nuus aan hom meedeel . . . Hy sal natuurlik uit sy vel wil spring van blydskap, want weet ek nie hoe die nuus hom gaan tref nie!

Sy glimlag geheimsinnig en besluit om van die ligblou wol te koop.

Nadat sy die wol gekoop het, koop sy ook breipenne en 'n breiboek.

Op die buiteblad van die boek ryk 'n fraai baba met 'n ge-breide pakkie aan, en die pakkie sowel as die baba steel Rina se hart onmiddellik. Sy besluit spontaan om dieselfde pakkie te brei.

Langsaam stryk sy met die straat op, onbewus van Toni se swart motor wat 'n entjie voor haar stilhou.

Haastig klim Toni uit. Hy het haar reeds bespeur toe sy uit die winkel gekom het.

"Is dit waar my vroutjie rondloop wanneer ek haar by die huis gaan soek?" groet hy haar met 'n breë glimlag.

"Haai, Toni, hoe laat jy my nou skrik, jou groot bobbejaan!" lag Rina opgeruimd. "Het jy my dan by die huis gaan soek?"

"Ja, skat, toe sê Moeder vir my jy is net pas daar weg."

"En hoe het jy geweet jy gaan my hier vind?" vra sy onder-wyl hulle in die rigting van die motor beweeg.

"O, ek het geweet ek sal jou hier tussen die winkels raak-loop."

Dan bereik hulle die motor en Toni hou vir haar die deur oop om in te klim.

"Gaan jy my huis toe neem, Toni?"

"Nee, my vroutjie, ek het nou geen tyd meer om jou eers huis toe te neem nie. As ek nie so lank na jou moes soek nie kon ek jou wel huis toe geneem het. Maar nou moet ek hos-pitaal toe. Jy sal maar moet saamry. Ons kan sommer by die hospitaal eet. Dis al byna tyd vir middagete. Ek sal Moeder bel en sê jy is hier by my, anders gaan sy tog net weer bekommerd voel oor jou."

Op pad hospitaal toe gesels hulle aaneen.

Plotseling voel Rina weer hoe die naarheid in haar opstyg. Sou dit nou wees omrede sy so opgewonde is? Maar, nee, dit kan nie wees nie. Sy was in die winkel tog ook opgewonde, waarom het sy toe nie ook naar geword nie?

Sy wonder of sy Toni nie meer van hierdie aanhoudende mislikheid moet vertel nie. Hy sal tog seker vir haar iets kan voorskryf . . . Sy besluit egter om dit nie te doen nie. Hy is so besig, dink sy, waarom hom nog staan en belas met my moeilik-heid ook? As dit nie is wat ek vermoed nie, is dit maar seker net

268

die piep wat ek het, en dan staan hy hom weer daaroor ook en bekommer. Ek sal dokter Umberto môre gaan spreek.

Toni sit egter en wonder waarom Rina die afgelope paar weke al so bleek en sonder energie daar uitsien. Sy moeder het hom al verskeie male daarvan verwittig dat sy byna niks eet nie, maar hy was die afgelope paar maande ook so besig dat dit hom nog telkens ontgaan het om daaroor met haar te praat.

Toe hulle die groot, wit hospitaalgebou nader, kyk Toni haar sydelings aan en vra belangstellend: "Vertel my, liefling, wat skort dat jy in die laaste tyd so bleek daar uitsien? Moeder het my verskeie male al vertel dat jy byna niks meer eet ook nie ... Wat is fout met jou, vroutjie?"

"Ek makeer niks, Toni. Ek voel heeltemal gesond, dankie," sê sy sag terwyl sy skuldig voor haar uitstaar.

"Kom, skat, dit glo ek nie. Jy kan onmoontlik nie niks makeer nie. 'n Mens wat niks makeer se gelaatskleur lyk gewoonlik nie soos joune nie. En 'n mens wat niks makeer nie, eet gewoonlik ook gesond, weet jy?"

"Ek makeer regtig niks nie, my man. Jy verbeel jou maar net dat daar iets met my skort."

Stadig bring Toni die motor tot stilstand voor die hoë klipgebou.

Rina kyk hom vlugtig sydelings aan, en dadelik weer na die hoë klipgebou.

"Wel, as jy my dan nie wil vertel wat met jou skort nie, vroutjie, kan ek jou ook nie help nie," sê hy kalm, trek sy skouers op en klim uit die motor.

Rina volg hom langsaam.

In die sitkamer van die geneeshere versoek Toni haar om vir hom te wag, omdat hy sy vennoot eers moet spreek.

Na 'n halfuur se wag, maak Toni eindelik weer sy verskyning in die geselskap van sy vennoot, dokter Lodovico Umberto."

Vriendelik groet hy sy vennoot se jong vroutjie, en weer eens bewonder hy haar skoonheid wat so opvallend is.

Dan sê hy skertsend aan Toni: "Luister, Sardinni, in die operasiekamer is daar werk vir jou om te doen. Terwyl jy besig is met die operasie, sal ek solank na jou vroutjie kyk."

Met 'n goedige glimlaggie antwoord Toni: "Ek is darem nog mans genoeg om self na my vrou te kyk, Umberto . . ."

"Sonder grappe, Sardinni, daar is regtig 'n operasie wat op jou wag," val hy Toni ernstig in die rede.

"Waarom het jy toe nie maar die operasie waargeneem nie?" terg Toni weer op sy beurt, hoewel hy weet dat geeneen van die hospitaal se huisdokter 'n gewaagde operasie sal aandurf nie.

"Omdat ek nie 'n spesialis is nie, en ook nie die dood van 'n medemens op my gewete wil dra wat straks deur my onkundigheid veroorsaak mag word nie . . . Nee, kollega, gaan doen jy dit maar liewer. Dis tog al wat jy te doen het vir 'n lewe, om mense oop te sny en hulle ingewande wat nie wil reg funksioneer nie, op te . . ."

"Die operasie kan tog seker eers wag totdat ek klaar geëet het!" val Toni hom vinnig in die rede en vervolg dan glimlaggend: "Dan sal ek intussen ook besluit of jy betroubaar genoeg is om na my vrou te kyk."

In die eetkamer sien Rina weer etlike kollegas van Toni wat sy reeds op hul bruilof ontmoet het, en almal is aangenaam verras om haar weer te sien.

Na afloop van die maaltyd merk Toni teleurgesteld op dat Rina se kos nog feitlik onaangeraak is. En dit kwel hom weer opnuut dat sy hom soos 'n vreemdeling behandel deur hom nie in haar vertroue te neem nie.

"Het jy al besluit of ek betroubaar genoeg is om na jou vroutjie te kyk, Sardinni?" vra Umberto.

"Ja, ek het klaar besluit dat sy groot genoeg is om na haarself te kyk en dat jy vir my van meer nut sal wees in die operasiekamer," sê hy goedig. Aan Rina vra hy egter: "Waar verkies jy om vir my te wag, skat? In die motor, of hier in die sitkamer?"

Maar Rina het reeds besluit dat sy liewer op hom in die motor sal wag. Die sterk reuk van ontsmettingsmiddel wat die hele plek aankleef, laat haar misliker voel as ooit tevore.

Sonder om op Toni te wag, begin sy aanstryk na die hoofingang van die gebou waar die motor geparkeer staan.

Langs die motor haal hy haar in en hou die deur vir haar oop om in te klim.

Dan haal hy 'n paar note uit sy sak en gee dit aan haar.

"Koop vir jou 'n tydskrif of iets om jou mee besig te hou. Ek sal omstreeks vyfuur klaar wees."

Haastig verdwyn Toni weer in die groot, wit gebou, voordat Rina nog aan hom kan sê dat sy nie 'n tydskrif wil hê nie.

'n Oomblik tuur sy na die stil gebou, dan haal sy een van die bolle wol te voorskyn wat sy vroeër gekoop het. In alle ywer begin sy steke opsit vir die baadjie wat sy eerste wil brei.

Met die breiboek op haar skoot oopgesprei, sit sy droomverlore en brei. Haar gesig, soos sy daar sit, is 'n stralekrans van geluk en tevredenheid.

Dan dink sy weer aan haar ongebore kindjie, en sy voel byna uitbundig van geluk. Wat 'n salige gevoel is dit tog nie om so uit te sien na 'n onbekende klein wesentjie nie! 'n Swart krulkopseuntjie sal tog alte welkom wees. 'n Fris seuntjie met net sulke swart oë soos sy pappie s'n, glimlag sy teer met oë vol soete drome, onbewus dat dit al oor vyf is en dat Toni haar deur die motorvenster staan en betrag.

Vir Toni is dit besonder aangenaam om sy vroutjie so gelukkig te sien, want dat sy besonder gelukkig voel, ly geen twyfel nie. Haar hele wese spreek van ongekende geluk en tevredenheid. En dit verskaf hom oneindig plesier om haar so ongesiens te staan en beskou. Hy wonder wat die oorsaak is van die soet glimlaggie wat telkens op haar sagte lippe verskyn!

Dan besluit hy om sy teenwoordigheid bekend te maak.

Saggies maak hy die motordeur oop en leun met sy arm op die stuurwiel. Dan sê hy met een van sy betowerendste glimlaggies: "En wat is nogal die oorsaak van daardie bekoorlike, geheimsinnige glimlaggies?"

Haastig bedek Rina die breiboek en sê duidelik verleë: "Dit was nie bedoel vir jou om te sien nie, Toni. En in die vervolg bekruip jy my nie weer so stil-stil nie, hoor!"

"Maar, my skat, ek het jou tog nie bekruip nie!" lag hy toe hy haar verleentheid merk. "Dis jy wat so droomverlore gesit het dat jy my teenwoordigheid nie eens kon merk nie."

Dan klim hy in en klap die deur agter hom toe.

Sydelings werp hy 'n blik op die stukkie breiwerk wat nou

op Rina se skoot lê, en vra belangstellend: "En toe, het my vroutjie gaan wol koop? Wat brei sy nogal, as ek mag vra . . . 'n trui vir haarself?"

"Wel . . . ja . . . ek is besig om te brei, maar ek kan nog nie juis sê wat dit gaan wees nie. Miskien word dit dalk nog 'n trui vir jou!"

"Wat, 'n ligblou trui vir my!" lag hy goedig. "Nee, my skat, staak dit dan maar gerus."

"En wat is daarmee verkeerd as ek mag vra? Ek dink jy sal wonderlik lyk met 'n ligblou trui," terg sy.

"Nee, vroutjie, enige kleur behalwe sulke babakleure. Ek is g'n vrou of baba om so 'n kleur te dra nie."

"Wêreld, maar jy is 'n ondankbare mansmens. Ek het nou weer gedink jy gaan in die wolke wees oor die nuwe trui! Nee, nou verstaan ek jou ook nie aldag nie, my man," glimlag sy.

Dis waar, dink sy. Sy liefde is voorwaar soos 'n sterk, bruisende stroom.

Op Rina se lippe verskyn 'n teer glimlaggie terwyl sy stip voor haar uittuur na die malende verkeer in die straat. Sy kan so heerlik weggevoer word deur haar gedagtes.

Toni, wat haar glimlaggie voor hom in die spieël sien, bedek haar twee handjies wat in haar skoot gevou lê liefdevol met sy linkerhand.

Onderwyl hy hulle 'n sagte drukkie gee, sê hy met 'n teer stem en 'n hart vol verwagting: "Vertel my nou, vroutjie, dis nou al die soveelste keer dat ek vanmiddag daardie geheimsinnige glimlaggie op jou bekoorlike lippies merk. Jy lyk vandag so besonder gelukkig. Daar waar jy netnou voor die hospitaal gesit het, het jou wese so gestraal van geluk dat elke verbyganger dit op jou gesig kon lees . . . Wat beteken dit alles, skat? Wat is dit wat jou vanoggend so besonder gelukkig maak?"

Met nog dieselfde geheimsinnige glimlaggie staar sy hom met bewondering aan asof dit die eerste keer in haar lewe is dat sy hom werklik sien.

"Jy het heeltemal gelyk, Toni. Ek voel vandag besonder gelukkig . . . Toe maar, moenie so ongeduldig lyk nie. Ek gaan jou glad nie vandag al die rede van my groot geluk vertel nie –

272

miskien môreaand. Sien jy hoe goed ken ek jou al, my man! Ek kan al selfs merk as jy ongeduldig raak."

"Kom, liefling, waarom al hierdie geheimsinnigheid?" vra hy pleitend. "Vertel my nou maar, ek kan waarlik nie wag tot môreaand nie."

Stadig bring hy die motor tot stilstand onder 'n groot ou denneboom, dan kyk hy haar weer pleitend aan.

"Asseblief, my skat, vertel my tog maar nou," soebat hy.

"Nee, jong, al jou gepleit sal jou niks baat nie. Jy kan maar gerus wag tot môreaand," sê sy laggend.

"Maar, vroutjie, hoe op aarde dink jy gaan ek vanaand aan die slaap raak as ek dit nie weet nie! Kom, vertel my nou maar . . . Asseblief!" smeek hy en plaas sy arms om haar skouers.

Liggies neem Rina sy gesig in haar twee hande, kyk 'n oomblik diep in sy donker oë wat haar so smekend aanblik, en gee hom dan 'n ligte soentjie op sy mond.

Plotseling slaan hy albei sy arms om haar tingerige lyfie. En met 'n stem wat effens tril soebat hy weer eens: "Hoe lank moet ek nog soebat, vroutjie? Jy moet my nou vertel. Ek moet dit nou . . ."

"Nee, Toni, ek kan jou nie vandag al vertel nie. Die tyd is nog nie ryp nie," val sy hom sag in die rede.

"Bog daarmee, my skat. Die tyd is juis vandag, op dié oomblik, ryp daarvoor," roep hy half ongeduldig uit.

"Ag nee, Toni, wag tog maar tot môreaand . . . Asseblief, my man!"

"Wel, aangesien jy so mooi soebat, sal ek maar seker moet wag tot môreaand. Maar ek verseker jou, ek gaan nie 'n minuut langer wag as môreaand nie, vroutjie."

"Dankie, Toni, ek verwag ook nie sulke geduld van jou nie. Ek beloof jou, môreaand deel ek jou my geheimpie mee. Maar jy sal jouself vroegtydig 'n inspuiting moet toedien om jou senuwees kalm te hou, want ek is bevrees hulle gaan handuit ruk."

"Liefling, bly tog stil. Nou maak jy my nog nuuskieriger."

"Nou goed, laat ons dan maar liewer ry. Moeder sal ook nie weet wat van ons geword het nie. En sy kan juis so gou bekommerd raak."

273

"Soen my eers weer 'n keer, dan ry ons dadelik."

Met 'n sagte geruis seil die motor die steilte uit, en eindelik draai hulle by die groot hek van die Sardinni's se woning in.

Voor die motorhuis bring hy die voertuig tot stilstand.

Galant help hy haar uit, dan loop hulle langsaam deur die roostuin wat voor die huis aangelê is en wat nou in volle blom is.

"Vanaand gaan ons raas kry, jong," merk Rina glimlaggend op.

"En waaroor nogal?"

"Omdat ons laat is vir aandete."

"Laat Moeder gerus maar raas as sy wil, vroutjie."

Toe hulle die eetkamer binnestap, sit almal reeds om die tafel geskaar, besig om die aandete te nuttig.

Na ete verdaag almal na die sitkamer. Rina gaan egter op die veranda staan om die soet geur van die rose in te adem.

Vanaand voel sy so tevrede en gelukkig dat dit vir haar voel of sy haar geluk aan die hele wêreld kan uitbasuin.

Ineens hoor sy sagte voetstappe agter haar en sy weet intuï-tief dat dit Toni is wat na haar kom soek.

Besitlik plaas hy sy arm om haar en trek haar in die ronding van sy arm.

"Gaan jy vir ons 'n bietjie musiek maak vanaand, my liefling? Hoe lyk dit met jou geliefkoosde *Souvenir in F*, waarvoor jy nooit moeg word nie?" moedig hy haar aan.

"Nee, my man, vanaand voel ek te gelukkig om *Souvenir in F* te speel. Weet jy, ek dink altyd die komponis moes 'n oneindige verlange gekoester het toe hy daardie stuk gekomponeer het. Dit stem altyd weemoedig."

"Nou wat van Toselli se *Serenade*, vroutjie? Dit sal jou nie weemoedig stem nie, sal dit?"

"Nee, my man, dit sal nie, maar ek het nie vanaand lus vir die klavier nie. Kom ons gaan ry liewer 'n entjie."

"Waarheen wil my vroutjie ry?"

"Sommer net 'n entjie uit die stad uit. Na 'n plekkie waar dit stil en rustig is . . . Weet jy, ek wens ons het 'n huisie van ons eie gehad . . . Nie dat jou familie nie goed is vir my nie! O nee, hulle was nog altyd baie goed vir my. Maar elke getroude vrou verlang om haar eie huis te hê. Veral as daar eers . . ." Dan bly sy onmiddellik stil, want byna het sy haar geheimpie uitgelaat.

"Veral as daar eers . . .?" wil Toni weet.

"Nee, nou weet ek waarlik nie wat ek wou sê nie," jok sy met 'n skuldige blos.

"Goed, vroutjie, as dit 'n huisie is wat jy verlang, sal ek sien wat ek vir jou kan doen. Ek kan jou egter niks beloof nie, want deesdae is huise baie skaars in hierdie deel van Florence. Ons kan maar net hoop dat een van die inwoners besluit om sy huis te verkoop."

"Dankie, Toni," glimlag sy bly, dan leun sy vertroulik met haar blonde krulkop teen sy bors onderwyl haar oë rustig na die knippende liggies van die stad staar.

# 13

Met die sagte geknetter van reëndruppels op die dak, ontwaak Rina die volgende môre.

Met halfgeslote oë staar sy af na haar polshorlosie, dan val dit haar weer by dat sy vandag 'n geneesheer wil gaan spreek.

Op die ingewing van die oomblik lig sy die gehoorbuis van die telefoon wat op die tafeltjie voor die bed staan op en skakel dokter Umberto se nommer.

"Dokter Umberto hier," hoor sy die arts se stem.

"Goeiemôre, dokter, dis mevrou Toni Sardinni hier! Dokter, is dit moontlik dat ek u vanoggend om tienuur in u spreek-kamer kan spreek?" vra sy haastig, bevrees dat Toni dalk enige oomblik sy verskyning in die kamer kan maak en haar gesprek kan hoor.

"Sekerlik, mevrou! . . . Dis juis vandag my beurt in die spreek-kamers. Ek sal van halftien af daar wees."

"Dankie, dokter. U moet my besoekie van vandag maar ge-heim hou. My man weet nie daarvan nie."

"Wees gerus, mevrou, ek sal u geheimpie bewaar."

275

"Nogmaals dankie, dokter," sê sy haastig.

"Dis 'n plesier, mevroutjie!"

Rina plaas die gehoorbuis weer vinnig terug op sy hakkie, onbewus daarvan dat Benita, wat voor die deur staan, die hele gesprek aangehoor het.

Benita wou net die kamerdeur oopstoot, toe sy hoor dat Rina 'n gesprek oor die foon voer. Met die koppie koffie wat sy vir Rina wou neem op die skinkbord, draai sy stil om en gaan weer terug na die eetkamer.

Vraend kyk Toni haar aan toe sy die vertrek binnekom met die koppie koffie nog steeds op die skinkbord.

Toe hy egter merk dat Benita geen aanstaltes maak om 'n verduideliking te gee nie, vra hy: "Het jy dan nie Rina se koffie vir haar geneem nie, Benita?"

"Ja . . . maar . . ." begin sy ongemaklik te stamel. Sy kan op die oomblik nie besluit of sy Toni van Rina se telefoongesprek moet vertel nie.

"Maar . . . wat, Benita?" val hy haar effens streng in die rede.

"Ek wou dit vir haar neem, Toni . . . Maar . . . wel, ek het net tot by die deur gegaan . . . Toe het ek maar weer teruggedraai . . ."

"En waarom het jy nie ingegaan nie?" kom dit nou duidelik streng en met 'n tikkie agterdog, want dat Benita vir hom iets wegsteek, is vir hom nou baie duidelik. Hy is vasbeslote om uit te vind wat dit is. Hy gaan dit nie duld dat sy hom in die duister hou oor enigiets nie, nie as dit sy vroutjie aangaan nie. En hy weet dat dit iets met Rina te doen het.

Toe Benita haar broer se onvergenoegde blik op haar merk, besluit sy om maar liewers met die volle waarheid voor die dag te kom. Rina sal tog wel 'n verduideliking kan bied vir haar telefoongesprek.

"Rina was besig om 'n gesprek oor die foon te voer, en ek wou haar nie met my teenwoordigheid steur nie, Toni. Daarom het ek maar liewer omgedraai . . ."

"Met wie het sy gepraat, Benita?" val hy haar vinnig in die rede.

Sy aarsel 'n oomblik, maar sê dan: "Ek weet nie, Toni." Sy wil Rina tog nie in 'n moeilikheid laat beland nie.

Maar Toni merk dat sy hom nie die waarheid vertel nie en sê streng: "Kom, kom, Benita, dit sal jou niks baat om leuens op te dis nie. Ek wil weet met wie sy flussies oor die foon gepraat het, en ek wag op jou antwoord."

Benita besluit om hom die waarheid te vertel, want vir Toni kan 'n mens ook niks geheim hou nie. En deur leuens aan hom op te dis, mag sy Rina dalk net in 'n moeiliker posisie plaas.

Met 'n blos van verleentheid sê sy: "Sy het met dokter Umberto gepraat. Of liewer, sy het 'n afspraak met hom gereël vir tienuur vanoggend."

"In verband waarmee wil sy Umberto spreek?" vra hy weer, en sy blik is onverbiddelik op sy suster gerig.

"Nee, my liewe broer, dit weet ek nie. Ek twyfel selfs of Umberto weet waaroor sy hom wil spreek, want sy het nie gesê waaroor sy hom wil sien nie . . . Gaan vra haar maar gerus. Sy is omtrent die enigste wat jou sal kan sê."

Met 'n diep frons op sy breë voorhoof en 'n gevaarlike flikkering in sy donker oë, oorweeg Toni dit of hy Rina sal gaan vra of nie. 'n Oomblik later besluit hy egter om dit nie te doen nie.

"Luister, Benita," sê hy weer. "Neem Rina se koffie vir haar, en moenie laat blyk dat jy bewus is van haar gesprek oor die foon nie. Is dit duidelik?"

"Ja, Toni," antwoord sy bedees. Sy hoop tog nie Rina gaan deur 'n blote gesprek by Toni in die pekel beland nie.

Geklee in 'n ligroos nagrokkie en bedbaadjie van dieselfde kleur, sit Rina gemaklik in die bed en brei.

Langs haar op die bed lê die boek oopgesprei waaruit sy brei, en haar oë beweeg vlugtig tussen die breiwerk en die boek.

Sonder enige waarskuwing gaan die kamerdeur oop en Rina moet net haastig gryp om die boek weg te steek sodat Benita dit nie sien nie.

Met 'n opgewekte "Goeiemôre!" plaas Benita die koppie koffie voor Rina op die tafeltjie en vra belangstellend: "Wat is my ou sussie so vroeg vanoggend besig om te brei?"

277

"Nee, jong, dit weet ekself nog nie. Ek sal maar later sien watter vorm dit aanneem, en dan besluit wat dit gaan wees."

"Kom, Rina, ek is nie tevrede met so 'n antwoord nie. Jy weet wel deeglik wat jy daar brei en ek is doodnuuskierig om dit ook te weet."

"Nou toe nou, Benita, ek het nooit geweet dat jy so nuuskierig is nie," glimlag sy. "As jy my beloof om nie 'n woord daarvan te rep nie, sal ek jou wys – anders nie!"

"Ek beloof om dit streng geheim te hou, my sussie. Vertel my nou maar watse geheimsinnige ding dit is wat jy brei."

Met 'n opgewonde blos op haar andersins bleek gelaat, haal Rina die boek te voorskyn en wys aan Benita die prentjie van die pakkie wat sy besig is om te brei.

"Dis die vorm wat dit veronderstel is om aan te neem," glimlag sy opgeruimd.

"Nou toe nou vir so 'n meisiekind! . . . En as ek mag vra, vir wie brei jy dit, Rina?" kom dit duidelik verras.

"Gits, maar dis nou vir jou 'n vraag om 'n ou getroude vrou te stel! . . . Lyk ek miskien vir jou of ek nooit 'n kind van my eie sal hê nie?"

"Wel, ek het dit nie juis so bedoel nie," lag Benita en vervolg weer ernstiger: "Brei jy dit regtig vir jouself, Rinatjie?"

"Ja, Benita. Ek gaan dokter Umberto vanoggend om tienuur spreek. Ek wil darem sekerheid hê."

"O, Rina, jou gelukkige mens," lag Benita opgewonde. "Ek wil nie praat wat Moeder daarvan gaan sê nie. Sy verlang al juis so baie na 'n kleinkind . . . En hoe het die nuus Toni getref?"

"Hy weet dit nog nie. Ek sal hom eers vanaand daarvan vertel. Ek moet eers heeltemal seker wees voordat ek hom die blye tyding meedeel."

"Ek is bevrees hy spring dalk uit sy vel van blydskap . . . Dié Toni, hy is voorwaar met die goue lepel gebore, want die geluk tref hom gewoonlik eerste," lag Benita.

"Ja, ek dink stellig Toni gaan iets onverantwoordelik doen van skone blydskap," glimlag Rina en die gedagte aan Toni laat ineens 'n sagte gloed uit haar groot blou oë straal.

"Wel, net die gedagte dat ons uiteindelik die skril stemmetjie

278

van 'n klein Sardinni in die huis gaan hoor, is byna te goed om waar te wees . . . Sjoe, maar Pedro en Juan gaan hulle oudste boetie mos vreeslik beny!"

"Ja, en Toni sal natuurlik so trots soos 'n pou voel," merk Rina op en leun terug teen die kussing, want op die oomblik voel sy weer die tergende naarheid in haar keel opstoot.

Dan vertel sy Benita van die mislikheid wat haar die afgelope paar maande al so trotseer.

"Wel, as jy dokter Umberto om tienuur wil spreek, sal jy jou darem nou moet roer. Dis al laat, weet jy?"

"Die hemel weet hoe ek vanoggend daar gaan kom. Ek voel ellendig," kla die jong vroutjie.

"Maak jouself gereed, ek sal jou met my motortjie neem. Dis vandag ook te nat en koud om dit te voet op straat te waag."

"Jy is 'n ware engel, Benita," gee Rina haar dankbaarheid te kenne.

In die sitkamer loop die twee jong vroue die ou moeder raak wat net besig is om toe te sien dat een van die diensmeisies 'n vuur opmaak in die haard.

"Kinders, julle moet tog versigtig wees in die koue," maan die moeder besorg. Sy kan nou eenmaal nie begryp waarom hulle twee nou juis vandag moet stad toe nie. Rina lyk juis weer vandag so bleek. En as Toni moet weet dat sy in hierdie koue uit was, sal hy weer verskriklik kwaad wees. Maar die uithouvermoë van vandag se jongmense ken ook geen perke nie, besluit die ou moeder toe sy die vertrekkende motortjie agternastaar.

Met 'n bekommerde blik staar Benita haar skoonsuster aan en sê: "Die ou wangetjies is vanoggend darem baie bleek, weet jy? As Toni jou nou sien, skrik hy hom sowaar dood."

"Wel, jy moet maar gou ry sodat ons by die dokter kan kom. Ek voel ellendig."

Etlike oomblikke later kom Rina en Benita die wagkamer van dokters A. Sardinni en L. Umberto binne. Dan sê die verpleegster Rina aan om na die ondersoekkamer te gaan waar die dokter reeds op haar wag.

Die sterk reuk van ontsmettingsmiddel wat die arts waar-

279

skynlik pas gebruik het, laat Rina ineens ellendiger voel toe sy die deur oopstoot en binnegaan.

Saggies druk sy die deur agter haar toe, dan kyk sy vir die eerste maal op.

Oombliklik voel sy hoe haar bene lam word onder haar, en sy sak in die naaste stoel neer, want die breedgeskouerde geneesheer in sy haelwit oorjas agter die lessenaar is niemand anders nie as haar eie man.

Op die oomblik voel sy werklik of sy gaan flou word van naarheid en teleurstelling. Sy het so gehoop om hom vanaand 'n verrassing te besorg.

Verskrik blik Toni sy vroutjie aan.

"Rinatjie!" En hy is by haar. "O, my liefling, wat makeer jou tog ...! Jy lyk verskriklik, vroutjie!

Liefdevol trek hy haar in die ronding van sy arm en verwyder die koue sweetdruppels van haar voorhoof.

Rina wend 'n uiterste poging aan om haar trane te stuit, maar hulle rol steeds oor haar wange. Sy draai haar gesig van hom af weg en hy druk haar teer teen hom aan.

"Voel my liefling baie sleg?" Sy stem is teer en besorg.

Sy knik net terwyl hy haar trane met sy sakdoek verwyder. Dan vra hy weer eens: "Waar het my vroutjie pyn?"

"Ek het nie 'n enkele pyn nie, Toni. Ek voel net ontsettend naar," sê sy sag.

Met die geoefende oog van 'n geneesheer het Toni reeds haar kwaal gediagnoseer, en dit het hom soos 'n geweldige slag getref. So iets het hy die minste verwag.

"Sit net 'n oomblik, my skat. Ek gee jou nou iets om die naarheid effens te verlig," sê hy met 'n bekommerde stem en stap haastig na die apteek wat die hele een hoek van die vertrek beslaan.

Eers toe Rina die leë glasie aan hom teruggee, merk sy die kommer op sy gesig.

Vlugtig staan sy op en gaan na hom toe waar hy voor die wasbak staan, besig om die glasie uit te spoel onder die kraan.

Liefderyk plaas sy haar hand op sy arm en vra sag: "Waarom lyk jy so bekommerd, my man?"

"Vroutjie, as my vermoedens omtrent jou ongesteldheid juis is, sal ek bitter teleurgesteld voel."

"Wat is dan jou vermoedens, my man? Is . . . is dit dan nie 'n baba nie?" vra sy angstig.

"Presies, my liefling. Dis net wat ek vermoed, en dit mag nie wees nie."

"Maar, Toni!" roep sy verbaas uit. "Wat bedoel jy tog, my man?"

"Net wat ek gesê het, vroutjie, dat daar nooit 'n kindjie mag wees nie."

"Nee, my man, nou begryp ek jou ook nie meer nie. Al die tyd dink ek dat dit vir jou 'n geweldige verrassing gaan wees, en hier handel jy nou waarlik asof jy 'n doodsberig ontvang het . . . Verlang jy dan nie ook na 'n kindjie van jou eie nie, Toni?" vra sy sag-pleitend.

"Dis nog al begeerte van my wat onvervul is, skat. Maar dit mag nie nou al gebeur nie. Dis veels te gou na die operasie . . . Dis uitsluitlik om jou onthalwe dat ek dit nie so wil hê nie, vroutjie . . ."

"Wel, of jy nou daarvan gaan hou of nie, maar ek wil graag 'n swart krulkopseuntjie hê. Ek sal tog seker nie doodgaan met my kindjie se geboorte nie, Toni?"

"Nee, my liefling, jy sal nie doodgaan nie, maar jy sal 'n ontsettende moeilike tyd hê. Ons kan later 'n gesin begin, vroutjie."

"Ek gee nie om of dit 'n moeilike tyd gaan wees of nie, my man. Ek wil graag hierdie kindjie hê," kom dit pleitend.

Stadig gaan sy arms uit na haar. Sonder enige aarseling glip sy in hulle en lig haar gesig om gesoen te word.

"As dit jou gelukkig sal maak om 'n kindjie te hê, kan ek ook maar net sê dat ek nie minder gelukkig sal voel nie, my liefling," fluister hy sag.

Later vra hy: "Vertel my, vroutjie, is dit die ding wat jou gister so gelukkig gemaak het?" Maar nou is daar geen teken van kommer meer op sy gelaat te gespeur nie, want sy donker oë skitter van vreugde en trots.

"Ja, my man, en dis ook die geheimpie waarvan ek gister gepraat het."

Hartstogtelik druk hy haar aan sy bors.

"Ek dink ek is vandag die gelukkigste man op aarde, liefling ... Maar ek sal jou darem nog moet ondersoek. Net om seker te maak of ons droom bewaarheid gaan word. Straks is dit dalk nog 'n ander kwaal waaraan my vroutjie ly."

"O nee, my man, dit mag nie wees nie," laat sy ernstig hoor.

"Laat ons maar liewer eers seker maak, my skat."

Behendig help hy haar op die ondersoektafel, dan neem hy sy stetoskoop uit sy oorjas en sak onderwyl hy met 'n teer glimlaggie sê: "Ek het jou hele gesprek vanoggend oor die foon gehoor, vroutjie, daarom is ek vandag hier. Ek laat nie toe dat my vennoot my vrou ondersoek nie."

"Toni, jou ou skelm! Dan was jy al die tyd bewus van my gesprek oor die foon! Jy moenie weer so iets waag nie, jong. Net sowel kon dit 'n kêrel gewees het met wie ek die gesprek gevoer het, en dan het jy nou van my hele liefdesakie geweet," sê sy plaend.

"Pas op, vroutjie. Jy moet nooit so iets waag nie. Ek sal nie instaan vir die kêrel se lewe nie. Jy weet natuurlik nog nie dat ons Italianers nie so iets duld nie. Ons vrouens behoort uitsluit-lik aan ons, en ons deel hulle met geeneen nie."

"Moenie onrustig wees nie, my man. Ek sal nooit ontrou wees nie."

"Ek hoop so, my skat." Dan is die ondersoek afgehandel en help hy haar weer van die tafel af.

Met sy een hand om haar lyf, druk Toni sy vrou teen hom aan en soen haar op haar bleek lippe.

"Binne agt maande sal ons droom bewaarheid word, my liefling ... Net agt maande om nog te wag," sê hy met teer-heid in sy stem. "Reken net, vroutjie, dat die outjie vir ons sal moet sê Mammie en Pappie. Dit klink soos musiek in my ore, liefling van my hart. En om te dink dat ek hierdie groot geluk uitsluitlik net aan jou te danke het ...! Jy is vir my veel meer werd as goud en edelgesteentes, my liefling. Ek sal jou bemin tot die dag van my dood, en ook ..."

"Toe maar, jou ou vleier, moet glad nie so gou praat nie. Een van die dae kry jy straks nog teësin in my en stuur my met die eerste vliegtuig terug Suid-Afrika toe," val sy hom skertsend in die rede.

"Daardie hoop kan jy gerus maar laat vaar, vroutjie. Dit sal tog nooit gebeur nie. Jy is vir ewig myne . . . Maar kom, ons moet nou gaan. Dis al byna tyd vir middagete en ek wil nog by die apteek aangaan om vir jou 'n bottel medisyne te kry wat daardie naarheid gou die nek sal inslaan."

# 14

Vanaand is die klavier stil, want al twee die speelsters is druk besig om te brei vir die nuweling wat verwag word. Weggesak in 'n leuningstoel sit Rina droomverlore, onderwyl haar hande outomaties met die breipenne beweeg. Af en toe word die sagte geklik van breipenne gehoor tussen die stemme van die drie geselsende broers.

Selfs die ou dame is met die hekelnaald doenig om die nuweling se uitrusting te help aanvul.

Heimlik sit Rina en dink wat sy nog alles vir haar kindjie kan brei. Ook aan die moontlikheid dat dit dalk 'n swart krulkopseuntjie gaan wees.

Gedagtig aan die groot geluk wat haar en Toni te beurt geval het, plooi 'n soet glimlaggie om haar mond. Sy is so weggevoer deur haar gedagtes dat sy nie eens daarvan bewus is dat Toni op die leuning van haar stoel kom sit het nie en haar nou al die afgelope vyf minute met 'n geamuseerde glimlaggie dophou.

"Waarom dan so ingedagte, vroutjie?" vra hy skielik langs haar. Dan kyk sy verward op.

"En wanneer het jy hier langs my kom sit? Ek het jou dan nie eens gehoor nie!"

"So, en waaraan het my vroutjie dan so ernstig gesit en dink?" vra hy terwyl hy haar met onverbloemde bewondering aanstaar.

"Gits, ja, daardie oë van jou moet ook altyd alles waarneem

". . . Kan mens dan niks vir jou verberg nie, nie eens jou gedagtes nie, Toni?"

"Nee, my skat," glimlag hy. "Vir my kan jy niks verberg nie. Weet jy dat ek soms elke gedagtetjie van jou kan lees! Jou gesiggie is vir my soos 'n spieël. Dit weerspieël elke gedagte wat in jou omgaan . . . Vertel my, wat was die aangename gedagtes van so flussies, vroutjie?"

"Goed, ek sal jou maar vertel. Ek het aan ons kindjie gesit en dink; eintlik gewens dat dit 'n swart krulkopseuntjie moet wees."

"Jy is vir my waarlik 'n aangename raaisel, vroutjie. Reken, ek het nou weer gedink dat jy graag 'n dogtertjie sal wil hê, 'n dogtertjie met net so 'n blonde krulkoppie soos haar moedertjie s'n."

"Nee, Toni, ons eersteling moet 'n seuntjie wees. Die tweede outjie kan gerus maar 'n dogtertjie wees."

"Het ek jou reg begryp, vroutjie? Het jy van 'n tweede spruitjie gepraat?" vra hy gemaak-verbaas.

"Jy het my volkome reg begryp, my man," glimlag sy.

"Wel, ek moet sê, jy het groot planne vir die toekoms, skat."

"Maar natuurlik het ek groot planne, Toni . . .! Ons gaan tog sekerlik nie net een kindjie hê nie!"

Toni lag.

"Jy is darem werklik 'n kostelike entjie mens, mevrou Sardinni . . . Maar, luister, ek het goeie nuus vir jou. Ek het eindelik vandag 'n huis te koop gevind. En dit nogal net hier oorkant die straat. Onthou jy nog daardie huisie wat jy altyd so bewonder het?"

"Tog nie daardie een met die ovaal, uitgeboude vensters nie!" roep sy entoesiasties uit.

"Dis hy, en geen ander een nie, liefling van my hart," glimlag hy tevrede. "En net môre neem ek my vroutjie om die meubels te gaan uitsoek waarmee sy haar droomhuisie kan meubileer."

"O, Toni, dis waarlik te goed om waar te wees! Jou nuus het my nou so oorstelp van blydskap dat ek op die oomblik geen lus meer het om verder te brei nie." Sy gee ineens 'n lang gaap en begin haar breiwerk op te vou.

284

"Nee, kyk, vroutjie, as jy so sit en gaap, is dit gewis 'n teken dat dit slaaptyd is vir jou. Kom, Moeder-hulle sal ons seker verskoon."

Met een arm om haar bestyg hulle die trappe na die boonste verdieping.

"Sal my vroutjie darem altyd vir haar man iets lekker voorberei sodra sy eers in haar eie kombuisie doenig is?"

"Ek sal natuurlik maar moet, wat anders kan ek doen? Eenmaal het ek nou die las om 'n man te hê," merk sy tergend op.

"Skaam jou, vroutjie, so erg is dit darem seker nie. Is ek regtig so 'n las vir my vroutjie?"

"Wel, tot dusver gelukkig nog nie . . ."

"Nou ja, ek hoop om dit in die toekoms ook nie te wees nie, my vroutjie."

"Dis te hope, want in die toekoms sal ek my hande betreklik vol hê as die nuweling eers daar is. So 'n ou dingetjie verg mos glo al 'n vrou se tyd en aandag."

"Luister, vroutjie, dis nou net verniet dat jy my wil laat verstaan dat jy geen tyd sal hê om aan my te bestee sodra ons kindjie daar is nie. Ek sal dit geensins duld dat die kleinding al jou tyd en aandag in beslag neem nie. Jy moet darem begryp dat daar ander ook sal wees wat 'n aanspraak op jou sal hê!"

"En wie is nogal die 'ander'?"

"Ek, natuurlik! Wie anders is daar wat ook 'n aanspraak op my vroutjie het?" Dan stoot hy die kamerdeur oop en wag vir haar om binne te gaan.

"Jy is vanaand weer vol draadwerk, Toni. Kom slaap nou, my man. Onthou, môre sal dit bepaald vir ons 'n besige dag wees by die meubelhandelaars."

Behaaglik wikkel Rina haar teen Toni aan.

Etlike oomblikke later is net haar egalige asemhaling hoorbaar, en Toni weet dat sy nou in soete droomland verkeer.

Vroeg die volgende môre is Rina wakker. Dan lê sy en luister na die vrolike gekwetter van die voëls in die hoë kruine van die bome.

Toni is reeds op. Vanuit die badkamer hoor sy haar man se

285

stem wat 'n bekende ou liedjie neurie. Dan besluit sy om self ook op te staan, aangesien hulle om elfuur na die meubelhandelaars wil gaan.

Besiel met onuitputbare ywer en tjokvol geluk, trek Rina haastig haar kamerjas en pantoffels aan.

Ineens maak ook Toni sy verskyning in die kamer. "Hm, my vroutjie is mos vroeg op!" merk hy effens verbaas op.

"Maar natuurlik. Vandag is mos 'n spesiale dag, my man!"

Hy tree vorentoe en vou haar in sy arms toe.

"En waarom is dit nou juis vandag 'n spesiale dag, vroutjie? Net omdat ons gaan meubels koop, of omdat jy saam met my stad toe gaan?"

"Wel, seker maar om albei redes. Jy wil tog maar alte graag hê ek moet uit my vel spring van blydskap as ek 'n keer saam met jou ingaan stad toe," glimlag sy fyntjies.

"Dis presies net wat ek verlang, vroutjie," glimlag hy terug. "Dit wys dat my vroutjie my darem nog liefhet."

"Jy het nie nodig om aan my liefde te twyfel nie, my man. Ek sal jou altyd liefhê," glimlag sy liefdevol op na hom. Dan wikkel sy haar liggies los uit sy omhelsing en vervolg: "Regtig, as jy my nie nou laat gaan nie, is ek vanoggend laat vir ontbyt."

"Vir ontbyt kan jy maar laat wees, my skat. Sorg asseblief net dat jy nie dalk laat is vir ons afspraak nie."

Hy gee haar 'n laaste soentjie, laat haar vry uit sy omhelsing en beweeg langsaam in die rigting van die deur.

Dis halfelf.

Vlugtig trek Rina die kam deur haar hare, druk 'n weerbarstige krulletjie weg van haar voorhoof, en verlaat die kamer.

Op die voorstoep gaan sy op Toni staan en wag wat in die reël laat is vir enige afspraak waarin hulle albei betrokke is. Telkens raadpleeg sy haar polshorlosie, maar daar is nog geen teken van Toni se motor te bespeur nie.

Aangesien Toni weer laat is, besluit Rina om dan maar solank in die roostuin rond te kuier. Sy voel so opgewonde en die natuur is te aanloklik om so doodluiters en op die stoep te staan.

Etlike oomblikke staan sy swyend en kyk na die sonneweelde om haar heen.

Die sagte geruis van Toni se motor toe hy stilhou voor die deur, laat Rina ineens weer tot die werklikheid terugkeer.

Nou kan sy weer normaal dink en handel. Al haar soete mymerings moet nou weer die wyk neem, want die werklike lewe moet voortgaan.

Sy kan die tyd soms so heerlik staan en omdroom, en altoos word sy in haar dagdromery gesteur, weer tot die werklikheid van die lewe teruggevoer.

Met 'n breë glimlag hou Toni vir haar die deur oop om in te klim.

"Goeiemôre!" groet sy, en die opgewondenheid laat haar stem effens tril.

Hy groet opgewek terug en vervolg: "So, dan het my vroutjie al op my gewag! Wel, dis mooi. Sy moet net sorg dat sy altyd betyds is, al is haar man nooit."

"Jy kan dit wel sê, Toni, want ek kan waarlik nie eenkeer onthou dat jy al betyds was vir 'n afspraak met my nie."

"Moet my tog nie te hard oordeel nie, vroutjie. Onthou, 'n geneesheer se tyd is nooit sy eie nie. Dit behoort onvoorwaardelik aan die siekes."

"Ek oordeel jou nie, my man. Ek begryp dat jy dit nie kan verhelp nie. Ek sê jou dit maar net, want jy is waarlik nooit op tyd nie."

Al geselsend bereik hulle die middestad. Rina raak opnuut in vervoering by die aanskoue van die ou geskiedkundige geboue en die kunstige beeldhouwerk van die Italianers wat feitlik by elke park en visdammetjie pryk, en die fraai bolvormige koepeldak van die stadsaal wat elke vreemdeling se aandag die eerste in beslag neem.

Selfs aan die blommeverkoopsters skenk Rina vanoggend meer aandag, want alles vertoon vir haar vroliker in die glorie van die son wat vanoggend sy koesterende strale uitstuur na elke hoekie van hierdie eeue oue stad.

Eindelik tree hulle die uitgelese meubelwinkel binne, en Rina trek haar asem vinnig en hoorbaar in.

Wat sy voor haar aanskou, laat oombliklik 'n warmte van gevoel in haar binneste opstyg. 'n Ware paradys, dink sy.

Palms en varings, vase met swaardlelies in verskeie skakerings, pryk oral rond. Skilderye van vooraanstaande skilders versier die hoë roomkleurige mure. En ornamente, vervaardig van die fynste porselein en duur geslyte glas, pryk in byna elke uitstalkas, terwyl meubels sierlik deur die hand van 'n kunstenaar gerangskik staan in die ruim vertoonlokaal.

Rina weet byna nie welke meubelstukke sy moet kies nie, want elkeen besit sy eie bekoring en sy hou van almal.

Eindelik, na 'n hele halfdag se kies en keur, het sy al die meubels uitgesoek waarmee sy haar nuwe tuiste gaan versier.

Die halfdag se rondstaan om alles te besigtig, laat Rina totaal uitgeput.

Die skerp oë van Toni merk gou dat sy vroutjie haar ooreis het. Onmiddellik stel hy voor dat hulle maar weer huis toe moet gaan.

# 15

Droomverlore sit Rina voor die klavier en speel terwyl sy op Toni wag. Hy is reeds 'n halfuur laat, maar sy gee nie om nie. Vanaand dis sy net 'n koue maaltyd op.

So weggevoer is sy deur die musiek, dat sy nie eens Toni se voetstappe hoor toe hy die sitkamer binnekom nie.

Agter haar gaan hy staan, buig haar hoof liggies agteroor en soen haar op haar sagte, rosige lippe.

Langsaam staan sy op van die klavierstoeltjie af, dan omvou Toni se arms haar liefdevol en druk hy haar liggies teen hom aan.

"Gelukkig, my skat?" vra hy sag.

"Ek is die gelukkigste vrou op aarde, my man," glimlag sy terug. "Maar kom, jy is seker al dood van die honger. Vanaand nuttig ons 'n koue maaltyd."

Gelukkig, soos 'n pasgetroude paartjie, beweeg hulle tydsaam in die rigting van die ruim eetkamer.

Ná ete maak Toni verskoning en verdaag na sy kantoor waar

hy dringende werk moet afhandel, terwyl Rina met 'n stukkie breiwerk in die eetkamer op die rusbank gaan sit.

Heimlik sit sy en dink hoe gelukkig sy en Toni was gedurende die afgelope drie maande wat hulle nou al in hul eie huis woon. Ja, haar geluk sal volmaak wees as dit nou net nie vir daardie jaloerse duiwel is wat sy so dikwels by hom bespeur nie. Want telkens wanneer sy stad toe was en sy hom verwittig van een of ander vriend wat sy daar raakgeloop het, kon sy merk dat dit glad nie sy goedkeuring wegdra nie. Nou het hy haar al selfs verbied om alleen stad toe te gaan.

Etlike minute sit Rina en peins oor haar man se jaloesie, dan val dit haar ineens op dat byna al die Italiaanse mans maar met 'n sekere mate van jaloesie bedeeld is. Selfs Pedro, wat al etlike jare getroud is, het hom eendag so bloedig vererg dat hy byna die stuipe daarvan kon kry, en dít net omdat Rose se neef, wat daardie dag Australië toe moes vertrek, haar in sy afwesigheid gaan groet het.

Hoe heerlik het hulle vrouens toe nie daaroor gelag nie. Hulle het dit destyds as 'n grap beskou dat Pedro so 'n kabaal opgeskop het oor so 'n nietigheidjie. Maar vandag sien sy geen grap in Toni se jaloesie nie. Sy weet net dat hy haar al diep gekwets het daardeur, want sy het hom nog nooit rede gegee om haar te wantrou nie.

'n Oomblik later hoor sy die horlosie nege-uur slaan, en sy besef dat dit tyd is vir haar om bed toe te gaan.

Langsaam vou sy haar breiwerk op. Toni se bevel is mos dat sy nie later as nege-uur mag opbly nie. En hy maak gewoonlik seker dat sy bevele in ag geneem word.

Behaaglik kruip Rina onder die komberse in, dan wonder sy watse werk Toni vanaand so dringend het om af te handel.

Dan wonder sy weer of Elsie ook so gelukkig is soos sy! In haar laaste brief het sy gemeld dat sy en Basie ook hul eersteling verwag . . . Sy glo nie Elsie kan so gelukkig voel soos sy nie . . . Sy glo nie daar bestaan 'n vrou wat so gelukkig voel soos sy nie – en juis dit stem haar soms vreesagtig . . . Is daar nie in elke paradys 'n verskuilde slang nie?

Nadat Rina haar man die volgende môre voor die motorhuis gegroet het, gaan sy 'n oomblik op die voorstoep staan.

Die hele omgewing is rustig en stil. Al die kinders is weg skool toe en elke man is op sy pos. Geen geluid is hoorbaar nie, behalwe die vrolike voëlgesang tussen die bome se welige blaretooi.

Noukeurig staan sy en kyk hoe twee voëltjies ywerig besig is om hul nessie te bou. Ja, dink sy. Een van die dae sal ook in daardie nessie kleintjies wees wat versorg moet word. Dan sal daardie einste twee voëls weer heeldag moet uitspring om wurmpies en insekte te versamel vir hul kroos.

Dan staar sy weer na die sagte, groen grasperk wat soos silwer glinster van die vorige nag se dou, en na die takkies van die sierbome wat saggies gewieg word deur 'n ligte bries. Bedwelmend styg die soet, gemengde geur van angeliere, rose en dahlias in haar neus op. Behaaglik adem sy die blommegeur diep in haar longe in, en sy voel ryklik geseën om nog die skoonheid van die natuur te kan aanskou.

Byna 'n uur staan Rina haar en verlustig in die skoonheid van die natuur, dan draai sy om en gaan die huis binne.

In die kombuis is sy net besig om vars blomme in die blombakke te rangskik, toe sy die voordeurklokkie aanhoudend hoor lui. Sy laat alles net so op die tafel en haas haar na die voordeur.

Vinnig maak sy die deur oop.

In die oop deur staan dokter Umberto.

Vriendelik beantwoord sy die dokter se môregroet en nooi hom na binne.

"Regtig, ek het nooit geweet dat 'n besige stadsgeneesheer hierdie tyd van die oggend op plesierritte kan rondjakker nie, dokter," vervolg sy skertsend. "Het u miskien 'n groot som geld geërf, of is u naam van die mediese register geskrap?"

"Geeneen van beide, mevrou," glimlag hy. "Ek was eintlik op pad hospitaal toe. En aangesien ek voor u deur moes verby ry, het ek besluit om hier aan te doen; feitlik uit nuuskierigheid om te sien hoe u nuwe tuiste daar uitsien. U lyk bepaald gelukkig in u nuwe omgewing."

"Ja, ek het nooit kon droom dat ek ooit eendag hier in Italië sou tuisraak nie. 'n Mens kleef mos maar gewoonlik vas aan herinnerings uit jou eie vaderland."

Al geselsend gaan hulle die huis binne, en die jong arts is letterlik verruk oor die goeie smaak wat die Afrikaanse vroutjie aan die dag gelê het met die meubilering van hulle huis, die rangskikking van die meubels, die behangsels, selfs die matte en skilderye. Alles dui die goeie smaak van die eienares aan.

Hy beny sy vennoot waarlik die geluk om besitter te wees van so 'n kunstige vroutjie, want sê een van die digters dan nie: "Die man wat 'n goeie vrou gevind het, het 'n goeie saak gevind – 'n goeie vrou is meer werd as goud en edelgesteentes!"

Voorwaar, hy sal met plesier die helfte van sy rykdom afstaan om in dokter Sardinni se plek te wees – om hierdie beeldskone en kunstige vroutjie as sy eie te besit.

"Sal u iets drink, dokter?" onderbreek Rina sy gedagtegang.

'n Oomblik staar hy haar swyend aan. Sy oë lyk sag, dog dit boesem haar 'n sekere mate van vrees in. Waarom sou hy haar vandag so aanstaar? Dit lyk komplect of hy haar 'n geheim wil meedeel, of hy haar iets wil toefluister!

Rina bloos geweldig onder sy kritiese oog en herhaal die vraag. Sy kan raai dat hy diep ingedagte moet wees.

"Nee dankie, mevrou," sê hy eindelik. "Ek sal nou dadelik moet gaan, anders is ek laat met my besoeke aan die hospitaal."

Stadig beweeg hulle na die voordeur. Umberto gesels onophoudelik en hy dink: Om met hierdie vroutjie alleen te verkeer as sy eie, sal vir hom die gelukkigste ure van sy lewe beteken. Sy oë maak egter geen geheim daarvan nie.

Maar Rina is uitgeslaap vir hom. Sy het oorgenoeg ondervinding opgedoen vandat sy Italië betree het. Sy laat haar ook nie met elke windjie meevoer nie – mins nog van Umberto!

Vlugtig groet hy en verlaat die huis onmiddellik.

In die hospitaal is Toni al net ongeduldig. Hy kan werklik nie begryp waarom Umberto vanoggend so laat is nie. Hy moes reeds 'n uur gelede al opgedaag het.

Nee, besluit hy ergerlik. Indien hy nie binne vyf minute opdaag nie, gaan ek ook nie meer langer op hom wag nie. Die kêrel moet sorg dat hy betyds is op sy pos! As hy binne vyf minute nog nie hier is nie, gaan ek my rondes doen. Daar is nog heelwat privaat pasiënte wat ek moet gaan besoek.

Onvergenoegd klap hy die motordeur langs hom toe en trek met 'n vinnige vaart voor die hospitaal weg. Hy kan darem nou nie meer langer op Umberto wag nie. Hy wonder wat met die kêrel gebeur het dat hy dan nou nog nie aan diens is nie.

Dan kyk hy af na die paneelbord van die motor en merk dat Rina een van haar sakdoekies in die motor verloor het.

Nou begin sy gedagtes weer net om sy vroutjie sirkel.

Hy wonder of sy weer vandag stad toe is. Hy vertrou hierdie stadtoeganery van haar glad nie. Waarom kan sy nie wag tot hy haar self neem nie? En dan is daar altyd die een of ander persoon wat sy toevallig raakloop. Hy wonder soms of dit nie maar 'n afgespreekte saak is nie! Umberto, in die eerste plek, vertrou hy net so ver as wat hy hom kan sien. En hy hou niks daarvan dat Rina so oorvriendelik met die man is nie. Hyself is nooit so oorvriendelik met enige vrou nie . . . Sy moet uitskei met haar lollery!

Op die oomblik verlang hy innig na sy vroutjie, en besluit om voor sy woning verby te ry.

Byna op die hoek van elke derde dwarsstraat is daar 'n uithangbord wat lui: *Mantenere la destra* – hou regs. Hy is al so gewoond daaraan. Hy neem dit waar, maar dit maak ook geen indruk meer op hom nie. Hy weet ook dat sodra hy die sirkel verby is, sal hy 'n groot rooi plakkaat sien met *Scuola* – skool – daarop geverf in groot, swart letters.

Om dit alles waar te neem, is al 'n gewoonte by hom.

Stadig ry hy by sy woning verby. In sy hart koester hy die hoop om sy vroutjie voor die deur in die tuin te bespeur.

Al sien hy haar ook net 'n oomblik, sal sy gemoed geweldig verlig voel. Dan weet hy ten minste dat sy nie weer stad toe is om miskien vir Umberto of iemand anders per abuis raak te loop nie.

Maar in plaas van sy vroutjie te bespeur, merk hy die donkerrooi motor van sy vennoot wat voor sy deur geparkeer staan.

Oombliklik is al die vrede en verwagting uit sy siel verdryf en neem 'n bose woede besit van hom.

As Rina hom op daardie oomblik kon aanskou het, sou sy sekerlik nie haar man in hom herken het nie. Want dit is geensins die gelaat van die uiters aantreklike Toni Sardinni nie, maar die gesig van 'n bose duiwel uit die hel. Sy gesig is totaal vertrek van woede.

Met sy lippe styf gespan en oë wat vuur skiet, werp hy 'n laaste blik op sy vennoot se motor.

"So," sis hy deur saamgeperste lippe, "dan is dit die dinge wat agter my rug aangevang word! Dan wag ek al die tyd soos 'n gek op hom by die hospitaal, terwyl hy hier met my vrou flankeer – en dit nogal in my eie huis!"

Plotseling word die petrolpedaal diep weggetrap. Soos 'n pyl uit 'n boog skiet Toni se groot motor vorentoe en seil die straat op.

Sy eerste gedagte was om sy huis ongesiens binne te gaan en Umberto daar aan sy nek te gaan uithaal. Maar hy het besluit om dit nie te doen nie. Hy weet hy sal sy woede nie kan beteuel indien hy sy vrou in Umberto se arms betrap nie, en hy wil hom onder geen omstandighede skuldig maak aan 'n misdaad nie. Hulle is dit immers nie een werd nie, want 'n vrou wat aan haar man ontrou is, besit geen plek in die samelewing nie; is nie eens werd om vrou genoem te word nie . . . En om te dink dat Umberto hom so kan onderkruip! Dis nie genoeg dat hy haar telkens in die stad ontmoet nie, hy gaan nou selfs so ver as om haar tuis ook te kom besoek! En Rina, wat haar eersteling verwag, is maar te gediend daarmee. Sy het Umberto natuurlik daarvan verwittig dat hy haar belet het om so dikwels stad toe te gaan, nou het hulle besluit dat hy haar dan maar tuis sal besoek!

Toni is baie verbitterd, want die jaloerse duiwel wat hy in sy binneste huisves, het hom reeds oortuig dat sy vrou aan hom ontrou is. En nou wonder hy hoeveel keer sy hom al voorheen ontrou was terwyl hy niksvermoedend in die hospitaal besig is.

Later wonder hy weer waarom Rina juis noudat sy swanger is so 'n onvergeeflike ding gaan aanvang het.

293

Op die oomblik verwyt hy homself bitterlik dat hy nie maar daarop aangedring het dat hulle langer by sy moeder bly nie. Drie maande in hul nuwe tuiste, en sy flankeer al klaar met ander mans in sy afwesigheid . . . Maar dit gaan hy ten ene male nie duld nie. Sy vrou deel hy met niemand. Sy is syne alleen, of anders moet sy sy huis verlaat. Daar bly vir haar net een keuse . . . Maar hoe op aarde sal hy ooit sonder haar kan leef?

Op die oomblik weier sy gedagtes om daardie sy van die saak te oorweeg. Hy kan net dink aan die skandaal waaraan Rina haar skuldig gemaak het, en hoe sy hom daardeur verneder het deur dit in sy eie huis aan te vang.

Toni voel op die oomblik totaal onbekwaam om sy werk verder te verrig.

Ineens besluit hy om dadelik terug te draai huis toe. Hy moet Rina onmiddellik spreek, haar laat begryp dat hy bewus is van haar ontrouheid. En wat Umberto betref, hy sal hom onmiddellik afdank as vennoot. Hy moes hom in die eerste plek nooit aangeneem het as vennoot nie. Hy het tog geweet hoe lief die vent is vir die teenoorgestelde geslag. Maar hy het hom destyds jammer gekry toe sy praktyk byna ten gronde gegaan het. En nou kom hy jou waarlik sulke vurige dade in sy weldoener se huis aanrig! Wel, hy is slegter as 'n hond. 'n Hond sal ten minste nie die hand byt wat hom voed nie . . . Nee, hy is 'n slang. 'n Gevaarlike slang wie se kop vermorsel moet word. Maar nou kan mens ook nie sy kop vermorsel sonder om jouself skuldig te maak aan 'n misdaad nie! Ewenwel, hy is 'n pes vir die samelewing.

Met 'n geweldige geknars van remme en gefluit van buitebande op die teerstraat bring Toni sy motor tot stilstand waar Umberto se motor vroeër geparkeer was.

Rina, wat besig is in die kombuis, hoor die geraas voor die deur in die straat. In haar hart bid sy dat dit tog nie weer Umberto moet wees nie. Sy hou niks van die man se voorkoms nie, nog minder van die wyse waarop hy haar staan en betrag asof sy oë haar wil verslind.

Haastig gaan sy na die voordeur. Indien dit weer Umberto

is, sal sy hom liewer op die voorstoep ontvang. Sy voel effens skrikkerig om alleen met hom in die huis te verkeer. Sy wens hy kom liewer nie weer besoek aflê in Toni se afwesigheid nie.

Vinnig maak sy die voordeur oop.

Tot haar grootste verbasing merk sy Toni se motor voor die deur, in plaas van Umberto s'n.

Met 'n blye glimlag loop sy haar man tegemoet, wat met die paadjie opgestap kom.

Eers toe sy hom nader, tref dit haar in hoe 'n stroewe persoon hy verander het. Vanoggend, toe hy die huis verlaat het, was hy nog die opgeruimdheid self. En nou lyk hy asof hy 'n geweldige teleurstelling ondervind het.

Seker maar 'n operasie wat nie geslaag het nie, besluit sy. Hy neem dit gewoonlik baie ter harte indien een van sy operasies misluk – net asof hy lewe kan skenk waar dit geneem moet word!

Sy voel op die oomblik innig jammer vir hierdie fynbesnaarde man van haar.

"Hallo, Toni!" groet sy sag, simpatiek, en trek haar arm liggies deur syne.

Maar Toni toon geen teken dat hy haar gehoor het of enigsins van haar teenwoordigheid bewus is nie. Soos 'n doofstomme stryk hy aan terwyl hy strak voor hom uitstaar. Selfs haar arm wat sy so liefdevol deur syne gehaak het, ignoreer hy asof dit hom nie in die minste raak nie.

Sy tred is veerkragtig en vinnig, en Rina kan byna nie byhou nie.

Wat sou hom skeel? wonder sy. Geen mislukte operasie het hom nog ooit so ontstel nie. Daar moet bepaald 'n ander rede voor wees!

Saggies trek sy haar arm terug en staar hom weer eens in die gesig. Maar die blik wat die Italianer hierdie keer op haar werp, is geen vriendelike nie; dis die blik van 'n tier wat gereed staan om sy prooi te bespring.

Op die oomblik lyk Toni vir haar soos 'n waansinnige. Sy voel tot die dood toe bang vir hierdie Toni ... Ja, sy voel byna lus om weg te hardloop ... maar waarheen? Na sy moeder?

Nee, dit mag sy nie doen nie. Sy moet probeer uitvind wat die oorsaak is van sy woede.

Voor die venster in die studeerkamer gaan Toni staan. Lank tuur hy na buite sonder om 'n woord te sê.

Stil en gedwee gaan Rina langs hom staan, plaas haar hand liggies op sy skouer terwyl sy hom besorg, dog effens bevrees aankyk

"Wat makeer, Toni? Jy lyk so ... so verskriklik omgekrap, my man!" sê sy.

Maar so 'n verwoede reaksie op haar vraag het Rina nie verwag nie – nie van haar geliefde Toni nie!

Met 'n vinnige swaai skud sy haar hand van sy skouer af, dan staan hy met 'n dreigende houding voor haar.

"So!" sis hy deur saamgeperste lippe. "Dan het jy nog die durf om my te vra nadat jy jou so skandelik gedra het! Wat 'n goeie vrou is jy tog, nè! Skynheilig is nie 'n naam vir jou nie. En ek voel ook nie omgekrap nie, maar verbitterd. Begryp jy, verbitterd!"

"Maar, Toni, wat het jy tog bedoel, my man? Ek begryp jou waarlik nie," sê sy gekrenk, en vervolg dan weer verslae: "Wanneer het ek my so skandelik gedra, Toni? Ek kan waarlik geen denkbeeld vorm dat ek my ooit buitensporig gedra het nie!"

"Toe maar, Rina, moenie voorgee dat jy 'n engel uit die hemel is nie. Ek het my dit self voorheen verbeel. Maar nou weet ek ten minste van beter. Vanmôre het my oë oopgegaan vir wat jy werklik is. En ek moet sê, ek is bitter teleurgesteld in jou."

"Toni, moet my asseblief nie so ... so koud aankyk nie, my man. Ek begryp jou nie ... ek het jou nog nooit enige leed aangedoen nie ... ek weet nie eens waarvan jy praat nie!"

Haar stem is sag en pleitend, die droewige trek in haar oë laat hom byna week word.

Maar nee, hy kan hierdie oortreding nie oorsien nie – dis 'n onvergeeflike oortreding in sy oë.

"Goed, as jy dan nie weet nie, sal ek jou geheue effens verfris," antwoord hy dreigend, en vervolg dan onmiddellik: "Wat het Umberto vanoggend hier kom soek in my afwesigheid?"

Op die oomblik weet Rina nie wat om te sê nie. Dis vir haar nou heel duidelik dat Toni hulle verdink van wangedrag, en die wete dring met 'n skok tot haar deur.

"Hy het bloot net ons huis kom besigtig, Toni. Ek kan jou verseker dat hy nie soveel as aan my geraak het nie . . ."

"Genoeg," skree hy dit byna uit. "Moet om vadersnaam nie dink ek is 'n kind wat dit sal glo nie. Waarom vertel jy nie die waarheid nie, Rina? Waarom erken jy nie dat hy vir jou kom kuier het nie! Ek weet tog al 'n geruime tyd dat hy rasend verlief is op jou . . ."

"Asseblief, my man," sê sy met trane in haar stem. "Jou aantygings is onwaar . . . Ek kan onmoontlik nie sulke dinge erken nie, dis onjuis."

Sy oë is op nou skrefies oop en sy mond is op 'n gevaarlike plooi vertrek toe hy dit weer eens half uitskree: "Bly stil, Rina! Indien jy nie die waarheid kan praat nie, verlang ek dat jy liewer stilbly. Is dit duidelik?"

"O, Toni, jy moet my glo," sê sy smekend. Dan kyk sy op en twee groot traandruppels rol ongestoord oor haar wange.

"Ek gaan jou nog 'n vraag stel, Rina. Blykbaar sal dit die laaste vraag wees, en ek verlang net die waarheid. Begryp jy, net die waarheid!" Hardhandig neem hy haar aan die boarm. Sy blik is 'n dreigement, kil en koud. "Hoeveel maal het julle al afsprake agter my rug gehad, jy en Umberto?"

"O, Toni, jy doen ons 'n skreiende onreg aan deur sulke dinge te insinueer," snik sy dit byna uit. "Umberto het nie soveel as aan my geraak nie, my man. Die Here is my getuie dat ek jou die waarheid . . ."

"Moet jou siel nie nog swarter smeer as wat dit op die oomblik is nie, Rina," val hy haar driftig in die rede. "Laat ek jou een ding vertel, Rina: geen ordentlike vrou sal ander mans in haar huis onthaal in haar eie man se afwesigheid nie!"

"Ek smeek jou, Toni. Jy moet my glo. Wat ek jou hier vertel het, is die heilige waarheid!"

"Miskien kon ek jou nog geglo het as Umberto nie die betrokke persoon was nie. Maar van hom sal ek dit nooit glo nie. Daarvoor ken ek sy karakter, sy streke veels te goed. En ek waarsku jou, Rina, daardie man sit sy voete nie weer oor my drumpel nie. Ek wil Umberto nie weer in my huis sien nie. Begryp jy, dis 'n bevel!" eindig hy sy woordevloed, los haar arm plotseling en stap die huis uit.

Haar arms hang slap langs haar sye.

Verlore staar sy na die deur waar Toni pas verdwyn het, en 'n oneindige hartseer en moedeloosheid sak ineens oor haar toe. Dan voel sy die dowwe pyn in haar arm opskiet waar sy hand haar in 'n staalgreep vasgeklem het.

Werktuiglik begin sy haar arms te vryf, dan merk sy die rooi merke wat sy hande nagelaat het. Onmiddellik skiet haar gemoed tot oorlopens toe vol. Verblind deur trane, loop sy na haar slaapkamer.

Op die bed sak sy neer en gee vrye teuels aan al haar opgekropte hartseer. Sy voel tot in die diepste van haar siel gekwes. Haar hart voel asof dit aan 'n duisend skerwe gebreek is. En die wete dat Toni haar nie glo nie, haar nog steeds verdink van sulke verskriklike gedrag, laat haar skouers opnuut ruk van droewige snikke.

Moeg en uitgeput raak Rina eindelik aan die slaap.

Toe die son al byna onder is, skrik sy vir die eerste maal wakker. Haar oë brand geweldig en hulle voel geswel. Dan wonder sy wat met haar gebeur het. Dis mos nie haar gewoonte om bedags te gaan slaap nie!

Eindelik dring die gebeure van die oggend weer tot haar deur, en sy voel opnuut weer hoe die trane warm en oorweldigend in haar oë opstoot . . . Maar, nee, sy durf nie nou weer huil nie. Sy moet sterk wees. Toni sal binne enkele oomblikke tuis wees, en daar moet dan geen spore van trane meer wees nie. Waarskynlik het hy ingesien hoe verkeerd hy was, en dan loop sy nog steeds met opgeswelde oë hier rond.

Sy wonder wat sy vanaand sal voorberei vir ete. Ja, sy sal gou iets moet gaan voorberei. Maar sy voel op die oomblik al weer so moeg, kompleet of sy 'n honderd jaar oud is.

Langsaam beweeg sy na die badkamer om haar geswelde oë met koue water te baai. Haar hart voel loodswaar.

"As Toni my tog net wil glo . . . Arme Umberto, sy bedoe-

298

ling was tog nie om moeilikheid te verwek nie . . . Hy het my tog geen leed aangedoen nie! Sou dit nou die enigste doel wees waarvoor ek gebore is, om my lewe deur net ongelukkig te wees? Ag, Vader, tog nie dit nie. Verhoed dit tog!" prewel sy hartseer.

Agtuur, en Toni is nog nie tuis nie.

Rina se gedagtes wil ook nie meer op die boek konsentreer wat sy besig is om te lees nie.

Sy wat altyd so lief is vir lees, vind vanaand selfs die boek vervelig . . . Wag, sy sal maar haar breiwerk gaan haal, miskien maak sy meer vordering daarmee.

'n Uur later hoor sy Toni se motor voor die deur stilhou.

Geluidloos gaan die swaar voordeur oop, dan hoor sy weer sy voetstappe soos hy na sy studeerkamer beweeg.

Hy dink natuurlik ek is al in die bed, kom dit in haar gedagtes.

'n Oomblik sit sy in 'n wagtende houding en luister of hy na die eetkamer gaan kom, maar dan hoor sy hoe hy die studeerkamer se deur agter hom toetrek.

Toe Toni na 'n kwartier nog nie sy verskyning maak nie, besluit Rina om te gaan hoor of hy al geëet het.

Hy dink blykbaar ek slaap al en dan gaan hy tien teen een nog sonder kos ook slaap, want hy sal my mos nooit steur na ek al in die bed is nie! sê sy in haar gedagtes aan haarself. Miskien doen hy skryfwerk, dan kan ek hom daarmee behulpsaam wees. Ek help hom tog altyd met sy skryf- en tikwerk.

Saggies stoot sy die studeerkamer se deur oop en tree die vertrek binne.

Tot haar verbasing merk sy dat Toni nie besig is met werk nie, maar gemaklik uitgestrek lê op die ondersoektafel.

Met 'n besorgde uitroep tree sy nader.

"Wat makeer, Toni, voel jy siek?"

Besorg plaas sy haar hand op sy voorkop om vas te stel of hy koorsig is.

Langsaam maak hy sy oë oop. Afsku is duidelik in sy donker oë te lees.

Met 'n skor stem sê hy eindelik: "Ja, ek voel siek, tot die dood toe siek vir jou en jou gedrag van vandag."

Sy woorde tref haar soos 'n sweepslag, laat haar ineenkrimp van pyn.

Met 'n verveelde gebaar stoot hy haar hand weg wat sy voorhoof so liefkosend streel.

Hartseer wel in haar binneste op. Haar gemoed skiet vol. Met 'n stem wat tril van ingehoue trane sê sy: "Toni, ek sweer voor God ek is onskuldig aan die ding waarvan jy my vanoggend beskuldig het! Ek smeek jou . . . ek bid jou . . . jy moet my glo. Jou aantygings is ongegrond . . . onwaar!"

"Gaan weg, en laat my asseblief met rus, Rina. Dit baat jou geensins om nou te pleit en te sweer nie, jy smeer jou siel net swarter as wat dit reeds is. Gaan slaap liewer en droom van die gelukkige uurtjies wat jy vanoggend saam met Umberto, en miskien ook ander oggende geniet het, en laat my nou asseblief met rus."

"Maar, Toni, wat van ons kindjie? O, jy kan my nie so van jou af wegstuur nie!" Snikkend sak sy op haar knieë neer langs die ondersoektafel. Krampagtig vou sy haar hande saam asof sy wil bid. "Asseblief, my man, jy moet my glo as ek jou sê dat ek jou nog nooit een oomblik ontrou was nie!"

Langsaam kom hy orent en antwoord bars: "Wat die kind betref, is dit vir al wat ek weet dalk ook nog Umberto s'n!"

In 'n oogwenk is Rina op. Deur traanbenewelde oë staar sy hom gekrenk aan.

"So laat ek my nie deur jou beledig nie, Toni!"

"Wat praat jy nog van beledigings? Dis jý wat my tot in die afgrond beledig het met jou gedrag!"

'n Oomblik staar sy Toni aan wat hom weer ewe behaaglik op die tafel uitstrek, voor sy sag sê, dog hard genoeg vir hom om te hoor: "Om te dink dat my arme onskuldige ou kindjie so 'n wrede vader het! Dis veel beter dat jy hom liewer nie erken as joune nie. Jy besit geen reg om die vader van 'n kind te wees nie. Jy is te onredelik, te beledigend, te wreed om 'n vader te wees."

Vinnig trek sy die deur agter haar toe.

Met 'n hart tot oorlopens toe vol smart, haas sy haar na haar kamer. Sy het nooit kon droom dat Toni so onredelik kan wees nie! En dat hy haar selfs beskuldig van onsedelikheid! O, dis verskriklik.

Ure lê Rina nou al wakker met die hoop dat Toni tog wel sal kom slaap en dalk al die moeilikheid uit die weg sal ruim. Maar Toni kom nie in hulle kamer slaap nie en rig die volgende dag die spaarkamer vir homself as slaapvertrek in.

Nooit neem Toni haar meer bioskoop toe of na hul vriende nie. En as Rina enigsins behoefte voel om bietjie weg te kom van die huis af, moet sy eenvoudig maar alleen gaan.

Dis Sardinni's oorkant die straat besoek haar nog gereeld, maar sy kan dit nooit sover bring om hulle te verwittig van die moeilikheid tussen haar en Toni nie. Dis vir haar eenvoudig te vernederend om daarvan te praat. Haar smart probeer sy so goed as moontlik vir haar skoonfamilie verberg.

Maar die kennersoog van 'n moeder merk gou dat daar iets haper aan Rina se geluk. Sy kan soms so ingedagte, so verlore voor haar uitstaar wanneer sy meen dat ander se aandag nie op haar gevestig is nie – en juis dit laat die ou moeder gis.

Gewoonlik gee Rina hulle ontwykende antwoorde indien daar na haar en Toni se welstand verneem word.

In haar hart bid Rina maar altyd dat die dag spoedig moet aanbreek wanneer hulle moeilikheid weer uit die weg geruim sal wees. Sy glo vas dat daar wel nog so 'n dag sal aanbreek.

Elke oggend sien sy met nuwe moed en ywer daarna uit. Altyd dink sy maar: Vandag is dit miskien die dag wat Toni 'n versoening gaan bewerkstellig, maar met elke sonsondergang vind sy dat haar hoop verydel is. Toni ag dit nie eens die moeite werd om toenadering te soek nie.

Haar senuwees is al tot die uiterste gespan van elke dag se verwagtings, en die ontnugtering elke aand is helaas te veel vir haar swak gestel. Sy voel soms of sy rasend kan word daarvan.

Elke aand kniel sy voor haar bed en smeek die Here om krag en leiding, want haar kruis het nou te swaar vir haar geword. Sy kan nie meer langer daaronder swoeg nie. Maar Toni bly ongenaakbaar.

# 16

Van waar Rina langs die huis sit, beskut teen 'n geniepsige wind wat waai, het sy 'n pragtige uitsig oor hulle weelderige tuin.

Vergete lê die sokkie waaraan sy besig is om te brei op haar skoot. Haar gedagtes dwaal weer terug na die noodlottige dag toe Umberto by hulle huis kom besoek aflê het.

Van daardie dag af het sy al baie trane gestort, want Toni bly maar nog steeds soos 'n vreemdeling teenoor haar.

Eers het sy dit nog gewaag om 'n gesprek aan tafel te probeer aanknoop. Maar nadat Toni haar herhaaldelik stroewe en kortaf antwoorde gegee het, het sy dit op langerlaas ook gestaak. Al haar toenaderings wys hy kil en koud van die hand, asof dit hom groot plesier verskaf om haar so pyn aan te doen.

Haar hart voel seer as sy dink hoe entoesiasties hulle planne beraam het vir hul kindjie se toekoms. Selfs sy toekomstige loopbaan het hulle al bespreek, maar op daardie punt kon hulle nie ooreenstem nie. Sy wou hê dat hul kind eendag net musiek moet studeer, terwyl Toni weer die wens uitgespreek het dat die ongebore wesentjie eendag in sy vader se voetstappe moet volg en in die medisyne moet studeer.

Dan dink sy weer hoe trots Toni was die dag toe hy haar geneem het om die suster te bespreek . . . Ja, sy hele wese het gestraal van trots en geluk – en vandag ontken hy sy vaderskap. Hy het hulle albei nou in die steek gelaat, want die afgelope drie dae was hy nog nooit tuis nie.

Voor haar skoonfamilie span sy haar geweldig in om opgewek voor te kom, maar diep in haar bloei die wond onophoudelik.

Selfs aan haar familie in die verre Suid-Afrika rep sy geen woord in haar briewe van die moeilikheid tussen haar en Toni nie. Dit sal haar moeder se hart breek as sy dit moet weet.

Gedagtig aan al die dinge kom daar trane in haar oë. Sy kan nie begryp hoe Toni haar so kan wantrou nie, hy is tog die enigste man wat sy bemin!

Weer sit sy en luister of sy nog nie sy motor by die hek hoor inkom nie. Sy verlang so oneindig baie na hom. Die afgelope drie dae sit sy elke middag op dieselfde plek en wag dat hy moet kom, maar elke middag moet sy vind dat haar hoop verydel is, want Toni daag nie op nie.

Sy wonder waar hy die afgelope drie nagte geslaap het. Bedags weet sy is hy besig in die hospitaal. Maar waar hy die nagte deurbring, is vir haar 'n totale raaisel. Sy verlang so om hom weer te sien. Al kan sy dan net na sy voetstappe luister, sal dit darem ook die verlange in haar in 'n mate stil. Maar selfs dit word haar nou ontneem.

Al wat haar nog moed gee om die lewe aan te durf, is die gedagte dat sy binne 'n maand haar eie kindjie in haar arms sal hou – dan sal sy tog immers nie meer so alleen wees nie.

Maar noudat Toni so uithuisig is, raak sy selfs bevrees vir die koms van haar liefling ook. Wat sal sy aanvang indien die oomblik haar oorval terwyl sy hier alleen is? Nee, sy sal maar verplig wees om haar skoonmoeder in haar vertroue te neem, want so alleen kan sy nie bly nie. Dit wil haar voorkom of Toni haar nou heeltemal verstoot het, of dit hom nie die minste skeel of die bevalling haar oorval terwyl sy hier alleen is nie.

Die gedagte dat Toni nou so min vir haar omgee en haar so totaal aan haar lot oorgelaat het, laat die warm trane opnuut in haar oë opwel. Sy voel of sy van God en mens verlaat is, want selfs haar gebede word nie eens verhoor nie.

Langsaam beweeg Rina na die sitkamer . . . O, hoe wens sy tog nie om haar man net een oomblik te sien nie! Sal sy hom ooit weer sien? Het al hul heerlike drome oor die toekoms – vir volmaakte huislike geluk – nou in die niet verdwyn? Moet sy nou hier alleen sit met al die ellende, sonder moed, sonder wil of weg?

"Ag, Here, sal daar dan nooit 'n einde kom aan hierdie marteling, hierdie hel, hierdie duistere swart nag wat ek alleen moet bewandel nie?"

Met swaar snikke sak sy magteloos in een van die gemakstoele in die sitkamer neer.

Treurige, hartverskeurende snikke is die enigste geluid wat in die stil woning gehoor word.

Sag tik die groot huishorlosie die minute af.

Dis vyfuur. Die voordeur staan oop. Sagte voetstappe kom die voorportaal binne.

'n Oomblik staan ou mevrou Sardinni besluiteloos. Sulke droewige, hartverskeurende snikke het sy nog nooit beleef nie . . . dit kom direk van 'n gefolterde siel.

Gou kom die ou moeder egter tot verhaal, dan is sy by Rina.

Teer plaas sy haar arm om die jong vroutjie se skouers wat aanhoudend ruk van onafgebroke snikke. Haar gemoed is self so vol dat sy byna nie kan praat nie.

Eindelik kry sy die woorde uit wat bly vassteek het in haar keel.

"O, Rinatjie, waarom is die hartjie dan so seer, kindjie? Kom, kindlief, jou moeder is nie hier wat jy in jou vertroue kan neem nie, neem my maar aan as 'n moeder . . . ek het jou tog van altyd af lief soos 'n eie kind! Kom, vertel jou ou moeder wat dit is wat jou so verdrietig stem. Miskien kan ek jou nog help . . . Jy weet tog dat ek vir jou enigiets op aarde sal doen, as jy my maar net wil vertel wat jou so bedroef het."

Swaar lig Rina haar hoof op van die ouer dame se bors, waar sy 'n paar oomblikke haar hartseer in trane uitgesnik het. Dan staar sy op na die ou moeder met die wêreld se weemoed in haar blou oë.

"O, Moeder, u het gekom asof u geroep is . . . Ek . . . ek kan dit nie meer alleen dra nie . . ." Dan sak haar hoof weer stadig af en bars sy opnuut weer in snikke uit teen die ou moeder se bors.

Troostend druk die moeder haar teen haar bors vas soos 'n klein babatjie, terwyl die trane nou vrylik oor haar eie wange rol.

Na etlike oomblikke droog die moeder haar trane af. Liefdevol streel sy oor die jong vroutjie se sysagte hare en sê teer: "Ek gaan nou eers vir jou iets gee om te drink, kindjie, dan vertel jy jou moeder alles. Moeder is maar te gewillig om jou te help."

Vlugtig skink die ou dame 'n bietjie brandewyn in 'n glasie, voeg 'n bietjie water daarby en bied Rina dit aan om te drink.

Gehoorsaam neem sy die glasie en ledig die inhoud.

Met betraande oë waarin al haar leed en hartseer te bespeur is, kyk sy die ou dame aan. Dan dwaal haar oë weer in die vertrek rond en rus eindelik op die skildery aan die muur – haar troupresent van Benita.

Asof sy in 'n droom verkeer, begin sy sag, stotterend te praat. Haar gemoed is tot brekens toe vol, en sy kan soms byna nie haar woorde uitkry nie.

Soms is haar woorde so sag dat die moeder byna nie kan hoor wat sy sê nie. En al die tyd wat sy praat, staar sy verdrietig voor haar uit. Telkens vee sy 'n traan af wat dreig om oor haar wange te rol, terwyl die ou moeder haar met pynbelaaide oë aanstaar. Dan daal haar stem weer tot sy byna fluister.

"U sien, Moeder, vandag is dit al die derde dag wat hy laat tuis was," beëindig sy haar vertelling. Dan swyg sy 'n oomblik asof haar stem totaal weggeraak het, en begin later weer praat asof sy al haar krag moet inspan om daarmee vol te hou.

"O, my ou Moeder, as u maar net weet hoe lief ek hom het, en hoe verskriklik ek na hom verlang, sal u wel begryp hoe pynigend dit vir my is om u al hierdie dinge te vertel . . . Ek sal hom nooit kan vergeet nie, Moeder. Ek sal hom altyd liefhê – elke dag van my lewe. Niemand sal ooit sy plek in my hart kan vul nie. En al verag hy my ook vandag, sal my liefde vir hom altyd ongeskonde bly."

"Toni sal weer terugkom, Rinatjie . . . Hy het jou lief, my kind," troos die moeder.

"Alles is nou verby – verlore, Moeder. Al wat ek nog op hierdie wye aarde besit, is net my ongebore kindjie en my liefde vir hom . . . Nou begryp u waarom ek so van God en mens verlate voel, Moeder!"

"Moet nie te gou moed opgee nie, kindjie. 'n Nag kan nooit te donker wees nie, of die lig breek weer aan. Ons moet net bid, my ou dogtertjie. Die Almagtige is ons enigste redder. En al is jy Protestant en ek Katoliek, ons sal albei bid. Ons glo tog albei!"

"O, Moeder, ek het al so vele maal gebid, maar dis net of die Here Hom teen my verhard. Ek weet nie wat ek gesondig het dat ek so swaar gestraf . . ."

305

"Die Vader kasty net dié wat hy liefhet, kindjie," val die ou moeder haar sag in die rede.

"Ag, Moeder, bid tog vir my. Ek kan nie meer bid nie."

"Ek sal vir julle bid. Maar ook jy moet bid, my ou dogtertjie. Jy moenie weer moedeloos word nie. As die nood op die hoogste is, is die uitkoms ook daar; dit is 'n ware gesegde, ek spreek van ondervinding."

"O, Moeder, u is so goed vir my . . . Ek dank God vir so 'n moeder soos u. U is vir my net so dierbaar soos my eie ou moedertjie . . . Ek weet waarlik nie hoe om u te bedank vir u liefde en sorgsaamheid nie."

"Moet my nie bedank nie, kindjie, dis vir my 'n groot plesier om jou van diens te wees . . . Gaan rus jy maar solank. Jy lyk verskriklik moeg en uitgeput. Ek kom vanaand by jou slaap, maar ek wil eers met Toni praat."

Met 'n troebel blik staar Rina die ouer vrou aan.

Beskermend plaas die moeder haar arm om die jong vroutjie, dan sê sy weer met trane in haar oë: "Ek bid saam met jou, my kindjie. Mag God sy beskermende hand oor julle hou. My innige gebed is dat Hy julle weer in liefde moet verenig."

"Dankie, Moeder," fluister sy skaars hoorbaar, dan beweeg sy met loodsware treë na haar kamer.

Toe Rina die kamerdeur agter haar digtrek, skakel die ou moeder die nommer van die hospitaal waar Toni werksaam is. Haar hart voel seer oor Toni se optrede. En as sy Rina so verwese sien, voel dit vir haar of sy ook in trane kan uitbars. Die kind se fraai blou oë lyk so verlate. Haar fiere houding is geknak. Sy lyk soos 'n verwelkte blommetjie wat net wag dat sy blaartjies moet afval . . . O, as sy Toni tog net kan beweeg om die misverstand in te sien – sy dwase handelswyse te staak!

Skielik verbreek 'n stem aan die ander ent van die drade haar gedagtes.

"Dis die Dellemolinette-hospitaal hier!"

"Ek wil met dokter Sardinni praat, asseblief, juffrou. Dis sy moeder hier."

"Ek ontbied hom dadelik, mevrou!"

In 'n wagtende houding staan die ou moeder die vertrek en

deurkyk onderwyl sy op Toni wag. Elke minuut voel vir haar soos 'n ewigheid.

Dan val haar oog ineens op Toni en Rina se trouportret, en sy dink hoe gelukkig hy die dag met hul troue was.

In haar hart bid sy maar aanhoudend vir die twee kinders se geluk. 'n Storm van die natuur vrees sy nie, maar hierdie storm wat haar kinders se lewensgeluk bedreig, vul haar met 'n ontsettende vrees.

Alles om haar is stil, net die aanhoudende getik ... tak ... tik ... tak ... van die huishorlosie is hoorbaar.

Sy merk dat dit al agtuur is, en eindelik hoor sy Toni praat.

"Goeienaand, Moeder."

Sy groet hom terug.

"Wat kan ek vir Moeder doen?"

"Toni, ek wil jou graag hier in jou huis spreek, as dit moontlik is!"

"Ek kan raai waaroor Moeder my wil spreek. Maar ek glo nie dat die saak enige verdere bespreking nodig het nie, Moeder, ek beskou dit as afgehandel. Maar om u tevrede te stel, sal ek binne 'n halfuur tuis wees."

"Dankie, Toni."

"Tot siens, Moeder!"

Sy plaas die gehoorbuis terug en stap haastig na Rina se kamer. Sy wonder of die arme kind al slaap, of sou die geweldige stryd haar nog steeds folter?

Geluidloos stoot sy die deur oop en vind Rina vas aan die slaap, terwyl twee groot traandruppels nog steeds op haar wange blink.

Saggies verwyder sy die trane met haar sakdoekie, en verlaat die vertrek weer net so stil as wat sy dit 'n oomblik gelede binnegetree het.

In die eetkamer gaan sy op Toni wag.

Meteens gaan die voordeur oop. Vergesel van 'n vlaag reën en wind, kom Toni die voorportaal binne en klap die voordeur vinnig agter hom toe.

Met ferme voetstappe kom hy die eetkamer binne waar sy moeder op hom sit en wag. Op sy gelaat is duidelik tekens van afgematheid te bespeur. Hy slaap natuurlik nie snags nie, dink sy moeder vlugtig.

Hy plaas sy tas op die tafel neer en gaan sit langs sy moeder op die rusbank. Op die oomblik voel hy vir haar innig jammer, want dis duidelik dat sy baie bekommerd is.

Hy wonder ineens of daar dalk iets met Rina gebeur het dat sy moeder so bekommerd daar uitsien? Hy vra egter niks. Dokter Ortu is bespreek om haar bevalling waar te neem en hy het groot vertroue in die dokter se bekwaamheid. Maar tog voel hy effens verontrus, want Rina se hart is glad nie sterk nie en het reeds baie moeilikheid veroorsaak gedurende die afgelope paar maande.

Dan vra hy egter: "Waaroor wou Moeder my spreek?"

"In verband met die moeilikheid in jou huis, my kind . . . Ek wens jy wil my alles vertel wat hier gebeur het . . .!"

"Dit sal blykbaar oorbodig wees, Moeder. Ek neem aan dat Rina u reeds alles vertel het, daarom weet u dat daar wel moeilikheid in my huis bestaan!"

Sy toon sowel as sy houding is, om die minste daarvan te sê, onbeleef teenoor sy moeder.

"Wel, ja, sy was verplig om my te verwittig dat daar moeilikheid in julle huis bestaan. Maar volgens wat sy my vertel het, het jy mos geen rede om haar so te behandel nie, Toni!" sê sy kalm asof sy nie eens sy onbeleefdheid gemerk het nie.

"O so, ek het geen rede nie? Dan moet ek glo maar sit en toekyk hoe sy ander mans onthaal, selfs mee flankeer in my af-wesigheid en nie in die minste daaroor verbitterd voel nie! Hm, dis vir jou 'n mooi grap," sê hy verontwaardig.

"Toni, hoe durf jy sulke aantygings teen haar maak, kind! Sy het hom tog nie hierheen genooi nie!"

"Hoe weet ek of sy hom hierheen genooi het, of nie? Sy is onderduims genoeg en heeltemal in staat tot sulke dade."

"Jy oordeel haar verkeerd, my kind. As jy vanmiddag gesien het hoe bitter sy gehuil het . . ."

"Dis nou te laat vir trane, Moeder. Sy moes gehuil het voor sy sulke dinge aangevang het."

"Nee, my kind, Rina is eerlik en opreg. Sy sal jou nooit on-trou wees nie. Daarvoor ken ek haar nou al te goed."

"En wat van die dag toe sy weggeloop het Rome toe? Toe was sy in alle opsigte eerlik en getrou aan my, nè, Moeder?"

"Dis nie ter sprake nie, Toni."

"O nee, u durf dit nie sê nie, Moeder. Dit, in die eerste plek, het my getoon dat sy nie altyd te vertrou is nie."

"Maar, kind, jy moet darem begryp dat sy jou destyds nie bemin het nie . . . so altans het sy gedink. Vandag is dit anders. Vandag het sy jou lief met 'n liefde wat niks op aarde kan skend of skaad nie . . . Begryp jy nie een oomblik hoe seer jy die kind maak nie met jou eienaardige gedrag, Toni! Sy voel verlate en verstote. Toe ek vanmiddag hier aankom, het sy byna haar hartjie uitgesnik. Toe moes ek van haar hoor dat jy drie dae laas tuis was! O, my kind, as jy maar net besef hoe lief jou vroutjie jou het, sal jy haar nooit weer van sulke wangedrag beskuldig nie," sê sy pleitend.

"Moeder, luister, moet nou nie dat Rina vir u ook so om die bos lei soos vir my nie. Liefde! Wat weet sy tog van liefde? Haar hele nuttelose lewe deur het sy nog nooit iemand anders liefgehad as haar eie selfsugtige persoon nie. Sy het geen begrip van wat die woord liefde beteken nie. Vir haar is dit bloot 'n woord sonder enige betekenis . . .! Nee, Moeder, Rina is nie in staat tot liefde nie. Sy is deurgaans so koud soos 'n blok ys. Gedurende die tien maande wat ons nou getroud is, het sy my nog nie een keer werklike liefde gewys nie. Daarom sê ek u weer, Rina is nie in staat daartoe nie. As u my nou sal verskoon, wil ek graag weer ry. Daar is ander werk vir my om te doen. Ek het nie tyd om Rina die heelaand te sit en bespreek nie."

"Maar, Toni, julle kan tog nie so in onenigheid leef nie, my kind. Wat van julle onskuldige kindjie wat binne enkele weke gebore moet word?"

"Ek is nou glad nie meer so seker of dit wel myne is nie, Moeder. Vir al wat ek weet is Umberto dalk nog die vader!"

"Toni, hoe durf jy so iets sê!" roep die moeder geskok uit. "Die Hemelse Vader sal jou nog verskriklik straf omdat jy Rinatjie so seermaak. Jy, aan wie die groot geluk toegestaan is om een van die dae vader te wees, ontken jou vaderskap! Pedro en Juan sal die helfte van hul rykdom afstaan om vandag in jou posisie . . ."

"Begryp my mooi, Moeder," val hy die ou dame in die rede. "Indien dit wel my kind is, sal ek my plig as vader nakom. Maar met Rina is ek vir altyd klaar. In my oë het sy 'n onvergeetlike ding aangevang . . . Ek kan haar dit nooit vergewe nie, en ek beskou die saak nou as afgehandel."

Intussen het Rina ontwaak en stemme vanuit die eetkamer gehoor. Sy besluit om vir die ou moeder 'n koppie tee te gaan maak.

Langsaam tree sy die sitkamer binne en vind dat dit met Toni is met wie die ou dame gesels. Plotseling begin haar hart vinnig te klop by die aanskoue van haar man na wie sy so innig verlang het.

Met 'n moeë stem groet sy hom.

Hy groet haar kortaf terug. Toe val sy blik op haar bleek gelaat wat daar so moeg en afgemat uitsien, en in sy binneste verwens hy opnuut vir Umberto wat die oorsaak is van al die sielswroeging wat hulle albei deurmaak.

"Waarom het jy opgestaan, my kind? Jy moes dit glad nie gedoen het nie," sê sy moeder aan Rina.

"Moeder is al so lank hier, en ek het u nog nie eens 'n koppie tee aangebied nie . . . Ek gaan eers vir Moeder tee maak."

"Nee, kindjie, gaan rus jy liewer. Jy is totaal uitgeput. Ek sal self vir ons gaan tee maak."

Sonder enige teenstribbeling draai Rina om en gaan terug na haar kamer terwyl Toni haar steeds met gemengde gevoelens agternastaar.

"Ag, my kind," sê die moeder met 'n pleitende stem toe Rina die deur agter haar toestoot. "Gaan tog na haar toe en ruim al hierdie moeilikheid uit die weg . . . Asseblief, Toni, doen my net hierdie een guns en gaan na haar toe. Sy het jou so nodig, my kind. Gaan ruim tog hierdie dinge uit die weg."

"Ek het die saak klaar met Rina bespreek, Moeder. Daar is absoluut niks wat ek verder aan haar te sê het nie," antwoord hy toonloos.

"Ek smeek jou, my kind, gaan tog na haar toe . . . O, jy weet nie hoe lief sy jou het nie, Toni. Gaan tog na haar toe, al is dit net vir vyf minute. Ek sal solank vir ons gaan tee maak."

Toni besluit om aan sy moeder se wens te voldoen en haar tevrede te stel. Omdat hy reeds reëlings getref het om môre met vakansie te gaan, kan hy Rina maar net sowel vir die laaste maal gaan spreek. Hy sal haar tog wel in die maand wat hy weg is, vergeet . . . Maar hy wonder of hy haar regtig sal kan vergeet. Sy liefde vir haar is so innig en diep . . . Nee! besluit hy. Môre moet ek weg. Nie 'n dag langer gaan ek hier in Florence vertoef waar ek haar elke dag moet sien nie. Ek moet weg . . . ek moet haar vergeet, my werk ly reeds daaronder!

Terug in haar kamer, gaan Rina voor die oop venster staan om die geweld van die storm buite te aanskou, want ook in haar binneste woed daar net so 'n geweldige storm soos buite. Dan dink sy aan al die jare van lief en leed, van trane en geluk, en haar gedagtes sak ineens soos 'n donker wolk oor haar toe.

Die bome wat 'n entjie voor haar staan soos lang swart gedaantes, lyk onheilspellend in die wrede aanslag van die storm. Dan sien sy oë die reën en wind in harde vlae neerswiep en die hoë kruine van die bome laat kreun onder hul woeste geweld. Dit alles laat haar egter nie ril nie, want weke al woed daar net so 'n storm in haar binneste.

Warm rol die trane oor haar yskoue wange terwyl haar oë strak na buite staar. Dan hoor sy die kamerdeur agter haar oopgaan en meen dat dit haar skoonmoeder is wat vir haar 'n koppie tee bring.

"O, Moeder, ek hoop dat Benita tog nie eendag so 'n sielswroeging moet deurmaak soos ek nie . . .!"

"Toe maar, wees nie bekommerd oor Benita nie. Sy sal haar man immers getrou wees," hoor sy Toni se stem agter haar. Dan draai sy vinnig om onderwyl hy vervolg: "En daardie sielswroeging het jy jouself op die hals gehaal."

Saggies stoot hy die deur agter hom toe en stap oor na waar sy nog steeds voor die oop venster staan.

"Maak toe daardie venster. Jy stel jouself onnodig bloot aan die koue wind en reën." Sy stem verteder effens toe hy dit sê,

311

want hy het die verslae uitdrukking op haar bleek gelaat ge-merk wat sy woorde veroorsaak het.

Met 'n ferm hand stoot hy die venster agter haar toe, om so die wind en reën uit te sluit. Dan merk hy dat haar klere sopnat is soos sy voor die oop venster gestaan het. Maar Rina is nie daarvan bewus nie en voel die koue nie eens nie.

Kortaf en saaklik sê Toni weer: "Moeder het my gevra om met jou te kom praat. Waarom, begryp ek nie. Ons het tog die saak klaar bespreek en ek beskou dit as afgehandel. Al wat ek jou nog kan meedeel, is dat ek Umberto afgedank het as my vennoot. 'n Egskeiding kan ek jou ongelukkig nie gee nie, om-dat dit nie hier in Italië toegestaan word nie, maar dit staan jou vry om na jou minnaar te gaan, ingeval jy wil. Die kind neem ek aan is ook syne, en juis daarom sal jy hom in die toekoms nodig hê. Dit sal vir jou onmoontlik wees om beide jouself en die kind te onderhou. En jy sal ook te swak wees om dadelik te gaan werk na jou bevalling."

Eindelik kom Rina tot verhaal van die skok wat Toni se woorde veroorsaak het, en sê sy wanhopig: "Toni, glo jy regtig dat ek ontrou was en dat Umberto die vader van my ongebore kindjie is?"

"Kom, kom, Rina, ek wil nie weer op die saak ingaan nie. Ons het dit al voorheen bespreek," kom dit nogeens kortaf.

"Toni, sal jy my dan nie maar vergeef vir 'n daad wat ek nooit gedoen het nie?" vra sy pleitend en met 'n moeë stem.

"Ek is jammer, Rina. In my oog is dit 'n onvergeeflike ding vir 'n getroude vrou om aan te vang . . . Ek kan jou dit nie vergewe nie."

"Sal jy my dan glo as ek jou sê dat jy die enigste man is wat ek nog ooit liefgehad het, Toni?" vra sy weer eens. Só maklik gaan sy haar man nie prysgee nie.

"Dit is nou van geen belang meer nie, Rina. Ek het geen ver-troue meer in jou nie. Selfs aan jou liefde kan ek nie glo nie, want sover ek weet, het jy nog nooit iemand anders liefgehad as jouself nie. Ek wonder of jy ooit besef wat die woord liefde beteken?"

Dan wend sy nog 'n laaste poging aan deur te vra: "Toni, het jy my dan nie meer lief nie?"

Maar in plaas van haar vraag te beantwoord, sê hy sag: "Trek daardie nat klere uit, Rina, jy sal siek word."

"Wees verseker, Toni, dat ek jou nie daarmee sal lastig val indien dit wel gebeur nie ... Ek sal jou nooit weer lastig val nie, al hang selfs my lewe daarvan af. En môre sal ek ook padgee uit jou huis, sodat jy weer elke aand in jou eie bed kan slaap," sê sy effens droewig.

'n Oomblik staar hy haar aan met deernis in sy oë, groet haar dan met 'n stem ontdaan van enige emosies. Toe draai hy werktuiglik om en verlaat die vertrek.

"Toni," vorm haar mond sy naam saggies. Dan effens harder. "Toni!" Maar Toni het reeds die deur agter hom dig getrek.

Rina wend 'n uiterste poging aan om haar trane te stuit, maar hulle rol reeds oor haar wange.

Moedeloos sak sy op haar bed neer en bars in woeste snikke uit.

Ou mevrou Sardinni is net van plan om Rina en Toni se tee na die kamer te neem, toe Toni weer sy verskyning in die eetkamer maak. Met een oogopslag merk die ou dame dat alles tevergeefs was, dat daar geen versoening tussen die twee plaasgevind het nie.

Haar hart bloei vir haar twee kinders, want Toni lyk nou net so ongelukkig soos ou Rinatjie. En sy is magteloos om hulle te help.

Swyend bied sy hom 'n koppie tee aan. Dan hoor sy hom praat, maar sy stem klink moeg, asof hy in 'n geweldige stryd gewikkel is.

"Ek het Moeder gesê dat daar niks meer aan die saak te doen is nie. Ek verwag dat Rina my huis nou enige dag sal verlaat ..."

"Toni, jy het haar tog seker nie van jou huis af weggejaag nie, my kind!" roep die ou moeder ontsteld uit.

"Wel ... nie juis nie, Moeder!" Dan sien hy Rina weer voor hom staan met haar nat klere en bleek gelaat, haar groot blou oë wat hom droewig, smekend aanstaar.

"Ek dink u moet liewer gaan kyk of Rina al haar nat klere uitgetrek het, Moeder. Laat sy sommer ook haar hare droogvryf, want ek dink stellig dit is ook nat."

313

"Ek begryp nie wat jy bedoel nie, Toni! Waarom is Rinatjie se klere en hare dan nat?"

Hy vertel aan sy moeder hoe hy Rina voor die oop venster aangetref het.

Met 'n koppie warm tee loop die ou dame haastig in die rigting van Rina se slaapkamer.

Op die bed vind sy Rina vas aan die slaap met die nat klere aan, en dis duidelik dat sy slaappille gedrink het, want op die tafeltjie voor die bed staan 'n halwe glas water en 'n botteltjie half met slaappille.

Die ou moeder merk die onnatuurlike blos op die slapende vroutjie se wange wat vroeër nog doodsbleek was.

Sy verlaat die kamer weer met die koppie tee. Toe sy weer in die eetkamer kom, met die koppie teen in haar hand, kyk Toni haar vraend aan.

"Ek is bevrees jy sal my moet help om haar te ontklee en in die bed te sit, Toni. Sy het nog steeds die nat klere aan, en dis duidelik dat sy slaappille gedrink het. Ek sal haar nou nie maklik wakker kry nie."

Half verstrooid staan Toni op en volg sy moeder na die kamer.

Die koorsige blos op Rina se wange tref hom dadelik. Nou vrees hy vir longontsteking, wat in haar toestand noodlottig sal wees, juis omdat sy reeds so swak is. Maar hy sê geen woord aan sy moeder van die vrees wat hy koester nie.

Nadat hulle Rina ontklee het en in die bed geplaas het, dien Toni haar 'n inspuiting toe onderwyl sy moeder die leë teekoppies na die kombuis neem. Dan luister hy eers na haar hart en plaas daarna die koorspennetjie onder haar tong.

By die aanskoue van die koors skrik Toni geweldig. Dan besluit hy ineens om die nag in sy eie huis deur te bring, ingeval sy moeder en Rina hom mag nodig kry.

Ineens kom Rina se woorde van vroeër weer in sy gedagtes op: "Ek sal jou nooit weer lastig val nie, al hang selfs my lewe daarvan af!" Hartstogtelik bid hy in sy enigheid dat sy tog nie moet sterf nie. Want ten spyte van die feit dat sy aan hom ontrou was, is sy vir hom nog altyd dierbaar.

314

Saggies kom sy moeder die slaapkamer binne en verwittig hom dat daar 'n noodoproep van die hospitaal gekom het en dat hy daar dringend nodig is.

Met 'n bekommerde hart verlaat Toni later sy huis.


# 17


Met die uitbundige getjirp van voëltjies ontwaak Rina die volgende môre.

Liggies wieg die kantgordyntjies heen en weer voor die oop venster. En die lug wat van buite af inwaai deur die oop venster, ruik heerlik en vars na die vorige nag se storm.

Etlike minute lê Rina en peins oor die gebeure van die vorige aand, dan val dit haar ineens weer by dat sy Toni beloof het om sy huis vandag te verlaat. Sy voel tot die dood toe siek, maar dit gaan haar nie keer om haar belofte na te kom nie. Sy sal nie langer in sy pad staan nie.

Geluidloos gaan die kamerdeur oop en ou mevrou Sardinni kom binne.

Opgewek, maar tog besorg, groet sy Rina.

"Moeder, kom sit hier op die bed. Ek wil graag met u praat," sê Rina met 'n flou stem. "Ek het Toni gisteraand beloof dat ek sy huis vandag sal verlaat. Is dit moontlik dat u vir my navraag kan doen vir losies?"

"Maar, Rinatjie, jy kan onmoontlik nie vandag opstaan uit die bed nie, kindjie!" val die moeder haar vinnig in die rede. "Toni sal dit nooit duld nie. Hy het juis gisteraand gesê dat jy etlike dae in die bed sal moet bly!"

"Toni het geen seggenskap meer oor my nie, Moeder. Hy het dit alles gisteraand verbeur. Hy het my feitlik uit sy huis gejaag . . . na Umberto toe."

"Rinatjie, jy yl seker, kindjie. Dit kan nie waar wees nie!"

"Ek yl nie, my ou moedertjie. Dit is die heilige waarheid. Ek voel op die oomblik ellendig siek, maar ek sien ook nie kans om nog 'n dag langer in sy huis te vertoef nie. Ek sal veel

315

eerder met my siek liggaam oor die weg sukkel as om nog 'n dag langer hier te bly . . . Sal Moeder uitvind of u vir my êrens losies kan vind?"

"Waarom wil jy by vreemdes gaan loseer, Rinatjie? Is my huis dan nie meer goed nie?"

"Ek het dit nie so bedoel nie, Moeder . . . dis . . . wel, dis net dat ek u nie wil lastig val nie," stamel sy, dan wil die trane net weer val. "U was nog altyd so goed vir my, Moeder. Ek het nie die moed om u nou weer lastig te val nie."

"Jy val my glad nie lastig nie, my kind. Ek sal maar te bly wees om jou en die kleinding by my aan huis te hê. Jy weet natuurlik nog nie hoe ek al verlang om die bondeltjie in my arms te hou nie, nè?"

"Dan glo Moeder my darem as ek sê dat ek Toni nog nooit ontrou was nie?"

"Ek het jou woord nog nooit in twyfel getrek nie, my hartjie. Ek weet mos dat jy hom nooit ontrou sal wees nie!"

"Dankie, Moeder, u kan nooit besef wat dit vir my beteken dat daar darem een persoon is wat in my onskuld glo nie! Dan sal ek maar vandag verhuis na Moeder-hulle toe."

"Goed, my kind. As jy dan nie meer langer hier wil bly nie, sal ek maar vir jou begin inpak."

"Ek sal Moeder help . . ."

"Nee, my ou dogtertjie, daartoe sal jy tog nie in staat wees nie. Bly maar gerus in die bed. Ek sal dit self doen," val sy die jonger vroutjie sag in die rede.

Eers skakel die ou dame haar huis en gee bevele dat die kamer waarin Rina vroeër geslaap het dadelik vir haar in gereedheid gebring moet word; ook dat Pedro 'n uur later Rina se bagasie moet kom oplaai. Dan skryf sy haastig 'n briefie aan Toni en laat dit op die lessenaar in sy kantoor.

In aller yl begin sy Rina se besittings inpak.

Toe Pedro om halfnege voor die deur stilhou, is alles gepak en is Rina ook gereed om te gaan.

Tien minute nadat Rina-hulle vertrek het, kry Toni vir die eerste maal 'n kans om gou na sy huis te ry om te gaan kyk hoe dit met Rina gaan. Sedert hy die vorige aand uitgeroep is, het hy nog geen kans gekry om eens telefonies met sy moeder in verbinding te tree nie.

Die heelnag deur was hy verontrus oor Rina se toestand. Hy hoop dat sy moeder haar in die bed gehou het, soos hy gister-aand beveel het.

Toe Toni die huis instap, loop hy eers na sy kantoor om sy tas te bêre.

Hy merk die wit verseëlde koevert op sy lessenaar wat sy moeder 'n uur gelede daar geplaas het en tel dit op. Haastig skeur hy die koevert oop en lees:

*Net 'n paar reëls om te sê dat Rina vanoggend na my woning verhuis het. Ek wou haar onder geen omstandighede laat opstaan het nie, maar sy het beslis geweier om nog 'n dag langer in jou huis te vertoef. Jy het haar gisteraand bitter gekwets, my kind. Sy wou na 'n losieshuis gaan, maar ek kon dit nie oor my hart kry om haar by vreemdes te laat inwoon nie. Sy is ook my kind, en ek sal haar onder geen omstandighede verstoot nie. Ek weet immers dat sy eerlik en opreg is, al wil jy dit nie erken nie, Toni. Haar toekomsplanne het sy nog nie met my bespreek nie, maar ek twyfel nie daaraan dat sy ná die bevalling sal teruggaan Suid-Afrika toe nie . . . O, Toni, en om te dink dat jy wat my kind is, haar so seer moes maak! Haar woorde vanoggend aan my was: "Ek sal veel eerder met my siek lig-gaam oor die weg sukkel, Moeder, as om nog 'n dag langer hier te bly!"*

*Jy het haar diep gekwets, Toni, maar ek sal bid dat die Here jou vergewe en ook jou oë oopmaak vir die waarheid. Rinatjie is vir my 'n dierbare kind en ek neem alle verantwoordelikheid vir haar welvaart op my — tot sy eendag besluit om terug te gaan Suid-Afrika toe. Ek weet nie of jy haar voorsien het van geld om die onkoste van haar bevalling te dek nie. Maar ingeval jy dit nie gedoen het nie, is ek bereid om daar-voor in te staan. Ek hoop ook van harte dat Rinatjie by my gelukkig sal wees, ofskoon ek dit sterk betwyfel, want as mens waaragtig liefhet, vergeet jy nie maklik nie.*

*Tot siens, my kind — Moeder.*

Herhaaldelik lees Toni die brief, voordat die inhoud daarvan eindelik tot hom deurdring. Dan staan hy asof versteen na buite en staar.

317

Toe hy later tot verhaal kom, stap hy haastig na Rina se kamer, asof hy nie kan glo dat sy waarlik weg is nie.

In die middel van die vertrek gaan hy staan en staar na die leë bed, dan maak hy haar hangkas oop, maar ook dit is leeg. Al die laaie is leeg, die huis is leeg ... en ... ja, selfs sy hart is leeg.

Langsaam stap hy na die vertrek wat hulle as kinderkamer ingerig het, want ook dié sal nou leeg wees sonder die wieg, die kinderwaentjie en klerekassie met die ligblou badjie wat bedags met 'n gepoleerde blad bedek word.

Tot sy verbasing vind Toni egter dat Rina niks geneem het wat hy vir die baba gekoop het nie. Toe hy een van die laaie ooptrek, vind hy dat selfs die kleertjies wat sy al die maande so sorgvuldig aan gewerk het, net so daarin gelaat is.

Hy wonder waarom sy nie die baba se goed ook geneem het nie, dan loop hy diep ingedagte na die telefoon en skakel sy moeder se nommer. Toe sy moeder antwoord, vra hy of hy met Rina kan praat.

Na 'n rukkie hoor hy weer Rina se sagte stem wat sê: "Goeiemôre, Toni!'

Hy groet haar terug en vervolg: "Het jy alles geneem wat jy nodig het, Rina?"

"Ja, Toni."

"En die baba se uitrusting?"

"Ek sal dit liewer nie neem nie."

"Waarom nie?"

"Jy het my gister laat verstaan dat jy nie bereid is om my en die kind te onderhou nie, Toni. Jy het tog nie verwag dat ek die baba se goed sou neem wat met jou geld gekoop is nie!"

"Gaan jy Umberto nader om hulp?"

"Wat ek gaan doen, is mý saak, Toni," sê sy met pyn in haar stem.

"Ek dink tog dat dit my saak ook is, Rina!" sê hy effens streng.

"Wel, as jy dan moet weet ... nee! Ek het met Umberto niks te doen nie en hy het met my en die kind nog minder te doen. Ek gaan huis toe skryf vir geld. My vader sal nooit weier ..."

"Ek verbied jou om dit te doen, Rina," val hy haar nog stren-

318

ger in die rede. "Het jy nie al genoeg skande oor my hoof ge-
bring nie?"

"Jy het my nou genoeg beledig, Toni – tot siens!"

Sy plaas die gehoorbuis terug op die mikkie en bestyg die
trappe langsaam na haar kamer.

'n Uur later hou 'n ligte vragmotor voor die deur stil en
moet sy hoor dat dit die wieg, die kinderwaentjie en klerekas-
sie gebring het.

"Dokter Sardinni het gevra dat ek hierdie brief aan me-
vrou Sardinni moet oorhandig," sê die bestuurder van die vrag-
motor.

"Dankie, ek sal dit self aan haar gee," sê die ou dame en neem
die brief by hom.

Nadat alles afgelaai is, gaan die ou moeder dadelik na Rina
se kamer met die brief, wat hulle saam lees.

*Ek het geen nut vir 'n baba se uitrusting nie. Neem dit dus maar as
'n geskenk,* lui die notatjie. *Dit sal jou niks baat om die goed terug
te stuur nie, want my huis sal gesluit wees. Wanneer jy hierdie briefie
lees, sal ek nie meer in Florence wees nie. Ek gaan vir 'n maand weg
met vakansie.*
*Toni*

Toe die ou dame die wanhopige uitdrukking op Rina se gelaat
bespeur, krimp haar hart ineen van pyn en medelye.

"Ek het nooit kon dink dat Toni so gevoelloos is nie, my
kind," sê die moeder vertroostend.

"Ag, Moeder, ons moet dit darem ook in aanmerking neem
dat Toni 'n vakansie uiters nodig het. Sy werk is veeleisend. Hy
behoort elke jaar met vakansie te gaan."

"Hy sou niks daarvan oorgekom het indien hy nog twee
weke gewag het nie, my kind."

"Laat hom tog maar begaan, Moeder," merk sy weer met 'n
moeë stem op.

Die res van die oggend is Rina stil en telkens keer haar ge-
dagtes maar terug na Toni.

In 'n sag gestoffeerde leuningstoel sit Rina en naaldwerk doen.

Buite sing die wind 'n troostelose deuntjie en die klaende tone in die hoë kruine van die bome stem Rina nog hartseerder.

Sy verlang so oneindig baie na Toni, maar hy laat niks van hom hoor nie en niemand weet waar hy hom op die oomblik bevind nie.

Skielik hoor sy die foon in die voorportaal lui.

Vol verwagting sit sy en luister. Dan hoor sy dat dit Pedro is wat gelui het.

Teleurgesteld gaan sy weer aan met haar naaldwerk. "Wie het jy eintlik verwag sou dit wees?" spreek sy haarself aan. "Jy weet tog al dat net die huismense en hul vriende hierheen bel! Of het jy miskien verwag dat dit Toni sou wees? Wel, jy kan hom gerus maar vergeet. Dink liewer aan jou en jou kindjie se toekoms. Julle kan nie altyd van genadebrood leef nie. Jy sal een van die dae self moet uitspring en 'n verdienste soek . . . Toni het jou lankal vergeet. Dis nou byna twee weke dat hy weg is, en hy het nog niks van hom laat hoor nie. Dus sal dit vir jou veel beter wees dat ook jy nou begin plan maak om hom te vergeet!"

Met 'n moedelose gebaar druk sy 'n krulletjie terug wat oor haar wang geval het, dan voel sy meteens hoe 'n dowwe pyn haar oorval.

Met skrik val dit haar by dat die suster net gister gesê het dat sy haar baba nou enige dag kan verwag. Sy wonder of die tyd nou eindelik aangebreek het?

Met koorsagtige haas vou sy haar naaldwerk op en gaan na haar kamer.

Op die randjie van die bed neem sy plaas en begin kalm oorweeg of sy nou al haar skoonmoeder van die skielike verwikkelings moet verwittig.

Maar toe die tweede pyn sy verskyning maak en 'n bietjie pynliker is as sy voorganger, besluit Rina om maar dadelik haar skoonmoeder te gaan spreek.

Dis drie-uur.

Nie een van die Sardinni's het gaan slaap nie, want almal sit in die eetkamer in spanning en wag op die koms van die nuweling.

Vanaf tienuur die aand is die suster al doenig in Rina se kamer, maar nie een praat 'n woord nie. Af en toe fluister die suster haar pasiënt 'n paar woorde van bemoediging toe, terwyl die ou moeder telkens Rina se beswete voorhoof afvee met 'n sagte handdoekie.

Nou en dan is 'n sagte kreun hoorbaar vanaf die bed, dan sien die moeder hoe 'n vlaag van pyn die jong vroutjie ineen laat krimp. Origens is Rina doodstil.

In haar hart voel die ou moeder innig jammer vir die tingerige vroutjie wat so moedig worstel.

Dan dink sy weer aan Toni wat haar so totaal aan haar lot oorgelaat het, want sy plek is nou hier langs haar, en haar hart gaan uit na Rina.

Verskeie male het Pedro en Juan al probeer om met Toni in aanraking te kom, maar dit skyn asof hy van die aardbol verdamp het. Nie eens die dokter wat sy praktyk waarneem, weet waar hy hom bevind nie.

Op die gesig van die suster verskyn daar 'n bekommerde trek nadat sy die pasiënt weer ondersoek het. Met 'n geoefende hand dien sy Rina 'n inspuiting toe wat 'n ligte verdowingsmiddel bevat.

"Ons sal dadelik haar geneesheer moet ontbied, mevrou. Sake neem nou totaal 'n verkeerde wending en die pasiënt se krag neem ook te vinnig af," fluister die suster sag, en ou mevrou Sardinni merk die kommer op haar gesig.

Toe dokter Ortu tien minute later die siekekamer binnetree, besef almal met 'n skok dat Rina se lewe in gevaar verkeer.

Behendig en noukeurig ondersoek die arts sy pasiënt. Oombliklik besef ook hy dat dit geen gewone geval gaan wees nie en dat 'n noodoperasie haar enigste redding gaan wees.

Drie-uur die môre word Rina na 'n kraaminrigting vervoer, waar die geneeshere en verpleegsters veg vir haar lewe.

Dis vieruur die oggend. Almal is in die bed, maar nie een

321

slaap nie. Vir dié wat haar liefhet, is daar geen slaap nie. Almal ly saam met haar. Net ou mevrou Sardinni het nie bed toe gegaan nie. Sy verwag nou enige oomblik 'n oproep van die inrigting waar Rina opgeneem is.

Op die oomblik is sy besig om Rina se kamer op te ruim.

Daar kom trane in die ou moeder se oë toe sy dink hoe kalm haar ou dogtertjie was toe hulle haar op die draagbaar na die ambulans vervoer het . . . Ja, sy het hulle selfs nog met 'n flou glimlaggie gegroet.

In die kamer hang die soet reuk van ontsmettingsmiddels wat die suster vroeër gebruik het nog swaar in die lug. Dan byt die ou dame hard op haar onderlip om die bewing daarvan te stil en stoot die venster wyd oop om vars lug in te laat.

Vyfuur weergalm die telefoon hard deur die huis. Byna on- middellik is die moeder by om te antwoord.

Dis dokter Ortu.

"Die saak is afgehandel, mevrou. U dogter is die moeder van 'n fris seun . . ."

"Hoe gaan dit met Rinatjie, dokter?" val sy die arts angstig in die rede.

"Nie te flink nie, mevrou . . ." Dan aarsel hy 'n oomblik asof hy nie kan besluit of hy maar die volle waarheid voor die dag moet kom nie. "Ek doen my bes vir haar. Maar ek moet sê, haar lewe verkeer nog in groot gevaar."

"Ag, nee, dokter!" uiter die ou moeder wanhopig.

"Ek het haar 'n halfuur gelede 'n bloedoortapping toege- dien," gaan die arts voort. "Sy het ontsettend baie bloed verloor. Ek sal dit op prys stel as u dadelik hierheen kan kom!"

"Ek kom dadelik, dokter," antwoord sy haastig en plaas die gehoorbuis neer sonder om eens tot siens te sê.

Toe die ou dame wegdraai van die instrument, kyk sy vas in vyf pare oë wat haar duidelik bekommerd aanstaar. Dan oor- weldig haar volgelaaide gemoed haar ineens en bars sy in sagte snikke uit.

Benita is eerste by en help haar na die rusbank.

"Vertel my, Moeder, het die . . . die ergste gebeur?" vra sy sag met 'n knop in haar keel wat sy nie kan afsluk nie.

"Nog nie, my kind . . . Maar ons moet enige oomblik voorbereid wees daarop . . . Dokter sê . . . haar lewe verkeer nog in groot gevaar . . . Die baba is gebore . . . dis 'n seun," snik die ou moeder verdrietig voort.

"O, Moeder, as die ergste moet gebeur . . . en ons weet nie eens waar om Toni te vind nie . . . Dit sal te verskriklik wees," snik Benita nou ook hardop saam met haar moeder. "Ons moet na Rinatjie toe gaan, Moeder . . . Ons kan haar nie almal so aan haar lot oorlaat nie."

"Ek gaan nou dadelik, my kind." Dan droog die ou moeder haar trane af. "Julle moet vandag maar self hier regkom by die huis."

"Ek sal u gou met my motor neem, Moeder," bied Pedro aan wat eindelik tot verhaal gekom het. Almal staan nog stom en verslae en hy besef dat sy moeder te ontwrig is om haar motor self te bestuur.

By die inrigting aangekom, neem die verpleegster die ou dame onmiddellik na die privaat saal toe waarin Rina lê.

Geluidloos klap die swaaideur agter hulle toe, dan beweeg die ou moeder geruisloos na Rina se bed.

Verskrik staar sy af na die bleek gelaat wat byna net so wit is soos die haelwit beddegoed oor die enkelbedjie. Onder Rina se oë is donker kringe duidelik sigbaar, en dat sy uitgeput en baie swak is, is vir die ou moeder baie duidelik.

Swaar gaan Rina se oë oop en 'n droewige soet glimlaggie sprei oor haar moeë gelaat. Dan fluister sy swakkies: "Ek is so bly Moeder het gekom . . . Het Moeder hom al gesien . . . my ou seuntjie?"

"Nog nie, my ou dogtertjie. Ek wou myself eers oortuig dat alles met jou wel is."

"Hy is so mooi, Moeder. Hy lyk net soos . . . soos . . . Toni." Dan verskyn daar weer 'n droewige trek op haar bleek gesiggie.

Later sê sy weer sag: "Ek het so min lus gehad vir die lewe, Moeder. Maar nadat dokter klein Anton in my arms gelê het, het ek geweet dat ek vir my seuntjie moet leef . . . dat daar tog een is wat my nodig het!"

323

"Ons het jou almal nodig, my ou dogtertjie. Die huis en ons harte is leeg sonder jou. Jy moet gou gesond word sodat jy weer kan huis toe kom, my kind."

"Ek voel heeltemal gesond, my ou moedertjie. Ek voel net moeg . . . so ontsettend moeg!"

"Maak dan maar die ogies toe, my skat. Moeder sal hier by jou bly."

Na etlike oomblikke toon Rina se egalige asemhaling dat sy rustig slaap.

"U teenwoordigheid het meer goeds verrig as wat die beste medisyne sou gedoen het, Mevrou," sê die verpleegster sag. "Ek neem aan dat u nou die grootman wil sien?"

"Asseblief. Maar sê my, sal mevrou Sardinni nie dalk wakker word onderwyl ek weg is nie?"

"Wees gerus, mevrou. U dogter sal nou ure aaneen slaap. Sy is totaal uitgeput."

In die kindersaal is dit 'n hele opgewondenheid, want al die klein mondjies roep tegelyk na melk.

Behendig lig die verpleegster die klein bondeltjie uit een van die menigte wiegies en plaas dit liggies in die grootmoeder se arms.

Versigtig lig die ou dame die kombersie van die klein gesiggie af, dan voel dit vir haar kompleet of sy vier en dertig jaar terug leef, want dieselfde gesiggie wat sy op die oomblik aanskou, het sy tóé ook aanskou toe die verpleegster die pasgebore Toni in haar arms gelê het. Ja, selfs die weerbarstige swart krulletjies op die mooi ronde hofie is dieselfde.

"Hy is voorwaar dokter Sardinni se ewebeeld, mevrou. Is hy nie?" vra die verpleegster glimlaggend, want ook in hierdie inrigting is Toni welbekend.

"Ja, as 'n baba het sy vader net soos hy gelyk," kom dit sag.

Nadat die ou dame haar oortuig het dat Rina nog rustig slaap, ontbied sy 'n huurmotor om haar weer terug te neem huis toe.

324

# 18

Vandag is dit net twee weke dat Rina opgeneem is in die inrigting. Twee weke waarin die Sardinni-familie die uiterste bekommernis moes deurmaak, want die eerste drie dae het dokter Ortu geen hoop gehad dat Rina dit sou maak nie.

Na 'n gesoebat van beide Rina en haar skoonmoeder, het dokter Ortu eindelik toegestem dat Rina vandag maar kan huis toe gaan. Sy voorwaarde was egter dat Rina nog 'n week in die bed gehou moet word, omdat sy nog baie swak is.

Van Toni het hulle nog geen taal of tyding ontvang nie. Dokter Sogliani wat sy praktyk waarneem, verwag hom egter vandag terug.

Ongeduldig staan Benita op die voorstoep en wag op Rina se koms.

Dis nou net twee ure gelede dat Pedro en haar moeder vertrek het om Rina en die kleintjie te gaan haal. Sy kan waarlik nie begryp waar hulle so lank wegbly nie. Sy brand al letterlik om die klein Sardinni in haar arms te hou.

Maar voor haar misnoeë die oorhand kry, draai Pedro se liggeel motor by die hek in en trippel sy opgewonde die trappies af. Ook Rose, Maria en Juan het die sagte geruis van die motor gehoor en kom nou opgewek daarheen aangestap.

Pedro het die hele ent pad gesit en wonder waarom dit nie liewer Rose is wat hier langs hom sit met 'n baba op die skoot, in plaas van Rinatjie nie. Hy kan regtig nie begryp waarom hierdie geluk Toni s'n moet wees nie, hy stel dit tog nie op prys nie! Hy, Pedro, sou vandag die gelukkigste man op aarde gewees het indien hy die vader was van hierdie krulkopseuntjie.

Hartlik groet Benita haar skoonsuster en neem die kleinding by haar.

"O, ek het al so verlang om die kêreltjie vas te hou, Rina," sê Benita glimlaggend. "Ek gaan solank met hom na binne."

Met die liefde en sorgsaamheid van twee broers, haak Pedro en Juan by Rina in en help haar na haar kamer.

Aan die voet van die trappe sê Juan besorg: "Wag, ek sal haar liewer dra."

Sonder om op 'n antwoord van Pedro te wag, lig hy Rina in sy arms op.

"Jy was baie siek, ou sustertjie," sê die altyd stil en teruggetrokke Juan terwyl hy met haar die trappe bestyg. "Ons het maar altyd vir die ergste gevrees. Maar jy kan daar seker van wees, ons het almal vir jou gebid. Jy moet nou net gou sterk word, want ons mis jou baie voor die klavier."

"Dankie, Juan, julle is almal so goed vir my. Ek sal julle nooit kan terugbetaal vir al julle liefde en sorgsaamheid nie," sê sy sag. Dan verskyn daar trane van dankbaarheid in haar groot blou oë.

"Jy is ons ou jongstetjie, Rina, en mens voel maar gewoonlik meer besorg oor die jongste van die familie," laat hy vertroostend hoor toe hy die trane in haar oë bespeur.

"Ek is maar net 'n aangetroude lid van die familie, Juan," herinner sy hom.

"Ons beskou jou nie as sulks nie, Rinatjie. By ons word jy as 'n eie sustertjie gereken." Dan vervolg hy skertsend: "En onthou, in die vervolg beskou jy my asseblief as jou jongste boetie, hoor!"

"Ek sal, Juan," glimlag sy deur haar trane.

"Ja, en wat ek nog wou sê, Rinatjie. Indien jy en die kleinding iets mag nodig kry, wat gewis sal gebeur, moet jy nooit skroom om ons te nader nie. Pedro en ek sal maar te bly wees om julle te help, want ons is bewus daarvan dat Toni jou sonder geld gelaat het."

"Dankie, Juan, julle is te goed vir my. Ek hoop dit sal nooit vir my nodig wees om enigeen van julle lastig te val nie, want my plan is om te gaan werk sodra ek sterk genoeg is. Ek is betreklik goed op die hoogte met julle taal, en met my BA-graad, behoort ek darem iets te kan verdien vir my kindjie en myself."

"Dit sal ons nooit toelaat nie, my ou sustertjie. Geen vrou van 'n Sardinni het nog ooit nodig gehad om uit te werk nie. Vergeet dit dus maar, asseblief. Jy het nog altyd twee fris en sterk broers wat julle tweetjies kan versorg en wat maar te bly sal wees om te vergoed waar hulle oudste broer verbrou het . . .

As jy maar net weet hoe dit ons pynig dat Toni sy plig so skandelik verwaarloos het, Rinatjie!"

"Ag, Juan, julle moet hom nie te hard oordeel nie. Ons het tog maar almal foute. Nie een is volmaak nie, my broer," sê sy sag, weemoedig.

Dan tree Juan die kamer binne en lê haar versigtig op die bed neer sonder om weer iets te sê.

Toe Rina later gemaklik in die bed sit met vier kussings agter haar rug, skaar die hele familie om haar bed asof sy maande weg was en nie net twee weke nie.

Die baba, wat in sy moeder se arms lê, is die middelpunt van belangstelling.

Asof die kêreltjie bewus is dat al die aandag op hom toegespits is, begin hy ineens uiters droewig te huil. Maar voordat Rose of Maria hom kon bereik, het Benita hom reeds voor hulle weggeraap.

"Sies, Benita, jy maak darem nie reg nie. Jy hou hom al die hele oggend vas. Jy kan darem regtig nou weer een van ons 'n kans gee," kom dit half verontwaardig van Rose wat ook verlang om hom 'n rukkie in haar arms te hou.

"Ja, ek dink self dat een van ons nou weer aan die beurt kan kom," vul Maria teleurgesteld aan.

"Toe maar, môre wanneer ek in die klaskamer sit, kan julle twee hom na hartelus vertroetel. Vandag is dit my beurt ... Nè, my kleinding," sê sy laggend aan die baba.

Dan sê Rina sag: "Vertel vir tante Benita dat jou naam Antonio is, my groot seun. Maar ons sal jou maar Anton noem ..."

"Jy behoort Toni glad nie te vernoem nie, Rina," sê Benita verontwaardig. "'n Ellendige man wat sy vrou en kind so maklik versaak, kom nie so 'n eer toe nie."

"Nou praat jy die waarheid, Benita," laat Pedro hoor. "So 'n man is nie werd om as 'n vader beskou te word nie."

Ineens merk Maria die pyntrek wat Benita en Pedro se woorde op Rina se bleek gesiggie veroorsaak het. Ook ou mevrou Sardinni merk dit.

"Nou begryp ek jou waarlik nie, Benita," kom dit van Maria.

"Jy was dan altyd die een wat so partydig was vir Toni. Hy was dan altyd jou uitverkorene. Hoe verstaan ek jou nou?"

"Dit was nog voor hy sulke onopgevoedheid openbaar het, Maria. Vandag is ek net so ontnugterd soos julle. En ek moet sê, ek het geen respek vir 'n onredelike mansmens nie. Indien ek enige seggenskap het, sal ek hom sowaar nie toelaat om die kleintjie te sien nie, of selfs om met Rinatjie te praat nie . . . Ek wens liewer dat hy nooit weer na Florence terugkeer . . ."

"Jy moet hom nie so streng veroordeel nie, Benita. Ons weet almal dat hy 'n groot fout begaan het, maar 'n mens moet vergewe ook," val Maria haar in die rede. Rina kyk haar dankbaar aan.

Ineens verlaat die ou moeder die vertrek om voorbereidings te tref vir ete.

In die kombuis vee sy haastig die trane uit haar oë. Ag, Vader, sal Rina hom dan nooit kan vergeet nie! Kyk net hoe verdrietig het sy flussies daar uitgesien toe Benita en Pedro so ongunstig oor hom uitgewy het! Na alles wat hy haar aangedoen het, probeer sy hom nog beskerm en wil sy niks ongunstig van hom hoor nie! dink die moeder weemoedig.

Dan dink sy weer aan Toni wat vandag die grote genot kon gesmaak het, was dit nie vir sy harde onredelikheid nie, soos Benita dit flussies uitgedruk het! Nou het hy alles verloor, alles wat hy so vurig begeer het en na uitgesien het! Ja, hoe trots kon hy nie vandag gevoel het met so 'n mooi vroutjie en skatlike seuntjie nie. Maar deur sy eie toedoen het hy dit nou alles verbeur.

Dan besluit die ou dame om haar gedagtes maar liewer opsy te skuif. Dit stem haar net weemoedig om aan al dié dinge te dink. En sy mag nie nou weemoedig raak nie. Sy moet sterk bly vir Rinatjie se onthalwe, want noudat die kleintjie daar is en haar so baie aan Toni herinner, sal sy hom nog minder kan vergeet. En sy as moeder sal altyd gereed moet wees om troos te bied wanneer die verlange te oorweldigend raak vir die jong moedertjie.

Met die sagte gekoer van duifies in die bome onder haar kamervenster, ontwaak Rina die volgende môre.

Sy kyk op haar polshorlosie en merk dat dit al tienuur is; tyd vir klein Anton se voeding.

Ineens hoor sy sagte steungeluidjies uit die wieg, wat beteken dat ook hy wakker is. Hy is darem waarlik soet, dink sy en lig hom teer uit die wieg.

"Kom, my klein skat," fluister sy hartstogtelik onderwyl sy hom behendig op haar skoot neerlê. "Moedertjie wil eers sien of haar klein liefling se luiertjie nie nat is nie."

Sorgvuldig verwissel sy die kleinding se luier, dan trek sy die nagrokkie netjies af en vou die kombersie weer sorgvuldig om die sagte liggaampie van haar seuntjie wat nou begin protes aanteken.

"Toemaar, skat, Moeder weet haar kleinding is honger," glimlag sy gelukkig toe sy hom begin voed.

Hongerig begin die kleintjie te suig totdat sy kakebeentjies later moeg is. Dan lê hy haar met groot swart oë en aankyk, kompleet asof hy wil sê: "Ek is nog glad nie klaar nie, my ou moedertjie. Ek rus maar net 'n oomblik."

Teer neem sy die een handjie en druk dit lig aan haar lippe. Dan kom daar trane in haar oë, van geluk en dankbaarheid.

"Jy is al wat ek in hierdie wye wêreld besit, my klein swartkoppie," fluister sy liefdevol. "Jou vader het ons albei verstoot, maar ek sal jou altyd liefhê . . . Net die dood sal ons twee skei, my klein liefling."

Weer eens soen sy die sagte mondjie, dan plaas sy dit terug op sy borsie waar ook die ander een liggies nestel.

Toe die outjie later aan die slaap is, lê Rina hom weer terug in sy wieg sonder om hom te wek. Dan gee sy vrye teuels aan haar gedagtes.

Meteens hoor sy die voordeurklokkie wat skril lui en die stilte van die môre wreed versteur. Seker maar weer nuuskieriges wat die baba kom besigtig, dink sy en hoor vaagweg stemme in die eetkamer.

'n Oomblik later hoor sy voetstappe wat met die trappe opkom.

Afwagtend lê sy na die deur en kyk, want nou is sy oortuig dat dit weer iemand is wat die baba wil besigtig.

In die kombuis is ou mevrou Sardinni druk besig. Een van die diensmeisies het die dag afgevra en beide Rose en Maria is stad toe. Nou moet sy vanoggend maar self help met die huiswerk.

Toe sy om nege-uur vind dat Rina nog slaap, draai sy weer saggies om sonder om haar te wek vir ontbyt.

Sorgvuldig plaas sy Rina se ontbyt in die lou-oond, dan gaan sy weer aan met haar werk.

Later, in die eetkamer, staan sy lank voor Rina en Toni se portret en mymer. Dan verbreek die skril gelui van die voordeurklokkie ineens haar mymeringe.

Onthuts beweeg sy in die rigting van die voordeur. Dis iets wat sy nou eenmaal nie kan verdra dat mense voor elfuur by haar moet besoek aflê nie.

Maar voordat sy die deur bereik, gaan dit reeds oop en tree Toni die voorportaal binne.

Sprakeloos staar die ou dame hom aan. Hy is die laaste persoon wat sy vanoggend verwag het.

Toni merk haar verbasing en sê effens verleë: "U lyk verbaas om my te sien, Moeder!"

"Ek het nie verwag dat jy hierheen sou kom nie, Toni," antwoord sy nou weer kalm.

"En waarom het u gemeen sou ek nie weer hierheen kom nie?"

"Wel, Rinatjie is mos hier by my!"

"O, dan het u gereken omdat Rinatjie nou by u inwoon, ek nooit weer my voete oor u drumpel sou plaas nie? Wel, dis juis die rede waarom ek vanoggend hier is, Moeder," sê hy effens afgetrokke. "Ek het maar pas 'n uur gelede in Florence geland, toe moes ek van dokter Ortu verneem dat Rinatjie gister op eie risiko huis toe is . . . Waarom het u dit toegelaat, Moeder?" vervolg hy met kommer in sy stem.

"Sy is gelukkiger by my as daar in die inrigting, Toni. En ek kan haar net so goed versorg as al daardie verpleegsters tesame."

"Hoe gaan dit nou met haar, Moeder?" Sy stem is sag en besorg.

"Sy is net baie swak, verder lyk sy heeltemal gesond en ge-lukkig."

"En . . .die grootman?"

"O, hy is fris en gesond. Hy lê dan al vir sy moedertjie en kyk met yslike groot, swart oë," glimlag sy flou.

"Dokter Ortu sê dat die outjie net soos ek lyk?"

"Dis vanselfsprekend!"

Meteens staan Toni op van waar hy op die rusbank gesit het, en beweeg langsaam in die rigting van die trappe. Maar die ou dame is gou by, neem hom aan die arm.

"Waarheen wil jy nou gaan, Toni?"

"Na Rinatjie toe, Moeder," sê hy sag.

"Volstrek nie, Toni. Jy het haar al genoeg seergemaak. Laat haar asseblief nou met rus. Sy is nog baie swak en die gering-ste wat jy haar nou ontstel, mag noodlottig wees vir haar. Ek is verantwoordelik vir haar, want sy het op my risiko huis toe gekom."

'n Wyle kyk hy sy moeder moedeloos aan, dan sak hy op die eerste stoel neer en sê met duidelike weemoed en berou in sy stem: "U het volkome gelyk, Moeder. Ek het Rinatjie ten bloe-de gekwes. Ek het haar 'n onvergeeflike onreg aangedoen . . . Mag God dit my vergewe, want ek het soos 'n dwaas gehandel. Ek was totaal met blindheid geslaan. Sy wat ek die liefste het op aarde, moes ek die diepste kwes. Al haar pleitredes het ek gene-geer, en haar soos 'n stuk vodde van my af weggewerp . . . En al die tyd was sy onskuldig, edel en opreg, maar ek wou dit nie insien nie . . . Rinatjie sal my seker nooit kan vergewe nie, want al wat ek haar nog besorg het, was trane en hartseer. Selfs toe sy my die nodigste gehad het, het ek haar verstoot. Ek besef dat ek geen reg het om haar te sien nie, want sy staan te ver verhewe bo my . . . Maar ek moet haar sê dat ek jammer is, dat ek berou het oor my onbesonne woorde en slegte gedrag . . . Goddank, Um-berto het my op sy sterfbed vergewe. Maar Rinatjie sal my seker nooit kan vergewe nie. Vir haar het ek te diep verwond . . ."

"Waar het jy Umberto gesien, my kind?" vra die ou moeder sag nadat sy haar trane afgedroog het. In haar hart voel sy innig jammer vir Toni wat in so 'n geweldige stryd gewikkel is.

"Ek was in Milaan met vakansie, en dar moes ek onverwags 'n noodoperasie op Umberto uitvoer . . . Ongelukkig was sy kwaal al so gevorderd dat die operasie eintlik te laat was . . . Ek kan u verseker dat ek met al my krag geveg het om sy lewe te red, want hy het my toe al oortuig dat my aantygings teen hom en Rinatjie ongegrond was. En om sy lewe te red, was al bewys van dankbaarheid wat ek hom kon betoon vir my dwaasheid wat hy my vergewe het."

"Ek is seker Rinatjie sal jou vergewe, my kind. In haar hartjie het sy geen plek vir haat nie. Gaan maar na haar toe. Moet haar tog net nie ontstel nie, Toni. Sy is nog verskriklik swak."

Saggies stoot Toni die deur van Rina se kamer oop.

Vol blydskap staar sy hom aan. Maar ook net 'n oomblik, dan dring dit tot haar deur dat hy nou natuurlik kom kyk of die kind na Umberto lyk of wel na hom.

Met 'n stem vol berou groet hy haar. Dan gaan staan hy op sy knieë voor die bed, neem haar twee bleek handjies in syne en sê smekend: "Ek weet ek het geen reg om dit te vra nie, Rinatjie, maar laat my net toe om my ou seuntjie ook een maal te sien . . . Net een maal, Rinatjie, asseblief!"

Warm en oorweldigend skiet die trane in Rina se oë op by die aanhoor van sy pleitende stem wat op die oomblik so moeg klink.

"Hy lê in sy wiegie. Gaan kyk maar na hom, Toni. Ek kan jou dit nie weier nie, jy is sy vader," sê sy sag.

Langs die wiegie gaan hy staan. Lank kyk hy na sy slapende seuntjie, dan buk hy oor en soen hom liggies op die voorhofie.

Swaar gaan die kleinding se donker ogies oop. Liefdevol omvou Toni se hand dié van sy seuntjie. Die klein vingertjies klou styf om syne, asof hy besef dat dit sy vader s'n is.

Liefderyk streel hy oor die swart krulkoppie, waar 'n paar weerbarstige krulletjies dreig om regop te staan. Dan kom hy orent en kyk verdrietig af in die onskuldige gesiggie met die rosige wangetjies.

In Toni ontstaan daar nou 'n ontsettende vrees dat Rinatjie dalk sy seuntjie mag wegneem. En dit sal vir hom die bitterste kelk wees om te ledig as hy hulle albei nou moet sien vertrek na die verre Suid-Afrika.

"O, God, wees my genadig!" uiter hy saggies, en twee groot traandruppels rol oor sy wange en drup op sy seuntjie se borsie.

'n Oomblik later gaan hy weer voor Rina op die bed sit. Met droefheid in sy stem en 'n weemoedige trek op sy gelaat, begin hy te praat.

"Glo my, ek is bitter jammer, Rinatjie. Nee, moet my nie stil maak nie," vervolg hy toe sy 'n gebaar met haar hand maak dat hy nie verder moet praat nie. "Ek besef dat ek my soos 'n bees gedra het en jou bitterlik gekwets het. Ek weet ek het geen reg om jou te vra om my te vergewe nie, want daar is dinge wat nie vergewe kan word nie. Maar as dit moontlik is, kan ek darem hoop dat daar in die verre toekoms tog vir my vergifnis sal wees?"

Rina wend 'n uiterste poging aan om haar trane te stuit, maar hulle rol steeds oor haar wange. Sy draai haar gesig weg en hy streel haar hand liggies. Dan neem hy sy haelwit sakdoek en droog haar trane af.

"Bestaan daar darem so 'n hoop vir my, Rinatjie?" vra hy sag, dog angstig.

"Jy het nie nodig om te hoop op vergifnis nie, Toni. My liefde het jou lankal vergewe . . . Liefde reken die kwaad nie toe nie. Liefde is lankmoedig en verdraagsaam," sê sy sagweg.

"Rinatjie! O, my liefling, dan vergewe jy my! Ek kan dit byna nie glo nie . . . ek het dit nie verdien nie," sê hy aangedaan.

"Stil, Toni, die Skrif leer ons dat jy jou broer sewe keer sewentig maal op 'n dag moet vergewe. Kan ek dan nie eens my man een maal in 'n leeftyd vergewe nie!"

"O, my liefling, ek sal my hele lewe deur trag om te vergoed vir alles wat ek verbrou het!"

Dan vou hy haar in sy arms, druk haar hartstogtelik aan sy bors en soen haar oë, haar wange, haar hals. Dan ontmoet hulle lippe in 'n innige kus en rol daar trane van geluk oor Rina se wange.

Toe Toni haar later vry laat uit sy omhelsing, is daar geen spore van droefheid meer op een se gelaat te bespeur nie.

# 19

Klein Anton is byna 'n jaar oud. Die hele stad lê en sluimer onder sy wit wolkombers, en buite val die sneeu sonder ophou.

Met 'n bekommerde blik staar Rina af na haar slapende seuntjie in sy bedjie. Sy wangetjies gloei koorsig en hy is onnatuurlik rusteloos in sy slaap. Telkens oorval 'n hewige hoesbui hom en word hy wreed versteur in sy slaap.

"Ag, Vader, hoe lank nog?" bid sy in haar moederhart.

Rina voel totaal uitgeput, want dis weke gelede dat Anton hierdie verkoue opgedoen het. Eers was dit net 'n ligte verkoue, maar die afgelope drie dae het die verkoue so 'n ernstige wending geneem dat selfs Toni uiters bekommerd voel. Gister wou hy hom hospitaal toe neem, maar daarvan wou Rina nie hoor nie.

"Ek kan hom net so goed verpleeg, my man," het sy aangevoer. "En by my sal hy tog meer tevrede en gelukkig voel as daar tussen die verpleegsters. Laat hom tog maar by my bly!"

'n Oomblik gaan staan sy voor die venster. Weemoedig dwaal haar blik oor die sneeubedekte stad en sy wens dat die winter nou ten einde wil loop.

Dan dink sy weer aan haar seuntjie se swak bors en sy wens dat hulle nou in Suid-Afrika was. Hierdie koue, nat winters is glad nie goed vir Anton se borsie nie. In die paar weke wat hy so siek is, het hy al so maer geword dat hy feitlik net vel en been is . . . Sy sal met Toni moet praat. Maar ag, Vader, hy is ook altyd so besig . . .!

Ineens oorval 'n hoesbui haar kleinding weer.

Pleitend kyk die kinderogies haar aan, onderwyl die hoesbui sy tingerige liggaampie ru skud.

"Moeder se klein liefling!" prewel sy teer en die trane vloei warm oor haar wange.

Liefdevol tel sy hom op in haar arms, dan merk sy drie onheilspellende bloedvlekkies aan sy lakentjie.

Met 'n skok dring dit tot haar deur dat daardie bloed van haar seuntjie se longetjies moes kom.

Onmiddellik ontbied sy die diensmeisie om die kind vas te hou en haastig draf sy na die telefoon om Toni te ontbied.

Haar gesig is doodsbleek en met hande wat sigbaar bewe, skakel sy die hospitaal se nommer.

Tien minute later kom Toni die kamer haastig binne waar Rina nog steeds met die rustelose kindjie in haar arms staan.

Een blik op sy vroutjie se bleek gesiggie, en Toni voel hoe 'n benoudheid sy hart omklem.

"Wat makeer, skat? Jy lyk so ontsteld!" sê hy met 'n stroewe gelaat.

"O, Toni!" sê sy wanhopig. "Kyk die bloed aan sy lakentjie . . . Hy moes dit uitgehoes het."

Vinnig plaas die vader sy stetoskoop op sy seuntjie se borsie. Met 'n skok dring dit tot hom deur dat dit geen gewone verkoue is wat sy kind het nie, maar dat dit iets veel erger is wat sy klein liefling nou mee te kampe het.

Angstig kyk Rina haar man aan en sy weet instinktief dat hul kindjie se siekte nou 'n ernstige wending geneem het. Die trek op Toni se gelaat vertel haar dat hy diep geskok is.

"Is . . . is dit so ernstig, my man?" vra sy stamelend en met alle mag veg sy teen die trane wat weer dreig.

"Ek is bevrees ek sal hom dadelik hospitaal toe moet neem, my skat. Ons durf hom nie langer hier hou nie. Sy geval is nou van te 'n ernstige aard om hom langer tuis te verpleeg."

"Is dit . . . longontsteking, my man?" vra sy huiwerig en hartseer. Sy wou so graag haar kindjie self verpleeg het, nou moet hy weggaan van haar.

"Dis veel ernstiger as longontsteking, vroutjie . . . Dis tuberkulose in sy eerste stadium . . . Mag God gee dat dit ophou met sneeu . . . Hy sal ons koue, nat winters nooit kan verduur nie . . . Ons sal 'n ander plan moet maak, skat. Ons kindjie se gesondheid kom eerste . . . ja, selfs voor my praktyk. Ek sien nie kans om ander se lewens te red ten koste van my eie kind se lewe nie . . . Ons sal hom na 'n droë en warm klimaat moet neem."

"Wanneer, Toni?" vra sy met 'n stem ontdaan van enige emosies.

"Sodra hy so beter is dat hy vervoer kan word, skat."

"Waarheen gaan jy hom neem, my man?"

"Ek kan nog nie besluit nie, vroutjie. In Switserland is daar groot hospitale vir teringlyers, maar daar sneeu dit ook maar oor 'n boeg in die winter. Ek wil hom neem waar daar geen sneeuval in die winter is nie."

"Dan is Suid-Afrika net die geskikte plek. Waar Vader-hulle woon in Noord-Transvaal, sneeu dit nooit . . . Maar jy sal nie 'n praktyk in Suid-Afrika kan begin nie, my man."

"Nie so dadelik nie, my skat. Ek sal eers drie jaar aan 'n hospitaal verbonde moet wees en saam met die ander studente eksamen moet skryf. Daarna sal ek weer as 'n spesialis kan praktiseer."

"Maar waarom moet jy dan weer eksamen aflê, Toni? Jy is tog 'n beroemde snykundige!"

"Dis bloot formaliteite, my skat. Eintlik om die mediese beroep te beskerm. Italië val nie onder die Britse ryk nie."

"Maar jy het dan in Engeland gespesialiseer, Toni?"

"Dit maak nie saak nie, vroutjie. Ek is 'n Italiaanse onderdaan. En daarbenewens het ek my opleiding as geneesheer in Rome ontvang."

Nadat Toni alle reëlings getref het met die hospitaal, gaan hy weer terug na die kamer waar Rina besig is om Anton sorgvuldig dig toe te draai in 'n dik wolkombers.

Sy voel of sy enige oomblik in trane kan uitbars, maar sy weet sy moet veg teen hierdie swakheid, vir haar kindjie se onthalwe. Sy moet sterk bly. Die stryd sal lank en swaar wees, juis daarom mag sy nie toegee aan wanhoop nie.

Vinnig spoed Toni in die vallende sneeu na die hospitaal. Langs hom sit Rina met die toegewikkelde Anton op haar skoot. En hoewel Toni haar aanhoudend probeer moed inpraat, weet Rina dat ook hy die drinkbeker op die oomblik tot die droesem toe ledig.

Sy hande is styf om die stuur geklem en Rina merk dat sy kneukels wit deurskyn onder sy vel. Sy weet in hoe 'n geweldige stryd hy gewikkel is. Hy verafgood sy seuntjie, tog is sy beroep deel van hom . . . Maar hy sal moet kies tussen die twee, die noodlot het dit so bewerkstellig dat hy moet kies.

Eindelik hou hy voor die hospitaal stil en help Rina met hul seuntjie om uit te klim.

Onderwyl die X-straalplate van Anton se longe geneem word, staan Rina angstig in die geneeshere se sitkamer en wag op Toni.

Eindelik kom hy.

"Ek dink ek moet jou maar liewer huis toe neem, my skat. Dit sal nog etlike ure duur voor ons die uitslag sal verneem en jy het rus nodig ... Ek sal jou na Moeder toe neem, dan kan jy daar gaan rus," sê hy teer, en hy voel innig jammer vir hierdie tingerige vroutjie van hom wat al so baie in die lewe moes verduur.

"Ag, my man, hoe sal ek nou kan rus met die wete dat my kind in die kloue van die dood verkeer ... Laat my tog maar hier by hom bly."

"Jy sal hom tog nie nou kan besoek nie, my liefling. Dis ver-pligtend dat hy onder observasie gehou word ... Kom, ek neem jou nou na Moeder toe."

Willoos laat Rina haar na die motor toe lei. Sy voel sy kan sterf van verdriet, maar sy veg dapper teen die trane.

By die voordeur ontmoet die ou moeder hulle.

"Hoe gaan dit met die grootman, Rinatjie?" vra sy.

Maar Rina is nie in staat om te antwoord nie. Sy weet dat sy nie langer teen haar trane sal kan veg as sy een woord van haar kindjie se toestand moet sê nie. Dus is dit Toni wat antwoord.

"Ons was genoodsaak om hom hospitaal toe te neem, Moeder. Sy toestand het so verswak dat dit noodsaaklik was ..."

"Het hy longontsteking, Toni?" val sy hom geskok in die rede.

"Dis veel erger as dit, Moeder ... Ek vermoed dis tuberku-lose in sy eerste stadium," sê hy sag.

"O, my kind! Nee, dit kan nie wees nie!" roep sy verbysterd uit.

"Mag God gee dat my diagnose verkeerd is, Moeder," sê hy en draai hom na Rina wat stil voor die kaggel staan met haar rug na hulle gekeer.

Plotseling merk Toni dat daar iets skort met Rina. Sy wankel effens, dan vou haar bene inmekaar onder haar.

Met een beweging is Toni by haar. Soos 'n veertjie lig hy

haar op en dra haar na die kamer. Sy moeder volg kort op sy hakke.

"Die skok was vir haar te veel," merk hy besorg op.

Teer druk Toni haar aan sy bors en streel vertroostend met sy hand oor haar goudblonde hare sonder om 'n woord te sê, terwyl hy haar kamer toe dra.

"Nou kan jy rus, my liefling. Ek sal gaan waghou oor ons kindjie. Hy sal weer gesond word, my skat. Rus jy maar net," voeg hy haar bemoedigend toe.

Met 'n swaarmoedige sug kom Toni orent. Hy moet nou dadelik hospitaal toe. Die X-straalplate is seker al ontwikkel.

Soos 'n besetene jaag hy hospitaal toe, ten spyte van die feit dat dit nog aanhoudend sneeu en dat 'n ongeluk baie maklik kan plaasvind.

In sy hart verwens hy die sneeu wat so aanhoudend val, en wat sy kind se lewe in nog groter gevaar stel.

# 20

Vandag voel albei ouers weer besonder gelukkig, want die afgelope paar dae al is daar beterskap by hul seuntjie te bespeur. Selfs die X-straalplate dui beterskap aan.

"Die warm Suid-Afrikaanse son sal hom in 'n fris en sterk seun laat ontwikkel, vroutjie," sê Toni met 'n flou glimlaggie onderwyl hy besig is om ontbyt te nuttig.

"O, my man, hoe verlang ek tog dat daardie dag moet aanbreek! Sal dit nie hemels wees om hom vet en gesond te sien rondspeel nie!"

"Dit sal voorwaar 'n heuglike dag wees, vroutjie . . . Maar ek sal self toesien dat hy 'n stewige en gesonde liggaampie ontwikkel . . . daarom gee ek alles prys, my vaderland en my praktyk."

"Wanneer vertrek ons, my man?" vra sy sag.

"Net sodra die kleinding vervoer kan word, vroutjie. Ek meen hy sal die einde van die maand so beter wees dat ons die reis sal kan aanpak. Ek het reeds alle reëlings getref om met my eie vliegtuig te reis. Pedro sal ons vergesel om die vliegtuig weer terug te bring."

"Het jy al vir Vader geskryf dat jy hoop ons kan die einde van die maand vertrek, Toni?"

"Nog nie, skat. Sal jy nie maar oormôre 'n brief aan hulle stuur nie? Ek sal môre telegrafeer om te sê dat die outjie beter is. Hulle is seker al bekommerd omdat ons nie weer van sy siekte laat hoor het nie."

"Daarvan kan jy seker wees, my man. Klein Anton is mos Vader se witbroodjie ... die seun wat hy nooit gehad het nie ... Ek is bevrees Vader gaan ons kind baie bederf, Toni," glimlag sy.

"Ek dink ons gaan hom almal bederf wanneer hy weer tuis is, vroutjie," glimlag hy terug en Rina weet dat hy dit glad nie verkeerd het nie. Almal sal so bly wees om hom weer in hul midde te hê dat hulle gewillig aan al sy ou wensies sal voldoen.

Eindelik is die maaltyd afgehandel en staan albei op van die tafel.

Met sy arm om sy vroutjie se lyf, beweeg hy langsaam in die rigting van sy kantoor om sy tas te gaan haal.

"Hoe laat kan ek my kind gaan sien, Toni?"

"Jy bedoel ons kind, vroutjie," sê hy plaend, en Rina kan haar lag nie bedwing nie.

"Nou ja, ons kind dan," sê sy weer.

"Ek sal jou elfuur kom haal, skat ... En moenie vergeet nie, skryf nou aan Vader-hulle om ons die einde van die maand te verwag. Sê vir hulle ons sal 'n kabelgram stuur die dag met ons vertrek."

Dan soen hy haar herhaalde male en stryk vinnig aan in die rigting van die motorhuis.

Toe Toni weer voor die deur van sy woning stilhou, vra hy: "Is jy gereed om te gaan, vroutjie?"

"Ja, maar jy gaan eers 'n koppie tee drink, my man."

"Dankie, nie vir my nie, vroutjie. Ek het reeds tee by die hospitaal gehad. Geniet jy maar solank 'n koppie tee, ek wil Juan eers bel."

Etlike minute later spoed Toni se motor geruisloos by die hek uit.

"Wat het grootman vanoggend gedoen toe jy daar was, Toni?" vra Rina angstig.

"Hy het geslaap, skat."

"O, ek sal darem regtig so bly wees die dag as hy weer tuis is! Ons huis is te stil sonder hom."

"Ja, dit is baie stil sonder hom. Maar hy is een van die dae weer tuis, dan sal jy weer les opsê onder hom," glimlag hy.

"Ja, die Italiaanse mans beskou dit mos as hulle reg dat die Evas les opsê onder hulle," terg sy liggies.

"Skaam jou, vroutjie. Jy het darem regtig 'n baie swak opinie van ons," glimlag hy goedig.

Al geselsend bereik hulle die hospitaal waar klein Anton is, en hou Toni voor die hoofingang stil.

Rina se hart bons opgewonde toe hulle die klein privaat kamertjie binnestap waar die kleinding druk besig is om met sy blokkies op die bed te speel.

Met 'n stralende gesiggie soen sy moeder hom op sy gitswart kroontjie.

"Mamma! Mamma!" uiter hy bly en vou sy armpies om sy moeder se nek.

Op haar knieë gaan Rina langs sy bedjie staan, met sy armpies nog steeds om haar nek.

"Op, Mamma! Op!" vorm die babamondjie die woordjies, en Rina weet hy bedoel sy moet hom nou optel. Hoe juig haar hart nie noudat sy die krulkoppie huis toe kan neem nie!

Vanoggend is Rina druk besig om in te pak, want môremiddag vertrek hulle Suid-Afrika toe.

In sy bedjie sit klein Anton heerlik en speel met sy menigte speelgoed, en telkens moet Rina eers haar werk staak om hom met die een of ander speelding te help.

Eindelik kom ook Toni die kamer binne.

"Is alles nou afgehandel by die hospitaal, Toni?" vra Rina onderwyl sy haar gesig na hom lig vir sy gebruiklike soentjie.

Hy trek haar in die ronding van sy arms en sê: "Alles is nou afgehandel, my skat. Daar sal vir my geen oproepe meer kom van die Dellemolinette-hospitaal nie."

340

"Dan kan jy gerus jou seun 'n oomblikkie besig hou, sodat ek hierdie pakkery agter die rug kan kry," sê sy speels.

"Ek doen dit graag as ek 'n koppie tee kry as vergoeding," lag ook hy en kyk haar ondeund aan.

Liefdevol neem Rina sy aantreklike gesig tussen haar hande en soen hom op sy mond.

" 'n Koppie tee kan jy met plesier kry, my man."

Liggies wikkel sy haar los uit sy arms en gaan dan na die kombuis om vars tee te maak.

Toe sy 'n oomblik later die kamer binnekom met Toni se tee, baljaar hy en Anton heerlik op die bed.

Sy tel die kleinding op en gaan staan voor die venster, sodat Toni 'n kans kan kry om sy tee te drink.

"Dankie, vroutjie, dit het heerlik gesmaak," sê hy, plaas die leë koppie op die kleedtafel en neem die kleinding weer by haar.

Eindelik is die pakkery afgehandel en kan Rina ook 'n oomblik ontspan en deelneem aan die pret wat nou hoogty vier op die bed.

"Gits, skat, byna vergeet ek om jou te sê! Moeder het gevra dat ons aandete vanaand by hulle moet kom nuttig. Ek het toe die uitnodiging aangeneem."

"Dis baie gaaf van Moeder," sê sy sag. "Ek sal baie na haar verlang. Sy was 'n dierbare moeder vir my al die jare wat ek hier in Italië is."

"Ons sal darem vir hulle kom kuier, vroutjie," sê hy en streel met sy hand oor haar blonde krulle. "Nou sal ek natuurlik ook die Afrikaanse taal moet aanleer, nè?"

"Ja, en jy sal eers moet leer om die g reg uit te spreek en dit nie na 'n k te laat klink nie," laat sy laggend hoor.

"Kyk, vroutjie, ek is heeltemal gewillig om jou taal te leer. Maar as jy vir my lag, trek ek jou oor my skoot," glimlag hy goedig.

Vyfuur die middag loop Rina en Toni tydsaam oor die straat in die rigting van ou mevrou Sardinni se woning.

Vir klein Anton is dit te prettig om op sy vader se arm na die malende verkeer te sit en kyk.

Benita is die eerste by die voordeur en neem Anton uit Toni se arms.

"O, jou klein stouterd, ons het so na jou verlang!" lag sy. "Kom, tant Benita gaan vir jou die klein hondjies wys."

Eers word die kleinding deur almal gegroet, dan verdwyn Benita met hom by die agterdeur uit.

'n Uur later keer die twee weer terug, en Anton se baba-gesiggie straal van plesier.

"Ek het vir hom die klein hondjies gaan wys," verduidelik sy. "As julle nou nie môre Suid-Afrika toe moes vertrek het nie, kon hy maar een vir hom geneem het."

Nou gaan die gesprek weer net oor die reis wat môre voor-lê.

Tot laat die aand sit die Sardinni's en gesels oor die vreemde Suid-Afrika wat net Pedro en Benita nog gesien het.

Voor die hoofingang van die lughawe hou drie motors stil.

Die hele Sardinni-familie is vandag teenwoordig om Toni en sy gesin weg te sien. Die vrouens voel hartseer en die mans is stil. Almal weet dat hierdie skeiding 'n leemte in elke hart sal laat.

Swyend neem die drie mans die bagasie na die vliegtuig wat gereed staan om sy lang vlug te begin.

Nadat al die bagasie ingelaai is, groet hulle dié wat moet ag-terbly en bestyg die vliegtuig.

Enkele minute later klim die vliegtuig die blou ruimtes in.

# Immer lente

# 1

Droomverlore tuur Jeanette deur die kamervenster. Sy het pas van kantoor af tuisgekom. Met haar elmboë leun sy gemaklik op die vensterbank en haar ken rus in haar twee fyn, slanke handjies.

Buite drup-drup die water onafgebroke in die geute van die dak en die enkele droë blaartjies aan die reuse ou akkerboom wat 'n entjie van die venster af pryk, ritsel saggies soos fyn druppeltjies liggies op hulle neerkom.

Vir 'n oomblik dwaal haar oë na die blink, nat teerstraat, dan weer in die verte waar die reën soos 'n digte grys sluier hang en alles met sy dynserige wasigheid omhul.

Ineens merk sy die luukse, vaartbelynde motor wat swierig by die groot hek van hul bure langsaan inswaai. Seker Kobus, Laetitia se broer, dink sy weer onderwyl sy die groot huis van laasgenoemde se vader noukeurig staan en betrag. Maar op haar hele wese is daar nie 'n teken van afguns te bespeur nie.

Snaaks, dink sy weer, sommige mense besit alles in die lewe en ander weer niks nie – soos Moeder en ek byvoorbeeld, wat net die allernodigste kan bekostig. Maar as Pappie geleef het, sou ons seker ook vandag welaf gewees het soos al ons bure.

Sy beleef weer alles voor haar geestesoog, die dag toe haar vader hulle so plotseling ontneem is.

Sy was maar nege jaar oud, maar sy kan alles nog so duidelik onthou. Sy onthou selfs die skel sirene van die ambulans wat haar vader die aand na die hospitaal vervoer het, waar hy 'n noodoperasie moes ondergaan, en later die nag weer die skokkende tyding dat hy onder die operasie beswyk het.

Ja, sy sien nog duidelik haar moeder se bleek gelaat toe laasgenoemde die nuus aan haar negejarige dogtertjie moes meedeel, die verskriklike nuus wat hulle albei so intens geraak het.

En daarna die stil trane wat die moeder met die beste wil ter wêreld nie kon keer nie.

Hoewel sy tog nog van die dood niks begryp het nie, was dit tog vir haar duidelik dat sy nou nie meer 'n pappie het nie, ofskoon sy haar verlies op daardie moment nie kon besef nie. Sy het mos nog haar moeder, en dis tog die belangrikste, het sy in haar kinderlike onskuld gemeen.

Dit was maar eers later dat sy tot die besef gekom het dat beide moeder en vader vir 'n kind belangrik is – dat 'n vader net so 'n vereiste in 'n kind se lewe is as 'n moeder.

Nou dink sy daaraan dat hulle net so 'n fraai huis sou bewoon het en net so 'n kommerlose lewe sou gelei het soos die Van der Walts as haar vader maar net geleef het ... Ja, ek sou dan ook net soos Laetitia van der Walt na 'n universiteit kon gegaan het en ook net sulke deftige klere gedra het.

Maar ek durf ook nie kla nie. My dierbare ou moeder het alles vir my gedoen wat sy kon. Tot laat snags het sy voor die naaimasjien gesit en vir ander mense rokke gemaak om my in staat te stel om darem so ver as matriek te leer.

Nee, ek durf nie kla nie. Mammie het voorwaar haar bes vir my gedoen en ek voel tros daarop dat ek haar nou darem in 'n geringe mate vir al haar liefde en sorgsaamheid kan vergoed.

'n Gelukkige glimlaggie plooi om haar sagte, gevoelige mond as sy daaraan dink dat haar salaris darem 'n groot hulp is vir haar moeder wat die afgelope tien jaar so moes sukkel om die wolf van die deur af te hou.

Ineens hoor sy haar moeder se sagte stem vanuit die eetkamer na haar roep.

"Ek kom, Mammie," antwoord sy terug, draai van die venster af weg en verlaat haar slaapvertrek onmiddellik.

In die eetkamer wat met goedkoop meubels versier is, tref sy haar moeder langs die tafel aan, besig om vir hulle koffie te skink.

Vlugtig dwaal haar blik deur die vertrek. Dan merk sy dat die naaimasjien gepak is met naaldwerk en 'n intense deernis vir hierdie dierbare moeder van haar wel ineens in haar op.

"Van nou af kan Mammie gerus 'n bietjie briek aandraai met

die naaldwerk," merk Jeanette besorgd op onderwyl haar oë sag op haar moeder rus. "Ek het mos vandag bevordering gekry en ook 'n verhoging in salaris."

Die moeder glimlag stil, dankbaar oor haar kind se besorgdheid.

"Ek is al so gewoond aan werk, kindjie. Dit sal my gewis verveel om nou met gevoude hande te gaan sit. Nee wat, ek sal maar aanhou met werk, dan kan ons probeer om soveel moontlik van jou salaris te spaar. Wanneer my ou dogtertjie eendag trouplanne kry, moet daar darem 'n neseiertjie wees vir haar uitset en vir 'n onthaal."

"Van trouplanne en muisneste kan Mammie gerus maar vir eers vergeet. Ek is nog gans te jonk om nou aan sulke gewigtige sake te dink. Oor 'n jaar is ek eers twintig en ek verkies veel eerder om by my mammie te bly as saam met 'n vreemde man." Sy glimlag skalks.

"Wanneer die liefde intree, bly mens gewoonlik nie meer lank vir mekaar vreemd nie, Jeanette . . ."

"Maak nie saak nie, Mammie, hy bly maar 'n vreemdeling," val sy die ouer dame goedig in die rede. Sy gaan sit langs die tafel en trek haar koppie koffie nader. Fyntjies proe-proe sy aan die stomende koffie en vervolg: "Ek merk Kobus is tuis!"

"Ja, mevrou Van der Walt het vanoggend gesê hulle verwag hom vandag tuis. Hy is glo met 'n paar maande verlof." Half ingedagte roer Joey de Waal haar koffie. Momenteel is haar gedagtes nie by die koppie koffie voor haar nie en ook nie by Kobus nie, maar wel by ander dinge wat Jeanette raak.

"Ek het flussies gesien hoe hy gearriveer het," sê laasgenoemde weer, ofskoon sy merk dat haar moeder diep ingedagte is.

"Ja, wat geld darem nie alles kan vermag nie," merk die moeder met 'n sug op en 'n trek van ontevredenheid verskyn meteens op haar andersins kalm gelaat. Ook haar dierbare Jeanette kon vandag die lewe ten volle geniet het soos Laetitia, was dit nie . . . wel . . . het sy nie haar vader so vroeg verloor nie. Want ook hy, net soos meneer Van der Walt, was toe nog 'n jong prokureur en mooi op pad om bekendheid te verwerf, dink sy weemoedig.

347

Ja, haar moederhart bloei vir Jeanette wanneer sy laasgenoemde se maats heen en weer sien ry, almal in blink motors en deftig geklee en hier moet Jeanette altyd tuisbly, want geld is daar tog nie vir sulke weelde nie.

Vandat sy haar man dertien jaar gelede verloor het, kon sy tot dusver nog net die allernodigste vir haar en Jeanette bekostig. Gelukkig was hulle huisie 'n trougeskenk van haar man se ouers en het sy darem nie nodig gehad om nog vir 'n verblyfplek ook te sorg nie.

Hoewel hulle huisie klein is, is dit besonder gerieflik. Want na hulle troue het Gerrit de Waal etlike geriewe laat aanbring vir die ontwil van sy jong bruidjie wat alles van die gerieflikste moes hê. Vandag, egter, is sy bly dat hulle huisie klein is, want hoe sou sy ooit 'n groot huis kon behartig het sonder die hulp van 'n huishulp wat sy vanaf haar man se dood nooit kon bekostig nie.

Die noulettende Jeanette merk die vlugtige trek van ontevredenheid op haar moeder se gesig. Diep in haar binneste voel sy so teer teenoor hierdie hardwerkende moeder van haar wat gedurende haar jongmeisiejare nooit nodig gehad het om 'n koppie uit te spoel nie. Maar na haar jong eggenoot haar ontneem is, het sy wel deeglik getoon wat in haar steek. Van geeneen wou sy geldelike steun aanneem nie – nie eens van haar eie ouers nie. Sy kan self vir haar en Gerrit se kindjie sorg, het sy aan hulle gesê. En almal het gepraat van Joey se eiesinnige trots wat haar nog mettertyd ten gronde sou stuur.

Maar al die familie se geklets het Joey de Waal weinig geskeel. Sy het besluit om hulle te wys dat sy wel in staat is om self vir haar kind te sorg sonder die hulp en steun van enigeen. En soos die jare gekom en gegaan het, het hulle later opgehou met praat en het almal verbaas gestaan oor die wyse waarop Joey de Waal haar kommer en sorge die hoof gebied het.

Hoewel sy nie ryk is nie, het sy en Jeanette darem ook nooit nodig gehad om hulle te skaam nie. Hulle huisie is nou wel goedkoop gemeubileer, maar origens is dit altyd skoon en netjies – selfs gesellig om in te verkeer.

Maar soms voel sy tog hartseer as sy dink wat haar dogter

alles in die lewe moes verbeur het. Gelukkig sal dit nou darem beter gaan. Jeanette het mos nou daardie verhoging gekry waarvan meneer Akkermann 'n paar weke gelede gepraat het.

Ja, nou sal Jeanette ook deftig kan aantrek en sal sy haar weer kan verlustig in die bewonderende blikke wat op haar dogter gevestig sal word soos toe sy nog 'n klein dogtertjie was.

Presies soos toe sy nog klein was, krul haar goudblonde hare steeds sag in haar nek. Haar hemelsblou oë lyk asof hulle altyd lag. Haar lelieblanke, hartvormige gesiggie met die sagte lyne, en die klein, reguit neusie laat mens onwillekeurig aan die eerste somerslelie dink. Haar postuurtjie, ja, alles wat Jeanette uitmaak, is fyn en broos – voorwaar sag, fyn en teer soos 'n lelie.

Hoewel laasgenoemde bewus is van haar seldsame aantreklikheid, laat dit haar geensins verwaand voel nie. En juis omdat sy altyd minsaam en vriendelik is, dwing sy onbewus respek en liefde af van elkeen in wie se teenwoordigheid sy verkeer.

Sy is ook nog jonk en onskuldig en dra geen kennis van die nagtelike plesier wat gewoonlik in hulle dorp heers nie. Haar kennis van nagtelike plesier strek net so ver as hulle plaaslike bioskoop waarheen haar moeder haar af en toe vergesel. En ofskoon sommige van haar vriendinne haar al geleer het om te dans, het sy tot dusver nog nooit 'n groot dans bygewoon nie. Gebrek aan geld vir 'n aandrok het haar nog telkens 'n uitnodiging van die hand laat wys.

Ineens hoor die moeder weer Jeanette se sagte stem sê: "Dis so waar wat Mammie pas gesê het: Wat geld darem nie alles kan vermag nie. En tog kan almal nie ewe bevoorreg wees nie, Mammie. Ek dink stellig ons twee het baie om voor dankbaar te wees. Ons het nog nooit honger gely of naak geloop nie. Die Here het nog altyd wonderlik vir ons gesorg, al het ons nie so 'n oorvloed soos ons bure nie. En ek is in elk geval innig dankbaar oor die goeie betrekking wat ek het."

"Ja, en dis gaaf van jou verhoging. Nou sal jy ook 'n bietjie plesier uit die lewe kan put, my kind . . ."

"Ag, nee wat, Mammie," val sy haar moeder sag in die rede. "Daar is ander dinge waaraan ons meer gebrek het as plesier. Plesier kan ons gerus opsy skuif vir laaste. Mammie het op die oomblik 'n groter behoefte aan 'n warm jas as wat ek het aan plesier. Die winter is lank en koud, en dit het maar nou eers begin, my ou Moeder . . . Nee, ons sal van plesier maar eers vergeet. Ek het jare daarsonder klaargekom en ek kan nog steeds daarsonder klaarkom. Die einde van die maand gaan ons vir Mammie 'n heerlike warm jas koop . . . Ja, en 'n paar warm pantoffels ook."

"Dit skyn my of jy jou hele salaris op my wil uitgee, Jeanette. Mens sou sê jy het niks nodig nie!" glimlag die moeder stil.

" 'n Jas en paar pantoffels sal tog nie my hele salaris insluk nie, Mammie," lag sy gelukkig.

Intiem, geselsend geniet moeder en dogter hulle koffie. Buite waai die wind geniepsig en dit laat die reën in sterk vlae neerkom. Maar in die eetkamer van die De Waals is dit heerlik warm en gesellig.

In 'n outydse haard knetter daar 'n vrolike vuurtjie en Jeanette gaan vlei haar behaaglik voor die vuur in 'n leunstoel neer, met 'n halfvoltooide rok op haar skoot waarvan sy graag die handwerk vir haar moeder wil doen.

Na mevrou De Waal die leë koppies verwyder het, gaan sit sy weer voor die naaimasjien en weldra dreun dit in die vertrek soos sy werk.

# 2

Met 'n swart romp, wit langmoubloese en swart onderbaadjie aan, sien Jeanette daar besonder deftig uit. Haar goue krulle wieg liggies heen en weer as 'n ligte bries saggies met hulle speel.

Haastig trippel die fyn, bekoorlike gestaltetjie die straat af in die rigting van die bushalte.

Sy stap vinnig uit vrees dat sy dalk die bus mag verpas, en dit mag nie wees nie. Sy was nog nooit laat nie, en noudat sy meneer Akkermann se privaat sekretaresse is, wil sy nog minder laat kom op kantoor.

Jeanette het ook net die halte gehaal, toe hou die bus langs haar stil. Met 'n sug van verligting bestyg sy die voertuig en gaan op die heel voorste bankie sit sonder om na links of regs te kyk.

Met genoegdoening tuur sy deur die venster, onbewus van die bewonderende blikke wat op haar rus, en sy dink by haarself hoe aangenaam dit is om ook een van die werkende menigte te wees, om ook iets te kan doen, 'n klein ratjie te wees in die groot lewenswiel.

Op 'n sierlike boog bokant die deur van die fraai vertoonlokaal, lees sy die netjiese geskrewe woorde: *Akkermann & Seun*.

Vir die afgelope ses maande lees sy hierdie woorde elke oggend wanneer sy die gebou nader waar die groot meubelhandelaars se kantore geleë is.

Snaaks, dink sy. Nie een het nog ooit die seun gesien nie. En tog staan daar *Akkermann & Seun* geskryf. Die seun bestuur seker 'n tak van die groot saak in die een of ander dorp, besluit sy. Die Akkermanns woon net 'n hanetreetjie van hulle af en nog nooit het hulle enige teken van 'n seun bespeur nie.

Sy tree die ruim voorportaal binne en stap liggies in die rigting van die hysbak wat haar na die tweede verdieping neem waar meneer Akkermann se privaat kantoor en ook sy ander kantore geleë is.

Vriendelik groet Jeanette haar vier medetiksters, Betsie, Ina, Marie en Esther, en al geselsend neem sy agter haar rekenaar plaas. Weldra is al haar aandag uitsluitlik op haar werk toegespits.

Toe die horlosie later eenuur aankondig, staak almal onmiddellik hulle werk. Ook Jeanette staak haar werk en 'n tasbare stilte sak ineens oor die ruim vertrek toe.

"Wie van julle stap saam kafee toe?" breek Ina ineens die stilte.

Nie een antwoord nie.

"Gits, maar julle is 'n ongesellige en nuttelose klomp," laat sy weer hoor. "Ander dae storm julle gewoonlik kafee toe. Maar juis vandag, omdat ek nie toebroodjies saamgebring het nie, gaan nie een kafee toe nie."

"Jammer, ou sussie, maar ek het vandag 'n baie interessante boek wat ek wil lees," merk Esther verskonend op.

"Ek het weer naaldwerk gebring wat klaargemaak moet word," kom dit van Betsie wat op troue staan.

"Ek het breiwerk wat dringend afgehandel moet word, Ina. Jammer, hoor!" maak Marie verskoning.

"Wel, dan sal ek maar saamstap, Ina, want ek het ook vergeet om vandag toebroodjies te bring."

"O, jy is 'n ware engel, Jeanette," voeg Ina haar dankbaar toe. "Ek haat dit so om alleen kafee toe te stap. As jy dus gereed is, kan ons maar gaan. Tot siens, luiaards!" voeg sy die agterblywendes toe. "Jeanette en ek gaan nou heerlike warm koffie drink!"

"Geniet julle maar die lekker warm koffie, hoor! Ons sal weer die koue, flou tee geniet wat gewoonlik in hierdie kantoor bedien word." 'n Heerlike skaterlag volg die twee meisies wat nou die kantoor verlaat.

"Marie kan maar nie aan die halfkoue tee gewoond raak nie," merk Jeanette laggend op. Dan bereik hulle die hysbak.

Al geselsend stap Ina en Jeanette later die kafee binne. Op pad daarheen het hulle alreeds besluit dat hulle koffie en vleispasteitjies gaan nuttig – en gaan by 'n tafel in die verste hoek van die vertrek sit.

Toe Jeanette die aangename geur van warm koffie en vars pasteitjies in haar neus optrek, voel sy eers hoe honger sy werklik is. Ook Ina is terdeë honger, want vanoggend het sy haar effens verslaap en daar was vir haar net geen tyd om nog ontbyt te nuttig nie.

"Nou toe, as dit nie Jeanette is wat ek hier raakloop nie!"

Vlugtig kyk laasgenoemde op, vas in Kobus van der Walt se staalgrys oë wat sag en warm op haar rus.

Met 'n stralende glimlaggie en stewige handdruk groet sy die jongman wat langs haar staan. Toe stel sy hom aan Ina bekend.

"Mag ek maar hier by julle sit? Ek wil eintlik net 'n koppie koffie hê en dit sal tog te ongesellig wees om dit alleen te geniet."

Sy vriendelike glimlag omvou hulle albei, maar nou rus sy

blik half ondersoekend op die fraai gelaat van Jeanette, en om die een of ander onverklaarbare rede voel sy half ongemaklik onder daardie waaksame blik van hom.

"Maar sekerlik mag jy, Kobus. Dis te sê as jy kans sien vir ons twee se geselskap. Neem gerus maar plaas. Ek is seker Ina sal geen beswaar daarteen opper nie," glimlag sy verleë en bloos toe sy merk dat sy oë nog steeds op haar rus. Vinnig draai sy egter haar blik weg, en nou voel sy van alle spontaneïteit ontneem.

Ina het die jongman se gevoelvolle blik gesien en dis vir haar heel duidelik dat hy verlief is op die fraai Jeanette. Nou dink sy daaraan dat ook Manie en Charles, die twee klerke van Akkermann & Seun, se oë telkens hulle gevoel vir hierdie fraai nooientjie verraai. Dank die gode dat ek nie so beeldskoon is soos jy nie, Jeanette, dink Ina by haarself. Jou skoonheid kan dalk nog eendag vir jou 'n kruis word.

Dan hoor sy ineens Kobus se stem wat sê: "Ek was vanoggend by julle huis aan om te groet, toe sê jou moeder dat jy op kantoor is ... Ek was verbaas om te hoor dat jy 'n betrekking aanvaar het, Jeanette. Ek is seker as jou vader geleef het, sou hy dit nie geduld het nie." Hy kyk haar nou berekenend aan.

"Ek moet werk, Kobus. Mammie kan my tog nie lewenslank onderhou nie. My lewe deur het sy alles vir my gedoen en ek dink dis nou weer my beurt om dinge vir haar gemakliker te maak."

Hierop sê Kobus egter niks nie, hoewel daar duidelik 'n trek van ontevredenheid op sy sterk gelaat deurskemer. Hy hou niks van die idee dat Jeanette haar in 'n kantoor afsloof nie. Haar plek is by haar moeder in die huis.

"Gaan jy miskien vanaand êrens heen, Jeanette?" vra hy later en stoot sy leë koppie effens agteruit.

"Nee, maar waarom vra jy?"

"Net maar gewonder of jy vanaand beskikbaar sal wees vir 'n geselsie," merk hy stil op. "Mag ek maar vanaand 'n bietjie kom gesels, of sal my teenwoordigheid dalk oorbodig wees?"

"Het jy jou al ooit oorbodig of onwelkom in ons huis gevoel?" Sy kyk hom vraend en met opgetrekte wenkbroue aan, want hierdie is vir haar totaal 'n nuwe Kobus. Sy ken hom nie so nie.

"Nee, gelukkig nog nie," glimlag hy. "Maar ek was lank weg en ek weet mos nie of daar vanaand dalk 'n kêrel gaan wees nie!"

Weer voel Jeanette 'n warm blos in haar gesig opstyg en sy verwens haarself innerlik oor hierdie kinderagtigheid van haar om so lig te bloos.

"Toe maar, moenie bekommerd wees nie," sê sy half verleë. "By ons kuier daar geen kêrels nie. Buitendien, Mammie sal 'n besoekie van jou nogal baie geniet."

Toe plaas sy ook haar leë koppie terug op die tafel en merk dus nie die blik wat die jongman daardie oomblik op haar vestig nie.

Vir Ina lyk dit of Kobus haar eers verward, toe half teleurgesteld, toe effens streng aankyk. Sy sal baie graag wou weet wat op hierdie oomblik in sy gedagtes omgegaan het. By haarself besluit sy dat die jongman darem verbrands aantreklik is – lank, skraal en breedgeskouerd. Sy klere lyk duur en verraai duidelik die hand van 'n eersteklas snyer. Sy bruin hare wat glad na agter gekam is en sy breë voorkop getuig van intelligensie. Sy staalgrys oë, karaktervolle mond en aristokratiese neus spreek van sterk wilskrag en deursettingsvermoë. En sy half vierkantige ken wat effens na vore uitstaan, is gewis 'n teken van trots en eerbaarheid.

Ja, Kobus is beslis aantreklik. Maar sy houding is so nonchalant dat dit lyk of hy nie die minste bewus is van sy aantreklikheid nie.

Na almal later hulle koffie geniet het, steek hy tydsaam 'n sigaret aan en sê weer: "Wanneer julle twee dames gereed is, sal ek julle terugneem kantoor toe . . . of wou julle straks nog 'n oomblikkie by die winkels vertoef het?"

"Liewer terug kantoor toe. Ons het eintlik net die inwendige kom versterk en nie kom inkopies doen nie," merk Jeanette op en kyk af na haar polshorlosie. Met 'n sagte uitroep kom sy orent. "Aarde, maar die tyd het gou verbygesnel. As jy ons kantoor toe wil neem, moet ons nou dadelik gaan, Kobus. Ons het presies vyftien minute tot ons beskikking."

"Wel, ek is gereed as julle wil gaan," merk hy stil op en kom dadelik orent. Ook Ina kom nou vinnig orent.

Voor die hoofingang van Chequergebou bring Kobus later sy motor tot stilstand. Haastig klim die twee dames uit en bedank hom vir sy vriendelikheid.

"Onthou, ek kom vanaand 'n bietjie gesels," herinner hy Jeanette met 'n betekenisvolle blik wat Ina se oë nie ontgaan nie en wat eersgenoemde weer warm laat bloos.

Met 'n laaste "tot siens" en 'n vlugtige wuif van die hand, trek Kobus met 'n vaart voor die gebou weg.

Op die oomblik kan hy nie eintlik besluit waarheen hy wil ry nie, want die fraai beeld van Jeanette oorheers alle ander gedagtes.

Nee, hy wil aan niks anders dink nie, net aan die lieflike klein Jeanette wat nou in 'n jongdame verander het, 'n begeerlike jongdame wat mens onwillekeurig aangryp en vasvang – en dis dié jongdame vir wie hy vanaand wil gaan kuier.

Later die middag toe Kobus van sy vader se kantoor af huis toe ry, betrap hy hom dat sy gedagtes al weer net om die skone Jeanette sirkel. Dit tref hom dat sy feitlik nog die hele dag die middelpunt van sy gedagtes was, so diep en intens dat dit soms gevoel het of hy maar net sy hand moet uitsteek om haar aan te raak.

"Kobus, ou seun," spreek hy homself aan. "Jy is verlief op die nooientjie ... Versigtig wees, kêrel, jy is baie jare ouer as sy – presies elf jaar ouer. En sy mag dalk nie van die idee hou dat so 'n ouman soos jy vir haar kom kuier nie. Moet dus nie toelaat dat sy te diep in jou hart inkruip nie en jy dalk bedroë daarvan afkom!"

Sy hart kom egter in hewige opstand teen hierdie redenasie.

Bog, fluister sy hart aan hom. Pure onsin. Wanneer liefde intree, is ouderdom van deel minder belang en glad nie eens ter sprake nie. Hemel, jy ken Jeanette tog al van kindsbeen af en jy weet sy is nie een van die dorp se wispelturige, verwaande sosiale vlindertjies nie! Nee, as sy jou liefhet, sal jou ouderdom beslis aan haar geen verskil maak nie. Net die hoër en dieper dinge tel by Jeanette. Dus, wat van jou verlang word, is net dat jy haar liefde moet probeer wen.

Onderwyl die hysbak geruisloos opwaarts beweeg, vra Ina met 'n bedekte nuuskierigheid: "Ken jy die meneer Van der Walt al lank?"

"Net so lank as wat ek myself ken," glimlag sy goedig. "Vandat ek myself ken is ons maar bure en woon ons langs mekaar. Maar waarom vra jy?"

"Ek vra omdat jy so onbewus is van sy liefde vir jou."

Weer voel Jeanette hoe 'n warm blos in haar gesig opstoot, maar sy vra nietemin: "Wat laat jou dit dink?"

"Maar dis tog duidelik vir enigeen om te sien. Ko . . . ek bedoel, meneer Van der Walt het jou baie lief, Jeanette. En ek waarsku jou vooraf, dis geen kalwerliefde nie, outjie."

"Jy verbeel jou dit maar, Ina. Hy het tog deur geen woord of gebaar laat blyk . . ."

"Ek verbeel my dit beslis nie," val sy die jonger meisie ernstig in die rede. "Hy het dit nou wel deur geen woord of gebaar laat blyk nie, maar ek het meer gemerk as wat hy my miskien sou veroorloof het om te weet . . . Dis sy oë, Jeanette. Sy oë het elke emosie en gevoel in hom verraai. En glo my, ek weet waarvan ek praat." Sy glimlag betekenisvol en vervolg: "Ek is nie verniet al vyf en twintig jaar oud nie, jong."

"Wel, ek moet sê dis vir my moeilik om dit te glo van Kobus," merk sy stilweg op. "Hy is 'n bankbestuurder in Pretoria en glo my, hy kan daar kis en keur onder die nooientjies. En wat meer is, hy beweeg in die hoogste sosiale kringe en ek nie. Nee, ek weet nie so reg nie, Ina."

"Toe maar, ons praat weer later hieroor," glimlag sy geheimsinnig. Sy weet dat Jeanette, haar negentien jaar ten spyt, nog net so onskuldig is soos 'n pasgebore baba. En op die oomblik is daar ook nie juis meer tyd om verder te praat nie, want die groot staaldeur van die hysbak skuif reeds op die tweede verdieping oop, waar hulle kantoor geleë is.

# 3

Saggies neurie Jeanette 'n opgewekte deuntjie onderwyl sy met die geplaveide paadjie opstap na die voorstoep. Sy doen dit on-bewus, want op die oomblik is haar gedagtes geensins by die deuntjie wat sy neurie nie, maar wel by ander sake.

Sy kyk vlugtig in die rigting van die Van der Walts se woning om vas te stel of Kobus se motor miskien voor die deur staan. Maar van beide laasgenoemde en sy motor is daar geen teken nie.

Ag, hy het blykbaar net 'n grap gemaak toe hy vroeër gesê het hy kom vanaand kuier, dink sy en stoot die voordeur ge-ruisloos oop.

In die kombuis tref sy haar moeder aan, besig om eiervrug te bak. Liefdevol soen sy die ouer dame op die wang, dan roep sy kinderlik naïef uit: "Allemensig, maar kyk net hoe water my mond vir daardie smaaklike gereg!" Sy lag opgewonde en ver-volg: "Mammie sal nooit raai wie het ek vandag raakgeloop nie – en hy kom nogal vanaand vir ons kuier ook, hoor!"

"Nee, my kind, sê maar gerus. Ek sal tog nooit kan raai nie." Sy kyk Jeanette vlugtig aan en daar is duidelik belangstelling in haar blik.

"Ene meneer Kobus van der Walt," sê sy en glimlag fyntjies. Toe kyk moeder en dogter mekaar 'n stonde aan en elkeen weet wat in die ander se gedagtes omgaan.

"So, dan gaan juffrou De Waal vanaand geselskap kry?" terg die moeder liggies. "Dis goed dat jy my gesê het. Ek sal sorg dat ek my uit julle geselskap verwyder."

"Dit sal beslis onnodig wees, mevrou. Ek het hom alreeds gesê my moeder sal 'n besoekie van hom baie geniet."

Heerlik bars albei uit van die lag.

"Is dit hoe jy hom wou skrikmaak, Jeanette? Wel, ek kan jou by voorbaat sê dat Kobus hom glad nie daardeur op loop sal laat jaag indien hy regtig lus voel om vir jou te kom kuier nie, my kind . . ."

"Ek wou hom nie eintlik op loop jaag nie, Mammie; ek wou hom maar net mooi laat verstaan dat ek nog lank nie van plan is om my aan besoeke van jongmans te steur nie," val sy haar moeder nou ernstig in die rede en haar stem is duidelik vasberade.

"So . . .! En waarom nogal nie? Ek dink regtig dis baie abnormaal vir 'n jongmeisie van jou ouderdom om die teenoorgestelde geslag so streng op 'n afstand te hou, Jeanette."

"Ek het Mammie al voorheen gesê ek dink ek is nog te jonk en onervare om nou al met jongmans uit te gaan."

"Onsin, Jeanette, 'n mens is net een maal jonk. En jy is beslis ook nie meer te jonk om 'n vriend te hê nie. Kobus was vanoggend hier om te groet en ek dink hy is werklik 'n gawe seun. Vergeet nou van hierdie bogstories van jou en skenk vanaand 'n bietjie meer aandag aan hom."

"Bedoel Mammie dat ek hom so 'n bietjie moet uitlok, 'n bietjie aanleiding moet gee?" vra sy half verward. Sy wil haar moeder so graag in alles plesier, maar dis net nie in haar aard om mans se aandag op haar te vestig nie. Miskien is sy nog te veel kind en te selfbewus in hulle geselskap.

"Nie aanleiding nie, Jeanette," hoor sy weer haar moeder se kalm stem sê. "Wees net 'n bietjie vriendeliker teenoor hom . . . Ek koester groot planne vir jou toekoms, my kind."

"En welke rol speel Kobus in Mammie se planne?" vra sy openlik nuuskierig en gaan sit sonder meer op die hoek van die tafel.

"Die hoofrol, kindjie." Sy kyk vlugtig op om te sien watter indruk haar woorde op die jongmeisie maak. Maar uit Jeanette se blik kan sy egter niks wys word nie. Dis vir haar eintlik meer of die meisie eensklaps geslote geraak het en of sy dit selfs nie sal duld dat haar moeder 'n kykie agter daardie geslote skerm waag nie.

Jeanette se volgende woorde laat die ouer dame egter weer vinnig opkyk van haar werk.

"Ek wil Mammie nie graag teleurstel nie, maar ek dink tog Kobus is te oud om die hoofrol in my toekoms te speel. Ek dink dit sal beter wees as Mammie 'n jonger held opspoor." En weer is die uitdrukking op Jeanette se gesig niksseggend.

"Hou jy dan nie van Kobus nie, my kind?" vra die moeder

met 'n tikkie teleurstelling in haar stem en hierdie keer kyk sy nie weer op nie.

"Maar natuurlik hou ek van hom, Mammie," kom die antwoord effens verbaas. "Dis net . . . net . . . jammer dat hy soveel jare ouer is."

"In die eeu waarin ons vandag leef, is jare nie meer ter sake nie – altans nie elf jaar nie. En juis die feit dat hy elf jaar jou senior is, sal my gerusstel, my die versekering gee dat hy genoeg verstand besit om te weet wat reg en verkeerd is . . . Kobus sal 'n ideale lewensmaat uitmaak, Jeanette."

"Dit betwis ek nie, Mammie. Dis net . . . wel . . . ek het nog nooit so ver in die toekoms gedink nie," antwoord sy effens onsamehangend.

Later aan tafel gesels moeder en dogter oor algemene sake, en soos gewoonlik vertel Jeanette alles wat gedurende die dag op kantoor plaasgevind het.

Al geselsend verloop die maaltyd, en Jeanette was weer net aan die woord toe die voordeurklokkie ineens skril begin te lui.

Onmiddellik word die gesprek gestaak en laasgenoemde kom orent om die deur te gaan oopmaak. Albei weet instinktief dat dit Kobus is wat die klokkie gelui het.

Geluidloos stoot sy die deur oop. Dan kyk sy op in die staalgrys oë van Kobus wat haar met 'n warm glimlaggie groet.

"Sien, ek het toe gekom," begin hy. "Ek doen gewoonlik my woord gestand."

"Ek sien so," glimlag sy terug en nooi hom na binne.

"Ek hoop net my besoek is nie ontydig nie, Jeanette?"

"Glad nie. Ek het jou mos vanmiddag al gesê dat Mammie 'n besoek van jou sal geniet," merk sy met 'n fyn glimlaggie op, want op hierdie oomblik dink sy weer aan haar moeder se woorde van vroeër vanaand.

Plotseling gaan Kobus staan en kyk haar aan asof hy iets wil sê. Maar hy bedink hom egter weer, want sonder meer begin hy aanstryk in die rigting van die eetkamer. Vriendelik groet hy mevrou De Waal wat tafel afdek.

"Waarom het jy Kobus nie liewer na die sitkamer geneem nie, Jeanette?"

"Ek het hom nie hierheen gelei nie, Mammie," antwoord sy stil. "Kobus het self die pad eetkamer toe gekies."

"Gaan gerus aan met u werk, mevrou. Wat maak dit tog saak waar ons sit? Die een vertrek is so goed soos die ander!" Hy vlei hom behaaglik neer op die rusbank en draai hom dan na Jeanette. "En hoe het dit toe op kantoor verloop?"

"Bo verwagting goed. Ek was vanoggend natuurlik doodbenoud, want dit was die eerste dag wat ek moes optree as meneer Akkermann se privaat sekretaresse. Maar gelukkig was dit darem nie so skrikwekkend soos wat ek verwag het nie. Die oubaas was nogal besonder vriendelik teenoor my."

"Maar sê my, jy gaan tog seker nie aanhou met werk nie?" vra hy stil, maar laasgenoemde bespeur 'n tikkie ongeduld in sy stem.

"Ek moet werk, Kobus, ek het geen ander keuse nie. Ek kan tog nie altyd op Mammie teer nie!"

"Maar dis ongehoord dat die dogter van Gerrit de Waal vir ander moet gaan werk!" Hy kyk haar streng aan en die nuanse in sy stem is duidelik ontevrede.

"Ek sien daar werklik niks mee verkeerd nie," sê sy sag. "Ek moet eenvoudig werk vir 'n lewe. En glo my, dis geen skande om jou brood op 'n eerlike manier te verdien nie. Mammie kan onmoontlik nie haar lewe lank vir my sorg nie. Ek reken dis hoog tyd dat ek nou weer vir haar begin sorg."

"Ek begryp jou waarlik nie wat jy bedoel nie, Jeanette. Jy praat regtig asof julle armoedig is."

"Dis omtrent waarop dit neerkom," glimlag sy goedig. "Want Pappie het vir Mammie maar bloedweinig nagelaat. Was dit nie dat Mammie elke dag van haar lewe vir ander mense klere gemaak en die ou hoendertjies so sorgvuldig opgepas het nie, sou ek dit nie eens sover kon gebring het as matriek nie. Want geld was daar skaars vir kos en klere, wat nog vir skool!"

"Jy verwag natuurlik nie dat ek al hierdie onsin moet glo wat jy nou aan my sit en opdis nie, nè?" Sy oë bestraf haar oor die vermetelheid dat sy so moedswillig met hom die gek sit en skeer.

"As jy my nie wil glo nie, is dit natuurlik jou saak," sê sy en trek haar skouertjies liggies op asof sy daarmee te kenne wil gee dat dit haar nie in die minste raak of hy haar glo of nie.

"Luister hier, Jeanette." Toe kom laasgenoemde se moeder ook net die vertrek binne. "Jy vergeet blykbaar dat ek bewus is van die feit dat jou vader ook 'n prokureur was, nè?" Hy blik haar nou triomfantelik aan. "So, moet asseblief nie vir een oomblik dink ek sal regtig glo dat dit so moeilik met julle gaan dat jy nou werklik genoodsaak is om te gaan werk nie."

"Waaroor sit julle twee nou en stry?" vra Joey, wat Kobus se laaste aanmerking gehoor het.

"Dis hierdie dogter van u wat my wil wysmaak dat dit regtig so sleg met julle gaan, dat sy teen wil en dank genoodsaak is om te gaan werk, mevrou," verduidelik hy met 'n daar-het-jy-dit-nou uitdrukking en sy grys oë is op Jeanette gevestig.

"Jeanette het dit volkome gelyk, Kobus," merk sy stil op. "Ons twee moet maar albei werk vir 'n lewe, want oorlede Gerrit het vir ons niks, behalwe die huis en meubels nagelaat nie. Daar was ook nie eens 'n polis om Jeanette se toekoms te verseker nie. Van haar vader se dood af moes ek maar self veg om kop bo water te hou. Nou, egter, moet sy ook maar uitspring en help om die wolf van die deur af te hou."

Verslae kyk hy die spreekster aan en dis duidelik dat hy diep geskok is.

"Ek . . . ek is jammer," stamel hy eindelik sag. "Ek was altyd onder die indruk dat meneer De Waal julle genoeg nagelaat het om sonder kommer te kan leef. Ek moet sê, hierdie nuus van u het my onverwags getref."

Aan Jeanette sê hy met innige meegevoel: "Ek is jammer dat ek flussies jou woorde in twyfel getrek het, maar ongelukkig het ek onder 'n verkeerde indruk verkeer. Maar nou begryp ek wel dat jy genoodsaak is om te werk, en glo my, ek voel innig spyt dat die lewe jou so stief behandel het. Ek sal graag wil bydra om die lewe vir jou 'n bietjie aangenamer te maak, Jeanette, maar jy behandel my nie weer so vreemd soos vanmiddag nie, hoor!" Die laaste sin voeg hy haar met 'n ondeunde vonkeling in sy oë toe.

"Ek weet werklik nie waarom jy jou oor my lewe sal verknies nie, Kobus. Ons is tog immers nie familie nie . . .!"

"Sien, daar kom dit weer. Net waarteen ek jou so pas ge-waarsku het," val hy haar half streng in die rede en 'n tikkie verwyt is duidelik in sy oë te lees. En ofskoon Jeanette dit nie merk nie, sien die noulettende oë van haar moeder dit dadelik raak."Gaan jy my altyd so doelbewus opsy skuif?" vra hy byna pleitend.

"Ek begryp nie al hierdie beskuldigings nie. Ek het tog niks verkeerd gedoen nie!" Haar oë vorm 'n duidelike vraagteken.

"Moet nou nie onskuldig pleit nie. Jy weet wel deeglik waar-oor dit alles gaan." Hy glimlag droog en sy oë brand in hare, kompleet asof hulle 'n boodskap aan haar oorsein.

Vir Jeanette is dit vanaand 'n nuwe Kobus wat hulle besoek. Van die ou Kobus se lughartigheid wat so kenmerkend is, is daar in die nuwe Kobus egter niks van te bespeur nie. Dis 'n volslae vreemde Kobus waarmee sy nou kennis maak, 'n Kobus wat vir niks stuit nie en sy wil terdeë laat geld.

Al waarvan sy die volgende paar minute bewus is, is sy oë, sy stem en sy sterk persoonlikheid. Sy diep stem dwing haar om te luister, en sy sterk persoonlikheid dwing haar om te begryp. Haar moeder en ander het haar altyd bejammer, maar nie Ko-bus nie. Meegevoel het hy wel met haar, maar hy bejammer haar nie.

Met eenvoudige woorde vra hy weer:"Gaan jy darem nou 'n bietjie vriendeliker wees teenoor my, Jeanette?" Sy oë kyk haar teer en begrypend aan.

"Jy verbaas my, Kobus. Was ek dan nog nie altyd vriendelik teenoor jou nie?"

"Ek verlang nie koue, gedwonge vriendelikheid nie." Hy merk dat Joey de Waal nie meer in die vertrek teenwoordig is nie. "As jy my nie warm, opregte vriendskap kan bied nie, ver-lang ek liewer niks. Ek wil graag 'n vriend, 'n goeie vriend, vir jou wees, Jeanette – of is dit te veel gevra?"

Jeanette is sag van aard. Verwyte maak haar altyd seer. En om die een of ander rede maak Kobus se verwyte vanaand dubbel seer. Miskien omdat hy heeltemal gelyk het.

Haar gevoelvolle oë kyk berouvol op na die ferm, maar sensi-tiewe mond van Kobus wat vanaand so ernstig met haar praat.

362

"Goed, Kobus, ek belowe om vriendeliker te wees," merk sy stilweg op en glimlag flou op na hom. Toe kom daar ineens 'n eienaardige lig in die staalgrys oë. Iets soos die lig van ekstase, van uiterste bevrediging, van voldoening. Dit lyk kompleet asof hy 'n groot skat ontdek het.

Hy steek 'n netjies versorgde hand uit en streel oor haar goue krulkop, huiwerig, versigtig, byna asof hy iets heiligs aanraak. Toe kyk sy berustend in sy grys oë en 'n gevoel van warmte stoot in haar binneste op. Want in daardie oë wat haar flussies nog so forsend aangekyk het, sien sy nou 'n boodskap vir haar.

"Dankie, Jeanette . . . Dankie baie," kom dit sag, maar duidelik. Toe kom Joey de Waal weer die vertrek binne met die teegerei op 'n skinkbord.

Die grootste deel van die jongmense se gesprek het sy nie gehoor nie, maar op hierdie oomblik is dit vir haar baie duidelik dat Kobus besonder aangetrokke voel tot Jeanette. En in haar moederhart juig dit van geluk, want ken sy Kobus dan nie al lank genoeg om te weet watter goedheid daar in die jongman steek nie? Met 'n geruste hart sal sy haar enigste liefling aan hom toevertrou, want in Kobus se hande, weet sy, sal Jeanette altyd veilig wees.

Met 'n rustigheid wat so eie is aan haar, skink Joey vir hulle tee en voeg haar dan ook by die twee jongmense.

Eers gaan die geselskap oor koeitjies en kalfies, maar later stuur Joey dit in die rigting van Jeanette se werk deur te sê: "Meneer Akkermann het my flussies gebel om te sê hoe tevrede hy is met jou werk, Jeanette."

Kobus, egter, kan hom maar nie versoen met die gedagte dat Jeanette by Akkermann & Seun in diens is nie. Op die oomblik sien hy 'n yslike gevaar wat sy geluk kan bedreig. En daardie gevaar is gehuisves in die persoon van die jong meneer Akkermann wat hom op die oomblik in die buiteland bevind, besig om sy studie in handel voort te sit, maar wat tog eersdaags tuis sal wees en sy plek langs sy vader as vennoot sal moet inneem. En hy weet dit gaan nie so 'n maklike taak wees om haar oor te haal om 'n ander betrekking te aanvaar, juis noudat sy hierdie verhoging gekry het nie.

Maar Kobus laat niks blyk van die vrees wat diep in sy binneste skuil nie. Jeanette sal dit tog nie verstaan nie. Sy weet mos nog nie van die intense liefde vir haar wat hy in sy hart omdra nie, wat hy al so lank koester! Hoe sal sy nou weet dat hy al die jare geduldig gewag het vir haar om groot te word, 'n jongdame moes word wat sy liefde opreg en met vuur kan beantwoord? Nee, daarvan is sy nog onbewus. Maar sy gaan beslis nie meer lank onkundig bly insake my liefde vir haar nie. Die tyd het aangebreek dat ek sal moet veg vir wat ek al jare as my eie beskou. Jeanette is nie meer die skooldogter wat maar altyd tuisgebly het saam met haar moeder nie. Sy is nou 'n fraai jongdame wat enige jongman se belangstelling sal gaande maak en wat alle reg besit om 'n uitnodiging van 'n jongman te aanvaar . . . Maar daardie voorreg gaan net aan my behoort, my kleine Jeanette. Na al die jare van wag, gaan ek dit geensins duld dat daardie voorreg aan iemand anders toegestaan word nie. Eers wanneer ek heeltemal seker is dat my liefde vir jou niks beteken nie, sal ek terugstaan en iemand anders 'n kans gee – maar voor dit beslis nie!

"Ek glo Jeanette sal haar huidige betrekking nie lank hou voor die een of ander ridder haar daar voor die rekenaar weghaal nie," probeer hy so opgewek moontlik sê, maar sy stem is duidelik afgetrokke.

"Nee, Kobus, vir sulke gewigtige sake is ek nog nie te vinde nie. Ek vrees die ridder gaan verniet al die moeite doen . . . Ek sal my maar liewer by meneer Akkermann se rekenaar bepaal. Daar kan ek ten minste kennis gee as sake vir my te veeleisend raak," merk sy lughartig op.

"Met ander woorde, jy is bang vir die gewigtige stap?" vra hy plaend, hoewel sy oë haar berekenend opsom.

"Nie juis bang nie, net versigtig. Ek is ook nog te jonk om dié verantwoordelikheid op my te neem. Ek laat dit met plesier aan die ouer en meer ervare dames oor. Agter 'n rekenaar sal ek beslis meer suksesvol wees."

Met net 'n flikkering van sy oog laat Kobus blyk dat Jeanette se woorde hom onverwags getref het en dat haar opinie nie sy goedkeuring wegdra nie. Verder is hy kalm en bedaard soos wat hy nog die hele aand was. Later het hy selfs 'n grappie gemaak en Jeanette 'n bietjie geterg ook.

Op die minuut elfuur maak hy weer aanstaltes om te gaan.

Hoflik bedank hy Joey de Waal vir haar gasvryheid. Toe wens hy haar 'n rustige nag toe en saam verlaat hy en Jeanette die vertrek.

"Haal jy soggens die bus werk toe?" vra hy terloops toe hulle die voorstoep bereik.

Sy knik met haar kop en vra sag: "Waarom vra jy?"

"Ek het net gewonder of jy my sal toelaat om jou elke oggend werk toe te neem solank ek hier is met verlof?"

"Maar ek kan mos nie so misbruik maak van jou vriendelikheid nie, Kobus."

"Jy sal geensins misbruik maak van my vriendelikheid nie. Inteendeel, dit sal vir my 'n plesier wees om soggens, vir 'n paar minute ten minste, in jou geselskap te verkeer."

'n Oomblik kyk sy hom stil aan. Dan antwoord sy sag: "As dit jou enige plesier sal verskaf, kan ons seker maar so maak."

"Dankie. Ek sal môreoggend halfnege hier voor julle deur wees – jy begin mos eers om nege-uur, dan nie?"

Weer knik sy met haar kop.

"Sal jy my môre 'n guns doen, Jeanette?"

"Wel, ek moet darem eers weet wat dit is voordat ek jou 'n antwoord kan gee!" glimlag sy stilweg.

"Sal jy môre weer daardie swart uitrusting met groen bykomstighede dra? Jy lyk soos 'n godin daarin, Jeanette," probeer hy verduidelik en sy swak poging lok 'n vermaaklike laggie by die jongmeisie uit.

"Goed, ek sal daardie uitrusting weer môre aantrek," belowe sy en gaan op die eerste treetjie staan.

"Stap jy nie saam tot by die hekkie nie?" vra hy weer.

"Nee, Kobus. Dit was lankal tyd vir my om te gaan inkruip. Ek vrees môre verslaap ek my," merk sy vriendelik op. Dan staan sy eenkant toe vir hom om verby te kom.

"Wel, dan sê ek maar goeienag, Jeanette. Lekker slaap, hoor."

"Nag, Kobus." Sy staar hom 'n oomblik agterna, draai dan om en stap die huis binne.

# 4

Met die opgewekte gesing van voëltjies in die reuse ou akker-
boom 'n entjie vanaf haar kamervenster ontwaak Jeanette die
volgende môre. 'n Fris windjie waai deur die oop venster en sy
kan nog die reën van gister in die windjie ruik.

Vlugtig kyk sy af na haar polshorlosie en merk dat dit al byna
sewe-uur is. Nog net vyf minute, dan is dit opstaantyd, dink sy.
Maar oombliklik val dit haar by dat Kobus haar mos vanoggend
kantoor toe neem.

Die binnekoms van haar moeder, met 'n koppie koffie in die
hand, laat die jongmeisie gou orent kom.

"A, ek sien jy is al klaar wakker!" groet die moeder en plaas
die koppie op die bedkassie. "Wel, jy sal jou moet roer as jy
vanmôre betyds wil wees vir die bus!"

"Vanmôre ry ek nie met die bus nie, Mammie," sê sy en kyk
na haar moeder oor die rand van die koppie. "Kobus het aan-
gebied om my met sy motor te neem."

"Ook geen wonder dat jy hier so luilekker lê asof daar geen
sorge in die wêreld bestaan nie," glimlag die moeder tevrede.

"Ja, en reken, hy het nogal aangebied om my elke môre kan-
toor toe te neem solank hy hier is met verlof!"

"Dis baie gaaf van hom, my kind. Maar wag, ek kan nie hier
staan en gesels nie. Ontbyt is nog glad nie gereed nie."

Met hierdie woorde verlaat Joey de Waal weer die vertrek en
langsaam begin Jeanette haar onder die komberse uitwikkel.

Op die voorstoep staan sy later op Kobus en wag. Volgens
haar horlosie is dit alreeds halfnege.

Met gemengde gevoelens staan sy na die veelkleurige leeu-
bekkies en kyk. Die een oomblik is haar gedagtes met die mei-
sies op kantoor besig en die volgende oomblik weer met Kobus
– die vreemde Kobus met wie sy gisteraand vir die eerste maal
kennis gemaak het.

Gedagtes aan Kobus stuur 'n warm gloed in haar op en 'n
blos van selfbewustheid kleur haar wange fraai.

Is ek dan nog al die tyd verlief op die man? vra sy haarself
in skaamte af. Nee, dit kan nie wees nie. Hy is nie meer die

jongman van 'n paar jaar gelede nie, en hy het ook so verander, ek ken hom skaars! Nee, hierdie nuwe Kobus is vir my 'n volslae vreemdeling. Ek sal hom eers weer moet leer ken. En ek is ook nie meer so seker of ek hom wel nog liefhet nie. Liefde wat vanaf 'n mens se twaalfde jaar dateer, is tog niks anders as kalwerliefde nie!

Toe hoor sy voetstappe wat met die geplaveide paadjie opgestap kom en sy weet instinktief dat dit Kobus se voetstappe is sonder om eens op te kyk.

Op die boonste treetjie van die stoep, met die sonstrale in haar goue kartels en krulle, slaan sy 'n figuurtjie van sulke skoonheid dat Kobus haar sprakeloos staan en aankyk.

Hy staan nou aan die voet van die stoeptreetjies, lank en atleties, fier en dinamies. Hy kyk haar aan en daar brand 'n lig in sy oë asof hy die grootste wonder voor hom aanskou.

"Hm, jy lyk diep ingedagte," groet hy haar opgewek en vervolg: "Nee-nee, op so 'n lieflike oggend dink 'n mens nie so diep nie, kindjie. Kom, laat ons liewer ry. Miskien raak jy ontslae van al die muisneste."

"Wat, muisneste?" roep sy verontwaardig uit. "Luister hier, Kobus van der Walt, moet om hemelsnaam nie reken omdat jou kop vol muisneste is, myne dit ook is nie, hoor!"

"So ...! Nou wat anders laat jou dan so diep dink so vroeg in die môre? Net muisneste maak so met 'n mens, Jeanette. Want raai, van gisteraand af dwing my gedagtes mos ook net om diep te wil dink. Gits, ek het al my werk om hulle op 'n egalige vlak te hou," terg hy onderwyl hy haar ondeund aankyk.

"Loop, Kobus, jy is vanmôre vol duiwelstreke," merk sy met 'n hoë blos op.

Heerlik bars die jongman uit van die lag.

"Toe maar, Jeanette, ek is nie vol duiwelstreke nie. Ek pla jou sommer net. Jy het flussies so baie na 'n verstrooide professor gelyk toe ek die paadjie op kom, dat ek die drang om jou 'n bietjie te terg met die beste wil ter wêreld nie kon bedwing nie."

Sy glimlag verleë, kompleet asof hy bewus is wat haar gedagtes van flussies behels het.

367

"Nou kyk, as jy my nog kantoor toe wil neem, moet ons nou gaan. Dis al byna twintig voor nege," laat sy stil hoor en sy voel hoe sy stadig weer haar selfvertroue herwin.

Op pad kantoor toe staak Kobus ineens sy tergery en hy is weer die ernstige jongman van die vorige aand.

"Waaraan dink jy nou so diep?" verneem Jeanette later toe sy sien hoe stil en ingedagte hy voor hom uitstaar.

"Aan jou, kleine Jeanette," kom dit plotseling van agter die stuur.

Half verward staar sy die man langs haar aan. En toe hy na 'n oomblik weer sê: "En waarom word ek nou so verbaas aangekyk?" draai sy haar gesig blosend weg.

"Klink dit vir jou snaaks dat ek juis op hierdie oomblik aan jou dink?" wil hy weer weet.

"Wel . . . e . . . dit klink nie juis te normaal nie!" stamel sy effens en sy weet ook nie eintlik wat om te sê nie, want Kobus is so wêreldwys.

"Ja, ek dink jy het dit heeltemal gelyk," sê hy stil sonder om sy oë van die pad af te neem. "Want vandat ek jou gistermiddag in die kafee raakgeloop het, voel ek regtig nie heeltemal normaal nie . . . Ek dink daar het iets met my hart gebeur. Ek sal inderdaad ondersoek moet instel."

Jeanette, egter, snap gou waarheen hy besig is om die gesprek te lei en dit stem haar ineens onrustig, want sy kan haar eie gevoel vir hom nog nie peil nie.

Met haar oë half vertroebel voor haar op die pad gerig, vra sy stil: "Hoe lank duur jou verlof, Kobus?"

So! dink hy en 'n vae glimlaggie huiwer om sy mond. Dan probeer sy my ontwyk as ek haar van my liefde wil vertel! Mooi gedaan. Maar glo my, jy sal dit nie altyd regkry nie, nooientjie. Eendag is eendag wat jy na alles sal moet luister wat ek te sê het, en op al my vrae sal moet antwoord. Ek het lank gewag dat jy moet grootword.

"Eintlik is daar twee maande aan my toegestaan, maar ek weet nie of ek so lank sal kan leeglê nie. Jy weet, 'n mens raak later gewoond aan werk. Dit word deel van 'n mens se lewe, soos slaap en eet."

368

Toe hou hy voor Chequergebou stil.

Saggies lê hy sy hand op haar arm toe sy begin aanstaltes maak om uit te klim.

"Sê my eers, gaan jy vanaand 'n bietjie saam met my ry?" Sy stem is half pleitend en sy oë lê beslag op haar.

"Dit hang natuurlik af waarheen jy wil ry!"

"O, sommer net 'n entjie uit die dorp waar mens stil en rustig kan gesels." As hy merk dat sy effens weifel, vervolg hy weer: "Moet nou net nie vir my sê jy is bang om in die donker saam met my te ry nie, Jeanette. Dit sal tog seker nie die eerste maal wees dat jy in die aand saam met 'n man 'n entjie gaan ry nie!"

"Nee, hoe sal ek dan nou vir jou bang wees, Kobus? Gits, ek ken jou my lewe lank," glimlag sy stil. "Maar dit sal beslis die eerste keer wees dat ek alleen in die aand saam met 'n man gaan ry."

"Dan kan ek maar aanneem dat jy sal gaan?"

"As jy my weer vroeg huis toe sal neem, het ek natuurlik geen beswaar nie."

"Presies wat bedoel jy met vróég?"

"O, so nege-uur!" terg sy skalks.

"Nege-uur . . .! Kom-kom, Jeanette, jy is geen kind meer wat so vroeg in die bed moet wees nie."

"Ek weet ek is nie, maar dit druis in teen my beginsels om in die vroeë ure van die môre by my tuiste aangesit te kom. Dus, as jy my nie vroeg kan huis toe neem nie, weier ek beslis om 'n entjie saam met jou te gaan ry."

"Wel, ek was nie eintlik van plan om jou in die vroeë ure van die môre, soos jy dit noem, huis toe te neem nie. Maar nege-uur! Nee, wees redelik, Jeanette. Nege-uur is darem gans te vroeg vir jongmense om te gaan slaap. Ek sal jou elfuur tuis besorg, maar nie 'n minuut vroeër nie. Is jy tevrede?"

"Kan ek dit waag om jou woord daarvoor te neem, Kobus?" merk sy plaend op.

En onmiddellik is sy spyt oor haar onbesonne woorde toe sy die pyn in sy oë en in sy stem verneem toe hy half geskok uitroep: "Jeanette . . . Het ek jou al ooit rede gegee om my woord in twyfel te trek?"

Jeanette is vasgevang in die teleurstelling wat sy stem so duidelik verraai. En nou voel sy meer spyt dan ooit oor haar woorde van flussies. Sy wat haar kinderskoene voor hierdie man ontgroei het, ken hom tog beter as enige buitestander.

"Ek is jammer, Kobus," sê sy berouvol. "Ek het nie bedoel om jou seer te maak nie. Glo my, ek het dit bloot as 'n grap bedoel. Ek het regtig nie geweet jy sal my woorde so ernstig opneem nie . . . Regtig, ek is jammer, Kobus."

Hoewel hy nou flou glimlag, spreek sy staalgrys oë nog duidelik van pyn en teleurstelling, en dit maak Jeanette diep seer om dit te aanskou en te weet dat dit deur haar toedoen is.

"Jeanette, vertrou jy my regtig nie?" wil hy weer weet.

"Maar, Kobus, ek het mos gesê dit was maar net 'n grap! Natuurlik vertrou ek jou. En as jy beloof om my weer elfuur terug te besorg, ry ek met plesier saam. Maar nou sal jy my moet verskoon. Dis byna nege-uur. Ek sal nou moet gaan."

Toe klap sy die motordeur saggies toe en haas haar na die hoofingang van die gebou sonder om weer om te kyk.

Met gemengde gevoelens staar die jongman haar agterna. En eers toe sy in die gebou verdwyn, skakel hy die voertuig aan en ry weg.

Vandag voel hy nie lus om weer na sy vader se kantoor te gaan nie. Doelloos ry hy in die strate rond en later besluit hy om maar huiswaarts te keer. Sy gedagtes is in so 'n pynlike warboel en tuis sal hy hulle dalk beter kan rangskik en in 'n ordelike rigting kan stuur. Hy voel effens moedeloos en hy kan dit ook nie verklaar nie. Miskien is dit Jeanette se onbesonne woorde van flussies wat daarvoor verantwoordelik is.

Met 'n stroewe trek op sy anders vriendelike gelaat, swaai hy die motor vinnig by die groot hek van sy ouerhuis in.

Op die voorstoep sit Laetitia soos 'n katjie, heerlik opgekrul in 'n gestreepte seilstoel.

"Vanwaar die frons so vroeg in die môre, Kobus?" vra sy skertsend toe laasgenoemde hom lusteloos langs haar neergooi in 'n ander stoel. "Wou die nooientjie nie saamspeel nie?" gaan sy nog steeds in dieselfde luim voort, onbewus van die gemengde woeling in haar broer se binneste.

370

"Asseblief, bly stil. Jou tergery is uiters vervelig," merk hy koel op.

"So . . .! Dan is dit hoe die wind waai? Wel, nou moet ek glo die nooientjie het jou die trekpas gegee . . ."

"Ek wens jy wil jou lawwe geklets staak, Let. Ek weet nie of jy weet hoe uiters hinderlik dit is nie!" val hy haar nou ergerlik in die rede.

"Ag, toe nou, ou brompot, kan 'n mens nou nie eens meer 'n grappie met jou maak nie?" merk sy nou vies op.

Ineens tref dit Kobus dat dit vanmôre al die tweede keer is dat hy hom so ontstel oor 'n blote grap. Eers was dit 'n grap van Jeanette, nou weer van Laetitia . . . Nee, ek begryp myself vandag nie. Dis mos nie 'n gewoonte van my om my so gou te vererg nie – en dit oor 'n blote grap! Nee, daar moet bepaald iets met my verkeerd wees, besluit hy, nog steeds in 'n mate onvergenoegd.

Plotseling hoor hy weer sy suster se stem en dis duidelik dat sy opgewonde is.

"Jy het natuurlik nog nie die nuus gehoor nie, Kobus?" sê sy en sy kyk hom met 'n glimlag aan, haar gramskap van flussies skoon vergete.

"Ek is nie die minste geïnteresseerd in julle skindernuus nie, Let," laat hy nog steeds half vies hoor.

"Toe maar, ou snaaksie, dis geen skindernuus nie. Wie skinder dan nou soos skinderbekke?"

Sy kyk hom vlugtig, sydelings aan om seker te maak hy vererg hom nie weer nie. Maar om sy mooi, sensitiewe mond speel daar nou 'n fyn spotlaggie. Kompleet asof hy wil sê: Ek wonder wie is daar in jou kliek wat nie 'n regte skinderbek is nie.

Maar hardop sê hy egter: "Nou toe, val maar weg en laat ek hoor wat is die nuus hierdie keer."

"Gits, Kobus, jy klink so onbelangstellend, ek wonder mos nou of die nuus ooit 'n indruk op jou gaan maak."

"Is dit dan veronderstel om 'n goeie indruk op my te maak?"

"Jy is voorwaar die naarste mansmens wat ek nog ooit in my lewe teëgekom het . . ."

"Jou relaas interesseer my nie. Vertel maar liewer die nuus, miskien is dit interessanter," val hy haar sonder enige geesdrif in die rede onderwyl hy al sy aandag op die sigaret toespits wat hy besig is om aan te steek.

Hy lê gemaklik agteroor in die stoel. En toe hy die eerste rookwolk die lug instuur, lê hy Let met half toe oë en betrag, kompleet asof hy besig is om haar op te som. Maar in werklikheid is hy besig om haar met Jeanette te vergelyk.

"Toe dan nou, wat is dit wat jou vanoggend so opgewonde stem, Let? Eers kon jy nie wag om daarvan ontslae te raak nie en nou neem jy weer 'n ewigheid om daarmee vorendag te kom!" herinner hy haar.

"Hemel, ja, met al jou norsheid en gebrek aan belangstelling, vergeet ek byna om jou die belangrikste nuus te vertel... Theo Akkermann het vanoggend in Johannesburg geland, my ou boetie."

Hierdie mededeling van Laetitia knak egter die laaste strooitjie van Kobus se geduld.

"Grote Griet, is dit nou iets om oor opgewonde te raak? Is dit die belangrike nuus wat jy my wou vertel, Let?" roep hy uit en sy asem is gevul met wrewel.

"Maar, Kobus, beteken dit dan vir jou niks, die feit dat ons nog 'n jong persoon in ons kring gaan hê nie?" vra sy effens bedeesd.

"Jy bedoel eintlik nog 'n jongman vir wie julle dames ogies kan maak, nè? Wel, dit beteken nogal vir my iets... Ja, dit beteken vir my baie. Dit beteken dat Jeanette ook dalk op die kêrel kan gaan staan en verlief raak soos julle ander ou mal spul... Wel, ek hoop jy verower sy hart binne vyf minute ná hy hier aanland – die sjarmante heer oor wie al die dames hulle nekke wil breek."

"So, dan is dit eintlik die vlieg in die apteker se salfpot! Wel, Jeanette loop geen gevaar om in sy web te beland nie, my ou boetie. Daarvoor is sy gans te stil en besadig vir sy smaak. Daardie heer verkies sy nooientjies so 'n bietjie aan die wilde kant... Maar sê my, Kobus, wanneer gaan die huweliksklokkies lui?"

"Kyk hier, Let, ek voel vanoggend glad nie in die luim vir jou lawwigheid nie. Is dit duidelik?"

"Maar ek spot nie, my boetie, ek is baie ernstig! Regtig, ek sien uit daarna om Jeanette as skoonsuster te hê. Ek dink julle twee sal 'n ideale paar uitmaak, Kobus. Julle pas perfek by mekaar – die een is so sedig soos die ander."

"Jou sarkasme kan jy gerus vir jouself hou. Dit wek my belangstelling nie in die minste nie," val hy haar toonloos in die rede.

Die feit dat die jong Akkermann vanmiddag sal tuis wees, het vir Kobus nou 'n nuwe bron van kwelling geword. Ja, dit het hom veel gelaat om oor na te dink, om oor te besluit.

So, dan het hy nou eindelik huis toe gekom! sug hy byna hardop en hy wonder in sy enigheid hoeveel harte die jong ridder hierdie keer gaan breek. Verlede jaar toe hy tuis was met vakansie, was dit mos 'n jong weduweetjie se hart wat aan skerwe gespat het . . . Wel, ek hoop net Jeanette laat haar nie ook deur sy sjarme verblind nie. Vir haar sal dit noodlottig wees, want sy is uiters fyngevoelig en hy sal beslis nie die regte maat vir haar wees nie. Sy sal elke dag van haar lewe betreur as sy dalk met hom trou. Want daardie vrou wat sy moeder is, sal haar gevoelige siel tot sterwens toe kwes. En nie net Jeanette s'n nie, maar enige jongdame s'n wat dit waag om met haar seun te trou. Want volgens haar is daar mos geen vrou goed genoeg vir haar mooi en slim seun nie!

"O, Kobus," bars Laetitia heerlik uit van die lag. "Ek sal wat wil gee om te weet waaraan jy so pas gesit en dink het. Ek sit jou nou al vir die afgelope tien minute en betrag. En die verskeidenheid van uitdrukkings op jou gesig is waarlik te kostelik." Toe skater sy dit weer hartlik uit van die lag.

Sonder om weer iets te sê en met 'n ergerlike snuif, kom Kobus orent en stap die huis binne.

Laetitia staak onmiddellik haar uitbundige gelag. Die trek op Kobus se gesig is onverbiddelik en sy weet dat hy nou geen bogtery meer van haar sal duld nie.

# 5

Op kantoor is dit 'n hele konsternasie. Die jong Akkermann word mos vandag tuis verwag. Almal is opgewonde en bly, net Jeanette nie. Vir haar is hy 'n volslae vreemdeling, want verlede jaar toe hy tuis was met vakansie, was sy met vakansie by haar een tante.

In die kantoor word daar vandag oor niks anders gepraat nie as oor die uiters aantreklike Theo Akkermann wat gewis sy verskyning vanmiddag op kantoor sal maak.

Selfs ou meneer Akkermann kan sy opgewondenheid skaars verbloem. Vroeg-vroeg al het hy Jeanette na sy kantoor ontbied en haar al die werk gegee vir die dag.

"Want," het hy gesê," ek mag dalk nie terug wees voor vieruur vanmiddag nie. Jy is natuurlik ook bewus daarvan dat my seun vanmiddag op die lughawe arriveer. Die vliegtuig sal twee-uur land en ek sal ongetwyfeld twaalfuur al moet vertrek Johannesburg toe. Julle moet maar die fort hier hou in my afwesigheid, juffrou. En onthou asseblief, hierdie briewe moet vanmiddag gereed wees vir die pos. Dis dringend dat hulle vanmiddag uitgaan. Ek sal hulle later teken."

Terug in die kantoor moes Jeanette eers vertel of die oubaas, soos hulle hom noem, baie opgewonde is oor sy seun se tuiskoms.

En na sy hulle verwittig het dat dit wel die geval is en dat hy sy seun om twee-uur gaan afhaal by die lughawe, merk Ina glimlaggend op, sonder enige blyk van afguns: "Snaaks, maar die oukêrel het nog nooit sy privaat sakies met ons bespreek nie. Jeanette moes die ou blykbaar betower het, daarom sy besondere toegeneentheid jeens haar."

"Hoor, hoor, maar ons raak hoogdrawend in hierdie kantoor," laat Betsie grappig hoor. "Ek vertel julle aldag dat Ina een van die dae nog briljant gaan raak en julle wil my nie glo nie. Maar daar het julle dit nou. 'n Illustrasie van my teorie." Die laaste sin gaan gepaard met 'n komiese handgebaar wat almal laat skater van die lag.

Toe die kerkhorlosie later eenuur aankondig, vind Jeanette tot haar verbasing dat sy nog net een brief het om te tik.

Met 'n sug van verligting stoot sy haar sleutelbord agteruit en terselfdertyd is daar 'n klop aan die deur en byna onmiddellik daarna maak ou David sy verskyning met die teegerei.

Jeanette het ook net klaar haar tee gedrink, toe begin die telefoon ineens dringend op Ina se lessenaar te lui.

Sy tel die gehoorstuk op en hoor 'n half bekende stem wat sê:"Mag ek juffrou De Waal spreek, asseblief?"

"Net 'n oomblikkie, meneer, ek roep haar." Sy plaas haar hand oor die spreekbuis en sê plaend:"Jy beter gou kom, Jeanette. Hy verlang nou alte veel."

Met 'n verleë blos wat haar wange pragtig kleur, neem sy die gehoorbuis op en sê sag:"Wie is dit wat praat?"

"Net maar ek, Jeanette," hoor sy Kobus se stem. "Luister," vervolg hy."Kan ek jou maar vanmiddag by die kantoor kom haal?"

"As dit jou plesier, kan jy maar so maak, Kobus. Maar onthou, jy bel my nie weer hier op kantoor nie."

"Kom, Jeanette, nie so kwaai nie. Natuurlik sal ek jou weer bel. Ek doen dit mos nie gedurende kantoorure nie!"

"Nee, moet dit asseblief nie weer doen nie."

"En waarom nie, as ek mag vra?"

"Daar is hoegenaamd geen rede nie. Dis net dat ek dit so verkies."

"Ons praat weer vanaand daaroor, want ek kan regtig nie hierdie eienaardige versoek van jou begryp nie . . . Ewenwel, ek sien jou dan vanmiddag na kantoorure."

"Goed, Kobus," sê sy effens kortaf.

"Nou ja, tot siens dan, Jeanette."

"Tot siens, Kobus." En met 'n selfbewuste gevoel plaas sy die gehoorbuis terug op sy mikkie. Nie dat sy juis weet waarom sy so selfbewus voel nie. Dis mos geen skande as Kobus haar bel nie! Seker maar net kinderagtigheid van my, besluit sy.

"Dankie dat jy my geroep het, Ina," sê sy met 'n flou glimlaggie. "Maar as Kobus weer bel, sê tog asseblief ek is uit, hoor!"

"Nee wat, moet nou nie snaaks wees nie, Jeanette. Waarom mag hy jou nie bel nie? Hy doen dit tog nie gedurende kantoorure nie . . . Weet jy, jy maak nie reg met hom nie. Jy behan-

375

del hom gans te koud en kortaf. Ja, toe maar, jy kan maar vir my kwaad word as jy wil. Maar ek sê weer, hy verdien dit nie om so deur jou behandel te word nie. En of jy dit nou wil weet of nie, maar daardie man verafgod jou. Jy kan gerus 'n bietjie meer inskiklik wees teenoor hom."

Aan die ander meisies sê sy haastig, voordat Jeanette iets kan antwoord: "Wel, vanmiddag sal julle die geleentheid hê om Koppies se aantreklikste kêrel van naby te besigtig."

Al geselsend verwyl hulle die etensuur en is dit weer werktyd.

Onderwyl Theo Akkermann die ruim vertoonlokaal deurstap en elke meubelstuk met 'n kennersoog beskou, ontbied die oubaas Jeanette om die briewe vir sy handtekening te bring.

In 'n uitsonderlike opgewekte luim teken hy elke brief en vra daarna of sy hulle nie maar self in die pos sal besorg nie.

Sonder om eers terug te gaan na die groot kantoor, stap Jeanette met die pak briewe in die rigting van die hysbak. En toe sy later die straat bereik, haas sy haar na die poskantoor. Sy weet dis dringend dat die briewe met die middagpos gaan. Dus sorg sy dat hulle voor vyfuur gepos is.

Stadig gaan die deur oop en Theo Akkermann tree die groot kantoor binne.

Vriendelik groet hy elke dame met die hand en merk belangstellend op: "Hm, nog steeds so bedrywig in hierdie afdeling?"

"Ja, dit gaan maar gewoonlik dol hier in die middag, meneer," gee Betsie antwoord.

'n Oomblik staan hy nog daar rond, wissel 'n paar woorde hier en daar. Hy draai om en drentel in die rigting van die deur.

Tien minute voor vyf is Jeanette weer terug in die kantoor.

"En toe, waar was jy die hele tyd? Ons het nie eens geweet wat van jou geword het nie," begroet Betsie haar met die intrapslag.

"Gits, ek moes my so haas om die oubaas se briewe voor vyf in die pos te besorg, en byna het ek dit nie gehaal nie," merk sy effens uitasem op en begin ook sommer dadelik om haar rekenaar af te skakel.

Toe die horlosie eindelik vyfuur aankondig, is al vyf dames gereed om te loop, bly dat 'n dag se werk al weer agter die rug is.

Al geselsend stap hulle met die lang gang af. Dan bereik hulle die hysbak waar daar reeds etlike persone staan en wag.

Plotseling val die donker oë van die forsgeboude man op die bekoorlike gestaltetjie van Jeanette wat saam met die ander op die hysbak staan en wag. Hy trek sy asem vinnig in. Toe verskyn daar 'n eienaardige lig in sy donker oë. Dit lyk kompleet of daardie donker oë deur Jeanette wil boor, of hulle haar met geweld wil verslind.

Ina, egter, merk dat die jongman vasgevang is in Jeanette se skoonheid. Maar laasgenoemde, onbewus van die bewondering wat haar voorkoms uitlok, staan doodluiters met eersgenoemde en gesels.

Vir geen oomblik neem Theo Akkermann sy oë van Jeanette af nie. Vir hom is sy die bekoorlikste wesentjie wat hy nog aanskou het. Hy verlustig hom in die pragtige jong liggaam, die beeldskone gelaat, die fiere houding van haar goudblonde krulkop en die sagte vroulikheid van haar wese. Toe neem hy ineens die besluit om van vandag af ook elke middag stiptelik om vyfuur op die hysbak te kom staan en wag. Môre sal hy by Ina hoor waar hierdie fraai nooientjie werk en later sal hy wel met haar nader kennis maak.

Toe skuif die groot staaldeur van die hysbak ineens voor hulle oop.

Op oulike wyse bewerk Theo dit so dat hy langs Jeanette te staan kom in die hysbak. Sy lyk kompleet soos 'n dogtertjie van twaalf jaar langs sy forse gestalte en dit laat hom ineens weker voel teenoor haar. By hom het dit nou 'n obsessie geword om haar beter te leer ken. En met al sy mag moet hy daarteen veg om nie nou al met haar 'n geselsie aan te knoop nie. Hy kyk af op haar goue kroontjie en 'n sagte aroma van viooltjies styg in sy neus op, en dit laat hom sy asem diep en behaaglik intrek.

Toe die hysbak later op die grondvloer oopskuif, stryk Theo

377

onopvallend agter die vyf dames aan. Van hulle geselskap lei
hy af dat haar naam Jeanette is. 'n Mooi naam, besluit hy in sy
enigheid.

Voor die gebou sit Kobus reeds op haar en wag. En toe hy
haar eindelik voor die hoofingang bespeur, stoot hy die motor-
deur haastig vir haar oop om in te klim.

Maat 'n laaste "tot siens, sien julle weer môre," klim sy langs
hom in en klap die deur saggies toe, onbewus van die smeu-
lende donker oë wat haar vanaf die sypaadjie staan en betrag.

Toe die motor 'n oomblikkie later voor die gebou wegtrek,
brand daar haat en afguns in daardie donker oë jeens Kobus wat
so vinnig met die nooientjie wegspoed.

Jy sal haar nie kry nie, Van der Walt, ek sweer dit. Sy gaan
myne wees, slinger Theo die jongman in sy gedagtes toe. Dan
draai hy kortom en stap weer die gebou binne. Net môre, be-
sluit hy, gaan ek met haar nader kennis maak. En dan sal dit
ek wees wat haar elke middag huis toe neem en nie daardie
Van der Walt-kêrel nie . . . O nee, so maklik gaan ek haar nie
afstaan nie. Sy moet en sy gaan myne wees. In my hart is sy
reeds myne!

Gedurende die rit is Kobus besonder stil en Jeanette wonder
wat in sy gemoed omgaan. Hy is altyd so gesellig. Sy ken hom
mos nie so nie!

"Waarom so stil, Kobus?" vra sy later toe die stilte dreig om
ongemaklik te word.

"Ek kan jou dieselfde vraag stel, Jeanette. Jy is self ook nie
juis spraaksaam nie, weet jy? Maar vertel my eers, waarom mag
ek jou nie kantoor toe bel nie?" Hy kyk haar verwytend aan.

"Ek het jou reeds gesê daar is nie 'n spesifieke rede nie. Dis
maar net dat ek nie daarvan hou . . . om . . . wel, om met 'n
man oor die foon te gesels in die teenwoordigheid van daardie
meisies nie, Kobus," stamel sy effens.

"So . . .! En wat het daardie meisies met ons gesprekke oor
die foon te doen, Jeanette?" Sy oë tuur strak voor hom uit.

"Kobus, jy weet nog nie hoe daardie vier meisies kan terg
nie . . ."

"Nou goed," val hy haar effens afgehaal in die rede. "As my

378

oproepe jou dan in so 'n verleentheid plaas, sal ek jou nie weer bel nie." Sy stem verraai duidelik sy teleurstelling.

In stilte spoed hulle voort en eindelik hou hy voor Jeanette-hulle se hekkie stil.

Hoflik gaan maak hy die motordeur vir haar oop. Dan plaas hy sy hand liggies op haar arm. Dis of hy die versoeking nie kan weerstaan om haar aan te raak nie, of hy 'n intense behoefte het aan nader kontak met haar.

"Ek kom jou agtuur haal vir daardie beloofde ritjie," sê hy en gee haar arm 'n sagte drukkie. "Tot siens tot dan," voeg hy daaraan toe en laat haar dan gaan.


Met 'n sagte geruis spoed die kragtige voertuig van die een dwarsstraat na die ander en die insittendes geniet die ritjie terdeë.

Hoewel albei in 'n opgewekter luim verkeer as vroeër die middag, praat nie een 'n woord nie. Dis of albei ontsag koester vir die vreedsame stilte wat tussen hulle heers en te bang is om dit met woorde te versteur.

Eindelik, na 'n uur se ry, bereik hulle die voet van die indrukwekkende Tierkop. En voor hulle strek die vallei soos 'n lang swart streep uit, tevrede in die oorheersende skadu van die majestueuse Tierkop wat die flou strale van die maan vir homself toe-eien.

Stadig bring Kobus die motor tot stilstand.

Vlugtig kyk Jeanette om haar heen en dan weer na die jongman wie se oë nou op die hoogste kruin van die berg rus.

"Vertel jy, waarom het jy my hierheen gebring, Kobus?" vra sy half nuuskierig. Want soos sy die ou Kobus ken, sou hy veel eerder na 'n dans wou gaan of die nuutste rolprent gaan besigtig.

"Wat sou jy verkies het, Jeanette? Die blêrende musiek van 'n saksofoon of die mistieke geluide van die nagdiertjies hier in die berg?"

"Wel, vir my is die geluide van die nagdiertjies veel aangenamer om na te luister," glimlag sy en die sagte strale van die maan streel liefkosend oor haar beeldskone gelaat.

"Vir my ook," glimlag hy terug. Toe kyk hy haar met 'n warm blik aan en vervolg: "Maar wat vir my nog aangenamer is om na te luister, is jou pragtige stem, Jeanette. Jou stem oortref alle ander geluide. Ek het selfs al 'n gediggie probeer maak oor jou sagte musikale stem, weet jy? Dit lui:

*Die stem wat ek graag wil hoor,*
*Is die stem wat my so intens bekoor.*
*Dis die stem van haar,*
*Wat raak aan my hart se teerste snaar . . ."*

Blosend val sy hom in die rede en sê: "Wag, Kobus, netnou raak jy liries en dan sal ek sowaar nie weet wat om met jou aan te vang nie."

"Meisiekind, jy behoort jou te skaam om my op so 'n ongevoelige maniere in die rede te val – en dit juis nogal wanneer ek met so 'n mooi stukkie kunswerk besig is!"

Heerlik begin albei te lag.

"Ek vrees, indien jy met daardie stukkie kunswerk van jou voortgaan, jy dalk so romanties gaan raak dat ek skoon weghol!" lag sy hom uit.

"So . . .! En wat daarvan as ek wel romanties raak?"

"Vriend, ek was nog nooit in my lewe met 'n romantiese persoon deurmekaar nie, en ek voel eintlik 'n bietjie skrikkerig om met so iets kennis te maak."

"Ek vrees jy gaan vanaand met so iets kennis maak, nooientjie," glimlag hy geamuseerd, plaas sy arm om haar smal skouertjies en trek haar liggies in die ronding van sy arm. Liefkosend vly hy sy kop teen haar goue krullebol en vervolg: "En glo my, ek gaan jou nie toelaat om op die vlug te slaan nie."

Met al haar mag probeer sy haar nou uit sy arm loswikkel. Maar ook sy ander arm sluit om haar en sy is totaal magteloos in sy gespierde krag.

"Laat my asseblief dadelik los, Kobus," sê sy nou effens streng.

Hy, egter, lag haar net uit en sê dan ernstig onderwyl sy oë haar met verering aankyk: "Hoe op aarde kan ek jou nou laat gaan, kindjie, noudat ek jou eindelik in my arms hou, waar ek so lankal begeer om jou te hou! Besef jy dan nie dat ek jou liefhet nie, Jeanette, vir die afgelope tien jaar al liefhet nie?"

Hierdie liefdesverklaring van Kobus is beslis onverwags en op die oomblik voel sy verward, so hopeloos verward. Sy besef dat hy haar liefhet en dat sy trots behoort te voel omdat sy liefde uitsluitlik aan haar behoort. En tog voel sy nie trots nie. Eintlik weet sy nie wat haar gevoel is nie. Al waarvan sy wel op die oomblik bewus is, is dat sy besonder baie van hom hou en dat sy vriendskap vir haar wel iets beteken. Maar wat hierdie iets is, kan sy nog nie verklaar nie. Alles is op die oomblik nog te deurmekaar in haar gemoed.

Met deernis in haar pragtige oë kyk sy op in sy staalgrys oë wat vol liefde op haar rus. Dan druk hy haar sag aan sy bors en vra met 'n stem wat effens tril van emosie: "En jy, my meisie, het jy my nie ook net 'n klein bietjie lief nie?"

Met haar oë half gesluier op die hoë, majestueuse bergkruin gerig, sê sy sag en met 'n nietige stem: "Ek . . . ek weet nie, Kobus. Ek voel op die oomblik so verward en jou vraag het my nou so onverwags getref . . . Ek kan my eie gevoel vir jou nog nie verklaar nie. Ek weet nie . . . Ek is nog so onervare . . . Ek sal eers helderheid moet kry hieroor voor ek jou vraag kan antwoord. Jy begryp, nè?"

"Ek begryp, Jeanette. Jy was ten minste eerlik met my. Maar so ken ek jou al die jare – eerlik en opreg."

"Dankie, Kobus," merk sy stil op. "Jy moet maar 'n bietjie geduld met my gebruik. Hierdie verwikkelings van vanaand is vir my totaal nuut. Ek het nog nooit voorheen 'n verhouding met 'n man gehad nie."

"My dierbare Jeanette, met jou het ek baie geduld. Moet net nie my geduld op die proef stel nie, meisie. Sodra jy helderheid het oor jou gevoel vir my, vra ek dat jy my onmiddellik daarvan verwittig. Tot dan sal ek natuurlik in die grootste spanning leef, want al my geluk hang van jou antwoord af."

"O, ek hoop ek stel jou nie teleur nie, Kobus. Dit sal vir my pynlik wees om jou seer te maak. Jy was nog altyd so goed vir my."

"Luister, of dit my nou gaan seermaak of nie, ek wil hê dat jy eerlik moet wees teenoor ons albei, Jeanette. As jy my jou liefde kan gee, sal ek natuurlik die gelukkigste man op aarde

381

wees. Maar blyk dit anders te wees, sal ek tevrede wees en in my lot probeer berus."

Met al die mistieke geluide van die nag om hulle heen, sit hulle rustig en gesels oor die verlede en oor die toekoms wat met uitgestrekte hand vir hulle wink om sy poort van idilliese geluk binne te tree.

Toe die wysers van sy horlosie later tienuur aandui, sê hy met 'n tikkie onwilligheid in sy stem: "As jy elfuur tuis wil wees, sal ons seker nou moet begin aanstaltes maak om te ry, Jeanette … Ek sal jou natuurlik heelnag so in my arms wil hou, maar nou het ek reeds beloof om jou stiptelik elfuur tuis te besorg." Hy glimlag af in haar onskuldige blou oë wat hom met eindelose vertroue aanstaar.

Later, voor die groot hek van die De Waals se woning, stuur hy die motor in en hou voor die deur stil.

Met gespierde arms trek hy haar teen hom aan en vra byna pleitend: "Dit sal seker nie die laaste maal wees dat jy 'n entjie saam met my gaan ry nie, nè, Jeanette?"

"Nee, dit sal nie die laaste maal wees nie, Kobus," glimlag sy stil op na hom. Toe buk hy af en soen haar liggies op die voorkop, dan laat hy haar vry uit sy omhelsing.

"Jy kan gerus 'n koppie koffie kom drink," nooi sy vriendelik. "Dis darem nog nie so laat dat jy nie mag binnekom nie."

"Nie vanaand nie, my meisie. Op 'n ander aand doen ek dit graag," antwoord hy en sy oë liefkoos elke haartjie op haar blonde kop en elke lyn op haar beminlike gelaat.

"Nou ja, dan sê ek maar 'n rustige nag vir jou, Kobus."

"Nag, Jeanette-lief," fluister hy stil.

'n Oomblik staar die jongmeisie die rooi liggies van die voertuig agterna. Dan draai sy om en stap die huis binne.

# 6

Met 'n lied in haar hart stap Jeanette uit die hysbak en trippel kommerloos in die rigting van die groot kantoor.

Vanoggend voel sy uitbundig gelukkig, hoewel sy nie juis begryp waaraan om dit toe te skryf nie. Dis 'n ligte, jubelende gevoel, kompleet asof sy hardop kan lag en sing. Sy kan haar egter nie voorstel wanneer sy laas so besonder gelukkig gevoel het nie. Dit voel kompleet of sy op die vooraand staan van iets groots, asof sy 'n waardevolle geskenk gaan ontvang.

Met 'n vrolike glimlaggie groet sy haar medetiksters. Dan gaan sy op die punt van haar lessenaar sit om 'n rukkie te gesels, want dis nog nie nege-uur nie.

Sy voel momenteel net so sorgvry soos 'n voël en sy vind vanmôre die ander vier se luimigheid ook heel prettig.

"Weet jy, Jeanette," merk Betsie laggend op, "jy het gister nogal iets groots gemis, jong!"

"So . . .! En wat was dit nogal?" Sy kyk die ouer meisie nuuskierig aan.

"Ons nuwe baas, die jong meneer Akkermann, was mos gister hier in ons kantoor terwyl jy poskantoor toe was . . ."

"Wel, nou praat ek nie meer 'n woord nie," val sy Betsie half verontwaardig, half geamuseerd in die rede. "Het jy miskien verwag dat hy nooit sy voete in hierdie kantoor, wat in werklikheid sy eiendom is, sal sit nie?"

"Maar jy begryp nie. Hy was nie hier om bevele uit te deel nie, ou sussie, hy het sy onderdane kom groet. En wil jy glo, hy het ons elkeen afsonderlik met 'n handdruk gegroet!"

"Hm, ja, dit klink 'n bietjie ongerymd vir 'n baas om sy onderdane met die hand te groet," laat Jeanette ook nou laggend hoor.

"Ek sou reken dis meer as ongerymd. As jy in aanmerking neem dat die Akkermanns 'n besonder trotse en hooghartige familie is, is dit uiters skokkend dat die seun so 'n vernederende ding gaan staan en doen! Ek is seker as mamma-Akkermann dit weet, kry sy sowaar twee soorte stuipe."

Toe dreun dit soos die vyftal lag.

"Jy beter jou spottery staak, Betsie," maan Ina. "Netnou loop meneer Akkermann hier verby en hoor hy alles wat jy sê."

Ineens word Betsie se luimigheid versteur deur die klokkie op Jeanette se lessenaar wat haar na meneer Akkermann se kantoor ontbied.

Met potlood en aantekeningboekie gewapen, verlaat sy die vertrek haastig.

Na 'n sagte kloppie draai sy die oubaas se kantoordeur oop. Agter sy duur lessenaar sit laasgenoemde en op die punt van die lessenaar pryk die forse gestalte van 'n jongman met gitswart krulhare en donkerbruin oë. Hy het 'n grys pak klere aan en Jeanette bewonder die snit daarvan.

Die lig wat uit Theo Akkermann se oë straal toe Jeanette haar verskyning in die vertrek maak, is eers verbasing, toe verrassing, toe bewondering. Vir hom is dit die grootste verrassing van sy lewe, die feit dat sy, sy droombeminde, in sy vader se diens is, en meteens ook in sy diens is.

Met 'n glimlaggie wat enigiets kan beteken, stel die oubaas die twee jongmense aan mekaar bekend. Toe strek Theo 'n goedversorgde hand uit, neem Jeanette se slanke handjie in syne en gee dit 'n ferm druk.

"Dis vir my besonder aangenaam om met u kennis te maak, juffrou," sê hy met 'n voldane glimlaggie, en nie vir een oomblik wyk sy oë van haar bekoorlike gelaat nie.

Vlugtig kyk Jeanette op, vas in sy donker oë wat haar byna deurdringend aanstaar. Vir 'n oomblik hou sy oë hare gevange en in sy blik lees sy 'n onuitgesproke boodskap. Toe laat sak sy haar blik en 'n warm blos styg in haar wange op.

Die noulettende oë van Theo merk die blos op haar wange en hy weet ineens dat sy die boodskap in sy oë gelees het, die boodskap wat vir haar alleen bedoel was. Hoflik trek hy vir haar 'n stoel nader. Toe gaan sit hy weer op die punt van die lessenaar.

Van waar hy nou sit, het hy haar mooi onder oog. En elke gebaartjie van haar sit hy nou op sy gemak en bewonder. Sy oë val op haar fyn, slanke handjies en hy merk dat daar nog geen ring aan haar ringvinger pryk nie. Dan het die Van der

Walt-kêrel darem nog nie te ver met haar gevorder nie, dink hy tevrede.

Toe dwaal sy oë weer na haar goue krullebol wat nou effens vooroor gebuig is, haar fier skouertjies, haar fraai jong liggaam, haar dun enkels en uiteindelik na haar netjiese nommer drie geskoeide voetjies.

Sy is voorwaar die mooiste en fynste mensie wat ek nog teëgekom het, flits dit deur sy gedagtes. Ek sal waarlik bang wees om haar aan te raak, bang dat sy dalk mag breek!

Geluidloos gly Jeanette se potlood oor die papier. Dis vir haar al of die oubaas vanmôre vinniger dikteer as ander oggende. Sy moet haar haas om by te bly.

Eindelik is die diktasie afgehandel en kan sy gaan.

Hoflik hou Theo vir haar die deur oop en wag totdat sy in die groot kantoor verdwyn voordat hy dit weer geruisloos toestoot.

Werktuiglik draai hy hom om en staar vir 'n oomblik na die stoel waarop sy so pas gesit het, kompleet asof hy verwag dat sy weer enige oomblik op die stoel gaan verskyn. Met afgemete treë beweeg hy dan in die rigting van die ruim venster en tuur met gemengde gedagtes na buite.

Later gaan hy op die stoel sit waar Jeanette vroeër gesit het, en kyk half besluiteloos na sy vader wat besig is om deur 'n ou lêer te blaai.

Hy weet dat hy hierdie saak met sy vader sal moet bespreek, aangesien Jeanette in sy diens is. Maar dit voel vir hom of dit heiligskennis sal wees om hierdie teer liefde wat so plotseling in sy hart ontvlam het, met ander te bespreek. Op die oomblik deins hy daarvoor terug, hoewel hy besef dat hy tog die een of ander tyd hierdie intieme sakie sal moet aanroer.

So diep ingedagte is Theo dat hy nie eens merk toe sy vader die lêer wegbêre en hom nou met aandag sit en betrag nie.

"Jy lyk diep ingedagte," merk die oubaas glimlaggend op as hy merk dat Theo heeltemal verlore is in gedagte.

Met 'n verleë trek op sy gesig, omdat sy vader hom so netjies betrap het, sê hy: "Ja, ek was nogal. En ek glo Vader sal nooit kan raai waaraan ek so diep en ernstig gedink het nie."

385

"Ek dink ek kan raai, Theo," sê die oubaas en vervolg met 'n knipoog: "Sy is darem ook so deksels mooi, ek neem jou nie in die minste kwalik dat jy so diep ingedagte geraak het nie, ou seun. So 'n fraai gesiggie laat 'n jongman maar gewoonlik diep dink."

Verbaas kyk hy die spreker aan. Dan sê hy egter meer aan homself as aan die ouer man: "Ja, sy is wonderlik mooi en begeerlik." 'n Oomblik later: "Vader kan gerus maar begin gewoond raak aan die idee van haar as skoondogter, want van vandag af gaan ek geen gras onder my voete laat groei om haar liefde te wen nie. Ek merk juis dat Kobus van der Walt besig is om dieselfde te doen."

"Ek het natuurlik niks teë op 'n verhouding tussen julle twee nie, maar dink jy nie sy is effens te jonk vir jou nie, Theo? Sy was maar pas negentien jaar, en jy is al 'n man van dertig!"

"Elf jaar maak nie so 'n groot verskil nie, Vader," antwoord hy stil.

"En wat dink jy gaan jou moeder daarvan sê?" vra die oubaas nou effens bekommerd. Hy wil so graag hierdie enigste spruit van hom gelukkig getroud en gevestig sien, en waar gaan hy 'n beter vrou kry as die stil en besadigde Jeanette?

"Vir haar kan vader gerus buite rekening laat," glimlag hy gerusstellend. "Wat Moeder ook al gaan sê, kan my nie 'n duit skeel nie. Ek sou reken sy het my geluk nou genoeg in die wiele gery. In haar oë sal geen meisie goed genoeg wees vir my nie . . . Nee, as Jeanette my die jawoord gee, laat ek niemand in my weg staan nie – nie eens my moeder nie. Ek sou reken dat ek darem al oud genoeg is om self vir my 'n lewensmaat te kies. En glo my, daardie lewensmaat gaan niemand anders wees as die beeldskone, bekoorlike Jeanette de Waal nie, Vader," eindig hy sy stortvloed van woorde.

"En jy sê die Van der Walt-kêrel sleep ook vlerk by haar?" vra die oubaas 'n oomblikkie later.

"Wel, ek het gistermiddag met my eie oë gesien dat hy haar hier buite voor die gebou kom oplaai het. En hy doen dit bepaald elke dag." Sy stem verraai duidelik die wrewel wat in sy gemoed oplaai.

"Dis waar, hy het haar eergister ook kom haal," merk die oubaas stil op.

"Wel, ek hoop dat hy nie meer lank daardie eer en voorreg gaan geniet nie."

"Ek wil jou nie slegte moed inpraat nie, Theo, maar ek wonder tog of daardie eer nie altyd die Van der Walt-kêrel s'n gaan wees nie . . . Hulle is bure, my kind, en Jeanette ken daardie man haar lewe lank. Soos ek verstaan, het sy haar kinderskoene voor die Van der Walt-familie ontgroei. Sy en Laetitia van der Walt was al die jare saam op skool."

"Dan is dit hoog tyd dat sy nou weer haar volwasseskoene voor die Akkermann-familie ontgroei," merk hy vasberade op. "As sy voor die man opgegroei het, staan ek des te meer 'n kans met haar, Vader. Vir al wat ons weet, beskou sy hom dalk as 'n ouer broer, of net 'n goeie vriend."

"Vir jou ontwil hoop ek dat dit wel die geval is, Theo," glimlag die ouer man.

"Toe maar, Oubaas," lag die jongman hom uit. "Ek weet dis nie uitsluitlik om my ontwil dat Vader so hoop nie. Ek is nie blind vir die feit dat Vader haar maar alte graag vir 'n skoondogter wil hê nie."

Glimlaggend kyk vader en seun mekaar aan en Theo lees in die ouer man se oë dat hy die spyker netjies op die kop geslaan het.

Vieruur die middag neem Jeanette weer 'n klomp briewe na die oubaas vir sy handtekening.

Na 'n sagte kloppie stoot sy die deur saggies oop. En toe sy opkyk, is dit vas in Theo se donker oë waar hy agter sy vader se lessenaar sit.

Huiwerig, besluiteloos staan sy met haar hand op die deurknop. Toe hoor sy ineens sy diep stem wat sê: "Kom gerus maar binne, juffrou. My vader is op die oomblik nie hier nie, maar ek sal die briewe teken."

Sy stem is diep en ryk en Jeanette besluit dat sy besonder baie hou van sy stem.

Vlugtig, waarnemend gly sy donker oë oor haar hele persoon waar sy nou langs hom staan en die velle aan hom voorlê.

387

Weer styg die geur van viooltjies in sy neus op en hy weet dat daardie besondere geur hom altyd aan haar sal herinner.

Liggies gly sy pen oor elke vel. Dan plaas hy ineens sy hand op die stapeltjie briewe wat voor hom op die lessenaar lê, in plaas van hulle aan haar terug te gee.

Vraend kyk Jeanette op en weer is dit vas in sy oë wat haar nou ondersoekend betrag.

Vir 'n stonde hou sy oë hare teen wil en dank gevange en dit voel vir haar kompleet soos twee magnete wat haar dwing om in hulle te staar. Sy voel dat haar hart vinniger begin klop en sy besef met skok dat daardie donker oë iets in haar aangewakker het wat geen man nog ooit by haar kon wek nie. Dis 'n gevoel wat sy moeilik sal kan beskryf. Al waarvan sy bewus is, is dat 'n blik van daardie donker oë 'n aangename warmte in haar laat opvlam. Toe wonder sy weer waarom sy telkens so 'n heerlike, geluksalige gevoel ondervind wanneer Theo haar aanspreek. Sou ek dalk soos 'n regte bakvissie op die man gaan staan en verlief raak het? vra sy haarself af.

Die gedagte aan liefde laat haar plotseling haar blik wegdraai van daardie donker, magnetiese oë wat so 'n eienaardige gevoel in haar opjaag. Nee, ek mag nie vir hierdie vreemdeling 'n gevoel . . . 'n gevoel van . . . o, wel, enige gevoel ontwikkel nie, besluit sy half verward. Dis Kobus wat ek moet liefhê . . . Liewe, goeie ou Kobus, wat altyd net gereed is om my met liefdesdiensies te oorlaai!

Maar dan fluister 'n klein stemmetjie diep in haar binneste: Jy probeer verniet om jou gewete te salf. Jy weet jy het Kobus nie lief nie. Jy het wel gedink jy het hom lief. Maar noudat jy Theo Akkermann ontmoet het, weet jy vir 'n feit dat jy Kobus nie liefhet nie, nooit sal liefhê nie, want dis Theo wat besig is om liefde by jou aan te wakker!

Beslis stoot sy haar gedagtes opsy. Toe hoor sy weer die mooi, diep manstem wat sê: "Ek verstaan jy en jou moeder woon net 'n paar huise van ons af?"

"U het heeltemal reg verstaan, meneer Akkermann. Ons woon ses huise verder op," antwoord sy bedeesd en uiters selfbewus.

"Ek hoop jy beskou my nie as voorbarig nie, juffrou," glimlag hy vriendelik. "Maar as jy nie omgee nie, kan jy elke middag saam met my huis toe ry. Ek moet tog voor julle deur verbyry en dit sal geen moeite wees om net 'n oomblikkie daar stil te hou nie."

'n Warm blos lê beslag op haar fraai gelaat toe sy sag sê: "Ek weet nie wat ek gedoen het om so 'n guns van u te ontvang nie, meneer. Baie dankie. Ek waardeer u vriendelikheid baie, maar op die oomblik kom 'n vriend my gewoonlik smiddags haal."

Op sy aantreklike gelaat merk Jeanette duidelike tekens van teleurstelling. Of is dit dalk verleentheid omdat sy die vriendelike aanbod van die hand gewys het? Dis mos nie iets om oor teleurgesteld te voel nie!

So, dink hy opstandig. Dan geniet die Van der Walt-kêrel tog voorkeur! Wel, juffroutjie, ons sal sien of dit nog lank so gaan aanhou. Ek gee 'n saak nie maklik gewonne nie. Ja, ek veg gewoonlik vir wat ek wil hê, en hierdie keer is dit vir jou wat ek wil hê. Glo my, die Van der Walt-kêrel gaan in my 'n gedugte teenstander vind!

Half ingedagte rangskik hy die velle wat voor hom lê. Dan oorhandig hy hulle sonder 'n verdere woord aan Jeanette.

Stil draai sy om en verlaat die vertrek, onbewus van die brandende hartstog wat uit die jongman se oë straal onderwyl hy haar verlangend agternastaar.

Van Theo se vriendelike aanbod rep Jeanette nie 'n woord aan die ander vier meisies nie. Vir haar voel dit nog te vreemd, die gedagte dat haar baas so 'n uitnodiging aan haar gerig het.

Soos gewoonlik in die middag, gaan dit weer dol in die groot kantoor. Almal haas net om die werk afgehandel te kry voor vyfuur.

Jeanette, egter, is net besig om 'n paar briewe te adresseer toe die kantoordeur skielik oopgaan en Theo sy verskyning maak.

Met 'n getikte vel in die hand, stap hy sonder meer in die rigting van eersgenoemde se lessenaar. Langs haar kom hy tot stilstand en sê half verskonend onderwyl hy die vel langs haar rekenaar neersit: "Dit spyt my, juffrou. Ek weet dis al byna sluitingstyd, maar is dit moontlik dat jy vir my 'n kopie hiervan kan maak?"

Met 'n "goed, meneer," neem sy die vel, lees dit vlugtig deur en begin dan in aller yl te tik.

Met 'n sagte "baie dankie", wat Jeanette skaars hoor, draai Theo om en verlaat die vertrek.

By die deur kyk hy eers weer 'n slag terug na die jongmeisie wat so 'n sagte plekkie in sy hart verower het. Toe trek hy die deur agter hom dig.

"Wel, dis sowaar brutaal van hom om jou hier op die laaste minuut te kom opsaal met werk," laat Betsie half vererg hoor. "As hy dit weer waag, Jeanette, weier jy beslis. Jy moet sien, hulle gaan nou misbruik maak van jou gewilligheid, jong. Jy moet dit nie toelaat nie, want jy gaan hulle daardeur bederf. Later sal hulle selfs van jou verwag om elke aand oortyd te werk."

"En as ek weier en die oubaas ontslaan my uit sy diens?" glimlag sy goedig.

"Wees verseker dit sal nie gebeur nie. Tiksters is gans te skaars om sonder goeie rede ontslaan te word."

"Nee wat, Betsie, ek sal my maar liewer by die wet en orde bepaal en doen soos die baas verlang. Ek voel tog nie lus om 'n nuwe betrekking te gaan soek nie."

"Wil jy my vertel dat jy elke dag oortyd sal werk as die oubaas dit verlang?"

"As hy my betaal vir die ure wat ek oortyd werk, waarom nie?"

Hierop antwoord Betsie nie, want Jeanette is al weer druk besig.

Vyfuur op die minuut haal sy die vel uit haar drukker. Haastig raap sy die twee velle op en verlaat die kantoor.

Agter die duur lessenaar merk sy weer die fors gestalte van Theo op toe sy die vertrek binnetree.

Vlugtig kom hy orent en loop haar halfpad tegemoet. En toe hy die velle by haar neem, raak sy hand opsetlik aan hare. Hierdie geringe aanraking laat Jeanette, tot haar ergernis, weer bloos.

"Is jy seker jy wil nie nou saam met my huis toe ry nie, juffrou?" hoor sy hom ineens sê. Sy merk dat sy blik onverstoord op haar rus en dit laat haar ineens weer selfbewus voel.

"Ek sou sekerlik van u uitnodiging gebruik gemaak het, meneer Akkermann, maar meneer Van der Walt wag reeds op my . . ."

"Besit hy dan die alleenreg om jou huis toe te neem, juffrou?" val hy haar onverwags in die rede en dit laat die jongmeisie verward na hom kyk. Sulke woorde het sy beslis nie van hom verwag nie. En nou wonder sy wat hy daarmee bedoel.

"Wel, nie juis nie," antwoord sy half verleë. "Ek kan natuurlik huis toe gaan saam met wie ek wil. Maar ek het Kobus reeds beloof dat ek vanmiddag saam met hom huis toe ry . . . Hy bring my gewoonlik soggens kantoor toe ook."

"Maar werk meneer Van der Walt dan nie meer in Pretoria nie, juffrou?" hoor sy hom sê en daar is nou 'n ligte frons tussen sy oë.

"Hy werk nog steeds in Pretoria, meneer Akkermann. Hy is op die oomblik net met verlof," antwoord sy sag.

"Wel, aangesien jy hom nou reeds beloof het, moet jy seker maar saam met hom ry, nè?" Hy probeer 'n glimlag te voorskyn toor, maar dit skyn 'n pynlike mislukking te wees, want diep in sy hart brand daar nou 'n ontsettende jaloesie teen Kobus wat so uiters bevoorreg is. Maar hy neem hom egter voor dat Jeanette se plek van môre af langs hom gaan wees in sy eie motor. Hy gaan dit nie langer duld dat daardie vent so baie van haar geselskap en haar bekoorlike nabyheid geniet nie, want volgens haar skyn daar geen verhouding tussen hulle te wees nie.

Vlugtig kyk Jeanette af na haar polshorlosie en sien dat dit al oor vyf is. Theo, egter, sien dat sy wil gaan.

"Mag ek maar saamstap tot buite?" vra hy weer.

"Wel . . . e . . . seker, meneer," stamel sy onbeholpe. Dan draai sy sonder meer om en verlaat die oubaas se deftige kantoor.

Soos 'n waghond volg hy haar na die groot kantoor waar sy haar handsak gaan haal.

Langsaam, geselsend beweeg hulle later met die lang gang af in die rigting van die hysbak. En op die oomblik is Theo glad

391

nie haastig om buite die gebou te kom waar Kobus reeds op die nooientjie wag nie, want dan sal hy maar net weer moet staan en toekyk hoe laasgenoemde met haar wegry.

Voor die gebou wag Kobus al lank op Jeanette. En toe die ander vier meisies later by sy motor verbystap sonder laasgenoemde, wonder hy bekommerd wat van haar geword het.

Hy was ook net oorgehaal om ondersoek te gaan instel, toe verskyn sy in die hoofingang van die gebou in die geselskap van die jong Akkermann.

Hoewel Jeanette se vriendskap met Theo hom innig pynig, moet hy onwillekeurig aan homself erken dat die twee 'n pragtige paartjie uitmaak – sy so klein en blond en hy so fors en donker.

Haar stralende glimlaggie toe sy en die jong Akkermann by die hoofingang van die gebou uitgestap kom, deurpriem Kobus se hart soos 'n vlymskerp dolk. En hy weet instinktief dat hy haar verloor het. Daardie stralende gesiggie van haar vertel hom alles. En soos so baie ander dinge, aanvaar hy dit in stilte sonder enige gevoel van haat jeens die jong Akkermann. As hy die een is wat Jeanette geluk kan besorg, sal hy, Kobus, daarin berus. Maar hy wil darem eers uit haar eie mond hoor dat sy gissings korrek is.

Tot by die motor vergesel Theo haar. Toe gaan groet hy Kobus hoflikheidshalwe met die hand. En na die twee mans 'n paar niksbeduidende woorde met mekaar gewissel het, roep Theo die twee tot siens toe en stap sonder meer na sy eie vaartbelynde voertuig wat 'n entjie agter Kobus s'n geparkeer staan.

Deur geen woord of gebaar laat laasgenoemde teenoor Jeanette blyk dat haar vriendskap met Theo hom pyn aandoen nie. Soos gewoonlik vra hy haar uit oor haar werk. En later voor haar deur vra hy weer of hy haar die volgende middag by die kantoor mag gaan haal.

Na sy ingestem het dat hy haar weer die volgende middag by die kantoor kan kom haal, kry sy ineens die gevoel dat sy nie eerlik handel teenoor hom nie. Want deur telkens toe te gee aan sy wens, verkeer hy beslis onder die indruk dat daar wel hoop is op 'n verhouding tussen hulle. En in werklikheid besef

392

sy dat daar nou nooit meer sprake van so iets kan wees nie. Sy besef nou dat sy hom nooit sal kan liefhê soos wat hy van haar verlang nie. Want die gevoel wat sy vir Theo koester, oorheers alle gevoel wat sy vir hom besit. Sy hou van Kobus ... Ja, sy hou besonder baie van hom. Maar liefde sal sy nou nooit vir hom ontwikkel nie.

Diep in haar binneste voel sy bitter jammer daaroor, want sy weet dat hy haar innig liefhet en dat hy vir haar 'n wonderlike lewensmaat sou wees.

Met 'n vertroebelde glimlaggie roep sy hom tot siens toe. Toe trippel sy met die paadjie op na waar haar moeder vir haar op die voorstoep staan en wag.

# 7

Met 'n opgewonde gesiggie betrag Jeanette haar beeld in die spieël. Sy is vanoggend geklee in 'n liggrys baadjiepak van 'n sagte wolstof wat eiehandig deur haar moeder gemaak is. Dit pas haar perfek en die snit is onverbeterlik. Vanmôre, weet sy, lyk sy op haar beste. Ja, sy sien daar besonder deftig en sjarmant uit, en dis 'n lus vir die oog om haar te aanskou.

Ofskoon die donker onweerswolke laag oor die dorp hang, voel die jongmeisie vanoggend besonder vrolik en opgeruimd.

Weer betrap sy haar dat sy aan die jong meneer Akkermann staan en dink. Jy is bepaald verlief, Jeanette, spreek sy haar beeld in die spieël aan. Ja, dit sal jou niks baat om die feit langer aan jouself te verswyg nie. Jy is beslis verlief op Theo Akkermann. 'n Glimlaggie en 'n ligte blos sprei oor haar fynbesnede gelaat en sy weet dat sy hierdie liefde wat so plotseling in haar lewe gesluip het, nie meer langer vir haarself kan verbloem nie. Hoe en wanneer dit gebeur het, weet sy nie. Al waarvan sy op die oomblik bewus is, is dat sy hom liefhet met 'n intense liefde wat haar beurtelings seermaak en hardop, uitbundig wil laat lag.

Onthou, hy is jou werkgewer, vermaan sy haarself met 'n

trek van weemoed in haar sagte blou oë. Moet dus nie toelaat dat jou gevoel met jou weghardloop nie. Vir hom is jy maar net een van die tiksters in die groot kantoor, sy mindere wat hy na willekeur kan hiet en gebied. Dus, as jy nie wil seerkry nie, moet jy hierdie liefde van jou dadelik in die kiem smoor. Dit sal jou baie hartseer en ongeluk spaar!

Plotseling hoor sy haar moeder se stem by die deur.

"Ontbyt is gereed, Jeanette. Kobus sal seker ook aanstons hier wees."

"Ek kom, Mammie," roep sy uit en verlaat die vertrek haastig.

Liefdevol rus die moeder se blik op haar dogter toe sy regoor haar aan die tafel gaan sit. Die streel haar moedertrots, die gedagte dat sy die moeder is van hierdie beeldskone meisie. Sy hoop net haar innigste wens vir haar kind se toekoms word bewaarheid, want 'n beter lewensmaat as Kobus sal sy beslis nie vind nie.

Jeanette het ook net van die tafel af opgestaan, toe hou Kobus se motor voor die deur stil. Haastig pik sy 'n soentjie op haar moeder se wang. Dan trippel sy by die voordeur uit.

Na hulle reeds om die eerste hoek verdwyn het, merk die moeder dat Jeanette haar toebroodjies op die tafel vergeet het. Sy sal vandag maar iets in die kafee moet gaan nuttig, besluit die moeder besorgd.

Onbewus van die moeder se kommer en sorge, spoed die twee jongmense voort. En toe Kobus later voor die sierlike gebou stilhou waar Jeanette werk, plaas hy sy hand liefkosend op haar skouer, onbewus van Theo se donker oë wat hulle deur sy kantoorvenster staan en dophou. Met 'n sagte stem sê hy: "Onthou, Jeanette, ek wag nog altyd op 'n antwoord van jou."

"Ek het dit nog nie vergeet nie, Kobus," glimlag sy, maar in haar fraai oë is daar nie 'n teken van 'n glimlag nie – net weemoed. Sy besef dat die tyd aangebreek het dat sy Kobus se vraag van 'n paar aande gelede sal moet beantwoord, maar sy vrees daardie uur.

"Wanneer gaan jy my 'n antwoord gee, Jeanette?" vra hy weer en sy stem is byna 'n fluistering.

"Jy raak nou te haastig, Kobus . . ."

"Nie haastig nie, Jeanette, ek is maar net vreeslik angstig om jou antwoord te hoor. Glo my, ek kan nie meer veel langer in hierdie spanning en onsekerheid leef nie. Ek moet so gou moontlik weet hoe jy teenoor my voel," val hy haar sag in die rede en laasgenoemde kan die spanning duidelik op sy sterk gelaat sien.

"Gee my nog net 'n paar dae tyd, Kobus," pleit sy.

"Hoeveel dae nog, my meisie . . . Drie dae is reeds verstreke, weet jy?"

"Ek weet, Kobus, maar dis tog nie iets waaroor mens lig kan besluit nie. Dis 'n saak wat ons albei se lewens baie intiem raak, iets wat ons lewens in 'n finale rigting moet stuur. Jy moet my nog 'n paar dae tyd gee, Kobus." Sy voel so hopeloos onseker en besluiteloos, en tog besef sy dat sy hom nie meer veel langer kan laat wag nie.

"As dit jou wens is, gee ek jou nog 'n dag of twee tyd," hoor sy hom weer sê. "Dit sal vir my natuurlik nie aangenaam wees nie, maar ek het tog beloof om geduld met jou te hê."

"Dankie, Kobus," laat sy nou opreg dankbaar hoor. "Ek beloof jou dat dit nou nie meer lank sal wees nie. Ek waardeer dit vreeslik baie dat jy so baie geduld het met my."

Voor die venster stap Theo al rond soos 'n vasgekeerde leeumannetjie en hy voel hoe die haat teen Kobus hoër en hoër in hom oplaai. Hy wonder waaroor die vent so vertroulik met Jeanette sit en gesels, kompleet asof sy al klaar aan hom behoort. Nee, besluit hy opstandig, hieraan moet inderdaad 'n einde kom. Ek gaan nou verbrands nie meer langer 'n toeskouer wees nie. En daardie vertroulike gesprekkies van hom met Jeanette gaan ek ook nie meer langer duld nie. Vandag nog gaan ek met haar praat. Sy moet weet dat ek haar liefhet, en ek wil ook weet hoe sy teenoor my voel!

Toe sien hy dat Jeanette eindelik uit die motor klim en haastig begin aanstryk na die hoofingang van die gebou.

Met 'n sug van verligting draai hy van die venster af weg en gaan op die punt van sy vader se lessenaar sit. Op hierdie oomblik maak die oubaas ook sy verskyning in die kantoor.

"Ek sien die Van der Walt-kêrel het Jeanette weer vanmôre kantoor toe gebring," laat die oubaas terloops hoor en gaan agter sy lessenaar sit.

"Ja, en hy het byna twintig minute met haar in die motor gesels en gesels," kom dit nog steeds gebelg van die jongman.

"So, dan het jy dit ook gesien? En wat gaan jy daaromtrent doen?" Hy vou sy hande saam en kyk sy seun berekenend aan.

"Ek het reeds besluit, Vader. Jeanette gaan vanaand oortyd werk en ek gaan haar self huis toe neem. Ja, net vanaand gaan ek met haar praat. Ek wil weet wat haar gevoel is vir my en of daar 'n kans is vir my."

"Hm, ja, dis hoog tyd dat jy nou 'n begin maak, anders sien ek dat die Van der Walt-kêrel haar nog voor jou neus wegraap," glimlag die oubaas goedig.

"Ek besef dit terdeë, Vader. Daardie vent het vanoggend gans te vertroulik na my sin met haar gesit en gesels. Maar vanaand sal sy weet dat sy met Theo Akkermann te doen het, en hy gee 'n saak nie maklik gewonne nie."

"Ek wens jou alle sukses toe, Theo. Dit sal die moeite loon om vir haar te veg, want ek kan jou verseker dat sy nog net so rein en onskuldig is as die dag van haar geboorte. Ek dink stellig die Van der Walt-kêrel is die eerste man aan wie sy nog ooit aandag geskenk het."

"Ek glo dit wel, want sy kan minstens nog bloos – 'n seldsame verskynsel by die hedendaagse jongdames."

"Nou kyk," laat die oubaas nou saaklik hoor. "Ek gaan die besigheid vir 'n paar dae in jou hande laat. Ek moet nou dade-lik Bloemfontein toe vir sake, maar ek sal gereeld met jou in verbinding tree . . . Terloops, as julle vandag so 'n bietjie stadig oor die klippe gaan, sal daar genoeg werk wees vir Jeanette om vanaand 'n uur of wat oortyd te werk. En jy het al my seën-wense op jou groot planne, hoor!" Die laaste sin voeg hy Theo met 'n betekenisvolle glimlaggie toe en laasgenoemde begryp dat sy vader net so angstig is om Jeanette as skoondogter te hê as wat hy is om haar as vrou te kry.

Na die oubaas nog die een of ander aangestip het wat afgehandel moet word tydens sy afwesigheid, verlaat vader en seun die kantoor saam.

Vanmôre voel Jeanette nie so uitbundig vrolik soos die vorige dag nie – seker maar die feit dat Kobus begin ongeduldig raak oor die antwoord wat sy hom verskuldig is, of anders is dit oor die geheime liefde wat sy vir Theo koester en wat sy weet tog nooit beantwoord sal word nie.

Soos 'n outomaat plaas sy haar handsak in die boonste laai van haar lessenaar. Dan sak sy sonder enige geesdrif op die stoel neer en wag op die gewone sein wat haar elke oggend na die oubaas se kantoor ontbied.

Sy is stiller as gewoonlik en dit tref die ander dames oomblklik dat daar iets skort met hul vriendelike medetikster.

"A nee a, Jeanette, hoe lyk dit vanmôre of die katte jou kos afgeneem het?" voeg Esther haar vriendelik toe, duidelik bewus van die ongelukkige trek op eersgenoemde se fraai gesiggie.

"Ag, dis sommer net 'n bui," glimlag sy flou. "Dit sal netnou weer oorwaai."

Op daardie oomblik gaan die kantoordeur oop en Manie, een van die klerke, tree die vertrek binne.

"Askies vir die wals, maar meneer Akkermann wil weet waarom is daar nog geen geluid van 'n rekenaar in die kantoor nie," groet hy die dames met 'n gemaak ernstige houding.

"Gaan blaas doppies, Manie. Ons weet meneer Akkermann is nie in sy kantoor nie, daarom staan jy al weer hier en slimstories verkoop," lag Betsie hom uit.

"Ja, maar julle moet nou dadelik die rekenaars laat raas. Hy mag nou enige oomblik in sy kantoor opdaag. Hy het maar net vir pappa buite by sy motor gaan afsien. Pappa vertrek mos vandag Bloemfontein toe op 'n sakebesoek en sal 'n paar dae afwesig wees." Toe lê hy 'n vel langs Betsie se rekenaar neer en vervolg: "Tik tog gou vir my hierdie staat, ou Bets. Meneer Akkermann is glo haastig om die ding in die lêer te plaas."

Sonder enige waarskuwing gaan die deur weer oop. In die oop deur staan Theo en sy blik soek dadelik na Jeanette se fyn gestaltetjie waar sy besig is om haar rekenaar af te stof.

397

Na 'n vlugtige "Goeiemôre, dames" stap hy oor na Jeanette se lessenaar.

"Ek vrees jy sal vandag na my kantoor toe moet verhuis, juffrou," merk hy vriendelik op. "Daar is besonder ingewikkelde werk wat ek graag wil hê jy moet onder my toesig doen." Aan Manie sê hy: "Meneer De Kock, help asseblief vir juffrou De Waal om te skuif."

Vlugtig dwaal sy blik weer terug na Jeanette. "Jy kan gerus maar al jou benodigdhede saamneem. Jy sal nie weer vandag terugkeer na hierdie kantoor toe nie."

Swyend neem sy haar baadjie wat oor die rugleuning van die stoel hang en trek dit aan. Toe haal sy weer haar handsak uit die laai.

Hoflik neem Theo die pak papier by haar.

"Ek sal dit vir jou dra," bied hy sag aan en saam verlaat hulle die vertrek.

"Hm, as hy darem nie besig is om verlief te raak nie, eet ek my oudste paar skoene op," laat Betsie met 'n glimlag hoor toe die twee buite hoorafstand is.

"Ja, dis vir my allereienaardig dat daar nog nooit voorheen sulke ingewikkelde werk was dat een van ons dit in die baas se kantoor onder sy persoonlike toesig moes doen nie,' kom dit veelseggend van Esther.

"Maar dis tog geen sonde as hy wel op haar verlief is nie," tree Ina vir haar werkgewer in die bresse en begin dan in aller yl tik, want vandag is Jeanette nie hier om hulle met die werk te help nie.

Toe laasgenoemde en Theo sy vader se deftige kantoor binne-tree, plaas hy vir haar 'n stoel by die lessenaar en sê met 'n voldane glimlaggie: "Sit en maak jouself tuis, Jeanette."

Met 'n skok tref dit haar dat hy haar op haar naam genoem het en dit laat haar intens verleë voel.

"Jy gee nie om dat ek jou Jeanette noem nie, nè? Dis vir my 'n besonder mooi naam," voeg hy daaraan toe as hy haar verleentheid sien.

"Almal noem my gewoonlik op my naam, meneer, dus besit u seker ook die reg om my so te noem," merk sy op onderwyl sy papier in die drukker sit en so haar verleentheid probeer verberg.

Theo, egter, merk dat sy opsetlik sy blik vermy.

Geamuseerd leun hy terug in sy stoel en sê met 'n tergende vonkeling in sy donker oë: "Ek vrees jy het nou verkeerde papier in jou drukker gesit, Jeanette."

'n Onderdrukte glimlaggie pluk aan sy mond. Verbrands, nou moet sy opkyk, besluit hy.

Swyend haal sy weer die papier uit en plaas dit terug in die pak wat langs haar lê, en nog kyk sy nie op nie.

So, dink hy. Dan is die nooientjie van plan om my vriendelike toenadering te ignoreer ... Wel, ons sal sien. 'n Akkermann gee nie sommer 'n stryd gewonne nie, glimlag hy stilweg onderwyl sy oë liefkosend oor haar hele persoon gly.

Hardop sê hy egter: "Dis dié papier wat ons vandag gaan gebruik, Jeanette."

'n Geamuseerde trek raak aan sy mond toe hy 'n pak papier na haar uithou. Hy weet dat sy nou verplig sal wees om op te kyk.

Sy neem die velle by hom en vir 'n breuk van 'n sekonde ontmoet hulle oë. Toe laat sy haar blik weer vinnig sak, bevrees dat hy dalk haar geheim in haar oë mag lees.

Weer plaas sy papier in haar drukker, neem haar potlood en aantekeningboekie op en sit oorgehaal en wag dat hy moet begin dikteer.

"Is jy gereed om vanaand 'n paar ure oortyd te werk?" vra hy plotseling in plaas van te dikteer, en dit laat haar weer vinnig opkyk.

"Ek is in u diens en dis tog voor die hand liggend dat ek u wense moet uitvoer, meneer Akkermann," antwoord sy saaklik.

"Wel, ek is jammer as die werk dalk met jou plesier gaan bots, maar ongelukkig kan dit nie anders nie. Hierdie werk is dringend en dit moet vandag afgehandel word."

"Die werk sal met geen plesier van my bots nie, meneer. Ek ... ek sal meneer Van der Walt net moet bel om te sê om my later te kom haal."

"Waarom moet hy jou nou juis later kom haal, Jeanette? Ek kan jou mos ook huis toe neem. Of is jy miskien bang om saam met my te ry?" Die blik wat nou uit sy oë straal, laat haar weer gou haar gesig wegdraai.

"Nee, ek is nie vir u bang nie, meneer Akkermann. Maar Kobus en ek het reeds afgespreek dat hy my vanmiddag sal kom haal."

"Kobus van der Walt mag natuurlik nie teleurgestel word nie, nè?" Sy donker oë kyk haar nou stil en forsend aan.

"Ek begryp nie wat u bedoel nie," sê sy half verward, half verbaas.

"Jy bedoel jy wil my nie begryp nie, Jeanette. My vraag was tog baie eenvoudig! Terloops, jy sal my 'n groot guns bewus as jy my liewer Theo noem in plaas van die stywe meneer Akkermann, weet jy?"

"Nee . . . e . . . ek vrees dit gaan uiters voorbarig klink. Ek . . . ek sal dit maar liewer nie doen nie," stamel sy nou duidelik verward en dit raak die jongman baie diep − dieper as wat sy ooit sal besef. En nou kan Theo hom ook nie meer langer bedwing nie. Sy grenslose liefde vir hierdie nooientjie bruis en kook in sy are.

Vlugtig kom hy orent en gaan skuins voor haar op die lessenaar sit.

"Voorbarig se voet, Jeanette. Ek sê jou dit sal geensins voorbarig klink nie. Ek verlang dat jy my so noem . . . Besef jy dan nie dat ek graag jou vriend wil wees nie, nooientjie?"

Sy blik dwing haar om in sy oë te kyk. En wat sy in daardie donker poele lees, laat haar hart onwillekeurig vinniger klop.

Verleë laat sy haar oë sak en begin senuweeagtig met haar een vinger op die sleutelbord te speel.

Theo, egter, merk dat sy die dringende boodskap in sy oë gelees het en dit vul hom met 'n diepe tevredenheid.

Soos 'n jong atleet lig hy hom van die lessenaar op en gaan byna reg voor haar staan. Sy regterhand rus op haar skouer en met sy linkerhand lig hy haar ken op en dwing haar om na hom te kyk.

"Waarom antwoord jy my nie, Jeanette? Kan ons maar

vriende wees?" Sy stem is dringend en 'n ligte trilling is nouliks hoorbaar.

"As u dit so verlang, kan ons seker maar vriende wees, meneer Akkermann," antwoord sy skaam en onbeholpe en 'n vuurwarm blos neem besit van haar gesiggie.

"Nie meneer Akkermann nie, Jeanette, my naam is Theo. Asseblief, ek wil nie weer hoor dat jy my as meneer Akkermann aanspreek nie. En onthou, as my vriendinnetjie verlang ek dat jy vanmiddag en elke middag saam met my huis toe ry."

Toe laat hy haar ken los wat nog steeds in die palm van sy hand rus.

"Maar, meneer . . . e . . . Theo, ek het Kobus reeds beloof . . ."

"Jy kan hom bel en sê dat jy vanaand oortyd moet werk," val hy haar gerusstellend in die rede en neem weer skuins voor haar op die lessenaar plaas.

"Maar niks verhinder hom tog om my later te kom haal nie."

"Hoe sal hy weet wanneer om jou te kom haal? Ons weet dan self nie wanneer die werk afgehandel gaan wees nie, Jeanette."

"O, wel, ek was my hande in onskuld. Dis nie my skuld dat ek Kobus moet teleurstel nie . . ."

"Het jy die man baie lief, Jeanette?" val hy haar onverhoeds in die rede en dis of sy skerp blik die waarheid uit haar dwing.

"Nee . . . ek weet nie. Ek hou besonder baie van Kobus, maar ek glo nie ek het hom lief nie," erken sy stil en nou voel sy ineens skaam omdat sy so 'n persoonlike vraag beantwoord het. Sy besef dat sy hom op die vingers moes getik het oor hierdie persoonlike vraag. Maar sy weet ook dat dit reeds te laat is om nou iets daaraan te doen.

"Is hy bewus daarvan dat jy hom nie liefhet nie, Jeanette?" wil hy weer weet en sy stem klink duidelik verlig.

"Ja . . . e . . . nee, nog nie," stamel sy selfbewus.

"Maar dis mos nie reg dat jy die man so aan 'n lyntjie hou nie!" wys hy haar tereg.

Hierop antwoord sy egter nie, maar Theo merk dat sy vermaning sy goed gemikte doelwit getref het.

"Gaan jy Kobus nie bel nie, Jeanette?" vra hy weer.

"Ek sal hom later bel . . . Ek sal my moeder ook moet bel," antwoord sy stil en dis vir die jongman al of haar blik effens vertroebel is.

"Waarom later, Jeanette? Bel hom gou!" spoor hy haar aan. "Jy sal veel beter voel sodra jy dit alles agter die rug het." En met hierdie woorde plaas hy die telefoon binne haar bereik.

Onderwyl sy met Kobus oor die telefoon praat, gaan staan Theo voor die venster om so die indruk te skep dat hy nie na hul gesprek wil luister nie. Maar heimlik voel hy bitter nuuskierig om te weet wat daar gesê word. En toe sy eindelik die gehoorbuis terugplaas, gaan sit hy weer op sy plek agter die lessenaar en sê gemaak berouvol: "Ek hoop nie Kobus voel baie teleurgesteld omrede ek jou nou in die vervolg gaan huis toe neem nie?"

"Hy is teleurgesteld," sê sy sag. "Maar om daarvoor te vergoed, het ek beloof om eenuur saam met hom te gaan eet."

Plotseling voel Theo weer die brandende jaloesie in hom opstoot en hy wonder waarom Kobus hom alewig aan Jeanette opdring. Kan die man haar dan nie met rus laat nie? Maar dan val dit hom ineens by dat Kobus nog onbewus is van die feit dat sy hom nie liefhet nie, en ook maar soos hy probeer om haar liefde te wen.

Maar die gedagte dat sy al weer 'n hele uur in die man se geselskap gaan deurbring, staan hom beslis nie aan nie. En tog staan hy magteloos om dit te verhoed, want hy weet Jeanette sal nie haar woord twee maal op een dag aan die vent breek nie.

"Wel, nou kan ons seker met die werk begin," hoor hy haar ineens sê.

"Ja, nou kan ons maar wegval," sê hy met 'n vriendelike glimlaggie.

Tot haar verbasing is die werk glad nie so ingewikkeld as wat sy verwag het nie. En onder Theo se bekwame leiding gaan alles vlot. Telkens kom hy agter haar stoel staan om te lees wat sy reeds getik het. En enige foute wat per ongeluk ingesluip het, moet sy dadelik korrigeer. Teenoor foute en nalatigheid is hy onverbiddelik. Ja, nie eens van haar duld hy so iets nie.

Onafgebroke beweeg haar vingers oor die sleutelbord. Selfs van ou David se teenwoordigheid toe hy hul elfuurtee bring, is sy nie eens bewus nie. 'n Ligte drukkie op haar skouer, ná Theo weer agter haar gestaan en lees het, laat haar vlugtig opkyk.

"Staak nou maar eers die werk. Dis teetyd," glimlag hy af in haar vraende blik.

Versigtig plaas hy 'n koppie tee voor haar neer. Toe haal hy 'n pakkie beskuitjies uit een van die laaie te voorskyn en bied haar dit aan. Hyself neem nie 'n beskuitjie nie. Drink net sy tee en steek daarna 'n sigaret aan. Toe leun hy gemaklik agteroor in sy stoel en sit haar met welgevalle en betrag. Maar ook nie lank nie, want 'n skerp weerligstraal, en kort daarop 'n harde donderslag, laat hulle albei ineens regop sit.

Haastig kom Theo orent, skakel die lig aan en gaan trek die gordyne dig.

"Ek hou nie daarvan om weerligstrale in 'n vertrek te sien speel nie," verduidelik hy toe hy haar vreemde blik op hom sien.

Hard en genadeloos val die eerste groot druppels teen die venster en buite bulder en dreun dit. Bo die gedreun en gekletter hoor hulle die tierende geloei van die wind soos dit deur die weerlose bome jaag en dan met die reusegebou bots.

Vreesbevange vou Jeanette haar hande inmekaar op haar skoot en dis vir die jongman duidelik dat sy in 'n hewige spanning verkeer. Hy voel lus om haar op te raap en teen sy bors te beskerm, maar hy doen dit egter nie.

"Dit sal nou nie meer lank duur nie. Die storm behoort nou byna uitgewoed te wees," probeer hy haar gerusstel. 'n Oomblik later vra hy weer: "Het jy 'n reënjas saamgebring?"

"Nee," sê sy en skud haar goue krulkop. "Ek het nooit kon droom dat dit so 'n storm sou afgee nie."

"En hoe meen jy om eenuur uit te gaan in hierdie weer sonder 'n reënjas?" vra hy weer en nou is sy stem duidelik besorgd.

403

"'n Paar druppeltjies reën sal my seker nie doodmaak nie," glimlag sy goedig oor sy besorgdheid.

"Jy is reg, dit mag jou miskien nie doodmaak nie, maar dit mag jou siek maak." Hy kyk haar nou effens streng aan oor haar onbedagsaamheid.

"Wel, as ek nou siek word van 'n paar druppeltjies reën, moet ek maar siek word, Theo. Maar glo my, ek het nog nooit van reën siek geword nie en ek het al dikwels sopnat gereën."

"Nietemin, dis onsinnig om jou opsetlik bloot te stel aan 'n verkoue."

Al geselsend verwyl hulle die tyd. En toe die storm later effens bedaar, begin Jeanette weer in aller yl te tik. Ook Theo gaan trek weer die gordyne oop en vertoef 'n rukkie voor die venster om die verwoestende werk van die storm te aanskou.

Met sy lang bene gekruis, sit hy later weer agter die lessenaar die boeke van die firma tydsaam en deurgaan. Hy merk dat die boekhouer etlike foute begaan het en hy neem hom voor om die kêrel vandag nog daaroor te spreek. Sulke agtelosigheid gaan hy ten ene male nie duld nie. Hy kan aan die toestand van die boeke sien dat sy vader al begin oud word, want in sy jongdae sou hy nooit sulke foute geduld het nie.

So ingedagte is Theo dat hy nie eens merk toe Jeanette orent kom nie. Eers toe sy langs hom verskyn met 'n paar velle in haar hand, is hy van haar teenwoordigheid bewus.

"Tog nie al klaar nie?" sê hy en kyk haar vraend aan. Sy, egter, skud net haar kop. "Wel, jy het voorwaar 'n rus verdien ... Ons sal eers na twee-uur weer aangaan met die werk."

"Maar dis nou eers halfeen. Is daar nie iets anders waarmee ek kan help nie?" maak sy huiwerig beswaar.

"Ek vrees hier is niks waarmee jy my op die oomblik kan help nie, Jeanette. Die ander state sal eers twee-uur gereed wees."

"Dan kan ek seker die ander meisies in die groot kantoor gaan help," doen sy aan die hand. Maar sy volgende woorde laat haar egter verbaas opkyk na hom.

"Volstrek nie. Laat hulle gerus hul eie werk doen. Hierdie halfuurtjie van rus het jy beslis verdien. En as jy dan nie weet wat om met jouself aan te vang nie, kan jy my ten minste geselskap hou.

"Vir jou geselskap hou!" roep sy geamuseerd uit en kyk hom nou effens skepties aan, so asof daar een van sy bont varkies verlore geraak het. "Wel, regtig, as mens jou hoor praat, Theo, sal mens nooit sê daar is nog soveel werk dat ons selfs vanaand oortyd sal moet werk nie," vervolg sy en gaan sonder meer voor die venster staan.

"Dis juis omdat ons vanaand oortyd moet werk dat ek jou nou 'n bietjie blaaskans gee," glimlag hy onverstoord en volg haar na die venster.

'n Lang ruk tuur sy swyend na buite, onderwyl hy hom op sy beurt weer staan en verlustig in haar bekoorlike gestaltetjie wat so digby hom staan. Nie vir een enkele oomblik wyk sy blik van haar af nie, want met daardie netjiese grys baadjiepak aan, lyk sy vir hom volmaak. Hy brand letterlik om haar in sy arms te hou en daardie sagte lippies van haar teen sy eie te voel. Maar hy besef egter dat hy nie te haastig mag wees nie. Sy is nog so bitter jonk en sulke oorhaastigheid laat haar dalk net op die vlug slaan en dan is hy haar dalk vir altyd kwyt. Nee, hy sal sy emosies maar nog 'n rukkie in toom moet hou.

"Foei, maar die wind het daardie ou boom darem vreeslik verniel," hoor hy haar ineens langs hom sê en daar is duidelike medelye in haar stem.

By homself dink hy: Ja, en net so verniel soos wat daardie ou boom daar uitsien, sal my hart ook wees as jy nie my liefde beantwoord nie, my liefling!

Maar hardop sê hy egter: "Ja, dit was beslis 'n geweldige storm. Kyk, die jong takke hang jou waarlik aan flarde geskeur."

Lank staan hulle nog na die vernielingswerk van die storm en kyk sonder om weer iets te sê. En toe Kobus se motor later voor die gebou stilhou, neem hy die jongmeisie vertroulik aan die arm en vra byna pleitend: "Sal jy vanaand saam met my gaan eet, Jeanette?"

'n Stonde staar sy hom stil aan, dan sê sy eindelik: "Ek sal jou uitnodiging maar seker moet aanneem, Theo . . . Dankie, dit sal 'n plesier wees." Sy glimlag huiwerig, onseker, en vervolg dan weer: "Maar wag, ek sal nou moet gaan. Kobus sal beslis nie daarvan hou om heeldag op my te sit en wag nie."

"Jeanette, moet jou asseblief nie onnodig laat natreën en blootstel aan koue nie," maan hy besorgd. "En onthou, ek verwag jou gou terug."

Vlugtig tel sy haar handsakkie op. En onderwyl sy in die rigting van die deur beweeg, voeg sy hom terloops toe: "Tot siens, Theo. Ek is aanstons weer terug." Toe trek sy die deur saggies agter haar toe.

Langsaam tree laasgenoemde weer in die rigting van die venster om nog 'n laaste blik van Jeanette te kry voordat sy in Kobus se motor klim.

Buite reën dit nog aaneen en Jeanette besef dat sy nooit die motor sal bereik sonder om nat te word nie. Maar tot haar verligting klim Kobus uit met haar ligblou reënjassie oor sy arm.

"O, dankie tog, dit was vreeslik gaaf van jou om my reënjas saam te bring, Kobus," glimlag sy en begin sonder meer die kledingstuk aan te trek.

Hy egter, sê niks, help haar net hoflik om in die reënjas te kom.

Dis eers toe hulle later in die motor sit dat sy merk hoe stroef en afgetrokke hy is. En dit laat haar heimlik wonder.

In stilte ry hulle met die straat af in die rigting van 'n luukse restaurant wat maar pas geopen het.

Eers na hulle bestelling geplaas is, begin hy eindelik te praat en Jeanette merk dat hy diep seer voel.

"Vertel my, Jeanette," sê hy sag. "Is dit werklik nodig dat Theo jou vanaand tuis besorg . . ."

"Maar, Kobus," val sy hom met 'n skuldige blos in die rede. "Ek het tog verduidelik dat ons oortyd moet werk!"

"Dis geen verskoning nie. Ek kan jou ook gaan haal, al werk jy oortyd." Sy stem is nou duidelik beskuldigend en Jeanette voel vies vir Theo wat haar in hierdie ongemaklike situasie laat beland het. Nou moet sy vir hierdie dierbare vriend van haar jok, en dit alles deur sy, Theo, se toedoen.

"Hoe sal jy weet wanneer om my te kom haal, wanneer ek dit self nie weet nie, Kobus?" probeer sy haar gewete sus.

"Sodra jy merk dat die werk byna afgehandel is, kan jy my maar net bel. Ek sal glad nie omgee om 'n paar minute op jou te wag, indien jy dan nog nie gereed is nie." Sy blik rus nou deurdringend op haar en Jeanette voel nou eers skuldig.

"Ek het nooit so daaraan gedink nie, Kobus," merk sy verskonend op en plaas haar een hand liggies op syne. "Jy moet my onbedagsaamheid tog maar verskoon, ou maat."

"Toe maar, Jeanette, ek begryp," laat hy sag hoor, maar sy stem getuig van bittere teleurstelling. "Ek begryp maar alte goed. Om die waarheid te sê, ek het dit verwag."

"Ek begryp nou nie wat jy bedoel nie, Kobus," opper sy stil en hou haar blik op haar bord gevestig uit vrees dat hy dalk die waarheid op haar gelaat mag lees, die waarheid wat hom nog seerder sal maak.

Die maaltyd verloop in stilte en dis vir haar 'n groot verligting toe hulle eindelik weer die restaurant verlaat. Nog nooit het sy so ontuis en onbeholpe in Kobus se teenwoordigheid gevoel nie. En die naarste van alles is dat sy so bitter skuldig voel.

Op pad kantoor toe praat nie een 'n woord nie. Kobus se ongelukkige gedagtes knaag soos 'n kanker aan sy binneste en Jeanette sit weer met weemoed en wonder wat van hulle mooi vriendskap gaan word. Sy wil Kobus se vriendskap nie graag prysgee nie, want dit beteken vir haar oneindig veel. En tog is Theo die man wat sy liefhet . . . Maar het sy hom werklik lief? Watter sekerheid het sy dat dit wel liefde is wat sy vir hom voel? Vir Kobus koester sy tog ook 'n besonder teer gevoel!

Toe hulle later weer voor Chequergebou stilhou, sê laasgenoemde eindelik: "Ek kan jou darem seker nog soggens kantoor toe bring, Jeanette, of het jy ook daardie voorreg aan Theo afgestaan?" Sy staalgrys oë rus vraend, peinsend op haar en om die een of ander rede stem daardie kyk van hom haar hartseer.

"Maar sekerlik mag jy my nog soggens kantoor toe bring, Kobus," antwoord sy met deernis in haar stem. Sy weet hoe baie hy die ritjies kantoor toe geniet.

O, Kobus, kreun sy dit byna uit. As jy maar net weet hoe dit my pynig om jou so teleurgesteld te sien, my vriend! Maar wat kan ek tog doen? Ek is so magteloos, want ek kan hierdie

407

liefde nie uit my hart verban nie. Dis tog die wet van die natuur om lief te hê. Jy het my lief en ek het weer iemand anders lief. Dis die ewige driehoek van die lewe, die driehoek wat net pyn en hartseer meebring, en ons staan so magteloos om iets daaraan te doen. Ons moet dit maar aanvaar en daarin berus, my vriend!

Met haar nat reënjassie aan, stap sy later by die kantoor in. Kobus het dadelik, na sy uit sy motor geklim het, weggery. Waarheen hy eintlik op pad is, het hyself nie geweet nie. Hy wou net alleen wees om sy gedagtes te sorteer en te sif, want hierdie tussenkoms van Theo is iets waarmee rekening gehou moet word.

Met drie treë is Theo by; dan help hy haar om van haar nat reënjas ontslae te raak.

"Dankie," sê sy en 'n flou glimlaggie pluk aan haar mondhoeke. Haar oë is half versluierd om so die pyn in haar binneste te verberg. Maar Theo het dit reeds gemerk. Op hierdie oomblik voel hy lus om haar sonder enige waarskuwing in sy gespierde arms te neem, haar styf aan sy bors te druk en haar hard en driftig op daardie sagte, rosige mondjie te soen. Hy moet hom egter staal om nie aan hierdie emosies toe te gee nie.

"Om jou van diens te wees, is vir my 'n eer en 'n plesier, Jeanette," antwoord hy en ook om sy mooi, sterk mond speel daar nou 'n glimlaggie.

Na sy haar reënjas opgehang het, gaan sy voor die rekenaar sit en sê sag: "Sal ons nou met die werk begin?"

Met een vee van sy hand stoot hy die sleutelbord opsy. Toe neem hy weer plek in skuins voor haar op die lessenaar en sê beslis: "Volstrek nie. Ons begin eers om twee-uur met die werk. Nog 'n hele twintig minute om te rus. Intussen kan jy my iets van jouself vertel."

Met hul geselskap op 'n heel ligte vlak, snel die tyd gou verby.

# 8

Toe die ander tiksters om vyfuur geselsend voor die hoofkantoor verbystap, werk Jeanette nog onverpoosd.

"Ek sweer hy laat haar vanaand oortyd werk," merk Betsie op in die verbygaan.

"Ek het dit vanmôre al geraai. Dit was nie verniet dat hy haar daar kom weghaal het nie," kom dit weer van 'n verontwaardigde Marie.

"Wel, as sy bereid is om oortyd te werk, wat gaan dit ons aan?" bestraf Ina hulle goedig.

Toe bereik hulle die hysbak waar daar reeds etlike persone staan en wag, en moet hulle terstond hul geklets staak.

Om sesuur gaan Theo doodluiters langs Jeanette staan en stoot die sleutelbord opsy.

"Nou gaan ons eers eet," kondig hy aan. "Ek is darem nie van plan om jou te laat doodwerk nie, Jeanette."

"Laat ek tog net gou hierdie paar velle klaar tik, Theo. Dis nie meer veel nie," stribbel sy teë.

"Volstrek nie. Ons gaan nou eers eet. Waar is jou reënjassie?"

Sonder verdere teëstribbeling kom sy orent en gaan haal die reënjas wat agter die kantoordeur hang.

Met die ligblou hoedjie oor haar goue krullebol getrek, lyk sy vir die jongman soos 'n boaardse, eteriese wesentjie. Hy voel hoe die liefde en trots in hom opdruis, en hy weet dat sy beslis die lelie van Koppies is, die enigste nooientjie wat hy nog ooit so diep en teer bemin het.

Hoflik hou hy later vir haar die motordeur oop om in te klim. Toe stap hy voor om die voertuig en gaan neem sy plek in agter die stuur. So, dis hoe dit moet wees, dink hy voldaan en versnel die gang van die voertuig. Dis waar haar plek altyd moet wees – hier langs my en nie langs Kobus nie!

Hardop sê hy egter: "Kobus is natuurlik nog nie oor sy teleurstelling nie, nè?"

"Van watter teleurstelling praat jy nou eintlik, Theo?" Sy kyk hom vraend aan.

"Die teleurstelling omdat hy jou nie vanaand kon huis toe neem nie," glimlag hy tevrede en kyk sydelings na haar.

"Nee, hy is nog nie oor daardie teleurstelling nie," uiter sy sag, meewarig. "Maar môreoggend wanneer hy my kantoor toe bring, sal hy dit wel al vergeet het." Die nuanse in haar stem tref hom egter nie, want dit sou hom blind van jaloesie gemaak het, die feit dat sy so openlik met Kobus simpatiseer.

"Maar gaan hy jou dan weer môreoggend kantoor toe bring?" vra hy koel en weg is al sy voldaanheid van 'n rukkie gelede.

"Kobus bring my elke môre kantoor toe," sê sy en kyk hom streng, berispend aan. Sy hou niks van die houding wat hy nou probeer inslaan nie. Kobus is 'n jare lange vriend van haar en waarom mag hy haar nie soggens kantoor toe bring nie?

"Maar jy het my dan belowe!" val hy haar aan.

Maar sy lê hom gou die swye op deur vinnig te sê: "Ek weet ek het beloof dat jy my elke middag huis toe mag neem, Theo. Vir Kobus het ek beloof dat hy my elke oggend kantoor toe mag bring."

"Waarom het jy hom dit beloof, Jeanette?" Sy stem, sowel as sy houding, is dié van iemand wat besef dat hy verslaan is, maar nogtans probeer om vir hom 'n pad oop te veg.

"Waarom mag ek nie? Kobus is vir baie jare al 'n vriend van my. Terloops, ek ken hom vanaf my geboorte-uur, weet jy?"

"Ons sal weer later oor hierdie onderwerp gesels," sê hy diep teleurgesteld. "Hier is ons nou by die hotel en jy is seker al behoorlik honger." Haastig klim hy uit en gaan hou vir haar die deur oop.

Met verbittering in sy hart dink hy aan hul gesprek van flussies onderwyl hulle op die kelner wag om hul bestelling uit te voer. So, dan besit ek haar nog nie heeltemal nie; dan besit ek nog maar net 'n deeltjie van haar! Wel, dis 'n saak wat inderdaad tot 'n beslissing sal moet kom. Dis 'n saak van alles of niks. As sy nie heeltemal aan my kan behoort nie, is ek met die helfte beslis nie tevrede nie. Vanaand, ja, vanaand sal sy moet kies tussen Kobus en my, want so kan dit eenvoudig nie aangaan nie. Verbeel jou, hy bring haar soggens kantoor toe en smiddags besorg ek haar weer tuis . . . Nee, sy sal moet kies. Dis óf hy óf ek, maar beslis nie ons albei nie. Sake moet nou verbrands tot 'n punt kom!

Hoër en hoër laai sy woede op teen die niksvermoedende Kobus. Die wete dat Kobus Jeanette nog elke môre kantoor toe gaan vergesel, ontstel hom so dat hy nouliks bewus is van die smaaklike disse wat die kelner voorsit. Op die oomblik is hy net haastig om weer terug te wees in die kantoor waar hy Jeanette privaat kan spreek, want vanaand nog wil hy weet hoe sy teenoor hom voel.

Sy gesprekkies aan tafel is byna kortaf en stug, en dit tref die jongmeisie dat hy geensins in 'n goeie luim verkeer nie.

Na ete stel hy ook sommer dadelik voor dat hulle moet ry, nieteenstaande die feit dat dit buite al weer hard begin reën het. Etlike oomblikke later snork sy kragtige, vaartbelynde motor weer in die rigting van die middestad en weldra nader hy die gebou waar sy kantoor geleë is.

Terug in die kantoor is hy nog steeds half stug, maar hy help haar nietemin om van haar reënjassie ontslae te raak.

"Sies, maar dis aaklige weer," merk hy terloops op onderwyl sy vingers met die knopie onder haar ken vroetel.

"Jy bedoel dis heerlike weer," terg sy met vonkelende oë. "Ek hou nogal soms van sulke eendeweer."

"Dit sal beslis nie heerlik wees as jy siek word nie. Kyk, selfs jou skoene is sopnat. Jy moet hulle liewer dadelik uittrek en voor die verwarmer plaas om droog te word," versoek hy besorgd. Maar Jeanette steur haar min aan sy vermanings en besorgdheid, want toe sy eindelik ontslae is van haar eie reënjas, begin sy weer in aller yl help om syne los te knoop.

Met 'n geamuseerde glimlaggie betrag hy haar doenigheid. Sy, egter, merk dit nie eens op nie, so besig is sy met haar selfopgelegde taak. En toe sy later met die knoop onder sy ken vroetel, bars hy plotseling uit van die lag.

"Waarom doen jy dit, meisiekind?" vra hy nog steeds vol lag en neem albei haar hande in syne.

"Wel, jy is telkens so hulpvaardig dat ek net gevoel het dis nou weer my beurt om hulpvaardig te wees," glimlag sy fyntjies en staan opsy sodat hy sy nat reënjas kan uittrek.

411

Met 'n berekende blik op haar gesig trek hy sy reënjas uit. Toe gaan skakel hy die verwarmer aan en sê half gebiedend: "Gee jou skoene aan, Jeanette. Ek gaan dit onder geen omstandighede duld dat jy jou onnodig blootstel aan 'n verkoue nie. Wat dink jy sal Kobus daarvan sê as jy dalk siek word?" Die laaste sin voeg hy haar sinies toe en wrewel is duidelik in sy andersins beheersde stem verneembaar. Dit laat Jeanette egter vinnig opkyk.

Stom, verbaas kyk sy in die smeulende oë van die jongman wat nou reg voor haar staan, maar sy fors blik wyk nie 'n sentimeter voor haar deurdringende blik nie.

"Presies wat probeer jy suggereer, Theo? Hoe lyk dit of jy ... of jy dalk jaloers kan wees op Kobus?" stamel sy half verward en 'n trek van pyn verskyn meteens op haar fraai gelaat.

"Ek is," erken hy prontuit en neem haar byna ru aan albei arms. Toe vervolg hy effens skor onderwyl hy haar nog steeds deurvorsend aankyk. "Ek is bitter jaloers op hom, Jeanette. So jaloers dat ek hom sommer aan ..."

"Theo!" roep sy geskok uit. "Jy bedoel dit nie ... Jy kan dit nie bedoel nie. Kobus het jou nog nooit enige leed aangedoen nie!" Sy voel so verskrik en ontsteld oor hierdie hewige, onbeteuelde uitbarsting van hom dat sy momenteel onbewus is van sy staalgreep wat haar arms vasklem.

"Nie?" roep hy nou onbeheersd uit. "Wel, laat ek jou dit vertel: Hy doen my oneindig baie leed aan. Enige man wat jou liefde probeer wen, doen my 'n verskriklike leed aan." Dan vervolg hy weer sag, hartstogtelik as hy die ontsteltenis op haar dierbare gelaat sien: "Jeanette, besef jy dan nie dat ek jou liefhet nie? O, Jeanette, met elke polsslag, met elke klop van my hart bemin ek jou. Daarom kan ek dit nie verdra dat 'n ander man jou ook attensies betoon nie. Ek wonder of jy ooit sal kan besef hoe diep dit my kwes wanneer ek jou telkens uit daardie man se motor sien klim ... Nee, dit sal jy nooit besef nie. Hoe sal jy nou weet wat diep in my binneste aangaan? Jeanette, beteken my liefde dan vir jou niks? Het jy dan geen gevoel vir my nie, my liefling?" Sy stem is smekend en in sy donker oë brand daar 'n vuur wat lyk of dit haar met geweld wil verteer.

412

Met 'n moeë suggie kyk sy op in sy oë wat haar so vraend, so vol verwagting aanstaar, en sy weet hy wag dat sy hierdie een vraag, sy laaste vraag, moet beantwoord. Maar hoe kan ek daardie vraag beantwoord sonder om Kobus daardeur seer te maak? Nee, ek weet nie wat om te antwoord nie. Ek het hom lief, ja, maar ek kan Kobus ook nie seermaak nie. Sy vriendskap beteken vir my so oneindig baie! Sy voel so verward, so hopeloos verward, maar eindelik gee sy die stryd gewonne. Wat sal dit haar tog baat om langer teen haar liefde vir hierdie man te stry? Die tweestryd, die sielswroeging is duidelik op haar fyn gesiggie afgeëts.

"O, Theo," uiter sy, wanhopig. "Ek weet nie . . . Ek het jou ook lief, maar dit mag nie wees nie . . ." Toe vou hy haar plotseling in sy gespierde arms en sy lippe smoor alle ander woorde wat sy nog wou sê.

Hartstogtelik druk hy haar teen hom aan en dit voel vir hom of hy nou die hoogste sport in die lewe bereik het, die oomblik waarna hy so naarstiglik gesmag het. Dit laat sy arms egter stywer om haar sluit. Vir hom het tyd en plek vervaag en hy is momenteel net bewus van die beminlike wesentjie wat hier teen sy bors rus.

Eers toe sy begin spartel om los te kom uit sy hartstogtelike omhelsing, kom hy weer tot verhaal. Hy lig sy kop effens op en sê met 'n gerusstellende glimlaggie: "Waarom lyk jy so vreesbevange, my klein Jeanette? Ek sal nooit 'n haar op jou hoof skaad nie. Ontspan maar gerus, my liefling." Sy stem is sag en sy donker oë gloei van hartstogtelike emosies.

"Laat ek eers my skoene voor die verwarmer plaas," sê sy en wikkel haar los uit sy omhelsing. Sy voel nietemin skrikkerig vir hierdie man wat so hoog bokant haar uittoring met sy staalsterk krag.

"Laat ek dit vir jou doen, my skat," bied hy aan en neem die skoene by haar.

Na hy haar skoene sorgvuldig voor die verwarmer geplaas het, gaan hy op die punt van die lessenaar sit en trek haar liefdevol in die ronding van sy arm. 'n Oomblik betrag hy haar in stilte en hy verwonder hom aan die volmaaktheid van haar hele persoon. Sy is so klein en tog in alle opsigte so volmaak.

413

"Luister, my meisie," sê hy eindelik weer. "Ek wil nou baie ernstig met jou praat ..."

"Is ... is dit al weer oor Kobus?" val sy hom huiwerig in die rede.

'n Lang ruk kyk hy haar ondersoekend aan, toe sê hy byna streng: "Ja, dit is oor hom ook. Hy moet mooi begryp dat jy nou aan my behoort. En ek is nie van plan om my aanstaande bruidjie met enige man te deel nie. Wat myne is, is myne alleen. Jy sal hom ook moet vertel dat dit môre die laaste maal sal wees wat hy jou kantoor toe mag bring. Ek sal dit natuurlik môreoggend nog moet duld, maar dit moet ook die laaste keer wees. 'n Herhaling daarvan sal ek onder geen omstandighede duld nie. Jy is nou myne en net môre gaan ek my verloofring aan daardie vingertjie van jou sit. Almal moet my stempel van besitreg kan sien en weet dat jy myne is ..."

"Maar, Theo, ek kan Kobus onmoontlik nie so plotseling opsy stoot nie. Hy was altyd so 'n goeie, so 'n besondere vriend van my ... Waarlik, ek het nie die moed om hom seer te maak nie," opper sy byna pleitend. Maar Theo is onverbiddelik in sy beslissing.

"O nee, Jeanette, so moet jy nie praat nie. In jou hartjie moet daar geen plek wees vir enigeen nie, behalwe net vir my," sê hy beslis. Hy weet maar alte goed dat sy vir Kobus 'n baie teer plekkie in haar hart koester en dit laat die haat en jaloesie sommer weer opnuut in hom oplaai. Maar hy onderdruk hierdie gevoel toe hy weer vervolg: "Ek is jammer dat ek so selfsugtig is, maar dis bloot omdat ek jou so innig liefhet ... Nee, ek wil hê dat jy hom net môre van ons verlowing vertel. Ek besef dat dit vir jou nie 'n maklike taak gaan wees nie, dat jy huiwerig voel om hom seer te maak, maar eenmaal moet hy dit tog weet. En ek is seker, sodra hy weet dat jy jou aan my gaan verloof, sal hy self terugstaan, Jeanette-lief."

"Maar, Theo, hoe kan ons so gou verloof raak? Ons ken mekaar nog skaars!" stribbel sy nou heftig teë.

"Waaragtige liefde ken geen tyd nie, my meisie. Vir my voel dit of ek jou reeds jare lank al ken en nie net 'n paar dae nie. Jy het my tog lief, Jeanette, het jy nie?" Hy kyk haar vraend, ondersoekend aan en dit ontstel hom geweldig dat sy op elke voorstel van hom teenstribbel. Miskien is hy baie verwen, maar aan sulke teenstribbeling is hy nie gewoond nie. Nog altyd het die lewe hom baie goed behandel en in die meeste gevalle is sy wense gewoonlik wet. Vir hom is hierdie teenkanting van haar beslis iets nuuts. Hy hoop egter sy raak gou daarvan ontslae, want dis voorwaar om 'n man se geduld op die proef te stel.

"Ja, Theo, ek het . . . ek het jou lief," antwoord sy sag en kyk hom byna pleitend aan.

"Dan is daar hoegenaamd geen rede waarom ons die ver-lowing op die lange baan moet skuif nie. Ek dring daarop aan dat ons Saterdagaand verloof raak. En as jy my werklik liefhet, sal jy nie langer teenstribbel nie, my skat," merk hy beslis op en druk haar 'n oomblikkie liefdevol teen hom aan.

"Goed, Theo, ek gee in. Maar een ding verseker ek jou, ons gaan nie gou trou nie," laat sy nou ook net so beslis hoor en dis duidelik dat hierdie besluit van haar finaal geneem is.

"Nou toe nou," roep hy plaend uit, bly dat sy darem tot 'n haastige verlowing toegestem het. "Ek brand al letterlik dat daardie heuglike dag moet aanbreek en hier kom vertel jy my dat dit op die lange baan geskuif moet word. Het jy dan geen genade vir 'n man nie, my liefling?"

"Jy spot nou, en ek is baie ernstig, Theo. Glo my, ek gaan nie toestem tot 'n haastige huwelik nie en daarin sal jy my weer moet tegemoet kom." Sy kyk hom half onseker aan en haar stem klink duidelik moedeloos.

"Nou sê my, wat is jou rede, waarom mag ons nie gou trou nie?" wil hy weer weet. Met sy voorvinger vee hy die ligte frons van haar voorkop af en vervolg glimlaggend: "Jy moenie so gevaarlik frons nie, my skat. Sowaar, ek soen jou netnou soos wat jy nog nooit in jou lewe gesoen was nie. Maar om terug te kom tot die onderwerp . . . Gee my een goeie rede waarom ons nie dadelik mag trou nie!"

"Blykbaar het jy vergeet van my huislike omstandighede," laat sy stil hoor.

"Luister hier, Jeanette-liefling. As jy reken ek gaan wag tot jou moeder eendag te sterwe kom om dan eers te trou, begaan

415

jy 'n geweldige fout. Ek gee jou op die uiterste 'n paar maande om jouself gereed te kry vir daardie groot dag . . ."

"Onmoontlik, totaal onmoontlik, Theo," val sy hom vinnig in die rede. "Ek kan Mammie nie so in die steek laat nie. Sy het nie 'n man wat vir haar sorg nie. Daarom moet ek haar help om die skoorsteen aan die rook te hou."

"Onsin . . . pure onsin . . . Ek is seker jou moeder het nie jou salaris so broodnodig soos wat jy nou wil voorgee nie," roep hy opstandig uit, hoewel dit vir hom baie duidelik is dat Jeanette nie so maklik oorgehaal gaan word nie.

"Mammie het, Theo. Glo my asseblief as ek sê sy het my salaris baie nodig."

"En as my vader jou nou byvoorbeeld ontslaan uit sy diens, moet julle tog sonder jou salaris klaarkom, nie waar nie?"

"Is dit 'n dreigement?" vra sy vinnig en kyk hom strak aan.

"Glad nie, my skat. Ek stip dit maar net aan as 'n voorbeeld," glimlag hy gerusstellend en druk haar weer liggies teen hom aan.

"Wel, in so 'n geval sal ek maar net 'n ander betrekking moet vind," laat sy skouerophalend hoor.

"Betrekkings is nie so maklik hier in ons dorp te kry nie, weet jy?" laat hy met 'n bedekte skimp hoor.

"Maar jy dink tog seker nie dat ek weer hier in Koppies sal aansoek doen om 'n betrekking nie! O, nee, ek sal vir my 'n pos in Pretoria gaan soek. Daar is vele . . ."

"Om naby Kobus te wees, nè?" val hy haar smalend in die rede.

"Ja, dit ook," antwoord sy nou effens vies en dit ontgaan die jongman se oor nie.

"Kom-kom, Jeanette, so sal ons nooit tot 'n punt kom nie. Die bepaling van ons huweliksdag sal ons maar vir eers daar laat. Ek wil jou moeder eers spreek."

"Nou toe, kry nou al die muisneste uit jou kop en laat ons aangaan met die werk. Weet jy dat ons vanaf sesuur nog geen steek werk verrig het nie? Jy sal my vir oortyd moet betaal, jong, of ons nou gewerk het of nie."

Laggend druk hy haar teen hom vas en sê opgewek, byna

uitbundig: "Maar natuurlik sal ek jou betaal. Ek gaan jou sommer ook nou betaal." En met hierdie woorde versmoor hy haar byna met hartstogtelike soene.

Hygend na asem beur sy weg van hom en roep radeloos uit: "Moenie, Theo! Wag, laat my staan!" Maar laggend druk hy haar weer so styf teen hom aan dat sy dit byna uitgil. "Jy maak my seer, Theo! Laat my nou dadelik gaan!"

Sy arms verslap effens en nou sê hy streng bedaard: "Ek wil jou seermaak . . . Ja, ek wil jou sommer behoorlik seermaak. Jy probeer mos op allerhande maniere om my geluk in die wiele te ry. Ek wil jou seermaak, sodat jy tot besinning kan kom."

"Nee, asseblief, moenie," soebat sy toe hy haar weer wil liefkoos. "Laat ons liewer nou met die werk begin. Dis al byna agtuur en daar is nog niks gedoen nie."

"Vergeet maar vanaand van die werk, my skat," voeg hy haar met een van sy innemendste glimlaggies toe. "Nie een van ons sal nou tog verder op werk kan konsentreer nie. Kom ons gaan liewer huis toe. Ek wil jou moeder nog gaan spreek. Want daardie onsin waarmee jy my vanaand wou opsaal, glo ek is blote versinsel."

Toe gaan haal hy haar reënjassie van die hanger af en help haar galant om dit aan te trek.

Eindelik het sy ook haar skoene aan en Theo is nog besig om sy reënjas se lyfband vas te gespe.

"Sal ek jou weer help?" verneem sy onderwyl haar oë goedkeurend oor sy fors gestalte gly.

"As jy nou behoorlik gesoen wil wees, kan jy gerus kom help, meisie. Jy weet natuurlik nog nie hoe na aan 'n soen jy was toe jy my vroeër vanmiddag gehelp het nie, nè?" Hy kyk haar glimlaggend aan en Jeanette bewonder vir die soveelste maal sy donker aantreklikheid.

"Nee, jong, jy het genoeg soene weg vir 'n leeftyd. Kom, laat ons liewer loop."

"Wat, genoeg?" Hy slaan die kraag van sy reënjas op. "Van daardie roosknopmondjie van jou sal ek seker nooit genoeg kry nie, Jeanette-liefling!" En met hierdie woorde raap hy haar

417

weer in sy arms op en soen haar een keer hard en driftig; al haar protes ten spyt.

Twintig minute later, toe hulle eindelik voor die De Waals se woning stilhou, sif die reën nog steeds sag en fyn oor die dorp neer. In die voorportaal brand die lig ook nog en Jeanette weet dat haar moeder nie gaan slaap het nie.

"Jou moeder is blykbaar nog wakker," hoor sy Theo langs haar sê, wat ook die lig in die huis bespeur het.

"Mammie sal nooit gaan slaap voordat ek tuis is nie," glimlag sy in die donker oor haar dierbare moeder se liefdevolle besorgdheid oor haar enigste spruit.

Liggies draai sy die voordeur oop, neem die jongman aan die arm en stuur hom in die rigting van die sitkamer.

Na albei van hulle reënjasse ontslae geraak het, plaas die jongman sy arm om haar dun middeltjie en sê sag: "Gaan roep nou eers jou moeder. Ek moet haar darem ook eers vra of ek haar dogter kan kry, weet jy?"

"Hm, ja, ek sou dink dis die regte ding om te doen," merk sy plaend op en 'n honderd lagduiweltjies dans in haar oë.

"Jong, jy moet met my staan en gekskeer, hoor! Dit lyk mos vir my al of ek my hande terdeë gaan vol hê met die jong mevrou Akkermann . . . Maar, toe maar, ek sal haar 'n paar lessies leer wat sy nie lig sal vergeet nie."

"Wag, jou dreigemente staan my glad nie aan nie. Laat ek liewer my moeder gaan roep." Toe verdwyn sy haastig uit die vertrek.

Etlike oomblikke later hoor hy voetstappe wat in die rigting van die portaal beweeg en pas daarna verskyn Jeanette en haar moeder in die deur van die sitkamer.

Vlugtig tree hy nader en dis vir hom baie duidelik dat sy nooientjie haar skoonheid van haar moeder geërf het.

"Dis nou my moeder van wie ek jou so baie vertel het, Theo," sê sy met 'n teer glimlaggie. "En dis Theo Akkermann, Mammie."

Met 'n stewige handdruk groet hy mevrou De Waal onderwyl sy donker oë sag, waarnemend op haar mooi gelaat rus wat nog geen plooitjie van ouderdom toon nie.

"Dis vir my besonder aangenaam om met u kennis te maak, mevrou," laat hy hartlik hoor en vervolg weer 'n oomblikkie later toe hy langs Jeanette op die rusbank sit. "Jeanette het my so baie van u vertel, maar ek weet nie of ek alles moet glo wat sy my vertel het nie. Daar is sommige dinge wat regtig swaar klink om te glo . . ."

"Skaam jou, Theo, om my so tot leuenaar te maak voor my moeder," val sy hom verwytend in die rede. "Netnou dink my moeder dalk regtig ek vertel leuens agter haar rug."

"Luister, ska . . . Jeanette," verspreek hy hom byna in die ouer dame se teenwoordigheid. Maar die fyn sintuig van Joey de Waal het reeds die halwe woord gesnap en dit lok 'n fyn glimlaggie by haar uit. Jeanette, egter, glimlag openlik. "Ek dink dit sal veel beter wees as jy vir ons gaan tee maak," gaan hy onverstoord voort. "Ek wil graag met jou moeder gesels en jy val my tog te veel in die rede." Die feit dat hy hom byna verspreek het in die teenwoordigheid van die ouer dame, ontstem hom nie in die minste nie. Sy sal tog aanstons weet hoe sake tussen Jeanette en my staan, dink hy tevrede.

"Wees nie verontrus nie. Ek sal jou nie weer steur nie, Theo. Ek sal vir julle gaan tee maak en daarna maar gaan slaap," pla sy met 'n tergende glimlaggie.

Sy volgende woorde is egter kalm, maar 'n duidelike waarskuwing flikker in sy oë, en dit vertel haar dat hy nou geen uittarting van haar meer langer sal duld nie.

"Jy gaan tog seker nie so ongesellig wees om nou al te gaan slaap nie," sê hy. "Of het jy miskien vergeet dat jy 'n gas het?"

"O, verskoon my, ek was onder die indruk dat jy Mammie se gas is. Wel, laat ek dan maar vir julle gaan tee maak." Sy kyk hom tersluiks, triomferend aan en verdwyn haastig by die deur uit.

Al die tyd was die moeder se oë op die twee jongmense gerig en sy moet aan haarself erken dat Theo 'n besonder goeie indruk op haar gemaak het, hoewel sy tog voorkeur aan Kobus gee. Vir haar is hierdie man 'n volslae vreemdeling en vir Kobus ken sy vanaf sy geboorte-uur. En diep in haar binneste voel Joey de Waal heimlik verontrus oor die vriendskap van haar

419

dogter met hierdie vreemdeling. Sy wonder ineens hoe hierdie vriendskap Kobus gaan affekteer.

Jeanette was ook net buite hoorafstand, toe nader Theo die ouer dame oor die saak wat hom so na aan die hart lê. En tot sy verbasing moet hy self uit Joey se mond hoor dat dit alles waar is wat Jeanette hom vroeër vertel het, dat hulle werklik finansieel glad nie goed daaraan toe is nie, en ook dat dit noodsaaklik is vir haar om 'n betrekking te beklee en 'n eie inkomste te hê.

"U bedoel dus dat Jeanette nooit in die huwelik sal kan tree nie, mevrou?" Hy kyk haar duidelik ontsteld aan en dis vir die moeder nou baie duidelik dat daar iets veel meer as net vriendskap tussen haar dogter en hierdie vreemde man bestaan.

'n Oomblik oorweeg sy dit om hom te sê dat dit wel die geval is, maar haar goeie opvoeding en streng lewenswaardes kry eindelik die oorhand oor haar en sy sê sag: "O, nee, meneer Akkermann, dit het ek nie bedoel nie . . ."

"Noem my gerus maar Theo, mevrou," val hy haar goedig in die rede. "Waarom sal ons nou so streng formeel wees?"

"Wel, soos ek reeds gesê het," glimlag sy, heimlik verbaas dat dit 'n Akkermann is wat so iets kan voorstel. Hulle is mos in hierdie dorp mense van aansien. Maar sy vervolg nietemin beheersd soos altyd: "Ek het beslis nie bedoel dat Jeanette nooit mag trou nie. Inteendeel, ek sal my dogter graag eendag gelukkig getroud wil sien."

'n Trek van diepe teleurstelling is nou duidelik op die jongman se gesig te bespeur toe hy weer sê: "Dis voorwaar verblydende nuus vir my, mevrou. Want sien, ek het Jeanette vanaand om haar hand gevra en sy het my verseker dat sy my liefhet en met my sal trou mits u u toestemming daartoe gee."

"Wel . . . e . . . dis 'n bietjie skielik, onverwags, sou ek sê, ek bedoel die nuus wat jy my nou net meegedeel het, Theo," merk sy effens onsamehangend op en kyk hom berekenend aan. "Ek wonder of julle nie te haastig is nie. Begryp my mooi, dis nie dat ek in my kind se weg van geluk wil staan nie, maar julle ken mekaar skaars. En 'n huwelik is so 'n finale stap dat mens dit nie eintlik kan waag om jou so halsoorkop daarin te begeef nie."

"Ek begryp volkome wat u bedoel, mevrou. Maar glo my,

tyd kan aan my gevoel vir Jeanette niks verander nie. En ek glo dat haar gevoel vir my presies dieselfde is. Dat ek u onverwags oorval het met hierdie bekentenis, besef ek terdeë. Maar ek wil u tog vra om my en Jeanette se geluk ernstig te oorweeg voordat u tot 'n beslissing kom."

'n Stonde swyg die moeder en deur haar gedagtes maal daar baie vrae waarvan die hoofvraag is: Sal Jeanette gelukkig wees tussen daardie hooghartige Akkermann-familie? Langsaam dwaal haar oë na die vergroting van haar man en dis of sy daar 'n antwoord soek op al die vrae wat haar so martel. Eindelik sê sy weer: "As Jeanette jou liefhet, Theo, sal ek natuurlik die laaste persoon wees wat in haar weg van geluk sal staan. My eie huwelik was kortstondig, maar baie gelukkig, en ek hoop die lewe hou vir haar net so baie geluk in as wat ek in hierdie kort tydjie gesmaak het. Onthou net, Jeanette is nog baie jonk en onskuldig. Dit sal jou plig wees om haar te beskerm teen die storms van die lewe. Sy is nog nie so ryp in jare en lewenservaring dat sy 'n storm alleen kan trotseer nie."

Met drie treë is Theo by die ouer dame en bedank haar innig en opreg. Toe neem hy plaas op die leuning van haar stoel, sit sy arm gerusstellend om haar skouers en vervolg sag: "Met my eie lewe sal ek Jeanette beskerm, mevrou, dit belowe ek u by alles wat vir my heilig is. Maar sê my eers: As ek haar binne enkele maande my bruidjie wil maak, sal u kan regkom sonder haar salaris? Ek is natuurlik heeltemal bereid om u 'n jaarlikse toelaag te gee aangesien ek u dogter . . ."

"Heeltemal onnodig, Theo," val sy hom vinnig in die rede. "Vir my alleen is my inkomste ruim. En die dag as die nood dalk regtig begin druk, kan ek altyd weer gaan onderwys gee."

Hierop antwoord Theo egter nie. Hy besef maar alte goed dat hierdie mense net soveel trots besit as die Akkermanns, en hy weet dit sal hom niks baat om daarop aan te dring dat sy 'n jaarlikse toelaag van hom aanneem nie.

"Mevrou," sê hy eindelik weer, "aangesien ons u toestemming het tot 'n huwelik, het ons ook u toestemming om Saterdag verloof te raak?"

"Sekerlik, Theo," glimlag sy goedig. "Maar ek waarsku jou.

Jy kan Jeanette kry, maar jy moet haar baie goed oppas. Sy is al wat ek het en my deur sal altyd vir haar oopstaan indien jy haar nie goed behandel nie."

"Dankie, mevrou," sê hy ernstig. "U besef dit natuurlik nie, maar Jeanette is my kosbaarste besitting op aarde. Ek sal altyd trag om haar gelukkig te maak. Glo my, ek sal haar baie mooi oppas." Toe kom die nooientjie onder bespreking die vertrek binne met die teegerei op 'n skinkbord en Theo snel haar vinnig te hulp. "Kon jy my nie roep om die skinkbord vir jou te dra nie, meisiekind?" glimlag hy haar toe en aan die vonkeling in sy byna swart oë kan sy sien dat die onderhoud met haar moeder beslis in sy guns verloop het.

Mevrou De Waal het ook net haar tee genuttig, toe wens sy die jongman 'n rustige nag toe en verdaag na haar kamer. Sy voel moeg, geestelik moeg, en sy wil graag oor hierdie nuwe verwikkeling stil gaan nadink. Dis iets wat haar baie diep raak, want dit gaan haar enigste kind se lewe en toekoms beheer. En wat Jeanette raak, raak haar ook net so diep. Die stralende geluk wat sy vroeër op haar kind se gelaat gemerk het toe Theo haar vertel het van sy sukses met die onderhoud, stel haar egter in 'n mate gerus.

Na Joey die vertrek verlaat het, vou Theo sy aanstaande bruidjie in sy arms en druk haar hartstogtelik aan sy bors. Dit voel vir hom of sy geluk op die oomblik te groot is om te verduur. En as hy so na die beminde gesiggie afkyk, wil hy haar nooit weer uit sy arms laat nie.

"My eie klein liefling," fluister hy sag. "Om te dink dat jy een van die dae my eie vroutjie gaan wees! Ek kan dit byna nie glo nie. Dis vir my die saligste gedagte wat daar bestaan." Toe sak sy donker kop af en ontmoet hul lippe in 'n vurige soen, 'n soen wat hul liefde saamsmelt en hulle van tyd en alles laat vergeet.

Toe hy sy kop eindelik weer oplig, kyk hy haar lank en byna smekend aan. Toe sê hy sag: "My meisie, jy moet vanaand nog ons huweliksdatum bepaal. Die hemel weet, dit verg bomenslike krag van my om jou nou op 'n eerbiedige afstand te hou, noudat ek weet jy gaan eersdaags my vroutjie wees."

"Nou goed, ek stel voor dat ons op my twintigste verjaardag trou . . ."

"Wat . . .! Volstrek nie," val hy haar sonder omhaal van woorde in die rede en sy blik rus nou ook streng op haar. "Ek is glad nie bereid om nog tien maande te wag nie. Nee, ek stel voor dat ons binne drie maande trou."

"Jy raak nou te haastig, Theo," stribbel sy teë. "Daar is nog baie dingetjies wat ek moet afhandel voordat ek met jou kan trou. En ek het in elk geval ook nog nie eens 'n uitset begin nie."

" 'n Uitset is beslis onnodig, my liefling. Jy sal dit tog nie nodig kry nie, want ons gaan by my ouers inwoon." Toe hy die teleurstelling op haar fyn gesiggie sien, vervolg hy haastig: "Jy is nie teleurgestel omdat ons by my ouers sal moet inwoon nie, my skat, is jy?"

"Waarom moet ons nou juis by hulle gaan woon, Theo?" vra sy met 'n klein, onseker stemmetjie en dit ontgaan nie die jongman se oor dat sy bitter teleurgesteld is nie.

"Om besigheidsredes, my meisie," paai hy sag, maar sê niks verder nie. Hy kan nie begryp waarom sy so teleurgesteld is daaroor nie. Die huis is tog ruim genoeg en dit sal vir haar soveel gerieflaker wees as sy nie 'n eie huishouding het om waar te neem nie. Dis maar seker omdat my ouers vir haar nog so vreemd is, besluit hy en beskou die saak daarna as afgehandel.

Hoewel Jeanette niks weer gesê het nie, voel sy tog bitter teleurgesteld in Theo se keuse dat hulle by haar skoonouers sal moet inwoon. Elke bruidjie verlang tog 'n eie huis en 'n eie huishouding om waar te neem. Maar daarvan sê sy liewer niks nie. Later sal sy wel weer met hom hieroor praat.

Elfuur die aand, pas voor Theo vertrek, kom hulle eindelik tot 'n besluit dat hulle binne vier maande sal trou. Ook dat hulle die volgende Saterdag verloof sal raak en dat dit verlowing aan sy ouerhuis gevier sal word. Hy weet dat sy moeder graag haar enigste spruit se verlowing in haar eie huis sal wil vier waar sy self die gasvrou kan wees. Maar daarvan het hy niks aan Jeanette gerep nie. Die rede wat hy aangevoer het, is dat die sitkamer van die De Waals veels te klein sal wees om al die vriende en familie in te onthaal.

423

Ook aan 'n stil huwelik wou Theo eers nie toegee nie. Maar na Jeanette later gedreig het om dan glad nie te trou nie, het hy baie onwillig ingestem.

"Met ons verlowing kan daar 'n groot doenigheid gereël word," het sy gesê. "Maar met ons huwelik verlang ek geen onthaal en gedrang nie. Dit was nog altyd my begeerte om eendag stil te trou. Na die gelukwensing kan ons dadelik na Hermanus vertrek soos ons besluit het." Haar stem het 'n finaliteit ingehou wat die jongman verbaas het. En hy het besef dat dit hom niks sal baat om langer met haar daaroor te stry nie.

Ook Jeanette se begeerte om ná hul huwelik aan te hou met werk, het hy beslis verwerp.

"Wil jy hê die inwoners van Koppies moet die indruk kry dat ek nie vir my vrou kan sorg nie?" het hy half verontwaardig gevra. "Nee, jou plek sal tuis wees en nie agter 'n rekenaar nie. En terloops, wie dink jy gaan eendag ons kinders grootmaak as jy bedags op kantoor wil wees?"

Heerlik het sy uitgebars van die lag.

"Ek moet sê jy koester groot planne vir die toekoms," het sy hom uitgelag. "Maar so is alle mans seker maar."

"Dis nie groot planne nie, my skat, dis ideale wat ek koester vir die toekoms," het hy stil laat hoor.

En nou, lank na hy reeds vertrek het, lê sy nog steeds en dink aan alles wat gedurende die aand gesê was. Sy voel intens gelukkig, maar 'n klein wolkie huiwer oor haar toekoms en dit stem haar onrustig. Die wete dat sy by haar skoonouers sal moet inwoon en nie die privaatheid van 'n eie huis sal kan smaak nie.

# 9

Op kantoor die volgende môre is Jeanette besonder stil. Nie eens die gewone gevatheid van haar medetiksters kan haar hartlik aan die lag kry nie, want Kobus se bitter teleurstelling toe sy hom vanoggend van Theo vertel het, het haar dieper getref as wat sy verwag het.

Sy herleef weer in stilte die oomblikke vanoggend saam met Kobus, sy hoor weer sy ongelukkige stem toe hy gesê het: "Moenie so bitter ongelukkig lyk nie, Jeanette. Jy kan dit mos nie help dat jou liefde aan Theo behoort nie! Nee, jy moet gelukkig wees, maatjie. As mens die dag liefhet, smaak jy die grootste geluk van die lewe kan bied. Dis 'n groot en heilige gevoel, Jeanette, glo my, ek weet. Daarom verlang ek dat jy altyd gelukkig moet wees; dis my bede en my innigste wens." Later, na etlike minute se stilswye, het hy weer gesê: "Moet net nie van my verwag om jul verlowingsparty by te woon nie, want dit sal vir my te pynigend wees . . . Nee, jy moet my nie kwalik neem nie, maatjie, want ek sal nie teenwoordig wees nie. Ek wens jou egter al die geluk van die wêreld toe. En as ek ooit eendag iets vir jou kan doen, moet jy nooit huiwer om my te nader nie. Al is jy ook Theo Akkermann se vrou, sal ek nog altyd soos 'n vriend vir jou wees. Maar wat my eintlik baie verontrus, is die feit dat jy by sy ouers moet gaan inwoon. Daardie hooghartige vrou wat sy moeder is, sal jou bitter ongelukkig maak, Jeanette . . . Jy moet met Theo praat. Dis sy plig om vir jou 'n eie huis te gee, weg van sy ma af."

"Waarom sê jy dit, Kobus?" het sy stil gevra. "Waarom sal sy moeder my ongelukkig maak?"

'n Oomblik het hy haar ondersoekend aangekyk asof dit vir hom snaaks is dat sy dit nie weet nie. Toe het hy half teen sy sin gesê: "Almal weet tog dat sy geen meisie goed genoeg ag vir hom as vrou nie, Jeanette. Ek is regtig verbaas dat jy onbewus daarvan is . . . Maar belowe my dat jy met Theo sal praat, maatjie. Dring daarop aan dat jy 'n huis van jou eie wil hê. Glo my, jy sal nooit gelukkig wees saam met sy moeder in een huis nie. Sy sal alles in haar vermoë probeer om jou geluk te verongeluk, sodat sy weer Theo se liefde en aandag alleen kan besit. Sy is die selfsugtigste mens wat daar leef en glo my, sy is 'n uitmuntende toneelspeelster . . . Ek praat nou van dinge wat alreeds in die verlede gebeur het, Jeanette."

Vir haar was dit 'n geweldige ontnugtering, want so goed het sy die hooggeagte mevrou Akkermann nie geken nie.

"Ek het alreeds met hom gepraat, Kobus," het sy toonloos

425

gesê. "Maar hy sê dis noodsaaklik. Om besigheidsredes moet hy daar inwoon. Nietemin, ek sal weer met hom praat, want dit staan my ook nie aan om by sy ouers te gaan inwoon nie."

"Vertel my, Jeanette," hoor sy ineens Ina se vriendelike stem sê, "wie het jou leed aangedoen? Ons ken jou mos nie vir so 'n swaarmoedige wesentjie nie, outjie."

"Niemand nie, Ina," glimlag sy flou en kyk die meisie stil aan. "Ek voel maar net vanoggend so 'n bietjie . . . wel . . . nie myself nie. Daar kom mos sulke dae in 'n mens se lewe dat jy voel . . ." Toe gaan die kantoordeur ineens oop en Theo verskyn in die oop deur.

Vlugtig dwaal sy oë na Jeanette se lessenaar en eindelik rus sy blik op haar waar sy nog ewe houtgerus op die punt van Betsie se lessenaar sit.

Na 'n vlugtige "Goeiemôre, dames" stap hy reguit na haar en met 'n breë glimlag gaan hy reg voor haar staan en vervolg: "So, dan is dit hier waar jy jou skuilhou, jou klein rondloper. Goeiemôre!"

"Ek het jou reeds flussies al môre gesê," glimlag sy flou, kom orent en gaan dan agter haar eie lessenaar sit.

Theo volg haar gedwee en gaan weer op die punt van haar lessenaar sit.

"Het jy vir die dames hier kom môre sê, of het jy net 'n bietjie vir hulle kom kuier?" verneem hy met 'n gelukkige glimlaggie.

"Albei," antwoord sy stil.

"En hoe lank is jou kuiertjie nog veronderstel om te duur?"

"Nog tien minute. Tot nege-uur."

"Wel, aangesien jy weer vandag moet terugkeer na hierdie kantoor, kan jy die dames maar net sowel inlig omtrent ons verlowing. Hulle sal tog later van jou wil weet wat ek so dikwels hier kom soek, want uit hierdie kantoor sal ek nou nooit kan wegbly solank jy hier binne is nie, my liefling."

"My benodigdhede is nog in jou kantoor, Theo," probeer sy die gesprek in 'n ander rigting stuur.

"Ek sal aanstons een van die klerke vra om dit weer terug te bring, my meisie."

"Ek wens jy wil my hier in die kantoor liewer op my naam noem, Theo," laat sy sag hoor. Sy voel hoe alle oë op hulle gerig is en dit laat haar bitter ongelukkig voel.

"Luister hier, Jeanette-lief. Moet my nooit voorskryf wat ek moet doen en wat ek nie moet doen nie. Ek reken in elk geval dis erg genoeg dat jy hierdie dames eerste kom môre sê het. In die vervolg kom jy my asseblief eerste môre sê. En dis 'n bevel, hoor! As dit nie gebeur nie, kom sê ek jou hier by jou lessenaar môre. En glo my, dit sal op my manier geskied," dreig hy streng. "So, wees dus gewaarsku."

Na Theo later die vertrek verlaat het, is Betsie die eerste wat haar tot Jeanette rig en verras uitroep: "Kom, Jeanette, ons wil nou dadelik weet van wanneer af noem jy meneer Akkermann op sy naam. Het hy al sy liefde aan jou verklaar? Gits, mens, hy lyk so dolverlief!"

"Aarde, maar is daar geen einde aan jou vrae nie?" glimlag die jonger meisie verleë. "Ek dink ek sal maar een vraag van jou beantwoord, Betsie. Eintlik het Theo, meneer Akkermann, my gevra om julle te sê dat ons besluit het om Saterdag verloof te raak."

"En wanneer vind die huwelik plaas, Jeanette?" wil Ina stil weet. Heimlik voel sy teleurgesteld in Jeanette se keuse as lewensmaat. Sy sou eerder verkies het dat sy met Kobus trou. Sy self hou baie meer van laasgenoemde as van Theo Akkermann, maar dit sê sy nie aan Jeanette nie.

"Binne vier maande," antwoord sy half afgetrokke. "Maar glo my, as ek my sin kon kry, sou ons nie getrou het voor volgende jaar hierdie tyd nie."

"En is dit nou daarom dat jy vanmôre so bekaf lyk?" kom dit plaend van Marie. "Weet jy, jy verbaas my elke dag meer en meer, Jeanette."

Verder kon sy nie kom nie, want die klokkie wat Jeanette elke oggend na die oubaas se kantoor ontbied, begin meteens skril te lui. Sy voel ook nie juis spyt om die meisies se veelvuldige vrae te ontduik nie.

Met haar potlood en aantekeningboekie in die hand, tree sy oomblikke later die oubaas se privaat kantoor binne.

Vlugtig kom Theo orent en loop haar halfpad tegemoet. En hoewel sy vir hom flou glimlag, is daar in haar fraai oë nie 'n teken van 'n glimlag nie. Haar gemoed voel loodswaar en op haar fyn gelaat is daar 'n trek van intense weemoed.

Na Theo haar, op sy manier, soos hy dit noem, goeiemôre gesê het, kyk hy haar ondersoekend aan en merk met 'n teer stem op: "Ek begryp dat dit vanoggend vir jou uiters onaangenaam moes gewees het om Kobus te vertel, my liefling. Maar jy moet dit nie so ter harte neem nie. Jy lyk so bitter ongelukkig, Jeanette!"

"Jy het gelyk, Theo. Dit was geen maklike taak nie," laat sy toonloos hoor. Toe dwaal haar blik weemoedig deur die oop venster asof sy daar na krag soek om hierdie loodsware gevoel in haar effens te verlig.

"Maar dis tog nou verby, my meisie!" hoor sy Theo weer sê en dis vir haar al of sy 'n tikkie ongeduld in sy stem bespeur.

"Vir jou en vir my is dit verby, Theo, maar nie vir Kobus nie," laat sy half opstandig hoor. "Hy is diep gekwes en bitter ongelukkig. En juis die feit dat dit ek is wat hom so moes kwes, laat my net so ongelukkig voel . . . Kobus is 'n dierbare vriend van my, Theo. En hy het dit die minste verdien dat die lewe hom so stief moes behandel. Ek voel vir hom bitter jammer."

"Ek begryp, my lief," antwoord hy sag, maar diep in sy binneste voel hy verbitterd teenoor Kobus wat tog nog die mag besit om Jeanette, sy Jeanette, so te laat ly.

Na die diktasie later afgehandel is, trek hy haar weer in die kring van sy arm en sê half verwytend: "My moeder voel bitter teleurgesteld dat daar geen onthaal met ons troue gaan wees nie, weet jy? Bestaan daar dan nie 'n moontlikheid dat jy dalk van opinie mag verander nie, my skat?"

"Nee, Theo, dit spyt my, maar daar bestaan hoegenaamd nie so 'n moontlikheid nie. Ek het jou reeds gisteraand gesê ek verkies 'n stil troue en my besluit is finaal," voeg sy hom beslis toe. Wat het sy moeder per slot van sake met haar troue te doen?

"Maar, my skat, ons moet darem ons ouers ook in aanmerking neem," waag hy dit weer.

"Die huweliksdag is uitsluitlik die bruid se groot dag, Theo, dus nie die ouers s'n nie. Jou moeder het haar groot dag reeds gehad, dus behoort sy nou tevrede te wees," antwoord sy effens kortaf, en dis duidelik dat sy haar nou begin te vervies vir Theo se aanhoudende getorring oor 'n onthaal.

"Asseblief, Jeanette, laat ons tog maar my moeder haar sin gee," pleit hy sag, onbewus van haar ergernis wat vinnig begin oplaai. "Sy het haar hart nou so daarop gesit dat my huweliks-dag eendag 'n spesiale dag moet wees."

"Ek het weer my hart daarop gesit dat my huweliksdag een-dag baie stil moet verloop, Theo. So, vra my asseblief nie weer om my opinie te wysig nie, want daar bestaan hoegenaamd geen moontlikheid dat ek ooit van opinie sal verander en aan hierdie wens van jou sal toegee nie." Toe wikkel sy haar los uit sy arms en vervolg: "Wag, ek het nie lus om vanmôre te argu-menteer nie. Laat ek liewer hierdie briewe gaan tik." En met hierdie woorde draai sy om en verlaat die kantoor, onbewus van die slinkse uitdrukking in Theo se oë wat haar agternastaar.

Elfuur die môre tree hy egter weer die groot kantoor binne. En na die ander vier dames hom hartlik gelukgewens het met sy aanstaande verlowing, beweeg hy met 'n ligte, veerkragtige tred in die rigting van Jeanette se lessenaar.

Met 'n beslistheid wat so eie is aan hom, stoot hy haar aante-keningboek opsy en gaan op die punt van haar lessenaar sit.

"As ek nie vandag al my werk afgehandel kry nie, sal dit net jou skuld wees," val sy hom aan. "Ek moet sê, as dit so aangaan, sal ek later verplig wees om gedurende etensure ook te werk . . ."

"Kom, kom, 'n mens is nie so kwaai met jou aanstaande nie," val hy haar pleitend in die rede en bly maar doodluiters sit waar hy sit. "En die werkery tydens etensuur is in elk geval pure onsin, want daar sal niks van kom nie." Dan kruis hy sy bene gemaklik en Jeanette voel hoe almal se oë op hulle gevestig is. Sy besef ook dat dit haar niks sal baat om hom te vra om haar tog nie so dikwels te kom besoek nie. Hy sal haar versoek tog net weer met 'n geamuseerde glimlaggie opsy skuif en sê dat hy alle reg besit om haar soveel maal te besoek as wat hy ver-kies. "Ek het my moeder flussies gebel en haar verwittig dat jy ten ene male verseg om aan haar wens te voldoen," vervolg hy met 'n slinkse glimlaggie. "Sy het toe gevra dat ons twee middagete tuis moet kom nuttig. Sy wil graag self met jou praat, Jeanette."

"Ek vrees jou moeder mors net haar tyd, Theo. Ek is glad nie van plan om my besluit te wysig nie. En jy kan haar gerus maar vroegtydig waarsku hoe sake staan."

By homself dink hy: Ek wens jy wil nie so 'n houding teenoor my moeder aanslaan nie, Jeanette. Hierdie houding van jou gaan haar gewis nie aanstaan nie. Sy is 'n groot figuur in die sosiale kringe van Koppies en sy is gewoond dat haar woord deur almal eerbiedig word . . . Dit sal bitter jammer wees as jy en Moeder nie oor sake kan ooreenstem nie! Maar hardop sê hy: "Ek wonder. Ek het so 'n spesmaas dat my moeder tog haar sin gaan kry, my lief. Sy gee nooit 'n saak maklik gewonne nie, weet jy?"

"Dit spyt my om jou uit jou droom te help, Theo, maar jou gevoel flous jou beslis hierdie keer. Want sien, daar bestaan nie so 'n moontlikheid nie – nie solank ek die bruid gaan wees nie," glimlag sy, maar die nuanse in haar stem is dié van 'n persoon wat heeltemal vasberade is dat die huwelik volgens haar wens gaan geskied.

"Kom, Jeanette, ek weet jy bedoel dit nie," probeer hy haar woorde aflag.

"Ek bedoel elke woord wat ek gesê het, Theo. En ek herhaal, jy kan jou moeder gerus waarsku," merk sy op en kyk hom nou koel, ernstig aan.

"Ons sal sien," glimlag hy effens ongemaklik. "So 'n sagte klein mensie soos jy sal nie bestand wees teen my moeder se oorredingskrag nie."

"Ek vrees jy onderskat my. Maar dit sal jy natuurlik nog moet uitvind. Ek het in elk geval 'n spesmaas dat sy teleurgesteld gaan wees in jou eie oordeel," glimlag sy nou sinies.

Wat Theo nie geweet het nie, was dat Jeanette dieselfde wil en deursettingsvermoë besit het as sy moeder. Hy egter, het haar net geken as die stil en besadigde nooientjie wat hy 'n par dae gelede in sy vader se kantoor ontmoet het. Ook mevrou Akkermann was onbewus van die feit dat Jeanette met haar sagte geaardheid, ook 'n wil van staal besit. Vir haar was die nuus dat Theo so gou na sy aankoms al weer planne koester vir 'n huwelik 'n geweldige skok en ontnugtering. En die feit dat Jeanette hierdie keer sy keuse is, het haar totaal magteloos gelaat. Sy het besef dat sy niks teen Jeanette durf sê nie, omdat laasgenoemde by al die inwoners van Koppies bekend en bemind is. Ja, haar beminlikheid en fyn maniertjies is op almal se lippe en sy dwing onbewus respek en agting van oud en jonk af. Nee, teen Jeanette sal sy gewis niks kan inbring om Theo se trouplanne te verongeluk nie. Sy sal net die gesag, wat sy so swaar opgebou het hier in die sosiale kringe van Koppies, daardeur ondermyn. Want almal weet dat daar teen Jeanette niks te sê is nie, dat sy 'n regte klein dametjie is, 'n dametjie wat enige moeder met graagte sal ontvang as skoondogter. Nee, sy wil nie hê die inwoners van Koppies moet haar skeef aankyk en agter haar rug fluister nie, dus sal sy haar enigste kind maar met die Jeanette-vrou moet deel, hoe swaar dit ook al gaan wees. Maar met hierdie gril van laasgenoemde, deur aan te dring op 'n stil huwelik, gaan sy ten ene male nie akkoord nie. Nee, ek gaan dit beslis nie duld nie, het sy opstandig gedink. Ek is die moeder van die bruidegom en ek het beslis ook 'n sê in die saak. Nee, ek gaan dit nie duld dat my enigste kind soos 'n wegloper trou nie. Jeanette kan gerus maar die idee van 'n stil huwelik uit haar gedagtes stel.

Toe die horlosie later eenuur aankondig, tree Theo weer die groot kantoor binne.

"Is jy gereed, Jeanette?" vra hy heel opgewek, want die feit dat sy moeder niks teen laasgenoemde te sê gehad het nie, behalwe dat sy nog betreklik jonk is, gee hom goeie moed. En hy sal graag wil sien dat Jeanette haar wense eerbiedig.

Vlugtig vee laasgenoemde met die poeierkwassie oor haar fyn neusie, trek die kam 'n paar keer deur haar krulle, neem toe haar handsak op en kom orent.

"So, nou is ek gereed," sê sy.

Al geselsend spoed hulle later in die rigting van sy ouerhuis, sonder om weer een keer oor mevrou Akkermann te gesels. En toe hulle later voor die Van der Walt-woning verbyry, werp

431

Jeanette 'n vlugtige blik in die rigting van die huis om te sien of Kobus tuis is. Theo, egter, merk dit. En hoewel dit hom bitter vies maak dat sy so begaan is oor die vent, swyg hy maar en laat niks van sy innerlike gebelgdheid blyk nie. Hy kan haar in elk geval tog nie belet om te kyk waar sy wil nie.

In die weelderige sitkamer met al sy luuksheid sit mevrou Akkermann reeds op hulle en wag. Sy voel wrewelrig en tog in 'n mate opgewonde ook – wrewelrig omdat Jeanette die dogter is van 'n arm weduwee, en opgewonde omdat sy weer eens haar seun gaan toon dat haar woord wet is in hierdie dorp met sy klein gemeenskap. Ja, vandag sal sy hom toon hoe sy Jeanette se wense laat verkrummel onder haar gesag.

Toe hoor sy Theo se motor wat voor die deur stilhou en daarna voetstappe wat met die treetjies van die veranda afkom. Toe kom sy statig orent.

Met 'n vriendelike glimlaggie, wat sy met jare lange oefening aangeleer het, groet sy die twee jongmense.

Toe Jeanette in 'n groot gemakstoel wil gaan sit, maak Theo onmiddellik beswaar deur te sê: "O, nee, Jeanette, dit gaan ek nie duld dat jy so ver van my af sit nie. Kom, sit liewer hier langs my op die bank. Dis erg genoeg dat ek bedags op kantoor gerantsoeneer word, nou wil jy selfs hier ook 'n kilometer van my af gaan sit! Kom, jy gaan nêrens anders as hier langs my sit nie," en hy slaan met sy hand langs hom op die bank. Onwillekeurig moet die ouer dame aan haarself erken dat Jeanette in der waarheid 'n beeldskone meisie is.

Later aan tafel is mevrou Akkermann die eerste wat die aanstaande huwelik ophaal.

"Theo vertel my dat jy aandring op 'n stil huwelik, Jeanette." Haar blik rus deurdringend, half berekend op die jongmeisie, maar dit skrik Jeanette geensins af nie. Inteendeel, dit laat haar net weer half vererg voel, want waarom moet sy nou weer daarvan praat? Sy het Theo tog vroeër al gesê dat sy nie van plan is om ooit van sienswyse te verander nie.

"Theo het u reg ingelig, mevrou. Wat my betref . . . wel, ek was nog nooit 'n liefhebber van 'n gedrang nie," antwoord sy sonder om te skroom.

"Wel, ek moet tot my spyt erken dat ek niks hou van jou idee nie, Jeanette. Ek kan net nie insien waarom dit nou juis 'n stil huwelik moet wees nie. Julle is mos nie weglopers nie! Nee, julle is albei so welbekend hier in die dorp dat ek vrees jy sal jou maar moet onderwerp aan 'n groot onthaal en al die formaliteite wat daarmee gepaardgaan."

"Ek is regtig jammer as dit u ontstel, mevrou, maar met my huwelik sal daar geen onthaal wees nie," laat sy met duidelike finaliteit in haar stem hoor, "Ek het Theo tegemoetgekom deur toe te gee aan sy wense dat daar 'n onthaal gereël mag word met ons verlowing, maar vir 'n groot doenigheid met ons huwelik sal ek nooit saamstem nie. Dit was nog altyd my begeerte om eendag stil te trou, en hy moet dit maar so aanvaar."

"Is dit nie maar omdat jou moeder nie 'n groot onthaal kan bekostig dat jy 'n stil huwelik verkies nie, Jeanette?"

"My moeder kan dit wel bekostig om 'n reuse-onthaal te gee indien ek dit verlang, mevrou," antwoord sy effens skerp en wens die ou dame wil nou ophou met haar geneul oor 'n onthaal. Mens sou sê haar en Theo se hele geluk hang van die onthaal af. Die feit dat dit eintlik haar oupa De Waal se geld sal wees wat vir die onthaal sal betaal indien sy dit verlang, verswyg sy maar liewer. Wat het dit per slot van sake met hulle te doen?

"Wel, dan moet ek maar aanneem dat dit is omdat jy en jou moeder so afgesonder leef dat jy nou sku voel om in 'n gedrang te verskyn," merk die ou dame met sleg bedekte sarkasme op wat die jongmeisie se oor nie ontgaan nie en dit laat haar verslae, so hopeloos verslae voel. Maar dan besef sy ineens dat sy nie vir hierdie hooghartige vrou durf ingee nie. Want indien sy dit eenmaal toelaat, sal haar hele persoonlikheid daarmee heen wees. Hierdie vrou sal haar op elke moontlike manier probeer uitbuit en haar later soos 'n wurm laat kruip.

Ineens voel Jeanette weer hoe die ergerlikheid jeens die ouer vrou in haar begin oplaai en sy weet dat indien sy haar persoonlikheid wil laat geld, sy hierdie hooghartige vrou ook 'n stekie sal moet toedien.

"Dit spyt my regtig om u dit te sê, mevrou," glimlag sy fyntjies. "Maar sosiale beuselary verveel my uiters. Dis niks anders as 'n sinnelose gejaag na niks, kosbare tyd wat mens aan iets veel beter kan bestee. Snaaks, my moeder wat altyd hoog aangeskrewe gestaan het in die sosiale kringe, het selfs ook destyds 'n stil huwelik verkies toe sy en Pappie getrou het."

"Regtig, Jeanette, jy kan gerus maar hierdie een keer jou wens prysgee. Jy sal tog niks daarvan oorkom nie en daar sal so baie wees wie jy daardeur gelukkig sal maak . . ."

"Luister, Theo, daar is hoegenaamd geen sprake daarvan dat ek hierdie een wens van my sal prysgee nie. Dis iets wat my besonder intiem raak, my huweliksdag. En ek reken ek het alle reg om aanspraak te maak op 'n stil huwelik, indien ek dit so verlang. Ek is immers die bruid en die huwelik is uitsluitlik die bruid se groot dag," val sy hom misnoegd in die rede. Sy voel op die oomblik bitter verontwaardig en sy gaan nou ook geen geheim meer maak van haar gebelgdheid nie.

"En as ek daarop aandring dat jy van opinie moet verander, Jeanette?" verneem Theo ook nou effens onthuts.

"Moet ek dit aanneem as 'n uitdaging?" merk sy vinnig op en 'n blos van ergernis kleur haar wange vuurwarm.

"Neem dit aan presies soos jy verkies, want ek sien geen rede waarom jy so halsstarrig moet weier om my moeder haar sin te gee nie. Sy is tog baie ouer as jy en weet beslis veel beter wat gedoen moet word," laat hy nou ook geraak hoor.

"Wel, as jy daarop aandring, Theo, is dit veel beter dat ons die huwelik op die lange baan skuif. Of anders kry jy maar 'n ander bruid om die plegtigheid met jou te deel . . ."

"Jeanette!" val hy haar bars in die rede. "Jy uiter nooit weer sulke onsinnige woorde nie, begryp jy?"

"Onsinnig was my woorde voorwaar nie. Ek reken dit sal veel beter wees dat ons 'n paar feite in die gesig staar . . . Ek het jou reeds gister gesê dat jy gans te haastig is met die huwelik en ek herhaal dit weer. Ons ken mekaar skaars. En juis die feit dat ons nie eens ooreen kan kom wat die reëlings van die huwelik betref nie, laat my dink dat dit veel beter sal wees as ons die hele saak vir eers uitstel tot tyd en wyl ons mekaar beter verstaan," merk sy met 'n vreemde beslistheid op en stoot haar bord, nog onaangeraak, opsy.

Theo merk dit en sê haastig, verskonend: "Jy wil tog nie sê jy het al klaar geëet nie, Jeanette?" Sy stem verraai duidelik sy besorgdheid en hy voel momenteel vies vir homself omdat hy sy humeur so kwytgeraak en haar so bars aangespreek het. Op hierdie manier gaan ek haar beslis na Kobus toe dryf, besluit hy onrustig. Want geen nooientjie sal dit verdra dat 'n kêrel haar so bars en driftig aanspreek nie. Maar dan val dit hom ineens by dat hy nie alleen daaraan skuld het nie, maar ook sy moeder. Sy was darem baie beledigend teenoor Jeanette.

Ja, op hierdie oomblik is hy deeglik bewus van hoe swak hy en sy moeder hulle gedra het: sy moeder uiters beledigend, en hy verloor sy humeur totaal. Geen wonder Jeanette lyk so bitter teleurgesteld nie. En die feit dat sy nou ook nie eens geëet het nie, ontstel hom meer. Sy moet bepaald honger wees, want hyself het flussies gevoel asof hy 'n bees alleen sal kan verslind.

Toe hy weer opkyk, merk hy dat ook sy moeder se blik op Jeanette se onaangeraakte bord rus.

"Maar, Jeanette, jy het dan niks geëet nie, kind! Regtig, jy kan nooit al klaar wees nie," merk sy nou effens bekommerd op, omdat laasgenoemde dit nie eens die moeite werd geag het om op Theo se vraag te antwoord nie, en kyk ondersoekend na die jongmeisie.

"Dankie, ek het klaar geëet, mevrou," antwoord sy stil onderwyl haar fraai oë onverstoord op een van Pierneef se skilderye rus wat aan die oorkantste muur van die eetkamer pryk.

Vir haar kan dit nou niks meer skeel of hulle haar wrewel merk of nie. Sy voel bitter teleurgesteld in Theo, om van sy moeder nie eens te praat nie. Sy en haar moeder mag arm wees, maar sy gaan dit nie duld dat hierdie hooghartige mense op haar kop sit net omdat hulle welvarend is nie.

Vir Theo is dit duidelik dat Jeanette haar totaal van hom en sy moeder onttrek het en haar in 'n wêreld van haar eie afgesonder het waar nie een van hulle haar ooit kan bereik nie. En dit verontrus hom nog meer.

Weer sê hy: "Jy kan onmoontlik nie so teruggaan kantoor toe nie, Jeanette. Asseblief, jy moet iets eet."

Sy kyk hom nie eens aan nie toe sy sag sê: "Ek het reeds gesê ek het nie honger nie."

Toe die maaltyd later ten einde loop, verdaag hulle na die sitkamer. En sonder om een keer na Theo te kyk, gaan neem sy in een van die saggestoffeerde leunstoele plaas. Sy voel so teleurgesteld en verneder dat hulle sover dit haar betref gerus maar kan teruggaan kantoor toe. Aan sy moeder se geselskap het sy geen sin meer nie, en aan syne nog minder. Op die oomblik verlang sy net om weg te wees van hulle albei.

Mevrou Akkermann is egter die eerste wat weer praat na hulle al drie plaasgeneem het. En ook sy, net soos Theo, besef dat hulle Jeanette uiters swak onthaal het.

"Watter kleur gaan jou bruidstabberd wees, Jeanette?" vra sy nou 'n bietjie vriendeliker.

"Ek het nog nie besluit nie, mevrou. Maar indien ek wel nog trou, sal dit seker maar wit wees." Haar hele houding, sowel as haar stem, is sonder enige belangstelling en dis duidelik dat sy uiters verveeld voel.

Soos 'n jong atleet kom Theo orent waar hy langs sy moeder op die bank sit en gaan plak hom netjies op die leuning van Jeanette se stoel neer.

"Presies wat bedoel jy met 'indien ek wel nog trou', Jeanette?" vra hy streng en op afgemete toon.

"Net dit: Dat ek glad nie meer so seker is of ek nog wil trou nie," antwoord sy onverskillig.

'n Stonde kyk hy haar geskok en half gekrenk aan, maar daaraan steur sy haar min. Hy het haar nou duidelik gewys dat hy verkies om sy moeder se kant van die saak te kies, dus waarom sal sy haar nou verder aan hom steur?

"Asseblief, Jeanette, moet dit nooit weer sê nie," laat hy nou sag, pleitend hoor. "Dink jy ek sal jou ooit toelaat om troubreuk te pleeg?"

"Troubreuk! Maar jy is nou aan die dwaal, Theo," laat sy nog steeds onverskillig hoor. "Jy praat van troubreuk en ons is nog nie eens verloof nie!"

"Ons is so goed as verloof, Jeanette. Ek is seker teen hierdie tyd weet die hele dorp al dat ons Saterdag verloof gaan raak. En wat meer is, jy is myne, en myne sal jy vir ewig bly. Jy het geen hoop om ooit weer van my ontslae te raak nie. Net die dood kan jou van my wegneem." Sy stem is beurtelings pleitend en gebiedend. Toe kyk hy af na sy polshorlosie en sien dat dit byna twee-uur is. "Dis tyd vir ons om te gaan," sê hy stil en kom terselfdertyd orent.

Ook die twee dames volg nou sy voorbeeld.

Tot op die voorveranda vergesel mevrou Akkermann hulle. Toe groet sy Jeanette met die woorde: "Kom kuier gou weer, my kind. Ons kan die uitnodiging van die gaste saam bespreek. Ek sal ook graag die patroon van jou bruidstabberd wil sien. Ek verlustig my gewoonlik in die uitrusting van 'n bruid – seker maar omrede ek nie 'n dogter van my eie het nie," glimlag sy goedig en vervolg: "Ek dink jy gaan 'n besonder mooi bruid wees. En Theo sal natuurlik so trots soos 'n pou wees met jou as sy bruidjie."

"Dankie vir die kompliment, mevrou," merk sy futloos op, groet die ouer dame en stap langs Theo in die rigting van sy motor wat voor die deur geparkeer staan.

Op pad terug kantoor toe is Jeanette besonder stil en terug-getrokke. En toe Theo later voor 'n kafee stilhou om vir haar iets te gaan koop om te eet, maak sy koel beswaar.

"Maar, Jeanette, jy het vandag dan nog niks geëet nie! Nee, jy kan onmoontlik nie so teruggaan kantoor toe nie," stribbel hy heftig teë en begin aanstaltes maak om uit te klim.

Maar Jeanette hou hom terug deur te sê: "Jy doen verniet die moeite. Ek wil niks hê nie, dankie. En terloops, dit was lankal twee-uur. Ek dink dis tyd dat ons ry."

Sonder meer skakel hy die voertuig aan en trek met 'n ge-weldige vaart weg. Op sy gelaat is daar nou baie duidelik 'n trek van kommer en onrus.

In stilte stap hulle later die gebou binne. Voor sy vader se privaat kantoor neem hy haar aan die arm en sê sag: "Kom eers 'n oomblikkie binne, Jeanette."

Geluidloos stoot hy die deur agter hulle dig. Toe plaas hy albei sy arms om haar. En onderwyl hy pleitend in haar vertroe-belde oë staar, sê hy met 'n pynbelaaide stem: "My liefling, nee, so kan dit nie 'n minuut langer aangaan nie. Jy behandel my skoon of ek . . . of ek 'n vreemdeling is. Ek kan dit nie meer 'n oomblik langer verduur nie." Hy druk haar liefderyk teen hom aan en vervolg met intense hartstog in sy diep stem: "Jeanette, o, my liefling, wat het vandag met ons verkeerd gegaan?"

"Ek sou reken dis 'n vraag wat jy veel eerder aan jouself en jou moeder behoort te stel, Theo. En nou wil ek jou vra om my asseblief te laat gaan. Daar is hope werk wat op my wag om afgehandel te word. En ek vrees wat vandag gebeur het, kan nie so maklik weggeredeneer word nie," laat sy koel hoor en probeer haar uit sy omhelsing loswikkel. Maar hy druk haar net stywer teen hom vas en dit laat haar half vererg voel oor hierdie besitlikheid van hom.

"Jeanette, liefling, moet my asseblief nie meer langer martel nie. Die hemel weet, ek kan hierdie stroewe, ongenaakbare houding van jou nie meer langer verduur nie . . . O, ek weet my moeder en ek het jou bitter teleurgestel, my liefling." Sy stem raak weg asof hy nie weet hoe om verder te gaan nie, asof die gekweste uitdrukking in haar sagte oë hom onwillekeurig die swye oplê. Hoe diep die seer in haar binneste werklik is, sal hy, die rykmanseun, nooit kan raai nie. Want wat weet hy en sy moeder van armoede, van afsloof en swoeg om die pot aan die kook te hou, van spot te verduur van ander wat meer bevoorreg is, soos hulle Akkermanns, en om dan nog die laaste slag te ontvang, die nekslag, en dit van die man wat sy so liefhet se moeder, en hy verroer nie eens 'n vinger om haar in haar verleentheid, haar diep vernedering te hulp te snel nie? Al sy simpatie het by sy moeder gelê en sy moes soos 'n verstoteling sien om die mas teen hulle kwetsende woorde alleen op te kom.

'n Oomblik aarsel sy om te praat, en dis of sy nie genoeg moed en krag het om die hele onaangenaamheid te bespreek nie. Waarom kan hy my dit nie spaar nie? wonder sy en haar gesig is bleek en strak van frustrasie.

Toe kyk sy op, haar oë nou 'n vertroebelde blou, en sê stil en bitter: "Julle het my nie net teleurgestel nie, maar bitter seer-gemaak. Jou moeder was, om die minste daarvan te sê, uiters

438

beledigend . . . en jy nie minder nie, Theo. Dus, laat my liewer gaan. Ek voel nie in die minste geneë om dit alles weer op te rakel nie."

'n Oomblik kyk hy haar aan en dis asof haar woorde, die nuanse in haar stem, hom effens laat skrik. Ook sy gesig verbleek effens.

"Jy is reg, Jeanette, ons het jou bitter swak onthaal." Sy oë is nou twee donker poele wat pynlik op haar rus, haar smeek om hom te vergewe. "Vir my moeder het ek wel 'n verskoning, maar vir myself nie . . ."

"'n Verskoning vir . . . vir jou moeder!" hyg sy en kyk hom met smeulende oë aan. Sy volgende woorde maak haar egter stil.

"Begryp tog dat my moeder bitter teleurgesteld was toe julle nie kon ooreenkom insake ons huwelik nie, my skat. Sy het later tog berou gehad oor al die onbesonne woorde wat sy jou toegevoeg het. Jy het self gehoor sy nooi jou om gou weer te kom kuier. Sy het jou selfs ook 'n komplimentjie gemaak as bewys dat sy spyt was oor haar gedrag. Vir haar kan jy gerus vergewe, Jeanette, liefling. Glo my, sy het bitter berou oor alles. Die vraag egter is of jy my kan vergewe, want ek het geen verskoning vir myself nie. Ek kan ook nie begryp wat my besin het dat ek my humeur so verloor het nie." Hy kyk haar 'n oomblik stil aan asof hy haar gedagtes wil peil, asof hy in hul blou dieptes soek na 'n geringe teken van vergifnis. As hy dit egter nie vind nie, vervolg hy boetvaardig: "Regtig, ek voel bitter spyt oor alles wat gebeur het. Ek kan jou die versekering gee dat dit nooit weer sal gebeur nie, my skat. Is dit moontlik dat jy my kan vergewe, Jeanette? Ek weet ek vra nou baie van jou, maar my liefde vir jou is so oneindig, so grensloos . . . ek kan nie daaraan dink dat ek jou moet verloor nie, Jeanette."

'n Lang ruk betrag sy hom stil, ondersoekend, half berekenend. Toe begin sy eindelik praat, sag en bedaard: "Ek weet nie . . . ek sal julle seker maar moet vergewe, Theo. Maar die hemel weet, dit moet die laaste maal wees. Dit moet nooit, nooit weer gebeur nie. Ons is arm, maar ek is nie aan sulke dinge gewoond nie. In ons huis heers daar net liefde en harmonie. Sulke harde woorde soos wat vandag in julle huis geval het, is vir my totaal vreemd. Ek is nie daaraan gewoond nie . . ."

"Dit sal nooit weer gebeur nie, my liefling, dit belowe ek jou," val hy haar sag in die rede en druk haar weer liefdevol teen hom aan. "Maar, Jeanette, liefling, jy moet nooit weer so onverskillig praat van ons huwelik nie. Jy maak my bitter seer as jy so praat, want ons liefde is vir my iets heiligs, iets wat nie met sulke dreigemente besoedel mag word nie."

"Vir my is dit ook heilig, Theo," werp sy stil terug. "Dus hoop ek ons verstaan mekaar in die vervolg beter."

"Ons sal, skat. Glo my, jy sal nooit besef watse hel ek hierdie afgelope twee uur deurgemaak het nie. Ek is seker ons het albei vandag 'n les geleer."

"Ek moet nou gaan, Theo," sê sy 'n oomblikkie later. "Ek het baie werk om nog af te handel voor vyfuur."

Sy blik rus warm en liefdevol op haar beeldskone gelaat, toe buk hy af en sy lippe vee liggies oor haar wang totdat hulle op haar eie bewende lippe rus. Sy voel die hitte van sy liggaam teen haar, die klop van sy hart teen haar bors, en sy weet dat haar liefde vir hom grensloos is, dat haar liefde haar maar altyd sal dwing om die minste te wees.

# 10

Moeg van die heeldag se ry, hou Theo vyfuur die middag voor sy ouerhuis stil. Sy motor is vaal van die stof soos hy oor sandpaaie gejaag het om vanaand tuis te wees. En hoewel Jeanette niks sê nie, weet hy dat sy moeg en uitgeput voel van die lang reis van Hermanus af waar hulle hul wittebroodsdae deurgebring het.

"Die twee maande by Hermanus was heerlik, vroutjie, maar dis tog aangenaam om weer tuis te wees," merk hy op onderwyl hy die motordeur vir haar oopmaak. "Maar dit lyk so stil, ek wonder of Moeder tuis is," vervolg hy weer.

"Sal ons Mammie na ete kan gaan groet, Theo?" vra sy sag en kyk hom vraend aan.

"Maar sekerlik, my skat. Ek weet jy het die afgelope twee maande baie na haar verlang, al wou jy dit nie sê nie," voeg hy haar met 'n teer glimlaggie toe en lei haar na die voordeur.

Oorstelp van blydskap val die moeder haar seun om die hals toe hy en Jeanette die sitkamer binnetree. En vir laasgenoemde voel dit byna of haar teenwoordigheid op hierdie moment oorbodig is, of sy 'n ongewenste indringer is wat geen reg het om moeder en seun se intieme ontmoeting te aanskou nie.

"Ai, ek is darem bly dat jy weer tuis is, Theo," roep sy hartlik en warm uit. "Ek het al so bitterlik na jou verlang, my kind."

Ook Theo groet sy moeder hartlik, maar dan val dit hom by dat sy moeder Jeanette nog nie gegroet het nie en liggies maak hy hom los uit haar omhelsing.

"Moeder het my vroutjie nog nie gegroet nie," herinner hy haar met 'n stralende glimlaggie. "Sy was mos ook weg, of hoe?"

"Nou toe nou, in my opgewondenheid vergeet ek totaal om haar te groet," maak sy halfhartig verskoning. Maar vir die sensitiewe, fyngevoelige Jeanette is dit duidelik dat sy uitsluitlik om Theo se ontwil verskoning maak. "Maar ek het ook so na jou verlang, Theo." Sy gee Jeanette 'n vlugtige piksoentjie op die wang. Toe spits sy weer al haar aandag op haar seun toe asof sy vroutjie glad nie eens bestaan nie. "Kom sit en vertel my alles wat van belang is," sê sy weer, haak by die jongman in en lei hom na die rusbank.

Hoewel Jeanette niks laat blyk nie, laat haar skoonmoeder se koue ontvangs tog 'n fyn skrapie in haar binneste na. Haar optrede skep duidelik die indruk dat slegs Theo welkom is en dat sy, Jeanette, van veel minder belang is, eintlik net die vyfde wiel aan die wa is.

Swyend neem sy op een van die luukse gemakstoele plaas en sy voel hoe die swaarmoedigheid ineens om haar toesak.

Toe tree die oubaas die sitkamer binne. Sy welkomsgroet is egter warm en opreg. En na hy die jong vroutjie hartlik gegroet het, hou hy haar 'n entjie van hom weg en sê lig skertsend:

441

"Hm, ja, dit lyk darem of my dogter 'n bietjie groter geword het." Hy plaas sy arm vriendelik om haar smal skouertjies en vervolg ernstig: "Ek hoop jy gaan baie gelukkig wees hier by ons, Jeanette. En as Theo dit ooit durf waag om jou in die geringste ongelukkig te maak, vertel jy net vir my. Ek sal hom vir jou uittrap."

Spontaan skater sy uit van die lag en op daardie oomblik word daar onbewus 'n hegte band van vriendskap tussen vader en dogter gesmee.

"Dankie, Vader, ek sal dit altyd onthou," antwoord sy en op hierdie oomblik weet sy dat sy in die oubaas 'n opregte vriend en vader gevind het. Sy warm vriendelikheid het ook sommer dadelik al die spoke verjaag wat haar met hul tuiskoms al wou oorweldig het.

Na ete kondig Theo aan dat hy en Jeanette eers haar moeder wil gaan groet. Maar vir sy eie moeder staan hierdie mededeling glad nie aan nie. Haar selfsugtige, besitlike liefde vir hierdie enigste kind van haar kry egter weer soos gewoonlik die oorhand oor haar. En sy besluit dat sy dit geensins gaan duld dat hierdie verpiepte vroutjie van hom hom telkens van haar gaan wegneem nie.

"Maar, Theo," stribbel sy heftig teë en daar is 'n onmiskenbare klank van misnoegdheid in haar stem. "Is dit werklik nodig dat julle nou juis vanaand moet gaan groet? Môre is tog tyd genoeg! Gits, jy is pas tuis en jy wil al weer weg!"

"Jeanette het ook na haar moeder verlang," verduidelik hy met 'n flou glimlaggie. "Ek het haar beloof dat ons haar moeder na ete kan gaan groet. Dus sal Moeder en Vader ons moet verskoon."

"Wel, ek hoop jy bly nie die hele nag weg nie, Theo. Hoewel ek tog nog reken julle kon maar gewag het tot môre. Ek is seker Jeanette sal nie omgee om te wag tot môre nie."

Die laaste sin sê sy met 'n slinkse glimlaggie en die jong vroutjie voel duidelik aan dat daar iets vyandigs in haar woorde skuil, asof sy haar uitdaag om haar wense te probeer dwarsboom.

Met 'n pynbelaaide gemoed dink Jeanette: Ek wonder waarom probeer sy die hele aand om my seer te maak. Ek het haar tog geen leed aangedoen nie!

Toe hoor sy weer Theo se mooi, diep stem langs haar sê: "Sal ons maar wag tot môre, vroutjie?"

Jeanette voel momenteel te afgehaal oor sy moeder se woorde en gedrag om verder iets te sê en sy knik dus net instemmend met haar kop.

Onderwyl die drie Akkermanns vrolik, onderhoudend gesels, sit Jeanette stil en afgetrokke langs Theo sonder om aan die geselskap deel te neem. Haar hart is seer en sy voel bitter ongelukkig. Sy het haar intrede hier in die Akkermann-woning so anders voorgestel. Sy het altyd gemeen dat die ouer vrou haar nou, na haar huwelik met Theo, beter gesind sal wees. Maar nou lyk dit regtig of al haar hoop verydel is, want dit lyk asof die ouer dame haar nou meer vyandiggesind is as ooit voorheen.

Theo is so opgewonde om weer tuis te wees dat hy nie dadelik sy vroutjie se swye merk nie. Eers later, toe dit al byna tyd is om bed toe te gaan, val dit hom op dat Jeanette die hele aand nog besonder stil was.

Liefdevol trek hy haar nader totdat haar goue kop teen sy skouer rus en vra besorgd: "Waarom so stil, vroutjie? Jy het die heel aand nog nie een woord gesê nie!"

"Dis maar seker omdat ek moeg voel," jok sy met 'n flou glimlaggie, want op die oomblik voel sy nie so danig moeg nie. Sy het byna vier uur in die motor gelê en slaap gedurende die rit.

"Wel, dan moet ons maar gaan slaap, my skat. Ek voel self ook uitgeput van die lang reis."

Voordat die jong man egter orent kan kom, is sy moeder al weer aan die woord.

"Voor jy gaan slaap, wil ek jou eers vertel wat met jou neef, Eddie, gebeur het, Theo. As Jeanette moeg voel, kan sy gerus maar gaan slaap. Ons sal haar verskoon."

Vir Jeanette klink hierdie woorde duidelik na 'n bevel, 'n bevel wat sy nie durf verontagsaam nie. Sy staan ook sommer dadelik op, wens almal 'n rustig nag toe en verdaag na haar kamer.

Voor die oop kamervenster gaan sy staan en peins met oë wat nikssiende voor haar uitstaar. Toe plotseling val haar oë op die klein deeltjie van haar moeder se huis en haar verlange is ineens onkeerbaar om nou in daardie vriendelike huis met sy warm atmosfeer te wees, om haar moeder se liefdevolle arms om haar te voel en te weet dat dit haar eie moeder is wat haar so goed begryp.

Die wete dat sy in hierdie onvriendelike huis moet bly terwyl haar moeder se warm, huislike ou huisie net 'n hanetreetjie van haar is, dwing trane na haar oë.

Werktuiglik begin sy haar later te ontklee. In die verte hoor sy die stadsaal se horlosie twaalfuur slaan en nog het Theo nie kom slaap nie. Natuurlik sy moeder wat hom so besig hou ... Dan was Kobus tog reg, dink sy verdrietig en raak eindelik aan die slaap.

Weinig wis Jeanette dat dit maar die eerste is van baie aande wat sy sonder haar man sal moet gaan slaap, en dat dit alles aan haar skoonmoeder se slinkse toedoen te wyte is.

Na ontbyt die volgende môre is Jeanette druk besig in hul slaapkamer toe Theo die vertrek binnetree op soek na haar.

"So, dan is dit waar jy jou skuilhou, jou klein karnallie," glimlag hy en druk haar speels teen hom vas onderwyl hy haar hare met sy een hand deurmekaarvryf. "Is my vroutjie baie besig?" vra hy teer.

"Nee wat, ek is so te sê klaar," glimlag sy vol liefde terug. "Ons kan maar gaan. Ek weet jy het my kom sê dat jy gereed is om oor te stap om my mammie te gaan groet."

Ineens voel dit vir haar of hy verstyf en dis duidelik dat hy verleë voel. Dit laat haar hom egter vraend aankyk.

"Dis eintlik die moeilikheid waaroor ek jou wil spreek, my liefling," laat hy nou duidelik ongemaklik hoor. "Moeder se motor staan in die motorhawe en sy het my gevra om haar vanmôre na 'n paar plekke te neem waar sy dringend moet wees."

Toe Jeanette nie dadelik praat nie, sê hy weer: "Ek weet nou regtig nie wat om te doen nie, my skat. Ek het jou immers beloof dat ons jou moeder vanmôre sal gaan groet, en onder omstandighede kan ek my moeder ook nie aan haar lot oorlaat nie." Sy oë pleit met haar om tog hierdie moeilike posisie te begryp waarin hy op die oomblik verkeer. En sy begryp, begryp dat sy maar sal moet berus dat die feit dat sy moeder eerste kom in sy lewe, eerste aanspraak op hom het, en dat sy, sy vrou, eintlik tweede viool sal moet speel in sy lewe. 'n Intense moegheid neem ineens weer van haar besit en sy weet instinktief dat die toekoms 'n uiters moeilike stryd vir haar gaan oplewer. Sy moeder is nie daartoe geneë om haar enigste kind aan 'n ander vrou af te staan nie.

"Wel, as jy met jou moeder wil gaan rondry, Theo, sal ek my mammie maar alleen gaan groet," sê sy toonloos en Theo hoor die teleurstelling in haar stem.

"Kan ons nie maar vanmiddag gaan nie, vroutjie?" paai hy met 'n teer stem en druk haar weer liefdevol teen hom aan.

"Nee, Theo," antwoord sy beslis. "Ek gaan nie meer langer wag nie. Vanmiddag sal daar waarskynlik weer iets anders opduik wat jy vir jou moeder sal moet doen . . ."

"Jeanette, vroutjie, moet asseblief nie onredelik wees nie," val hy haar sag in die rede. "Moeder kan dit tog nie verhelp dat haar voertuig in die motorhawe beland het nie!"

"Waarom het sy ons nie gisteraand laat begaan toe ons my moeder wou gaan groet het nie, Theo? Sy het blykbaar toe al geweet dat sy vanmôre jou hulp sal nodig hê," kom dit verwytend.

'n Oomblik kyk hy haar stil aan, dan sê hy eindelik: "As dit die houding is wat jy gaan aanneem, Jeanette, het ek niks verder te sê nie. Ek het gehoop dat jy sou verstaan en . . ."

Voordat Theo sy sin kan voltooi, is daar 'n ligte klop aan die kamerdeur en daarna sy moeder se stem wat sê: "Mag ek binnekom?"

"Seker, Moeder, kom gerus binne," antwoord hy en laat Jeanette vry uit sy omhelsing.

Na 'n onpersoonlike "Goeiemôre" aan die teleurgestelde vroutjie, vervolg sy haastig: "As jy gereed is, kan ons maar gaan, Theo." Sy werp 'n vlugtige blik van triomf in die jonger vrou se rigting, dan draai sy om en verlaat die vertrek met die woorde: "Ek stap solank aan, Theo, ek is baie haastig."

445

Vir die gevoelige Jeanette is daardie blik van haar skoonmoeder soos 'n vlymskerp dolk wat haar op die teerste plekkie deurpriem. Sy draai ook sommer dadelik om en gaan voor die venster staan.

Besluiteloos staar Theo haar agterna. Toe tree hy haastig in haar rigting. Liggies plaas hy sy arm om haar skouers en sê sag: "Gee my eers 'n soentjie voor ek gaan, vroutjie."

Met pynbelaaide oë draai Jeanette haar verwese gesiggie na hom.

Die kus wat sy hom gee is koud en onpersoonlik en dit tref Theo dadelik. Maar daar is vir hom nou geen tyd om kapsie daarteen te maak nie. Sy moeder wag reeds buite op hom.

"Ons sal hierdie sakie weer later bespreek, sodra ek terug is, Jeanette," sê hy en wou net omdraai om die vertrek te verlaat toe sy ineens sag laat hoor: "Daar is hoegenaamd niks om oor te praat nie, Theo. Dis nutteloos om verder hieroor te praat."

"Jeanette!" roep hy radeloos uit.

'n Oomblik kyk hy haar weer besluiteloos aan, dan draai hy skielik om en verlaat die kamer.

"My goeiste, Theo, maar jy kan lank draai as ek haastig is," merk sy moeder half vies op toe hy eindelik by haar aansluit.

"Ek moes eers met Jeanette praat, Moeder. Sy is bitter teleurgesteld oor ons die besoek aan haar moeder weer vanmôre moes uitstel . . ."

"Sy sal hoegenaamd niks oorkom as sy wag tot vanmiddag nie," val sy hom vinnig in die rede. "Jeanette sal moet leer dat 'n vrou baie dinge in die lewe moet opoffer vir haar man. Ek dink sy is baie verwen. Maar sy sal wel uitvind dat sy nou nie meer by haar moeder is wat aan elke gier en gril van haar toegee nie. Sy sal haar maar net moet skik na omstandighede."

Met 'n bekommerde uitdrukking op sy mooi, sterk gelaat skakel hy die voertuig aan en trek vinnig weg.

"Jeanette weier om te wag tot vanmiddag, Moeder," sê hy en stuur die motor deur die groot hek. "Sy gaan vanoggend alleen om haar moeder te groet, en ek moet sê ek hou nie van die idee nie. Watse indruk gaan dit op haar moeder maak as sy alleen daar aankom?"

"Maar waarom het jy haar dit nie belet nie?" vra die ou dame nou effens in die knyp. Sy wil tog onder geen omstandighede hê die mense moet daarvan praat dat Jeanette haar moeder alleen moes gaan groet het terwyl Theo saam met haar rondry nie. Nee, dit sal glad nie goed wees vir haar aansien nie.

"Hoe op aarde kan ek my vrou belet om haar moeder te gaan besoek?" merk Theo nou effens ongeduldig op. "Wil Moeder hê my vrou moet my verlaat en by haar moeder gaan inwoon? Nee, geen man het die reg om sy vrou haar ouerhuis te belet nie, Moeder. Ek sien ook nie waarom ek haar dit moet belet nie. Ek is dan dag en nag by my ouers! Dis net dat ek nie daarvan hou dat sy haar moeder vanoggend alleen moet gaan groet nie. Dit gaan beslis 'n swak indruk skep."

Peinsend staar die ou dame voor haar uit. Die oorwinning wat sy vroeër oor Jeanette behaal het, voel vir haar nou na 'n neerlaag. Sy besef dat sy verkeerd gehandel het deur Theo weer vanoggend van Jeanette weg te lok. Sy ken die inwoners van Koppies en sy weet ook hoe hulle teenoor Jeanette voel. By haarself besluit sy om in die vervolg versigtiger te handel.

Na Theo so haastig daar weg is, begin die trane vrylik oor Jeanette se wange te rol daar waar sy nog steeds voor die venster staan. In haar keel is 'n pynlike knop wat sy met die beste wil ter wêreld nie kan afsluk nie en wat die trane met geweld na haar oë dwing.

"O, Theo, is dit hoe ons huwelikslewe gaan wees?" snik sy jammerlik en haas haar na die badkamer om daar haar hartseer uit te snik.

'n Uur later sit sy haar hoed op en stap langsaam met die straat op in die rigting van haar moeder se woning.

As Joey de Waal nog spore van trane in Jeanette se oë bespeur, maak sy geen melding daarvan met hulle ontmoeting nie. Maar wat die noulettende oë van die moeder dadelik merk, is die intense hartseer wat haar kind se verwese gesiggie so duidelik weerspieël. Sy besef ineens dat dit haar werk sal wees om hierdie kind van haar wat so moedeloos daar uitsien, op te beur en moed in te praat.

Toe moeder en dogter later op die rusbank in die eetkamer

sit, verneem eersgenoemde terloops of Theo dan vandag al op kantoor is. En toe Jeanette haar verwittig dat hy sy moeder vandag moet rondry, besef sy onmiddellik wat die oorsaak is van haar kind se hartseer. Net die manier waarop sy dit gesê het, het haar moeder oortuig dat dit die rede moet wees.

"My kind, onthou dit altyd, Theo sal nooit opsetlik iets doen om jou seer te maak nie . . . Hy het jou te lief om jou opsetlik seer te maak, my ou dogter," paai die moeder sag. "En wat vanoggend gebeur het, was immers nie sy keuse nie."

"Maar, Moeder, enige man behoort tog sy man te kan staan teen so 'n moeder. Maar dit lyk my Theo is glad nie opgewasse teen haar slinksheid nie, of anders wil hy dit nie wees nie," gee sy driftig uiting aan haar opgekropte hartseer en teleurstelling. "En as hy so blind is dat hy nie eens deur haar spel kan sien nie, weet die vader alleen wat van ons huwelik gaan word. Telkens gee hy maar toe aan haar wense en wat ek verlang, word heeltemal buite rekening gelaat. Haar wense neem hy gewoonlik dadelik in ag, maar myne is van veel minder belang. Nee, Moeder, Theo het genoeg skuld daaraan. Ek kan hom glad nie vryspreek nie. En as dit hom dan meer behaag om met sy ma rond te jakker, bly ek hier vir die dag. Dit verskaf my ook baie plesier om by my moeder te wees."

"Jeanette, my kind, jy moet tog nie so onverskillig praat nie," pleit die moeder. "Julle moet saamstaan en 'n sukses van julle huwelik maak. En onthou, dit kos niks om soms die minste te wees nie. Daar kom tye in 'n mens se lewe dat jy genoodsaak is om die minste te wees, my kind. Kom, vergeet nou al die onaangenaamheid. Ek gaan vir ons tee maak, dan vertel jy my hoe jy die twee maande by Hermanus geniet het."

Ofskoon die moeder haar dogter probeer moed inpraat en teregwys, voel sy self nie gelukkig oor die toestand van sake nie. Dit wil haar sterk voorkom of haar kind se geluk bedreig word. En dat Theo vanoggend totaal verkeerd opgetree het, besef sy maar alte goed. Maar sy durf dit nie aan Jeanette erken nie, uit vrees dat sy hulle moeilikheid dalk daardeur mag vergroot. En sy wil onder geen omstandighede aanspreeklik wees vir haar kind se ongeluk nie. Sy moet liewer probeer om Jeanette al hierdie onaangenaamheid te laat vergeet. Verder hoop sy maar dat hulle hierdie moeilikheid op 'n verstandige manier uit die weg sal ruim.

Na middagete stap Jeanette saam met haar moeder na die hoenderhokke om te sien hoe die pluimveeboerdery vorder, en het nie een van hulle die telefoon gehoor wat herhaalde male gelui het nie.

Misnoegd plaas Theo die gehoorbuis terug op die mikkie en stap op die veranda uit.

Op die oomblik voel hy beurtelings bekommerd en gebelg, en hy wonder waar Jeanette en haar moeder is dat nie een die telefoon beantwoord nie.

Op die ingewing van die oomblik besluit hy om oor te ry na sy skoonmoeder se woning. Maar voordat hy sy motor bereik, verander hy weer van plan. Wat sal ek tog daar gaan soek, hulle is blykbaar nie tuis nie, besluit hy wrewelrig en begeef hom dan na hulle slaapkamer.

Behaaglik strek hy hom uit op die bed, dan kom sy hand met 'n nat, koue voorwerp in aanraking. Vlugtig kom hy orent om vas te stel wat dit is. Toe sien hy dat dit 'n nat sneesdoekie is wat Jeanette daar moes vergeet het. By nadere ondersoek blyk dit dat sy gehuil het, want die sakdoekie is heeltemal klam en in 'n bondeltjie gefrommel.

Hemel, het ek jou so seergemaak, vroutjie? dink hy ontnugterd en klem die nat sakdoekie styf in sy hand vas. My liefling, as jy maar net weet in watter moeilike posisie ek my vanoggend bevind het! Nee, jy sal nooit kan besef hoe bitter dit vir my was dat ek weer vanoggend my woord aan jou moes breek nie. As jy maar net wil probeer verstaan en vergewe. Dis vir my so uiters swaar om my moeder iets te weier. Sy is die vrou wat my onder haar hart gedra het, wat my die lig laat sien het en my later vertroetel het as kind. Hoe kan ek haar ooit iets weier? O, my vroutjie, jy moet tog probeer om te verstaan!

Toe dink hy weer daaraan dat Jeanette tog maar kon gewag het tot hy tuis is, dan kon hulle minstens saam die middag by haar moeder gaan deurbring het. Nou moet hy alleen hier op die bed lê en hy weet nie wat om met homself aan te vang nie, en boonop weet hy nie eens waar sy op die oomblik rond-flenter nie. En plotseling voel hy weer gebelg oor Jeanette se koppigheid.

Sesuur skakel hy weer mevrou De Waal se nommer. Hierdie keer tref hy dit egter gelukkiger, want laasgenoemde antwoord sy oproep byna onmiddellik.

"Moeder, kan ek met Jeanette praat, asseblief?" sê hy verlig en dink by homself: So, dan is hulle darem uiteindelik tuis?

"Hallo, Theo," hoor hy sy vrou se mooi, sagte stem, maar dit klink vir hom effens koel – of sou hy hom dit maar net verbeel?

"So, en waar dros jy en jou moeder heeldag rond as ek mag vra?" wil hy plotseling weet en die nuanse in sy stem is glad nie vriendelik nie.

"Ek begryp nou glad nie waarvan jy praat nie, Theo. Moeder en ek was nog die hele dag tuis."

"Toe maar, Jeanette, dis onnodig om my met leuens op te saal. Ek weet julle was nie tuis nie," voeg hy haar nou duidelik vererg toe. "Maar sê my, het jy geen plan om vandag huis toe te kom nie?"

"Gee jy om as ek aandete saam met my moeder nuttig?"

"O, ek sien . . . Wel, jy kan natuurlik maak soos jy wil. Bel my maar wanneer ek jou moet kom haal," merk hy nou erg vies op en plaas die gehoorbuis hard op die mikkie neer sonder om haar 'n kans te gee om weer iets te sê.

Jeanette voel dat die trane al weer baie naby is toe sy van die instrument af wegstap, maar sy veg dapper om hulle teë te hou. Sy wil onder geen omstandighede voor haar moeder huil nie. Nee, haar moeder moenie weet hoe seer dit nou hier in haar binneste voel nie.

Na ete noem Theo 'n boek en gaan lusteloos in die sitkamer sit en lees. Hy wil graag 'n rukkie buite in die tuin gaan stap, maar nou durf hy ook nie uit die huis gaan nie, aangesien Jeanette dalk enige oomblik mag bel. En hy is op die oomblik die enigste persoon in die huis om die telefoon te beantwoord, omdat sy moeder en vader al vroeg uit is om 'n funksie by te woon.

Toe Theo later ligte voetstappe op die veranda hoor, kom hy

haastig orent en stap na die voordeur. Daardie voetstappe ken hy al baie goed. Hy weet dat dit Jeanette is wat daar loop.

Vlugtig draai hy die voordeur oop en kyk koel af na die fyn postuurtjie van sy vrou wat voor hom staan.

Met 'n flou "Hallo, Theo," tree sy binne.

In die voorportaal keer hy haar voor deur reg voor haar te gaan staan.

"Ek wag nog steeds dat jy moet bel," sê hy en sy oë kyk haar streng aan. "Het iemand jou miskien huis toe gebring?"

"Wie sal my nou huis toe bring?" sê sy sag. "Ek het natuurlik geloop. Dis mos nie ver nie!"

"Luister, Jeanette, as jy dit ooit weer hierdie tyd van die aand op straat wag, sal jy darem regtig sien wat met jou gebeur," voeg hy haar onthuts toe. "Ek het jou uitdruklik gesê om my te bel sodra jy lus voel om huis toe te kom . . . Waarom het jy my nie gebel nie?"

"Hoe moet ek weet of jou moeder jou nie dalk weer intussen nodig gekry het nie?" merk sy spytig op.

"Jou sarkasme kan jy gerus vir jouself hou. As ek jou 'n vraag vra, verwag ek 'n ordentlike antwoord."

"Ek het jou vraag in alle ordentlikheid beantwoord. Dis presies die rede waarom ek nie gebel het nie," laat sy weer sag hoor en wil by hom verbydruk.

Maar hy neem haar plotseling aan albei skouers en sê koel, streng: "Nie so haastig nie, ek het nog 'n sakie om met jou af te handel."

Stil staar sy hom aan en sy voel hoe die trane al weer na haar oë dwing.

"Laat my asseblief gaan, Theo," sê sy met 'n bewerige, onvaste stem onderwyl sy haar oë op haar hande gevestig hou.

Hy hoor egter die trane in haar stem. En toe hy sien dat die trane nou ongehinderd oor haar wange rol, laat hy haar ineens gaan. Dit pynig hom geweldig om haar in trane te sien.

Sonder meer haas sy haar na hulle slaapkamer om daar uiting te gee aan hierdie intense seer in haar binneste. Voor haar moeder moes sy haar trane bedwing, maar nou kan sy hulle nie meer langer keer nie.

In 'n klein, snikkende bondeltjie op die bed, tref Theo haar later aan en dit maak sy hart week teenoor haar.

Sonder om 'n woord te sê, lig hy haar in sy kragtige arms op en druk haar styf aan sy bors. Dan streel hy liefdevol, vertroostend oor haar geel krullebol. Hy besef dat een woord van hom net meer snikke by haar sal uitlok. Dis bewaar hy maar liewer die swye.

Toe haar snikke eindelik bedaar, sê hy teer: "Vertel my waarom is jy vandag so hartseer, vroutjie? Aan 'n sakdoekie wat jy vanoggend hier op die bed vergeet het, het ek gesien dat jy vanoggend ook gehuil het. Vertel my, vroutjie, wat is dit wat jou so hartseer maak?"

Met 'n duidelike beskuldiging in die blou dieptes van haar oë kyk sy hom aan.

"Laat ons liewer nie daaroor praat nie . . . Nie vanaand nie. Ek is jammer dat ek so . . . so beheer oor myself verloor het," stamel sy effens en vervolg toonloos: "Gee jy om as ek nou gaan slaap?"

"Glad nie, vroutjie. Inteendeel, ek dink dis die beste wat jy kan doen. Jy lyk vir my vanaand besonder bleek. Is jy seker alles is wel met jou, Jeanette . . . ek meen ons is darem al twee maande getroud!" Hy kyk haar betekenisvol aan.

Sy skud net haar kop as teken dat sy heeltemal gesond voel en gaan haal dan haar slaapklere uit die laai.

Sulke oomblikkies met haar man is vir die jong vroutjie louter genot. Maar soos die weke in maande verander het, het ook hierdie intieme oomblikkies al minder en minder geword en het sy moeder steeds meer en meer van sy vrye tyd in beslag geneem. En Theo was magteloos om iets daaraan te doen.

Op bedekte wyse het die ou dame Theo altyd weggelok wanneer sy bewus is dat hy en Jeanette 'n afspraak het. En menige aande het Jeanette ook al vingeralleen in die groot huis gebly, aande wat Theo 'n afspraak moes kanselleer om aan sy moeder se wense te voldoen en Jeanette uit pure teleurstelling maar bed toe gegaan het.

Al hierdie inmenging van haar skoonmoeder het Jeanette later bitter gestem teenoor die ou dame, want sy was deeg-

452

lik bewus daarvan dat haar skoonmoeder haar geluk opsetlik probeer dwarsboom, dat alles waarteen Kobus haar destyds gewaarsku het, die reine waarheid is.

Menige woordewisseling het ook later tussen die jonggetroude paar ontstaan, waarvan die ou dame direk die oorsaak was. Maar van sy moeder wou Theo niks verkeerd hoor nie. Sy verskoning aan sy vroutjie was altyd dat dit sy moeder is en dat hy haar ook in aanmerking moet neem. Maar die feit dat hy altyd net sy moeder in aanmerking neem en nooit sy vrou nie, het nooit tot hom deurgedring nie. En Jeanette moes dit alles maar aanvaar en tevrede wees, al was die opstand in haar soms byna onkeerbaar. Eendag, het sy geweet, moet daar 'n einde aan hierdie toestand van sake kom, want so kan dit nie aanhou nie. Sy is ook maar net 'n mens van vlees en bloed, en hierdie toestand begin nou haas te veel word om te verduur. Sy doen haar uiterste bes om die opstand in haar te onderdruk en om in vredesnaam stil te bly. Maar sy weet ook dat sy nie altyd daarin sal slaag nie, dat sy nie altyd sal kan stilbly nie, want haar skoonmoeder raak elke dag meer veeleisend en sy voel die breekpunt is nie meer ver om die draai nie.

# 11

Diep peinsend stap Jeanette langsaam met die straat af in die rigting van haar tuiste. Sy voel vandag besonder bedruk, want sy het sonder twyfel 'n moeisame dag saam met haar moeder deurgebring by die weduwee Marais, wat in die arm deel van Koppies woon – die Onderdorp.

Vandat sy getroud is – en dis reeds nege maande gelede – was sy nog nooit weer by die arme tant Breggie Marais nie. Ja, vir haar met soveel mondjies om te voed, hou die lewe seker net kommer en trane in, dink sy meewarig, want sy weet nie hoe haar eie moeder moes swoeg na haar vader se dood nie, en sy het maar een kind gehad om te voed en te klee.

So diep ingedagte is Jeanette dat sy skoon vergeet dat Theo

dalk al tuis is. Hy kom gewoonlik vroeër as sy vader tuis, maar op die oomblik is die oubaas vir 'n week weg op 'n sakebesoek. Al waaraan sy op die oomblik kan dink, is aan die vreeslike armoede wat in die Marais-woning heers en aan die vier uitgehongerde wesies wat die swart, bitter koffie en droë brood soos 'n koninklike maal geniet het.

Weer sien sy die maer, swartgeklede gestalte van tant Breggie met die skurwe, vereelte hande van elke dag se was en stryk vir ander, en 'n diepe deernis vir die moedige vrou neem van haar besit.

Meganies klim sy die treetjies op na die voorstoep. Dan ruk Theo se gebiedende stem haar wreed tot die werklikheid terug van waar hy en sy moeder luilekker op die koel stoep sit en ontspan.

"Kom hier, Jeanette," beveel hy streng. "Waar drentel jy die hele dag rond dat jy nie eens by die huis is wanneer ek tuiskom nie? En kyk hoe laat is dit al. G'n ordentlike vrou lê hierdie tyd van die dag nog op straat rond nie."

Moedeloos staar sy hom aan, totaal van stryk gebring. Maar sy gaan hom nietemin met 'n bedeesde soen groet. Sy weet intuïtief dat sy moeder weer verantwoordelik is vir hierdie onvriendelike bui waarin hy verkeer, want nog nooit het hy enige beswaar geopper wanneer sy by haar moeder was en effens laat tuiskom nie.

"Ek was by Mammie," antwoord sy stil.

Die bleek, moeë trek op haar fynbesnede gesiggie tref hom dadelik en nou voel hy intens spyt dat hy haar so hard aangespreek het. Dis vir hom baie duidelik dat sy nie gesond voel nie. Sy stem is sag, simpatiek toe hy weer sê: "Wat het jy en jou moeder vandag aangevang, vroutjie? Jy lyk so bleek en moeg," en hy trek haar stoel liggies teenaan syne.

"Ons het die weduwee Marais in die Onderdorp gaan besoek. Mammie het vir die kinders 'n paar stukkies klere geneem . . ."

"Wat . . .! Moet tog nie vir my sê jy was in die Onderdorp nie, Jeanette!" val haar skoonmoeder haar met duidelike minagting in die rede. "Is dit waar jy bedags rondkuier, jy, Theo

454

Akkermann se vrou? Dat ek hierdie dag moet beleef dat jy ons so in die skande steek, ons aansien, ons goeie naam so deur die modder sleep . . . Maar ek moes dit van jou verwag het. Wat weet jy tog van eer, aansien en 'n goeie naam?"

"Ek is jammer, Moeder, maar ek weier om langer na u beledigings te luister. Ek is veel beter opgevoed as om ander sulke beledigings toe te slinger."

Sy hoor hoe die ou dame na haar asem snak en haastig kom sy orent. Voordat Theo of sy moeder weer iets kan sê, is sy reeds by die voordeur in en op pad na haar kamer. Haar gelaat is baie bleker en haar hande bewe merkbaar van diepe verontwaardiging. Nog altyd het sy probeer om die vrede tussen haar en haar skoonmoeder te bewaar, maar vandag het sy darem te ver gegaan. Die De Waals se naam is net so goed en vlekkeloos soos wat die Akkermanns s'n maar kan dink om te wees. En sy gaan in die vervolg ook geen beledigings van die ou dame duld nie.

Voor haar oop kamervenster gaan sy staan, want dit voel vir haar ineens of die vier mure van die vertrek haar wil vasdruk en versmoor. En op hierdie oomblik weet sy dat sy haar skoonmoeder verag met 'n grenslose veragting wat uit 'n diep gewonde siel gebore is.

Toe gaan die kamerdeur plotseling oop en Theo tree die vertrek binne. Sy gesig is bleek en gespanne, en sy donker oë kyk haar koel aan toe hy langs haar staan en bars sê: "Ek is bitter teleurgesteld in jou, Jeanette."

Ontdaan van alle spraakvermoë, stil in die felheid van die stryd wat sy weet gaan kom, praat sy niks, kyk hom net stil aan met oë wat gelaai is van pyn en vernedering.

"Jy kan ons albei gerus maar die onaangenaamheid van enige verdere woorde spaar, Theo," sê sy duidelik en haar stem klink moeg, oneindig moeg. Sy voel dat sy nie nog 'n woordewisseling en miskien meer beledigings sal kan verduur nie. Sy besef dat sy nou 'n punt bereik het wat baie na aan breekpunt grens.

Haar oë staar nikssiende oor die panorama van Koppies wat voor haar uitgestrek lê. Hoe lank nog, o Heer, hoe lank nog, bid sy stil. Ek kan dit nie meer langer verduur nie. Sy is besig om my man van my te vervreem . . . en wat bly dan vir my in hierdie lewe oor? Niks . . . niks . . . net 'n leë dop waar weens 'n warmpolsende hard was, 'n hart wat bemin het, wat die hoogste geluk geken het. Nee, iets moet gebeur. Dit kan nie langer so aanhou nie!

"Luister hier, Jeanette. Of dit nou onaangenaam gaan wees of nie, maar ek dink die tyd het aangebreek dat ons sekere dinge in hul regte perspektief sien, en glo my, ek gaan dit geensins duld dat jy so met my moeder praat soos wat jy flussies gedoen het nie. Kom, sit hier op die bed." Hy neem haar aan die arm en dwing haar om langs hom op die bed te sit. Dan vervolg hy streng en gebiedend: "My moeder is baie jare ouer as jy en ek dring daarop aan dat jy haar om verskoning gaan vra . . ."

"Ek dring weer daarop aan om 'n huis van my eie te hê, weg van jou moeder af, Theo," val sy hom koel in die rede. "Ek weier beslis om langer saam met haar in een huis te woon. Ek het ook terstond genoeg beledigings van haar verduur. Glo my, sodra jou vader tuis is, gaan ek met hom praat. Ek sien geen besigheidsredes wat jou aan jou ouerhuis bind nie. En as jy dink ek gaan jou moeder om verskoning vra, begaan jy 'n geweldige fout. Sy is meer verskonings aan my verskuldig as wat ek aan haar is. En in die vervolg gaan ek haar telkens in haar eie munt terugbetaal."

"Jeanette!" roep hy geskok uit oor hierdie skielike opstandigheid wat sy aan die dag lê. "Ek verbied jou om ooit weer sulke onsin te praat . . . Jy behoort jou in elk geval te skaam om so ondankbaar te wees. Ek het jou uit 'n arm huis geneem en jou omring met weelde en gerief, en dis nou die dank wat ek daarvoor kry."

"Dis hoegenaamd nie nodig vir jou of jou moeder om my eertydse armoede telkens voor my hoof te slinger nie, Theo. Trouens, jy het voor ons huwelik geweet dat my moeder nie so skatryk is soos julle Akkermanns nie. Maar laat ek jou dit vertel: ek is trots op my moeder en haar eenvoudige ou huisie. Daar was ek ten minste elke dag van my lewe gelukkig. En wat meer is, geld kan geen geluk koop nie. Geld besit vir my hoegenaamd geen waarde of betekenis nie . . ."

"Jy geniet darem die weelde wat die Akkermann-geld jou bied," val hy haar stamelend in die rede.

"Dit was nie my keuse om in hierdie luukse paleis te kom woon nie," kap sy heftig terug. "Die Akkermann-geld het in elk geval nog nooit vir my enige weeldeartikel of 'n kledingstuk gekoop nie. Die geld wat jy destyds op my naam in die bank geplaas het, is nog net so onaangeraak. Die paar kleinigheidjies wat ek tot dusver nodig gekry het, was nog steeds met die arm-blanke weduwee De Waal se geld gekoop. Dus het die Akker-mann-skatte my nog nie juis enige weelde besorg nie, behalwe die huis waarin ek gedwing word om te woon. En glo my, na vanaand sal ek nooit 'n sent van daardie geld gebruik nie. Dus kan jy dit gerus maar weer in jou eie rekening stort."

Met hierdie woorde kom sy orent en gaan haal die tjekboek wat hy haar byna nege maande gelede gegee het en plaas dit stil op sy skoot neer. Sy wens innerlik dat hy liewer die kamer wil verlaat, want dis vir haar nou baie duidelik dat sy moeder hom reeds van haar vervreem het. Hy is al net so beledigend teenoor haar as sy moeder.

"Jy moet van jou sinne beroof wees as jy dink ek sal ooit daardie geld terugneem," roep hy onthuts uit en slinger die tjekboek dat dit daar op die kleedtafel trek. "Ek het nog nooit van sulke sotheid gehoor nie." Hy kom orent en gaan dreigend voor haar staan. "Wanneer het jou moeder vir jou daardie geld gegee wat jy die afgelope nege maande so spaarsaam gebruik het?"

"Maak dit saak?" antwoord sy hom koel met 'n weervraag.

"Ja, dit maak saak. En ek verbied jou om ooit weer 'n sent van jou moeder te neem. Is dit duidelik?"

"Ek wil 'n bietjie gaan rus as jy nie omgee nie," merk sy stil op en stap na haar hangkas om haar kamerjas uit te haal.

'n Oomblik kyk hy haar met gemengde gevoelens aan.

"Dis aanstons etenstyd, jy kan nie nou gaan rus nie," sê hy weer. En noudat sy bui effens gesak het, tref haar bleekheid hom weer eens.

"Ek wil nie eet nie, dankie. Ek gaan nou bad en dadelik slaap," laat sy toonloos hoor.

457

Met twee treë is hy by haar, kyk haar deurdringend aan en vra half stamelend: "Is jy ... ek bedoel ... voel jy nie wel nie? Sal ek 'n dokter ontbied?"

"'n Dokter ... e ... nee. Ek is nie siek nie, ek voel net moeg," jok sy stilweg en dink by haarself: 'n Mens ontbied mos nie 'n dokter vir mislikheid nie. Netnoumaar sê die ou dame ek het piep en ipekonders, en die hemel weet ek is wars van haar beledigings. Dis sy wat my senuwees al so op hol het dat ek al eintlik naar is daarvan!

"Jy is besonder bleek vandag," merk hy agterdogtig op.

"Dis maar net omdat ek moeg voel en my senuwees is ook nie wat dit behoort te wees nie," antwoord sy stil, neem haar kamerjas en gaan na die badkamer.

"Ek sal een van die huishulpe gaan sê om vir jou 'n glas warm melk te bring," hoor sy hom deur die toe deur sê.

"Dis nie nodig nie. Ek wil niks hê nie," laat sy kortaf hoor en draai die krane vol oop sonder om weer ag op hom te slaan. Sy voel nog steeds pynlik gebelg en verontwaardig oor sy en sy moeder se doelbewuste beledigings, en dit voel vir haar nou werklik of die noodlot sy gesig van haar af weggedraai het.

Bleek en gespanne sit sy later voor die kleedtafel haar hare en borsel. Toe merk sy die donker kringe om haar oë en dit verontrus haar in 'n mate. Sulke donker kringe om 'n mens se oë voorspel gewoonlik 'n swak hart, dink sy onrustig. Ja, en 'n naarheid gaan mos gewoonlik 'n hartaanval vooraf! Wel, die naarheid is daar, maar die aanval het nog steeds agterweë gebly. Miskien ... miskien is haar hart maar net effens swak, daarom dat ek nog geen aanval opgedoen het nie. Maar voorwaar, die ou vrou sal nog maak dat ek beroerte kry, besluit sy, plaas die borsel terug in die laai en gaan kruip moeisaam in die bed.

Dis reeds ses dae na die Onderdorp-episode en Jeanette voel uiters prikkelbaar en geïrriteerd. Sy wou Ina, haar gewese me-detikster, graag vanoggend gaan besoek het, maar nou moet sy juis vanmôre dorp toe gaan om die munisipale rekening te gaan betaal, omdat die ou dame kwansuis te besig sal wees met al haar sosiale verpligtinge. Gits, dat 'n ou vrou haar met sulke bogtery kan inlaat, dink sy gebelg, klap die hekkie hard agter haar toe en vou haar wye jas stywer om haar, om so die geniepsige windjie te trotseer wat telkens dreig om deur haar warm wolrok te dring. Die hemel weet hoe so 'n liewe goeie man soos Vader dit al die jare met haar kon uithou . . . Maar dis ook weer waar. Hy is omtrent die enigste persoon vir wie sy ontsag koester. Dis net sy woord wat by haar wet is. Die res regeer sy met 'n ysterwil. En wat sy sê, is ja en amen.

Vinnig stap sy na die bushalte en bereik dit ook net toe die bus om die hoek te voorskyn kom.

Uitasem bestyg sy die voertuig en gaan sak op die naaste sitplek neer. 'n Halfuur later verlaat sy die munisipale kantore en stap met die straat op in die rigting van die luukse restaurant waar die Akkermanns gewoonlik tee drink wanneer hulle in die dorp is met sake.

Haastig stap sy by die groot glasdeur in, dankbaar om die koue windjie vir 'n rukkie te ontglip.

Stelselmatig dwaal haar oë oor die menige teedrinkers, op soek na 'n onbesette tafeltjie . . . Toe merk sy ineens die bekende gestalte van Kobus wat alleen by 'n tafeltjie sit en sonder meer gaan sluit sy by hom aan.

Dis vir die jongman 'n geweldige verrassing toe sy plotseling langs hom verskyn. Met 'n blye uitroep wat menigeen se aandag op hulle vestig, kom hy orent en groet haar hartlik, onbewus van Theo se smeulende oë wat op hulle rus daar waar hy by 'n afgesonderde tafeltjie saam met 'n sakevriend sit en tee drink.

"Sit," nooi Kobus gul en bied haar 'n stoel aan. "Wat sal dit wees, koffie of tee?"

"Tee, asseblief," sê sy met 'n stralende gesiggie en vervolg: "Ek het nie geweet jy is al weer met verlof nie, Kobus. Hoe lank is jou verlof hierdie keer?"

"Ek is nie met verlof nie, maatjie," glimlag hy terug. "Ek het my nou hier in Koppies kom vestig . . . Het jy dan nie geweet dat ek hierheen verplaas gaan word nie?"

"Nee, ek het nie," sê sy sag en vervolg half ingedagte: "Snaaks dat Mammie my nie daarvan vertel het nie."

459

"Sy het blykbaar gemeen dat sulke nuus jou nie meer sal interesseer nie," merk hy stil op. "Jy is mos nie meer Jeanette de Waal nie. Jy is mos nou Jeanette Akkermann."

Toe plaas die kelner 'n koppie tee voor haar en verdwyn weer stil om ander te gaan bedien.

"Nuus van my vriende interesseer my altyd, Kobus, en Mammie weet dit. Maar sy het blykbaar vergeet om my dit te vertel."

Om die jongman se mond speel 'n stywe, gewaande glimlag terwyl 'n diep, naamlose verlange in sy oë skuil. Hy kan die feit nie ontken dat hy haar nog steeds met 'n grenslose liefde bemin nie.

"Ja, sy het blykbaar vergeet om jou van my koms te verwittig, maatjie," sê hy stil. Dan merk hy ineens die ongelukkige trek wat haar fraai oë verdof en dit tref hom dat sy geliefde Jeanette nie meer so gelukkig is soos toe hy haar 'n jaar gelede gesien het nie. Maar hy sê niks wat sy vermoede mag verraai nie.

In stilte drink hulle hul tee en die jong vroutjie voel op die oomblik diep ongelukkig, want Kobus se oë het haar flussies meer vertel as wat hy ooit in woorde aan haar sal sê. Sy besef nou dat hy haar nog steeds liefhet en dat haar teenwoordigheid vir hom niks anders as pyn meebring nie.

Vlugtig kyk sy af na haar polshorlosie. Dan kondig sy aan dat dit tyd is vir haar om te gaan.

Vriendelik bedank sy hom vir die tee. Toe kom sy orent en groet met 'n begrypende glimlaggie.

Met pynbelaaide oë staar hy haar agterna toe sy op die sypaadjie uitstap en uit die gesig verdwyn, dan weet hy dat sy liefde vir haar nooit sal sterf nie, dat hy haar sal bemin tot die dag van sy dood en steeds daarna.

Pas voor middagete kom Jeanette eers tuis.

In die sitkamer tref sy haar skoonouers aan. Dan merk sy dat Theo nie teenwoordig is nie.

Die blik wat die ou dame op haar vestig met haar binnekoms, is koel, berekenend. Die oubaas groet haar egter vriendelik soos gewoonlik en laat besorgd hoor: "Jy waag voorwaar baie om in hierdie ysige windjie buite rond te loop, kindjie. Kom sit hier by die verwarmer en maak jou warm."

Gehoorsaam gaan maak sy haar koue hande warm en vra terloops: "Waar is Theo, Vader?"

"Hy is elders in die huis, my kind. Hy is glo baie die joos in omdat jy vanoggend saam met Kobus van der Walt gaan tee drink het," glimlag hy en Jeanette merk dat dit 'n glimlag van bemoediging is.

"Maar, Vader, dis mos nie iets om oor kwaad te wees nie!" laat sy duidelik verbaas hoor. "Hemel, dis mos nie 'n oortreding as mens 'n ou vriend in 'n restaurant raakloop en saam met hom 'n koppie tee drink nie!"

"Nee, dit is nie 'n oortreding nie, my kind. Maar ek vrees Theo dink anders oor die saak."

"Wel, dan sal ek seker maar moet gaan hoor wat hy daaromtrent te sê het," laat sy nou duidelik mismoedig hoor en verlaat die sitkamer sonder meer.

In hul slaapkamer tref sy hom aan waar hy voor die venster na buite staan en tuur. Maar toe sy die deur agter haar toetrek, swaai hy vinnig om.

Die trek van onvergenoegdheid op sy gesig lewer afdoende bewys dat hy bitter omgekrap is en dit laat haar plotseling moeg en moedeloos voel oor sy onredelikheid.

"So, dan is jy eindelik tuis," bars hy smalend los. "Natuurlik gedink ek sal nooit van jou en Kobus van der Walt se spel uitvind nie, nè?"

"Luister, Theo, ek gaan nie eens probeer om te begryp wat jy bedoel met daardie bewering nie," sê sy sag en begin sonder meer haar jas uit te trek.

"So!" Sy donker oë trek op twee onheilspellende skrefies. "Dis hoegenaamd nie nodig om jou so onskuldig voor te doen nie, vroumens. Jy flous my glad nie." Hy tree op haar af en sy houding is dreigend toe hy weer sê: "Ek het enigiets . . . ja, enigiets van jou verwag, maar nie dit nie. Ek vrees ek het my deeglik met jou misreken, jou naïwiteit, jou kinderlike onskuld . . ."

"Presies wat bedoel jy met al hierdie aantygings, Theo?" val sy hom in die rede en nou is daar 'n tikkie ongeduld in haar stem.

"Jy vra nog!" uiter hy skerp. "Genugtig, jou gewese minnaar is nog nie eens twee dae hier in Koppies nie en jy het hom klaar skelm gaan ontmoet . . ."

"Dis 'n leuen, 'n infame leuen," snou sy hom nou driftig toe en haar stem bewe van verontwaardiging. "Jy weet nie waarvan jy praat nie!"

"Dis wat jy dink, maar my eie oë kan my nie bedrieg nie. Ek, jou man, het met my eie oë die ontmoeting tussen julle twee aanskou. Ek weet presies hoe laat julle die restaurant verlaat het . . . En jy kom nou eers hier aan. Natuurlik die hele môre saam met hom gaan rondflankeer!"

"Dis 'n leuen, 'n gruwelike leuen wat jy nou versin," roep sy skerp uit. "Ek het glad nie dorp toe gegaan om Kobus te gaan ontmoet nie. Trouens, ek het nie eens geweet dat hy hom hier in Koppies bevind nie . . ."

"Nou wat het jy in die dorp loop soek, en dit op 'n koue dag soos vandag, as dit nie was dat jy 'n afspraak met Kobus gehad het nie, nè? Vertel my, wat het jy in die dorp loop soek?"

Sy donker oë blits vuur op haar. En die toorn wat uit sy oë straal, sowel as sy verskriklike aantygings, laat haar siel ineens krimp van pyn en vernedering. Dit ruk wilde emosies in haar los. Sy voel hoe dit opstoot, aan haar lewe ruk en styf oor haar keel span. 'n Oomblik huiwer sy op die drumpel van trane. Dan vee sy met 'n moeë gebaar met die agterkant van haar hand oor haar oë. Toe sy haar hand wegtrek, merk sy dat dit nat is. Maar sy staal haar om nie voor hom in trane uit te bars nie. Haar vernedering voel al juis soos 'n groteske ondier wat dreig om haar neer te vel.

"Toe-toe, ek wil weet wat jy vanoggend in die dorp loop soek het," herhaal hy gebiedend.

'n Oomblik kyk sy hom met intense verwyt aan en byt senuweeagtig aan haar onderlip.

"Ek . . .ek moes vir jou moeder ingaan dorp toe . . . Die munisipale rekening vir haar gaan betaal," stamel sy toonloos, draai plotseling van hom af weg en gaan sluit haarself in die badkamer toe.

Verbaas, verward staar hy na die geslote deur, dan voel hy ineens hoe 'n onkeerbare opstand in hom oplaai oor haar skynbaar uittartende houding jeens hom.

Met twee treë is hy by die deur en draai die knop met kragtige geweld.

"Maak oop die deur, Jeanette," gebied hy bars. As sy hom egter nie antwoord nie, herhaal hy: "Ek sê maak oop hierdie deur of ek breek dit oop!"

Met 'n hand wat liggies bewe neem sy 'n glas uit die medisynekassie en drink 'n paar monde vol water. Sy is bleek en gespanne en sy voel tot sterwens toe naar. En Theo se aantygings van flussies lê ook nog loodswaar en bitterseer in haar hart.

"Gaan weg en laat my met rus," sê sy duidelik. "Ek sou dink jy het my nou genoeg beledig en verneder . . ."

"Ek sê maak oop hierdie deur," val hy haar onheilspellend in die rede.

Werktuiglik kom sy orent waar sy op die rand van die bad sit en gaan maak die deur oop. Toe skuur sy sonder meer by hom verby en gaan lê op die bed.

'n Oomblik staar hy haar met fronsende wenkbroue agterna, dan stap hy vinnig na die bed en gaan reg voor haar staan.

Haar oë is gesluit en nou merk hy ook die donker kringe wat haar lieflike oë ontsier en wat so 'n skerp kontras vorm met haar bleek gelaat. 'n Intense deernis jeens haar stoot soos 'n vloedgolf in hom op, maar hy onderdruk dit met geweld en troos hom egter met die gedagte dat sy wel 'n geneesheer sal ontbied indien sy ongesteld voel.

Sy stem is egter sagter en meer beheersd toe hy weer sê: "Vertel my nog net dit: Waar het jy en Kobus al die tyd rondgeflankeer na julle die restaurant verlaat het?"

"As jy werklik in die restaurant was soos jy beweer, behoort jy te weet dat ek die vertrek alleen verlaat het," laat sy ergerlik hoor.

"Dit weet ek wel. Maar ek weet ook dat hy jou ongeveer vyf minute later gevolg het – blykbaar na die plek waar julle afgespreek het om mekaar te ontmoet, nè?" merk hy sinies op en sy donker oë deurboor haar daar waar sy op haar rug, nog steeds met geslote oë lê. Om haar mond is 'n moeë, hartseer trek en dit ontgaan nie Theo se noulettende oë nie. Maar hy staal hom daarteen. Hy gaan nie nou sy gevoelens toelaat om week te word nie.

"Jou vertroue in my is uiters betreurenswaardig," is al antwoord wat hy vanaf die bed ontvang en hy vervies hom meer omdat sy hom nie 'n reguit antwoord gee nie, omdat hy elke antwoord byna uit haar moet dwing – en hy kan hom nie juis daarop roem dat hy van die geduldigste is nie.

"Luister hier, Jeanette, jy het my geduld nou lank genoeg op die proef gestel," spreek hy haar bars aan. "Ek wil nou dadelik weet waar jy en Kobus die hele môre rondflankeer het."

Eindelik maak sy haar oë oop en kyk hom verbitterd aan.

"Waarom gaan stel jy nie daardie vraag aan Kobus nie?" vra sy sonder enige geesdrif.

"Omdat jy my vrou is en ek dit van jou wil weet," kom dit bevelend.

"Waar Kobus was, sal jy hom maar self moet gaan vra. Ek dra geen kennis van sy bewegings nie ... Ek was by Ina. En nou sal jy my hopelik met rus laat, noudat jy weet hoe laakbaar, hoe ongegrond jou agterdog was."

Met hierdie woorde draai sy haar rug op hom en het sy nie die trek van diep verleentheid op sy gesig gemerk nie. Hy besef nou wel deeglik dat hy haar diep gewond het met sy growwe aantygings. Maar dieselfde oomblik lui die klok vir ete en is daar nie tyd vir enige woorde van verskoning nie. Sy moeder is uiters gesteld op stiptelikheid.

Huiwerig raak hy haar skouer met sy hand aan en sê sag: "Kom, vroutjie, die klok het al gelui vir middagete. Knap jou gou op sodat ons kan afgaan."

"Asseblief, laat my nou met rus. Ek wil nie eet nie," voeg sy hom ergerlik toe.

'n Oomblik kyk hy haar stil, bekommerd aan. Dan gaan haal hy 'n sagte wolkombers uit die linnekas en maak haar sorgvuldig toe. Toe draai hy om en verlaat die vertrek stil.

Aan tafel is hy besonder stil. Hoe sy moeder ook al trag om hom by die geselskap te betrek, bly hy maar somber en afgetrokke. Heimlik wonder sy wat toe eintlik tussen hom en Jeanette plaasgevind het. Sy durf hom egter nie in sy vader se teenwoordigheid uitvra nie, want hy verafsku dit dat sy haar met hul seun en sy vrou se sake inmeng. Maar sy afgetrokke houding getuig dat daar 'n kwaai woordewisseling tussen hulle ontstaan het. Sy hoop egter hy het Jeanette goed die kop gewas oor haar laakbare gedrag. Sy moet begryp sy is met 'n man van eer en aansien getroud en sy moet sy posisie met eerbied en respek bejeën, dink die moeder met wrewel.

Onmiddellik na ete gaan Theo na Jeanette met 'n glas warm melk en twee aspiriene.

"Wag, laat ek een van die huishulpe ontbied om dit na Jeanette te neem, Theo," bied die ou dame aan.

"Ek verkies om dit self te neem, Moeder," antwoord hy afgetrokke en bestyg die wenteltrap met 'n veerkragtige tred.

Versigtig plaas hy die glas melk en die tablette op die bedkassie. Dan gaan sit hy langs haar op die bed en streel liefdevol met sy hand oor die blonde krulle wat soos goue drade blink.

"Jeanette," sê hy teer. "Slaap jy, vroutjie?"

Sy skud net haar kop sonder om te antwoord.

"Ek het vir jou 'n glas warm melk en twee tablette gebring. Kom, drink dit eers."

Die tere besorgdheid in sy stem bring ineens 'n knop in haar keel. En hoewel sy nie lus voel vir melk nie, besef sy dat sy dit nietemin sal moet drink, anders gaan hy bitter afgehaal voel. Sy weet hy het innig berou oor sy growwe aantygings. Die teerheid in sy stem getuig daarvan.

Langsaam kom sy orent en neem die glas wat hy na haar uithou. Sy voel dodelik naar en dit wil haar nou voorkom of hierdie ellendigheid by die dag toeneem.

Met groot moeite het sy eindelik die helfte van die melk ingeforseer. Dan, met 'n sagte "Dankie", plaas sy die glas terug op die bedkassie . . . Toe neem Theo haar sonder enige waarskuwing in sy gespierde arms.

Met die wêreld se berou in die donker dieptes van sy oë, sê hy sag: "My vroutjie, ek weet daar is dinge wat nie vergewe kan word nie . . . dinge soos wat ek jou vandag toegeslinger het.

465

Maar ek pleit nogtans om vergifnis. Ek is bitter jammer oor my growwe aantygings van flussies. Die hemel weet, ek is jou liefde nie werd nie. O, ek weet ek het jou al te dikwels seergemaak, Jeanette. Maar ek smeek jou, gee my nog net hierdie een kans. Ek belowe om dit nie weer te verbeur nie."

Trane van bejammering vir die man vir wie sy so 'n grenslose liefde koester, wel ineens in haar oë op. Sy sluk en wend 'n uiterse poging aan om haar stem onder beheer te hou toe sy eindelik sê: "Ek sal jou nog 'n kans gee, Theo. Maar die vader weet, as jy dit weer verbeur, sal jy alles in my vernietig." Haar stem sterf in weemoed weg. Toe soek sy lippe hare om sy dankbaarheid te betuig, want woorde sal te pynlik banaal klink.

Etlike minute later groet hy haar en kom orent.

"Ek sal seker nou moet gaan. Vader sal ook nie weet waarom ek nog nie op kantoor is nie," glimlag hy af na haar en soen haar teer op haar voorkop. "Tot siens, liefling," sê hy weer. Dan draai hy weg en verlaat die vertrek haastig.

# 12

Vir 'n lang ruk sit Jeanette vanoggend in die badkamer op die rand van die bad met 'n glas water in die hand. Dis vir haar of hierdie tergende naarheid wat sy nou al vir die afgelope maand ondervind, vanmôre maar nie wil bedaar nie.

In haar ellende wonder sy of sy nie maar die ou dame sal nader vir iets om te drink nie; medisyne of enigiets wat haar tog net van hierdie ellende sal verlos. Maar na 'n rukkie se oorweging besluit sy om liewer 'n geneesheer te gaan raadpleeg. Sy sal haar tog net in my ellende verheug, want sy het my nog nooit vergewe omdat ek met haar seun getrou het nie, dink sy moedeloos. As ek maar net weet wat die rede is waarom ek telkens so oorhoeks voel, kan ek maar die een of ander apteker ook nader om 'n middel.

Vir 'n oomblik sit sy dit en oorweeg of sy 'n geneesheer of

liewer 'n apteker sal gaan spreek. Maar dan besluit sy om 'n geneesheer te gaan spreek en gaan na haar kamer om haar te gaan verklee sodat sy die volgende bus dorp toe kan haal.

Buite waai die wind weer snerpend koud, maar Jeanette voel dit skaars. Op die oomblik voel sy te siek en moedeloos om haar aan die koue te steur.

Na 'n moeisame gesukkel teen die wind op, bereik sy eindelik die bushalte en gaan met 'n sug van verligting op die bankie sit.

Nou dink sy aan haar skoonmoeder se ewige nuuskierigheid om altyd te wil weet waarheen sy gaan. As sy dit nog uit belangstelling wil weet, sal dit nog gaan. Maar die hemel weet, daardie agterdogtige blik waarmee sy my altyd fynkam, is net mooi genoeg om my siek te maak ... Ewenwel, sy sal nou weet dat ek haar flussies 'n leuen vertel het, dink sy toe sy die ou dame se motor met 'n hoë snelheid by haar sien verbyspoed. Maar dit sal haar immers 'n les leer om haar nuuskierigheid te staak. Ek is nie 'n bandiet wat deur haar opgepas moet word nie, en nog minder is ek 'n kind wat van elke beweging verslag moet doen!

Toe Jeanette later dokter Ben se spreekkamer bereik, voel sy ellendiger as ooit. Koue sweetdruppels pêrel op haar voorkop en haar gelaat is wasbleek. Sy kan haar nie voorstel dat sy al ooit in haar lewe so sleg gevoel het nie.

Met die eerste oogopslag het die arts haar kwaal gediagnoseer. Maar om homself heeltemal te oortuig dat sy diagnose korrek is, stel hy haar 'n paar roetinevrae en begin daarna met die gebruiklike ondersoek.

'n Vriendelike, vaderlike glimlaggie plooi om die arts se mond toe hy later die stetoskoop terugplaas in die sak van sy oorjas. Sy pasiënt is vir hom geen vreemdeling nie. Hy het saam met die inwoners van Koppies oud geword en Jeanette is een van die menigte babas wat hy die wêreld ingehelp het.

"Niks om verontrus oor te wees nie," glimlag hy op haar vraende blik. "Hierdie knaende naarheid gaan ons sommer maklik die nek inslaan, Jeanette. Dis maar 'n algemene verskynsel in die eerste stadium van swangerskap ..."

"Swangerskap, dokter?" val sy hom verras in die rede en staar hom half ongelowig aan.

"Ja. Het jy dan nie geweet jy verwag 'n baba nie?" vra hy geamuseerd.

"Nee . . . e . . . ek vrees ek het nie, dokter Ben," stamel sy verleë.

"Jou moeder of jou skoonmoeder kon jou immers ingelig het, kind. Ek dink dis baie snaaks van hulle dat hulle dit nie gedoen het nie."

"Ek het my ongesteldheid nog altyd vir hulle geheim gehou, dokter," merk sy stil op.

"Nou toe, gaan trek jou maar aan, dan gesels ons weer verder. Ek gaan solank vir jou 'n voorskrif uitskryf."

Toe Jeanette later tuiskom, merk sy tot haar verligting dat haar skoonmoeder nog nie tuis is nie. Sy wonder waarheen die ou dame so haastig gery het. Vroeër vanoggend het sy immers geen planne gekoester om uit te gaan nie . . . Wel, sy voel in elk geval bly oor haar skoonmoeder se afwesigheid.

Met 'n veel ligter gemoed gaan sy na haar kamer. Dan gaan sy voor die spieël staan en betrag haar bleek gelaat berekenend.

Wag, besluit sy en haal 'n klein, ronde dosie uit een van die laaie te voorskyn. 'n Bietjie rooisel aan my wange sal my gewis minder na 'n spook laat lyk. Ek wil ook sommer nou dadelik die goeie nuus aan Mammie gaan oordra. Reken, dat sy een van die dae ouma gaan wees! 'n Sagte glimlaggie plooi om haar sensitiewe mond.

Versigtig vryf sy 'n tikkie rooisel aan haar wange. Dan trek sy weer die lipstiffie liggies oor haar bleek lippe. Toe gaan die kamerdeur sonder enige waarskuwing oop en Theo tree die vertrek binne – sonder sy gebruiklike "Hallo, mooiste!"

Stadig draai sy weg van die spieël en kyk hom vraend aan. Sy altyd aantreklike gesig lyk op hierdie oomblik kompleet soos 'n onweerswolk. Dan vertroebel haar blik ineens, want dis nou vir haar baie duidelik dat sy gramskap teen haar gemik is.

Gedurende die tien maande wat hulle nou al getroud is, het sy hom nog nooit in so 'n woedebui gesien soos nou nie. En dit tref haar oombliklik dat die ou dame weer met die saak gemoeid is. Dis nie verniet dat sy vanoggend so skielik besluit het om dorp toe te gaan nie, dink sy moedeloos.

Op die oomblik voel Jeanette meer lus om in trane uit te bars. Sy voel so siek en swak, en nou moet daar nog 'n rusie ook wees om al die ellende te kroon.

Reg voor haar steek hy vas en kyk haar vernietigend aan. Toe val sy eerste woorde kil en koud.

"So," sis hy dit behoorlik uit. "Dan het jy darem besluit om huis toe te kom! Toe maar, moet my nie so gemaak onskuldig aanstaar nie. Vertel my liewer wie die persoon is wat jy in die dorp gaan besoek van wie my moeder nie mag weet nie!"

"Kyk hier, Theo Akkermann," uiter sy nou behoorlik kwaad. "Ek het nou net mooi genoeg van jou ma wat jou alewig teen my probeer opstook. As ek êrens heen wil gaan, het dit met haar hoegenaamd niks te doen nie. Ek het haar nie vir 'n op-passer nodig nie. Ek vrees jy sal nou moet kies tussen jou ma en my, want ek gaan nie meer 'n dag langer saam met haar in een huis bly nie. Sy het nou die laaste strooitjie gebreek. Ek is nou baie moeg vir al hierdie rusies wat alewig deur haar ontstaan. Jou moeder is die grootste kwaadstoker wat ek nog teëgekom het. Jy sien nie dat my moeder met ons sake inmeng nie. Maar jou ma kan haar neus . . ."

"Genoeg. Heeltemal genoeg!" roep hy nou buite homself van woede uit. "Ek laat my moeder nie in my teenwoordig-heid so beledig nie, verstaan! Omrede sy my ingelig het oor jou leuens en skaamtelose flankeerdery, is sy nou alles wat sleg is! Ek waarsku jou. Indien jy nie met meer respek van my moeder praat nie, hou jy asseblief haar naam uit jou mond. Begryp jy? Dis 'n bevel! En ek wil nou van jou weet wie die vent is wat jy in die dorp gaan, wanneer jy my moeder so skaamteloos bedrieg deur voor te gee dat jy jou moeder gaan besoek!" Toe Jeanette nie dadelik antwoord nie, neem hy haar dreigend aan albei skouers en vervolg gebiedend: "Toe, ek eis 'n verduideli-king van jou!"

Dat Theo haar weer eens van losbandigheid verdink, tref haar meedoënloos. Dit laat haar ineenkrimp en die pyn in haar is soos 'n wond wat weer 'n kneus gekry het.

469

"Luister, Theo," sê sy diep seergemaak. "In al die maande wat ons getroud is, was ek soveel as drie keer in die dorp. Die dag toe ek jou op kantoor gaan besoek het, en die dag toe ek vir jou moeder 'n rekening moes gaan betaal het . . . en vanoggend weer. As jou ma sê ek was meermale in die dorp, herhaal ek dat sy 'n leuenaar en kwaadstoker is, want dis 'n gruwelike . . ."

Voordat Jeanette egter haar sin kan voltooi en voordat Theo besef wat hy doen, lig hy sy regterhand en klap haar een . . . twee keer deur haar gesig.

"Theo!" is egter al wat sy verbysterd kan uitgil, want die vernietigende blik wat uit sy donker oë straal, laat haar uit vrees haar hand voor haar mond sit.

"Ek het jou reeds gewaarsku om in my teenwoordigheid met meer respek van my moeder te praat," snou hy haar toe, totaal buite homself van woede.

"O, Theo, dat ek hierdie dag moet beleef," uiter sy swakkies en begin jammerlik te snik.

Sonder meer vlug sy in die rigting van die badkamer, maar by die deur keer hy haar voor en neem haar hardhandig aan albei skouers.

"Nie so haastig nie," sê hy bars. "Ek wag nog op die verduideliking wat jy my verskuldig is."

Hartseer en diep gekwes draai sy om en gaan sak op die kant van die bed neer. Hoe moeg is sy plotseling vir die lewe en hoe nutteloos lyk haar bestaan nie. Sy voel ontwortel, totaal ankerloos. En die werklikheid van dit alles lê loodswaar en bitter seer in haar hart.

"Ek . . . ek het dokter . . . dokter Ben gaan sien," kry sy dit eindelik tussen snikke uit. Dan bedek sy haar gesig weer met haar hande en haar smal skouertjies ruk soos sy snik.

Met drie treë staan Theo by haar.

"Waaroor het jy hom gaan sien?" vra hy agterdogtig en dis duidelik dat hy nie kan besluit of hy haar moet glo of nie.

"Ek het nie . . . nie geweet dat ek swanger is nie . . . en ek wou weet waarom ek so . . . so siek voel."

Hierdie mededeling van Jeanette tref hom egter soos 'n koeëlskoot en verbystering is duidelik op sy wese afgeëts.

470

Toe sak hy plotseling langs haar op die bed neer en dit laat haar beangs van hom af wegdeins. Hy, egter, merk dit en verwens homself innerlik oor die houe wat hy haar flussies toegedien het. Want noudat die trane haar grimering afgewas het, tref dit hom eers hoe bleek en moeg sy daar uitsien.

Die nuus dat sy lankverwagte droom eindelik bewaarheid gaan word, dat sy vroutjie eindelik 'n baba verwag, het hom so onverhoeds getref dat hy momenteel nie weet wat om te sê nie. Maar dan tref sy daad van flussies hom weer en hy voel of hy wil verstik daarvan.

Stil kom hy orent en verlaat die kamer. Hy voel 'n intense behoefte om alleen te wees, om helder te kan dink. Want die verskriklike vernedering en onreg wat hy Jeanette aangedoen het, staan nou soos 'n afskuwelike onding voor hom en die ding dreig om sy keel toe te druk.

In die eetkamer loop hy verby sy moeder sonder om haar eens raak te sien. Toe gaan staan hy voor die ruim venster van die sitkamer en die hele pynlike episode speel hom weer voor sy geestesoog af. Nou eers besef hy hoe dwaas hy gehandel het en hoe diep hy Jeanette gekwes het. Hy verag homself diep en intens oor sy roekelose gedrag en hy weet dat ook sy vrou hom nou verag.

Besluiteloos talm hy nog voor die venster. Hy wil graag na haar toe gaan, maar hy weet ook nie wat om vir haar te sê nie. En vir sy gedrag van flussies is daar ook geen verskoning nie. Hy weet dat hy blindweg gehandel het, te haastig opgetree het. Ja, hy moes nie sy humeur so verloor het nie. Ander tye het Jeanette hom nog altyd vergewe. Maar na wat vandag gebeur het, het hy geen reg om haar ooit om verskoning te vra nie.

"Wat makeer, Theo? Waarom staan jy hier so alleen?" vra sy moeder ineens langs hom.

'n Oomblik staar hy haar stil aan en vir die ou dame lyk dit kompleet of daar 'n beskuldiging in sy blik is.

Moedeloos sak hy op die rusbank neer en steek eers vir hom 'n sigaret aan. Toe sê hy sag: "Moeder vra nog wat makeer . . .!" Sy stem sterf weg en sy oë dwaal vermoeid deur die venster na waar die wind 'n troostelose deuntjie deur die naakte takke van die bome fluit.

"Het jy toe met Jeanette afgereken oor haar leuens?" wil sy moeder weer weet en dis duidelik dat sy baie tevrede voel.

"Ja, en ek sal dit seker tot die dag van my dood toe berou," kom dit toonloos. Hy voel totaal ontdaan van alle emosies.

"So . . .! En waarom nogal?" vra sy nou duidelik geraak. "'n Man voel mos nie spyt na hy sy vrou oor die kole gehaal het oor haar ontrouheid nie!"

"Jeanette was nie ontrou aan my nie, Moeder. Trouens, sy was nog nooit ontrou nie."

"Nou hoekom lyk jy dan so omgekrap?" waag sy dit weer.

"Omrede ek my hande vir my vrou gelig het, Moeder . . . Ek het Jeanette twee keer deur die gesig geklap," laat hy moeg hoor.

"Nee, jy speel seker, Theo," merk sy half geskok op, maar diep in haar hart voel sy tog verheug omdat hy die skone Jeanette so verneder net – aan sy eie vernedering dink sy op die oomblik nie. Ook nie dat die gevolge van sy daad haar eie aansien mag ondermyn nie. Momenteel verheug sy haar ten volle in Jeanette se leed, die Jeanette wat seker van haar eie moeder nog nooit 'n klap ontvang het nie. Maar deur haar toedoen het sy die jong vroutjie die grootste vernedering van haar lewe laat smaak.

Ineens hoor sy Theo sê, en sy stem is baie verbitterd: "Na ek die veragtelike daad gepleeg het, moes ek tot my grootste ontsteltenis verneem dat sy swanger en boonop siek is ook . . . Dis eintlik waarom sy dokter Ben vanoggend gaan sien het."

"Theo, wat vertel jy my, kind? Is Jeanette tog nie swanger nie?" roep sy verbaas uit.

"Sy is. En nieteenstaande alles, gaan gedra ek my ook nog soos 'n bees teenoor haar," sê hy sag. Aan die eenkant van sy mond is daar nou 'n spiertjie wat aanhoudend trek en sy oë is pikswart poele van ontsteltenis.

"Moet jou tog nie langer kwel nie, Theo," probeer sy troos. "Môre het Jeanette al weer alles vergeet. Dink liewer daaraan hoe heerlik dit sal wees om weer een van die dae die skril stemmetjie van 'n klein Akkermann in die huis te hoor . . ."

"Ek vrees in albei gevalle het u dit verkeerd, Moeder," val hy haar sonder enige geesdrif in die rede. "Jeanette is te gevoelig en fyn opgevoed om hierdie daad van my te vergeet. Ek glo sy sal my dit nooit kan vergewe nie, wat staan nog vergeet . . . En wat die stemmetjie van die klein Akkermann betref, vrees ek sal ons dit nie hier in die huis hoor nie. Jeanette het my verseker dat sy nie meer 'n dag langer in hierdie huis gaan bly nie. Sy beweer dat u alles in u vermoë probeer om my teen haar op te stook."

"Maar, Theo, die vroumens is skoon van haar sinne af!" roep sy nou onthuts uit en kom terselfdertyd orent. "Wag, ek gaan nou dadelik met haar praat. Ek gaan dit geensins duld dat sy sulke onsinnigheid kwytraak nie."

"Gaan sit, asseblief, Moeder," beveel hy half streng. "Dit sal beter wees as u Jeanette liewer met rus laat. Sy het alreeds te veel ellende deurgemaak vir een dag."

"O nee, jy gaan my nie keer nie. Ek gaan nou dadelik met haar praat," merk sy beslis op en met hierdie woorde draai sy vinnig om en stap haastig in die rigting van Jeanette-hulle se kamer met Theo kort op haar hakke.

Sonder om eens te klop, draai sy die deur oop en stap die vertrek binne.

Jeanette, egter, kyk nie eens op toe die deur oopgaan nie. Sy is in aller yl besig om in te pak. Want na alles wat vandag gebeur het, sien sy nie kans om langer in die Akkermann-woning te bly nie. Beide moeder en seun het haar al te diep beledig en verneder.

Met skrik merk albei wat sy besig is om te doen.

Haastig trek Theo by sy moeder verby en gaan langs sy vroutjie staan. Hy neem haar aan albei arms en draai haar om totdat sy reg voor hom staan. Vir die eerste keer kyk sy op. En toe hy die rooi, opgehewe hale van sy vingers oor haar bleek wang sien, tref die werklikheid van sy daad hom in so 'n mate dat hy half terugsteier.

"Die hemel weet, ek het bitter spyt oor wat ek gedoen het, Jeanette," uiter hy diep ontroerd. "Ek vra jou nie om my te vergewe nie, want ek besef dat dit te veel gevra sal wees. Maar

473

ek vra jou vir die ontwil van ons ongebore kindjie om my nie te verlaat nie . . . Sal jy nie maar vir ons kindjie se ontwil bly nie, Jeanette?"

"Nee, Theo, ek het jou reeds gesê dat ek nie 'n dag langer in hierdie huis gaan bly nie. Moet my dit asseblief nie weer vra nie, ek kan nie . . ."

Voordat Jeanette egter verder kan praat, val die ou dame haar driftig in die rede deur te sê: "So, dan is jy 'n juffroutjie wat sê ek stook Theo teen jou op? Wel, ek wil nou weet wanneer ek hom teen jou opgestook het. Verstaan jy, nou!"

"Ek is aan u geen verduideliking verskuldig nie, Moeder – of sal ek liewer sê mevrou Akkermann. U was in al die maande wat ek met Theo getroud is tog nooit 'n moeder vir my nie. Maar ek wil u graag een ding sê voordat ek gaan: U het natuurlik gereken ek is net so blind soos Theo. Maar dis presies waar u 'n fout begaan het. Deur al u gemene onderduimsheid het ek gesien. Ja, vanaf die dag wat ons teruggekeer het van ons wittebroodsdae, het u al probeer om my man van my te vervreem. Al die talle kere wat hy my moes teleurstel om aan u wense te voldoen, was nooit per toeval nie, maar telkens 'n goed uitgewerkte plan om hom van my af weg te lok. Wel, ek hoop noudat u eindelik in u doel geslaag het, die doel om ons huwelik te vernietig, voel u tevrede en gelukkig." Toe draai sy haar weer na Theo en vervolg: "Jy ook. Ek hoop jy gaan net so gelukkig wees. Nie dat ek veel in jou lewe beteken het nie, maar dit sal ten minste nie meer vir jou nodig wees om telkens tussen jou moeder en jou vrou te moet kies nie. Maar ek wil jou net dit sê, Theo: Moet nooit weer trou nie, want jy is nog te onvolwasse om te besef dat jou eerste plig by jou vrou lê en nie by jou moeder nie. Jou ma is jou pa se verantwoordelikheid en nie joune nie. En moet ook nooit weer toelaat dat sy jou aan jou neus rondlei nie."

"Jeanette, asseblief! Ek glo nie my moeder het dit verdien om so . . ."

"Sy het dit alles verdien en miskien nog meer," val sy hom verbitterd in die rede. " 'n Vrou wat tot sulke onheil in staat is om in haar doel te slaag, verdien niks beter as om deur almal verag te word nie – en dit nogal 'n moeder wat haar kind se geluk op haar hart behoort te dra. Al wat ek vir haar op die oomblik voel is veragting, want vir my is die huwelik 'n heilige instelling."

Die trotse, hooghartige mevrou Akkermann is skoon stomgeslaan deur Jeanette se verdoemende woordevloed. Dis gewis die laaste wat sy van die altyd stil en besadigde vroutjie verwag het. Net die hoë blos op haar altyd netjies gegrimeerde gesig dui aan dat sy heeltemal bewus is van alles wat Jeanette gesê het. Andersins toon sy geen uiterlike tekens van haar wrewel jeens haar skoondogter nie. Miskien voel sy in werklikheid te bekommerd om haarself te verdedig teen die jong vroutjie se harde aanslae, of miskien is dit 'n skuldige gewete wat haar maar liewer laat swyg.

Sonder om verder ag te slaan op moeder en seun, bevry Jeanette haar uit Theo se ligte greep en gaan sonder meer voort met die pakkery.

Liggies lê Theo sy hand weer op haar arm en sê sag, pleitend: "Jeanette, asseblief, dink aan ons kindjie se toekoms. Jy kan my onmoontlik nie nou verlaat terwyl jy swanger is nie. Wie gaan vir jou en die kindjie sorg?"

"My moeder sal ons nooit verstoot nie. En sodra ek nie meer so siek voel nie, gaan ek weer aansoek doen om 'n betrekking."

"Watter firma dink jy sal jou in hierdie toestand in diens neem, Jeanette? Ek vrees niemand sal jou onder sulke omstandighede in diens neem nie." Sy stem is sag en sy oë pleit met haar. Maar daaraan steur sy haar min. Hulle het haar lewe al te veel versuur.

"Dit maak ook nie saak nie," antwoord sy onverskillig. "My moeder sal my nooit verstoot nie . . ."

"Maar begryp tog, Jeanette. Jou moeder kan nie vir julle almal sorg nie," val hy haar in die rede. Dan kyk hy vlugtig na sy moeder asof hy in hierdie uur van kommer by haar hulp soek, asof hy haar smeek om Jeanette oor te haal om hom tog nie te verlaat nie.

"Ek kan altyd by my ouma en oupa ook gaan bly totdat die baba gebore is en ek weer in staat is om 'n betrekking te aanvaar," hoor hy haar weer sê en die nuanse in haar stem beklemtoon duidelik haar vasberadenheid om hom so gou moontlik te verlaat.

"Ek dink jy rig 'n uiters onsinnige ding aan deur Theo te verlaat," laat die ou dame ineens hoor. "Wat dink jy gaan die publiek van so 'n skandelike affêre sê?"

"Van my kan die publiek gelukkig niks ongunstig sê nie, mevrou. Ek dink eerder hulle sal saamstem dat ek die regte ding doen om van Theo te skei . . ."

"Wat, skei!" val hy haar geskok in die rede. "Jeanette, jy gaan my tog seker nie so verneder deur my te dagvaar vir 'n egskeiding nie?"

"Het jy en jou moeder al ooit gedink aan die talle kere wat julle my so diep verneder het? Nee, daaraan het julle nog nooit gedink nie; maar ek moet aan julle dink. Jy is net so selfsugtig soos jou ma, Theo. Die hemel weet, jy het nie 'n greintjie van jou vader se mooi, sterk karakter in jou nie."

Onderwyl Jeanette en Theo gepraat het, het die ou dame geen verdere woord geuiter nie. Want die besef dat Jeanette van plan is om van Theo te skei, baar haar nou naamlose kommer en onrus. Die regter se vrou was nog altyd die een persoon wat sy gevrees het wat haar dalk van haar hoë status in hul sosiale kring mag ontsef. En as die regter se vrou al hierdie dinge moet versprei wat Jeanette flussies aangehaal het, sal die Akkermanns se naam beslis nie 'n oulap werd wees nie.

Ja, ook Theo se daad van vanoggend sal teen haar tel, want per slot van sake was sy tog die dryfveer agter alles. Dis sy wat hom so opgehits het dat hy radeloos van woede teen 'n gevaarlike snelheid huis toe gejaag het om met Jeanette af te reken. En nou sit sy lelik in die knyp, want dit lyk asof syself in die gat gaan val wat sy vir Jeanette gegrawe het.

In stilte wonder sy wat sy vir haar man gaan sê wanneer hy vanmiddag tuiskom en vind dat Jeanette weg is. Nee, ons sal beslis 'n plan moet beraam. Sy mag nie nou van Theo skei nie en sy mag ook nie nou na haar moeder toe gaan met daardie verdoemende merke aan haar gesig nie. Joey de Waal sal onmiddellik 'n saak teen Theo maak. En as die inwoners van Koppies

476

moet weet dat my seun sy vrou geslaan het, en dit nogal terwyl sy swanger was, is dit klaar met ons. Dan kan ons maar net sowel na 'n ander dorp verhuis, dink sy diep bekommerd. Toe gaan sy sonder meer na die stilte van haar eie kamer waar sy ongestoord kan dink.

Na Jeanette klaar gepak het en haar tasse gereed is vir vervoer, gaan sy af om 'n huurmotor te ontbied.

Noudat sy haar teen Theo en sy ma uitgepraat het en gereed is om te vertrek, voel dit vir haar asof sy kan beswyk van hartseer. Nou eers tref dit haar dat sy haar man nog innig liefhet, nieteenstaande alles wat hy haar aangedoen het. Maar sy besef ook dat sy nie langer in hierdie onvriendelike huis durf aanbly nie. Sulke struwelings soos vandag is geensins bevorderlik vir haar gesondheid nie.

Die gedagte dat sy Theo nooit weer sal sien nie, laat haar gemoed ineens vol skiet. Sy voel hoe die trane warm en oorweldigend in haar oë opwel, maar sy het nie die krag om hulle te verwyder nie. Dit voel kompleet asof sy van elke druppel krag ontneem is en sy voel tot sterwens toe moeg.

Sy loop terug kamer toe om haar bagasie te gaan haal, maar sy moet haar bene dwing om te beweeg. Haar ledemate voel moeg en loodswaar, maar sy dwing hulle voort, want die huurmotor sal aanstons arriveer.

In die kamer staan Theo voor die venster met sy rug na die deur gekeer. Maar toe Jeanette weer die vertrek binnetree en een van die groot koffers optel, swaai hy vinnig om en snel haar te hulp.

Saggies neem hy die koffer uit haar hand. Toe gaan sy arms om haar en weer eens soebat hy haar om hom nie te verlaat nie.

"Die hemel weet, ek het jou te lief om jou te laat gaan, Jeanette," sê hy met 'n onvaste stem en sy oë kyk haar hartstogtelik aan.

Hoewel Jeanette voel dat sy geen antwoord sal kan uitkry nie weens die pynlike knop in haar keel, kry sy dit nietemin reg om weemoedig te sê: "Aan jou liefde kan ek nie meer glo nie, Theo. Jou liefde het my nog nooit beskerm nie, net altyd seergemaak en opsy gestoot. Ek twyfel of jy my ooit regtig liefgehad het. Daar is net een persoon wat jy regtig liefhet – jou moeder. Vir my het jy nog nooit werklik liefgehad nie. Jy het jou dit maar net verbeel. Maar dit maak nie meer saak nie. Alles is nou verby. Julle sal nou weer gelukkig kan wees soos voor ons troue. Daar sal nie meer 'n indringer wees om julle geluk te bederf nie."

Toe hoor sy die sagte geknars van buitebande op die gruis voor die deur en sy weet dat dit die huurmotor is wat gearriveer het. "Die huurmotor is hier buite. Ek moet nou gaan," sê sy swakkies en sy voel asof sy kan beswyk van hartseer.

Plotseling druk hy haar styf teen hom aan en soen haar lank en innig. Toe laat hy haar weer net so plotseling los en sê vasberade: "Alles is nog nie verby nie, Jeanette. Jy is nog my vroutjie."

Stil neem hy haar tasse op en dra dit uit na waar die huurmotor voor die deur staan.

Toe die voertuig 'n oomblik later wegtrek, brand Theo se soen nog steeds haar lippe. Sy voel sy gaan huil, maar sy staal haar teen die trane wat nou met alle geweld dreig om te val.

Met haar tuiskoms is haar moeder buite by die hoenderhokke. En dis eers toe die voertuig weer by die groot hek uitspoed, dat Joey de Waal dit merk en haar huis toe haas.

Soos 'n ankerlose bootjie staan Jeanette langs die eetkamertafel, ontwortel van alles waarop sy 'n wonderlike toekoms wou bou. Liefde . . . Geluk . . . O, hoe futiel is dit nie! Haar gelaat is wasbleek en die rooi hale oor haar wang brand soos vuur, soos die vuur van verdriet wat haar van binne wil verteer. Sy byt hard op haar onderlip om die oorweldigende trane te keer, terwyl haar oë moedverlore na haar moeder staar wat in die deur verskyn. Sy is momenteel uiters kwesbaar.

"Jeanette!" en haar moeder is by haar en vou haar beskermend in haar liefdevolle arms.

Nou kan Jeanette nie meer langer teen haar trane stry nie. Haar kop sak moeg teen haar moeder se bors, toe bars sy in hartverskeurende snikke uit wat haar skouers weerloos skud.

"My kindjie, my ou Nettatjie, wat het tog gebeur?" roep die

moeder verbysterd uit en druk die snikkende meisie teenaan haar bors. 'n Lang ruk snik sy verdrietig voort.

"My ou moedertjie, moet my tog nie meer Jeanette noem nie . . . Noem my liewer Mara − bitterheid," kom dit eindelik droewig tussen snikke. "Vir tien maande was my lewe net een groot teleurstelling. En nou weer hierdie smart, hierdie bitterheid wat ek moet verduur . . . O, die dood sou verkiesliker gewees het!"

Rou snikke skeur uit haar jong boesem en die moeder voel ineens magteloos, so totaal vasgevang in haar eie hartseer oor haar kind wat so in stilte gely het en nog steeds ly. Sy wil iets sê, maar sy weet dat woorde in hierdie uur van innige leed en hartseer uiters banaal sal klink. Oor haar eie wange rol die trane nou ook vrylik.

'n Lang ruk hou die moeder haar diep bedroefde kind teen haar bors vas en streel liefdevol oor die goue krulle. Af en toe ontsnap 'n verdwaalde snik nog uit Jeanette se bors en dit voel of daar nie meer 'n enkele traan in haar oor is om te stort nie. Sy voel geestelik en liggaamlik uitgeput. Sy weet dat daar van al haar mooi drome niks oorgebly het nie − net herinneringe, baie herinneringe, sommige soet, sommige bitter, ander bittersoet.

Toe hoor sy ineens haar moeder se dierbare stem wat sê: "My ou kindjie, dat jy swaar gely het is vir my baie duidelik. Ek gaan jou nie nou lastig val met vrae nie. Later kan jy my alles vertel. Jy lyk totaal uitgeput en wat jy op die oomblik nodig het, is rus . . . Maar vertel my net dit: Waar kom hierdie verskriklike hale aan jou gesig vandaan, Jeanette?"

'n Oomblik swyg Jeanette en dis opmerklik dat dit vir haar baie pynlik is om hierdie vraag van haar moeder te beantwoord. Dis vir haar so vernederend om eens daarvan te praat. Maar sy sê nietemin in 'n gebroke stem: "Dis . . . dis vir my so pynlik om hierdie vraag van u te beantwoord, my ou moeder. Dit maak so bitter seer om daarvan te praat. Benewens alles bly hy tog nog die vader van my ongebore kindjie . . . en ek het hom ook nog so innig lief . . .!"

"Jeanette, wil jy my vertel dat dit Theo se werk is?" roep die moeder diep geskok uit. Dan verdof haar oë ineens van pyn

479

en ontnugtering, want dis gewis die allerlaaste wat sy van hom verwag het. Hy het haar altyd so fyn en beskaafd voorgekom.

"Mammie," sê sy sag, verdrietig, "moet hom tog nie te hard oordeel nie. Hy het nou wel die daad gepleeg, maar sy moeder was die oorsaak van alles. Dis sý wat hom daartoe gedryf het, wat die oorsaak was van al die moeilikheid en . . . en nou ook van ons mislukte huwelik."

"Maar, my kind, dis verskriklik om te dink dat Theo tot so iets in staat kan wees, en dit terwyl jy swanger is, Jeanette! Ek kan dit byna nie glo nie, en tog moet ek dit glo. My oë sal my nie bedrieg nie, en jy ook nie, my kind."

Met tere besorgdheid neem die moeder haar geteisterde kind na haar slaapkamer om te gaan rus. Dis vir haar nou baie opvallend dat Jeanette totaal uitgeput is van al die sielewroeging. En sy vrees in haar toestand gaan dit noodlottig wees.

Dis eers toe Jeanette later in 'n diep slaap verkeer, dat die moeder Theo skakel en na haar huis ontbied.

Theo het die oproep verwag. En toe hy later die middag aan die voordeur van die De Waal-woning klop, word dit byna onmiddellik vir hom oopgemaak.

"Goeiemiddag, Moeder," groet hy sag onderwyl hy haar skuldig, berouvol aanstaar.

Sy groet hom met haar gewone kalmte en nooi hom binne. Maar die vriendelike glimlaggie wat so eie is aan haar, ontbreek vandag en die jongman merk dit oombliklik.

Hoewel sy deur geen woord of gebaar haar innerlike gevoelens verraai nie, weerspieël haar oë nietemin die diep teleurstelling wat so swaar in haar hart lê.

Veel eerder sou Theo verkies het dat sy hom uitskel vir wat hy is, as om daardie stille beskuldiging in haar oë te moet verduur. Maar hy besef dat hy nou met Jeanette se moeder te doen het. En soos dogter is, is moeder. By hulle bestaan daar net nie iets soos skeltaal nie. En hierdie stille verwyt wat hy nou in haar oë lees, pynig hom meer as wat 'n reeks skelwoorde sou gedoen het.

Stil lei Joey hom na die sitkamer. En na hy op die rusbank gaan sit het, neem sy ook op die naaste stoel plek in. Toe begin sy eindelik te praat: "Jy weet blykbaar waarom ek jou hierheen ontbied het, nè?"

"Ek het dit verwag, Moeder," antwoord hy stil en afgetrokke.

"Ek is bitter teleurgesteld in jou en jou moeder, Theo. In jou egter die meeste, omdat ek my kind aan jou sorg en beskerming toevertrou het. Tien maande gelede het jy my plegtig belowe dat jy Jeanette met jou eie lewe sal beskerm, en jy weet self in watter toestand sy vandag na my teruggekeer het. Noem jy dit beskerm, Theo? Jy het haar nie in so 'n toestand uit my huis geneem nie. Jeanette was nooit 'n kind wat my hoofbrekens besorg het nie. Daarom was dit vir my nooit nodig om hard teen haar op te tree nie. Dus is ek oortuig dat sy nie so 'n geweldige fout begaan het dat jy sulke geweld op haar moes uitoefen nie. Ek verlang 'n verduideliking van jou, Theo. Ek het natuurlik nog nie met Jeanette gepraat nie, want die toestand waarin sy verkeer belet my om haar enige vrae te stel. Al waarvan ek bewus is, is dat sy swanger is en dat dit jou hand is wat daardie verskriklike merke op haar gesig gelaat het. Die rede waarom jy sulke geweld op my kind gebruik het, is vir my duister. Ek weet net dat Jeanette my gesoebat het om jou nie te hard te oordeel nie, omdat jou moeder jou tot die daad gedryf het. En ek wil ook weet wat jou moeder met julle sake te doen het. Ek het my nog nooit met julle sake ingemeng nie, waar kry sý die reg vandaan om dit te doen? Maar eerstens wil ek weet wat die rede is dat jy my kind so mishandel het, Theo." Haar woorde is kalm geuiter, maar in haar stem is daar duidelik 'n beskuldiging, 'n nuanse wat die jongman laat besef dat sy geensins van plan is om sake te laat soos dit is nie.

"Ek erken dat ek my skandelik gedra het, Moeder," merk hy stil op. "U sal my natuurlik nie glo as ek u sê dat ek self walg van my daad nie. Ek het geen verskoning nie, Moeder, en ek gaan ook nie eens probeer om 'n verskoning te soek nie. Ek weet dat ek skuldig is en Jeanette by verre nie werd is nie. Maar ek kan u verseker, die oomblik toe ek daardie skandelike daad gepleeg het, was ek totaal onbewus van Jeanette se swangerskap. Ek sal u alles vertel soos dit vanoggend gebeur het," sê hy en sy stem is gelaai met weemoed en bitter berou.

481

Joey het beide die weemoed en berou in sy stem gehoor en dis vir haar duidelik dat hy diep berou het oor alles wat gebeur het. En dat hy eerlik van karakter is, is sy nou ook oortuig van, noudat hy haar die hele verhaal vertel het. Want vir geeneen het hy verskoning probeer maak nie. Hy het alles breedvoerig vertel, presies soos dit gebeur het.

"Julle moes nooit in jou ouerhuis gaan inwoon het nie, Theo," laat sy nou met stille weemoed hoor. "As julle destyds in 'n huis van julle eie gaan woon het, sou julle nooit met sulke moeilikhede te kampe gehad het nie. Ek kry Jeanette bitter jammer; nie omdat sy my kind is nie, maar omdat sy jou liefhet. Daar wag vir haar 'n swaar stryd om te stry en dit gaan van haar baie trane en hartseer verg om jou te vergeet. Ek ken haar, sy is my kind. Ek weet dat sy jou nie lig sal vergeet nie. En sodra sy haar hartseer en verlange begin te bowe kom, sal die kindjie daar wees om haar opnuut aan jou te herinner. Ek kry haar voorwaar bitter jammer, want ek weet wat dit beteken om 'n man af te gee wat jy liefhet. Ek praat van ondervinding as ek sê dit gaan vir haar 'n bitter stryd wees. Maar ek sal vir haar bid. Die Vader sal haar krag van bo skenk, want daarsonder weet ek nie wat van haar sal word nie. Dis uiters jammer dat dit juis nou met haar moes gebeur het, noudat sy nie gesond is nie. Wat haar plan is, of sy gaan aansoek doen om 'n egskeiding, weet ek natuurlik nog nie. Maar ek meen sy . . ."

"Moeder, nee, nie dit nie," val hy haar met 'n pynbelaaide stem in die rede. "Jeanette mag dit nie doen nie. Ek kan nie van haar afsien nie. Sy behoort nog aan my, sy is nog myne, al het sy my verlaat. Moeder, die Here moet my genadig wees, want ek voel ek gaan van my verstand af raak," roep hy radeloos uit en kom terstond orent.

Rusteloos, bekommerd stap hy op en neer in die vertrek. Dan gaan hy plotseling weer sit en stryk met 'n moeë gebaar oor sy swart krulle wat netjies na agtertoe gekam lê.

"Kan ek Jeanette vir 'n oomblik sien, Moeder?" vra hy en staar Joey so verlore aan dat haar hart na hom uitgaan. "Ek moet weet hoe dit met haar gaan," verduidelik hy pleitend.

"Sy slaap nou, Theo," sê die moeder sag.

"Ek belowe u ek sal haar nie steur nie. Ek . . . ek wil haar net graag sien . . . myself oortuig dat dit met haar goed gaan," stamel hy effens en Joey merk die intense verlange in sy blik.

"As jy belowe om haar nie te steur nie, sal ek jou na haar toe neem," stem sy eindelik in.

"Ek belowe, Moeder," sê hy sag en kom ook sommer dadelik orent.

Swyend staan hy 'n oomblik later voor die bed en kyk met bedroefde oë af na sy bleek, slapende vroutjie. En baie gedagtes flits deur sy brein, gedagtes wat hom tot in sy diepste wese martel en pynig, gedagtes wat andersins nooit eens by hom opgekom het nie, waarvoor daar nooit tyd of plek was in sy lewe nie.

Toe begin Jeanette ineens rusteloos word in haar slaap en stil neem Joey hom aan die arm en lei hom die kamer uit.

Toe Theo groet om te vertrek, merk die moeder dat sy lyding net so grensloos is soos dié van Jeanette. Vir haar kan hy nie die pyn en sielewroeging verberg wat haas besig is om hom van binne te verteer nie. Maar sy staan magteloos om hom enige hulp te verleen.

# 13

Die dae, weke en maande wat op daardie noodlottige dag gevolg het, was vir Jeanette dae van baie trane en bitter smart. Menige dag het dit gevoel of sy nou die einde van alles bereik het, of sy die lewe nie meer een dag langer kan trotseer nie. Dan was dit weer haar dierbare moeder met haar diep mensekennis wat moes ingryp en moed gee sodat sy haar nie totaal aan haar verdriet oorgee nie.

Menige dag het selfs die moeder gevrees vir 'n algehele ineenstorting. Dan moes sy alles in haar vermoë doen om die jongvrou se belangstelling in ander dinge te wek, sodat sy vir 'n rukkie altans van haar eie verdriet vergeet. Wat Jeanette in daardie donker dae ook soms moed gegee het om die lewe weer aan te durf, was die gedagte aan haar kindjie en die gereelde besoekies van haar skoonvader wat sy liefhet soos 'n eie vader.

Vir die oubaas was dit 'n geweldige skok toe hy die middag tuisgekom het en van Theo moes verneem dat sy vrou hom verlaat het. Nog groter was die skok toe hy moes verneem waarom Jeanette haar man verlaat het.

Presies soos hy in die geval van Joey de Waal gedoen het, het Theo die hele skandelike verhaal aan sy vader vertel sonder om vir hom of sy moeder verskoning te maak.

"Ek het verwag dat so iets vroeër of later sou gebeur," het die oubaas driftig gesê onderwyl sy oë die statige gestalte van sy vrou streng fynkam waar sy stil aan haar tee sit en proe-proe. "Snaaks, maar ek het altyd gevrees dat jy Jeanette se geluk nie ongehinder sou laat nie . . . En ek was dus nie verkeerd nie, want dis duidelik dat jy agter al die moeilikheid sit. Hulle moes nooit by ons kom inwoon het nie, dan sou hulle miskien nie nou met hierdie moeilikheid te kampe gehad het nie. Maar jy is blykbaar nou tevrede, noudat jy hulle huwelik vernietig het, nè? Jy wou Theo mos nooit toegelaat het om ook te trou en . . ."

"Maar, Henry, hoe durf jy my so iets toevoeg?" het sy hom gekrenk in die rede geval.

"Bly stil, vrou," het hy haar bars die swye opgelê en vir hom kon dit nie 'n druppel skeel dat hulle nou voor Theo rusie maak nie. Hy voel gebelg teenoor hulle albei wat Jeanette, die dogter wat hy leer liefkry het soos sy eie, so diep seergemaak het. "As ek jou nie so goed geken het nie, sou ek jou gewis nie hierdie woorde toegevoeg het nie. Maar jy en Theo het ewe veel skuld aan hierdie mislukte huwelik. Julle is albei ewe self-sugtig. Jeanette moes blykbaar alles vir julle twee opoffer, maar julle het julle natuurlik nooit verwerdig om eens die geringste vir haar feil te hê nie. Sy moes altyd net na julle twee se pype dans, sonder die minste konsiderasie vir haar en haar gevoelens." Toe het hy hom weer na Theo gedraai en vervolg: "Jy het dit verdien dat jou vrou jou verlaat het. 'n Man wat te swak en blind is om te besef dat sy eerste plig by sy vrou lê, is nie werd om 'n vrou soos Jeanette te hê en die vader van haar kind te wees nie. Ek dink stellig sy sal die kindjie 'n beter opvoeding kan gee sonder jou as met jou. Jy kon nooit jou pligte teenoor haar nakom nie, hoe sal jy dit teenoor hulle albei kan nakom? Die hemel weet, jy is my eie vlees en bloed, maar ek is bitter teleurgesteld in jou – van jou moeder se laakbare gedrag praat ek nie eens nie."

Met hierdie woorde het hy sy leë teekoppie op die tafeltjie geplaas en die sitkamer sonder verskoning of verduideliking verlaat.

'n Oomblik later het hulle sy motor hoor ry en albei was bewus daarvan dat hy op pad is na die De Waal-woning.

Moeder en dogter wou net aandete nuttig toe die oubaas daar opdaag.

"Jeanette!" het hy verbysterd uitgeroep toe hy sy mooi dogter, soos hy haar altyd genoem het, in so 'n bleek en verwese toestand aantref.

Toe het sy skerp oë plotseling die rooi hale aan haar fraai gesiggie gesien en sy hart het uitgegaan na haar daar waar sy so gebroke voor die oop haard staan.

Toe hy die trane merk wat nou vryelik oor haar wange stroom, het hy haar met vaderlike liefde in sy arms geneem en sag, vertroostend oor haar goue krulle gestreel.

Saggies het Jeanette teen sy bors gesnik.

"My ou dogter, hoe bitter seer moes hulle jou nie gemaak het nie, jy wat dit die minste verdien het," het hy teer gesê. "Waarom het jy my nie lankal gesê van Theo en sy ma se dinge nie, my kind? Ek sou jou mos nooit in die steek gelaat het soos hulle nie. Dit maak my so bitter seer as ek dink wat jy alles in stilte moes verduur het. Waarom het jy my nooit in jou vertroue geneem nie, my ou mooi dogter, of het ek ook my plig as vader teenoor jou versaak?"

Met betraande oë het sy opgekyk en sag, gebroke gesê: "Nee, Vader, u was altyd so lief en goed vir my. Ek wou u nie seermaak deur ... deur u daarvan te sê nie. Ek wou ook nie onenigheid in u huis veroorsaak nie ..."

"Maar, my liewe kind, dit het nou groter dinge as onenigheid afgegee," val hy haar sag in die rede: "Want glo my, ek het beide Theo en sy ma terdeë uitgetrap."

485

"Vader moes dit nie om my ontwil gedoen het nie," het sy weer gesê.

"Nee, my ou dogter, na alles wat hulle jou aangedoen het, kon ek hulle nie oorsien nie."

"Vader moet Theo tog nie te hard oordeel nie . . ."

"Jeanette, jy moet hom nie nog probeer vryspreek nie, my kind," het hy haar weer sag in die rede geval en hom verwonder aan haar edelheid van hart. "Besef jy dan nie dat hy sy pligte as man skandelik teenoor jou versaak het nie?"

"Ek besef dit, Vader. Maar . . ."

"Geen maars nie, my ou dogtertjie. As Theo sy ma op haar vingers getik het die eerste keer toe sy dit gewaag het om haar met julle sake in te laat, sou daar nie vandag soveel trane en hartseer gewees het nie. Nee, ek kan nie een van hulle vryspreek nie, Jeanette."

Toe het Joey de Waal kom sê dat die ete gereed is.

Voor die oubaas die aand vertrek, na hy aandete saam met Jeanette en haar moeder genuttig het, het hy weer eens verneem: "Wat is jou planne vir die toekoms, my ou dogtertjie? Jy besef tog seker dat jou moeder nie vir julle almal sal kan sorg nie, nè?"

"Sodra ek beter voel, sal ek maar weer aansoek doen om 'n betrekking, Vader," het sy stil geantwoord, want van beide vader en seun het sy geldelike hulp van die hand gewys.

"My kind, jy moet jou tog nie gaan ooreis nie," het hy besorgd gesê. "Ek dink dit sal beter wees as jy liewer weer in my kantoor kom werk. Ek sal nooit gerus voel oor jou solank jy by iemand anders in diens is nie. 'n Ander werkgewer sal nie jou toestand in aanmerking neem nie, Jeanette. Nee, jy moet maar weer terugkom as my privaat sekretaresse."

Hierop het laasgenoemde niks geantwoord nie, want sy het besef dat dit vir haar totaal onmoontlik is om weer by Akkermann & Seun in diens te tree.

Aan Joey de Waal het die oubaas by die deur gesê: "Ek is bitter jammer dat dit my vrou en seun is wat vir Jeanette se leed en teleurstelling verantwoordelik is. Glo my, ek sal enigiets doen om daarvoor te vergoed. Ek hoop nie jy sal omgee as ek haar dikwels kom besoek nie. Want sien, sy besit 'n baie teer plekkie in my hart. Sy is die dogter wat ek altyd begeer het, maar wat die gode my nooit wou skenk nie, Joey."

"Jy sal altyd welkom wees, Henry. Ek waardeer jou opregte belangstelling en simpatie. Jeanette sal jou besoekies ook baie waardeer. Sy sê altyd dat sy in jou 'n vader gevind het, ten spyte van al die ander dinge."

"Sy is 'n dogter om op trots te wees, Joey. Ek is vir haar baie jammer, want sy is 'n kind wat mens sag mee moet werk. Dis eintlik die rede waarom ek haar in my kantoor wil hê, aangesien sy vasberade is om weer 'n betrekking te aanvaar. Werk sal haar nogal baie help om te vergeet en om oor haar hartseer te kom."

"Met Theo in dieselfde kantoor, sal sy nooit kan vergeet nie, Henry. Ek vrees dit gaan vir haar baie moeilik wees, met hom so digby haar."

"Dink jy ek besef dit nie? Maar ek besef ook dat dit vir haar noodsaaklik gaan word om 'n betrekking te aanvaar, en waarom sal sy vir 'n onsimpatieke persoon gaan werk as daar vir haar plek is in my kantoor? Onder my toesig sal sy haar ten minste nie ooreis nie. En ek sal ook toesien dat sy en Theo so min moontlik met mekaar in aanraking kom."

"Ek weet jy bedoel dit goed met Jeanette, Henry, en ek is jou baie dankbaar daarvoor. Ek sal met haar gesels sodra sy weer gesond voel," het Joey moedig geglimlag en hom 'n rustige nag toegewens.

In die weke wat gevolg het, het die oubaas alles gedoen om die jong vroutjie uit haar apatie te kry. Menige dag het hy haar saam met hom geneem wanneer hy sake buite die dorp moes doen. Sulke ritjies het Jeanette gewoonlik baie geniet. En wanneer hy haar weer tuis besorg het, het haar gemoed gewoonlik ligter gevoel. Joey was die oubaas innig dankbaar oor sy bedagsaamheid en liefde jeens haar kind, want dit was duidelik dat die ritjies Jeanette die wêreld se goed doen.

Vanmôre het die oubaas haar egter weer van sy kantoor af gebel.

"Voel my dogter vandag lus om 'n ver ent uit die dorp te gaan ry?" het hy opgewek gesê.

487

"'n Ritjie in die heerlike sonskyn saam met Vader sal ek nooit van die hand wys nie," het sy flou geglimlag.

"Ja, maar dit gaan 'n lang rit wees, Jeanette. Ek glo ons sal nie voor sesuur vanmiddag terug wees nie, my kind."

"Ek sê nog dit sal aangenaam wees, Vader. Dankie, ek ry met plesier saam."

"Nou gaan trek jou solank warm aan. Ek is binne tien minute daar," het hy tevrede gesê en die gehoorbuis teruggeplaas.

Met die hulp van haar moeder het Jeanette haar met sorg geklee. Sy het besluit om haar ligte jas saam te neem ingeval dit dalk gedurende die middag kouer word. Toe het sy in die sitkamer op die oubaas gaan wag.

Met 'n "allawêreld, maar my ou dogter word nou by die dag mooier", groet die oubaas haar opgewek.

Jeanette, egter, glimlag net stil en groet hom terug. Sy ken sy vleiende gesegdes al so goed. Toe kom haar moeder ook die vertrek binne.

"Joey, dink jy nie ook die kind word nou eers regtig mooi nie?" sê hy weer na die formaliteit van groet afgehandel is.

"Snaaks, maar noudat jy daarvan praat, ek het gister self daaraan gedink, Henry," glimlag sy goedig.

'n Oomblikkie staan hulle nog liggies en skerts. Dan sê die oubaas dat dit tyd is vir hulle om te gaan.

Geselsend stap vader en dogter in die rigting van sy motor wat voor die deur geparkeer staan. En vir Joey wat hulle op die veranda gaan groet het, is dit aangenaam om die mooi kameraadskap tussen die twee te aanskou. Want dat Henry Akkermann in alle opsigte 'n liefdevolle vader is vir Jeanette, is nie die minste aan te twyfel nie; elke gebaar van hom getuig daarvan. En dit verbly Joey se moederhart om te weet dat haar dogter, na al die jare, eindelik die liefde van 'n vader smaak.

Na hulle etlike kilometers in stilte afgelê het, vra die vader belangstellend: "Hoe voel my ou dogter deesdae? Ek merk mos dat die ou wangetjies al weer begin rosig word!"

"Baie beter, dankie, Vader. Dis nog net die ou hart wat maar nie aldag wil reg klop nie. Die wond was so diep. Maar dit begin darem nou stadig te genees. Ek wonder net of die pyn ooit heeltemal sal verdwyn. Soms is dit op 'n manier draaglik, maar met rukke weer onuithoudbaar," sê sy en 'n droewige soet glimlaggie speel om haar mond.

"Tyd heel alle wonde, my kind. Ook daardie pyn sal mettertyd verdwyn," laat hy sag, simpatiek hoor. "Maar, vertel my, het jy dit al oorweeg of jy weer 'n betrekking gaan aanvaar?"

"Ek het reeds besluit, Vader. Ek gaan maar weer aansoek doen om 'n pos. Moeder het dit nie te breed nie en ek kan nie so ledig op haar nek lê nie."

"Dis nie nodig dat jy aansoek doen om 'n betrekking nie, my kind. Jou plekkie is nog altyd oop in my kantoor, weet jy?"

"Regtig, Vader is so goed vir my, ek weet nie aldag hoe om u te bedank nie. Maar . . . Theo . . . Dit sal hierdie pyn mos weer onuithoudbaar maak, Vader."

"My liewe kindjie, julle sal mekaar tog weer vroeër of later ontmoet. In so 'n klein dorpie soos Koppies is daar geen sprake van dat julle mekaar nooit weer sal raakloop nie. Jy sal hom op kantoor baie min te sien kry, want hy is eintlik verantwoordelik vir die klerke se afdeling."

"O, Vader, ek is so bang vir hierdie pyne wat geen genade ken nie. Ek het nog telkens geweier om Theo te sien, juis omdat ek so bang is. Ek het hom nog so lief, Vader. Ek moet hom liewer nie sien nie," sê sy byna smekend en staar met nikssiende oë voor haar uit.

"Jy moet glad nie 'n ontmoeting met hom so vrees nie, kindjie. Jy moet daaraan gewoond word om hom te sien, sonder om daardie pyn te voel. Jou moeder en ek sal jou help om daardie pyn te bowe te kom. Dit sal natuurlik nie in een dag geskied nie, maar jy sal dit wel later oorwin. Jy moet net sterk wees, Jeanette," laat hy bemoedigend hoor.

Later het sy weer stiller geword en die oubaas het dit dadelik gemerk. Voor die eerste kafee langs die pad hou hy egter stil en nooi haar vir 'n koppie tee.

Na hulle klaar tee genuttig het, koop hy vir haar 'n doos sjokolade waaraan sy gedurende die rit kan smul. Toe stap hulle weer terug na die motor en weldra hang daar 'n lang stofstreep agter hulle.

Later verneem hy egter weer: "Gaan jy weer terugkom kantoor toe as my sekretaresse?"

"Ek sal, Vader," antwoord sy sag. "Sê net wanneer."

"Wel, dit sal maar seker weer op die eerste van volgende maand wees, kindjie. Dit wil sê oormôre. Sal dit jou pas?"

"Enige tyd sal my pas, Vader. Maar sê my, hoe lank gaan ek in u kantoor toegelaat word?"

"Totdat die groot dag aanbreek, as jy dit so verkies," glimlag hy onderwyl hy stil voor hom uitstaar. "Maar waarom vra jy, my kind?"

"Ek wou maar net weet hoe lank Vader my sal toelaat om te werk, want daardie salaris sal ek voortaan broodnodig hê."

"Jy het 'n groot fout begaan deur telkens te weier om Theo te sien, my kind. Hy kan mos nie voorsorg maak vir jou en die kindjie as jy telkens weier om hom te sien nie!"

"Van Theo verlang ek niks, Vader. Ons sal natuurlik nie in weelde kan leef nie, maar ek sien kans om vir my kind te sorg sonder sy hulp. As my moeder dit kon gedoen het, kan ek dit ook doen."

"Nee, Jeanette, daar stem ek gewis nie met jou saam nie," val hy haar sag in die rede. "Theo moet sy verantwoordelikheid as vader nakom. Jy mag hom nie daarvan onthef nie."

"Laat ons liewer nie verder daaroor praat nie, Vader, want ek sal nooit van hom, of enigeen geldelike hulp aanneem nie."

"Maar jy moet, Jeanette. Na die kleinding eers daar is, sal jy vir etlike maande nie kan gaan werk nie, weet jy?"

"Gedurende daardie maande sal my moeder my en die kind darem seker herberg kan gee, Vader."

"Maar waarom moet jou moeder vir jou sorg terwyl jy 'n man het om dit te doen, Jeanette? Nee, regtig, ek sien geen sin in jou argument nie."

"Theo is nie meer my man nie, Vader. Hy was dit vroeër."

"Eers wanneer jy wettiglik van hom geskei is, is hy nie meer jou man nie. Op die oomblik is jy nog steeds sy verantwoordelikheid."

"Ek moes al lankal aansoek gedoen het om 'n egskeiding, maar ek het nog altyd so siek en ellendig gevoel. Ek . . . ek sal môre 'n prokureur gaan sien," sê sy stil en draai haar gesig vinnig weg sodat die oubaas nie die pyn in haar oë merk nie.

"Op watter grond gaan jy hom skei, Jeanette?" vra hy weer.

"So ver strek my kennis nie, Vader. Daaroor sal die prokureur maar moet besluit."

Later die middag begin die wind so geniepsig waai dat Jeanette verplig is om haar jas aan te trek.

Op die verre horison begin die wind nou die los wolkies bymekaar te waai en die oubaas voorspel dat hulle sneeu gaan kry.

Sy voorspelling was waar, want vroeg die aand het die wind bedaar en die sneeu het in fyn vlokkies begin neersif.

Aan tafel daardie aand is oubaas Akkermann opvallend stil.

"Het Vader Jeanette vandag gesien?" stel Theo weer die vrag wat hy nou al vir die afgelope vier maande elke aand aan sy vader stel.

"Sy was saam met my Groenkloof toe," antwoord hy half afgetrokke.

"Hoe gaan dit met haar, Vader?" vra hy angstig en kyk die oubaas ondersoekend aan.

"Onder omstandighede nie te sleg nie. Sy kom oormôre weer in my kantoor werk."

"Maar, Vader, dis mos gans onmoontlik!" roep hy ontsteld uit. "Jeanette durf nie nou gaan werk nie, nie in haar toestand nie. Ek weet nie hoe kan Vader haar so iets toelaat nie!"

"In my kantoor sal sy haar ten minste nie ooreis nie, Theo. Maar ek vrees in 'n ander werkgewer se kantoor gaan dit wel die geval wees. Sy is vasberade om 'n betrekking te aanvaar," voeg die oubaas hom bedaard toe.

"Ek kan nie begryp waarom Jeanette in haar toestand wil gaan werk nie. Ek dink dis die onsinnigste ding wat sy nou wil aanvang," laat hy diep bekommerd hoor en die effense bleekheid van sy gelaat beklemtoon dit.

"Jy vergeet blykbaar dat haar moeder nie vir alles kan instaan nie, Theo. Die bevalling gaan 'n geweldige onkoste wees en ek vrees haar moeder sal nie die nodige kan bybring nie. En . . . nou ja, die baba moet tog klere ook hê!"

"As sy nie telkens weier om my te sien nie, sal dit nie vir haar nodig wees om daardie onkoste self te dek nie. Maar hoe op aarde kan ek haar hulp aanbied as sy my nie wil sien nie?" kom dit vermoeid van die jongman.

"Wel, jy sal nou die geleentheid kry om sulke reëlings in die hof te tref . . ."

"In die hof! Wat bedoel u, Vader?" val hy die oubaas nog meer ontsteld in die rede.

"As daar niks voorval nie, gaan jou vroutjie môre aansoek doen om 'n egskeiding, Theo."

"Onmoontlik, ek sal haar nooit haar vryheid gee nie! Nooit!" roep hy heftig uit. "Sy is myne, en myne sal sy bly."

"En hoe gaan jy dit regkry?" wil die vader onverstoord weet. "Jy besef tog dat jy die skuldige is in die saak en dat jy oor geen keuse beskik nie!"

"Ek gaan die beste advokaat uit Johannesburg laat kom om die saak te verdedig."

"Dan sal dit beslis 'n aakligheid afgee. Al jou en jou ma se dinge sal dan op die lappe kom, weet jy?" waarsku die oubaas sag en kyk die jongman berekenend aan.

"Ek gee nie 'n flenter om nie, Vader. Solank Jeanette net myne bly, kan gebeur net wat wil. Wat Koppies se gemeenskap gaan sê of doen, raak my nie meer in die minste nie. Dis vir Jeanette wat ek wil hê en nie die vriendskap of goedgesindheid van ons dorp se inwoners nie," merk hy driftig op, onbewus van die bleekheid van sy moeder se gesig wat sy onbeheersde woorde veroorsaak het.

Na ete skakel Theo weer die nommer van die De Waal-woning. Maar net soos al die talle kere, moet hy hoor dat Jeanette nie bereid is om met hom te praat nie.

Radeloos sak hy op die naaste stoel neer en stut sy vermoeide kop in die palms van sy hande. Toe hoor hy ineens sy moeder se stem wat angstig sê: "Theo, gaan jy regtig ons naam so deur die modder sleep in die hof, my kind?"

"Ek het reeds gesê ek gee nie 'n flenter om wat gebeur nie, Moeder," antwoord hy effens kortaf. "As ek my vrou daardeur kan behou, sleep ek ons naam sonder enige gewetenswroeging deur die modder."

"Maar, kind, jy kan dit mos nie doen nie! Dink tog aan jou ou moeder ook, Theo, of het jy miskien vergeet van die hoë status wat ek hier in die sosiale kringe beklee . . .?"

"Genoeg, Moeder. Ek het nou net mooi genoeg hiervan," val hy haar onthuts in die rede, buite homself van kommer en onrus. "Moet asseblief nie weer by my kom sanik oor sosiale status nie. Die posisie wat Moeder in die sosiale kringe beklee, het op Gods aarde niks met my te doen nie. Dis oor Jeanette, my vrou, wat ek bekommerd voel, en nie oor Moeder se sosiale status nie. Onthou net dit, Moeder. Die tyd toe ek my ore uitgeleen het, is verby. Ek is nie bereid om my geluk, alles wat vir my dierbaar is, op te offer vir Moeder se sosiale status nie . . ."

"Theo!" val sy hom met 'n skril, huilerige stem in die rede. "Dat ek hierdie dag moet beleef dat jy my sulke antwoorde gee . . ."

"Ja, Moeder, en dat ek die dag moes beleef het dat my vrou met veragting van my weggevlug het," val hy haar beskuldigend in die rede. "As ek net my ore minder uitgeleen het, sou sy my miskien nie verlaat het nie. Maar dis net soos Vader gesê het, ek was te min van 'n man om te besef waar my pligte lê. Ek het Moeder en Moeder se sosiale kaf te veel in aanmerking geneem, en my vrou daardeur verwaarloos. Maar daardie dae is verby. Dit sal nie weer gebeur nie. Ek het net een plig en dit is teenoor Jeanette en ons kindjie."

Met hierdie woorde kom hy orent en begeef hom na sy kamer, onbewus van die trek van genoegdoening op sy vader se gesig.

Voor die kamervenster gaan hy staan. Dan merk hy die fyn sneeuvlokkies wat soos veertjies uit die grys lug val en hy weet dat Jeanette nie môre al sal kan gaan aansoek doen om 'n egskeiding nie.

# 14

Voor die sitkamervenster staan Jeanette na die fyn sneeuvlok-
kies en kyk wat stil aarde toe daal en in haar hart ontwaak daar
'n eensame verlatenheid wat moeilik beskryf kan word.

Haar een hand klem byna krampagtig aan die gordyne vas en
met haar ander hand druk sy op die vensterbank, kompleet asof
sy ondersteuning nodig het om orent te bly.

Met 'n droewige-soet glimlaggie dink sy terug aan die dag
se rit saam met haar skoonvader en 'n teerheid jeens die ouman
wel fel in haar binneste op.

Dan dink sy weer aan Kobus, aan sy tere besorgdheid jeens
haar en aan hul mooi vriendskap wat die afgelope paar maande
weer opnuut tot stand gekom het. Hy is 'n dierbare vriend,
dink sy. Dan merk sy ineens sy lang gestalte wat met die paadjie
aangestap kom. Ja, hy is voorwaar die getrouste vriend wat ek
nog ooit gehad het, mymer sy weer, en die aanskoue van sy
bekende gestalte laat 'n ligte, onverklaarbare opgewondenheid
van haar besit neem.

Sy is al so gewoond aan sy gebruiklike besoekies elke aand.
Aanvanklik het dit haar gehinder en soms geïrriteer, en sy
wou maar altyd net vlug om alleen te wees met haar pyn en
smart. Sy was soos 'n plantjie wat verplant was in grond waar
sy nie aard nie, waar die blaartjies begin opkrul, en sy het
stilweg gekwyn voor almal se oë. Maar algaande het sy krag
en berusting begin put uit sy besoekies, uit sy mooi lewensfi-
losofie en sy diep mensekennis. Dis net wanneer die donker
skaduwees van die nag nader kruip dat sy soms nog so ontset-
tend eensaam voel.

Sy sagte, veerkragtige voetstappe wat vanuit die voorportaal
opklink, laat haar werktuiglik van die venster af wegdraai.

In die oop haard knetter daar 'n vrolike vuurtjie en Jeanette
trek vir haar 'n stoel nader. Behaaglik leun sy terug en tuur stil
in die hart van die vuur, 'n gebaar wat so baie herinnerings, so
baie intieme herinnerings by haar wek.

Vlugtig buk sy oor, neem die lang yster en stoot die halfge-
brande stomp dieper in die haard. Toe dink sy ineens aan die

weelderige, kunstige haard in die Akkermanns se eetkamer en sy kan haar die familiekringetjie so duidelik voor haar gees roep waar hulle ook nou waarskynlik al drie bymekaar sit en gesels.

Ja, aan die Akkermanns kan sy nou dink sonder enige kwade gevoelens. Omdat sy liefgehad het, is haar hart ruimer en haar gees meer verryk. Ook in die pynlike treurspel wat haar lewe so intiem geraak het, het sy al geleer om te berus en dit te aanvaar as 'n kruis wat deur 'n Hoërhand op haar lewenspad gestel was. Dis asof sy die lewe met sy pyn en sy teleurstellings nou soveel beter verstaan.

"Heerlike aand om so sorgeloos voor die vuur te verwyl, nè?" hoor sy ineens Kobus se sagte, mooi gemoduleerde stem agter haar sê.

Hy plaas sy hande sag, half beskermend op haar skouers, en vir 'n oomblik bly hy so agter haar staan met sy staalgrys oë wat stil in die hart van die vlammetjies rus. Dis kompleet asof hy elke gedagte, elke gevoel van haar kan aanvoel. En vir die jong vroutjie voel dit werklik of daar krag en vertroosting uit die aanraking van sy hande straal.

"'n Vrolike vuurtjie op so 'n koue aand is altyd 'n gesellige maat," antwoord sy stil sonder om haar oë van die blou en rooi vlammetjies weg te neem. "Trek vir jou 'n stoel nader en sit, Kobus," sê sy weer toe sy merk dat hy nog geen aanstaltes maak om te gaan sit nie.

"Ja, dankie, ek sal sit," sê hy en trek vir hom 'n stoel langs hare. "Ek het flussies by jou moeder gehoor dat jy vandag saam met oubaas Akkermann gaan ry het," vervolg hy 'n oomblik later en kyk vertroulik af in die asuurblou dieptes van haar sagte oë wat nou skielik weer belaai is met stille gedagtes en herinnerings. "Het jy die uitstappie darem geniet?"

"Baie," sê sy sag en glimlag gerusstellend op in sy staalgrys oë wat haar so ondersoekend, so vertroulik aankyk. "Ek geniet gewoonlik 'n uitstappie saam met die oubaas. Hy is so lief en dierbaar, Kobus. Hy is so 'n bedagsame vader en hy besit so 'n wonderlike insig en aanvoelingsvermoë. Dis asof hy altyd bewus is van elke wisselende gevoel wat in my binneste omgaan."

"Jy is besonder geheg aan hom, Jeanette?"

"Hy is vir my die verwesenliking van die vader wat ek so vroeg in my lewe verloor het, Kobus . . ."

Joey se binnekoms maak 'n einde aan die twee se gesprek, want dis baie duidelik aan haar bleek gelaat dat sy hewig ontsteld is.

"Jou skoonvader wil jou graag oor die foon spreek, Jeanette," verduidelik sy nietemin kalm op laasgenoemde se vraende blik. "Gaan praat eers met hom, my kind."

Aan Kobus sê sy na Jeanette reeds die vertrek verlaat het: "Mevrou Akkermann het flussies 'n ernstige hartaanval gehad en . . . sy wil Jeanette dringend spreek. Haar toestand is glo sorgwekkend."

"Ja, Gods meule maal stadig maar seker, mevrou," is al kommentaar wat hy lewer. Dan dwaal sy blik weer stilweg na waar die vlammetjies soos balletdanseressies beweeg.

Etlike oomblikke later kom Jeanette weer die sitkamer binne en dis duidelik dat sy baie ontsteld is. Sy is geklee in 'n warm jas, wolmus en wolhandskoene, en byna op dieselfde oomblik begin die voordeurklokkie ook skril en dringend te lui.

"Dis seker nou oubaas Akkermann wat daar lui," sê sy haastig en effens verward. Dan wens sy beide haar moeder en Kobus 'n rustige nag toe en verlaat die vertrek.

Vlugtig draai sy die voordeur oop en tree op die veranda uit sonder om die oubaas weer 'n keer te groet – sy het mos pas met hom oor die telefoon gepraat. En dis eers toe hy haar teer, besorgd aan die arm neem en die treetjies afhelp, dat sy tot die ontnugtering kom dat dit nie die oubaas is wat haar kom haal het nie, maar wel Theo Akkermann, die een persoon wat sy met soveel sorg vir maande al probeer vermy.

'n Hewige bewerasie neem ineens van haar besit en sy voel hoe elke druppel krag uit haar ledemate syg. Gelukkig staan sy motor reg voor die deur geparkeer, anders weet sy nie so reg hoe sy ooit die voertuig met sulke kragtelose bene sou bereik het nie.

Swyend hou hy vir haar die motordeur oop. Dan stap hy voor om die voertuig en skuif langs haar agter die stuur in.

Nie een praat egter 'n woord nie – Theo, omdat alles so skielik gebeur het en hy nog nie juis reg kan besef dat dit werklik sy eie dierbare Jeanette is wat nou hier langs hom sit nie. En sy, omdat haar hart so wild klop, so wild dat dit kompleet voel soos hamerslae in haar keel.

Binne enkele oomblikke hou hulle voor die imposante woning van die Akkermanns stil en Jeanette sien dat dit nog aaneen sneeu. Sy wag nie op hom om die motordeur vir haar oop te maak nie, maar klim sonder meer uit en bestyg die menigte trappies wat na die voorstoep lei.

Hierdie optrede van haar is vir Theo uiters pynlik. Dit getuig so duidelik van die feit dat sy haastig is om van sy teenwoordigheid ontslae te wees.

'n Pyntrek ontsier sy mooi, sterk gelaat en sy donker oë is troebel en somber toe hy haar halfpad inhaal en sy hand beskermend onder haar een elmboog plaas.

"Die trappies is glad van die sneeu. Jy mag dalk gly en val," sê hy stil en stuur haar in die rigting van die groot glasvoordeur waardeur die elektriese lig van die voorportaal helder skyn.

Sy sê niks. Volg hom net stil na die siekekamer waar die ou dame met geslote oë soos 'n wasbleek marmerbeeld teen die kussings rus.

Voor die bed, diep weggesak in 'n gemakstoel, sit die oubaas met 'n verwese, bekommerde trek op sy andersins kalm gelaat, en Jeanette voel hoe haar hart na hom uitgaan in hierdie uur van kommer en onrus.

Sy buk af en soen hom liefdevol op sy voorkop. Dan plaas sy haar een hand met innige meegevoel op sy skouer en bly so langs hom staan.

"Hoe gaan dit nou met haar, Vader?" vra sy sag, simpatiek.

"Sy slaap nou van die inspuiting wat dokter Ben haar netnou toegedien het, my ou dogter. Maar haar toestand bly maar onveranderd."

"Sit, Jeanette," sê Theo ineens sag agter haar en bied haar 'n stoel aan.

"Dankie," kom dit byna fluisterend, maar sy waag dit nie om op te kyk in daardie donker oë wat haar vir maande al selfs in haar drome agtervolg nie. Dis asof sy nog nie genoeg krag daarvoor het nie. Want sy weet een kyk in hul lokkende, donker dieptes sal weer die ou pyn in al sy felheid herroep.

"Wil jy nie jou jas uittrek nie, Jeanette?" vra die vader besorgd.

"Ek dink ek sal, Vader," sê sy sag. "Ek sal dit sommer oor die stoel se leuning hang ingeval dit dalk na die môre se kant toe kouer word."

"Nee, Jeanette-kind, gaan hang maar gerus jou jas in een van die hangkaste. Ek gaan dit geensins toelaat dat jy die heelnag hier in die siekekamer sit nie. Ek waardeer dit besonder baie dat jy so onselfsugtig was om te kom, maar niks later as elfuur gaan jy wakker bly nie. In jou toestand gaan dit uiters vermoeiend wees om die heelnag by jou moeder te waak."

"Dan sal ek Mammie moet bel om te sê dat ek elfuur tuis sal wees," laat sy weer hoor onderwyl sy haar jas verwyder.

"Gaan bêre jou jas en kom sit gerus, my kind," beveel die oubaas sag. "Dis hoegenaamd nie nodig om jou moeder te bel nie. Vannag kan jy gerus maar hier slaap. Theo en ek sal om die beurt wakker bly."

"Ek dink u is reg, Vader. Ek sal vannag hier slaap, maar dan moet Vader my toelaat om tot twaalfuur wakker te bly. Ek stel voor dat Vader-hulle almal gaan slaap. Ek sal alleen hier waak tot twaalfuur. Daarna kan Theo weer oorneem tot vieruur."

"Jou voorstel klink aanneemlik, my ou dogter," glimlag die oubaas flou. "Maar ek verkies dat jy nie so laat wakker bly nie . . ."

"Jeanette kan onmoontlik nie in haar toestand alleen by die sieke waak nie, Vader," val Theo die ouer man haastig in die rede en op sy gesig is daar duidelik 'n trek van ontevredenheid.

"Ek vermoed jou moeder sal slaap tot twaalfuur, Theo. En in daardie geval sal dit heeltemal in orde wees vir Jeanette om alleen te waak . . ."

"Nou toe, gaan slaap julle twee nou," jaag sy hulle aan. "Ek sal alleen regkom. Ek is nog lank nie 'n invalide nie en ek het 'n stukkie breiwerk saamgebring om my mee besig te hou. Theo kan my twaalfuur kom aflos."

Met 'n "ontbied my dadelik indien jy hulp nodig het", verlaat die oubaas die siekekamer saam met 'n baie onwillige Theo.

Dan is dit ineens tasbaar stil, 'n stilte waarin net die sieke se swaar asemhaling gehoor word. Vir 'n lang ruk sit Jeanette roerloos stil, met haar oë vasgenael op die wasbleek gelaat wat swaar teen die kussings rus, en 'n onverklaarbare jammerte vir die ongelukkige ou dame wel ineens in haar op. Sy dink aan die harde, verdoemende woorde wat sy haar 'n paar maande gelede toegeslinger het, dan voel sy hoe die warm trane haar ooglede prik.

Saggies kom sy orent en gaan voor die ruim venster staan wat op 'n skrefie oop is, en haastig vee sy die trane van haar wange af. Êrens het sy eendag gelees dat geen mens heeltemal sleg is nie, dat iedereen 'n aantal goeie punte het.

Met diep berou oor haar harde woorde van 'n paar maande gelede aan die kranke, dwaal haar blik na die sterlose, inkswart hemelgewelf, en 'n nare beklemming sak oor haar toe. Sy besef nou dat sy totaal verkeerd opgetree het teenoor haar skoonmoeder. Sy het wel haar lewe uiters moeilik gemaak en sy moes gedurig teen haarself stry om haar skoonmoeder nie in gelyke munt terug te betaal nie, tot daardie dag ... En nou voel sy bitter teleurgesteld in haarself, want dit was gewis 'n nuttelose teenmaatreël. Sy moes nooit haar eie persoonlikheid laat geld het nie, want juis daardeur het sy nou so baie ongelukkig gemaak.

Stilweg dwaal haar blik na die helder verligte straat waar die sneeuvlokkies nog steeds soos wit veertjies neerdaal en dis asof die helder elektriese lig die swaar beklemming in haar verjaag ... Op dieselfde oomblik maak Theo ook onverwags sy verskyning in die siekekamer met 'n koppie stomende tee in die hand.

"Ek ... ek het gedink jy ... slaap al," stamel sy half verboue-reerd en gaan sit in die gemakstoel waar die oubaas vroeër gesit het.

Hy merk die spanning waarin sy verkeer en dis vir hom nou baie duidelik dat sy teenwoordigheid haar uiters ontstel.

"Ek gaan nou dadelik slaap," laat hy afgetrokke en diep ongelukkig hoor. "Ek het net vir jou 'n koppie tee gebring."

Die feit dat hy eintlik van plan was om saam met haar by sy moeder te kom waak, verswyg hy nou maar liewer. As sy teenwoordigheid haar dan so geweldig ontstel, sal hy maar liewer uit haar pad bly; hoewel dit van hom byna bomenslike krag verg om haar nie in sy arms te neem en sy intense verlange te stil nie. Sy oë kan hy egter nie van haar ronde, belowende postuurtjie afhou nie. Dis of hul donker dieptes elke ronding met aanbidding betrag. En die wete dat dit ook sy kindjie is, maar dat hy nooit die eer sal hê om dit werklik as sy eie te besit nie, laat hom plotseling weer doodmoeg en diep ongelukkig voel.

Met hande wat sigbaar bewe neem sy die koppie tee by hom.

"Dankie," sê sy sag. "Jy moes nie al die moeite gedoen het nie. Ek . . . kon maar self gaan tee maak het."

"Drink dit voordat dit koud is," laat hy nog steeds afgetrokke hoor en verlaat die siekekamer weer net so stil soos wat hy binnegekom het.

Dis reeds tweeuur in die môre en nog is daar geen teken van Theo nie. Jeanette voel ontsettend moeg en uitgeput van die lang ure se sit in die siekekamer en die kranke begin nou ook baie rusteloos word in die onnatuurlike slaap waarin sy verkeer.

Telkens besluit Jeanette om Theo te gaan wakker maak. Maar die gedagte dat hy dalk 'n besonder besige dag op kantor gaan hê, weerhou haar daarvan om haar besluit ten uitvoer te bring. En nou is dit alreeds kwart oor twee en sy voel tot die dood toe uitgeput.

'n Benoude steun vanaf die bed laat Jeanette haastig orent kom. Die ou dame se hele gelaat het nou 'n bloupers kleur aangeneem en haar asemhaling kom swaar en moeisaam.

Vlugtig kom die jong vroutjie orent en snel die kranke te hulp.

Met haar arm om die sieke se skouers, beur sy met al haar krag om die ou dame effens orent te lig. Sy het eendag gelees dat dit 'n hartlyer makliker laat asemhaal. Maar sy is ook so uitgeput van die lang ure se sit voor die kranke se bed dat sy byna geen krag meer het om die effense gesette ou dame orent te help nie.

Met 'n nat doekie vee sy eers weer liggies oor die sieke se voorkop. Dan probeer sy weer om die ou dame orent te help . . . Toe, ineens gaan die kamerdeur oop en Theo se stem vibreer hard en gebiedend deur die vertrek: "In Godsnaam, Jeanette, wat probeer jy doen?" sê hy en in twee treë is hy langs haar. Liggies stoot hy haar opsy en neem haar veeleisende taak oor. Sy gelaat is doodsbleek en 'n spiertjie in sy regterwang bly aanhoudend trek.

Jeanette, wat sy haastige woorde verkeerd vertolk het, antwoord met trane in haar oë en diep seergemaak: "Jy . . . jy het niks te vrees nie. Ek . . . sal niks doen wat jou moeder tot nadeel sal strek nie. Ek . . . wou haar maar net help . . . om makliker asem te haal. Sy . . . moet effens orent gehelp word."

Die trane rol nou vryelik oor haar wange en sy doen nie eens die moeite om hulle te keer of te verwyder nie. Selfs Theo se verbaasde oë wat nou op haar rus, merk sy nie eens nie. Sy is met koorsagtige erns besig om die medisyne wat die dokter voorgeskryf het tussen die bloupers lippe te dwing.

Vyftien minute later begin die aaklige kleur stadig van die kranke se gelaat te wyk en ook haar asemhaling skyn nou meer normaal te wees.

Moeg sak Jeanette in die naaste stoel neer. Dan verberg sy haar gesig in haar hande en die spanning van die afgelope half-uur vind verligting in 'n stortvloed van trane.

In 'n oogwink is Theo voor haar op sy knieë. En met sy arms liefdevol om haar, druk hy haar sag aan sy bors en fluister: "O, my liefling, die spanning was te veel vir jou. Ek moes jou nooit alleen hier in die siekekamer gelaat het nie . . . en toe moes ek my nog boonop verslaap ook. Jeanette, moenie so huil nie, my liefling. Jy put jouself nog meer uit en jy is reeds doodmoeg, my vroutjie." Hy streel liefdevol oor haar blonde kop wat nou moeg teen sy breë bors aanleun. Dan vervolg hy hartstogtelik: "Jy het my so verkeerd verstaan, my liefling. Ek was nie in die minste bevrees dat jy iets sou doen wat Moeder kon benadeel

501

nie. Ek . . . was besorgd oor jou, my liefling. My vroutjie, jy moet nooit weer so onverantwoordelik optree nie. Belowe my dat jy nooit weer jou kragte so sal ooreis terwyl jy swanger is nie, my skat. Jy mag nooit weer probeer om Moeder orent te help nie. Ontbied my liewer om dit te doen. Jy kan ons kindjie se lewe daardeur vernietig, en die outjie beteken vir my oneindig baie! Jy moet sy dierbare ou lewetjie tog nooit weer so in gevaar stel nie, vroutjie. Besef jy dat dit nog die enigste tasbare bewys is van die liefde wat jy eenmaal vir my gekoester het? O, Jeanette, hoe oneindig lief het ek julle albei nie!

"Mag God julle tweetjies altyd genadig wees, my liefling. Glo my, ek sal my lewe gee as ek daardeur kan vergoed vir alles wat ek jou aangedoen het. As ek my dade met my eie lewe kan uitwis, sal ek nie 'n oomblik aarsel nie. God is my getuie dat ek jou die liefste op aarde het . . . en tog het ek jou die diepste gekwes. Jeanette, glo my asseblief as ek sê ek het diep en oneindig berou, my vroutjie. O, ek weet ek is jou nie werd nie. Ek was blind, my liefling, totaal blind. Maar gelukkig het my oë oopgegaan. Of hulle te laat oopgegaan het, weet ek nie. Maar vir die waarheid en vir my liefde vir jou sal ek nooit weer blind wees nie. Ek besef nou dat 'n man net een plig het – sy vrou en sy kinders. En die Vader weet, dit sal altyd deel van my en my gedagtes wees. Ek het die afgelope maande bitter gely en verlang, maar ek besef dat ek dit alles verdien het, daarom vra ek jou nie om my te vergewe nie, Jeanette. Ek bid net elke dag om ook 'n geringe deeltjie te hê aan my kindjie wat binne enkele maande die lig sal sien. Jy sal hom nie heeltemal van my vervreem nie, my liefling, sal jy?"

Met sy eie sakdoek droog hy haar trane af. Dan lig hy haar gesig op sodat sy in sy pleitende, verlangende oë kan kyk, want dis alleen in hul dieptes waar sy die volle waarheid sal kan lees.

"Ek . . . sal hom nie van jou vervreem nie, Theo," sê sy met 'n onvaste stem en weer eens swem haar oë soos asuurblou pêrels in die trane. "Ek sal hom leer om jou net so . . . net so lief te hê soos wat ek jou het."

"Jy . . . het my nog steeds lief . . . na alles, Jeanette?" sê hy ongelowig en duidelik verward. Vir hom lyk dit byna onmoontlik dat so iets 'n werklikheid kan wees ... en tog, hoeveel maal het hy nie al gebid dat juis dit moes gebeur nie.

"My liefde vir jou wou nie sterf nie, Theo," antwoord sy sag en haar stem klink oneindig moeg.

'n Goed van eindelose hoop straal uit sy donker oë toe hy weer sê: "Is daar darem hoop dat jy my wel eendag sal kan vergewe vir die bitter onreg wat ek jou aangedoen het, my liefling, of is dit te veel gevra?"

"Ek het jou reeds lankal vergewe, my man. My liefde het maar altyd vir jou verskoning gemaak. Dis net die eindelose verlange en hartseer wat oorgebly het. Ek het so hard daarteen gestry, maar steeds het ek soos 'n dobberende bootjie op 'n onstuimige oseaan gevoel, wat deur die magtige golwe heen en weer geslinger word sonder koers of anker ..." Haar stem sterf weg en groot traandruppels rol oor haar wange.

Hy kyk teer na haar. Dan vou hy haar in sy arms en sê met 'n stem gelaai van vreugde en geluk: "Die Here weet, ek sal jou nooit genoeg kan bedank vir die vergifnis wat jy my geskenk het nie, my vroutjie. In woorde kan ek nooit my dank uitspreek nie. Maar ons Hemelse Vader weet hoe diep dankbaar ek is. En glo my, ek sal my lewe deur probeer om te vergoed vir al die onreg wat ek jou aangedoen het . . . as jy maar net na my sal terugkeer, my skat. Ek het jou so bitter nodig, my vroutjie. Sonder jou is die lewe so doelloos en leeg. Sal jy my nie maar weer 'n kans gee nie? Ek wil so graag vergoed vir alles wat ek destyds verbrou het en ek voel so bitter ongelukkig sonder jou!"

"Ek koester geen kwade gevoelens meer jeens jou moeder nie, Theo, maar ek wil ook nie meer hier inwoon nie. Twee families in een huis het nog nooit gedeug nie. En 'n herhaling van wat was, wil ek nooit weer beleef nie," merk sy stil op en nestel haar kop liefderyk teen sy bors.

"As ek jou 'n eie huis aanbied, my liefling, sal jy weer 'n nuwe begin saam met my maak?" Hy kyk haar vol afwagting aan.

"Bedoel jy dit regtig, Theo?" vra sy half ongelowig.

503

"Ek bedoel elke woord wat ek sê, dierbare vroutjie. Terloops, daar is 'n oulike nuutgeboude huis teen die berg wat ek môre vir jou kan koop. Die bouers is nog besig om die geplaveide paadjie aan te lê . . ."

"O, my man, sal dit nie wonderlik wees nie?" val sy hom sag in die rede en haar oë skitter van blye opgewondenheid. "Dit sal soos 'n lentedroom wees, my skat. Ons lewe saam met ons kleinspan sal vir ons immer lente wees . . ."

"En wanneer ons kinders eendag getroud is en uit die huis is, en die herfs reeds in ons twee se lewens aangebreek het, sal die lewe nog steeds vir jou en my die hart van die lente wees, my liefling," vul hy met 'n teer glimlaggie aan.

Toegevou in hul nuutgevonde geluk, het nie een van die twee opgelet dat die kranke ontwaak het uit die diep slaap waarin sy vir ure verkeer het nie.

Dis asof haar plotselinge ineenstorting die hooghartige Maryna Akkermann in 'n totaal vreemde wese verander het. Die glimlaggie van tevredenheid wat om haar mond huiwer by die aanskouing van die twee kinders se nuutgevonde geluk, versag haar streng gelaatstrekke in so 'n mate dat dit byna wil voorkom of haar gesig straal. Vir die afgelope halfuur lê sy al wakker. Maar weens die feit dat Theo die hele tyd voor Jeanette op sy knieë gestaan het, het nie een van hulle gemerk dat sy wakker is nie.

Dis eers toe Theo later orent kom met die woorde: "As jy nie nou gaan slaap nie, my skat, vrees ek gaan ons môre nog 'n pasiënt hê," dat sy oë vlug na die kranke dwaal.

"Moeder is wakker!" sê hy sag, besorgd.

Ook Jeanette kom nou orent.

"Ek is lankal wakker," glimlag sy flou en wink Jeanette nader. "Kom sit hier by my op die bed, my kind," voeg sy die jong vroutjie toe. "Ek wil graag met jou gesels. Daar is so baie wat ek vir jou wil sê."

Sy gehoorsaam. Dan neem sy die geelbleek hande van die sieke teer tussen haar eie en sy voel hoe die warm trane al weer haar ooglede prik.

"Asseblief, Moeder mag nie te veel praat nie," laat sy besorgd hoor en streel saggies oor die bleek, hulpelose hande. "Sodra Moeder weer beter voel, kan u gesels soveel as u wil. Maar nie nou nie. Die ou hart sal dit nie verdra nie."

Ook die ouer vrou se oë swem nou in trane, trane van geluk en ook van intense berou oor die onreg wat sy hierdie lieflike kind aangedoen het.

"Goed, my kind, ek sal nie veel praat nie. Maar ek wil jou nietemin vertel dat ek diep berou het oor die vreeslike onreg wat ek jou aangedoen het. Ons Hemelse Vader het my reeds vergewe. Daarom het Hy jou in hierdie uur van lyding na my toe gestuur. Nou kan ek net hoop en bid dat jy my ook my dwaasheid sal vergewe, my kind. Ek besef ek verdien dit nie, want jou lyding was lank en swaar . . ."

"Moeder . . . nee . . . moet dit nie sê nie," val sy die ouer vrou met 'n gebroke stem in die rede. "Ek het net soveel skuld aan dit alles gehad. Ek het u reeds vergewe en ek wil u so graag weer as 'n moeder aanneem."

"Dierbare Jeanette, hoe bly het jy nou 'n hulpelose ouvrou se hart gemaak, my kind. Ek sal die Vader nooit dankbaar genoeg kan wees omdat Hy my verlore dogter weer aan my terugbesorg het nie. As geringe blyk van my innige liefde en opregte dank, wil ek jou graag daardie huis waarvan Theo jou flussies vertel het as geskenk aanbied. Maar, my ou dogter, jy en die kleinding moet my tog nooit afskeep of vergeet nie. Ek sal voortaan net leef vir julle besoekies . . ."

"Maar, Moeder, u dink tog nie dat ek ooit daar teen die berg sal gaan woon terwyl u hier so hulpeloos en siek in die bed lê nie!" merk sy sag op. "Nee, my ou moedertjie, dit sal nooit gebeur nie. Ek is u innig dankbaar oor die mooi gedagte deur daardie huis aan my te wil skenk. Maar voorlopig sal hierdie huis ook ons tuiste wees, tot tyd en wyl u weer heeltemal gesond en op die been is."

"Maar, my kind, ek mag dalk vir maande, of selfs jare, hier aan die bed gekluister wees . . ."

"Dan sal klein Henry en ek u daardie maande saam versorg en verpleeg," val sy die moeder met 'n bemoedigende glimlaggie in die rede. "En as dit dalk jare duur, mag daar dalk nog 'n klein Akkermann wees wat kan help om Ouma te versorg."

"Jy is so lief en dierbaar, Jeanette. As ek net in die verlede nie so dwaas was nie, kon ons almal so diep gelukkig gewees het . . ."

"Moeder, nie meer een enkele woord daarvan nie," bestraf sy die sieke teer en sag. "Kom, ek dink dis tyd dat u weer 'n bietjie rus. U het alreeds te veel gesels." 'n Fraai glimlaggie plooi om haar mond toe sy vervolg: "Onthou, die klein Akkermann gaan u nog baie nodig kry. Ek het nog nooit in my lewe 'n baba versorg nie en ek vrees sy hele behoud gaan van Ouma se raad en bystand afhang."

Ook om die kranke se mond speel daar nou 'n fraai glimlaggie wat beide Jeanette en Theo insluit.

"Ouma sal maar te bly wees om ook haar deeltjie by te dra met die verwen van die kleinman," lag Theo diep gelukkig en druk sy vroutjie styf aan sy sy daar waar hy langs haar staan.

Toe gaan die kamerdeur sonder enige waarskuwing oop en die oubaas tree die siekekamer binne.

Die intieme samesyn van die drie daar by die bed tref hom ineens en dit laat 'n golf van innige dankbaarheid en geluk oor hom spoel. Dit voel vir hom of ook hy, net soos Theo, hardop kan lag van skone blydskap.

"Ontmoet u verlore dogter, Vader," merk Theo byna uitgelate op.

"Wag 'n bietjie, ek gaan aanstons met haar afreken," glimlag hy en wend hom dan na sy vrou wat bleek en swak teen die kussings rus. "Hoe voel jy nou, Moeder?" vra hy besorgd en streel liefderyk oor haar silwerdeurvlegde hare.

"Baie beter, ou man. Net oneindig moeg. Maar, goddank, al die moeilikheid wat so swaar op my hart gerus het, is nou uit die weg geruim . . . en ons het ons dogter weer teruggevind."

"Ek is bly, Moedertjie, baie bly. Nou moet jy net gou gesond word sodat ons familie weer saans voltallig kan wees voor die haard."

"Ek sal, my man . . . ek moet. Ek mag Jeanette en ons kleinman nie in die steek laat nie. As hulle twee my nodig het, moet ek in staat wees om te kan help."

Aan Theo sê sy met byna die ou vuur weer in haar stem: "Sorg jy nou dat Jeanette in die bed kom, Theo. En julle laat haar nie weer een nag so laat wakker bly nie. Sy durf haar onder geen omstandighede uitput of vermoei nie. Maar wag, as ek eers weer op die been is, sal ek self sorg dat daar behoorlik na haar gekyk word. Ek dink julle mans is baie onbedagsaam en nalatig."

Aan Jeanette sê sy met 'n sagte teerheid in haar stem: "Rustig slaap, my dogter."

# Ook beskikbaar!

Susanna M
Lingua-Keur 13

Immer lente – Kaalbult se erfgenaam
Tart my nie, mijn heer

# Ook beskikbaar!

Omnibus 4

*Louisa du Toit*

Agter toe vensters • Die wakende droom;
Die gras sal weer groei • Dwaallig vir sterre

# Ook beskikbaar!

Wilna Adriaanse

Omnibus 2

'N HEILDRONK OP DIE LIEFDE
SERENADE VIR 'N NAGTEGAAL • HANDE WAT HEELMAAK

# Ook beskikbaar!

www.ingramcontent.com/pod-product-compliance
Lightning Source LLC
Chambersburg PA
CBHW072014020726
47501CB00006B/1797